〖中华诗词存稿·地域专辑〗

中华诗词学会 编

江西诗词选

（一）

胡迎建 主编

中国书籍出版社
China Book Press

图书在版编目（CIP）数据

江西诗词选 . 一 / 胡迎建主编 . — 北京 : 中国书
籍出版社 , 2020.10
（中华诗词存稿）
ISBN 978-7-5068-7994-1

Ⅰ . ①江… Ⅱ . ①胡… Ⅲ . ①诗词—作品集—中国—
当代 Ⅳ . ① I227

中国版本图书馆 CIP 数据核字 (2020) 第 179370 号

江西诗词选 一

胡迎建 主编

责任编辑	李国永	
责任印制	孙马飞　马　芝	
封面设计	采薇阁	
出版发行	中国书籍出版社	
地　　址	北京市丰台区三路居路 97 号（邮编：100073）	
电　　话	(010) 52257143（总编室）(010) 52257140（发行部）	
电子邮箱	eo@chinabp.com.cn	
经　　销	全国新华书店	
印　　刷	北京虎彩文化传播有限公司	
开　　本	710 毫米 ×1000 毫米 1/16	
字　　数	257.5 千字	
印　　张	23.25	
版　　次	2020 年 11 月第 1 版　2020 年 11 月第 1 次印刷	
书　　号	ISBN 978-7-5068-7994-1	
定　　价	998.00 元（全 4 册）	

《中华诗词存稿》
〈江西诗词选〉编委会名单

主　　任：王　飚

副 主 任：刘极灿　刘　华　汪天行　郑克强　胡迎建　
　　　　　熊盛元

委　　员：（按姓氏笔画排序）

　　　　　王　飚　　汪天行　刘　华　刘极灿　刘晓南

　　　　　胡迎建　郑克强　杨永年　熊盛元

　　　　　巢理庭（九江）　　张　炜（鹰潭）

　　　　　刘忠信（景德镇）　胡牧华（吉安）

　　　　　鲍　焱（宜春）　姜少臣（上饶）

　　　　　李春发（南昌）　饶良僖（新余）

　　　　　刘显族（赣南）　李汝启（萍乡）

　　　　　宋友贤（抚州）

主　　编：胡迎建

副 主 编：熊盛元

办公室主任：杨永年

编　　务：朱玉华　王胜奇

总　序

　　我们这个诗歌大国有一个很好的传统，历来注重"采诗"、搜集整理诗歌材料。作为唯一的全国性诗词组织的中华诗词学会，自 1987 年 5 月成立以来，就十分重视这项工作。学会每年的学术研讨会和历届"华夏诗词奖"，都出版论文集和获奖作品集。纪念学会成立二十年、三十年时，还专门编辑出版了《大事记》《论文选集》《诗词选集》。《中华诗词》创刊以来，每年都制作年度合订本。2007 年 5 月，在北京天识东方文化艺术传播有限公司的资助下，以近代以来诗词创作、诗词理论、诗词运动重要文献汇编，当代名家个人作品专集等为主要内容，出版了《中华诗词文库》。经过十来年的编辑整理，已经出了近百卷。这些诗集、文集的出版，记录了近百年来尤其是改革开放四十多年来，中华诗词从起步、复苏走向复兴的砥砺前行的历程，为近、当代诗歌史的撰写准备了丰富的资料。

　　党的十八大以来，中华民族优秀传统文化重新受到应有的重视。习近平总书记《念奴娇·追思焦裕禄》词和《军民情》七律的相继发表，引领中华大地诗潮滚滚而来。《中共中央关于繁荣发展社会主义文艺的意见》和中办、国办《关于实施中华优秀传统文化传承发展工程的意见》，都明确提出"加强对中华诗词、音乐舞蹈、书法绘画、曲艺杂技和历史文化纪录片、动画片、出版物等的扶持。"国家教育部组织制定由中华诗词学会起草的新中国语言体系中的新韵书《中华通韵》已经通过国家语言文字工作委员会语言文字规范标准审定委员会审定，即将颁布全国试行。这些都使我们真切地感受到，中华诗词的春天真的到来了。诗人们乘着骀荡春风，正以高昂的激情，书写着中华民族伟大复兴的新时代、新史诗，国家富强、民族振兴、人民幸福的中国梦；正以与人民同呼吸、共命运的诗人之心，对人民的欢乐、人民的忧患、人民的情怀给以诗意的表达；正以"美"或"刺"的诗人之笔，对市场经济大潮中人民对幸福生活的期待，对美好未来的希望，对假丑恶的深恶痛绝，或给以方向，或给以赞美，或给以鞭挞。正如习近平总书记所指出的："好的文艺作品就应该像蓝天上的阳光、春季里的清风一样，能够启迪思想、温润心灵、陶冶人生，能够扫除颓废萎靡之风。"

当前，传统诗词创作者和诗词爱好者队伍发展迅速，已超过三百万。每天创作的诗词作品超过唐诗、宋词、元曲的总和。诗词评论研究队伍也成长很快，诗词评论、诗词学、诗词创作理论研究成果丰硕。如何从浩如烟海的诗词作品中"淘"出优秀作品，并使之存下来、传下去，如何使诗词研究理论成果"面世"并发挥应有的指导作用，确实是摆在我们面前的无可回避的一个重要课题。中华诗词学会是一个没有国家编制，没有国家拨款的社会团体，事业的运转主要靠社会赞助和会员费支撑。俊识（北京）文化传媒有限公司总经理吕梁松、北京采薇阁总经理王强，两位一直是对中华传统文化情有独钟的热心人，慷慨解囊，愿意同中华诗词学会一起，搜集整理编辑推出《中华诗词存稿》这套书，共同为中华诗词文化的继承和发展，做成这件十分有意义的事情。

　　《中华诗词存稿》主要搜集整理出版三部分内容的资料：一是当代诗词名家的个人作品集；二是当代诗词评论家、诗词学者的学术著作集；三是当代诗词作品、诗词理论学术成果阶段性、专题性、地域性的集成类作品集。诗词作品强调精品意识，沙里淘金，把"有筋骨、有道德、有温度"的优秀诗词作品搜集起来。诗词评论、研究类资料强调理论性和创新性，应具有鲜明的个性特点，具有创建性的见解。集成类的资料应有一定的史料保存价值。总之，做成一套具有当代价值和历史意义的好书。在此，我们编委会人员，向提供资料、筛选编辑、版面设计、校对勘误，包括所有为这套资料付出辛勤劳动的同志们，表示真诚的谢意！

郑欣淼

二〇一九年七月于北京

前　言

胡迎建

　　江西有着源远流长的诗词传统，唐宋以来，江西诗人群体渐有声名于天下，然编辑地域性诗文集，则发轫于元代庐陵凤林书院所编《名儒草堂诗余》，所收多自宋迄元吉安人之词作。明代韩阳编有《皇明西江诗选》。有清一代，编集成风，如曾燠《江西诗征》、郡邑文献如《庐陵诗存》，先后入金匮石室之藏。民国初年流风未歇，魏元旷编《南昌诗征》、裴汝钦编《清江诗萃》，皆以保存地方珍贵诗文为己任。此其荦荦大者，足征江西乡邦文献猗猗之盛。二十世纪前半期，诗词遭逢冷遇，但江西凭藉厚重的文化底蕴，仍出了不少著名诗人，特别是同光体中的赣派，在全国诗坛颇有声名。我曾撰写过《近代江西诗话》，对此有所管窥。但民国时期江西诗词的编集不如邻省，如安徽有陈诗编的《皖雅》，湖南有张翰仪所辑《湘雅摭残》。近些年，福建有《百年闽诗》，四川有《近代巴蜀诗抄》刊行问世。我早有心填补此空白，曾殚精竭虑，编集《近代江西诗广存》，但绌于资金，出版惟艰。大凡编选之事，既需有创作之数量与质量供其取资，且有资金作后盾，凝神不分，方能成就此业。

迈入二十一世纪的诗词界，有必要对二十世纪诗词作一回顾与检阅。按照中华诗词学会的统一部署，大规模编辑近百年诗词文库丛书，近代诗词、现代诗词，近几年均告成功。其中我承担并完成了《现代诗选》，虽非江西诗人作品专集，然多少有些江西诗人入选，稍可弥憾。同时，中华诗词学会布置由各省诗词学会编集各省当代诗词卷，这也是我们盼望多年的一件大事，非常必要，很有价值。新中国成立以来六十年，方有幸际逢这样的盛举。

要编辑当代江西诗词集，有必要回顾六十年来的江西诗坛，方能有较切实的评估，选稿时才不致于陷入盲目。

上世纪五十年代，政治运动频繁，诗词受到冷遇与压抑，诗人创作无自觉意识。其时仅少数政界要人、社会名流能公开发表作品。当时江西省长邵式平颇好作诗，多半为赞咏江西各地山水风情。此期间强调诗的教化功能，即便有少量创作，亦以祝颂或游览之作为主，诸如"祖国前途无限好，千红百紫斗芬芳"；"红旗到处飘扬，广大人群里，歌声洋溢，男女老幼，真个是人人兴高采烈"（《念奴娇·中苏友好月》）之类，为配合政治形势而作，类此诗并无作者自己的个性，但留下了当年热情澎湃的痕迹。

能够写出较好作品的有江西教育学院宗远崖先生，1954年所作《苦寒》诗云："莫道梅花谢，江城正苦寒。惊鸢时一堕，永夜未能安。虚室犹生白，何时雪意残。呼儿问樽酒，持此强成欢。"类此不带政治色彩的诗，如果轻易给人看，也可能被嗅出对社会的不满情绪而罹罪。

1957年1月《诗刊》创刊，发表毛泽东诗词18首，广为传播。但因同时刊有他本人致臧克家的信，谈到旧体诗"不宜在青年人中提倡"，有人以此作为党的文艺政策加以执行，造成对诗词只重欣赏不重创作的倾向。随后大跃进时期，由领导人发动由上而下的采风活动，作为政治任务分派各地。人人皆诗，歌颂性、表态性、表决心的民歌纷纷而出，大多流于口号化，内容空泛，比拟夸张失当。江西也不例外。

其时一批右派或身陷囹圄，或放逐山野，频吞血泪，暗铸酸辞。如江西水利学院胡杰安教授的《潇湘夜雨》词中云："汨水招魂，娥江沉骨，蓬鞭角黍凄惶。流水咽，章门问渡；清泪落，樵舍回肠。来还去、长亭水驿，暮雨暗潇湘。 迷离梦里，惊涛起伏，百尺桅樯；任泡随波影，点点沧桑。潜水窟、龙鼍欲鼓；临苇渚、鸥鹭闲翔。凝眸处、长天一色，云水共苍茫。"留恋而低徊哀怨无奈之情与江津之景融为一片。他在《莘莘词草自序》中说，"1957年被划为右派，继而被投入劳改营多年。……但吟句均为腹稿，藏诸内腑，未敢形于纸笔，否则一被发觉，则死无日矣。"

即便以颂歌为主的酬唱诗词中，仍是表达知识分子的赎罪心理，如欧阳祖经（南城人）所作《蝶恋花•寄赠兰大殷孟伦》词中云："莫向灵台留寸垢，脱胎换骨今番又。万鼓雷鸣齐击右，自觉觉人，有病终当救"；"彻底交清无足恋，从新做个金刚汉"。在这样的环境中，创作处于隐密状况，诗坛之萧条冷落，也是势所必然。

六十年代初，政治空气相对和缓，省长邵式平倡导谷雨诗会，此后成为江西诗坛每年盛事。作旧诗者"故态复萌"。如江西师范学院陶今雁先生的《夜过彭家桥有感》诗云："何须冻馁梗胸怀，工罢桥头意快哉。十里荷风吹汗去，一湖灯火映潮来。"流露出劳动锻炼之余的轻松之感。

1966年"文革"开始，旧体诗倍交华盖运，惟有毛泽东诗词成为教材，被谱曲演唱。其时大批老干部、知识分子遭受迫害，挨批斗、关牛棚乃至入牢狱或下放劳动、入五七干校，或投闲置散。出现一批凄悲而又愤怒的牛棚诗、牢狱诗、干校诗，反映了特殊时代的高压政治与恐怖环境。还有一些诗人，在受打击、失去人性尊严时仍对国家前途抱有希望，有的诗作即反映这一心态。文革后期，政治钳制稍见放松，知识分子也时有联吟，但规模甚小。如1974年石凌鹤、石天行兄弟与姚公骞均从下放地返城安置，"劫波历尽，悲喜无端，从此三人结兄弟之社，隔日为文酒之欢。歌哭相续，哀乐难分，心固有在，情非得已。竟以忧国之怀困而为远世之雅者，良有由也"（姚公骞《惜馀诗草序》）。

一批有思想头脑的中青年作者，偷偷学作诗，表达对这一场悲剧的思考，吐露人生遭遇的心声，发泄其愤懑，不乏抗争精神。时有悱恻隐晦、含蓄深厚之作。诗词在此时有着回归文学的自觉性，力争摆脱政教意识束缚的端倪。

四人帮垮台，党的十一届三中全会召开，兴奋的人们尤其是知识分子如释枷锁，纷纷以诗词表达雪后逢春之感。1978年1月,《诗刊》发表了毛泽东给陈毅谈诗的信,说到诗要用形象思维,多用比兴两法,标志着重视诗词艺术自身价值的回归。六十年代毛泽东与梅白谈话中说到"旧体诗词要发展,要改革,一万年也打不倒"。此一预见性的话语在诗界也在逐渐传开。八十年代以来,诗词创作愈加活跃,公开走向文坛,展现其旺盛的生命力与生机。这也正是对新文学运动以来运交华盖、打入冷宫的反弹,归结于思想解放、百家争鸣的开明政治,归结于文艺思潮从假大空的帮派文艺的阴影中走了出来。我省老一辈知识分子如胡守仁、余心乐、陶今雁等重新吟咏,他们的作品时常发表于校报与《江西日报》《南昌晚报》上。

江西诗坛与兄弟省市同样,在近三十年走向复兴。这与整个社会环境的变迁是分不开的。同时,也与诗词有着其自身生命力息息相关。诗词历史悠久,它的产生是由中国独特的语言文字所决定的。象形、单音、方块字等特点,便于组成各种整齐的、对称的、具有音韵格律的句式。千百年来,通过历代优秀诗词的示范,这一文化深深积淀在人们心理中。过去的诗赋考试、流连山水、朋友酬唱,乃至书画与诗词的互相配合,又使诗词具有相当的交往功能、审美功能和某些实用价值。然而,当代人创作的诗词,与古典诗词相比,又有着不同的时代精神与人文特征。诗境拓开,工业、科技、海外风情、新风新事、建设新貌,都是古人所无法梦见的。即便写山川胜概,所吐露的是今人的胸襟怀抱,其情感是今人对其所处时代、社会环境的反映,又带有个人的观察体验。随着今人已不习用的事物逐渐消失,陈旧词汇也渐次告退。新事物的出现,为诗词带来新的表现形式及新的词汇，从而增添了作品的时代气息。

结诗社是诗词复兴之路的里程碑。1984年10月，江州诗社率先在九江成立，王培元任社长，创办《江州诗词》；1985年7月13日，江西诗社在南昌成立，50馀人来自全省各地，石天行当选社长。一时珠玉纷陈，收到贺诗百余首，表达了歌颂新时代、开创新境界、继承江西历代诗词传统、盼望后有来者的共同心声。正如石天行诗中云："天宝物华优势在，还凭彩笔作先声。"次年2月创办《江西诗词》，前言中说："颂世运，赞建设，咏事物，写旅游，抒感想，发议论……宣扬时代精神，鼓舞党风民气。"是创刊宗旨，也是贺诗心声的归纳。此刊从第四期起转为公开刊物，辟有"缅怀诗简""江山胜迹""远方友声""西江杂咏""新秀新作""乡贤遗韵""诗词评论"等栏目，来稿踊跃。其时发展会员130余人，1987年在省文联举行江西诗社丁卯重阳雅集。此期间，靖安诗社、江西诗社奉新分社、桑海诗社等陆续成立。1987年5月端午，中华诗词学会成立大会在京召开，与会代表300余人。江西与会代表8名，石天行当选常务理事，盛朴、吕小薇、姚公骞当选理事。

1988年11月8日，江西省诗词学会在省委党校成立，到会代表105人，代表全省40多家诗词组织与省直单位。这次大会，省内不少老领导出席，省委宣传部长王太华到会讲话。在全省产生了巨大影响，《江西日报》辟专版宣传。

省诗词学会的成立，有力地推动各地诗词活动。萍乡诗社、乐平诗社、景德镇诗词学会、庐陵诗词学会、赣南诗社、新余诗社、新钢诗社、鹰潭诗社、上饶诗词学会、安义文峰诗社、新建长风诗社、铜鼓诗社、宜丰诗社、星子五柳诗社、湖口石钟山诗社、都昌诗词学会、九江渊明诗社、永修建昌诗社、彭泽诗社、武宁诗社、修水山谷诗社、犹江诗社、石城琴江诗社、樟树清江诗社、丰城龙泉诗社、抚州诗社相继成立。九江学院成立了我省高校第一个诗社——鹤鸣诗社。大批老中青年知识分子、干部、工农商学兵各界诗人、诗词爱好者走上吟坛，结社雅集，创办诗词刊物，蓬蓬勃勃如雨后春笋。一批离退休领导干部，历经忧患，阅历丰富，又有广泛的社会基础与组织才能，成为组织的中坚力量，发挥其号召与示范作用。如老领导石天行的诗，以歌行体见长，谐畅如行云流水。学者专家诗人均早年能诗，待到晚年，炉火纯青。如胡守仁先生诗，渊源于韩昌黎、黄山谷，苍峭厚重；陶今雁工七律，清秀工丽；邓钟伯诗沉厚而又拗峭；邓志瑗诗格高律切，富有书卷气；周辑熙诗效法黄山谷而生涩奥峭；魏向炎各体兼备。他们积极传帮带，满腔热忱培养年青人，为江西诗坛的继往开来作出诸多贡献。

诗坛耆宿宗远崖从事传统诗写作六十余年，学养渊深，于唐宋诗之间独辟蹊径，使理趣见于情景，且吸收现代诗之营养，自开新境，自铸新词，嘉言妙语叠生，识者无不钦挹。如七古《须弥山》（即珠穆朗玛峰）《海神》、《星际梦》、《呵月》、《巫山神曲》等，汪洋恣肆，联想翩翩，将丰富的天文地理知识融冶入其新游仙诗题材，富有时代精神。律句如："石雨纷飞天乍眩，岩浆欲出地先鸣。龙鳞一落随蛇蜕，陆兽何因变海鲸"（《惊寤》）；"虹迎晚照横空出，雷逐残云带雨飞"（《江楼晚坐》），均琢句新奇。

老一辈女词家吕小薇，小令得贺东山之神，慢词则直摩史梅溪之垒。风格多样：或柔婉芳馨；或沉郁顿挫；或雄健豪宕。如长调《莺啼序》，回忆幼年至老啜茶之感受，清真流动，以赋抒情，不避口语俚言，而仍细腻温婉。人以为"可与涉江之《早早诗》、怀枫之《梳头歌》鼎足而三。"熊盛元出自女词人吕小薇门下，诗词兼工，以其幽抱深衷倾注于词，成就转出诗上。刘梦芙评曰："其词先喜苏、辛，入中年后易辙为梦窗、碧山，上溯清真，持律谨细，运笔绵邈。"

一批诗家词人以其较高的诗艺开始浮出水面，九江刘禹宪擅长词，宜春傅义工古风，修水匡一点工律绝，还有都昌董晋、崇仁黄良栋、赣州周作亿、吉安王春霖、鹰潭张炜、靖安卢位捄等，虽经历不同，但都能在"三余"之时，孜孜不倦讲究为诗之道，冥心炼句，乐在其中。或感事抒怀，讴歌改革开放，鞭挞不正之风；或游览山水胜境，倾吐热爱山河之情；或咏新风新事、建设新貌；或咏物寄志，即事遣兴。抒发真善美的灵襟、爱祖国爱家乡的坦荡胸怀，崇尚真理、热爱生活的高雅情趣。就诗风而论，或雄深雅健，风骨峻深；或风神摇曳，风趣幽默；或明白流畅，本色当行；或措意高妙，精警道炼，尽现万千气象。他们均成为当地的诗词组织骨干。

当时奉新县还出现一批巾帼诗人，新秀力作，如齐舒稚绿，或豪放磊落，或丽秀柔婉。妙句如："誓握寒光三尺剑，乾坤一劈尽清廉"《励志》）；"却于曲径通幽处，时献行人一点光"(《萤火虫》);"不嫁东风嫁北风,冷香难近蝶和蜂"(《咏梅》);均能以小见大,寓情于物,活脱灵动,青春气韵,扑面而来。

短短几年内,通过组织的建立、活动的开展、刊物的编印发行,诗词创作数量日渐涌现。同时,如何提高诗词创作水平,也摆上了议事日程,讨论焦点是时代精神与题材的开拓、禀承传统、因应时代而创新以及声韵改革等。在全省,各类诗词研讨会、雅集活动纷纷开展。

1990年8月8日,庐山白鹿洞书院主持召开首届"中国古典诗词研讨会",到会者40余人,多为国内有名的诗家,一批崭露头角的中青年诗人。通过当代诗词创作的回顾与前瞻,一致认为:现代诗词创作必须体现时代精神和反映现实生活。其后由白鹿洞书院每年召开一次诗词研讨班,邀请海内外诗人参加,在诗界产生深远影响,直至1995年才停办。上饶市诗词学会先后承办辛弃疾国际学术研讨会、纪念毛泽东诞生百年海内外诗词大赛暨中华诗词学术研讨会。自1992年至1998年,靖安、奉新、樟树、铜鼓等县联合武宁县、安义县,轮流作东道主,举行九岭诗会。1994年9月,由省诗词学会举办近代大诗人、同光体赣派领袖陈三立诗学研讨会,省内外知名专家学者50余人与会。

1994年10月20日,在新余钢铁公司召开江西省诗词学会第二次代表大会。与会者80余名,由我省著名学者、省社科院名誉院长姚公骞出任会长。此一时期,由于常务副会长胡亚贤的积极奔走,活动较为频繁。先后在江西金牛集团、民星集团、靖安县、省农干校、省乡镇企业局、省司法学校、南昌市正大律师事务所等处举办诗会。

2002年6月，在南昌青山湖疗养院召开第三届代表大会，揭开了江西诗词在新世纪的又一篇章。到会代表80余人，选举省社科院院长傅伯言为会长。换届之后举办的活动主要有：2003年10月举行省诗词学会常务理事扩大会议暨武功山金秋诗会。2004年6月举行省诗词学会常务理事扩大会议暨翠微峰端阳诗会。此年10月下旬，在省社联大力支持下，在井冈山召开全国第四届中青年诗词研讨会，全国知名中青年诗人、八家诗词刊物主编共70余人与会。2006年5月，与余干百越艺文社联合举办全省谷雨诗会。2007年4月，在省社科院举办谷雨诗会暨咏茶诗赛，均有百人规模。

至2009年为止，本省市县有百分之八十均成立诗词组织，其中九江、赣南、萍乡下属各县均有诗社或学会，挂靠当地文联或社联或政协部门。各地市出刊较正常的有《匡庐诗词》《新余诗词》《庐陵诗词》《赣南诗词》《宜春诗词》《萍乡诗词》，均为一年一期。各地学会还先后出版《当代武宁人诗词集》《九江旅游诗大观》《景德镇历代诗词选》《景德镇当代诗词选》《萍乡当代诗词选》《萍乡山水诗词选》《楚萍竹枝词》《当代庐陵诗词选集》。胡迎建主编的有徐冰云的《百丈诗文集成》《当代诗征》匡一点的《当世百家律诗选》《中华当代律诗精选》《中华当代田园诗精选》黄君的《中华当代绝句精选》《中华当代词综》王爱玉的《当代江西山水诗词选》张炜的《世纪风》。上犹张宜武、抚州洪如珠还各自编过咏物诗选之类。

江西诗坛雅集与赛事频繁。2005年《江西诗词》编辑部举办"咏赞江西崛起"诗词大赛。九江诗词学会先后举办京九铁路通车全国诗词联大赛、纪念黄庭坚诞生960年诗赛，2004年景德镇诗词学会先后举办瓷都千年庆典诗词赛、"联通杯"诗词赛。2005年由省诗词学会主办、鹰潭诗社承办龙虎山国际诗词联大赛。2006年，省诗词学会与湖口县诗词学会联合举办纪念陶渊明任彭泽县令1600年田园杯诗词大赛；2008年景德镇诗词学会举行"浮瑶仙芝"杯国际诗词楹联大赛。还有各市县也陆续举办过大小不一的诗赛，此起彼伏。

近三十年来，靖安县诗词活动开展活跃，各乡镇都成立了诗词分社。九十年代被省文化厅授予"诗词之乡"称号，2004年又被中华诗词学会授予"诗词之乡"称号，继而该县中心小学获"中华诗词诗教先进基地"称号；2007年，安义县以活动开展较多、沿河建有诗墙等特色第二个获得"诗词之乡"称号。

全省诗词队伍八千余人，省诗词学会会员千余人，江西人加入中华诗词学会三百余人，分布于社会各界。形成以老领导、老干部、知识分子为核心，以平民诗人为外围的群体。市、县诗词组织挂靠在当地文联或社联、政协等部门，依靠党政部门、企业家、各界有识之士，获得某些财力支持与赞助，开展活动。有的县创建诗词之乡，当地政府与宣传部门极为关注，发文以推动工作，有的副市长出任学会会长，有的县委书记聘为学会名誉会长。诗词刊物众多，市县诗词组织每年出版一期，不少个人诗集纷纷出版，如星子县仅个人诗集就有50多种。近些年来，各地都在花大气力来繁荣创作，推进诗教工作，创建诗乡，开展诗词进校园工作，为构筑和谐社会发挥她应有的作用。

《江西诗词》是展示广大诗作者水平的重要橱窗，为团结广大诗人、诗作者，为江西诗词事业的振兴，为海峡两岸同胞的沟通，为培育新人做了大量工作。东乡有位农民诗人叶金书说，他因生活困难，一度想了结残生，是《江西诗词》编辑部给他在诗词创作上的鼓励与帮助，使他重燃起生活的希望。2005年刊物改版小十六开，每期190页，主要栏目有时事纵横、讽谕针砭、人物咏赞、神州览胜、域外风情、江西山水、咏物寓志、生活剪影、乡村新唱、嘤鸣友情、诗词论坛等。刊物得到来自全国各方面人士的赞誉，认为内容丰富，质量上乘，在全国省一级诗词刊物中达到一流水平，中华诗词学会常务副会长郑伯农称"三个西"最有特色，即山西、陕西、江西三省的诗词刊物。

正是因有全省诗词界的丰硕成果，省诗词学会务实而卓有成效的工作，在2002年至2004年，省诗词学会评为省社会科学工作先进单位。2006年又被评为省社会科学工作先进单位。

以江西诗坛后三十年与前三十年相比，不再仅是歌功颂德或哀伤怨恨，而是力求突破旧题材范围，开掘富有时代感的主题。吟今事，绘今景，写今意，抒今情。题材与主题多样性，反映了广阔的社会生活画面：对极左路线的血泪批判；针砭时弊的讽谕之作；歌颂改革开放以来的开明政治、辉煌建设成就；描写祖国河山、江西青山绿水、民俗风情。众体皆备，或刚健或柔婉，或写实或浪漫，或诙谐或辛辣；或格高调雅，或俗中见雅。在语言上锤炼新词语，生动活泼，富有时代感，洋溢着生机蓬勃的时代精神。在用韵方面，江西诗人用韵以平水韵为主，但也不反对用新韵，推行双轨制。一批中青年诗人走向诗坛的前台，显示其成就。

当然，我们提倡的是在继承基础上的创新，多读前人的优秀诗作，学习古人的表现手法，汲取有益的成分，丰富我们的词汇。创新，即反映时代风貌，使题材多样化；提倡讽谕诗，提倡手法的更新、比喻的新颖，提倡语言的自然真切，语浅意深。今日诗词创作如致力于此，则必然可见潘江陆海，趁天风而浩荡；李杜苏黄，顺时势而再生。

在开展诗词的研究与编撰方面，也出现了一批成果，如学会常务理事刘世南著有《清诗流派史》；副会长熊盛元先后与熊东遨合编《中青年诗词点评》，与毛谷风合编《海岳风华集》，在诗词界有较大影响。赣南赖盛庭费十年心血所编的《词纲》上下册，堪称词学之巨典，熔学术性、知识性与故事性于一炉。每先列其调名调式，与同调异名者；讲明词谱之特征；校勘参异，例举其词，择古今之名家名篇。张建华《常用词多体图谱探微》一书，例举词牌之出处，与同调异名者；广引词牌趣事。笔者曾著有《近代江西诗话》《滕王阁诗词百首》《昭琴馆诗文笺注》《一代宗师陈三立》；二次诗学课题：《民国旧体诗研究》（1997年）、《陈三立与同光体诗派研究》（2006年），均获国家社科规划项目基金资助。笔者著《民国旧体诗史稿》被国学网评为2005年中国诗词界十件大事之一。另有80余篇诗学论文发表。

江西历史上出现过众多诗词流派，但目前来说，只能说有了一些诗词群体，具有独特风格、带有地域特色的诗词流派尚有待形成。诗史研究者一般认为，流派的构成，不外是三大条件：负有众望的领袖人物；相近诗风的群体，揭橥艺术倾向的宣言式的选本或总集。诗坛的繁荣，必须是多种流派形成之时，所以，我们还必须大力呼唤、催生流派的出现。

六十年来，江西诗坛经历了曲折的发展历程，前三十年冷清，后三十年由复苏走向繁荣。各级诗词组织的成立与发展，在开展活动、创办刊物、团结新老诗人、诗词爱好者诸多方面做了大量的工作，使诗词这一民族瑰宝起到了"兴观群怨"的作用，为三个文明建设作出了重要贡献。"桃林结满硕圆果，樟树映青赣水天。"以科学发展观统领江西诗词事业，振兴江西诗坛，必能有如悠悠赣水，源源不断；有如浩浩鄱阳湖，渊深而汪洋。

2008年7月19日至20日，省诗词学会第四届代表大会暨换届会在江西省委党校召开，选举了第四届学会领导人。新当选的会长王飚发表了热情洋溢而又恳切的讲话。在新的班子领导下，江西诗词事业必将展开崭新的一页。

诚如上述，近六十年来的江西诗坛，成就是多方面的。而且，江西籍在外地者的诗词创作与编撰成果，我们同样视为江西人的丰收，并引为骄傲。所以，编撰此书，其艺术宝库是丰厚的，左右逢源，足供取资。

2008年4月2日,省诗词学会会长办公会议讨论了《中华诗词文库·当代江西诗词卷》的编纂方案。随后向各设区市诗词组织发出通知,分配名额与任务,各组织把好初选关。当年7月,诗词学会换届之后,也将编辑《当代江西诗词卷》列为当前的重要工作,多次磋商,成立编辑委员会。分二步进行:先征集市、县诗人诗作。设区市诗词组织各一人进入编委会,负责完成搜集、审改、上报工作。至2009年5月,各市诗词组织已陆续送交稿件;第二步,征集省直单位与江西籍在外地工作的诗人诗作。经过半年来的编排、删改、审读,披沙简金,大体就绪。今年6月在靖安召开的省诗词学会常务理事会议上,召集各市的诗词编委,对所选诗人诗作进行复核。各地送来的作品堆积如山,未能入选者,必有遗珠之憾,希知者见谅。

编选过程的前期,鉴于所收到的多是健在者的作品,我们在第四季度着力拾遗补缺。努力从各种资料上搜集诗人简历与作品,希冀做到江西老一辈有声望、有成就的已故诗人不致遗漏。其中如老领导邵式平、石凌鹤、方志纯,老一代学人胡守仁、邓钟伯、胡杰安、王迪纲;老一代书画家胡献雅、陶博吾、胡润芝等,还有在外地的江西人夏征农、杜宣、熊德基等,也有各地、市知名诗人如黄良栋、陈逸荪、刘禹宪、匡一点等,我们都作了认真的甄选。他们的作品往往留有前三十年时代的印痕,颇有存史价值。即便如此,沧海遗珠之憾,也在所难免。

我们选稿的原则是:尽力把好格律关,不讲格律者不录;用韵以平水韵为主,用现代新韵的也酌情收录;力戒概念化、内容空泛的平庸之作入选,摒弃应景诗、节日诗、政治说教诗；注重内容的广度、题材的丰富性，注重江西地方风物诗；重在风格的多样化，重在诗中有史、诗中有我之性情。

　　本书若能有助于人们陶冶性情，感悟真、善、美，认识自然与社会、增进友谊，则善莫大焉。我们希望能为当代六十年的江西诗坛写真，有求完美之心，但自觉未必能尽美。也许，若干年后，还有人能编出规模更大、质量更高的江西诗集，后出转精，是所至盼。那么，流传到后世，当人们研究此一时期的江西诗史，则就有着更为丰富的资料供其采撷。

写于南昌青山湖畔江西社科大楼307室

时在2009年10月30日

编辑说明

（一）本书依照中华诗词学会所颁规定，收录范围以在江西本土工作的江西籍诗词作者为主；在外地的江西人有较高水平者、虽非江西人，但落户在江西、多年工作在江西的作者也同样收录。

（二）所收作者，必须是主要创作期在中华人民共和国成立以后。

（三）作者介绍从简，主要为姓名、字号、生（卒）年、籍贯，现任或原在职期间的最高职务，所在诗词组织（中华诗词学会系统之外的一般不录）及主要著作。与诗词无关的社团组织一般不录，获奖项目及诸多等级不录。

本书中，凡江西籍作者，仅载其所属县或市籍贯，外省在江西者则载其籍贯属某省某县。

（四）诗作上限在1949年以后，创作于此前的诗词不予收录；下限在2007年以前，即1949至2007年近六十年的作品。前三十年作品酌情收录以存史，以改革开放以来的近三十年为主。每人限定在15首以内，选取多少，根据编者裁定。

（五）每位作者的作品，先列诗，后列词，大致按创作时间先后排列。作品所系年月，尽量予以保存，但日期均删，因作诗每须推敲而定，原非一日所能成。

（六）本书按设区、市分编，以见各地区诗词作者队伍。省直单位以及江西籍在外地者又各为一编。每编内，按作者生年为序；同年出生者，大致以笔划为序。

（七）全书共收作者497人，其中省直57人，南昌43人，九江124人，宜春34人，上饶35人，景德镇26人，鹰潭21人，抚州36人，吉安32人，新余13人，萍乡24人，赣州27人，江西籍在外地者25人。诗词作品2853首，其中诗2198首，词曲655首。

目　　录

省直单位

邵式平

胡献雅

余心乐

王咨臣

吕小薇

魏向炎

吴利环

马朝芒

刘世南

李传梓

陶今雁

姚公骞

胡绍瑗

杨小春

史春荣

马彦辉

龚子夫

梁匹超

邓瑞征

谭克光

贾定远

董玉玖

吴之帆

龙图珍

董志奇

刘国藏

舒金庚

郑克强

熊盛元

胡迎建

黄四德

段晓华

汪天行

何 流

左河水

杜华平

南昌市

陶博吾

杨荫村

禹金洲

张念定

邹洪旦

张怀平

邓文珊

陈尔芬

周士奇

樊哲平

谢国忱

黄体鹏

吴国祯

王江山

赵树照

萧　正

魏福堂

熊传伟

周求淼

李训寅

乐星冶

李训论

李金龙

张　芸

雷茂辉

李良东

燕俊萍

省直单位

邵式平

邵式平（1899—1965年），弋阳县人。1925年加入中共，曾任北京师范大学学生会主席，1928年与方志敏一同领导弋阳、横峰起义，创建了赣东北革命根据地。抗日战争时期，任陕北公学教育长、抗日军政大学第二分校副校长。新中国成立后，历任中共中央中南局委员、中共江西省委书记处书记、江西省省长。

咏庐山

庐山集秀亿年春，屹立东南孰比伦。
沐雨栉风参造化，蕴珠藏玉富经纶。
因凌霜雪柏松翠，常扫烟云日月新。
大好江山民作主，红旗招展卷乾坤。

1956年

九江甘棠湖

岁届中秋宿九江，甘棠湖上夜苍茫。
凭栏对月看鱼跃，矫首迎风闻稻香。
倒影丝丝堤笼柳，微波闪闪浪腾光。
一亭烟水群英集，记否当年点将郎。

1957年

咏小孤山

江心突出一孤山，砥柱中流马当关。
滚滚浪花都粉碎，泰然屹立性自闲。

1961年

漱玉亭 （古风）

身坐漱玉亭，面对双剑峰。
欲识此间趣，且听龙潭中。

渔家傲·星子

彭蠡苍茫庐阜碧，湖山间有县乡立，雄奇秀丽世无匹。谁查悉、有多少先贤古迹？　　海会寺依嶙石壁，落星墩畔风帆急。飞瀑爱莲和洗笔，都不及、蓼花池改造成绩。

胡献雅

胡献雅（1902—1996年），字正民，南昌人。1925年毕业于上海美术专门学校，1933年获加拿大万国博览会金奖，任中华全国美术协会第一届理事，1939年任江西省文运会美术研究会会长。1943年创办江西立风艺术专科学校，任校长、教授，1958年筹办景德镇陶瓷学院美术系，任教授。曾在南京、上海、桂林、庐山、北京、长沙、景德镇、庐山等地及日本举行画展50次，发表书画作品百余幅、诗作数十首，出版画集三种，历任全国文联委员、中国美术家协会理事、江西省文联副主席、省美术家协会主席、省文史研究馆名誉馆长。

醉酒写竹 （古风）

醉中泼墨写风竹，长竿大叶飞霜簌。
浑然一气累十张，笔墨神寓面非目。
平生写竹知多少，刻意为之故自扰。
双钩没骨无短长，终觉一拙胜万巧。

读八大山人墨荷有感

见图如见东湖景，万顷荷花风日晴。
想得高人寻胜友，湖楼泼墨寄闲情。
独来独往心无碍，如醉如癫画有成。
莫漫观摩评得失，兰亭初写妙难名。

山居喜晴

岭脊朝阳吐剑芒，洞壁丘壑入晴光。
负暄林雀争高树，湿雨庭花起短墙。
数叶妍红明画目，一溪新涨添诗肠。
山高未识秋深浅，雁字横空已著行。

山　茶

金枝翠叶丽无华，妆点名园仗此花。
白似雪团当夜月，红如火焰焕朝霞。
行吟往复来诗侣，醉笔横披有画家。
绿化瓷都兼美化，市花难得是茶花。

行　吟

庭柯闻鹊语，久雨有晴时。
出户循山径，行吟蹑竹陂。
兴高景易得，虑净笔咸宜。
不尽平居乐，枯毫一写之。

景山观牡丹

昨晨才几朵，今日百株开。
宜是看花客，江南带雨来。

与友人快谈

体妙参玄七十年，个中消息总茫然。
快谈一席酒三盅，禅机顿觉到耳边。

漫步西湖白堤忆旧时写生学友

柳絮追风不可羁，残红犹恋小桃枝。
曳筇一路思吟友，仿佛时光是旧时。

庐山写生

万山过雨玉函开，脚底泉声隐怒雷。
久坐石亭收画稿，前峰留笔待云来。

美景留人去复观，写生总觉罢休难。
饥肠辘辘关何事，饱啗香瓜当午餐。

庐山晴望

日照群峰骤雨晴，庐山丘壑看分明。
秋云谷口随风至，满载丰收锣鼓声。

罗德钰

　　罗德钰（1904—1990年），号洁夫，晚号愚园老人，九江人。北京朝阳大学毕业，曾任江西省人民政府秘书处政策研究编审等职。著有《愚园诗抄》。

燕　燕

尽抛农转非门路，泥草营巢也自豪。
姑妄言之人好逸，差堪自慰我忘劳。
春耕助兴双飞热，秋割辞归一字褒。
记取曾登王谢第，何如旷野更风操。

蜜　蜂

全心服务意严严，私念从来尽性歼。
忘我辛劳忘我战，为谁工作为谁甜。
嫣红姹紫千秋约，玉液琼浆五味兼。
博得龙钟开口笑，解馋还望几杯添。

中秋遇雨

炎威盛暑可难当，一雨寒门四壁凉。

楚俗吴风秋鸭宰，山村水郭晚禾尝。

久年陋室葱酥缺，今夕丰赡百味香。

夕照霞天晴兆也，明宵补赏月蟾光。

深秋推窗眺望

路转峰回大自然，碧湾曲水落窗前。

金风巨腕摇黄叶，秀谷晴村露紫烟。

数月芦丛围广厦，一朝童竖祝新迁。

杞忧泛宅浮家客，秋汛樯高方丈仙。

方志纯

方志纯（1905—1993年），弋阳县人。1927年8月参加南昌起义，后参与领导弋（阳）横（峰）农民起义。历任共青团弋阳县委书记、信江军委代理书记、赣东北军委主席兼赤色警卫师师长、共青团赣东北省委书记。中央红军主力长征后，留任闽浙赣军区政治部宣传部地方工作部部长，第二军分区司令员。1937年到延安，曾任中央社会部卫戍部参谋长。新中国成立后，历任江西省人民政府副主席、省长，省委书记，省军区第一政治委员，中央纪律检查委员会常务委员。

湾里避暑山庄感怀

山顶鸿飞洗药湖，洞天福地展新图。
长空一色纤云散，锦嶂千重碧浪铺。
翠寺毁馀名尚在，梅生去后誉仍孚。
读书避暑斯为美，未必匡庐尽胜居。

【后记】

湾里梅岭洗药湖，位于南昌城郊西山之巅。气候凉爽，景观荟萃，现有避暑山庄等建筑。如能进一步开发，实为省城人民群众理想的避暑游览胜地。

登山东蓬莱阁

蓬莱高阁入云颠，亭殿楼台景万千。
一片惊涛开眼界，十番幽景展诗篇。
漏天银雨穿顽石，吐雾石狮腾白烟。
仙岛无仙有仙境，往来游客胜于仙。

乌风山 (七古)

乌风山跨德兴、弋阳、横峰三县。乌风相传为人名，聚众建乌风寨，称乌风大王。劫富济贫，声势浩大，终为官军剿灭。我抗日先遣队北上时，有伤病员三百余名在洞治疗，悉遭蒋军惨杀。

四角坪上话乌风，当年造反聚群雄。
建寨造洞踞险峰，劫富救贫震赣东。
遗留古洞何葱茏，三百红军血染红。
人亡寨毁洞亦空，唯有浩气塞苍穹。

石凌鹤

　　石凌鹤（1906—1995年），原名石联学，字时敏，号逊轩，乐平县人。曾在江西省立第五中学读书，1927年加入中共，大革命失败后流亡日本，1930年回国，加入中国左翼戏剧家联盟，从事左翼戏剧运动和创作。新中国成立后，回到江西，历任剧协江西分会主席、省文化局长兼党组书记。1979年调往上海市文联，任《上海戏剧》顾问，10月当选全国文联委员。1981年任上海剧协副主席，1984年6月离职休养，病逝于上海。

农村谐拾三十二首 （选六首）

　　1965年10月下旬，省委命令参加社会主义教育运动，在翌年六月被揪出批斗止。其间由抚州温泉转宜黄县，共得七律32首。

三秋知趣

晚稻初黄畎亩东，摘棉少妇话萌菘。
芸英叶嫩疏田浸，油菜芽新耨土松。
振羽雄鸡啼夕照，呼豚母彘沐晨风。
谁将彩笔描秋色，柿树梢头万点红。

种油菜

耨土西畴夕照中，回眸拭汗若从容。
丹枫桥畔枝枝绛，乌柏溪边叶叶红。
策杖呼雏饲鸭叟，扬鞭背笠牧牛童。
荷锄归去温泉浴，公社灯明好记工。

春夜寒潮

漠北汹汹冷气团，朔风暴虐撼南垣。
横吹急雨穿残瓦，直挺斜椽护旧栏。
黄蕊霜凌伏地萎，红花雪压仰天瘅。
春光亮泽群情激，好汉昂扬敢抗寒。

沤　田

一番烟雨一番春，雷震南山夜及晨。
青草池塘蛙咯咯，绿秧田畈水粼粼。
机耕北垅肥初沤，燕剪东风日又晴。
叮嘱老牛多耦耙，勤劳驯服为人民。

初访宜黄

清泉碧透石山青，初访宜黄心境宁。
泛竹河清宜濯足，弄花鸟语似鸣琴。
朝云拢翠凝苔滑，夜雨浇香和露泠。
当日天兵征腐恶，而今春满瞰翔翎。

插秧忙

风雨连宵夜未明，山村静寂哨音清。
梦回赤脚栽禾去，伴唤披蓑戴笠行。
农事及时毋稍怠，丰收有望尚多争。
曙光初醒裁云燕，且听鸡啼三两声。

追怀田公诗以记事

　　伟大的戏剧家、诗人田汉同志，毕生驰骋文坛，我则五十年追随左右，低徊忆旧犹新。

愤怒填膺哭项英，挥毫蘸泪怎吞声。
醉余榻畔温吾掌，细语叮咛惜别情。

1982年12月

【按】
　　皖南事变后，国民党反动派立露杀机，组织上安排田老离渝隐蔽，他以诗文赋志，均不发表，临行前紧握余手，叮嘱再三："在艰难环境中好自为之。"声泪俱下。

栗里吟

我本楚狂人，文会客燕京。乡思添病苦，铁翼缩归程。彭泽西邻近，匡庐南麓行。柴桑探古迹，星子度新春。水接彭蠡浪，山连五老云。沙山环南阜，碧水泛曾城。旧地吟新句，馀生惜令名。无心云出岫，得意水流情。水阔观鱼跃，云深识鸟音。桃源寻旧梦，栗里访诗魂。沐浴温泉暖，驱车大道平。东村春不老，西畈草怀新。坦道明眸悦，回峰劈面惊。曲折寻芳径，崎岖上石坪。醉乡陶令卧，盛世我侪登。石也千秋固，潜哉万代馨。先生思故里，县令慕天真。昂首当狂笑，折腰乃屈尊。挂冠辞北阙，拾翠返西村。乱世何堪问，乡邻自可亲。荷锄朝拂曙，放畜夜披星。草舍堪容膝，荆扉且掩门。呼儿勤稼穑，课女习诗文。浊酒常邀饮，奇文共品评。门前栽五柳，山垅探东林。和尚交方外，儒生反佛神。秋高采菊瘦，春暖涉溪清。独钓花深处，疑逢世外民。托言嗤魏晋，立意斥赢秦。秋熟靡王税，春蚕束茧薪。斯邦是臆托，此志乃心声。尘世尚征伐，山乡不请缨。田园诗味永，巅岭月华明。陟垅何循径，沿溪可问津。仙乡不可得，绝境怎生寻？石涧宜深浅，桃源亘古今。创新参故物，考古记前因。我固文华陋，谁非感喟深？俚歌聊寄意，纵览万山青。

雾

连朝暴雨怯登台，障眼云烟室满怀。
日照峰前明翡翠，遮天绡卷又重开。

毋嗟老

风风雨雨最关情，战地烟云万里行。
水绿山青怀故土，霞飞鸟语涌心声。
宣传群众歼倭寇，演唱将军卫国民。
慷慨高歌还奋力，毋嗟老去少年人。

醉花阴

且醉花阴春惜暮，携手山南路。盈掬杜鹃红，遮着斜阳，小憩松浓处。　　归来才罢温泉浴，槛外鸳鸯宿。窗影拂蔷薇，月下销魂，莫唱伤离曲。

1966年

自度曲·拾残局

道是衰翁诗兴佳，忆当日年华正茂，三村柳色，四野桃花，乱分春色到人家。年年不肯惜春风，无端却道春无价。　昔非老，兴犹奢，且不必驰驱车马。东郊稻麦，北垅桑麻。曾经风雨走天涯。江湖倦客叹迟归，故园早已花开罢。

1987年10月

凤栖梧·节唱

霜冷昨宵残月皓，独寐东楼，梦醒重阳早。欲插茱萸都不到，庭前菊瘦人皆老。　落叶满阶何必扫，斜倚高台，又为乡思恼。报道鄱湖归鹤闹，翻天涉水秋光好。

谷霁光

　　谷霁光（1907—1993年），湖南省湘潭县人。1933年毕业于清华大学历史系，留校任教。先后在南开大学、厦门大学、南昌中正大学历史系任教。历任民盟江西省委副主委、主委，民盟第一、二届中央委员。曾任江西省教育厅副厅长，江西大学校长，省社科联副主席、名誉主席。全国政协委员，省政协第二至第五届副主席，省人大常委会第五届副主任，省历史学会会长，全国秦汉史学会、魏晋南北朝史学会、唐史学会、宋史学会顾问，中国大百科全书军事卷军制分支学科顾问。著有《府兵制度考释》《中国古代经济史论集》《史林漫拾》《谷霁光史学文集》，主编《中国兵制史》。

自　题

风驰电掣马蹄急，云淡天高鸟翼舒。
伏枥常怀千里志，归巢爱听鹤鸣诗。

困　学

运用存乎心计妙，折肱未必都良医。
天生才智非优选，惟日孜孜学与思。

胡守仁

胡守仁(1908—2005年)，字修人，号拜山，吉安县人。国立武汉大学毕业，深得徐天闵、刘永济赏识。历任国立中山大学、中正大学、江西师大中文系教授、系主任，江西省社联副主席，江西诗词学会顾问。诗学杜、韩、苏、黄，句法挺健，朴厚老到。著有诗集《劫后集》《拜山》三集及《韩愈叙论》、《韩孟诗选》、《江西诗派作品选》、《魏叔子集》（点校）等。

读陈后山诗

士贫有如此，何计活妻孥。
遣作西川客，相依郭大夫。
寻思九天上，得句古人无。
精力于斯尽，声名满八区。

一　室

一室仅堪容马旋，老夫便以此为天。
人间多少不平事，初喜无因到耳边。
不见今人见古人，一编仿佛对嘉宾。
何妨世上都忘我，个里端知有道真。
平生立志愧陈蕃，一室扫除心不烦。
世事司空看已惯，几人忧乐在元元？

失　题

吾父一生中，食蘖不知苦。看看儿长成，挺立持门户。儿也实不才，年年困羁旅。青衫趋埃尘，颠倒狙公芋。空贻吾父忧，至死无闲处。生子以待老，贱者农工贾。而我业诗书，乃独负此语。已矣悔何及，遗恨万万古。

赠七八级同学

十五年前此读书，别来云树肯忘诸？
重逢相看朱颜在，更显龙钟是老夫。

参加修水黄庭坚纪念馆开馆仪式有赋

诗家谁是凿空手，宋代应推双井黄。
千载为公香一瓣，文章日月与齐光。

馆开修水本公乡，今日落成客满堂。
空负平生私淑意，此来欢喜愧中藏。

读汪辟疆先生遗作

依稀六十年前事，都在今朝回味中。
半载春风时雨里，生公说法略相同。

姚公骞兄一苇从台湾归来探亲，其昆玉皆有诗，敬次其韵

心神不隔苦形睽，飞雁峰回望入迷。
精义同归三语掾，苍波肯比一丸泥？
脊令相见诗皆妙，朋辈读来首尽低。
伫看中华将一统，频还乐事更须题。

心 声

祸福有随韩子云，人间善恶彼苍闻。
上天听视惟民自，事实昭彰史有文。

幸 运

门前理发师，月入一千五。教师退休者，安能与之伍？必须尊知识，号召自政府。民间耳边风，文章不能煮。仲尼贤颜回，陋巷安如堵。我犹居夏屋，岂止避风雨？电扇与空调，室内不受暑。应当拜嘉贶，感激铭肺腑。

邓锺伯

邓锺伯（1908—1994年），新干县人。早年毕业于武汉大学，从徐天闵、刘永济学诗古文辞，新中国成立后在江西师院中文系资料室工作。有《丑枝诗稿》，取梅宛陵"老树著花无丑枝"之意。其诗简淡高远，得巢经巢之神。

观南昌八一公园菊花展览

邦人重秋不重春，公园绿怒花常贫。
金风初寒好斗菊，珍菊万本倾城宾。
古园黄落我来憩，傍水桥舟清无尘。
短桡曲槛并年少，俯仰上下眼中亲。
曲桥过尽菊坡出，堕入锦国花围人。
白蓝红墨不可数，盘盂爪匙争献陈。
巨株繁星尤骇异，缠绕山石窥矶津。
波心一岛最奇绝，苞粉绿竹抽长身。
路迷未邃桃源秘，恍随渔父来逃秦。
双龙卫门凤虎舞，熊猫孔雀形逼真。
此皆接种夺天巧，花为肌肤骨为筠。
岂惟古人未尝见，举世稀有如星辰。
从知万事贵变化，墨守故辙难开新。
春红易尽风雨猛，秋花秋月天护珍。
邦人智足果不诬，老懒莫惜敲门勤。

观南昌月季花展览

　　我少作花童，蓄盆三十种。兰梅标格高，不数月季茸。南邦花讯稀，此日兴何勇？琉璃映千门，华殿壮高垄。岂同鹤乘轩，众乐赐青宠。是时天清和，休沐云集涌。士女仍春服，鱼贯舄徐踵。入室闻异乡，白黄丹赭冗。低昂依四壁，层迭中央耸。大或拟盘盂，小者珠玉总。火球四面来，玛瑙上下动。西施舞倦腰，张妃偎江孔。一一经接余，妙手化骨董。就中绣牡丹，名实犹洽巩。浓香醉蜂蝶，艳夺花王重。外此俱不凡，再宿心犹动。平生非孟轲，退落急流涌。寄言司马公，独乐尔何壅？

二王诗 (有序)

辽宁二王兄弟，杀人越货，多行不义，剧盗也。公安部下令全国通缉，尾随至广昌，俱毙之于广昌深山中。以诗纪之，所以警顽也。

汉时剧孟为敌国，郭解朱家两豪贼。
长安白日怒杀人，往往侠行市恩德。
二王凶徒何所有，短兵单车怙暴力。
一心所嗜惟货财，累万随身使不得。
宵征昼伏寸步难，匝地锋矛遍荆棘。
肠空胃竭形憔悴，敝衣破笠面黧黑。
一朝亡民困女儿，草木皆兵围捕急。
万金委地利兵抛，人履决绝跳奔匿。
淘沙篦虱尔焉逃，果见双尸岩下塞。
人生蔬食自乐肝，奚必腰缠无纪极。
似尔华堂张玉食，胡为困顿天南北？
欲操钵箸乞无门，应羡寒门侍亲侧。
惟财当贵得自勤，不勤悖入灾自食。
邓通严嵩皆饿亡，吕布李全毙刚克。
鲁褒钱神何足齿，惟有玉川朗鉴识：
"有钱无钱俱可怜"，一物千秋长太息。

癸亥暮春淫雨三日诗以纪之

午热困重衣，白日兴瀍瀳。中宵暴雨临，轰
射窗玻碎。隆霆破丘山，飞电爇宇内。远闻折木
声，近慑瓦乱坠。生民都落箸，屏息敛喘咳。予
时方伏枕，似闻天际嘅。呜呜气不平，施罚不肯
贷。昧爽穿院行，堕木纵横碍。初疑履蛇虺，赤
手不及刈。亭午得日影，黑雨突崩再。一舍淼如
舟，四顾无干块。花枝扫千层，败叶塞沟秽。寒
气惨肌骨，裘絮思拥配。穷冬望春归，春归无可
爱。况闻修禊名，昔日贤所佩。奈何一女殇，遗
祸至今在。前年唐山市，百万化鬼辈。阳功久不
伸，蜀日尚遭吠。天时系人事，此理或难废。无
令诬科学，徒缓瘳壬喙。吾言岂偶然，自省非襜
襣。

咏桃花

五株桃伴对楼居，一树花魁艳有馀。
绣幕苦遭连日雨，芳蹊犹惹四方车。
夫人邢氏身非众，西子萝溪态自殊。
墙角楝枯枭啸夜，可怜生意不关渠。

观滕王阁工地

阁废碑荒觅不知，江南瑰绝古来推。
沙丘抚水将堤绕，故国王楼涌地危。
阁客妙才难再伯，韩公雄笔亦韬辉。
新朝多士谁高唱，添得洪都又一奇。

观京剧

夏虫昧坚冰，文章毁章甫。
台中出入人，歌舞何辛苦。
冠壮嗜银幕，彩电童儿取。
岂伊雅调高，时俗自卑侮。

承友人垂询近况戏答

良朋念我独劳人，未识初还自在身。
老物出门疴积体，枯枝著蕊木逢春。
江山两足皮无茧，诗卷全牛刃有神。
如此安排甘九秩，敢贪留看海扬尘？

胡杰安

胡杰安（1911—2008年），字莘畊，别署胡工，南昌人。1936年毕业于浙江大学土木系。江西水电专科学院水利分院、南昌工程学院教授，坝缝专家。受聘任中华诗词学会顾问、江西诗词学会顾问。著有《莘莘词草》《中国历代江河水利诗词选》等。

乙未暮秋谒铅山藏园公墓

一部藏园九曲雄，讥弹寄语尽含风。
明公笔下寻常事，离合悲欢道不穷。

临江仙·甲午春客燕

卷地黄云弥御宇，嵯峨九庙迷离。宫墙寂寞凤凰池。明裳荒俎豆，御柳拂天墀。　　若问金銮千古劫，王家骨肉离披。秦娥漫莫怨恩稀。落花三月后，醒梦五更时。

临江仙·庚子冬祸

欲废蓼莪怜寸草，庭除叶落潇潇。小楼人去暗魂销。炉边尘落寞，户外竹萧骚。　　深院重门双锁冷，凝寒暮九难消。西溪旧事梦迢迢，北风行子苦，南国美人娇。

潇湘夜雨·辛丑端阳

汨水招魂，娥江沉骨，蓬鞭角黍凄惶。一帆风雨逐孤航。流水咽、章门问渡；清泪落，樵舍回肠。来还去，长亭水驿，夜雨潇湘。　　迷离梦里，惊涛起伏，百尺桅樯。任泡随波影，点点沧桑。潜水窟、龙鼍欲鼓；临苇渚、鸥鹭闲翔。凝眸处、长天一色，云水共苍茫。

离亭燕·壬寅春暮

水际光浮红乱，芳陌霎时春晚。欲卷珠帘烟雨重，望断窥帘双燕。寂寞旧巢空，人在落花深院。

苏幕遮·乙未霜降过鹅湖书院并吊词人辛稼轩

信江清，鹅水碧。绛染霜林，芦荻添秋色。贤哲弦歌长寂寂。化雨春风，千载传遗泽。　　恨临安，胡马疾。啼鴂深山，造口还题壁。客土荒凉埋白骨。墓木萧疏，不老词人笔。

捣练子·八八年夏客庐山西麓竹泉山庄咏竹

晨 竹

斜晓月，落晨星。潇洒千竿挹露清。密翠浮天烟漠漠，金蝉噪暑抱枝鸣。

风 竹

泉韵泻，藓苔青。夜半风敲疑雨声。点点离离成静趣，一帘清影月华生。

雨 竹

千叶滴，一流横。夜雨敲窗梦不成。洒落苍梧斑点点，潇湘馆内短长更。

眉妩·为《历代花卉全集》题句

又群芳争艳，百卉凝香，旖旎上林苑。集奏阳春曲，华魁奉天先绽。国光色烂。学士吟、妃子亭畔。小栏静，带雨含烟倚，退之坐惊叹。　　枝上湘红初染。问泪妆汉女，宫锦谁浣？爱惜参差影，微之共、牧之情意深浅。敦颐客馆。净绿裳、红瓣舒展。更陶令东篱，佳色冷香缱绻。

周缉熙

周缉熙（1912—2008年），号鳌舟，南昌人。江西省文联《星火》社编辑。退休后受江西图书馆之聘，为该馆整理古籍并编书目。曾任《江西诗词》编委，江西诗词学会顾问。

南昌竹枝词

滕王阁

滕阁峻雄超往代，江声长叹少英才。
千年未必无王勃，可奈阁公唤不回。

苏公圃

苏公台榭静生苔，日上三竿锁未开。
哪管游人扫游兴，为防花贼盗花来。

东　湖

环湖铁椅无空座，杨柳垂清绿荫天。
多事镜波平照影，春娃敞抱恋郎眠。

文教路

学宫官府拆围墙，官也从商学也商。
冷却银行空却库，热烘货币饱谁囊。

百花洲

万秩图书捆作囚，伤心最是百花洲。
千秋名迹清幽地，将起谁家广乐楼。

读《岭表湘音续集》题寄谢叔颐女史、唐惕阳先生等十三诗家

度岭蛮音霄与齐，好诗不唱夕阳低。
图南鹏阵惊天白，一笑神州失旦鸡！
征鸿啼雪破黄云，北国风骚近夕曛。
造物岭南春信早，为天下唱仗诸君。

某翁编当代诗歌，广征高手，戏酬

才奇岂在貌魁奇，莫薄侏儒矮下姿。
材得天年凭曲短，高枝惯是受风枝。

读《秋韵》纪感

欧阳公赋韵悠悠，忆别荷湖六十秋。

已变雷池声荡野，谅余藏壑未宗周。

戊寅中秋夜闻讯，仰空口占

星汉波飞讯，空清月更圆。

迢迢思象外，何处照安然？

吴刚蛮弄斧，桂魄诉生权。

羿彀密尤密，原子玄且玄。

嫦娥问天帝，许是下凡年。

余心乐

余心乐（1913—2000年），武宁县人。1935年毕业于中央大学，初在吉安青原山国立十三中学教书。新中国成立后，执教于江西师范学院，先后为讲师、教授。系黄季刚先生高足，精文字、音韵、训诂之学。著名语言学家，江西诗词学会顾问。

周总理逝世十周年感赋

棠歌舆诵寄馀悲，遗爱神州遍口碑。
回首城狐社鼠事，蚍蜉撼树实堪嗤。

古籍整理编辑小组成立志庆

汗牛充栋百家书，玉轴牙签满石渠。
边笥陆厨资考校，鲁鱼亥豕待爬梳。
河间真本勤搜集，汉箧遗文更补苴。
此日一堂耽盛事，推陈仁看展新图。

悼汪松涛

对酒豪吟忆往时，几回匡鼎解人颐。
清风朗月思玄度，流水高山惜子期。
劫遇十年煎百虑，缘悭一晤叹长离。
九原可作空怀想，独把遗篇泪欲垂。

挽黎劭西先生

鲁殿灵光共仰瞻，忽惊噩耗讣书传。
语文研究遗篇满，教育辛勤得路先。
方幸四凶长斥逐，何期二竖苦缠绵。
心香此日临风祭，引领京华倍怆然。

送李尚行同学

暮齿传薪意亦甘，不辞蜡炬与春蚕。
临歧何必骊驹唱，此际登程吾道南。

王咨臣

王咨臣（1914—2001年），谱名迪诹，别号云峰后人，新建县人。曾受聘于江西省图书馆，继受聘为中正大学研究员。抗战胜利后，赴上海中国学典馆任职，编辑《四库全书学典》《世界辞典》。新中国成立后，曾先后为江西省文献委员会委员，省新华书店店员、省社科院特约研究员，省古籍整理小组成员。南昌著名藏书家。编有《南昌史话》《滕王阁诗文广存》《新建文献五种》等。

婺源古有茅屋书声响美称，今闻藏书散佚殆尽，为怅然久之

茅屋书声有美传，四乡藏弆富图编。
明清善本多遭厄，迟我蒐求为保全。

1957年

《清风老人画册》，为黄秋园题

　　清风老人，比邻而居，幼好绘事，工山水，法唐宋，宗石涛，取其长而脱其窠臼，匠心独用，自成家法，性豪放，好纵谭，不慕名利，绝意仕进，退居牖下，有终老之志，或遨游以乐馀年，自比闲云野鹤；或挥毫以写所怀，自谓多得天趣。出示近作山水画册五十开，索题，万壑千峰，变化无极，有写《归来辞》者，有写《醉翁亭》者，有写《赤壁夜游》者，有写黄冈竹楼者，有写湖口石钟山者，盖皆具深意存焉。有写秋山归隐者，有写秋山景色行乐者，有写秋山草堂读书作画者，盖皆为一己写照以明志焉。每一展卷，有如置身其间作竟日遨游，有如误入迷途而忘返者，不禁掩卷叹为观止焉。

清风老人乐馀年，杖履优游步若仙。

归隐秋山事诗画，徜徉破屋独悠然。

年逾六十自称翁，豪放胸怀志未穷。

笔底云烟多变幻，千峰万壑逞雄风。

闲云野鹤俗尘删，煮酒论诗雅俗关。

世事纷纭浑不管，挥毫日写万重山。

静观造化得天然，叠嶂层峦景大千。

法古法今都不法，自成新格任毫间。

1974年

家骆馆长学问渊博，著述宏富，早年幸得相从沪上，获教良多，奈一别参商，竟成永诀，凶问传来，诗以哭之

沪上相从忆早年，离愁空望怅南天。

终身事业终身好，盖世文章盖世妍。

三代秘藏楼馆阁，千秋著作典书编。

传来讣问惊心碎，痛哭临风泪下咽。

1991年

【注】

家骆为金陵望族，世代书香，幼承庭训，长就外傅，性好典籍，尝著《我的终身事业》一书以明志，至老不废，年八十，犹以编刊《中华全书》为两岸开展文化合作之课题。

迪纲宗兄自楚来书贺年，并锡鸿辞，既感且愧，因赋此俚句答之

天寒岁暮系萦思，衡雁传来绝妙词。

鄂渚羁愁空有梦，章门怅望愧无诗。

潜通典籍咸推重，广济才华共仰知。

唐代云峰今再现，王家风彩起微衰。

1993年

八旬初度，江西省文史馆暨老年文艺家协会先后为寿，既感且愧，因漫赋一律致谢

岁月蹉跎愧八旬，浮生有幸草劳人。

少时未许研文史，老大方知误俗尘。

著述多艰聊自慰，藏书遍访竟忘贫。

徒增马齿何堪寿，暖我寒门常在春。

1993年

白　发

白发丝丝镜里明，浮生半世愧无成。

身谋子女家徒累，志事文章学未精。

数度访书存史迹，几经著述逞争鸣。

少年豪气空回首，赢得儒冠薄倖名。

立秋后苦热，感赋一律

危楼夹道荡清波，三伏骄阳苦热何。

白昼偷眠求竹簟，中宵起座爱风和。

调温神器贫难得，解暑冰砖未厌多。

为念农夫炎日下，耕锄汗滴土根禾。

1994年

书店领导偕全店退休老人驱车重游石钟山，有感而作

石钟耸立负江河，结伴登临感慨多。
山岸嶙峋经雨刷，新堤重筑任风磨。
曾彭石刻无残迹，沫若新刊可研摩。
洪患终消晴日好，永留遗迹荡清波。

【注】
① 曾彭：曾国藩、彭玉麟。

吕小薇

吕小薇（1915—2006年），名蕴华、号竹邨，女，江苏武进人。一九三三年毕业于无锡国专。曾从唐文治、钱基博、陈衍、朱叔子、冯振、王蘧常等先辈学诗古文辞。抗战中，流寓江西。从事中学高校教学及古籍整理工作四十余年。曾任江西诗词学会副会长及《江西诗词》编委。平生酷耽吟咏，嗜填词，著有《西湖诗词》《竹邨韵语剩稿》。

庆春来

夏历戊子除夕，案头红梅怒放一枝，晴光掩映，顾盼生姿。入夜，有捉草龙瓜灯喧舞于户外者。欣然制此，以迎新岁。

有一枝红艳向人开，问酷寒、而今何许。便天海潜移，人间已是，草木春为主。亭亭不语。倩符映新颜，迎牛驱鼠。想南旌、早日归来，更振起雄城箫鼓。　休说隔帘灯影，不辨鱼龙舞。试听潮动欢声，儿童拍手争觑。逝年水样，去则由它去。笑唤横斜，共春来同住。

【注】
逸人以所藏旧作相示。

庆春来

一九四九年夏历除夕，曾制此曲以迎新岁。今复倚声以赋红梅，为春节之献。

三十年春去又春来，问横斜、几经风雨。怎忘得韶光，嘘寒送暖，百万彤枝舞。心期曾许。荐解缚新姿，微馨一缕。忍销魂、鹈鴂先鸣，竟扫却落红无数。　　应识驿程冰涣，重觅春行路。喜看地转天回，明霞更着千树。疏条老矣，还倩酡颜驻。灵鹊梢头，唤江南词侣。

陌上花

一九八三年春暮，京行南归，独对小庭花树，虚室寒灰，思故人生死之隔，怆然感赋。

孤鸿燕北归来，归也又惊春晚。迎束谁裁，陌上空歌缓缓。篆香一炷试招魂，奈化轻烟飞散。待吟笺焚与，万千心事，不成都幻。　　换韶光、绕砌花篱草，舞碧飞红参半。如此黄昏，争得更匀寒暖。最伤懵懂床前别，还道十年相挽①。到如今，剩对雕盒寒灰，伴予凄惋。

【注】
① 衡九于医院就暝前夜，犹忍疾执手，促余归家曰："病无妨，尚可十年相聚也。"

水调歌头

一九八二年春节后，石公天行邀酒，姚老（公骞）命诗，与会诸公皆先我纷呈珠玉。余则病痃思滞，吟得其半，未敢率尔操觚，以负主人盛意也。十二届三中全会后，方足成此解，恭录呈政。而衡九乃不获见其完篇，伤哉！八五年秋追记。

浩劫经桑海，良会拟香山。入门水仙照影，帘幕隔馀寒。笑置胸中冰炭，来共今朝沆瀣，银胮荐春盘。应有高吟客，醉墨写清欢。　　公所思，地之北，天之南。搴芳蘸渌心事，俯仰拾才难。十载江潮来去，吹下东风万里，欲舞鬓毛斑。伫望掣鲸手，解缆出千帆。

水龙吟

纪念母校无锡国学专修学校校长茹经老人唐文治先生百二十岁诞辰，并喜闻蠡湖茹经纪念堂复建落成。

尊经阁倚危栏，霜钟响彻松花坠。徘徊多士，森森曾仰，百年空翠。鹿洞遗规，桐城馀韵，芸编滋味。只惊心尘海，飞鸢突豕，怎安得、弦歌地。　　伟论儒行还记①，对刀丛、真儒浩气②。典型长在，江南一老，人师千纪。禹甸重光，鳣堂新采，悠悠云水。想白头游夏，春风心事，更秾桃李③。

【注】

① 师讲《礼记大义》，谓生平最喜读《儒行》。

② 沦陷时，师病居沪，正色以死拒敌伪之诱出。

③ 解放后，国专与沪校，并入江苏大学文学院。闻王蘧常、钱仲联等先生，执教苏沪，有复校之议。

百字令·读《铜弦词》为铅山蒋士铨二百年祭

高秋盛集，把清樽共酹，信江词魄。遗响风雷空皕载，孤凤一生曾厄①。百折黄流，千寻赤壁，怪底飘零咽。铜弦水调，此中似闻消息。　　江山异代藻思，起君应恨，生不同今日。白发青颜来万里，翔𩿨鹅湖秋翮。丘壑烟云，风骚坛坫，更树千秋业。词人往矣，为君啜醨扬粕。

【注】

① 时人称蒋为孤凤凰。

八声甘州·民盟四十周年，追怀江西民盟先辈漆裕元同志

记当年识面古青原，桃李植荒山①。对晨钟簧舍，听君谠论，醒我沉酣。为说重关虎豹，膏血爪牙殷。一叶西风下，恨绕江南。　　谁励崚嶒健骨，有梅花赠幅，烈士遗函②。惯经身炼狱，生死等闲看。只中华、兴亡在念，争民主、浪涌赤旗还。吾盟史、西江一页，濡泪写心丹。

【注】

① 抗战胜利后，余在吉安青原山前国立十三中任教，与漆共事。

② 抗战期间，漆数以思想左倾被捕。在马家洲集中营时，廖承志在囚，以所画梅花小幅赠之，上书文信国"人生自古谁无死，留取丹心照汗青"之句。又有烈士所托遗函，解放后悉捐赠烈士博物馆。

虞美人·望月

垂髫舷倚江南月，愁照爷头雪。青春离乱月明中，烽火迷漫怒浪撼江篷。　　壮年思绕沟边树①，月淡狸牲舞。暮年孤影立霜梧，相望亭亭心影鉴冰壶。

【注】

① 文革后期，江西师范大学改称井冈山大学，迁校于井冈山沟边办学。余曾在沟边园林场劳动。

一斛珠·题胡敬修先生葡萄画幅

　　碧天翠幄，十年胼胝开荒漠。龙须触舞珠千斛，腕底圆匀，活色生香幅。　　西风白露始凝酪，摘青隐笑儿童嚼①。不如指与画图看，挂紫堆晶，耐等登盘熟。

【注】

①　小庭植葡萄树，果方垂青，即为邻童偷嚼去。隔窗见其忍酸缩肩，为之一笑。

莺啼序·茶词

　　余幼习茗饮，老而益好。盖秉自祖母、老父熏陶，然实未娴此道。今承《农业考古·中国茶文化》编辑部来索茶词，遂为此调。稍存亲友离合之惊，今昔品游之味。顾自惭谫劣无文，又不欲严持故律，谨以俟方家之教正，何敢副民族文化、海陆交流之望哉！毗陵吕小薇谨志于一九九一年书窗茶案边。

　　儿时紫藤院落，博重闱欢笑。千里致、阳羡春芽，解封便说香绕。陶壶沸、招孙试品，娇痴哪辨旗枪好。但指呼："枣枣梨梨，唐诗背了。"①　　笠泽移家，锡山负笈，念投闲亲老。倚门望、喜见儿归，涤尘先瀹灵草。奉慧泉、旨甘小瓮；泛明月、兴添轻棹。听叩舷、七椀泠泠，惊飞沙鸟。②　　八年离乱，旅食西江，书空咄怀抱。天杪客，居荒僻野，堂异归

来，任惯分携，可堪吟啸。茗边醒醉，灯前抒
懑，时艰蒿目清谈少。注一瓯、相对鸡声晓。临
行嘱咐，岩茶珍裹提囊，好伴绵绵长道。③匡庐
雪褪，龙井溪喧，更武夷春早。采茶调、声流云
表。嘉荈丛中，曙霞光里，红妆窈窕。筠笼素
手，头尖摘遍，揉青焙绿研膏去，把相思、付与
郎精炒。飘然鸿渐传经，海渡山逾，作和平祷。④

【注】

① 民国七八年余三四岁间，在北京寓所，每依祖母膝，饮故乡常州所寄新茶，背唐诗、索果脯，得祖母欢笑。阳羡贡山绿茶，自唐以来，闻名于世。宋沈括《梦溪笔谈》许为上品。

② 余就读无锡国学专修学校时，老亲赋闲，城居不易，移住外家雪堰桥竹园。假期归省，老父多瀹佳茗相饷。一九三一夏，余汲惠山第二泉水归以奉亲，父极喜，挽小舅，沽酒煮茗，泛舟于湖港河汊间。是夕，父兴豪甚，既薄醉，击节为诵卢仝七碗风生之作，声情转激越慷慨，岸边宿鸟，为之惊飞。

③ 抗战间，余夫妇流寓西江，书箧荡然，旧业都废。山居土屋，烽火频迁。然偶得山茶好叶，虽无赵（明诚）李（易安）归来堂赌书泼茗之娱，而一瓯相对，赖以解醒析忧，相坚鸡鸣待旦之望。每当之子出行，亦当珍裹茶笥余藏，以润远道。

④ 末片记近年经游产茶胜地、制茶见闻。采青、焙绿、研膏皆制茶工序。采茶多为女工，制茶多出男手。以手炒最恃精技。鸿渐，唐陆羽字，著《茶经》。

贺新凉·徐高祉教授执教五十周年，敬奉水仙一盂、小词一首为贺

岁改星霜近。感人间、春尊木铎，阳生芳径。今日鳝堂为君寿，翠箭亭亭堪赠。许白石、清泉照影。不见灵均骚韵外，共梅兄樊弟高题品。宛沂浴，舞雩咏。　　阳和熏沐凝寒褪。五十年、沧桑阅历，嘤鸣斯应。无限天涯芳草绿，都付言传身引。况馀事、词坛游刃。我有孙枝期挺秀，倘薪传、史鉴红专进。桃李颂，弦歌永。

水龙吟·家祭词

香港回归，赋此奠告衡九。藉申君昔年羁旅匹夫，耻丧国土之思。而今赖一国两制之宏筹，实现主权收复之遗望。喜涕交并，不尽咏言！

昔君孤寄南峤，稻粱遥啄嗟谋苦。书来尝共，百年深耻，怀今吊古。血没潮头，汗浇沙咀，竟非吾土。恨鲸吞鹬攫，交相践踏，痛不尽、珠沉处。　　肯信炎黄雌伏，望洪波、红旗招舞。奋归卅载，澹台桃李，勤栽风雨①。剩有心魂，念萦海陆，伫收芳屿。告今朝、桥驾鼋鼍②，合浦珠还知否。

【注】

① 衡九于一九四九年底，辞香港工厂职归陆，为教育工作逾三十载，服务于南昌第二中学，校内旧有春秋时孔子弟子澹台灭明遗址。

② 唐诗人刘禹锡《踏潮歌》："屯门积日无回飚，沧波不归成踏潮。轰如鞭石屹且摇，亘空欲驾鼋鼍桥。"此借喻"一国两制"方针为稳渡回归所产生之巨力。

南乡子二首·为青云谱八大山人纪念馆作

（一）

哭笑岂无端。零落王孙道路难。奕代相残民族泪，斑斑。休作朱明一姓看。　郁勃涌霜纨。生面翎鱼澈肺肝。似不似间真得似，宗传。艺苑千秋照逝川。

（二）

盛事易荒寒。杰阁孺亭鼎足三。赣水苍茫西岭碧，腾欢。老圃深堂丛桂间。　小憩得幽探。静拂游尘参个山。不尽诗承光画壁，融涵。四海交流象外观。

邓志瑗

邓志瑗（1915—2008年），字希玉，号梦樵，又号愚夫，奉新县人。 1942年入湖南蓝田国立师范学院国文科，从马宗霍、骆鸿凯、宗子威、钱基博等学诗古文辞。毕业后先后执教于国立十三中学、古安女子师范学校、南昌师范学校。新中国成立后，先后任教于南昌师范、南昌师专、江西教育学院、江西师范学院。江西诗词学会顾问。著有《中国文字学简说》《幼学琼林译注》《仪礼直解》《广韵反切校证》《奉新方言志》《训诂学研究》《说文段注新笺》等。

咏马 (选二)

（一）

谱系犹闻衍渥洼，天山绝域旧为家。
策勋早著周王传，延誉曾来汉使槎。

（二）

岂有黄金求骨首，更无锦障护泥沙。
几人独具骊黄识，终古同声哭栈车。

述学五忆

忆马宗霍先生

寻师跋涉历三湘，文字薪传最不忘。
四十馀年弹指过，梦魂犹自绕衡阳。

忆骆鸿凯先生

声音故训仰名家，入室殊惭趋步差。
假我数年能再学，却于何处访长沙？

忆钟钟山先生

知也无涯生有涯，四书精义解人颐。
当时理学称山斗，不识词章亦大师。

忆宗子威先生

蓝田日暖足风流，韵味宜于言外求。
一瓣心香烧不尽，樊南之后有常州。

忆钱子泉先生

下自三苏溯漆园，更参孟子纵横言。
千秋早有文章在，只是深惭化育恩。

【注】

子泉师尝诏余以学文，谓宜自三苏入，然后上溯《孟子》《庄子》，旁及《战国策》，今言犹在耳，而墓木已拱。然师著述丰富，其学问文章，当千古长在。独余学殖荒落，有负师昔日谆谆教诲之恩耳。

游百丈山寺

闹市淹留岁月移，偶因集会访仙墀。
雉惊人语投松径，犬吠车声出竹篱。
梵宇远从林表见，白云顿自脚边驰。
不须浪作飞真想，更向蓬莱觅紫芝。

访辛稼轩墓

曾于遗集识经纶，今日坟前拜下尘。
壮志久纡驱悍虏，长才难展误权臣。
已无翁仲为环卫，剩有冈峦作比邻。
莫向夜台悲故国，如今天下属人民。

石天行

石天行（1917—1994年），原名石联任，又名石竹，乐平市人。1979年3月至1984年10月，历任江西省科委副主任，省科学院院长，中共江西省委党校校长。1986年至1990年为中共江西省委顾问委员会委员。为振兴江西诗词事业，先后倡立江西诗社和江西诗词学会。1985年7月任江西诗社社长，1986年任《江西诗词》主编，1987年当选为中华诗词学会常务理事，1988年11月当选为江西诗词学会会长。有《惜馀诗草》。

颐和园晚步

一九五七年九月作。时在中央高级党校学习，已开始受批判。

> 每趁晚凉舒小步，一天心绪逐湖平。
> 已无百桨飞秋水，却有千鸦舞暮云。
> 脉脉山林乡土味，依依星火女儿情。
> 嗟予何事重惆怅，且傍前堤塔影行。

【注】
正接到小宝、小毛处学写的慰问信，是蒋华动员她们写的。

题鲍有荪同志画映山红盆景是年一月途经南京作

羞列名花夸冶艳，不离众草独芳馨。
还她九载秋山恋，会见高原起赤云。

1966年1月

遣悲怀

国士家臣两未能，六尘渐净略如僧。
昔年默许兼天下，向老深悲一死生。
湘客索居惟自赋，郢人长逝更谁言。
忧来直欲凭风去，又觉西山最耐看。

1971年

游西山歌

一九七二年十一月，偕谢荣昌、姚公鸳登西山，瞻仰方志敏烈士墓，并于谢家大嚼。席间限肴、豪韵。

十年不探西山郊，遂令梦魂为之劳。相邀姚谢穿林去，冬日融和助游遨。西山之贵、贵有革命前辈墓，墓道巍巍立蓬蒿。一生浩气贯红日，临死犹将笔作刀。赣江不足流其泽，西山不足配其高。白云不足喻其洁，青松不足名其操。忠烈典型动国际，况我自幼蒙熏陶。低徊流连不能去，天风为我声嚎啕。直挂云帆济松海，万戟千戈卷怒涛：如鹤鸣兮九皋，若鸾哕兮嘈嘈。忽疾雷兮咆哮，乃大雨兮滔滔。群峰激荡，百穴呼号。虎狼慴伏，狐鼠潜逃。诚两间之极韵，真绝代之风骚。呜呼，人籁何如天籁好，涛声终古颂英豪。饥来驱客下山去，忙煞谢家四儿曹。杀鸡剥笋蒸八宝，更有余嫂亲治庖。主人笑我如弥勒，弥勒本来一老饕。吃喝玩乐今所鄙，友情热烈胜醇醪。大言畅笑不可止，照例限韵各挥毫。兴倦归来夜渐半，西山皓月满林梢。

壬子腊月深夜，弈棋归来，月明如昼

月光如被覆全城，寒夜沉沉若可温。
莫让足音惊睡梦，人民此际正安宁。

1973年

步姐夫原韵

一九六九年，李竹平姐夫、雪书姐姐先后下放到湖南邵阳纺织机械厂的农场劳动，举家同迁。

北风送客憩南洲，一水潺潺绕屋流。
此日卜居亲下土，当年策马立高丘。
归来陶令文长健，老去廉颇气更遒。
莫向资江嗟岁暮，人间成熟在深秋。

1973年

六月二十一日，赴中央党校申诉，午憩颐和园中

廿年长梦是耶非，学府重寻路欲迷①。
朝野方钦谤木诏，椒兰忍听葬花词。
当时炼狱谈容易，从此真风告式微。
赖有名园邀客步，旧题苍石尚依稀。

1978年

【注】

① 中央党校已另择址建舍，高楼矗立，几致迷路。时已大热，中午三小时无处栖止，只得仰卧园林荫处，昔年作《颐和园晚步》时的情景，憬然在目。

金缕曲·呈李一氓大使

渤海叨相识。忆桃源、烹茶品画，谈词论律①。南浦归来浑不似②，自误一身精力，又落得五年称敌。既许捐躯唯党命，掬丹忱、那顾牛衣泣。凝望处，远天碧。　　绵绵往事嗟何及，我能谙放羊牧豕，春蓑夏笠。挈妇驱儿耕作罢，坐拥西山朝夕。更寻友瓜棚一弈。忽迓谪仙天外至，感生平再蘸干枯笔。金缕曲，进公席。

1962年6月

【注】

① 作者在旅大地区时，曾在氓翁领导下工作。桃源台，大连住宅区名。

② 南浦，意指南昌。王勃《滕王阁序》："画栋朝飞南浦云。"今市郊尚有南浦桥。

南乡子·奉赠王之坚同志

石竹本狂狷，何惜驱身上祭坛。独憾秋风摇落甚，萧森，无复春山雨后妍。 执手两无言，知己情深廿六年。耐得研磨人亦老，之坚，纵不号呼也惘然。

1963年

唐多令·观人民公园菊展与大哥、鹜弟限韵作

晓日抚轻柔，谁家笛满楼？恰重阳重聚重游。饱看菊花千百态，晴浴罢，暗香浮。 黄叶落枝头，繁华逐水流。愿年年诗酒淹留。更与东篱盟宿好，矜晚节，守寒秋。

1973年

盛 朴

盛朴（1917—1990），湖南省湘阴人。历任萍乡县县长、南昌专署财委副主任、江西省农业厅厅长，1983年离休；任江西老年书画协会会长、江西诗词学会首届常务副会长。著有《盛朴诗存》。

漓 江

漓江清澈出尘寰，簇簇青峰照影寒。
好水好山看不足①，胸间犹自有馀澜。

【注】
① 第三句借岳飞句。

睡美人①

一嶂天成睡美人，遥看倩影近难真。
素心长恋滇池水，洗尽铅华不染尘。

【注】
① 昆明滇池畔有西山，又名睡美人，盖山形酷似也。

端阳醉后语

又到诗人节，沽酒过端阳。三杯不解醉，沉吟夜未央。春蚕丝未尽，放言不自量。创业艰难史，前事不应忘。官场一席酒，民家半年粮。轿车竞豪华，扶贫徒张扬。更有贪赃者，以权饱私囊。蟊贼伤根节，硕鼠蚀粮仓。何以树廉洁，何以臻小康？党风是根本，监督要加强。政纪严整顿，法治遵宪章。几句老实话，一副热心肠。

哭张英同志两首并叙

老战友张英，湖南同乡，不幸病癌，然不自知。余偕老伴去穗小住往访之，承热情款待，劝酒有加。第三天惠我赠别诗三首，有"珠江南浦两心知"句，感人肺腑。孰料第五天溘然长逝！悲乎！

（一）

提笔沉吟不尽哀，卅年阔别访君来。
情知此会成今古，强作欢颜捧酒杯。

（二）

珠江南浦两心知，扶病支床赠我诗。
天夺子期伤绝响，洞庭波涌雨丝丝。

徐高祉

徐高祉（1918—2006年），南昌县人。五十年代在江西教育学院执教，曾因历史问题入狱。出狱后，担任南昌职业技术师范学院历史系教授。为江西省诗词学会名誉理事。与人合著有《中国古代史》《白香词谱校笺》。

己巳教师节抒怀和梓老

后凋霜雪几顽松，老去应惭献赋雄。
负鼓放言夷夏变，鸣桡浪说古今同。
曾栽桃李芳郊甸，渐褪铅黄会辟雍。
五十春秋摩讲席，踟蹰皓首对西风。

南昌职业技术师范学院为予举行执教五十周年庆贺会，敬吟《教书半百年》抒怀

笔耕舌耨报明时，愕愕情移贺雨诗。
幸际获麟欣辍唱，无劳失马置瘦辞。
羞凭管蠡供窥测，敢续邯郸缀色丝。
能饭差堪知己慰，忝为多士抗颜师。

南昌师院离退休教工话别会上

曾为寻春到下罗，开榛草创起弦歌。
传薪绻绻心弥热，据德谆谆志岂讹。
风雨深怀千里难，安危百虑白头波。
怆然一切无言际，濡笔沉吟夜尚多。

退休小唱

犬马微劳未足夸，相逢月月笑哈哈。
衣温饭饱书能读，说地谈天你我他。
生无建树不须夸，腿硬腰酸少坐车。
荣辱恩仇成过去，一张报纸一杯茶。
老来强把寿年夸，望外常开笑口牙。
秋菊冬梅春又夏，故人渐少浪淘沙。
不是瓜甜小二夸，下罗人物显才华。
人在家中心在校，只为当时爱了她。

教师吟夫子自道也

(一)

教育曾张救国旗，青春无悔抗颜师。
拳拳志在民开智。嗡嗡词矜食愈饥。
弹铗先生愁下海，操衡公仆据谋私。
弦歌欲断肠将秕，耻向黔敖乞布施。

（二）

冷凳铁窗五十年，曲肱疏水矢薪传。
煌煌典则荣黉宇，汲汲要求责砚田。
有打官商欢致富，无门学究苦参禅。
高楼调秩梯才响，七事街头已领先。

次韵又来兄《鸡年祝酒辞》

金鸡佳兆报年来，快借东风倾耿怀。
万丈高潮吞陆海，何人更问洛阳才。
我亦屠苏啜半杯，满羞见肘短诗材。
不如意事眉常皱，写副春联一笑开。

承黄崇艺以其尊公福基手迹本
"镂冰室诗"见惠，赋诗致景仰之忱

先生诗味与时深，敝屣荣名事苦吟。
乱世有身成累赘，至人无梦故清心。
爱山不速钟期遇，乐水相忘鹭约寻。
入室镂冰怀葛意，采薇此日叹吾今。

满庭芳·乡居夜起

才缀娇芽，旋飞急雨，小园花事凋零。湖村岑寂，鸦背暮烟平。树隙寒星数点，窥窗后、还照前汀。年年是，离多会少，有泪不须倾。　　钟情、天易老，尘缘久误，踪迹浮萍。纵此身顽健，弓影堪惊。为问高明故侣，凭雁足、谁寄叮咛。挑灯坐，魂回夜半，犬吠两三声。

1970年

诉衷情·咏世界史

洪荒亘古事茫茫，蒙昧最悠长。自幼制作石器，历史谱新章。　　初试火，建城邦，起封疆。欧非白黑，亚美黄红，几度沧桑。

沁园春·闻滕王阁落成有日步张建华君韵

往矣滕王，阁名依旧，系此雄城。想澹台游楚，初沾礼化，灌婴版筑，汉旌南横。寂寞梅山，缤纷苏圃，徐榻生寒古迄今。须王勃，写千秋绝唱，荡涤尘襟。　　秋云秋月为邻，争奈得秋风夜夜深。便崇楼次第，光逾前代；人才领略，感喟临津。后乐先忧，铁肩辣手，珍重乾坤起坐频。春且到、听歌吟动地，惊蛰扬芬。

1988年

魏向炎

魏向炎（1921—2000年），安义县人。曾为江西教育社编辑，后任江西诗社总干事、江西诗词学会秘书长、《江西诗词》编委。著有《豫章才女诗词评注》及《抱璞集》。

散步过亡友墓

泉江汨汨向黄昏，行近幽篁欲断魂。
丛竹绿垂残照影，断岩红退旧潮痕。
风烟掩抑孤坟坏，霜月凄清万籁繁。
一自故交弦绝后，夜深犹梦立山根。

答寄友人

作苦投荒越廿年，分明非梦亦非烟。
巴山夜雨休回首，留取心魂理旧篇。

无　题

辛苦年年作嫁衣，忘餐废寝少人知。
惯看鸟尽弓藏去，耻作驴鸣犬吠归。
一饭三遗廉颇老，过秦媚汉贾生痴。
世人漫道无逾轨，唧唧吟秋亦可悲。

余与陈迟谊兼师友，迩年岁末，迭接贺年片，每以疏懒少作回答，报以长句致意

春申贺柬又飞来，胜似江南驿使梅。
昔日师生俱雪鬓，今朝故旧半尘埃。
难忘五十年前梦，不作寻常世上材。
喜看长江前后浪，千层滚滚起风雷。

游索溪黄龙洞

侧闻武陵殊不俗，桃源上溯索溪峪。
不惮流光已入伏，驱车昼行中夜宿。
羽岩老人拖羁束，半夜三度频远足。
兹游我亦忝同毂，首探黄龙豁吟目。
洞口阴凄疑鬼屋，如入冰窖寒瑟缩。
洞口忽启酸风扑，仿佛隆冬衣葛服。
远古远裂一何酷，妙造溶洞奇邃曲。
广厦巍者丈百六，亭榭台阶杂且复。
钟乳倒垂纷坠玉，丛生石笋森箭竹。
龙泉轰鸣殷飞瀑，下穷深潭栖水族。
千奇百怪罗画幅，山上有山水有陆。
似有寒儒挑灯读，似有君平叫卖卜。
似有鹰隼居高瞩，似有群兽相驰逐。
或如罗汉空袒腹，或似舟中嫠妇哭。

危崖绝磴肩踵续，咸叹奇景天下独！
可惜李白舟入蜀，可惜霞客辕局促。
郦元只见三峡谷，陶令徒逐东篱菊。
杜老登楼悲地蹙，贾生忧时空赋鹏。
余生也晚到岳麓，难见湘累旧芳躅。
山灵不能告所欲，招魂还待临泽渎。

北京吴柏森诗友《遂初集》衰成属题

退食燕京作幸民，词坛啸傲寄吟身。
梅妻鹤子林和靖，忧国伤时龚自珍。
青眼广交天下士，丹心长望后来人。
蜗居不改箪瓢乐，一卷长存笔下春。

贺胡守仁教授八旬大庆

历劫金刚不坏身，庐陵代有斫轮人。
斯文未丧搜林斧，古道合凭作席珍。
四座再传高弟众，八旬更觉白头新。
欣看瑞雪盈衢巷，伫立程门暖似春。

【注】
祝寿之日，雨雪霏霏。

姚公鸄教授为令兄一苇由台湾来省探亲，因雨阻归程，感赋七律一首。余与公鸄兄早岁于遂川县以诗相识，爰次其韵

尺布难逢陆海暌，脊令岭外雨风迷。

西山向晚观天候，南浦寻春认雪泥。

萱萎北堂游子瘦，梅开东阁锦云低。

龙泉缇骑搜书日，五十年前忆旧题。

【注】

一九四一年夏，遂川藻林吉安中学学生自治会被中统特务徐高仁搜查封闭，教师曾伯雄，学生姚公伟、曾洵、谢永荰、曾兆麟等被捕，拘押于遂川县政府候审室。时予从马家洲集中营获释不久，任职于遂川县政府秘书室。出于人之常情，腾出私人寝室供曾伯雄先生等暂住，遂得时与吉中师生晤叙。犹忆公伟兄五律中有"满天星斗动，遍地虎狼行"之句。

吴利环

吴利环（1921年—），湖北省黄梅县人。曾任南昌铁路分局装卸副社长。中国书画艺委会、江西诗词学会会员。著有《枫叶正红》诗文合集、《生命的歌》专集。

铁路南昌车站旅客运输黄金周

黄金周里国民欢，劳逸调休乐万端。
访友探亲心喜极，游川玩岳眼开宽。
人山人海候增列，客急客需帮解难。
服务热情皆到位，安全便捷众欢颜。

摩天轮

巨轮旋转接云层，近瞰洪州远牯衡。
科技人才今日盛，世间奇迹造皆成。

江湾即景

逶迤山脉雾云层，四面湖山一镜清。
红土绿茶宾共赞，白墙黛瓦眼弥明。
彩虹驻影惊鳞跃，艺苑祖贤观塑形。
九曲桥边农产盛，江湾沿户小经营。

望海潮·南昌城市花园

　　长江中右，鄱湖西侧，南昌历代名城。滕阁耸霄，绳金塔古，参差百万门庭。十景九龙腾。陆空水称便，开拓中兴。里巷花园，物华天宝更人灵。　　雄碑八一峥嵘，有双流玉带，二泊舟轻。林被草毡，心舒目悦，纷纷燕舞莺鸣。红谷岸偏横。市府牵头驻，为适繁荣。百业蒸蒸日上，环宇友朋增。

马朝芒

马朝芒（1922年—），女，浙江温州市人。1937年参加革命，次年加入中国共产党。原江西省农林垦殖厅副厅长（正厅级）、党组成员，1983年离休。现任省老年书画协会名誉会长、省诗词学会会员。

井冈山龙潭观瀑

崇山高树苍穹，乱云飞渡从容。
瀑布风吹四溅，依然汇聚潭中。

游新、马、泰、港、澳偶成

香港海洋公园

缆车送我上山巅，拨雾穿云宛似仙。
喜立窗前观海宇，乐从水底看鳞阡。
豚鱼争食翻空跃，饲者投肴舞袖翩。
绝妙龙坛忘物外，权将馀兴写诗篇。

芭堤雅

珊瑚岛屿海连天，碧玉苍波景色妍。
降伞如同鸥鹭舞，飞舟破浪水云间。

【注】
芭堤雅位于曼谷东南150公里海滨，被誉为"东方夏威夷"。

云顶大赌坊

自古贪婪邪气深，赌场黯淡使人沉。
风云变幻谁能测，输尽珍裘荡尽金。

游三清山

三清高耸插长天，我欲攀登感力屏。
奋力排难拼搏后，放歌终在彩云端。
双崖对峙"一线天"，曲径幽深敢领先。
铁锁环连身自稳，豁然世外渺尘烟。

刘世南

刘世南(1923年—)，吉安市人。江西师大文学院教授，江西省诗词学会顾问。著有《清诗流派史》《在学术殿堂外》《大螺居诗存》等专著十余种。

用　人

龚生论明良，三复每咏叹。
用人以停年，资深徒尸玩。
嗟彼智勇士，难苏束缚怨。
安得绝侥倖，俊髦知所劝。
我本江海人，夙昔斗霜霰。
谁惜成物艰，反怒豫章健。
时清得今日，终蒙阳城荐。
未敢愧知己，为学企淹贯。
落实取其材，虚名一笑粲。
自古名高者，往往出贫贱。

1983年7月

从方元先生偕郭丹、刘松来二研
究生游学夜车赴沪不寐赋此

出门漫笑素为缁，天矫长车尽夜驰。
身作蛇行艰伏枕，灯成烟视助敲诗。
摇篮味岂儿时似，少睡情原老境宜。
游学从兹行万里，三苏如见出川时。

1987年3月

读　史

良干空嗟岁在辰，杜门甘效九泉人。
先亡嗣祖宁非福，往哭董班已绝伦。
飞鸟何由避矰缴，上都长是掩风尘。
盱衡无复狂言在，触眼惟馀邸报新。

竹　林

数峰平远送新晴，未到潇湘骨已清。
莫遣匆匆幽径去，满山竹叶画秋声。

1990年4月

寄俊贤大兄台北兼怀甥侄辈

兄出一乐我二南，廿年以长两不谙。

唯闻此弟书是耽。我诚四部视眈眈。

予取予求若利贪，一物不知辄怀惭。

惜哉未能作梗楠，潦倒世务百不堪。

揽镜顿惊白发氁。同祖弟昆今馀三。

冥鸿不接隔层岚，何时能为促膝谈？

闻兄有子皆奇男，一门愉愉乐且湛。

五世同堂祝彭聃。父母之邦宜一探。

饮故乡水口亦甘，卧故乡榻梦亦酣。

黄鸡白酒加霜柑，此中况味愿同参。

毋徒使我卅年空望海水蓝。

1993年12月

吾赣文化名人多矣，兹择平居最所钦迟者，各系两句，为长歌以颂之

贞固干事陶士行，忠顺勤劳似孔明。

（陶侃）

继美曾孙得元亮，五柳一传聊自况。

（陶渊明）

耳白于面有欧公，庐陵文章世所宗。

（欧阳修）

牛耳虎头王介甫，敢当大事谁堪伍？

（王安石）

政事有本在疾奸，文章推挹有半山。

（曾巩）

城楼伸足栏楯外，自言平生无此快。

（黄庭坚）

议谥怀宗志复仇，容斋五笔见谋猷。

（洪迈）

直谅久闻胡忠简，一疏直破群奸胆。

（胡铨）

宰相先务在得才，诗精何足尽诚斋。

（杨万里）

孔曰成仁孟取义，长为两间留正气。

（文天祥）

惊鹤摩霄奈国何，空持死节效曹娥。

（谢枋得）

抗言不独斥时宰，制曲岂同阮圆海。

（汤显祖）

天工开物何煌煌，四库不收走扶桑。

（宋应星）

世事难哭又难笑，后人但知书画妙。

（朱　耷）

云起轩诗青邱豪，论政尤惊识解高。

（文廷式）

诗圣同称泰戈尔，谁怜顽痴馀老子。

（陈三立）

树义精严史证诗，如日昭昭重华夷。

（陈寅恪）

乞种树术谋活国，水杉一歌人豪识。

（胡先骕）

游漓江望群山

奇峰扑我来，壁立忽千仞。烟云两迷茫，漓江明如镜。幻此歧嶷姿，大山小山映。初日媚朝霞，时送凉风沁。槎浮白云深，鹭飞渔箌近。船头披衣立，双睛疲接应。乃知甲天下，端恃耿介性。江南山无骨，视此恶夫佞。想象巫山高，舟驰心不竞。何如此夷犹，水亦仁者静。我闻桂林山，屼嵲出大浸。更历几亿年，沧海覆人境。成坏自相倚，宙合终无尽。

1984年8月

记姚公骞先生语

熊胡①二子走相告：姚公亟称三书妙。

《唐诗百话》圆以神，《澄心论萃》博而奥。

又得《清诗流派史》，甄综前修多独到。

今年得此殊不恶，更喜眼前有同调。

我闻此语殊适适，微之敢附三俊号？

五月诗会榴花红，与公接席相视笑。

自言说项不容口，惟恐世人不知好。

又言一读惟恐尽，尚恨未能穷怀抱。

世无临安陈道人，胸中所藏难尽貌。

嗟哉姚公至鉴精，使我长忆晁以道。

1997年8月

【注】

① 熊、胡：熊盛元，胡迎建。

悼钱锺书先生

1998年12月23日夜，枕上口占。

古人交游气谊敦，《广师》我独首钱君。

淹贯中西孰敢到？都是最称兰陵荀。

《管锥编》与《谈艺录》，有一于此可称尊。

公乃浑涵汇万有，馀事犹堪扫千军。

地灵公遂为人杰，气与太湖相吐吞。

古之道术在于是，治学宏峻如昆仑。

我以樗材承青眼，拂拭不置如及门。

绍述无能徒愧恧，恸哭惟向北山云。

二〇〇三年十月、十一月，予应邀讲学于浙大、杭州师院、福建师大、集美大学，由厦门归，感赋

闽浙长车并夜驰，江南烟水最相宜。

乘黄贫道怜神骏，沉碧双湖映旧祠。

讲席儒林愧钟扣，疑年海国喜肩随。

英雄听侣知多少，独立层楼有所思。

2004年4月

公交车上

快意风来暑气无，斜阳影外一车驱。

功深万轴耽黄卷，日晕双睛对墨猪。

杂沓宾朋时上下，缤纷灯火每模糊。

遥情欲接涪翁雨，清梦何当坠太湖。

2007年8月

题山水画

市廛尽日接疲氓，山水卧游略慰情。

只恐三农人亦苦，萧寥四壁是秋声。

2008年6月

李传梓

李传梓（1923—2005年），九江市人。毕业于北京朝阳大学，历任中学教师、南昌职业技术师范学院副教授。

访云居山真如禅寺

云深藏古刹，四季鸟声和。
半岭岩松曲，千年银杏多。
太虚起梵呗，所戒在蹉跎。
寂寞空禅院，孤晖照翠坡。

山　居

山居何处觅新知，几净窗明独赋诗。
一篆炉烟心事渺，磨穿铁砚寄相思。
平生最服散原诗，诗衍西江重一时。
吟到抚膺家国句，愿输余热效驱驰。
一轩潇洒影萧疏，屏弃尘嚣自爱庐。
肃肃凉风宜揽胜，踽踽安步胜轻车。
照影无眠月色阑，迢迢清夜怯轻寒。
凉天如水添吟兴，顿觉蜗居似海宽。

鹧鸪天·游五泉山公园

铜佛庄严岁月长，参天乔木自阴凉。五泉涌出双龙壁，更觉新茶胜酒香。　　登玉宇，赏秋光。太空陨石话沧桑。崔嵬云气山如画，照影湖光映曲廊。

【注】

园有铜接引佛一尊，高五米，重达万斤，为明洪武三年铸造。

桂枝香

情深似酒，待藻绘江山，欣逢师友。万里扬波滟滟，冰操共守。长剑倚天豪气在，问灵均，天何所有？海雨江风，丹青挥洒，吟坛山斗。　　集兰亭，高歌吴楚。更收拾情怀，抛撇僝愁。试把离骚读遍，雪瓜载剖。贤来阁上高朋满，凭栏望，清香盈袖。鹤侣鸥群，高山流水，新诗成否？

沁园春·滕王阁重建志庆

南浦流丹，西山耸翠，百代名城。忆南州高士，涧深松茂；洪崖丹井，壁峭云横。苏圃灌畦，镇蛟许逊，造福斯民震古今。有朱耷、更感伤身世，借物抒襟。　　岳阳黄鹤为邻，独高阁滕王寄慨深。昔元婴建阁，王郎作赋；骚人雅士，乐道津津。岁月悠长，几经兴废，重建欣传捷报频。重九节，待高朋云集，共诵清芬。

浣溪沙·建国四十周年前夕，江州诗社举行雅集，余不克往，因成此阕

四十春秋正盛年，湖山烟水耀霞天。神州无处不娇妍。　　入眼楼灯红似酒，故园雅集会群贤，恍闻仙乐在匡巅。

陶今雁

陶今雁（1923—2003年），原名康，字今雁，后以字行，进贤县人。江西师大中文系教授，江西诗词学会顾问，滕王阁楹联学会名誉会长。从事唐宋文学教学与研究。著有《雪鸿集》《寒梅集》《秋雁集》等，其《唐诗三百首详注》多次再版，曾主编《中国历代咏物诗辞典》。

偶书一九六八年十二月南航"牛棚"

从来革命不偷生，苦学雄文胆力宏。
留取丹心观世界，沐猴冠带可长行？

杂诗三十首 (选一)

西辞黄鹤灿朝霞，重返洪州兴倍赊。
田舍上庠登讲席，青山湖畔可为家。

【注】
田舍，田舍郎之简称。

丰城清溪

此邦风景擅清幽，佳气葱葱日夜浮。
人物峥嵘联袂出，青山长茂水长流。

书　感

小子莺迁感倍多，遥思旧日路盘陀。
今虽白发垂垂老，犹有雄心为国歌。

咏汤显祖

平生心迹在天涯，岂料纲维似乱麻。
不可卑躬事朱户，终能昂首弃乌纱。
剧成四梦寰瀛仰，诗咏千章奕世夸。
观演还魂亲赋感，杏花楼上醉烟霞。

呈千帆师二首

（一）

珞珈风景岂曾忘，忝列当年弟子行。
硕士南天争立雪，文人北斗共依航。
隋珠和璧光难掩，白虎苍龙气尽降。
滚滚长江流日夜，遥祈夫子寿而康。

（二）

昔年倾倒涉江词，今读闲堂却恨迟。
尘世沧桑生百感，彩毫挥洒赋千诗。
风骚未逐秦燔绝，宫阙犹瞻鲁殿遗。
幼妇辞传人激赏，钟山千里倍怀思。

答华平赠青岛纪念小品

玲珑寸盒众生排，此物难能海上来。
紫蟹横沙虽有足，翠螺呷水岂无腮。
嘉贻感激殷勤意，迟报宽容谢劣才。
不审杜郎青岛畔，登高几度望蓬莱。

庆春泽·青山湖

信步东郊，青山北望，湖光何处追寻？曾与良朋，彭桥几度凭临。难忘夏日荷花艳，拂清风、香气盈襟。看鱼群，蓦地浮游，蓦地潜沉。　　湖滨茂树蝉声唱，更黄莺织柳，白鹭围鳞。最喜黄昏，星蟾倒映波心。当年美景成陈迹，任垃圾、污染谁禁。怕重游，不见荷花，不见鱼群。

姚公骞

姚公骞(1924—2000年)，南昌县人。早年执教于乐平、德兴中学，求学于厦门大学、中原大学。1957年由南昌师范专科学校调入江西师范学院历史系，为中国古代史教研组组长。1981年调江西大学历史系，任系主任、教授。后为江西社会科学院副院长、省历史学会会长、江西诗词学会会长。承继家学、文史兼通，好诗词、工书法，涉猎禅机佛理。著有《王安石的知变与司马光的守常》《江西人与南北曲》等。

砺　志

不着僧家百衲衣，墙间耻食祭馀归。
多师转益开生面，自取琴弦抚一徽。

肖有为三段持扇嘱题

大千同一局，小憩得三闲。
黑白分淄渑，青黄戏触蛮。
机藏深布垒，觚破转成圆。
弈罢童心静，回眸远处山。

广昌发现恐龙化石

亿年历史费推寻，幻石蟠蜿隐翠岑。
秋水寒涛风雨夕，盱江深处有龙吟。

戊辰暮冬，大哥一苇自台湾返大陆探亲，因风雨滞留广州数日，天涯咫尺，犹艰一面。深宵不寐，赋此短章

五十年来两地暌，关河风雨望中迷。
神驰南岭梅前讯，情系西山雪上泥。
童梦怯温游子老，高堂苦忆寝门低。
劫磨历尽相逢日，付与儿孙作话题。

秦兵马俑

一闭辒凉二世休，空留土偶护灵丘。
长平赵卒坑中骨，易水燕歌剑下头。
应省崇陵同蚁穴，讵知大泽有狐簧。
朔风落叶咸阳道，雾掩前村未尽收。

奉题润芝道兄指画

千百年来赞虎威，我于威处识公悲。
风云大泽龙蛇尽，独倚高丘卧夕晖。

奉题柏森乡先生诗集

早岁尝参笔受功，尼拘杨柳度西东①。
冷斋一榻疑萧寺，寐枕空弦守爨桐。
身得长闲才未老，诗推健举力常雄。
压槽燕市输家酿，乔木池台念醉翁。

【注】
① 梵言尼拘，即华言柳也。见宋赞宁《高僧传》。

老 学

　　杭大宗《读史然疑》自序谓："田业既荒，桑榆景迫，时过而后学，独学而无友，二者交讥，吾业止于是矣，吾业不能复进矣，悲夫！"余读后颇不谓然。老而向学，晚景自娱，日积日志，日志日积，恐亦未必有止境也。大宗何其衰惫乃尔！志之以诗。

观溟乏术候澜来，老对屠门亦快哉。
节急曦灵空逐景，声谐瓦釜愧成雷。
谋身久谢囊锥器，通识宁甘袜线材。
自笑槛壶盈霤水，块然一室作书呆。

老学杂咏之一 (有序)

　　两汉之书不可不读，惟不可堕入尊经；宋明之书不可不读，惟不可误入证道；乾嘉之书不可不读，惟不可悬考据为鹄的。应知由通经而穷理，由穷理而明心，由明心而返回识字，后先相续，古人治学之态度与方法，确乎随时势之推移而日趋近于理性与科学。此诚吾国古代文化精神元气之所在，文化遗产之所可宝贵者实系于此，其书之所以不可不读者，其理亦在于此。循此以求，日进于理性与科学，以竟古人未竟之业，斯为善学也已。不然，胶固古人之学，不敢越其樊篱一步，则将反为古人所误也。殊不知古人所谓通经、穷理、明心、识字云云，虽各有专精，要其根本，则无非肆力发挥圣人之言。今人倘亦以圣人之言为旨归，则恐终不能追及古人于万一，且必陷没于文化上之祖先崇拜而后已。此殆殷人尚鬼之遗风，几曾不似傩舞演员以形与貌而为一活化石耶！视此以为学，岂不惧哉！

　　初民群狉狉，万物堕冥眩。崇拜油然兴，生殖实首愿。从此敬祖先，子孙崇祭奠。进而一族盛，血缘变国宪。有般聪明人，繁礼作羁绊。大智欺下愚，亲贵凌疏贱。戒慎加恐惧，昏然团团转。人皆比尧舜，孟轲勇且悍。后世嗫不声，相顾渐弱孱。刘季起草泽，祖宗非荣灿。又有聪明人，图谶杂占验。皇帝穿新衣，光环谎如现。聪明者谁何？巫觋饰巧宦。学人耻为伍，俶然盟理念。群经皆史尔，公羊逊左传。嵇阮薄周孔，风气又一变。奈何乱离世，玄谈死刀剑。梵学自西来，众睛为眩涣。是法平等观，惊呼舞又抃。圣贤我可为，宋人敢自擅。理性启程朱，陆王气尤健。明末及清初，英豪重履践。乾嘉多学人，识字藉考辨。无征不足信，斯言堪三叹！科学已临近，理性开生面。学人真精神，昭然不可掩。遗产实在兹，淘金须洗炼。循此力探寻，庶几达彼岸。

戊寅处暑后一日偶成

八月八日节立秋，昨日匆匆便处暑。
依然火伞张天中，气温高达三九度。
古谚立秋未淋秋，引来十八秋老虎。
果然只只磨爪牙，横霸晴空逞威武。
天象昧茫难穷知，年来阴阳交相迕。
去冬地无一日干，今夏连朝倾盆雨。
沿江滨湖尽汪洋，七次洪峰雷霆怖。
上下两忙无粒收，万顷良田化沮洳。
屋倾物漂付东流，嗷嗷生灵堤上住。
某处江堤豆腐渣，居然夸口金汤固。
差幸众志成坚城，百万军民奋力堵。
千里水线作战场，上蒸下泡无完肤。
伟哉人民解放军，砥柱功勋侔大禹。
至今水位扔超高，惴惴两月心焦苦。
自来江湖灾害多，时久面广史未睹。
生态长期病失衡，天灾实多人因素。
上游砍伐植被尽，下游造田水为阻。
中流挖沙堤岸危，百孔千疮难尽数。
屈子问天天无言，转而问人人应悟。

苦雨叹

自丁丑立冬至戊寅立春，凡三越月久雨不止，纵不雨亦阴昏不开。计其晴日，累之不足六日。作苦雨叹。

入冬三月雨不止，前为暖冬后冻痏。
大雪收势仍不晴，偶然半面若蒙耻。
江水灏灏八月涛，江心沙洲沉水底。
积潦巨浸陷堤防，波漂浪激失涯涘。
割来晚稻俟打场，堆垛腐烂芽累累。
到口粮食化为泥，日月病瞀苍天死。
哀哉城中升斗民，雨中摆摊湿裤履。
明日不晴无干裳，夜阑辗转难交眦。
四野灰濛如覆盆，寒风胜刀雨胜矢。
厄尔尼诺果逞威，七十馀年仅遭此。
衰翁终宵卧空斋，畏寒俨同畏虎兕。
纵有电褥不藏温，每被雨声惊坐起。
窗外近处有酒楼，霓虹闪烁似鬼视。
小车辚辚往来频，漏泄春光唯彼耳！
侧闻久旱虐北方，新井汲深绠短已。
大河断流逾半年，小河干涸成砻砥。
北旱南涝两失衡，较古灾异尤奇诡。
此时若逢刘更生，五行志谱春秋史。

浣溪沙·丁丑冬至

　　起看彤云酿雪无，扑身寒意薄肌肤。春来消息趁招呼。　　老我青萍闲霸气，任谁白眼睨狂奴？楼前樟树未曾枯。

胡绍瑗

胡绍瑗（1924—2004年），临川县人。出身耕读人家，毕业于金溪应钦中学，在宁都难民烟厂负责难民文化教学工作。新中国成立后，在江西财政学院财会系进修，后任职于南城县粮食局，任财务股股长。1962年下放务农，1973年先后任教于临川县唱凯中学、彭泽县中学。1980年落实政策，调回粮食系统，在江西省粮食厅及其干部学校负责管理工作。

数丛荚竹桃在夕照下独放，红艳夺目

为何荚竹到秋红？生不逢时谪冷宫。
堪叹抱枝泣血死，不随败叶舞西风。
卖花篮里暗藏春，朵朵香花簪玉人。
廉价春风经济好，一年穿吃不忧贫。

1982年

夕　照

暮色苍茫乘兴还，万家灯火点崇山。
清风送爽来窗外，皎月如盘挂树间。
幽谷烟云如罩梦，悬崖瀑布泻龙潭。
翻书阅读甜眠去，花浴朝阳香满栏。

1992年

寻 春

翘首观花我乱神，枝头偷折一香茵。
狂蜂嗡叫频挑衅，欲夺老夫手里春。

1995年

巾帼插秧即景

故乡巾帼插秧忙，巧绣银波瞬绿行。
嗔怪春风亲粉颊，频教笑语满田扬。
卸却外衣尽短装，更挥玉臂斗群芳。
香汗汩汩随秧下，绿满田畴夜未央。

1997年

美人蕉

美人玉立绿丛中，双颊绯红笑舞风。
滴滴娇娇摇不定，千姿百态院墙东。
闲庭秋月好观花，佳丽多娇浴晚霞。
袅袅婷婷羞带笑，夕阳似梦任风斜。

2001年

诉衷情·春日遣怀

　　千红万紫闹枝头，好景不常留。花开花落依旧，壮志恨难留。　　眉未展，发先秋，泪空流。请缨无路，耿耿忠心，莫报神州。

1983年

满江红·咏飞花

　　斗绿争红花丛里，怕招蜂蝶。初相见、娇容艳貌，温情脉脉。雨滴玉阶春梦碎，红随春水漫江血。恨东风、一夜恣凌欺，英姿灭。　　凄凉意，多离别。朱颜老，休悲切。莫抱枝四海，遨游多悦。玉宇琼楼难久驻，青山绿水堪栖歇。待明年千红万紫时，朝金阙。

1989年

调寄江城子

　　老妻先去我神伤，夜孤眠，泪成行。天上人间，无处诉衷肠。忆相聚恩恩爱爱，亲热热，情难忘。　　月圆人去夜嫌长，镜盈尘，枕衾凉。幽梦难成，庭院月如霜。最是心情烦乱夜，凄寂寂，思茫茫。

2003年

杨小春

杨小春（1925年—），临川县人。中正大学毕业。历任共青团江西省委办公室主任、江西青年报总编辑、省政府办公厅副主任、政协江西省委常委等。曾任江西诗词学会副会长，现为名誉会长。著有《春风万里》《珍惜你的青春》等。

南昌解放五十周年有感

长江赣水浪花连，万炮千帆改旧颜。
五十春秋弯曲道，八方景秀艳阳天。
三桥虎拱滕王阁，一路龙飞锦绣田。
仰望西山头上绿，莺牵燕引点霞燃。

登龙珠阁

龙珠阁兀瞰瓷都，水绕山环入画图。
玉宇卤林烟织锦，金窑火海焰藏姝。
青花不败玲珑透，碧豆长留色泽殊。
万国同声歌景德，神州异彩耀鄱湖。

乙亥况钟公园重阳登高

盼到重阳菊正黄，诗翁爱发少年狂。

登亭举目寻佳句，入谷低头觅蕙芳。

喜看林间莺啄蛀，担心垅坂鼠偷粮。

秋临况墓添新色，太守清风拂面凉。

【注】

况墓在靖安县登高山麓。况即况钟，明朝清官，人称况青天。

庐山避暑

浔阳溽暑气沉霾，跃上匡庐爽满怀。

鸟啭深林招雾去，蝉鸣绿叶送凉来。

湖中云影疑冰结，峡里虹飞是玉裁。

仙境蓬莱何处觅，琼楼锦苑我安排。

浪淘沙·纪念邵式平同志百年诞辰

风雨晦如磐，黑夜漫漫。惊雷震响武夷山。万里长征旗猎猎，破敌千关。　　赣水驯波澜，地绿花丹。高楼伫立笑春寒，俯瞰朝阳斜照处，车挈人欢。

蝶恋花·春深

　　田垅层层耕几许?轮水翻飞，泥脊条条数。柳下黄牛闲卧处，蘘翁酒醉清明路。　　咽血杜鹃啼月暮。花攒村姑，只待狂风住。谷雨插秧秧欲语："产粮无税宽心去!"

史春荣

史春荣（1928年—），南昌市人。江西省医科所高级会计师。江西诗词学会会员，江西省及南昌市老年书画协会会员。诗作曾发表于《江西诗词》、省书协《皓首吟》、《夕照集》、市老年书协《滕阁夕照吟》。

厦门东望

厦门东望彩云堆，但见郑公身影魁[①]。
两岸千年话袍泽，南溟百载睹风雷。
天涯有路帆樯断，海角无边鹭鸟飞。
雨霁江山远青翠，陆台何日共春辉。

【注】
① 海中小岛矗立着郑成功巨大雕像。

白玉兰

玉樽谁饮置瑰枝，翠树林中独俊姿。
高洁斯君千古颂，留芳飘逸德人诗。

映山红

阳春大地尽芳华，代有英雄戍莽沙。
万里江山千古血，神州处处绽鹃花。

马彦辉

马彦辉（1927年—），安徽省宿州人。1954年援朝回国，入唐山铁道学院补习，后为南铁工程公司工程师，已离休。江西诗词学会会员。

南　昌

昔日南昌起义兵，一声枪响九州惊。

流光溢彩花如海，可望来年百鸟鸣。

滕王阁

飞檐画栋接长虹，赣抚波涛与海通。

一序王郎传万古，落霞孤鹜掠晴空。

登庐山

匡庐矗立大江边，几度驱车急转弯。

坎坷曾经珍坦道，崎岖遍历达高峦。

险峰千叠霞窥谷，花径四时绿满园。

不管风云多变幻，应知九夏亦生寒。

大京九

南北通衢夙愿酬，汗珠洒遍乐无忧。
双龙隐隐腾万里，一线迢迢贯九州。
天堑如今车行急，月台从此客流稠。
笛鸣广野惊天地，跨水飞山任我游。

征程情怀

犹记当年炮火声，如今梦笔续征程。
书香最识余心乐，白发诗情夕照明。

重阳登高抒怀

每到重阳意气昂，金风瑟瑟送新凉。
老翁结伴登高处，为爱黄花晚节香。

故乡行

江淮穿越到符离，秀色随乡入眼奇。
久别归来君莫笑，清风两袖俺回时。

惜　别

又辞亲旧远离家，绿树高门掩泪花。
惟有多情故乡月，从来伴我走天涯。

危惠如

危惠如（1929年—），谱名载华，樟树市人。退休前为省司法厅司法志编纂办公室主任，现为中华诗词学会会员、省诗词学会常务理事。著有诗集《载华百咏》《载华新咏》。

咏石榴花

春上浮花树渐空，绛囊怒绽斗熏风。
碧油枝上煌煌满，烈火丛间艳艳红。
彩蝶惊飞逃炽炭，游蜂骤睹转凉篷①。
丹房结子开唇笑②，竟是佳人又一功。

【注】
① 谓蝶、蜂见到通红的石榴花，以为树上有火，赶快逃开。
② 石榴外壳开裂。

咏 兔

长耳丹瞳缟素袍，裂唇无碍啮青蒿。

遮门不食窝边草，御敌难持壁上刀。

仁伴孤娥居冷月[①]，智营三窟避凶獒[②]。

平生多献银毫笔，乐见诗家赛赋骚[③]。

【注】

① 神话传说，月中有兔，陪伴嫦娥。

② 成语有"狡兔三窟"。

③ 兔毛可作毛笔。

咏 牛

漫道琴前不解声，年年七夕鹊桥行。

弦高犒礼秦师退[①]，田帅奇兵火阵赢[②]。

日出牵犁挥热汗，老来舐犊动深情。

知音难得周夫子[③]，俯首甘承大众耕。

【注】

① 郑弦高送牛退秦兵。

② 田单用火牛攻敌。

③ 周夫子，指鲁迅(周树人)。

鸡年元日有感

绛帻华裳五德齐①，高鸣声势入西霓。

蚯虫独见惭私饱，族侣同餐召众啼。

报点司晨勤唱唤，催人起舞莫延稽。

今之背信违仁者，操守何如竟逊鸡。

【注】

① 古人云，鸡有仁、信、文、武、勇五种美德。

咏鼠暨鼠须笔

十二支辰忝列先①，过街辄遇万人鞭。

贪婪稻麦殊堪恨，糟蹋诗书更有愆。

名号何妨捐蠹吏，髭髯尚可作毫椽②。

欲偿败坏文章孽，多遣龙蛇入薛笺③。

【注】

① 十二支中，子属鼠，居首位。

② 鼠须可作毛笔。

③ 多用鼠须笔写字。

游东坡赤壁感赋①

赤壁鏖争八极惊，娇词二赋更驰名②。
蒲圻摇扇焚樯橹，黄郡挥毫现甲兵。
地以文传无幻影，事随境换有真情。
诗家不类迁班笔，巧借山川任点评。

【注】

① 东坡赤壁即黄州赤壁。

② 指苏东坡作前后《赤壁赋》和《赤壁怀古》词。

念奴娇·观辛巳年孟冬狮子座流星雨

夜深人静，忽闻报，玄旷天穹龇缝①。织女催针忙缀绽，银线交叉恣纵。共氏冲山，娲皇炼石②，溅火飞难控。苍冥巧补，泰阶平布齐颂。　　神后会见狮王③，不鸣箫鼓，再盛仪迎送。礼炮烟花横迸射，电掣金蛇穿弄。宇宙汪洋，游龙竞渡，看客如痴梦。干戈抛却，众邦同赏翔凤。

【注】

① 此句及以下"银线""溅火"，"烟花礼炮""电掣金蛇""游龙"等均譬喻流星。

② 共氏，指天神共工。娲皇，指女娲氏。

③ 神后，即后土、土地神，借指地球。狮王，指狮子座星座。

齐天乐·遐想孙悟空观神州六号感叹

猴王碧落眠惊寤①，轰鸣焰喷声怒。甚域飞彪，何山火凤，直射苍穹深处？万钧轻举。是华夏钢龙②，探空高鸁。更见雄姿。两英豪共驾飞渡。　　三翻筋斗眺顾，倏奔千里外，长驱前路。天地沟通，亲朋问讯，无碍衷情倾诉③。老孙留语："隗单个腾云，自甘为负。赫赫神舟，令仙凡仰慕。"

【注】

① 谓孙悟空在天上睡觉被惊醒。

② 钢龙，及前句：彪、火凤均喻指神舟六号飞船。

③ 谓两位航天员在飞船上与地面家人通电话交谈。

黄汉如

黄汉如（1929—），笔名黄老牛，九江市人。原江西省农业生产资料集团公司经理助理，经济师；现为中华诗词学会会员、江西省诗词学会会员。著有《黄老牛诗词联存稿》（手迹本）。

浔阳江畔晨眺

九派连天际，滔滔一望收。
风推前后浪，梭织往来舟。
高塔浮清影，长虹卧碧流。
东方红日出，辉灿古江州。

啄木鸟赞

除害全凭喙有锋，只身侦敌密林中。
攀悬履险施神术，啄尽人间蛀木虫。

杞人吟

豪华公宴又抬头，生意兴隆数酒楼。
海味山珍求美特，云烟贵酒讲名优。
殷勤劝饮干为敬，慷慨酬情醉始休。
一席万金掏国库，奢风不改积民忧。

南昌崛起颂

南昌崛起屹华东，故郡新姿气势雄。

昌九走廊工贸旺，县郊旷野稻油丰。

高新区涌科研热，院校园掀教改风。

两线通衢①穿闹市，万家灯火映飞虹。

豫章十景翻新意，街巷三糟②去旧踪。

水碧天蓝环境美，人和政顺仆心公。

弘文名列楹联榜，反腐党凭宝剑锋。

打假端窝除社患，治安缉首解民忡。

青山湖畔欢歌漾，红谷滩前笑语融。

城似花园添特色，一条玉带③缀其中。

【注】

① 两线通街：指铁路线和高速公路线。

② 街巷三糟：指街巷脏、乱、差。

③ 玉带：指新建成的玉带河。

白家骜

　　白家骜（1930年—），辽宁省辽阳人，蒙古族。大专文化，曾任江西省人防办公室机关党委专职副书记。系江西省诗词学会会员、江西省老年文艺家协会枫叶文学社副理事长。著有《鸿爪集》。

参观武夷山朱熹纪念馆

　　武夷雄踞八闽头，雾绕云横活水流。
　　书院兴衰随史变，渊源一脉自千秋。

登三清山遐想

　　碧空万里越峰峦，恰似银河飞渡船。
　　跨进天门仙境美，女神梳洗迓群贤。

茉莉花

　　酷暑骄阳炙气狂，横斜碧绿透心凉。
　　枝头拥雪幽香远，犹感春宵满室芳。

龚子夫

龚子夫（1930年—），安义县人。南大二附院主任中医师，教授。江西名中医。江西诗词学会会员，发表诗词百余首，著有《岐黄馀韵》诗词集。

参观书画感怀

紫气东来万象新，百花齐放满堂春。
龙飞凤舞诗情茂，柳绿桃红画意真。
妙笔挥成真天地，素笺勾出活麒麟。
但祈华夏春常在，老眼痴心品上珍。

五龙潭

四面重峦拔地起，五龙飞瀑泻空流。
云腾峭壁雄关锁，树蔽深潭月影幽。
翠嶂曾经弥炮火，红旗终究遍神州。
仰瞻先烈怀千古，血沃松杉傲凛秋。

桂林漓江

怪石奇峰谁擘成？重峦叠嶂自天生。
琉璃冰绿青山映，小艇游人少女迎。
九马山前分眼力，望夫石上见妻情。
漓江如画长相忆，胜览蓬莱兴未泯。

桃花源

春日寻芳兴倍佳，人间仙境路途赊。
青山碧水滋朝雾，翠柏苍松映晚霞。
深谷陡坡乘竹轿，秦人小屋品擂茶。
斜阳古道通幽径，仙境洞天众口夸。

咏　春

姹紫嫣红赣水滨，花香鸟语醉迷人。
垂杨袅娜随风舞，细雨绵绵润艳春。

莲　藕

生自污泥不染尘，花蕾果脆味香醇。
世间名士知多少，两袖清风有几人。

庐山仙人洞

佛手奇岩谁斧成，苍松翠柏可知情。
神仙何日乘鸾去，踏遍青山底处寻？

庐山香炉峰

双剑峰前观瀑布，古龙潭畔听泉声。

谪仙早已骑鲸去，留得香炉万古吟。

牯岭夜景

月照松林静，虫鸣山更幽。

峰奇溪自秀，岭寂夏如秋。

梁匹超

梁匹超（1931年—），修水县人。高级经济师，自江西拖拉机厂退休。中华诗词学会、江西诗词学会会员。

登老屋背九龙山

（一）

一步朝霞一步台，山屏兀立石门开。
岩花红雨醉幽谷，流水潺潺献曲来。

（二）

层峦叠嶂掩斜晖，柳线穿泉鹜倦飞。
盈径野花香逐步，悠然物外我忘归。

山中晨望

烟淡曙光浮，朝霞醉欲流。
苍松凝远岭，翠竹掩丛楼。
几颗残星眨，数声啼鸟悠。
目随溪水望，绿意满田畴。

梅岭古松

千年滴翠岭峰间，凤翅虬躯根健顽。

针叶葱葱长伴鹤，苍枝郁郁惯栖蝉。

狂风侵袭原无惧，寒雪压身浑等闲。

老干凛然昭劲节，引来画笔写春颜。

春到山村

蛙鼓晴春跃碧塘，野郊一夜换新装。

和风习习渔樵乐，曲涧涓涓稻麦香。

柳拂凉溪潭水绿，蜂迷暖日菜花黄。

成群倩女采茶去，笑语欢歌漾翠冈。

邓瑞征

邓瑞征（1931年—），女，南昌市人。江西建设职业技术学院退休干部。现为中华诗词学会会员、江西诗词学会会员、南昌市老年书画协会会员、江西省老年书画协会理事。

访康复中心

恤贫怜弱人间有，两百孤儿死复苏。
惊叹弃婴皆女崽，千年恶俗几时除？

忆江南·抚河公园建成

长河畔，曲曲宛如屏。名树古亭芳草垫，夕游晨练满园情。灯火到天明。

渔歌子·采莲

荷藕香中晓露干，画盘珠闪任风翻。长发辫，短花衫。歌声荡出满盆鲜。

浣溪沙·菊展

满院清馨溢过墙，飞来粉蝶比新妆。天庭仙女亦寻芳。　　笑脸殷殷相不厌，金盘默默绽明黄。路逢痴叟绘秋香。

踏莎行·登庐山小天池

弦月施明，清风作伴，粼粼泉水流山涧。送来远处踏歌声，攀登石级身如燕。　　人影团团，谈锋侃侃，霞光万道争相灿。倚栏急待摄佳期，初升红日惊霄汉。

谭克光

谭克光（1932年—），都昌县人。大专毕业，高级讲师。1950年参军，1969年转业，从事教育工作。江西诗词学会会员。

赏茶花园落花赋感

落英岂惧伯劳啼，玉蕾盈盈缀满枝。
羞作泥尘铺彩锦，天然绚饰竟成蹊。

九龙杯

1954年冬返里，民间艺人龚伯制九龙杯相赠。九龙形态各异，栩栩如生；瓷质晶莹如玉，画工精湛。"文革"中被毁。值瓷都千年华诞，赋小诗致贺，并告慰仙逝长者。

九龙杯赠昔曾膺，半百情缘感慨增。
玉架玲珑鳞熠熠，天工纤巧目澄澄。
腾挪气势师曹马，活脱风神学皓鹰。
犹望民间龙虎卧，陶瓷绝技得传承。

丁亥地球日感赋

小小环球何奈尔？贪婪索取毁家园。

漫漫废气熏天怒，灼灼照烤地高温。

海面抬升冰盖①失，陆原缩减瀚洋吞。

冰川消退成荒漠，植物求生梦水源。

巨变环流②难适应，频生厄诺③易忧烦。

旱干沙化侵凌剧，潦涝灾区造次繁。

氧洞开宣紫线④，皮癌多发悸心魂。

岂知宇宙居幽宠，堪见洪荒现古浑。

人类染污千载罪，地球清洁万年萱。

和谐匡济自珍爱，唇齿相依话共存。

【注】

① ② ③ ④ 分别指北极冰盖、大气环流、厄尔尼诺现象、紫外线。

蝶恋花·记丁亥岁月末陪德惠求医六日

冻雨霏霏犹未歇。昨夜寒风，催落今朝雪。凛冽寒天奇疾发。惶惶无奈求医切。　　悕怯蹒跚惊滑跌。相与搀扶，漫漫晨昏涉。坎坷人生濒险绝。同舟风雨何须说。

临江仙·丁亥春同窗徐君见寄普洱茶有感

　　渺渺天涯归北雁，魂萦半世飘萍。心如仙茗品清澄。边陲遥望，独秀岁峥嵘。　　林莽棲身人不识，累年陈化尤馨。格高琥珀透晶莹。人间唱晚，醒世立神清。

声声慢

　　一九六九年离京清理书函，与德惠往返书信二百余封，尽付一炬。忆及此举，感慨系之。

　　相思藏箧，绮语封尘，流金岁月争忘！细柳依依，飞鸿天际颙望。纯真朴怀情笃，茂风华进取言匡。寻旧梦，怕残留陈迹，触摸创伤。　　岁月留痕心语，付灰飞烟灭，忧悸凌霜。咄咄烽烟，狂风扫地遑遑。惊弓鸟群环树，叹人间、竞比荒唐。追往事，对苍穹兴感晓窗。

水调歌头·冬夜，兄嫂送别

夜黑罨沉幕，风急怒嚣嚣。遑遑难设离席，含泪暗鲛绡。绮梦何能重续，沉重无言心嘱，千里路迢迢。动乱自心碎，故国问渔樵。　石桥傍，枯柳倚，雁难翱。黯然伤别，携去匆促见时遥。但祝平安无事，况有人间情思，他日雨风调。又是重逢愿，混沌渺归潮。

虞美人·忆解放前通胀奇观

关金法币金圆券，撩眼花花乱。印机失控似雄牛，无奈乞求施救大袁头。　提砖①街巷穿梭往，汗背为油酱。领薪工友独忧悲，惶恐当天延发买粮吹。

【注】

① 因通货膨胀，货币贬值，人们上街购买生活必需品，常要提着砖形的大捆钞票。

贾定远

贾定远（1933年—），湖北武汉市人。大学文化。原江西消防车辆制造厂工程师，1993年退休；现为江西诗词学会会员、省楹联学会会员。

雾凇吟

雪净物新阴胜晴，琼枝玉叶照人明。
才惊塞北冰花美，却忆江南柳絮轻。

端午怀屈原

云山遥望楚天高，端午题诗慰寂寥。
屈子今朝应释憾，行吟不再赋离骚。

读陆游诗《楚城》

寄语放翁重赋诗，乔迁无恙屈原祠。
长江更立西江壁，不复滩声似旧时。

读《潘汉年传》

九番生死铸功臣，赢得南冠血泪痕。
风雨如磐百年后，空劳翰墨慰英魂。

秋 思

挥毫畅写桑榆志，对友放怀今昔谈。
莫负江南好风景，晚晴秋水胜春山。

卜算子·武汉醉吟

大道酒三巡，起为长空舞。李杜苏辛笑语
迎，共把新诗赋。 黄鹤载余归，携手龟蛇
晤①。扬子江头话别情，从此江南住。

【注】
① 龟蛇系武汉市内之二山，夹长江而峙。我国首座长江大
桥即跨筑其间。少时常游之地。

董玉玖

董玉玖（1933年—），山东省梁山县人。1948年参军，从司号员到指导员。1964年转业至江西省邮电管理局邮政汽车站任书记，1988年任省邮电学校工会主席时退居二线，1993年退休。1999年加入省诗词学会。

山村新貌

云遮雾绕小山庄，犬吠鸡啼迎旭光。
溪水潺潺绕镇过，书声朗朗伴风扬。
楼前楼后果垂地，村北村南鱼满塘。
柳绿花红看不足，还期户户享安康。

吴之帆

吴之帆（1934年—），本名吴龙兴，广东省梅州人。三级警监。曾任军校教员，中学高级教师、教研组长，江西外贸学院教授等。江西省作家协会会员，江西省诗词学会会员，江西老文艺家协会枫叶文学社名誉理事长，著有诗文集多部。

光阴何其匆

光阴何其匆，流星划空濛。倏忽少成叟，荏苒人生穷。少年何瞢懂，中老罹惶恐。无以达自身，难复馈民众。始叹此周遭，嗟吁有何用！灿道荡胸中，激流当勃蓬。披荆又斩棘，前路掩映红。少年勤造就，中年勇攀峰。老犹播光热，更期邦国隆。喜得康且寿，快乐与诸同。

2004年12月

龙图珍

龙图珍（1934年—），字厚发，永新县人。毕业于江西省水利技术干部学校测绘专业。曾任江西省水利厅处长。江西诗词学会会员。在有关杂志、报刊上发表过数十首诗词，出版《情志吟》诗集。

金婚喜赋

结缘伉俪五旬秋，互敬如宾语不羞。
克俭勤劳舟共渡，相亲喜爱我何忧？
多年光熠星萦梦，十载儿临府获璆。
涸辙相濡终有路，白头到老乐悠悠。

探望太垛山茅舍住户感赋

新春二月阴霾天，遥访深谷柴门园。
惊见男女穿褴褛。双脚蔽屣泥尘沾。
卧床松枝稻草垫，狂风骤雨难安眠。
鼎镬荠菜溪水煮，狼吞虎咽觉香甜。
触景生情泪盈眶，视者无不涕泫然。
老少边区穷者在，两极分化仍蔓延。
执政为民须加力，脱贫致富何日圆？

赴加拿大安大略省阿刚昆公园休闲感赋

夏日炎炎酷暑天，结伴驱车远游闲。
阿刚昆园扎营寨，山林遍野乐无边。
栋栋帐篷呈异彩，簇簇篝火通宵燃。
坐围红炉烤美味，谈笑风生话古猿。
悦耳歌声旷流畅，各色游客同地眠。
人间生活甜与苦，共享幸福待何年！

参加多伦多国际老人节感赋 (新韵)

第五届多伦多国际老人节活动很隆重，加拿大总理哈珀等领导人发来贺电，总领事到会讲话。活动有书画展览、义诊、文艺演出。演出人员多是耆宿老人。他（她）们歌唱《南泥湾好地方》《我爱祖国》。还有武术、剑术。会场气氛热烈。有感赋之。

九九重阳逝而复，今秋多伦多廖廓。
华语联会缤筹划，老人节日喜开幕。
八百同胞济一堂，笑逐颜开无不乐。
书画展出众目瞩，翰墨丹青实可贺。
耄耋男女翩翩舞，耆宿银发高声和。
武术剑术呈异彩，刀光剑影横空过。
歌声琴声情怀激，优美动听撼河岳。
壮年沙场拼搏勇，为国为民功绩卓。
夕照晚霞更绚丽，老当益壮结硕果。

观看多伦多市雪景

凌晨倚窗望，遍邑白茫茫。
皎絮苍穹舞，琼花大地扬。
通街铺素绢，满市裹银装。
雪里人车跑，安心若故乡。

董志奇

董志奇（1934年—），字剑森，安徽省宿松县人。原江西省人大政法办主任，省人大法制委员会副主任、中华诗词学会会员、中华诗词学会理事、江西省诗词学会常务副会长。著有《竹斋诗草》等。

赞江西崛起

万千群众誉江西，旧貌新颜溢话题。
昔日荒丘成宝地，往年污沼化清溪。
楼台栉比云天立，花木扶疏鸟语啼。
幔卷廊腰雕琢美，檐牙高啄画栏奇。
古城内外湖光滟，高路纵横草色萋。
长虹卧波非雨霁，群舸飞渡欲津迷。
井冈松韵人心暖，彭蠡渔歌国事宜。
更喜"三农"政策好，田家欢舞沐春曦。

咏小孤山

中流砥柱遏狂澜，古刹云飞宇宙宽。
历尽人间风与浪，迎来春色满关山。

【注】

小孤山，亦名小姑山，属安徽宿松县境，耸立于长江之滨，传有许多趣闻。如苏东坡诗："舟中贾客莫漫狂，小姑前年嫁彭郎。"盖小孤(姑)山对岸，峙立有彭浪(郎)矶也。

秋日于湘西道中

金鞭十里静幽幽，红树青山映碧流。
窈窕深闺人未识，奇峰天外有琼楼。

【注】

十里金鞭，系湖南自然保护区张家界至索溪峪途中的一个地名，风景秀丽，为游览胜地。

登石钟山

一山雄踞大江皋，绝壁悬崖石作桥。
俯听狂涛惊裂岸，仰观危树挂层霄。
石钟敲断诗人笔，碑垒埋残烈士矛。
古往今来多少事，心潮欲逐浪潮高。

参观犹江发电站

高峡平湖一镜开，烟波浩淼远尘埃。
明珠闪耀千寻瀑，疑是银河天上来。

过宁都翠微峰

满山碧染吐奇葩，地僻人稀鸟语哗。
涧底千寻垂白练，天开一线吐红霞。
茅庵人静闲钟磬，洞府神熙长竹蔴。
四五农家忙播种，两三粉蝶学穿花。
偶闻欢笑人无影，原是村姑在摘茶。

游彭泽龙宫洞

潜居彭蠡有龙宫，笑访龙山入洞中。
一片琼楼生石窟，万般钟乳巧天工。
神针定海澄妖雾，莲座生辉向玉容。
鹏翅扶摇九万里，巍巍华夏展雄风。

九华山揽胜

闻胜驱车访九华，此间风物果然佳。
峰峦碧染山川秀，松竹苍遮石径斜。
潭水溶金流翡翠，岫云飞絮化袈裟。
庵堂寺庙知多少？断续钟声入晚霞。

【注】

相传高僧结庐九华，向一富户化缘，觅一地做寺庙，富户允诺僧以袈裟覆盖多少面积就划多少地给寺庙，该僧借一朵彩云化为袈裟，把九华山尽收于袈裟之下。

崂山揽胜

碧海映蓝天，海天一色连。
杉松生石隙，鸥鹭伴沙眠。
潮来波涌雪，风急浪催船。
秦皇思不老，愚昧枉求仙。

【注】

相传秦始皇命徐福求不老仙药，渡海即从崂山启航，徐一去不复返。崂山，位于青岛海滨，神话中的"崂山道士"颇具趣闻。

崇义纪行

群山环抱郁葱葱，路转峰回曲径通。

瀑布千寻飞雪浪，悬崖万仞接天穹。

竹楼菜圃农家乐，鸟道茶园橘子红。

阳岭风光云水碧，新村一改旧时容。

【注】

此行参观考察了阳岭国家森林公园，走访了桅杆下社区和枝
江左溪村溪背新农村建设。

刘国藏

刘国藏（1935年—），河北武邑人。1958年毕业于广西师院。曾任江西省新闻出版局、版权局、出版总社副局（社）长，出版集团副董事长、编审，省诗词学会常务副会长（现为名誉会长），《江西诗词》主编，中华诗词学会会员。著有《春花秋月》《不了情》新旧体诗集，《花·药·诗》《情景理趣》摄影诗集，合著《中华正气歌》诗书画集等。

《勿忘"九一八"》历史陈列沉思录

骷髅怒目吼声寒，血泪瘢痕裂肺肝。
魔帜空书"亲善"字，铁蹄尽踏共荣圈。
入侵鼓角成哀乐，抗战军声奏凯旋。
前事后师传代代，昆仑富士绽樱莲。

庐山云雾

湖绕江环云雾封，山魂水魄有无中。
纱帷春拥柔柔梦，罗带秋吹袅袅风。
陶令锄归烟笼月，谪仙笔纵气吞虹。
沉浮几许鲲鹏志，净化凡尘见碧空。

中国领袖峰

1992年9月以来，庐山含鄱口出现新摄影景点：东望五老峰，峰峦轮廓酷似仰卧的毛泽东主席，游人争相在此摄影纪念。于是此处竖起了"中国领袖峰"的标识。是天造地设大自然的造化，还是人们的心理感觉？

归真返璞五老峰，游客传奇睡毛公。
朵朵白云头上过，青松呼唤太阳红！

蝶之恋

梦绕魂牵幻化归，清风玉露醉芳菲。
仙踪绿野红媒愿，恰似中华破茧飞！

迎春花

村女行医叩万家，轻黄嫩绿展芳华。
齐夸止痛清温热，妙手回春叶与花。

腊月见蜜蜂采梅即兴

玉蕊金樽酿异香，品高节重自流芳。
严冬凛冽机缘暖，依旧辛勤采集忙。

别泪行行送鹤归

寒流滚滚，鹤从西伯利亚乘西北风经贝加尔湖、黑龙江札龙、黄河三角洲飞抵鄱阳湖越冬。翌年春暖花开，鹤又循原路返西伯利亚，约需三十天。

桃红柳绿菜花黄，君乘南风返朔方。
挥手行行难舍泪，关山万里两茫茫。

梅妻鹤子

宋代林和靖"终身不仕，不婚娶"，居杭州西湖二十年，惜花爱鸟，千古美谈。

红颜玉指绿衣裙，月影暗香醉断魂。
嘹唳儿歌环膝舞，点头鼓翅谢孤亲。

浣溪沙·荆楚情 (新声韵)

——兼贺《荆楚诗词大观》出版

家父1947年自河北南下到荆州工作几十年。我也在此地工作过五年。胞姐则长眠在洪湖。喜见《荆楚诗词大观》，对鸿篇问世的祝贺之意和对故地的缅怀之情，齐涌心头，遂成小词一阕。

源远流长颂雅声，精深博大萃集成，大江倾诉洞庭听。　难舍难分肝胆意，相依相伴手足情，千丝万缕系江陵。

舒金庚

舒金庚（1937年—），临川县人。1951年参加工作，1963年毕业于华中师大，1998年在江西省人大办公厅厅级岗位退休。现为江西省老年书画研究会会长、中国老年书画研究会理事、江西省楹联学会顾问、省诗词学会会员。

缅怀朱德总司令

起义南昌气势雄，朱毛会合井冈红。
长征万里传星火，转战千河震宇空。
奋力抗倭驱虎豹，领兵讨蒋缚蛟龙。
创军建国垂青史，高耸丰碑岱岳崇。

纪念舒同诞辰一百周年

文韬武略亦豪雄，儒将风流一代宗。
挫敌势如刀破竹，挥毫更欲笔飞龙。
字成别格惊朝野，节效前贤竞柏松。
百战功勋铭史册，文坛墨宝万人崇。

华东片人大首届书画展感赋

崛起文坛又一旌，金秋桂月聚榕城。
琳琅书展开新路，腕底风云任纵横。

【注】

2005年10月21日至25日，福建省人大在福州市举办了华东片人大首届书画展。我的书法作品被列入参展，出席了此次展览会。

暮年学书法

数十春秋镇日忙，退休意欲觅书香。
朝临法帖情添趣，夜悟精联喜欲狂。
笔走龙蛇扬国粹，手持椎管热吾肠。
宝刀未老豪情壮，翰墨舒怀寿亦康！

鹧鸪天·为纪念中国工农红军长征胜利七十周年而作

北上延河抗寇倭，路遥艰苦险情多。抢关夺隘凭英勇，踏雪爬山沼地过。　　播马列，立巍峨，军民奋进舞金戈。驱除外患人欢乐，万代光华永不磨。

熊术忠

熊术忠（1938年—），字旭志，新建县人。曾任中共江西省直机关工委副书记。江西诗词学会理事、中华诗词协会会员、江西省老年文艺家协会枫叶文学社常务副会长。

颂北田新村

舍前秀水北田河，树木葱茏映碧波。
黛瓦粉墙新旧靓，玉台仙戏古今歌。
缅怀先辈旗杆竖，激励后贤榜样多。
路畅人欢花苑里，新村风貌更婆娑。

赞光明大房邓村

秋日高天木瓦房，五通便利靓村庄①。
房前绿地凉亭美，屋后青山丹桂香。
老叟娱身增福寿，少儿嬉戏育情商。
鱼塘潋滟银波起，田野无边稻穗黄。

【注】

① 五通：通自来水、通水泥路、通电、通电话、通沼气。

览高峡平湖

昌宜千里两披星^①，频换^②乘车夜不停。

湖景朦胧形隐现，银光绝妙看飞萤。

【注】

① 昌宜：南昌至宜昌；两披星：南昌晨曦出发，夜晚十时到游轮上。

② 频换：由小轿车换火车，火车换小旅游车，又换大旅游车。

游神农溪

青山夹水衬蓝天，两岸悬崖百丈泉。

奇妙神农峰鳌美，纤夫汗雨拽舟前。

乘车过余干县康山大堤偶感

旷野朦胧色不清，鄱湖浩渺隐微身。

芳菲孤鸟翔白点，堤岸芦芽早映春。

童年牧牛

忆昔三角外荒洲，芳草萋萋可牧牛。

汀路骑牛惊历险，雨晴蓑笠夏春秋。

高培抗

　　高培抗（1939年—），出生于四川省自贡市，祖籍彭泽县。大专文化，现任江西省城乡规划设计研究院高工，注册城市规划师；原任院工会副主席。鹰潭市第二届人大代表。省诗词学会会员。著有《林康诗选》《绿的放歌》。

晨　出

熹微雾霭碧溪盈，曲径低田隐墨林。
拾级登坡疑路断，忽闻头顶杜鹃鸣。

1994年10月

参观万亩茶林

青岭釉亭披晚霞，环山带带碧油茶。
入云花灿谁描画？巧手茶工能不夸？

登　山

齐云山径几凉亭，游客挥毫赞紫岑。

或拟泰山霄汉峙，还同庐阜壑烟深。

歌吟应响心瘀解，草水逢存鼻息馨。

他日重登高岳岭，月华仙境鉴玄灵。

1998年9月

夜　渔

击石篙声夜梦惊，朦胧月色一舟轻。

鸬鹚出水叼鱼上，仰颈呜呜扇翅鸣。

杨永年

杨永年（1939年—），樟树市人。江西教育学院毕业。历任中共江西省委统战部处长、主任、专职党委副书记等职。现为江西省诗词学会副秘书长、江西省老年文艺家协会理事、枫叶文学社理事长、江西老年大学文学创作研究室主任。著有《药古文选》《岁月微痕》，主编《赣耆心韵》诗文集等。

青山湖今昔咏

往昔青湖枉谓湖，长如弃袋纳千污。
泥淤垢长飘奇臭，浪黑鱼翻漫野芦。
雨季洪波淹路宅，黄昏蚊阵障圩途。
摇头掩鼻行人怨，死水何时变绿珠？
拓径清湖展大观，碧波潋滟渺轻烟。
掠行画舫迷游客，变幻华灯照笑颜。
两座名园①镶曲岸，一支巨表②测长天。
玉河引入银河水，圣洁瑶池注世泉？

2005年5月

【注】
①　"两座名园"指环湖而建的湖滨公园、相思林公园。
②　"一支巨表"指安装在省电力大厦上、据称长度为亚洲第一的巨形温度计。
③　"玉河"指玉带河。

访华夏笔都文港镇① (**新韵**)

笔都何术俏中西？老坊新庄路欲迷。

序阁王郎夸光照，书行内史爱毫奇②。

千家传袭三部曲③，四宝营销一局棋。

喜购农耕④惊艺绝，千年古镇沐春辉。

2007年4月

【注】

① 笔都文港镇被中国轻工业联合会等四单位授予"华夏笔都"称号。

② 序阁句：王勃在《滕王阁序》中有"光照临川之笔"的赞美；行，指行书；内史，指王羲之任临川内史时，爱用临川文港毛笔。

③ 三部曲，指文港世代相传的制笔、收皮、卖笔三项相联的活动。

④ 农耕，指邹家耕笔庄的毛笔，著名的毛笔品牌。

冒雨游赣州八镜台

章贡言欢启赣流，登台雨骤喜还愁。

渔舟一叶迎清浪，绿树千株织彩球。

堤外高坛添宝鼎，城头旧壁隐伤疣。

宋城俏丽迷人处，古色新香各半秋。

2008年5月

【注】

宝鼎：2004年第十九届世界客属恳亲会在赣州举行时，在赣江源广场辟《客家先民侨迁纪念坛》，并在坛上竖一宝鼎。

观看南昌摩天轮

巍巍江畔矗天轮，沉睡荒滩喜遇春。
拂面清风携香气，腾空游客揽白云。
盘旋群鹜惊庞物，却步苍头炫转宸。
昔怨南昌无胜景，洪城今遍快活村。

2008年6月

车行鄱阳湖圩堤观景

烟波浩渺涌千洲，列队芦兵乱点头。
觅食肥牛伊未饱？离群孤鹜尔何愁？
长堤护稻迎青浪，小港休鱼整叶舟。
但愿年年无水患，湖荣万类竞悠悠。

2008年6月

故乡吟二首

（一）

少远离乡老未归，故园旧貌梦依稀。

村前塘浅涤青菜，宅后坑深①沤臭肥。

窄巷流污蝇聚闹，瘦田拾穗稚追嬉。

家贫教子精农事，唯盼年丰足食衣。

（二）

公路多叉辨问忙，群楼绿海是吾庄？

"三通"僻壤兴墟市①，"四改"农家别旧装②。

户有名优宽网售，村无赌盗睦邻襄。

惠民霖降田生宝，敢与城区较短长。

2008年10月

【注】

① "三通"，指通公路、班车，通有线电视，通宽带网。

② "四改"，指改饮水、改柴灶、改厕所、改牲畜圈。

丙戌重阳游永修县柘林湖

衔山纳涧笼轻烟，平澈秋光水映天。
千岛观奇含动静，一桥悬索锁泉川。
猴嬉雀噪游人逗，艇掠鱼惊雪浪旋。
筑坝兴农招远客，谁知波底卧桑田？

2008年11月

夜游新八一广场

寸金广场玉镶边，雄塔巍巍半入天。
两轴三区规划巧①，千泉万曲彩虹妍。
组雕栩栩歌军史②，彩石晶晶闪路沿。
异树银灯相掩映，更深犹醉不思眠。

2008年12月

【注】

① 两轴三区：两轴，一轴为南北向广场主轴线，另一轴为东西向广场景观副轴线；三区，即南部纪念区，中部中心文化区，北部休闲区。

② 组雕：在中心文化区，围绕"八一恒辉"主题，布置有8块军事题材的浮雕。

隆冬观青山湖岸柳

春天气息柳先知，貌若冬眠暗运持。

肆虐寒风摇不住，芽苞却早满垂枝。

2009年元月

题八一公园

半覆浓阴半是湖，黄金宝地嵌明珠。

百花洲上观月照①，九曲桥边逗鲤浮②。

苏圃院深藏雅境③，游船电控醉情姝。

龙腾马跃迷童稚，变幻华灯误熟途。

2009年元月

【注】

① 百花洲：东湖中相连的三个小岛，始建于宋代。"豫章十景"中的"东湖夜月"即是此处。

② 逗鲤浮：游客们将食物投入湖中，观看群鱼浮出争食。

③ 苏圃：在八一公园内，南宋初年四川隐士苏云卿隐居种菜之处，被称为"苏圃春蔬"，是"豫章十景"之一。

鹧鸪天·药品降价吟

　　《新民晚报》3月11日载邵宁文称，1979年至今，国家已对药品降价21次，但人们却无法购到降价药品，被人称为"降价死"，经过改头换面后再流入市场，价格翻几倍、十几倍。

　　　　身价调低为众康？何如尔辈急离堂？冷宫侯伴娘家召①，熟手回炉密室忙。　　兄变脸，妹乔装②，浓施粉黛各登场。捞钱烂使分身术，切齿坑民黑厂商。

2007年8月

【注】

　　① 冷宫句，指药品降价后，被撤架退库，集中运回原生产厂家加工改造。

　　② 兄变脸句，指降价药品经改头换面后再流入市场。

鹧鸪天·观东湖长网捕鱼

　　四月十至十二日清晨，渔家连续两天在东湖撒网捕鱼，两小船则在四周敲盆击板以惊之。

　　　　水上围城浮远湑，楚歌四面乱纷纷。惊弓鱼阵寻生路，中计银身入瓮门。　　鲜挂网，浪飘琨。渔家手舞庆丰晨。春肥子满君知否？一席轻吞百万鳞。

2009年4月

易宗礼

易宗礼(1939年—)，星子县人。1960年毕业于江西师范学院历史系。初在省直职能机关从事文秘、通讯和行政管理工作，任科长、主任，后调入江西省社会科学院，先后为副编审、研究员。

南昌城东彭家桥南望

一水清清绕市边，悠悠南去九回旋。
微波荡漾轻轻语，谁与和声弄管弦。
万曲千歌舟上乐，三湖一串水中天。
莺啼似问今何处，玉带新河造势缘。

2005年6月

赠星子县中学五五届校友

橙黄橘绿桂飘香，再聚南康叙旧长。
阅尽千章仍觉短，读翻万卷不声张。
穿轻饮素一般事，处老知心九回肠。
五十年来多少梦，迢迢道路任思量。

2005年10月

晨练羽球数月告别同场老球友

挂网双樟划地坪，拍挥南北未曾征。
心期旭日清风抚，身浴朝阳稚气乘。
每遇三赢堪击鼓，连遭五挫亦吹笙。
令辞羽燕非折戟，鏖战苍鹰浪后生。

江西使者组团寻访千年普洱茶王

别开局面旅游酣，赣使编团觅茗王。
越岭翻山嘹百谷，超云拨雾唤诸方。
援攀绝顶漫天碧，探拣枝头满苑香。
采得奇茶纯普洱，欢哉痛饮一回狂。

2007年4月

七十叙事兼答友人词

庐山脚下喜读虫，瓦舍田家小牧童。
苦草霜天迎日月，清风霁雨过西东。
人文锤炼虎头劲，案板凝思牛角功。
执着梳爬迟慢悟，当须笑我太愚庸。

王 飚

王飚（1943年—），南康市人。1964年大学本科毕业后从事教育、司法工作。1978年1月，任中共江西省委办公厅秘书。1982年8月调任江西省人民政府办公厅工作，历任副处长、处长、省政府副秘书长兼办公厅副主任、主任、党组书记，兼任省政府发展研究室中心主任。1995年10月起任省政府党组成员、秘书长。曾任《江西省人民政府志》编主，《江西政报》编纂委员会主任、总编等；现任江西省诗词学会会长。

三百山瀑布①

飞流直下落长空，飘絮烟花瀑有声。

水泽山泉三百布，悠悠千里韵江东。

2004年5月

【注】

① 三百山位于赣州市安远县东南部边境，东邻寻乌县，是香港同胞饮用水——东江源安远水的源头。山中壑谷纵横，溪流密布，剑河深涧，水急瀑雄。有深潭瀑布近百处，著名的"东江第一瀑"福鳌塘瀑布落差150多米。

东江行组歌

霏霏细雨花姿树，漾漾轻舟白发人①。
两岸新枝换陈叶，溪流九曲碧春心。

九曲通幽簇簇风，紫荆艳艳醉啼莺②。
山涧万石难为水，千里江流碧玉情。

赣水千条一博罗③，岭南仙境绿澜多。
依依杨柳银河夜，湖畔朝云④赛月娥。

烁烁鎏金醉酒城，风靡权事饰蚀星。
浮云不碍夕阳好，物外风高心自清。

榕篁掩映绿徘徊，万顷荔枝迎面来。
荫荫浮山南岭地，一方在水渡瀛台。

2004年8月15日至30日

【附记】

2004年8月15日至30日，《情系东江源》电视艺术片摄制组由南昌到广州，从深圳木湖溯东江而上，经东莞、惠州、博罗、河源、龙川，回到东江的源头地寻乌县，对沿江两岸的旖旎风光——摄录，东江行组歌由此而作。

【注】

① 白发人：指船上都是人大的老同志，白发苍苍。
② 紫荆句：指香港紫荆花，喻香港繁荣发展。
③ 一博罗：指唯一通博罗县的河流——东江，源头在赣

南。古称"江西九十九条河，唯有一条通博罗"。

④ 朝云：指一直陪伴苏东坡的侍妾王朝云，因贤惠而得到人们的称赞。朝云死后，苏东坡将她葬在惠州西湖孤山南麓栖禅寺大圣塔下的松林之中，并在墓前建六如亭以纪念她。亭柱上镌有一副楹联："不合时宜，惟有朝云能识我；独弹古调，每逢暮雨倍思卿。"又特撰《朝云墓志铭》。清嘉庆六年（1801年）伊府秉绶修墓并题碣、征文、补刻苏轼所为墓志铭。

登庐山铁佛寺①

弥雾青山叠翠峰，高低深浅眼朦胧。
林中紫竹空闲处，玄气妙云不老松。

2005年7月

【注】

① 铁佛寺位于庐山西北麓莲花峰下，距九江市区十多公里，建于唐贞观年间，是规模宏大的众尼丛林，也是庐山著名的宗教文化旅游胜地。

水调歌头·人地九天情

奥妙大千界，生息雨膺云①。茫茫波海涛涌，蔼蔼雪冰封②。日日蒸蒸循绕③，凝汇龙川脉脉，润物细无声。沃野泽田赋，百谷尽时风。　　孕生命，缘蕴远④，育文明。川流不息，飞练玉渡隧岩峰。千舸物华南运，万顷清泉北调⑤，渔火照青萍。不尽江流远，人地九天情。

2006年6月

【注】

① 雨膺云句：地球上生生息息的一切生命活动都膺受于云雨变幻的无穷魅力。

② 蔼蔼：和蔼可亲，又指皑皑。

③ 蒸蒸循绕：地球上大部分面积是海水，因而水蒸气的循环变幻主要来源于海洋水的蒸发，而海水又是来源于冰山雪地的融化而成，蒸发降雨一部分降于大陆而形成江河流入大海，大部分又回降海洋，这种无限循环成了水的来源。

④ 缘蕴远：生命与水的因缘关系久远，水乃生命之源，孕生命，育文明。

⑤ 此指古代南水北调工程，即隋炀帝开辟的大运河。

忆秦娥·九天寒月

箫声咽，凤台吹老寒风冽。寒风冽，枯枝漫卷，百花凋谢。　　枕欹长夜听风雪，声声咽咽人忧切。人忧切，屋棚壁透，九天寒月。

2006年11月

望江南·日月潭

春未老，竹岸柳青纱。窗外倚栏方远看①，清光潋滟水中花。香暗邵千家②。　　帘垂幕，涵月晚亭霞。休对新人说旧事，且同旧故品新茶。时味尽年华。

2007年1月

【注】
① 方远看：喻为放眼看。
② 邵千家：指台湾日月潭岸边的邵家村。

酒泉子·观康克清同志故居

桃李盛开，大地回春人醉。草茵茵，花蕾蕾，踏青苔。　　罗塘风雨农家寨，心黯人事改。水清清，情脉脉，小屋白。

2007年3月

【附记】

康克清同志故居位于万安县罗塘乡大禾场村，她在青少年时代所住的农家土屋仍在。

江城子·谒袁文才烈士墓

马源坑口嶂青青，雨濛濛，路泥泞，荒草孤坟，满目棘荆横。风卷叶飞如浪起，千片雪，鹧鸪鸣。

2007年3月

【附记】

此词是从万安上井冈山途中，谒马源坑口袁文才烈士墓后所作。

南歌子·五水情相会①

九嶂森森地，千篁簌簌风。古榕蔽日驿征程，绿水青山孕育右江②名。　　五水情相会，三峦顷谷③营。赣鄱稻黍浪千乘，八百里④江渔火照天明。

2007年5月

【附记】

此词是环保赣江行在安远县视察检查采访时，和刘锡秋代表诗所作。

【注】

① 五水情相会：指江西境内五大河流汇入鄱湖出长江。

② 右江：指的是江右，为江西历史上的别称。

③ 三峦顷谷：江西地貌东南西三面环山，南高北低，中间是个向北倾斜的大盆地，素称鱼米之乡。顷，古意顷同倾。

④ 八百里：指赣江母亲河800多公里长。

小重山·阡陌报春晖

翠谷三山入太微①，一湖清澈水，爽心扉。百年古树尺千围，鄱赣绿，大地总芳菲。　　笃信岂无违。母河波潋滟，笑偎偎。碧荷香暗彩蝶飞。天人合，阡陌报春晖。

2007年7月

【附记】

为"鄱阳湖生态环境保护执法调研组"答谢南昌市人大的热情接待和周到安排所作的一首小令，赠万先勇副主任，时在红谷滩。

【注】

① 翠谷三山句：江西三面青山环围，中间盆地，南高北低的地形地貌，五河之水入鄱湖，出长江。

沁园春·世界环境日

天地洪荒，碧野苍苍，文明孕园①。邃古存伦理，大千世界，水缘生命②，五彩斑斓。九嶂林葱，丰饶千里，万籁声声吟绿酣。迁迁变，旱灾洪祸倚，沧海桑田。

五洲同梦情牵，衰与灭、悄悄患未然。道古楼兰国③，文明雅玛④，销声沙漠，匿迹荒滩。蹈复遗沉，山河呼唤，烘暖蒸蒸危宇寰⑤。环境日⑥、世人齐觉起，袅袅炊烟。

2008年5月

【注】

①　文明孕园：指地球生态文明的孕育、兴起和产生，是生态文明孕育这个共同的家园。

②　水缘生命：指地球上一切生命的产生是缘于水。

③　古楼兰国：建于公元前176年，当时在古丝绸之路上赫赫有名，因生态破坏、水源枯竭导致销声匿迹于沙漠中。

④　指4世纪兴起于中美洲尤卡坦半岛最早高度文明发达的玛雅文明，然因森林砍伐殆尽、环境逐渐恶化、连年旱灾摧毁了古文明赖以生存的农业，于公元850年前后彻底覆灭。

⑤　指世界气候日趋变暖所带来的全球生态环境的恶化。

⑥　1972年6月5日，第一次国际环境大会联合国人类环境会议在瑞典斯德歌尔摩举行，133个国家1300多名代表出席会议，共同探讨当代环境问题及全球环境保护战略，会议通过了《宣言》和《行动计划》，是人类环境史上的第一座里程碑。同年召开的联合国第27届大会，把每年6月5日定为世界环境日。

刘极灿

刘极灿(1945年—)，星子县人。大专文化。1961年参加工作，历任九江团地委副书记，《九江日报》社编委兼总编室主任，永修县常务副县长，九江市云居山旅游局局长，都昌县委书记，江西省农业厅党委委员、副厅长、正厅级；现任省政协人口资源环境委员会副主任。中华诗词学会会员、江西省诗词学会副会长、省科协副主席，曾在省级以上各类报刊发表大量文章和诗词。有二十余首律诗编入《世纪诗词大典》《中华当代律诗选粹》《中华绿色诗词书画博览》等，著有诗集《心韵》。

浔阳远眺

楚尾吴头九派中，云消雨霁万楼雄。
北飘玉带数千里，南起屏风几万重。
双剑光凝诸岫碧，一堤柳接两湖通。
中兴岂听琵琶曲，把酒吟诗唱大风。

1982年5月

鄱阳湖

烟波浩瀚几千秋，吞吐五江誉九州。
日伴匡庐添秀色，夜含明月照环球。
排除尘垢朝东去，搏击惊涛入海流。
任尔风霜多变幻，桃源侧畔过群舟。

庐山颂

葱茏巍巍九天来，玉骨冰肌永不衰。
卧向东西二百里，芙蓉一半雾中开。

1983年8月

万安电站

驱车登坝晚霞溶，库内清波拂热风。
脚下雷鸣飞瀑远，万家灯火照天红。

2003年7月

游雁荡山感怀

万朵蘑菇簇结天，桃花三月盛开妍。
黄昏夜色千姿态，百丈珠玑洒雾烟。

倚天突兀嶂斑斓，佛道两家相伴安。
对面金鸡晨报晓，洞天一线可攀登。

2004年3月

【注】
灵峰一边是观音庙，一边是道观。

游旧金山

久慕金山冠美洲，隆冬时节满城游。
华楼林立车如织，绿裹银装人海流。

1995年12月

加拿大观"马蹄形"瀑布、"少女之雾"瀑布有感

双瀑成河虹彩轮，漫天云雾湿衣巾。
严冬意外春来暖，浪下频传虎啸吟。

高峡深谷路难通，忽见桥连城市雄。
天际卷来动地雪，无边白练接长空。

游波罗的海

2004年8月12日17时半至次日10时半，从芬兰赫尔辛基市港乘"海盗舰"至瑞典斯德哥尔摩市，航行17小时。

舟发芬兰日落前，泓泓绿水望无边。
青山送客途遥远，瑞典来时正午天。

瑞典斯德哥尔摩市

金桥七十似虹行，十四岛礁连结城。
七百年来无战事，城乡一体看繁荣。

【注】
斯德哥尔摩市由七十多座桥梁将十四个岛屿连结而成。

南非行

三面相连两大洋，太阳城内旅游忙。
黄金矿井深无底，钻石拈来放异光。

2005年7月

埃及博物馆在感

开天辟地六千秋，廿万瑰珍一网收。
工艺精深文字早，阿拉伯史心中留。

郑克强

郑克强（1949年—），籍贯河南省。曾任《争鸣》杂志主编、省社联副主席，现任南昌大学党委书记、研究员、博士生导师、江西省诗词学会副会长。

西江月·庐山（新韵）

竹户松门错落，幽庭曲径相褡。黄花绿草紫藤娜，珠溅苔鳞泉破。　　背负嶙峋峭壁，口吞浩瀚烟波。腹藏云雾气磅礴，夺尽神魂仙魄！

1988年

虞美人·庐山即景

白云款款行天幔，松静风清淡。树梢鼓腹暑蝉鸣，振羽频频向偶奏心琴。　　湖波倒映红冠墅，藏在林深处。粉衣小妹理青畦，涂抹画图浓淡总相宜。

1992年

蝶恋花·伊瓜苏瀑布

天破千年流水注，声震如雷，断背前山处。十里绵延龙竞舞，婆娑千态飞霞雾。　　崖树丛中花竟吐，粉黛天然，五彩霓虹护。洗却尘嚣心若悟，千形万意应如故。

2004年

【注】

伊瓜苏瀑布位于南美巴西、巴拉圭交界处，是世界第二大瀑布，鬼斧神工，气象万千。身临其境，令凡夫震撼，如天人相晤，似呼吸宇宙。

山坡羊·飞跨珠峰

龙蟠虎列，砺风披雪，乘风万里凌空越。岭相携，沐冰洁，乾坤清气巡山野，天地亮光豁眸悦。白，也烨烨；蓝，也烨烨。

【注】

2005年秋与文峰、晓鸿、帮有等赴非洲肯尼亚参加"世界湖泊大会"，从京乘机飞越珠穆琅玛峰，俯看雪山绵亘不断，遥望天空洁净无瑕，其景其色难忘，有感而作。

渡江云·马赛马拉野生动物园

人猿分手地，东非裂谷，百兽共天堂。瞪羚摇尾跃，斑马徜徉，寻草野牛忙。攀援狒狒，爱张扬，顾盼风光。长颈鹿，举头抬步，气度最轩昂。　　茫茫、无边深处，猎豹飞驰，吼狮威风壮。抬眼望，花花白骨，遍洒疆场。可怜物竞还天择，任尔殇、终是平常。君看取、年年迎送秋阳。

【注】

马赛马拉位于人类发源地东非大裂谷西边，是目前世界上保护最好、规模最大的天然动物园，也是中央电视台"动物世界"的外景拍摄地，风光奇特，野味十足。

太常引·火烈鸟

离开峡谷遇平湾，万鸟聚湖边。红羽衬青山，如梦幻，斯图似仙。　　一声呼唤，遥遥回喊，飞起彩云烟。生命友情欢，乐园恋，相逢此间。

2005年

一剪梅·明月中秋

　　明月中秋似玉葩，天罩银纱，水罩银纱。润光流泄蕴清华，月也留瑕，玉也留瑕。　　东上西沉照万家，升亦为它，落亦为它。阴晴损益总无涯，宠也哈哈，辱也哈哈。

2006年

和先春弟自度曲·青石板

　　青石板，实又坚，静卧山旁碧潭前，笑沐清波洗练。滴滴点点，千载不眠，阴柔却握阳刚愿。正若不圆而圆，无言即言：心禅能一致，流到大海边！

2006年

清平乐·前湖之晨二首

（一）

　　红云破晓，唤醒林中鸟。歌舞翩跹音韵俏，欢乐枝头戏闹。　　卿卿我我声声，穿梭追逐飞奔。百啭谁人能晓，风轻借汝传神。

（二）

丽阳俊朗，染透前坡岗。学子莘莘熙攘攘，依水勤读岸上。　　桥旁飘逸新莲，林中信步神仙。把住光阴一刻，晨歌寄望青年。

【注】
2007年春，为南昌大学新校区"前湖诗会"助兴而作。

熊盛元

熊盛元（1949年—），字复初，号晦窗主人，笔名郁云，网名梅云。丰城槎市（今属樟树）人，出生于南昌市。江西社会科学院文研所副所长、江西省诗词学会副会长。著有《晦窗吟稿》《晦窗诗话》等，曾与人合编《海岳风华集》《江西古文精华丛书·诗词卷》等。

感怀用张茂先韵

云水何茫茫，临风自凝伫。莲花满南塘，帝子渺北渚。幽怀更谁知，芳韶不吾与。人隔青黛峰，泪添黄梅雨。万感萦寸心，波外迟鸥侣。

诸暨五泄歌

未见飞瀑影，先闻殷雷声。百虑一时尽，五内俱澄清。漫穿幽深谷，来寻虬龙骨。怪石多峥嵘，精魂何郁勃。万古积怨潭底沉，泪泉汩汩流不竭。一泄层崖巅，迷蒙起岚烟。千匹轻纱笼晓梦，荼蘼花雨飘满天。二泄峭壁下，云阵驰素马。吴越交锋金鼓鸣，败甲残盔弃荒野。三泄风卷钱塘潮，箭矢攒集海山摇。鼍怒蛟泣人颤栗，冥冥毅魄谁可招？亭畔蓦听生绡裂，抬眼惊看第四泄。跳珠乱溅凉侵肌，三春何来霏霏雪？乘兴更向五泄游，银河倒挂白玉楼。龙女扬袂翩然舞，山鬼应节试珠喉。我携烟霞客，远追巢由迹。抖落襟上尘，暂与俗世隔。何当结庐傍松林，醉里高眠醒弹琴。尽泄胸中不平气，长伴空潭五龙吟！

夜宿江油李白纪念馆明月山庄

酒盈樽，香浸齿，槐阴深处人独倚。黯淡星光摇春水，太白醉魂沉沉起。孤鹤高翥越时空，异代何碍忧心同，相与徘徊兮高台月明中。

孤　鹤

孤鹤高飞倦，来依涧底松。
临风梳白羽，对月敛幽悰。
黯黯秋星寂，溥溥晓露浓。
影摇清洌水，神瘁若为容！

观壶口瀑布

危崖中裂胆肝摧，脱锁狂蛟去不回。
虹影长横千尺剑，涛声怒挟九天雷。
难凭精卫填冤海，欲共胡僧话劫灰。
一曲悲歌今古续，飞湍溅处夕阳颓。

丁亥人日雨中书愤

烟雨苍茫认太初，可怜愁字雁难书。

帝阍深闭长缄口，人日狂吟懒曳裾。

对酒空教呼咄咄，磨砖那得证如如。

谁吹铁笛重楼外，落尽梅花恨有余。

木格措行

若有人兮潜波底，凭轩久呼终不起。应是亘
古积怨深，不然峭寒何如此。漫沿溪流寻仙踪，
凛冽罡风射眸子。隔烟空招山鬼魂，鹃花惨白兰
欲死。老树垂条拂华颠，抚膺长嗟吾衰矣。呜呼
浩歌兮歌绕林，千载谁慰幽旷心。

南乡子

一别恁匆匆，云海苍茫水月空。当日因缘
谁证取，怔忡，隔世无由寄泪红。　　古渡怳重
逢，桃叶青青带雨浓。醉倚兰舟慵照影，惊鸿，
梦断烟波缥缈中。

水龙吟·谒文芸阁墓即用其"落花飞絮茫茫"韵

绿烟低护荒坟，梵钟消尽凄凉意。花飞石罅，鹃啼林表，不知何世。漫拂碑尘，重招词魄，芳春归矣！向空山一啸，清泉四溅，谁人解，松筠志？　　拔戟西江兀傲，梦惊回、乱鸦声里。青衫泪湿，红椒味永，幽怀无际。萍实潜踪，蕙风盈袖，夕岚横翠。剩苍茫万感，都融落照，伴孤云起。

如梦令

独坐翠筠丛里，一任晚寒侵袂。飞燕语喃喃，商略楞严精义。谁会，谁会，湖外落梅风起。

【注】

《楞严经》："想明斯聪，情幽斯钝。情多想少，流入横生，重为毛群，轻为羽族"。双燕前世岂亦"情多想少"耶？

胡迎建

胡迎建（1953年—），笔名湖星，出生星子县，祖籍都昌县。1985年入江西师范大学中文系，1988年获硕士学位。现为省社科院古籍整理办公室副主任(正处级)、研究员，首都师大中国诗歌研究中心特约研究员，华东交大文学院兼职教授，江西省诗词学会常务副会长《江西诗词》主编，享受国务院特殊津贴。著有《近代江西诗话》、《一代宗师陈三立》、《江姓史话》、《民国旧体诗史稿》（1997年国家社科项目），现从事"陈三立与同光体诗派研究"（2006年国家社科项目）。校注《庐山志》，编注《江西古文精华丛书•游记卷》《庐山诗文金石广存》《昭琴馆诗文集笺注》。著有诗集《帆影集》《湖星集》《雁鸣集》《轻舟集》。

游青山湖东畔燕鸣岛公园，其中有欧洲风情园，时在午后

破闷避喧声，觅趣寻东瀛。云低驰黑影，日偶露烘晴。泥沙间乱石，路断不惮行。林茂燕鸣岛，畦满紫鹃菁。月季绛红艳，含笑散香清①。屋耸钟楼脊，欧洲移风情。西临湖阔大，波浮南昌城。楼厦渺渺矗，舟艇点点横。昔日臭掩鼻，忍看污流倾。而今涤浊垢，满湖冰玉清。况筑三园林，如绮绣水晶。徘徊不舍去，待看月华生。

2002年5月

【注】
① 月季、含笑，均花木名。

壶口行

2002年9月参加山西运城举行的全国新田园诗颁奖会期间，与吉林翟致福、秋枫及内蒙王守仁三诗友一道往观壶口大瀑布。

闻道黄河有壶口，千里滔滔此为首。
鹳雀楼头眺不足，访胜探奇偕三友。
晋左雄蟠吕梁脉，车驰苍莽群山脊。
无边平野卧沉沉，艳阳当头光赫赫。
峰藏群壑窈窈静，云萦悬岩叠叠白。
扪天欲啸白云端，转瞬下山惊落魄。
黄河蜿蜒折北来，咆哮怒决壶口开。
浊浪沸涌海倒立，阴风呼啸摇九阶。
导引一洞穿岩腹，壁观半空散雨瀑。
蛟龙横蛮与石斗，翻搅虞渊震地轴。
万古犹存黄河灵，泥沙谅不湮雷音。
何日高原丛林绿，瀑威应更强于今。

登长白山看天池

千万年前火山喷发吉林陲，熔岩四迸林海灰翻飞。獐死熊埋虎跑鹿窜踪迹绝，一时星沉月死日敛威。山巅形成大盆凹，神山谁赐名天池。泉液贮此开玉镜，池溢为瀑东西垂。冰雪皑皑群峰冻，银鳞白爪蟠蛟螭。龙抱盆池渴来饮，云腾雾起谁能窥。我来恰遇初秋爽，主人好客轻车驰。盘旋直上最高岭，俯眺十六峰巍巍。嵯峨环列恭护卫，冰池净似平玻璃。转瞬云涌昏黯黯，池羞遮面峰如移。对此大笑复缅想，女真崛起神助之。寰海混同版土阔，不然难得逢盛时。此山归来无遗憾，只嗟造物天工奇。

游五泄国家森林公园

高坝隔断仙凡界，俗虑都抛九霄外。
乘艇滑行琉璃湾，舣岸坐轿转山隘①。
豁然逶迤小平川，茂林翠篁穿溪濑。
川尽苍壁障天西，五级瀑飞弄狡狯。
或如白龙夭矫奔，或如嶙峋挂玉带。
潭侧飒飒风生寒，瞑听似翻涛澎湃。
跻攀哪顾脚力疲，欲觅源头遮丛荟。
留得云水行吟踪，日已西斜返无奈。

【注】

① 轿夫言山陡不易行，故三人坐轿，然数百步转过山隘，却为平地也。

哀父二首

(一)

入暑愈酷热，闻耗心胆裂。连夜返故乡，父早气息绝。音容宛如在，倏而灯烛灭。我伏地三拜，魂断舌如结。亲朋纷吊丧，母泪流如泻。忆昨忧父危，拟往故园挈。父言儿力单，孰料危难越。父恩如山重，孝思永难竭。

(二)

兄弟各努力，亲朋任繁剧。卜地玉京山，营葬到日夕。翌晨上高冈，绕墓哀满臆。黄泉永相隔，松林翠欲滴。南眺鄱阳湖，涛翻浩无极。西望鹤鸣峰，叠嶂如愁积。苍天佑佳城，两旁延山脊。青烟杳杳升，魂兮长安息。

2005年7月

焦山俯瞰

缆车载我渡江来，小立山巅亦快哉。

风拂林梢寒鸟语，日斜塔影落楼台。

潆洄汊泊扁舟蚁，浩荡波浮翠玉堆。

羡煞高人归隐处，自由身有白鸥陪①。

【注】

①　东汉时有焦光隐居于此，近代有学者、诗人梁鼎芬、马一浮曾在此隐居读书。

登上海东方明珠塔

巍然塔雄峙，明珠高擎起。出世踞东方，扎根陆家嘴。寰宇居第三，亚洲孰能比？①电梯载飙升，转眼青云里。环顾溟濛濛，坐观日车驶。大陆濒东海，浩瀚供俯视。申江如沟渎，航船如浮蚁。外滩如绮绣，群厦如蹲跪。绕塔多新楼，簇簇春笋似。标牌指八方，方位列省市②。可怜眼力短，不能穷百里。一人何微渺，一塔太奇伟。盱衡国力强，平添九州瑰。国强谁能欺，士气壮不靡。

【注】

①　此塔高度在世界排名第三，亚洲第一。

②　塔上端室四围按经度位置标示全国各省城方向。

娄山关瞻纪念碑，攀大小尖山战斗遗址

攒列群峰锁此关，当年夺隘奋争艰。

高低丛碧功碑矗，大小山尖石骨斑。

眼底崎岖成坦道，天边隐约卧层峦。

用兵闻说真神妙，知否生灵赤血殚。

2006年秋

桫椤咏

亿万年前所遗物，今已罕见，唯黔西北与滇西仍有少量生长。

太古多恐龙，桫椤簇丛丛。赖此充口腹，寰宇曾称雄。何时遭浩劫，灭绝渺无踪。孑遗此植物，避难深山中。赤水能滋养，黔北无寒冬。罕与人境触，不惧溪流汹。今我诧所见，敬佩三鞠躬。叶舒似蕨齿，枝散如榈棕。挺直无惫态，气脉潜流通。存活贵得道，非凡自无穷。

晋城陵川锡崖沟

太行峁然秋烟紫，锡崖岚嶂挂霞绮。
别有桃源隔尘寰，委积山珍难入市。
而今隧洞通其间，海客相邀觅瑰美。
我来恰逢天气清，周遭莽嶂撑天峙。
眼前鬼斧劈巨岩，断崖参差石齿齿。
日月漏泄一线光，疑是罅窟裂地底。
山鬼蛟精藏其中，千丈深渊巉崖诡。
瀑丝飘涧杳无声，涧深窈不见其止。
魂惊魄悸急掉头，犹留身影坠麓趾。

安徽阜阳新西湖生态园行

欧公千年逢诞典，驱车城外群游湖①。
古湖十倍于兹阔，水天寥廓波翻潴。
谁与媲者杭西湖，颍滨偏爱公择居②。
退隐故里岂不美，若邀宾友艰遥途。
会老堂前聆琴操③，更持短棹穿丛芦。
采桑子咏西湖好④，鸥翔鹭鸶时跳鱼。
孰知黄河频改道，夷为沼泽愁渐枯。
残剩湖隅巧呵护，拭得净洁如明珠。
女郎台畔织烟柳，拱桥通幽卧虹弧。
林如帷幄绿如染，曲岸绮绣冈岑纡。
长湾明碧琉璃滑，倒映云天未模糊。
登车转寻乐园趣，草原分类生物区。

黑熊斑马昂头骆，藏獒猛虎狼骡驴。

更入热带植物馆，浓阴满厦清凉储。

佛肚树与西瓜树，巨榕垂根翠扶疏。

串串荔枝藏芒果，潺潺溪曲长灌输。

搜求五洲珍物萃，盎然生态成规模。

不负欧公恋此意，谁为擘划天工图？

今我来此开眼界，奇境妙趣古时无。

魂兮归来湖更美，凌云巨笔谁能如？

【注】

① 2007年8月12日欧阳修文化学术研讨会闭幕后，大会东道主邀请全体与会代表前往阜阳新西湖游览。

② 欧阳修，吉州永丰人，退居颍州，卒葬河南新郑。

③ 欧阳修在湖畔有会老堂，欧公善鼓琴，常邀友来此地悠游。

④ 欧公有《采桑子》十六首咏赞西湖，每首以"西湖好"开头。

咏白鹭，乃禽鸟中之隐君子也

难得翩翩水上飞，江湖满地影踪微。

风寒洲渚家何在，世少知音孰与归？

遥望雁鸿惭远志，独寻芦荻共斜晖。

休嘲长胫伶仃瘦，为避污泥溅羽衣。

观苏州金鸡湖音乐电影

2007年11月3日，参加苏州大学清诗研讨会期间，主人请与会者在金鸡湖观看音乐电影，闻其时国家副主席曾庆红亦在主席台观看。耗资三十万，乃苏州富庶之地能有此举也。

金鸡湖畔灯火明，沉沉湖黑寂无声。
湖中一船伫候泊，四围密集观者瞪。
一束激光如丝带，飘曳金波四散外。
此乃恢宏序曲初，忽奏钧天乐交泰。
焰花星点隐约来，千朵万簇雷电陪。
或如群葩争斗艳，或如莲瓣当空开。
喷泉迸涌万千拄，随曲纷纷抑扬舞。
时如瀑泻白玉帘，有时上摩黑穹宇。
水面赤焰腾熊熊，风助烈威烛天红。
谁纵祝融下尘界，疑火烧身暖烘烘。
风吹瀑帘雨丝湿，凉侵衣襟冷相逼。
变幻诡谲有如此，可怜醉痴声光色。
眷眷不舍高歌终，仙寰长此留梦中。
古以天堂拟吴会①，要知今更财力雄。

【注】
① 谚云："上有天堂，下有苏州。"

石城得遇江华基先生惠赠痴砚堂 良砚一方，上有山林江浪纹，宝而纳 之，赋五古嵌其名以志谢意

江绕沉积岩，冲刷露纹绮。华润华滋态，开凿呈青紫。基本随形琢，天然现山水。想见痴砚堂，操刀施神技。仿佛大千界，裁割尽恢诡。诗意构琳琅，更巧加砮砥。我获砚摩挲，拱璧胡不喜？端详复端详，神游山川里。忽然湿我襟，风摇浪涛起。逃身返凡间，研磨凹池沚。拈我大白云①，蘸取墨脂髓。或画松竹梅，或写蕙兰芷。抒我快意事，淋漓满宣纸。但愿长相伴，或能悟哲理。

【注】
① 大白云：毛笔品牌名。

黄四德

　　黄四德（1953年—），鄱阳县人。江西广播电视大学汉语言文学专业毕业，中国书画函授大学书法专业毕业。现任江西省建工集团纪委书记。中国书法家协会会员、国家一级美术师、江西诗词学会会员等。

乙亥秋过水口瀑布

井冈翠绿傲清秋，蹑足攀援觅水头。
竹叶青青遮峭壁，涧溪汩汩撼金牛。
行经峡谷穿云雾，遥看银河挂玉钩。
日射银珠飘彩练，有人冉冉下亭楼。

观辽宁书协主席魏哲先生创作书艺有感

老铁清秋远地来，挥毫论艺豫章台。
瑞图奇峭青藤势，昌硕枯荣魏晋怀。
侧笔翻转飞急雨，偏锋封杀扫尘埃。
胸中跃出千年事，霸悍纵横卓荦才。

【注】
① 瑞图：张瑞图，明末清初书法家。
② 昌硕：吴昌硕，浙江安吉县人，清末民初书画家，花鸟画大师。

情系散盘

西周散矢立同盟，二族相争契约通。
鼎器能传千古史，青铜镌刻万年隆。
盘铭隐睡民间处，枥水无知饮马翁。
清代名流怜物事，开元鉴宝引神宗。

散盘气质似顽童，左右欹斜鬼斧工。
集字熟临形体处，挥毫取势走中锋。
斑斑残泐图皱笔，涩涩飞白若彩虹。
墨趣摩挲臻奥妙，盏灯磨砚独情钟。

菩萨蛮·怀乡

芦花深处鸬鹚集，鄱湖帆过芝亭立。鹤发钓清晨，斜阳嬉水声。　　忆得相期处，梦雨寻归路。何日驾扁舟，月明照我游。

蝶恋花·宋冰儿

相见人生无定数，太阳城中，一派欧风舞。音乐无界深几许？畅怀心绪与人语。　　红烛依依黄金树，满目金红，沉醉孤芳处。兴尽奈何随月去，恨来迟不知归路。

【注】

① 太阳城：宾馆名，在赞比亚维多利亚大瀑布附近。

醉太平·春思

鼠归牛忙，寒来地凉。银河界度春光。送年轮远航。昏晓一窗，光阴半荒。回首悄问耕郎。是春长梦长？

十六字令六首

（一）

琴，得趣何劳弦上淫。悠然乐，隐隐源中寻。

（二）

棋，楚汉相争盾戟移。车和卒，金戈暗玄机。

(三)

书，醉素颠张满壁呼。狂痴迷，远古两峰都。

(四)

诗，万古长风妙境奇。禅宗悟，天象自然怡。

(五)

茶，茅舍竹篱两客家。清逸远，茗品闲情暇。

(六)

花，柳绿桃红烟笼纱。风花月，香残谢春华。

相见欢·中秋月

　　清辉又见中秋，梦追游。遥夜悄然怀绪满神州。　　亲朋聚、良辰续，酒觞流。独望故乡明月在心头。

段晓华

段晓华(1954年—），字翘芝，号颖庐，女，萍乡市人。供职南昌大学中文系，从事古代文学、文献学研究。著有《颖庐吟叶》未刊稿。

丹巴牦牛谷红石歌

太古火，神灵血，淋漓块圠乱石迭。一掷深壑无纪年，冷割彤云凝锈铁。雪涛湔，牦牛蹋，阴晴不碍顽艳心，野花败后石花活。移汝架堰梁，堰梁恐荦确；移汝填河川，河川转呜咽；万金献作侯门供，霎时光泽即枯颣。嚱嗟兮，从来至美非人间，得气真有凡圣别。莫若弃汝无名谷，卧绿林，对皓月。

中　诗

人有中酒时，我遘诗所搦。醺然逾廿载，未得可解药。兴来即操瓠，弊囊亦斑驳。醒后百难堪，一一付斤削。岂不恨手生，无如心眼拙。拟攀峰峦上，云石何荦确。拟随流水行，回波何凉薄。环顾婵娟子，媚时颇弄噱。粥粥舆论里，漫颔未必诺。古丝谁能理，独坐调宫角。李杜神不死，拂拂纸上作。取径迷千棘，饮河饱一爵。心手或相能，瘦枝梦奇萼。

参观王安石纪念馆感赋

半山天外来，雨扫蓊郁竹。铁貌拗以严，客子敛衽肃。思彼天水朝，巨木撑疲俗。迅雷新法开，掣肘自心腹。诸党皆未谐，敢论三不足。回舟挑灯时，谁与分影独。今世复何世，公起能一卜？龟镜尚难明，国士真可哭。低首为流连，满地红踯躅。

中和夜闻雷，于时北方数省小麦主产区冬春连旱苦无雨雪

积痰难销魃未除，九重预报总成虚。
痴龙卧噗惊尘雨，神女娇推碾夜车。
暂得溥天春气润，犹望来日海云舒。
陌头听彻鸠禽叫，又恐连绵转沮洳。

春兰教授贶以大藏经检索光盘长句拜谢

一片慈光雪色侵，频伽来集羽成林。
始知妙演莲花藏，何以平分芥子心。
不系舟前疑路绝，无生国里放春深。
天香只在真空里，叩出如雷指上音。

清平乐·瑶里村暮

板桥连岸，秋送霜枫晚。采药人归藤篓满，背岭炊烟未散。　　晒篱收起薯干，祝鸡插妥藜栏。绿浸一溪苔石，捣衣声转前滩。

淡黄柳·己丑端午

縠波影绿，吹湿千重幕。翦粽人家香漠漠。又拂湘灵旧瑟，竹畔罗衣太单薄。　　渐忘却。斜阳下楼角。晚芳敛、皎珠落。甚今生只被相思索。载梦虚舟，未知归处，犹向云深夜泊。

祝英台近·己丑仲春旅次成都草堂寺，左近浣花溪，翌日花朝为赋

水衣轻，云影薄，客里伴花度。芳节寻常，芳事倩谁数。枕函细理蛮笺，重门未启，不时听、闹林新羽。　　浣花路，闲了一地春红，飘零尽诗句。相忘无凭，相忆更心苦。怪他顽劣东风，者番吹老，又何止、碧桃花树？

台城路·沈子苾先生百年祭

涉江临去秋波顾，波光百年如诉。沸海嘘凉，空桑斫瘦，谁共伤心人语？难通锦素。听风拍灵襟，画阑深处。变入秋声，啬然吹落碎星雨。　　回灯漫思换羽。向空弹一曲，遥岸知否？恋縠轻尘，衔香倦蝶，应怕重寻归路。簪花剩谱。尽梦里高飞，病中南渡。托命红蚕，织愁今更苦。

汪天行

汪天行（1955年—），祖籍湖南省长沙市。毕业于江西财经大学，厦门大学金融学博士。现任江西省文化厅党组副书记、副厅长，全国市长书画院院士，江西省诗词学会副会长，江西财经大学客座教授，景德镇陶瓷学院客座教授、硕士生导师。出版有《汪天行书画摄影作品集》等。

咏黄海怀 (新韵)

黄河浪涌中华魂，石烂海枯君爱深。

琴诉悲喜心欲碎，志怀离合梦难成。

音符律动《江河水》[①]，乐曲章旋《赛马》声[②]。

只叹奇缘当入史，才情美誉口碑存。

【注】

①　②　为作曲家黄海怀创作的二胡独奏曲《江河水》、《赛马》。

西部吟

戈壁边疆千里行，莫高瑰宝卷沙鸣。

玉门寒过艳阳暖，嘉峪关腾思古情。

日月潭

清冽泉潴日月潭，湖光山色映蓝天。

白云飘落水中漾，宝岛何方不胜仙。

何 流

何 流（1956年—），余干县人。1976年参军入伍，在89351部队任文书。退伍后在南昌创办江西省人文书画院，任院长。2006年考入华中师范大学书法本科专业。中国书法家协会会员、中华诗词学会会员、江西省诗词学会理事、江西省楹联学会常务理事、南昌市书法家协会常务理事。主编出版大型（全国性）诗联书画册五部。

读王羲之《兰亭序》兼题之

凌波被禊汇群贤，俯仰沧桑感慨篇。
傲视人生才一瞬，痛将诗酒咏流年。

2006年8月

读陆游《钗头凤》

池闲花落几苍黄，春暮园衰又感伤。
浊酒一杯千滴泪，痛将离恨付宫墙。

昨是今非万念空，谁知偏在沈园逢。
断肠一曲钗头凤，声咽苍茫云海中。

丁亥秋作书时天象记录

万笔纵横题破天，红尘百态嬗云间。
空中移动千张画，无量法书尽眼前。

【注】

2007年8月28日下午为筹备参加在广州举办的全国第九届书法展而感到困惑时，电劈长空，雷声大震，层云浪涌，天空在云的移动中幻彩。或人或物，或山或水，嬗变无穷，生机盎然，活如一幅幅水墨画。"万笔纵横"：无数道和无数次划破云层的闪电。其纵横交错、长短不一线条。不知"锥划沙""屋漏痕"如何，倘若在书法线条中，能引进这些线条当是天机再现。"题"乃本句"笔"之呼应。

题八大山人

竹笠芒鞋不畏冬，半生遗世此山中。
一身傲骨通仙气，天境洞开万念空。

左河水

　　左河水（1958年—），星子县人。复旦大学硕士，中国投资学会会员。江西省诗词学会理事、音乐家协会会员、江西财大客座教授、省华夏外贸公司总经理。著有《基本建设管理》等七部专著。在《中华诗词》《词刊》等发表诗词52首。

卑夫小传

　　庸人哄弄获僧衣，超脱凡尘下翠微。
　　俨抱佛经谈五戒，每逢财色眼偷飞。

【注】
喻指某些无德无财的贪官。

清平乐·忆故居

　　七间瓦屋，门对千棵竹。北角桃花飘满谷，后院香樟吐绿。　　十年一枕雕床，醒来窗下初阳。老母炊烟早起，父兄已去春忙。

一剪梅·回乡

又是匆忙回故乡，路径悠长，路堵悠长。烟中远识旧砖房，去也心伤，来也心伤。　　窗外一枝阵阵香，欲诉衷肠，难诉衷肠。朝风暮雨夜来霜，笑历沧桑，笑说沧桑。

沁园春·蓼南行

应约回乡，又听渔歌，再品麦香。望鄱湖小汛，烟飞浪卷；沙洲阔野，鹤舞鹅翔。玉岭南驰，银池北绕。满目湖垅鱼米乡。春光里、赏红桃翠柳，绿蓼青秧。　　二十八载沧桑，改旧弊村村换靓妆。看当年峭壁，车流滚滚；昔时秃岭，榭浪茫茫。酒伴歌飘，货随客往，鼎沸人潮小镇忙。亲朋聚、话和谐远略，对酒衷肠。

鹧鸪天·蒲公英

历尽冰霜仍发芽，金黄四野胜菊花。愚夫冷目杂间草，智士温颜色味佳。　　飘似羽，逸如纱。秋飞情絮乐天涯。献身求作国人药，无意芳名遍万家。

蝶恋花·农民工妻室

一捆家书同枕宿，品品读读，魂系农家妇。黑夜梦迎千百度，白天望尽东南路。　　花谢花开寒与暑，高卷竹帘，对月遥相吐。春种秋收农事复，相思更比耕田苦。

渔歌子·鄱阳湖渔民

渔民悠荡彩云间，顿顿佳肴作便餐。游万水，赏千山，丝网一拉鱼半舢。

南乡子·军嫂惜别

征雁报凉秋，军假期终小舍幽。妻握一包红豆豆，心揪，藏入行囊泪暗收。　　声笑眼隐忧，嘱语千言喋不休。村口风摧丝柳乱，眍䁖，望尽车尘失远丘。

减字木兰花·爱恋剧

游园倩女，一见倾心春荡起。羞转低头，佯避偷窥喜又愁。　　欲前插话，颤步几回终作罢。难诉衷情，顿脚叨咕弄帽绳。

杜华平

杜华平（1965年一），南康市人。1987年江西师范大学硕士毕业，现为江西师范大学文学教授，从事中国古代文学教学与研究。研究范围颇广，尤对唐宋诗、明代江西文坛有浓厚兴趣。能写旧体诗，但不苟作，偏嗜拗律。

雾中游锦绣谷

一谷游人云雾中，怀岚负霭挂濛濛。
此间可觅飞天术，跂足扪参待挽风。

2003年8月

登铁船峰绝顶

诸君起我少年狂，病骨轻清亦翼张。
足底巉岩千丈碧，斜偎铁舰望崑阆。

瑶里山庄早起

溪泉破残梦，著我水之湄。
肝肺生虚白，峰峦没半规。
流云过岩住，宿草得霜滋。
牖下堪终老，盟鸥欲忘机。

2004年11月

老村古镇

霏微青石巷，苔绿古墙根。

依旧雕窗琐，难能老树存。

人时问闾里，鸟或对晨昏。

辛苦南飞雁，一心望子孙。

2004年11月

题胡兄迎建《湖星诗集》

古貌知君并古肠，昔年共砚侍韩黄。

分携岂过牛鸣地，歌酒难酬面叙望。

人事悲欢愁不奈，诗情飘举子如狂。

琼琚落手摩挲遍，欲赋孱颜怕就商。

2004年1月

徐生强病答诗，感而复作，叠前韵

恶水庸知江海阔，少年壮气入南柯。

存亡惯见浑无泪，师友相遭感逝波。

难校穷工追老杜，缘何魑魅喜东坡。

好将身病饱春睡，案上诗书待共摩。

2004年2月

南昌市

陶博吾

　　陶博吾（1900—1996年），原名陶文，字博吾，别署白湖散人，彭泽县人。中国诗书画艺术大家，其书法被列入20世纪百年间最杰出的20位中国书法家之一。1926年考入南京美术专科学校。1929年考入上海昌明美术专科学校，从黄宾虹、王一亭、潘天寿、贺天健等先生学习书画，从曹拙巢先生学习诗文。抗战后任教樟树中学。新中国成立后，居南昌，一度为中学美术教师。"文革"蒙祸，1980年平反。著有《石鼓文集联》《习篆一径》《陶博吾书画集》等。有《田园诗存》《逃亡诗存》《浩劫诗存》《博吾诗存》《博吾词存》《博吾联存》《题画诗抄》《博吾随笔》。

题《钟声塔影图》

寺前碧粼粼，寺后树阴森。
但愿长居此，终身不见人。

1971年

题《松阴踏月图》

秋晚山光寂，疏林落叶稀。
新诗无处觅，松月照人归。

1971年

待醒吾不至

明月高高出，孤鹜拍拍飞。
待君久不至，霜露湿人衣。

题《山上有古松图》

山上有古松，山下有柏竹。
终日无车马，尘俗何由入。

1991年

题《烟云变幻图》

画图何必米家山，自有烟云共夕岚。
难得我来亭下坐，笑将冷眼看人间。

1991年

题《秋山暮雨图》

山色空濛濛，阴雨夜淅沥。
何处有人家，屋在烟云里。

1992年

【自记】

山色空濛，阴雨连绵，此种奇景，多为人所陶醉。然而社会必须清晰明亮，苟如此图，岂非国家之大不幸耶？辛未立秋前三日。

失　题

汉时献帝清光绪，斥骂诛囚奴不如。
倒是老夫无管束，茅檐安稳读闲书。

纪念八大山人诞辰三百六十周年

痛哭非时笑亦非，为僧为道两徘徊。
任他墨点千行泪，难洗家亡国破悲。

题《醉翁自赏图》

秋色茫茫落叶稀，蓼红芦白雁来稀。
扁舟无棹随风转，正是先生烂醉时。

1993年

弃儿行

弃儿沙滩上，儿哭母亦哭。哭声一何悲，舟行一何速。一村复一村，青山罩白云。遥遥道路远，儿哭母不闻。月光如水水如天，荒江寂寞秋风遍。儿饥儿冷无人知，儿死儿生何由见！儿生或有人悲悯，儿死勿怨母心忍。母命瘦如柴，母苦血已尽。故乡焚烧不能归，逃亡满地烽烟紧。弃儿长已矣，痛心何日止。轮回如有再来时，愿儿勿生干戈里。

杨荫村

杨荫村（1915-1995年），字绿庄，安义县人。1937年自江西赣省中学毕业后，考入浙江美术专科学校（今中国美院前身）。因日寇入侵，投身抗日，参加江西游击总指挥部，任少校参谋；参加过万家岭战役、上高战役。抗战胜利后退出军界，先后任江西《新闻日报》记者、省志馆编撰等职。新中国成立后一直从事教师工作。工作之余潜心诗词及书画创作。退休后曾任安义"文峰诗社"副社长，《文峰诗社》主编，编印有自己诗集《绿庄诗草》一集。

旅衡阳道中

隧道溟濛转瞬间，飞车报道过衡山。
回眸南岳云中隐，对面衡阳天际还。
此日通途连绝域，当年胜地号雄关。
东风到处舟车便，叱驭休虞蜀道难。

1963年6月

八十生日感怀

五行于我独虚金①，推算生辰岂有因？

退笔可烧三月灶，涂鸦空负一生勤。

藏书十柜遭"文火"，嗜酒千瓶罄薄薪。

今又群书堆满架，看来还得累儿孙。

1995年2月6日

【注】

① 幼时，母亲请先生为我算命，言五行缺金。

禹金洲

禹金洲（1923年—），又名锦州，号秋阳，河南省泌阳县人。1949年入中原大学学习，后在南昌市劳动局工作，1985年离休。现为中华诗词学会、江西省诗词学会、江西省老年书画协会会员。著有《岁寒集》《秋阳吟草》诗稿。

怀　人

浮沉嗟运否，爱好两心同。
午夜醒残梦，霜晨畏朔风。
良朋夸汝慧，好友笑吾蒙。
即有求仙意，蓬山路未通。

游青山湖游乐园

久有郊游意，良朋相约邀。
驱车离闹市，策杖过湖桥。
野草荒三径，高楼接九霄。
观鱼多乐趣，烦恼顿时消。

晚饭后漫步街头

饭罢悠闲步，千家灯火明。
轻烟笼井巷，明月照江城。
酒馆飘香味，歌楼溢笑声。
营营人逐利，超越自心平。

初 春

春回塞北雪初融，草木欣欣造化功。
墙角梅开香馥郁，湖边柳发叶葱茏。
晴光淑气催黄鸟，细雨和风转绿崧。
观景游人应最乐，一船笑语过桥东。

献给原市劳动局老战友

晦明风雨几秋冬，战友洪城喜再逢。
不对镜台悲白发，却从雪迹认鸿踪。
青春报国除蟊贼，暮岁忧民恨鼠虫。
日薄桑榆休怅惘，溪山一片晚霞红。

临江仙·青年外出打工

双锁重门庭院静，瓦房窗户空空。主人一去影无踪。清明时节，不见事耕农。　　明月不知人事改，依然高照窗枇，梨花怒放小庭中。几多往事，追忆眼朦胧。

浪淘沙

来去太匆匆，饮恨无穷。扬花莫满怨东风。明月窥窗人不寐，心事重重。　　谁与慰孤衷，梦里相逢，醒来寻觅总成空。忽瞥窗前花影动，疑是惊鸿。

张念定

张念定（1925年—），字安邦，号志勇，安义县人。江西函授大学语文专业毕业后，历任小学校长、中学教师。中华诗词学会、江西诗词学会、南昌市书法家协会会员。主编《文峰诗词》第7集、《魁阁诗词》30余集。著有《怀念集》《鹤栖吟草》上、下集，《鹤栖吟草增订集》等。

乡村唱晚

大雁横空送晚霞，牛羊哞唱自归家。
荷锄老丈披星月，主妇门迎递酒茶。

2007年

邹洪旦

邹洪旦（1926年—），字旭光，新建县人。曾就读于南昌师范。解放初期转攻医学，为新建流湖水管站医务室医师，现已退休。江西省诗词学会会员。2004年于"景德镇千年华诞，世界华人咏瓷都诗词联大赛"中获铜奖，2005年在咏赞江西崛起诗词大赛中获二等奖，2007年谷雨诗会咏茶诗赛获二等奖。

绳金塔

降世赣江滨，扎根进贤门。馏金葫芦顶，八面七层身。暮浴西山雨，朝沐南浦云。风吹铃合唱，犹如齐韶闻。登塔开眼界，环眺万象新。百花招蜂蝶，畦草铺地茵。高楼如栉比，群厦崭崭美。红谷绣绮罗，荒滩变闹市。双桥起龙骧，赣水流千里。鹜霞比翼飞，天色共秋水。远岫溟濛濛，自愧眼近视。

庐山两日游

匡庐峙江边，千峰紧密连。峭壁悬崖屹，高耸摩云天。浑圆如华盖，长似长城绵。仰观摘星斗，俯瞰湖镜圆。夙志游三叠，涧水汇奔泉。皱折三叠合，玉龙走潭渊。势若奔马骤，声震洪钟喧。惊破山寺寂，四月桃花妍。指点香山笔，春归可寻源。才识花径红，又登五老峰。冷峻更肃穆，冠冕藏云中。苍崖皱折叠，形若金芙蓉。花瓣浮云海，造物创奇功。远眺五曳坐，鄱湖垂钓翁。山水称宝地，诗仙巢云松。览尽山间景，喜望京九通。喇叭催归急，霞光晚景织。侧峰披彩襟，面目真难识。

鄱阳湖

容纳五河泻，汇入大江流。波澜更壮阔，浩淼任飞舟。养鳞宴席供，蓄蚌珍珠求。群鸟来聚会，鸿雁作旅游。鸥鹭守哨口，鸳鸯戏水洲。落霞送暮情，欸乃放归声①。喜聆渔唱晚，早收织网绳。空叹银发短，何如酬太平。

【注】

① 欸乃：象声词，摇橹声。

石钟山

抬头见山青，门右石钟亭。石钟探究竟，难觅石钟形。双石敲金斧，音响硿硿鸣。游人聆倾耳，不类噌吰声。水蚀穿罅孔，风水吞吐倾。气流迂回转，饱和已成型。风吹如人语，镗鞳相送迎。余谓石钟者，罅孔风结晶。见闻人各异，心臆惟浅评。

衡山祝融峰

横空出世峙江滨，昂立丘陵半入云。
西送月归如拱手，东迎日出似亲人。
仰观南极银须老，俯瞰洞庭水镜真。
结伴终能凌绝顶，挺腰手欲摘星辰。

黄山温泉

朱砂峰脚孕温泉，石脉断层气蒸烟。
缝隙渗流出热谷，清明亮澈汇涓涓。
濯缨不须沧浪去，洗垢更欲沐心田。
昼迎我辈尽流连，夜邀明月照无眠。
虽无骊山瑶琴瑟，喜有络绎游客观。
奔流潺潺因何事？远辞岩窦润人间。

武夷山

武夷古仙寰，秀杰闽赣间。北接仙霞岭，南邻九连山。远眺峰岩列，仙游峰难攀。换骨岩迹杳，升真洞藓斑。空岩鸡晨哞，飞廉吼巑岏。安得周遭绿，春风吹开颜。茶丛溪畔密，红袍①谷雨鲜。丹崖泻碧水，兰馨散涧边。人游饱眼福，乐山觅芳源。我来溯九曲，乘筏欲寻仙。

【注】

① 红袍：武夷山的名茶。

南昌花园城市吟

今日新南昌，开放创辉煌。铁道联京九，双桥作龙骧。公路似蛛网，络绎来客商。出门看花市，花草送馨香。心悦莺脆语。耳聆歌小康。雀噪迎曙色，桃李笑春光。杨柳摇丝绿，东风剪芽黄。高楼摩碧宇，大厦矗湖旁。湖波光滟潋，园林披红妆。湖底涤泥清，湖面镜磨平。画舸琴笛手，悠扬飞玉声。火树银花夜，彩灯赛月明。昔年子安笔，难绘花园城。

放风筝

谁人首创纸鸢翱，风力浮游上九霄。
足踏方盘聆左右，手拉长线任低高。
皮层骨羽宜钢铸，肠胃心肝配件挑。
类似飞机揣物理，可怜才智向闲抛。

淡墨写茶

神农尝草始知香，陆羽茶经早誉扬。
雀舌旗枪蒸炒叶，乳泉槐火泡冲汤。
清心明目腻油减，解渴生津气脉张。
他日飞船能寄意，龙团代酒献吴刚。

云南白族同胞爱饮三道茶

苍山白族居南北，三道饮茶回味浓①。
叶入砂锅文火白，气腾陶罐小焦红。
核桃姜片花椒下，乳汁糖丝沸水冲。
欲拜师门磨意志，辛酸苦涩造英雄。

【注】
　① 三道茶：一苦二甜三回味。晚辈向长辈学艺举行的一种仪式，寓意吃苦在前、享受在后。

满庭芳·浮瑶仙芝茶

万物惊雷，春丝雨润，浮瑶沃土茶宜，旗枪争展，雀舌俏萌枝。纤指翻飞采撷，迎红日，月送人归。重工序，搓揉手炒，来处暗思之。　　仙芝、凭丽质，谷帘泉水①，活火燃槐。窗外喜松声，蟹眼花堆。一碗味馨醇厚，还赢取，舌本香回。欲常饮，扶衰却老，祈寿比松龟。

【注】

① 谷帘，泉水名，在江西庐山境内。陆羽《茶经》："谷帘泉水，为天下第一。"此处代指矿泉水。

张怀平

张怀平（1926年—），字远生，女，湖北省鄂州市人。南昌市粮食系统文秘，已离休干部。江西诗词学会、中华诗词学会会员。曾为南昌市老年书画协会《滕阁夕照吟》副主编。

井冈山红杜鹃

笑傲山前心自豪，数枝如炬看焚膏。
英雄血溅芳痕在，千古长存色不凋。

迁居市郊

陋室邻郊野，蜗居不自怜。
吟诗支枕上，作画立堂前。
心旷闲愁少，身清雅趣添。
逢春枯树发，夕照舞翩跹。

海上观日出

惊听船头人语沸，披衣推枕入平台。
沉沉鱼白连沧海，淡淡黄橙映玉陔。
倏尔天边云涌动，蓦然水底日升来。
金波荡漾眼迷乱，绝妙奇观豁韵怀。

秋夜感怀

凉月窥窗夜未央，一声雁叫见新霜。
风摇兰叶三分瘦，篱伴黄花满室香。
老去吟怀情转淡，年来诗兴味偏长。
云烟过眼秋光好，敢把微吟效宋唐。

春　雨

东墙柳树又抽芽，泼墨吟哦兴自赊。
新句偶成寻纸笔，故人频访奉烟茶。
艰难世事常多虑，风雨生涯未少嗟。
昨夜雷声潮怒涌，一沟春水正喧哗。

忆　母

游子归来泪满眶，萱堂身教未能忘。
借钱赊米羞开釜，悯苦典衣欣解囊。
宁守清贫遭白眼，不图小利免污裳。
此生铭记娘行止，两袖清风见上苍。

游黄州赤壁有感

髫年曾读东坡赋，皓首今为赤壁游。
为慕先贤寻遗址，更怜苏老贬黄州。
凌云铁骨难随俗，斗雪红梅岂逐流。
自古官场风险剧，人生何事苦追求？

凌寒作画

菲菲白雪洒瑶阶，寒气侵人兴未衰。
红艳一枝花正茂，江南春色满楼台。

浪淘沙·雨日，蜗居作画向往春光

寒雨打窗纱，珠溅窗花。街空人杳静无哗。伫立案头挥彩笔，一任涂鸦。　　野树发新芽，山岭云霞。密林深处有人家。流水片帆飞去也，心到天涯。

浣溪沙·眼疾久病医师断言难愈

久病长愁双眼盲，低徊临镜鬓成霜。常萦往事感凄凉。　　盛药经年愁里过，吟笺遣疾韵中忙，轻寒伴雨打帘窗。

踏莎行·城市一角写照

笑靥堆花，纤腰袅柳，满堂霓彩弦音奏。轻歌曼舞态娇柔，红颜皓首相偎久。　　绮席传杯，华堂斗酒，朱门散发金钱臭。可怜冻骨苦求生，抛雏别妇他乡走。

鹊桥仙·夜游南昌青山湖风景区相思林

茵茵芳草，弯弯堤道，夹岸林深叶茂。轻音漫奏胜霓裳，更旋律，垂杨舞袖。　　霓虹绕屋，繁星坠树，人影波光竞秀。轻舟荡漾水朦胧，这美景，人间几有！

邓文珊

邓文珊（1927年—），字圌，号乐翁，昌叟，自署南阳居士，南昌市人。洪都大学肄业。中华诗词学会、中国楹联学会、中国书法家协会江西分会会员，江西省楹联学会顾问，南昌市楹联学会常务理事等。作品选入《中国当代诗词艺术家大辞典》《中国当代楹联艺术家大辞典》等。著有《滕王阁当代诗词楹联汇编》《滕王阁竹刻楹联集》《滕王阁当代诗联墨迹宝典》等，系滕王阁竹刻楹联堂创始人。

早 春

阳回气暖白驹催，残雪飘梅蕊异瑰。
丽日芳时红杏闹，和风媚景绿杨依。
桃腮未破莺先出，柳眼初开燕又回。
腊后泥融花信发，东君早已夺春魁。

自 嘲

平生潦倒又何求，好学无知枉自忧。
志大才疏空幻想，心雄手拙觉含羞。
霜欺雪虐千般苦，雾散云消万事休。
世道炎凉何足论，白云苍狗两悠悠。

长相思·言退

　　花离枝，鹊离枝。拭目春残花落时，痴情寄酒诗。　　醒迟迟，梦迟迟，醒梦同时我独知，枯荣哪得辞！

陈尔芬

陈尔芬（1930年—），女，云南省籍。离休医师。自幼酷爱文艺，现为中华诗词学会、江西诗词学会会员。著有《海粟集》。

咏　菊

西风落叶群芳谢，一展凌寒飒爽姿。
喜浴清霜添俊俏，更留晚节系人思。

黄河情思

黄土高原天水来，飞流澎湃荡尘埃。
惊魂谱就千秋史，骇浪熏陶举世才。
华夏永兴龙子业，炎黄长恋母亲怀。
风云叱咤朝东海，闯越顽礁莫滞徊。

七十抒怀

珍爱夕阳惜彩霓，诗词书画总相依。
人生自古谁无死，老骥黄昏更奋蹄。
叶落花衰心未老，景迁时过志难移。
奇葩欲采寄幽梦，兰畹灵泉解渴饥。

浣溪沙·思乡

西望滇南是故乡，依稀别梦卅年长，今朝料应美无双！　　峰峻龙门惊叠叠，雁横洱海看行行，归来扶杖泪盈眶！

采桑子·重阳

壬申中秋重阳节期间，赴庐山参加"首届中华女子诗词创作研讨会"感赋

人生几度重阳会？文苑红妆，云聚一堂，烂漫黄花着鬓霜。　　诗泉润腑牵情远，映彻秋光，注满秋江，碧海征帆万里扬！

菩萨蛮·惜别良师

三春雨露滋兰畹，馨香馥郁随风远。斜日悉依依，重峦憎别离。　　殷传珠玉切，教诲同新月。清韵藉恩思，天涯存永知。

蝶恋花·紫荆花的倾诉

饮恨相思情几许？望断云霞，枯蕊期春雨。遥听东江慈母语，天涯咫尺隔寰宇。　　连理割分根永踞，痛彻心扉，何日欣团聚！"两制"春风香岛驻，凝眸一笑丹旗栩。

鹧鸪天·欣闻广大农村普及广播电视

欲获新闻情胜饥，东风回荡杏花溪。河清海晏春无际，雨顺霞明愿有期。　　肩晓月，挽晨曦，旧村新镇笑声齐。梧桐窃语楼窗外，醉看新装电视机。

周士奇

　　周士奇（1927年—），安徽省枞阳县人。曾任南昌市中医学会副会长、江西省老干部保健协会常务副会长。系江西诗词学会，省、市书画协会，江西楹联学会，枫叶文学社会员。

春　游

冬尽春来桃李妍，欢歌笑语菜花田。
绕林白鹭梢头舞，曲岸兰舟水底烟。
磐石巍巍红烂漫，幽泉沥沥碧潺湲。
莺鸣高树逗人醉，芳草蜻蜓戏杜鹃。

安徽淮河洪灾感赋

霹雳雷声响，风掀千里波。
灾民漩水道，霪雨滑山坡。
时见房楼塌，勇来将士多。
洪区虽有难，众志可降魔。

望月怀乡

耿耿疏星照，清风拂面来。
鸣禽栖古木，吠犬卧新台。
月下清光鉴，园中孔雀开。
故乡瞻望远，顾影独徘徊。

樊哲平

樊哲平（1928年—），笔名樊辰，艺名古石山人，新建县人。书画幼承家教，从事教育工作多年。西昌诗社理事、秘书长。

谷雨郊野

春风拂地柳飞花，雨润青郊草木华。
漫道夭桃容易谢，满枝硕果足堪夸。

南昌大桥晚眺

霞蔚西山映晚天，彩虹飞架赣江边。
星光灿烂疑银汉，秋水沙鸥自在闲。

醉翁亭怀古

醉翁亭上缅斯翁，两袖清风众仰崇。
叠翠层峦环碧水，阴森古木蔽苍穹。
酿泉为酒诗人乐，临泽而渔太守风。
励政清廉启后学，泷冈阡表誉寰中。

重九溪霞雅集登高

天高气爽到重阳，满径黄花秋自忙。

徐步登高频极目，弓身绕道九回肠。

丹枫飞叶迷人眼，翠竹弯枝带晓霜。

怪石嶙峋留客步，溪霞灵秀甲西昌。

李春发

李春发（1929年—），字芳基，别名田丁，余干县人。中正大学毕业。原任中共南昌市委常委、市委组织部长，1991年6月离休。现任江西省老年书画协会副会长、南昌市老年书画协会会长、南昌市诗词学会会长、中华诗词学会会员、江西诗词学会顾问、南昌市书法家协会顾问等职。编著《企业家成才之路》，主编诗词楹联集《滕阁夕照吟》，著有《芳基诗选》等。

安义县党代会上感怀党群鱼水情

青山处处吐生机，无限春风拂晓晖。
聚会群英龙水畔，呢喃剪燕凤山西①。
喜看日月争光耀，敢令山河添彩辉。
鱼水深情永无尽，红花绿叶总相依。

1981年4月

【注】
①　龙水畔、凤山西，均指开会地点安义县城及其附近。因县城在龙津河之畔，凤凰山之西。

漓江行

清清漓水浴秋风，无限风光一路通。

玉女含羞遮半面，碧波荡影动群峰。

西峦烟雨朦胧里，东宇晴纹隐约中①。

献果寿星迎贵客②，画间游侣意何浓。

1990年8月

【注】

①　当天上午，先晴后阴，接着下了一阵小雨，偶尔又从东方云彩中射出一线阳光，复转晴。景色奇特绚丽。

②　从桂林乘游船至阳朔，途中有"老人守苹果"一景。

在上影为电视连续剧《联林珍奇》配音（古风）

一座平房十几人，人呼马叫技艺新。

声息相通善胜恶，口舌同步假如真。

常看世上稀奇事，笑录人间美妙音。

四海五湖来汇聚，千声百句显精神。

银屏不识英才面，语调悠扬葆青春。

1991年5月

【注】

我是电视剧《联林珍奇》总顾问、总监制，第一次观看电视配音工作，觉得处处新鲜，对配音人员工作颇赞赏。

安义商城开业

彩灯彩壁彩楼台，看得老农颜笑开。
再上二楼南到北，挑挑选选满篮回。

1994年8月

秋游鄱湖远大牧场① (二首)

(一)

一路歌声晴爽秋，萋萋长草满芳洲。
蒿花含笑牛群闹，犹觉湖洲春意稠。

(二)

秋水茫茫通碧天，风吹绿地莽无边。
游人芳草野花色，鹭鸟池塘小水鲜②。

1994年9月

【注】

① 远大收场：建在茫茫无际的鄱阳湖草洲上。春夏水涨，草洲将被淹没，牧场撤离；秋冬水退，牧场进驻. 已试养菜牛200头。

② 牧场场部附近，数千羽鹭鸟正在池塘中觅食小鱼虾。

新　趣

毫情墨韵趣无涯，益智强身且自夸。

老树知春生气激，新枝朵朵绽新花。

1996年3月

日　照

日照寒林落雪沙，春风吹暖满城花。

娇娆本是多情体，细溢浓香到万家。

1996年5月

夜登庐山小天池

五月二日夜，天晴气爽，偕内子与友人登上庐山小天池，一览夜景，心情舒畅，久不能已，赋之。

数百台阶天际通，登高意气伴松风。

汗流衫湿不知觉，喜看星河落碧空。

1997年5月

斑鸠入鸟笼

眼盯美食意难安，又见鸣姑秀可餐①。
步步贪迷千古恨，纵然忏悔此生难。

1999年5月

【注】

① 鸣姑：饲者在猎笼里置美食，置一只善啼鸣的雌斑鸠，以引诱异性同类，戏称"鸣姑"。

秋　韵

晚晴如画爽吾神，霞写苍山色色新。
橘绿花黄诗兴起，清秋何事逊三春？

2003年9月

养花吟 （古风）

十数年来离休乐，诗书花鸟继心托。
今天抽空说养花，说起养花情跃跃。
花开四季满庭芳，怡性陶情人健康。
吾爱养花花爱我，花我情谊溢厅廊。
房角窗台红紫碧，满堂生辉神自适。
一朝得意抖精神，娇姿柔态情怀释。
芳香四溢伴轻风，右舍左邻皆受益。

犹自笑颜助主人，开心致意迎宾客。

人间多少事关心，养花技艺日日新。

浇水施肥贵于巧，灭虫除害及时巡。

勤下功夫求精细，夫妻协力岂艰辛？

严寒酷暑娇难侍，搬进搬出冬复春。

偶尔伤枝生意外，访师求策争秒分。

一花救活心欢喜，哪管衣衫尽染尘。

众花窃窃私相语，养育之恩牢记取。

各有神通展所长，形香姿色齐献美。

兰送幽香细无声，茉莉吐香激情起。

仙球吊兰貌不伟，解毒化污利人体。

梅花笑雪菊傲霜，君子之风孰可比？

定教空气最新鲜，全家大小皆欢喜。

爱花人与花常近，好花常近爱花人。

花气怡人精神爽，世上多情信是真。

脚健耳聪人未老，康宁和谐乐天伦。

2005年5月

鲍天友

鲍天友（1930年—），吉林省伊通县人。1948年参军，1953年转业后在江西卫生系统工作。离休后参加省、市老年大学和书画协会诗词班学习。系江西诗词学会会员，编著《二院情怀》《咏战友诗词百首》。

思 乡

走马山川万里长，暮年南北镜中霜。
相思绝域高粱米，叶落江南翠柳乡。

翠柳春风飒飒天，江南碧水映山峦。
流星岁月惊华发，常忆童年采马兰。

鹧鸪天·大姐寄来"山楂片"

榆柳花飞扑我襟，抚琴手起听无声。山楂片片三春暖，大姐深深千里情。　　星眨眨，月晶晶，千山万水梦魂惊。江南江北常怀念，两地春光一样明。

黄大宽

黄大宽（1930年—），南昌县人。现为南昌县书法协会常务理事，江西省老年书画协会、南昌市老年书画协会、江西诗词学会会员。

泾口春节见闻

故园新事喜连篇，客运汽车到舍前。
砼路网连高速过，抚河改道大桥悬。
乡村楼宇春载美，农贸堤街水产鲜。
龙舞花灯丝竹伴，鄱滨径口乐丰年。

张　正

张正（1931年—），星子县人，大专文化。1949年5月参军，1976年转业。曾任南昌市标准计量局局长，1991年离休。现为中国老年书画研究会、江西省老年书画协会、江西诗词学会会员，南昌市老年书画协会副会长。

学书偶感

中华文化贯长虹，书法传承第一功。

追慕晋唐循古韵，读临碑帖得真宗。

手无法度千毫损，心有灵犀一点通。

运气凝神入仙境，明珠璀璨夕阳红。

谢国忱

谢国忱（1932年—）吉林省双辽市人。毕业于长春工程学院。先后在北京有色冶金设计研究院、南昌有色冶金设计研究院工作，高级工程师。

定风波·悲莫悲兮者别离

皤叟归乡又始离，恍临出塞意依依。叵耐一声朝发轫，回眺，惆云泣雨没宗祠。　　刘阮思凡辞玉宇，羁旅，诗仙月色作霜凝。千古首丘千古泪，樽醑，衔环故土化春泥。

天仙子·苦丁吟 (新韵)

苦丁味苦性寒，抗天灾，避人祸，苟全性命于荒野，其苦卓精神令人赞佩之。

万亩田园花萃聚，寸土无馀插脚地。瘦黄襤褛不堪击，阡陌里，荒芜域，义草荫麻方外立。　　勿羡牡丹洋富邸，何惧凄风夹苦雨。同春万有①并生发，深固柢，餐六气②，抱子金秋盈泪喜！

【注】

① 同春万有：取自颜延之《归鸿》"万有皆同春，鸿雁独辞归"。

② 餐六气：引自《楚辞·远游》"餐六气而饮沆瀣兮，漱正阳而含朝霞"。

黄体鹏

黄体鹏（1932年—），安义县人。南昌铁路局退休干部。系中国铁道学会、中华诗词学会、江西诗词学会会员，江西省老年书画协会、江西老年大学文学创作室暨省老年文艺家协会枫叶文学社社员，南昌市老年书画协会诗词联委员会委员。著有《奋进之歌》。

读《中国历代文学精华释注》有感

月白风清连夜读，子篇领略少神通。
老来补拙呕心血，书里藏针下苦功。
饱览古文诗句美，细研今译意蕴丰。
精华浩瀚崇光祖，贤哲良言记脑中。

望仙门·嫦娥探月展奇芬

飞船射月播芬馨，赞高勋。万无一失技超群，世推尊。　　玉宇嫦娥舞，科臻遥控传神。深空探测展奇芬。展奇芬，齐唱望仙门。

吴国祯

吴国祯（1933年—），号国珍，生于湖北省黄梅县。1949年参加革命工作，1952年加入中共，退休前任南昌市文明委副主任。幼习古诗文，学楷书。现为中国老年书画研究会、江西省书法家协会会员，江西诗词学会理事，江西省楹联学会、南昌市书法家协会会员，南昌市老年书画协会秘书长。

参观南昌市赣江市民公园偶成

不识江边道，驰车奔哪方？
两行绿蔽地，一带碧澄江。
轮座摩天宇，长廊颂梓桑。
三秋今刮目，众口赞南昌。

咏水仙花二首

（一）

出自农家一土娃，不愁风雨漫抽芽。
凌波借得清泉水，四溢香花送万家。

（二）

琴心翠带吐金花，借水娱生不爱奢。
自好洁身尘不染，胸怀坦荡面春霞。

某动物园游人与虎合影，造成一死一伤

虎人强合照，先乐后生悲。
兽性难能驯，人心孰可窥。
票银原不薄，贪者却嫌微。
蝼蚁人之命，应将法网恢。

杨丽娟追星致狂

娟女追星狂，辍学不上岗。借债又售产，寻梦去香港。吃住皆困难，未成父命偿。父死无依靠，民政低保障。索赔五十万，追向明星讨。如此病心态，世间却见少。消息披露后，震惊我年老。生命诚可贵，娇宠非为宝。

咏普洱茶

天壁山下龙潭畔，精产驰名普洱茶。
韵似琼浆贪亦醉，清神保健一奇葩。

笔都人语

南昌文港号称华夏笔都，家家户户为制笔作坊，从业者占劳动力的百分之七十，销售额占国内毛笔市场的百分之七十。

作坊如斗室，技艺却神通。
三五能工匠，百余序程宗。
狼羊獾兔笔，齐健尖圆锋。
求得大师出，何须耗我功。

参观进贤李渡酒厂

醉风引客至，鱼贯向糟坊。
花上清泉露，窖中琼液藏。
开坛香十里，盛碗醉三厢。
与友常欢饮，频临"急就章"。

游武夷山九曲十八弯

九曲乘槎泛水流，两行峭壁眼中收。
天公巧制丹青笔，点染奇峰入画楼。

王江山

　　王江山（1933年—），安义县人。中等师范学历，现任安义县诗词学会副会长兼秘书长。中华诗词学会、江西诗词学会会员。

秋　钓

寒鸦四处绕山飞，昂首云霄望钓箕。
忽现渔翁提竿起，秋来正是鳜鱼肥。

重九登高

重阳登峻阁，乐趣上眉梢。
潦水晶莹浅，苍山红叶飘。
稻田翻细浪，傲菊入风骚。
贸市流商海，风光不尽描。

梅洲今昔

昔日梅洲荒草地，侵华日寇落飞机。
汉奸强盗屠人场，白骨凄凉鬼蜮悲。
楼阁今朝拔地起，堤坚碑秀草芳菲。
诗墙十里全白玉，沉睡滩头正起飞。

赵树照

赵树照（1935年—），鄱阳县人。部队转业干部。曾在南昌县公安、检察等机关工作，正科级退休。现为南昌市老年书画协会会员、县书法协会副主席兼秘书长。

环　保

城乡植树绿连天，生态和谐胜往先。

大地泥沙污浊少，山河锦绣氧新鲜。

萧 正

萧正（1942年—），原名肖万件，南昌县人。1961年开始文学创作，1965年参加全国文代会，已出版诗词集《滨湖词》《绿叶集》，论著《诗词格律新编》。

鄱湖渔歌

春 江

春江水暖我先知，撒网捞鱼不误时。
荡桨裁开十里浪，霞红水碧任奔驰。

夜 归

拢岸离舟夜滚雷，披蓑足踩烂泥回。
收成本自辛勤育，美味还从浪底来。

灯 光

家在湖边荷叶村，肩扛渔篓踏艰辛。
大门未闭为迎我，寒夜灯光蕴暖春。

离 家

桃花烂漫掩新楼，别岸离家风雨稠。
不在温柔乡里醉，要于浪里作遨游。

渔 妇

湖中久不闻花气，上岸忙寻栀子花。
插满鬓边装满袋，花香一路入船家。

月 夜

寒月如霜照小河，渔家女子唱渔歌。
思郎城里打工苦，何日同舟剪浪波。

渔 村

渔船结伴俨如村，系缆洲边日渐昏。
鸟语童谣乡俚曲，鱼鲜酒好喜盈门。

喜 迎

渔民有子读清华，春节归来水上家。
苇荡腾飞金凤鸟，鞭炮炸响浪开花。

归 舟

夕阳洗澡入鄱湖，霞彩红云满水途。
收网回舟舟似箭，遥知水畔有妻呼。

魏福堂

魏福堂（1943年—），南昌县人。南昌县文化广播电视旅游局退休干部。曾出版诗集《感怀集》，现为江西省诗词学会、南昌市作家协会、南昌县书法协会会员。

拾荒者

手持钳夹肩挑袋，收废翻堆寻宝来。
莫问奔波何碌碌，万家干净我生财。

忆秦娥·荷塘变迁

荷塘泣，望中垃圾飘浮物。飘浮物，年年造废，日日增毒。　　重金治理清污浊，荷塘波荡清摇竹。清摇竹，如诗如画，安祥幸福。

熊传伟

熊传伟（1943年—），南昌县人。曾在人民解放军、南昌市西湖区检察院等单位工作，正县级退休。现为中华诗词学会、江西省诗词学会会员，著有诗词专辑《六十前集》《往事萦怀》。

秋水喷泉歌

落霞孤鹜描穹宇，秋水长天彩赣川。
立意荒滩兴广场，冠名秋水落江边。
千街空巷争先至，万户关门恐后看。
路面奔流车涌浪，池周鼎沸众头攒。
方才入夜馀霞挂，早已张灯七彩旋。
点点霓虹飘紫绿，条条彩练舞丹蓝。
灯随曲韵频频闪，曲顺灯光节节弹。
卓跞华光尤靓丽，斑斓夜色果奇观。
琼池闪闪浮明月，玉水绵绵拂细涟。
管道横斜陈水面，喷头直立列池间。
一声乐曲中天响，几束神光夜幕穿。
水底升腾千把箭，空间飘荡万团烟。
东西南北喷银柱，里外高低挂白帘。
上下经纬云里织，横斜纵竖水中编。
前昂后俯正偏摆，左挽右牵头尾缠。
此落彼升强又弱，伊消斯长减而添。
飙升彩雾星空美，荡起清风大气鲜。

泉态芳姿缘曲调，雾光彩色自灯颜。

奔腾对射抛弧线，起落相交画半圆。

好似城门连宇殿，又如宫阙架廊轩。

金童飘逸桥头戏，玉女惊鸿雨底翩。

抚掌小儿频雀跃，扪膺老妪久心悬。

飞龙刹那腾云霭，大圣继而飞九天。

鸾凤翻霓盘宿斗，巨鲸拱浪戏江渊。

宛同七姐登银汉，好比牛郎跃宇寰。

恰似长虹云上架，又如飞雪半空盘。

奇光道道穿重雾，神弹颗颗射玉蟾。

热讽天宫惊得抖，冷嘲大帝吓成瘫。

还如地震群峰颤，酷似火山喷焰然。

海啸惊天崩石岸，飓风卷浪没航船。

乐声逐段徐徐弱，泉态随波渐渐恬。

耳内戛然停乐曲，眼前忽地息流湍。

雨丝不再空中洒，赞语能于耳际传。

既领眉神和眼意，还闻外语与方言。

龙泉倏地冲霄起，观众蓦然摇臂欢。

全场哗哗声又甚，夜空烁烁韵如先。

高潮再度从头越，众目重新往上瞻。

玉兔层阎重启户，仙姬列队再来凡。

或轻飘拂呈婀娜，亦急飞驰显快酣。

忽若海鸥弹碧浪，还如飞燕吻泥田。

悠悠晃晃凌虚去，洒洒飘飘向外延。

曼舞轻歌迎贵客，琼浆玉液醉神仙。

乐声终了全平静，喜绪犹存血涌澜。

观鳌何须潜大海，寻仙不用问深山。

龙宫不独东溟有，故郡更无新府全。

神话如今非梦幻，高科来日更深玄。

难将美景偷之去，可以诗文带得还。

天上同辉为日月，人间尽美是灯泉。

2004年6月

长江吟

浔阳江畔浔阳楼，一览长江天下秀。

无限江水自西来，奔腾东去无昼夜。

晴空日照波粼粼，黄昏霞映水如绣。

游鱼戏水旋江涡，飞羽低翔与波逗。

百舸竞航箭出弦，汽笛长鸣管乐奏。

江上狂飚自九天，惊涛拍岸如雷吼。

入夜华灯沉水中，楼廓倒立江左右。

皓月凌空坐江船，仰俯天水月成偶。

御洪堤堰筑铜墙，何惧流湍胜猛兽。

江渚青草散清香，岸树丛中垂绿柳。

一条彩练悬江空，云霭托起大京九。

车水马龙添翅飞，南来北往成枢纽。

遥想源头唐古拉，直泻东流入海口。

大江不拒涓涓流，才得深山成大溜。

西陵巨坝耸入云，长江依旧向东走。

流水不改高往低，欲转江回何荒谬？

试问沿江路几长，不知江上人知否？

踏破铁鞋三百双，欲一来回童变叟。

且说南岸北岸人，世代隔江对目瞅。

不论江头江尾居，面不相识亦江友。

把酒青天问婵娟，长江曾在几时有？

其时下界尚无人，江与天地同庚寿。

今人未见旧时江，江见人间今与旧。

古今人面隔千秋，今古人心江看透。

问道江育几多人，江家族谱名否漏？

古人今人铭青天，且看星星闪宇宙。

古人今人若水流，逝去光阴谁倒扭？

花开终有花谢时，莫向阎罗求赦宥。

古人今人饮一江，从生到死不言够。

沿江牧猎耕织渔，自有江神作保佑。

自古长江出英豪，不因时代先与后。

且听屈子浩气歌，惊得大地千秋抖。

赤壁赤水论古今，多少将士名不朽。

无数功名载汗青，江域文化底蕴厚。

李仙杜圣咏长江，早将文饭酿诗酒。

古来江诗过万千，吟坛代代出泰斗。

长江归来夜难眠，思绪时日已良久。

眼中形色耳中声，纸在案上笔在手。

难捺胸间无限情，仍与长江赋一首。

纵我咏江诗无华，料定江不嫌我丑。

2007年5月

周求淼

周求淼（1946年—），安义县人。中专学历，经济师职称，原为安义县农业银行信贷业务部经理，已退休。江西省诗词学会会员。

早春即兴

二月乡间信步游，鹅黄漫染菜花稠。
如今四野无荒地，雨润风梳水畅流。

临帖偶成

半生寻觅终不悔，近日临书又入迷。
昨夜灯光倏暗处，起观残月已移西。

秋夜书斋涂鸦随笔

偶弄丹青写玉葩，黄花香透碧窗纱。
虬枝终觉违人意，欲改无方月已斜。

济南趵突泉

谁凿人间第一泉，清湍三眼涌银莲。
城因甘冽闻遐迩，泉为知己待结缘。

银　桂

碧玉丛中万蕊银，天香涌动漫龙津。
灵株本是神仙种，点缀秋光赛丽春。

【注】
龙津：安义县城龙津镇。

腊　梅

百花遁迹汝独来，瘦骨灵心恋雪开。
玉蕊生香宜纵酒，好邀明月共徘徊。

雪

寂寂无声天外来，琼葩万朵眼前开。
远山潜迹飞禽遁，唯见寒江绕玉台。

荷乡记游

短棹泛荷塘，清风扑面凉。
放歌惊翠鸟，掬水戏红裳。
垂钓鲳鲚美，野炊莲藕香。
停杯询墨友，何日许重觞？

曹州牡丹园揽胜

闻道曹州胜洛阳，果然妩媚焕霞光。

晨妆浥露娇无限，金蕊凝脂贵散香。

蔽轸连畦千顷艳，舒红绽紫百池芳。

一枝可否折携去，笑看花魁占上方。

桑梓通车喜赋

海内春潮涌，乡间喜讯频。

坡坨成阔道，坦荡竞飙轮。

游子闻而舞，居民笑互询。

吾祈桑梓地，应运逐年新。

帅自强

帅自强（1947年—），临川县人。毕业于苏州大学。三级警监，任江西省女子监狱副监狱长，调研员。省诗词学会会员，省、市老年书画协会、南昌市书法家协会会员，新建县老年诗书画研究会常务理事。

江西诗词学会成立十周年感怀

苍生昏睡夜安宁，滴答唠叨为我鸣。
白发偷闲勤执笔，寒窗伏案笃痴情。
挑灯明哲穷天地，秉烛求知挹古今。
十载光阴诗作伴，三千吟友赋交心。

鸭　童

竹鞭点将孺司令，耀武扬威训水兵。
难得鸭群凭调遣，莫非禽畜亦通灵。
养牲定要知牲性，治国尤须悉国情。
世上几多名利客，机关算尽不如君。

采茶女 和胡亚贤

春风得意拂新茶，倩影霓裳尽女伢。

雀舌毛尖经玉腕，碧螺云雾出山崖。

情歌助兴摘晨露，竹篓争功背晚霞。

陆羽咨询龙井质，茗香载誉富桑麻。

航　空

电掣雷鸣惊地府，超凡绝世到天庭。

谁知浪迹云深处，坎坷依然路不平。

刘　侠

刘侠（1947年—），笔名一尘，号文峰山人，安义县人。函授本科文化。中华诗词学会会员，省、县诗词学会会员，中国书法家协会江西分会会员，安义书画院院长。出版《一尘点墨》诗集。

雪天观梅欣把盏

对雪当歌谷酒香，风狂絮舞裹银装。
窗前忽见梅花放，挽袖挥毫笑拙章。

忘餐就会腹饥有感

袋里装诗腹内饥，早餐点水兴依依。
观时未到心犹紊，再把歌词当药医。

"云轩阁"山中一日夜

水清鱼自贵，林海鸟尤狂。新叶知音品，山珍友客尝。荷锄捻竹马，吹火夜宵香。咏月箫声远，衔杯醉梦乡。

帅如珠

帅如珠（1947年—），安义县人。毕生从事教育工作，县教育体育局退休干部，中学高级教师。中华诗词学会、中国教育学会书法教育专业委员会会员，省、市书协会员。

初访姑苏

才倚寒山醉一壶，园林到眼已模糊。
吴侬软语如春雨，洒向游人湿也无？

春游楠溪江

看罢山花看菜花，迎来红日映朝霞。
青篙一筏楠溪水，满目春光到永嘉。

厦门椰风寨望远

椰风寨畔好沙滩，大海飘来几片帆。
抬眼苍茫云水处，金门更远是台湾。

山居野钓

野草如茵雨似烟，溪头垂钓我高眠。
蘑菇竹笋争空地，雉过深山唤杜鹃。

田间小憩

松开黄犊坳头边，且就花香草味眠。
带得《诗经》聊作枕，梦中犹诵《鹿鸣》篇。

社日山行得句

寻诗又宿友人家，水酒山肴醉晚霞。
昨日春茶浮绿叶，今宵清梦到梅花。

小聚一首

风声窸窣小帘开，老友偷闲冒雨来。
一抿香茶清了脑，人生得失释胸怀。

"三通"二咏之一

回回醉里诉乡愁，地老天荒总不休。
喜见"三通"归路近，彩云拥月过鸿沟。

登黄鹤楼咏怀二首之一

青云送我上高楼，万里江天眼底收。
阁倚龟蛇三楚发，城横云梦二川流。
长桥飞架连南北，高塔凌空入斗牛。
漫道仙人游不返，凭栏已见鹤回头。

浣溪沙·采春菇

不顾轻寒雾气浓。挎篮背篓快如风。邀姑唤
嫂过村东。　　　簇簇大菇撑雨伞，株株芳菌搭
柴篷。山歌一曲出喉咙。

蝶恋花·小知了

几日天晴天渐燥。扛起犁锄，忙向畲田跑。
四野青葱颜色好，晴岚犹在山间绕。　　　草里
咿咿声韵巧。放下犁锄，且顺声音找。绿翅青皮
新宝宝，蓬然飞过丝茅杪。

踏莎行·芙蕖

垂柳遮塘，鱼鹰入浦，菱萍阻隔莲舟渡。菡苞玉蕊立蜻蜓，清香浴透芙蓉女。　　叶下鸣蛙，荷心滴露，芳华莫使佳期误。当年一伞断桥归，与侬共度风和雨。

李训寅

李训寅（1943年—），笔名白云，安义县人。大学文化。中华诗词学会会员，安义诗词学会副会长。在国内外诗词书画大赛中多次获奖，发表诗词500多首。

颂英雄城南昌

滕王高阁临江立，画栋轩鸶映翠微。
秋水长天浑一色，落霞孤鹜浴齐飞。
百花洲上百花艳，孺子亭前孺子奇。
八一军旗扬赤县，于无声处听惊雷。
英雄城郭鸿图展，生态园林满目菲。
红谷滩头兴玉宇，青山湖畔焕生机。
三江联袂天资颖，四海融商彩凤栖。
小道延伸奔大道，洪都璀璨映春晖。

农家谷雨

声声布谷晓千村，蝶舞莺飞草色新。
燕子归来寻故井，稼儿出里饰都门①。
春风拂寨苍山远，细雨滋畴碧水深。
拾得残红忍抛却，一年之计早耕耘。

【注】
① 稼儿出里饰都门：农村青年走出乡里进大城市装饰华丽的铝合金门窗，此泛指外出创业。

黄家庭园吟①

春归对港村，村里庭园深。斜倚金鸡港，港穿翠竹林。林前兰桂苑，苑内冬梅芸。芸蕴繁花簇，簇含锦橘殷。殷旁相理树，树侧池清粼。粼艰银鱼戏，戏水白鹤临。临浇五玉柱，柱擎椿萱亭。亭祉儿孙好，好男词赋吟。吟坛题四壁，壁上镌诗文。文雅农家乐，乐园永世春。

【注】

① 黄家庭园：安义县鼎湖镇对港村一农家庭园，集果园、花园、艺苑于一体，园内镌有二百多米长的诗书碑林。

草书学说

伯英逸少草书王①，章草除繁今草狂。
草法先求然后势，转精其妙自成章。

【注】

① 伯英：汉代草圣张芝，字伯英，在草书上最大的贡献是将崔、杜章草变为今草，并造其极。逸少，东晋书圣王羲之，字逸少，真、行、草书造诣精深，今草不踵前人，变章为今，自创一格。故欲学今草之法，不可不学羲之。

望海潮·香港回归祖国

香炉琼宇，港湾胜地，千顷鱼跃烟霞。荡浆驾舟，穿湾破雾，何时游子归家？云梦绕寒沙。总把长安望，泪沁襟纱。镌记当年，火烧鸦片以还牙。　　谁言浪迹天涯。紫荆旗帜下，满绽新花。国耻百年，一朝得雪，母亲更爱娇娃。同饮莞香茶。共唱团圆曲，一醉流霞。璀璨明珠永耀，今日返中华。

乐星冶

乐星冶（1948年—），南昌人。老三届知青，南昌市东湖区环卫所工人，已退休。中华诗词学会、江西诗词学会会员。

题张忠勇君及其书法艺术

半是昌明半悟禅，馨香随处奏丝弦。
轻风一壁柴桑地，紫墨三壶篆隶篇。
石刻并非无论者，书行可见步前贤。
平川易付东流水，力镌华章尽炽燃。

江城子·赋汤教勉先生画

层层墨色润绢绫。左云生，右山暝。千丈凌凌，有雾有烟升。半倒凉亭无去路，桥断处，听鸡鸣。　　聪明何忍误聪明。自然行，造通灵。磊落心原，步步逼精英。流水潺潺歌日月，光灿烂，影旗旌。

江城子·早春初会付命煦先生写意

　　早春只望雨风慈。觅诗词，探兰芝。惆怅难收，不见个花儿。黄鹂双双鸣嫩柳。歌瘦竹，听文姬①。　　迟迟不便向君辞。且低眉，找芳菲。一笑微矜，命运恨多欺。抚痛绵绵读破夜，穷口述，寄才思。

【注】
① 听文姬：指蔡文姬所作《胡笳十八拍》

水调歌头·乡间重会焦燃君赋

　　如黛山峦隐，夹道树葱茏，轻轻蚱蜢相吻，顽闹酿秋风。晚稻封行挤挤，清水如弦娓娓，似咏似歌容。芳草苍茫路，缓步望燃公。　　白鬓角，星云染，预想中。绸衫明目佳淡，话旧共心胸。懒羡功名微利，勤种桑麻自乐，常叹世人庸。天下多忧虑，拱手让英雄。

念奴娇·赠耕耘净土的吴子南先生

苍茫故郡，草青青，塞北牛羊无数。西部骆驼驮历史，东岳泰山威卓。入海长江，归家雄燕，遍颂尧唐博。万辞难尽，百川烟霭如濯。　　求学开光金陵，蹉跎沧桑，偷泪何曾错。纵惜春花花也去，欣幸夕辉烘托。梳篦文明，耕耘净土，秉性朗朗著。批评教授，晶莹三顷韬略。

满江红·题农村外出务工的年轻母亲

昨夜无眠，眼中泪、三更味杂。公婆苦、并非不孝，夫妻好合。可惜东城遥数里，奈何电话勤回答。小儿呼、拽紧旧长衫，娘亲劫。　　人在外，心难纳；路漫漫，何时搁。夏天才过半，假期休洽。思绪忡忡函半纸，布衣糙糙拂新榻。盼年终、红粉染丹唇，乡家踏。

十六字令·咏正宗国脉珠山瓷

瓷，不见官窑旧貌时，劳工泪，代代共花滋。

瓷，款款娇容主客痴。同金玉，一室话稀奇。

瓷，有我初春试笔迟。留二件，端坐意飞驰。

李训论

李训论（1950年—），安义县人。农民企业家。中华诗词学会、江西诗词学会会员，安义县诗词学会副秘书长。

诗 心

山中狭径我偏行，曲直悠然奋力登。
脚底溪流浮叶过，峰头云卷健鹰腾。
风敲窗纸人敲韵，眉蘸灯光墨蘸情。
脊土甘居君莫笑，真言应是出寒门。

倒春寒

入骨三分气势横，惊蛙息鼓乱飞莺。
潇潇洒暴高楼价，阵阵吹狂霸业声。
假货随风天漫舞，贪官趁雨庙求升。
花期已到花颜少，却见沟旁柳倒生。

应约垂钓并小酌于鱼隐山庄

三弯四转入林深，扑鼻松香似酒醺。
树密阴凉筛日迹，人稀路窄印车痕。
鳞波漾眼山塘现，陌客围滨钓竿伸。
心喜今朝来得早，不然迟到坐无礅。

乡村即景

一眼甘泉石囤深，长年滋润满村人。
为何今日遗它去，笑指楼房水塔新。

弯枝密密挂金笼，摇漾秋光望眼彤。
摘宝村姑车上笑，箱箱蜜橘满东风。

安义杨梅

龙睛个大且称真，满口生涎树下人。
举手随枝扳一串，廿枚刚好半公斤。

珠珞枇杷

串串金珠缀绿丛，崖旁屋后漾清风。
基因来自原生态，一口纯真似蜜浓。

带小孙

四轮才买又三轮，我拽童车逗稚孙。
总忆孩年初学步，竹梢当马也开心。

瓜　农

盼到西瓜上市时，夫妻盘算喜开眉。

哪知连日黄梅雨，淋得心寒贱卖归。

驱车于安合公路往宝峰寺，剩三里路程，因路未修通，心惜而返

盘旋已上最高峰，突刹飙轮见路终。

寺影前浮看似近，谁知隔壑听禅风。

经余干鄱阳湖滨往康郎山忠臣庙

浩渺烟波望日蒸，鸬鹚瘦影逐鳞青。

水深更有漩涡隐，湖静曾经帝业争。

洪武根基尸垫就，康郎山脚影陈横。

忠臣庙绕雄枭气，泛起鄱阳浪万层。

水调歌头·村妇

残月落西岭，溪畔鼓蛙喧。莺歌伴奏娇步，一脚草缠绵。盘算三餐美味，茄子红椒扁豆，巧手饰青园。篮满菜鲜翠，十指露珠溅。　　扫庭院，清冷灶，起炊烟。喂鸡笼里，啼醒儿子梦中甜。楼上声声铃响，夫报平安诺诺，情话语留连。"出外打工苦，早日把家还。"

江城子·农民工

　　头盔顶日赤炎炎。抢时间，快添砖。磨烂衣衫，浇灌水泥坚。多少高楼多少汗，酸苦水，口吞涎。　　安全帽下欠安全。友工伤，触心寒。半载劳辛，辗转睡难眠。梦报爹娘妻老小，撑月底，寄工钱。

满庭芳·乡村医生

　　足履霜寒，蛰声消歇，犬吠惊眨冰星。夜深灯闪，心急步如腾。多少柴门巷道，留痕迹，萦绕真情。药箱小、沉沉责大，肩背一方宁。　　归来残月伴，和衣入梦，眉角稍暝。又传唤求声，身晃目瞠。此刻头轻腿重，搓手掌，再踏乡程。红霞映、青山角显，惺眼望流莺。

谢玉斌

谢玉斌（1951年—）女，新建县人。大专学历，新建县西山粮管所业务员。现为新建县文联委员、新建诗社副社长、南昌市作家协会会员、县老年书画研究会会员。

雨 夜

春寒致雨花心冷，檐滴不休落玉声。
日怕喧嚣婴戏闹，夜怜寂静妇安神。
窗前黑幕遮天际，房内灯光降月痕。
桌上铺纸挥妙笔，椅中正坐著书人。

电 工

寒冬舞雪冰如笋，万仞高山铁塔倾。
水电皆停民众苦，空中架线写青春。

邓雄勇

邓雄勇（1953年—），南昌市人。初中文化。现任江西联发家具制造有限公司董事长、中国家具协会理事、江西家具协会常务理事、南昌市家具行业商会秘书长。江西诗词学会理事，南昌市老年书画协会会员，星子五柳诗社社员。

劲　松

倚崖破石出奇峰，傲雪虬枝意态雄。
生就一身清瘦骨，云遮雾绕自从容。

白玉兰

骨健枝苍不畏寒，始无攀附倚栏杆。
冰清玉洁从容发，未着青衫先着冠。

金星砚

生自横塘乱石冈，斑斑点点闪金光。
精雕细琢珍稀物，绘出丹青翰墨香。

石　佛

莫窟山中多石雕，或行或坐胜天骄。
倘如顽石能成佛，哪有人间鬼与妖？

松湖途中

穿云破雾疾如飞，远看群峰染翠微。
含露禾苗才泛绿，和烟桃李已芳菲。
溪前几树垂杨瘦，屋后千竿嫩竹肥。
四月农家风景好，翩翩少女步霞归。

送燕清君去海南

暮色苍茫掩夕阳，送君连夜赴南疆。
临歧忍说言千句，惜别先流泪两行。
水复山重人渐远，云遮雾绕路遥长。
心随银燕天涯去，翘首星空欲断肠。

崛起南昌吟

红谷滩头漫步行，荒沙泥淖起新城。
层楼耸翠祥云绕，飞阁流丹瑞气生。
七彩喷泉娇媚色，"万家灯火"管弦声。
晴空碧水霞光映，寥廓江山入画屏。

鹧鸪天·咏普洱茶

普洱名茶四海扬，云遮雾绕久经霜。龙潭池畔三溪秀，天碧山中一叶香。　　旋紫玉、品琼浆，芬芳浓郁不寻常。百年更是珍稀品，难得人生几次尝？

满庭芳·重阳寄北

红叶轻飞，黄花乱舞，登高遍插茱萸。九天秋阔，风卷淡云舒。又见行行白雁，清啼处、正觅归途。青峰外、夕阳冉冉，将彩笔轻书！　　闲馀！今漫把、相思万缕，揽入冰壶！忆瑶水垂钓，梅岭连庐。莫道霜侵两鬓，俏对那、江岸桑榆。凭谁说、凤城遗曲，锦瑟不当殊？

永遇乐·南昌石口镇怀古

故地重游，江南名镇，豫章津度。赤石崖前，矶头塔下，寻断碑残赋。青墙成砾，紫藤结簇，掩弯道京昌路。王家坳、空山寂寂，正红几树花絮。　　乱垣曾是，朱门豪户。贾埠衢通吴楚。市列珠玑，风华竞逐，几代千帆橹。桑田沧海，沉浮旧事，兴衰尽归尘土。唯江月、而今却照，百年老浦！

王爱玉

王爱玉（1953年一），笔名田园、凌波，字兰田，号鉴玉，女，浙江省建德市人，随家迁居武宁，后夫妇在南昌落户。大专文化。著有《珠帘心声》，待梓。

秋　思

叶动影摇溪，秋空雁阵迟。
月邀山岫去，来就梦中诗。

沈　园

沈园别泪洒春枝，柳岸梦回已误时。
夜露怜香悄入梦，多情明月慰相思。

第二届中国农民书画展

农民画展见高才，月下箫声听古台。
雁阵移云帆影远，疏瓜架豆乐衔杯。

梦游龙虎山

仙山龙虎入云端，宝殿丹炉映紫烟。
但得天师传秘诀，能除天下鬼贪官。

游梅岭

狮蹲象守控豫章，丹井红崖乐祖乡。
谷奏泉声随雾绿，松筛日影动花黄。
女娲遗石擎天柱，勇士降妖壮幕墙。
一瀑风云坟典湿，英贤自古出西江。

李金龙

李金龙（1954年—），又名李真龙，字云海，南昌县人。现在南昌县文联工作。江西诗词学会理事，已出版《云海诗词选》一册，在全国各类诗词刊物发表诗词约1000首。

咏　冰

天地玄阴结，古津西隔东。
此坚谁肯破？俊赏玉玲珑。

澄碧湖雨晴二首

（一）

燕舞莺歌入翠帘，春风昨夜雨廉纤。
桃花如火烘朝日，无限生机上岭尖。

（二）

一湖澄碧荡城南，陌上游人三月三。
夹岸松篁珠露润，笙歌清弄水云蓝。

宿东禅寺①

奔波尘陌里，慰倦宿禅房。

风定蓼花静，云飘桂子香。

幽重筛冷月，短棹拨清光。

佛理谁能悟？寒星寄浩茫。

【注】

① 寺在青岚湖畔岘山上。

夜读陶渊明集后

菊香醺欲醉，灯下读渊明。

独有溪山兴，全无物欲情。

人之称木讷，吾乃共嘤鸣。

率性真禅觉，随缘佛道澄。

雨谒王安石纪念馆

谁人能识王安石，遗像来瞻雨未晴。

改革千秋三不足，邦家万事一分明。

内忧已见脂膏尽，外患犹安剑戟横。

镇日金陵观逝水，半山堂下咄空盟。

雨谒汤显祖纪念馆

临川四梦长怀耿，一夜檐声不肯晴。

玉茗曲从云外散，牡丹亭在树中明。

莫嗟名士权臣贬，成就奇书典籍横。

当日东西焕奎璧，萧条异代枉寻盟。

重九登滕王阁

吴楚东南镇，长江万古流。岳阳与黄鹤，鼎立三名楼。或以神仙泽，或凭一记留。神仙非所慕，一记服先忧。仰此滕王阁，多情翻百愁。沧桑经几劫，坎坷历千秋。动乱频兵燹，兴衰迭毁修。天心洽人意，盛世沐洪庥。杰构登临共，翚飞霄汉侔。山川无今古，俯仰豁吾眸。南浦朝云霭，西山暮雨稠。白帆孤鹜远，碧水队鸥浮。汀渚临波静，楼台向晚幽。晶宫开广宴，璎珞舞螭虬。才拟天星下，还惊花雨潆。江城原不夜，箫鼓正绸缪。赣抚烟波远，天风棹梦舟。重阳新酒熟，高会凤鸾俦。妙名虽频出，清辞若宿谋。章成珠玉润，笔落宝光浏。陆海无涯际，潘江不可收。吾生逢改革，许国带吴钩。用世功名重，敢为一己筹！男儿血殷热，烈士气雄遒。值此马当顺，王郎何处游？激扬逞意气，挥斥竞风流。心事盟高阁，豪情肃海陬。岂堪随逝水，伟业壮神州。

游岘山咏松

热血男儿本风流，闲伴泉石友松虬。当此天下太平日，溪头垂吾钓，山尾牧谁牛？玉笛归来鱼儿美，不邀而至二三子。科头跣足长松下，披襟攘臂浇块垒。须臾明月上东山，醉舞草茵影斑斑。舞倦偶倚老龙鳞，樵哥渔弟笑吾攀。殊不知疏懒原非攀龙客，君不见此龙骨格比金石。君我倘能得其神，清风浩气横空碧。君曾到黄山，我曾到庐山。昆仑峨嵋并五岳，天下无松不成山。岚湖之滨岘山虽不名，此山之松参天拔地势欲飞出白云间。云间之松龙吐雾，龙身龙爪如铁铸。怒突拗折挽千钧，危岩石罅根半露。吁嗟呼！风雷雨雪千百秋，电击雷轰竞自由。细细摩挲良久立，莫笑苍松对白头，更唤酒销万古愁。

玉蝴蝶·秋兴

玉露打窗侵枕，寒蛩鸣砌，宿鸟惊飞。月影婵娟，寂寞独照兰溪。去年曾、柳摇南浦；今日又、杏暖春枝。梦浓时、草遮行色，菊艳香闺。 相思。芳心难寄，迩来常醉，哪更贪杯。冷邸何人？半吹长笛似同悲。抚琴剑、书生易老；误岁华、天意难回。夜何其？暗云千里，苦伫朝曦。

2007年10月

木兰花令

霜风独立如钩月，夜半澄湖清到骨。相思更比柳丝长，长共柳丝萦玉玦？ 多情笑我生华发，我笑多情双鬓雪。平生最悔是多情，悔向人间何处说？

水龙吟·杨花 （用东坡步质夫韵）

　　漫吟芹圃东坡，暮春天气心如坠。填词唤友，葬花独自，多情惹思。置酒相招，斯人不至，草堂深闭。忆天涯海角，绳床瓦灶；共沦落、杯难起。　　不管飞花飞絮，但颦卿、宿缘能缀？绛珠草下，灵河岸上，梦魂都碎。一自乌台，更从赤壁，飘飘流水，叹书生又到，偏停鬓底，伴青衫泪。

2007年4月

张 芸

张芸（1956年—），女，安义县人。现任安义县政协主席。中华诗词学会会员，江西诗词学会常务理事。发表诗词歌曲百余首，编著电视剧本五部。其中，电视剧《小溪湾湾流》获全国优秀短篇电视剧展播奖，电视电影《西行》获江西省"五个一工程"奖。

重阳行 （古风）

飒爽凉风好个秋，后垅峤岭帅家游。
欢声笑语飞车外，同力登坡兴趣稠。
峦峻飞霞收眼底，竹青摇浪戏斑鸠。
池塘波动浮青影，村小玲珑别样优。

千岛湖 （古风）

三千西子秀灵翠，万顷峰峦浩瀚碧。
纤尘不染游鳞肥，清风如浣逗猴趣。

无题 (古风)

山中无虎犬称王，鬼魅妖狐结一帮。
钱财通神邈王法，色相牟利钻官场。
认权是贼媚叫夫，见奶如猪勤唤娘。
螃蟹横行终被剥①，猢狲暗自断肝肠。

【注】
① 安义县1996年8月一县官谋杀同事已伏刑。

潜海 (古风)

换上泳装穿潜衣，教练手式心头记。
带上咬嘴深呼吸，碧海涛中沉水底。
千奇珊瑚七色鱼，百怪沟壑万礁垒。
身在龙宫自在飞，异样感觉有滋味。

台湾大鲁阁 (古风)

抬头一线天，卧身泉忽见。
旁见飞流下，洞观鸟飞涧。
峭壁松枝矮，悬崖酉长面。
蜿蜒数十里，地动奇观现。

西江月

二〇〇七年八月赴江苏淮安参加全国诗词工作现场会途中有感

　　村侧楼台火热，溪边山谷秋凉。南方国道汽车忙。希冀南来北往。　　创建诗乡辛苦，学研先进拔强。以诗名县路绵长。系在金牌匾上①。

【注】
① 2008年1月安义县荣获"中华诗词之乡"荣誉称号。

雷茂辉

雷茂辉(1958年—)，笔名三石，进贤县人。现任中共进贤县委办公室副主任，进贤县直属机关事务管理局局长、党组书记。进贤县人杰地灵文化促进会副会长，《作家报》编委，南昌市作家协会、中国乡土诗人协会、江西诗词学会、中华诗词学会与中国诗歌学会会员。

水　仙

幽香淡淡满堂春，雪魄冰魂四季存。
不是荒郊无沃土，只缘清水养精神。

2005年1月

大觉山峡谷漂流①

乱石交错弄激流，急水欢歌唱不休。
直泻狂旋何所惧？早将信念记心头！

2007年9月

【注】

①　大觉山峡谷在资溪县，漂流长4公里，落差180米。

军山湖①

横空出世万年雄，一梦藏身浩淼中。

山是脊梁龙虎卧，湖犹玉液秀灵钟。

嬉鱼清蟹江河醉，绿岛轻舟目力穷。

波涌琼楼连碧落，高登远望任西东。

2004年3月8日

【注】

① 军山湖是我国县域内最大淡水湖泊。南北长25公里，东西宽5公里，最宽处达16公里，水面32万亩，流域面积616平方公里。元末，朱元璋与陈友谅大战鄱阳湖，战舰常在军山湖出没厮杀，因此而得名。

江城子·离人恨

夜读苏轼《江城子·十年生死两茫茫》，愁思陡起，因套其词，反其意而赋之。

十年分手暗神伤，不思量，自难忘。咫尺伊人，无处话凄凉。纵使相逢添苦恨，和别泪，两迷茫。　　夜来随梦读寒窗。眼汪汪，正情长；轻唤一声，无语竟魂亡。劳燕分飞谁料得？空怅惘，断愁肠。

1991年12月

清平乐·听雨

十月上旬以来，进贤县境内已有七十馀天未下过透雨，旱情严重。凌晨梦醒，忽听大雨敲窗，惊喜旱情可望缓解，欣然命笔。

七旬无雨，何处乌云去？盛夏田庄成水狱，史载百年未遇。　　而今渴望甘霖，但愁旱象趋侵。夜叹万顷干裂，凌晨惊梦泽临。

1995年12月

浪淘沙·胡杨①

远古著遗篇，荒漠精魂。顶天立地越千年。死后挺拔风骨在，又历千年。　　不朽再千年，交错盘旋。神龙首尾漫无边。百态万姿诗画醉，装点江山。

2005年10月

【注】

① 胡杨是第三纪子遗植物，也是干旱沙漠地区惟一能构成浩瀚森林的乔木树种。一般树高10至20米，最高28米左右。胸径数十厘米直至1米不等。被誉为沙漠勇士。新疆是我国乃至世界胡杨分布最多的地区。

刘荣根

刘荣根（1960年—），南昌县人。在职研究生学历。曾任南昌县委宣传部副部长、县委办公室主任，南昌市政府发展研究中心副主任；现任南昌市委农村工作部副部长、市政府农村工作办公室副主任。江西诗词学会会员。

中秋问月兼寄李真龙先生

清境胡为号广寒？蟾宫可是万般难？
浮云掩阙心何有？淫雨倾天梦岂安？
玉兔如今加爵否？嫦娥或许嫁衣冠？
举杯我亦邀君饮，相对醺然一醉欢。

1989年9月

深秋登滕王阁

高楼独上正深秋，赣水无声槛外流。
残缺西山衔落日，苍茫野树接荒洲。
前朝胜迹难娱目，绝代文章只织愁。
拍遍栏杆情未已，荡胸直欲卷潮头。

1989年10月

黄山吟

虬枝铁干傲风霜，乱石危崖立自强。

不与浮云争妩媚，且迎孤旅阅苍茫。

凌霄可作朝阳衬，历世终堪太庙梁。

始信峰前人识否？从来高洁寓寻常！

1995年6月

都江堰

作堰淘滩配禹功，抽心截角锁蛟龙。

典垂青史千秋范，福惠成都百代农。

省识民生真政治，反思戎马小英雄。

庄严庙貌深深拜，浪拍离难砥砺同。

2005年3月

武侯祠

江山时势待英雄，雷动隆中起卧龙。

赤手开基唯谨慎，丹心许国尽瘁躬。

也知成败关天命，独向艰难建大功。

千古村夫弘相业，摩云汉柏郁葱葱。

2005年3月

江边忆旧

忆昔浣衣临水涯，今犹一事觉调皮。
郎从背后蒙双眼，要我猜他人是谁。

采　藤

晓刈溪藤入谷深，喈喈黄鸟集丛林。
同来女伴皆星散，一例野花头上簪。

下　山

山上下来斜照侵，瀑喧中谷鸟投林。
一时行到溪桥畔，洗耳又闻流水琴。

八大山人隐庐

麻石小桥通柳岸，青砖老屋隔梅湖。
不知王谢今谁宅？独有此居仍姓朱。

遮郎伞下

背后从撑油纸伞，手中自浣汗纱巾。
过江飞雨来如箭，湿透著吾针线身。

梅仕灿

梅仕灿（1964年—），号凤山，进贤县人。爱好诗词、书法、楹联、古玩鉴赏。中华诗词学会会员，中国楹联书法艺术委员会委员，江西省楹联学会副会长。

旧　境

平生难忘少时游，昨夜分明枕上浮。
白雪芙蓉摇碧水，翾翾落叶扮山秋。

畔　上①

越陌度阡访远宗，炊烟细雨两迷濛。
一渠碧绿流隅北，二脉黛青横郭东。
后宇枝繁梳乱霰，前堂联旧对严风。
四邻闻讯来相贺，跺雪临门道岁丰。

【注】
① 畔上，进贤县一村庄名。

南昌大桥夜景

十里华灯黯月宫，金龙横跨漫江红。
六鸾并驾过霄汉，一水穿流入昊穹。
画炯层楼明暗里，霞明孤鹜有无中。
凭谁寄语牛郎女，告以斯桥日夜通。

苍　山

开立滇西十九翁，横临洱海莽苍容。
溪流啸谷三千叠，云雾萦肩百万重。
金笔书天星月字①，银冠覆地马龙峰。
丹霞夕照游人醉，古刹悠悠播晚钟。

【注】

① 金笔指崇圣寺三塔，当地人称之为文笔。马龙峰为苍山十九峰之最高峰。

大　理

首向滇中西北行，雄州绝特壮斟吟。
笼云载雪苍山峻，映月罗星洱海深。
七代名城传万里，一方古塔耸千寻。
花容鸟语多佳丽，疑是九天仙子临。

【注】

大理古城始建于唐代，故曰七代名城。

历代木匾

　　江南昌盛地，立匾古时风。书法尽瑰伟，文辞亦隽雄。不惟惊漆技，犹可叹雕工。题字皆英杰，应情分异同。门庭悬胜要，世代显尊隆。岁月尘埃久，荣光气息空。奈何除四旧，恰似历千戎。毁去成今憾，幸存失昔崇。翻为屠肉案，倒作蔽阳篷。吁劝加呵护，藏之利国功。

习字五诀

坐　姿

腰直足宜安，臂悬莫畏难。
肩平头勿侧，指实掌须宽。

执　笔

"撅押钩格抵"，紧松贵适宜。
高低凭自得，管案若相垂。

用　笔

屏息略收胸，臂推指勿松。
锋随提按变，使转尚从容。

临　帖

临习是阶梯，宜精莫自欺。
形神皆欲似，出帖勿强期。

章　法

组字若排兵，玄机妙自寻。
巧分红白黑，相得不能侵。

陈大斌

陈大斌（1965年—），安义县人。现任安义县社会科学学会联合会主席。中华诗词学会、江西诗词学会会员，中学高级教师。在全国、省、市报刊发表诗词、小小说多篇。

观安义县"和强杯""和谐家庭"评选感吟

雨润风梳翠梓桑，城乡处处有花香。
谁吹笛响春光曲，和睦人家笑语扬。

观安义县石鼻镇首届农民运动会感吟

秋风送爽桂花香，狮舞龙珠喜气洋。
编篓村姑论手巧，拔河壮汉比人强。
牛郎担谷身肌健，老外惊魂拇指扬。
奥运薰风吹故里，农夫鏖战也风光。

沁园春·安义中学六十周年校庆①

学府名坛，四季芬芬，竹碧柳葱。看飘香月桂，莺飞蝶舞；云池鹿岛，鱼跃潭宫。茵绿球场，塑胶跑道，骏马腾飞健魄功。华楼立，四方天桥架，路路连通。　　桃源忆昔峥嵘②。冒烽火硝烟度腊冬。望而今新址，玲珑剔透；状元三第，巧夺天工。百舸争流，千帆竞发，南北东西桃李红。心浪涌，似清波荡漾，舟泛安中。

【注】

①　安义中学：江西省重点中学，现代技术综合评比获江西省第十名。高考考生曾获江西省理科第二名，三次获南昌市理科第一名。

②　桃源：安中创办地，在宜春市靖安县辖内。

画堂春·游影视基地安义紫园山庄

紫园红瓦绿丛中。檐前翠竹摇风。几声啼鸟笑垂翁。一竿惊鸿。　　袖子沟旁靓妹，搜寻古色奇踪。相机频闪兴悠浓，秀谷飞虹。

南乡子·安义晶安高科抒怀①

昔日满山凉，落户晶安土变香。"阿海法"来添活力②，图强。栽下梧桐引凤凰③。　　科技挑宏梁。产品珍稀跨远洋。带动新型工业链，风光。不尽财源涌故乡。

【注】

① 晶安高科是集科研、开发、生产锆材料和能源材料为一体的高新技术企业，"十五"国家863计划成果产业化基地。已成锆系列，电池材料系列产品，产品远销日本、欧美等地。

② 阿海法：世界500强法国阿海法集团。该公司与晶安合作的核级海绵工程在建设中。

③ 晶安引来江钨集团4万吨金属镍钴新材料项目和南昌宏狄氯碱公司。

采桑子·安义县老年公寓

依山傍水高楼立，室净窗明。松柏常青，丹桂飘香百鸟鸣。　　白头围坐观棋局，看淡输赢。老有深情，笑语声声出院庭。

清平乐·乌龙潭

崇山峻岭，云雾笼仙境。林里乌龙夭矫卧，清越泉声动听。 小潭石缝流鸣，大潭瀑布飞声。最叹三潭溢出，小沟九曲晶莹。

临江仙·相聚刘老根山庄

林茂路回深谷静，鸟鸣蝶舞青松。镜明镶嵌碧峰中。深潭垂钓乐，我也做姜公。 鱼隐泉声犹听雨，品香敬酒盈盅。时鲜野果自天工。艳阳高照日，看万紫千红。

黄金平

黄金平（1971年—），南昌县人。南昌莲塘镇居民。

红　蕖

洲渚丛荻芦，莲蓬出秋水。
红蕖瑟瑟时，栖鹭惊飞起。

冬至二首

（一）

书未招冬至，忽惊银屑堆。
连山照暮白，再雪看天灰。
兽迹林间没，篷舟江上回。
水村灯数朵，遥认似红梅。

（二）

莫向西园赏，来寻鹤鹭亲。
初阳透云罅，宿雪满江村。
天独怜荒瘠，民谁问苦辛？
琼花催发处，未肯避荆榛。

送人赴杭打工二首

（一）

等闲聚散莫依依，分手还回握手时。
九地正宜骐骥骋，一年最好蝶莺飞。
要知事总由人做，任是萧因乞食吹。
西子容光今昔在，未妨莞尔去如归。

（二）

欲觅陶公醉一卮，夕阳何处叩柴扉？
水云淡漠与心适，尘梦荒唐堪自悲。
无复春风花柳好，依然暮野鹧鸪飞。
疏炊遥隔寒林望，落叶蹊深黄犬归。

题人画荷 （古风）

我羡雅君子，淡墨饶远想。胸中无尘氛，腕
下有林莽。一旦生秋兴，梦遍芙蓉港。描之入尺
幅，烟浦不须桨。冉冉此秀荷，趁风犹待长。其
气欲盈室，恍听莲歌响。素华方自惜，无烦世人
赏。

浣溪沙

惹着闲愁鬓易华，霏云野外望空赊。始知咫尺似天涯。　映屋柳塘斜掠燕，度墙豆蔓软垂花。淡阳入院玉人家。

南乡子

桥畔柳丝长，解愠南风夏夕凉。看足田田池上叶，何当？写得风姿入小窗。　此意独思量，鸣婆云天正浩茫。红粉一朝零乱后。无妨、枯梗犹飘月夜香。

南歌子

隔叶蝉鸣脆，随风雨播凉。绿荷齐涨满方塘，容我饱张胸肺吸清香。　已胜村醪妙，何拘醉态狂。好峰原未借云藏，此际相看只有一斜阳。

熊晓鹿

熊晓鹿（1971年—），女，曾用名熊金妹，自号梦缘居士。南昌市人。高中学历，2006年开始自学诗词，在《江西诗词》《深圳诗词》《榆林诗刊》等诗词刊物发表诗词作品数十首。江西省诗词学会会员，中华诗词论坛女子诗文版主。

如梦令·春

嫩柳轻梳凉雾，粉杏暗凝香露。烟雨恋江南，人在小楼深处。闲赋，闲赋，春色满园谁顾？

点绛唇·夜语

夜意阑珊，院前风弄深眠柳。独看星斗，寒沁红罗袖。　　尘事如烟，月下花容瘦。霜情厚，病来欺酒，浪子今知否？

诉衷情·秋夜

草虫清夜向窗鸣，院角树斜横。寒塘素月孤影，柳岸挽谁行？　　伤蝶梦，失鸥盟，掩云屏。掷笺投笔，抱枕偎衾，懒记秋声。

减字木兰花·春思

柳裙婀娜，犹忆湖亭相拥坐。雨染春瞳，洒落桃园满地红。　　多情难寄，旧誓依然云梦里。默数钟声，无寐床前一夜灯。

浪淘沙·一地清寒

疏柳向秋残，散尽轻烟。芦花飞絮满江川。霜气又红云雾里，山色谁怜？　　长夜月无眠，独倚栏干。梦回对镜总无言。楼外星稀人困也，一地清寒。

南乡子·怀远

飞絮舞轻寒，湖水波纹映碧栏。径曲林幽松浪涌，春鹃。啼断肝肠绕石关。　　对镜叹华年，难觅知音冷泪弹。熠熠星灯何数尽，无眠。三月江南人未还。

临江仙·梅雨梦

赣水悠悠帆影远，黄梅又换流年。苍烟暮霭笼峰端。沙洲滩草里，孤鹭浴清寒。　　对景伤情思旧梦，临窗听雨谁怜？几多心语湿云笺。卧听更鼓尽，魂梦阻千山。

一剪梅·秋思

露荻霜枫绕远洲。闲引清愁，独上高楼。素笺欲寄又谁收？每纵吟眸，付与飞鸥。　　瘦影空房怯晚秋。双黛含忧，孤枕堆愁。半屏幽梦为卿留，月吐残钩，云卷归舟。

水龙吟·无题

凭栏远眺西山，斜阳渐隐云霞后。亭台竹榭，轻烟薄锁，舟依岸柳。赣水悠悠，廊桥影渺，残灯孤守。怅江南春秀，相知路远，借风送、香笺厚。　　暗念三生盟久，倚南窗、梦缘空候。人非事往，芳尘幽散，别情催酒。寸断愁肠，醉魂不语，忍听更漏。纵欢颜掩饰，韶华偷易，更相思瘦。

采桑子·年末初雪感怀

晓风初醒惊冬雪，抱枕孤眠。怎绽欢颜？梦里依稀闻杜鹃。　　黄花昨夜香魂散，检点诗篇，空忆尘缘，缓缓吴歌唱冷烟。

李良东

　　李良东（1973年—），南昌县人，毕业于江西财经大学，在南昌市地税局工作。中国书法家协会会员，江西省书协评审委员。

秋登滕王阁

千载斯楼在，苍苍暮霭中。
乘歌豫章北，凭槛大江东。
秋老思张翰，途穷看塞鸿。
归来何所有？浩浩一襟风。

记　梦

快意平生少，湖山入梦多。
水浮云月影，舟浸海天波。
把酒轻俗虑，临风发浩歌。
觉来惟辗转，却待夜如何？

登鼓浪屿

青山傍海势嵯峨，鹭影参差荡碧波。
山翠但知春意暖，人闲不觉鸟声多。
丹心隔岸容颜改，潘鬓有情岁月磨。
唯有相思如梦里，骑牛犹可渡天河。

海边遇雨

独立滩头襟抱开，天公为我震惊雷。

今宵一卧海风侧，白浪如山入梦来。

山行小景

山林处处好徘徊，丽日谁知画境开。

松影青青窗前落，鸟声上下耳中来。

黎村行并序

南昌广福镇永木黎村有唐永王李璘东巡遗址，今有永王墓在焉。永王璘，唐玄宗李隆基之子，安史之乱时出兵东巡，后被称为"叛乱"。暮秋，驱车至此遗址。夕阳西下，孤冢历历，荒草丛生，感慨作此。

君不见，九万里长江东入海，滔滔江水来天外。又不见，江山依旧终不改，昔日王孙今安在？板湖东湖黎家村，古迹依依向黄昏。抚碑试问姓名字，唐时永王是前生。遥想东征气势雄，楼船旌旗欲蔽空。麾下簇拥千万骑，指看长安唱大风。岂无名士壮行色，谪仙幕下随君侧。倚马东巡诗百篇，妙笔生花颂功德。手足相煎奈若何，祸起萧墙乱干戈。三军败退天地暗，百姓流离泪滂沱。血流飘楫大江赤，书生意气救不得。

成者王侯败者寇，纵有佳诗无筹策。日边清梦断，君臣各分散。谪仙贬至夜郎去，永王暗作章江旋。村前流水依古樟，霸业浑如檐前雨。龙虎旗，玉马鞭，在何许？空见山月自来去。月照今夕无异同，木叶无语对秋风。我生苦晚千年后，常为杂务自奔走。对君遗址长叹息，世事白云成苍狗。君虽落败隐黎村，肃宗帝业今在否？安得天下皆康乐，是非成败不如酒。眼前有酒不足惜，何为不饮长叹苦朝夕？一樽还酹阶前石，凉风飒飒送行客。车行路转不见人，唯馀岭上秋月白。

燕俊萍

燕俊萍（1985年—），字燕回，女，南昌县人。现任三味斋少儿书画培训中心老师。江西诗词学会会员。

诗　境

携诗三百访师庐，垂柳河边对镜梳。
遥指庭中湖内影，天机尽在有中无。

竹

丛林月下有清风，步伐轻轻人静空。
不赖花开争入眼，常从今古墨池中。

元　夜

际夜沿江行，草木谢青翠。唯有一江水，奔流总无累。忽忆少儿时，沿江戏无肆。嗟叹人生梦，相与宽心意。长歌一曲罢，不觉星稀至。归时已无路，逾墙犬吠锐。陶然共忘机，今春好一岁。

自　述

燕本一素鸟，无力高展翅。

奈何世相欺，金丸违我意。

四载居陋巷，树间高地避。

春日养怡情，林中来去恣。

〖中华诗词存稿·地域专辑〗

中华诗词学会 编

江西诗词选

（二）

胡迎建 主编

中国书籍出版社
China Book Press

图书在版编目（CIP）数据

江西诗词选 . 二 / 胡迎建主编 . — 北京 : 中国书
籍出版社 , 2020.10
（中华诗词存稿）
ISBN 978-7-5068-7994-1

Ⅰ . ①江… Ⅱ . ①胡… Ⅲ . ①诗词－作品集－中国－
当代 Ⅳ . ① I227

中国版本图书馆 CIP 数据核字 (2020) 第 179369 号

江西诗词选 二

胡迎建 主编

责任编辑	李国永	
责任印制	孙马飞	马 芝
封面设计	采薇阁	
出版发行	中国书籍出版社	
地　　址	北京市丰台区三路居路 97 号（邮编：100073）	
电　　话	(010) 52257143（总编室）　(010) 52257140（发行部）	
电子邮箱	eo@chinabp.com.cn	
经　　销	全国新华书店	
印　　刷	北京虎彩文化传播有限公司	
开　　本	710 毫米 × 1000 毫米　1/16	
字　　数	234.5 千字	
印　　张	23	
版　　次	2020 年 11 月第 1 版　2020 年 11 月第 1 次印刷	
书　　号	ISBN 978-7-5068-7994-1	
定　　价	998.00 元（全 4 册）	

目　　录

九江市

吕崇钧

何竞新

温浦廉

杨宗海

何鉴如

蔡文澜

柳存文

欧阳一知

尹隆俊

熊汉川

查治平

李中楷

杨淑青

程鹏达

张建华

陈齐明

杨国凡

李国威

黄庆易

邱 魁

江五科

黄志鹏

饶振群

段德虞

查宗镕

唐厚纯

李代良

易南生

田柳风

徐授铭

戴和林

徐增产

朱德群

胡佑荣

刘 枫

陈光文

万华林

卢象贤

宜春市

何冠伍

涂理征

赵怀青

谢梦日

袁赣湘

九江市

方靖四

方靖四（1912—1996），湖北省蕲春县人。中央政治学校高等科三期毕业。高等文官考试教育行政人员考试及格。曾任中小学教师、视导员、科长、县长等职。九江市参事室参事，九江市诗词学会顾问。

竹泉山庄

幽雅山庄号竹泉，庐山分得半边天①。
千竿翠竹遮茅屋，一路溪流击石喧。
秋意酿绯林树叶，诗情吟醉暮云间。
自然风物无需买，容我流连半日闲。

【注】
① 山庄在庐山北麓，距铁佛寺数百米。

金人捧露盘·过翠亨村孙中山故居

倚平岗、郁王气，翠亨村。海风吹，爽气宜人。杂花生树，正海疆碧浪拥春城。南游过此，展故居，得慰平生。　　求真理，怀伟抱，反封建，覆清廷。图报国，何计家身？几经失败，终肇建民主共和成。国正需公，公永逝，追缅沾巾！

忆旧游·凭吊黄花岗七十二烈士墓

为追求理想，抛弃头颅，埋骨荒郊。忘我争临阵，纵横飞弹雨，烈焰冲霄。何惧断头流血，报国在今朝。慨壮志陵云，终成遗恨，墓草萧萧！　　迢迢，重仰望，怅故国山河，一统仍遥。安得艨艟舰，渡盈盈海峡，缚住长蛟。实现诸君遗愿，日月庆重昭。看满城歌吹，骈田百族乐陶陶。

西江月·谢吕小薇女史惠赠《竹村韵语剩稿》

竹外闲敲韵语，村前小立湖边。湖心倒影映庐山，飞过卿云一片。　　何处传来玉笛，清音飘入人间。阳春白雪润心田，为识大家恨晚①。

【注】

① 大家：专家、学者之著名者，如班固之妹班昭，人称曹大家。家，读如姑。

徐奠磐

徐奠磐（1915—1998年），湖口县人。南昌师范毕业，先后任教于南昌文植小学、湖口师范、湖口中学。1946年参加国民政府高等考试及格，任考试院荐任科员、编辑出版股主任。建国后历任乡、县中医师，湖口县志办编委，《石钟山诗词》编委等职。1988年受任为九江市参事室参事。著有《幕陶轩诗稿》。

夏夜纳凉甘棠湖畔，仰观繁星满天，羡宇宙之无穷，叹人生之渺小，感而有作

波光灯影漾平湖，湖上风清溽暑除。
卧看繁星光碧落，茫茫宇宙竟何如？

1981年8月

石钟新貌

浩荡江湖峙石钟，风涛冲击尚从容。
峰峦隐约青天外，清浊分明白浪中。
苏子芳踪如可接，太平遗垒若为雄。
于今四海安澜日，万顷朝霞照眼红。

鞋山秀色

鞋山原名孤石，又名大孤山，俗呼大姑山。在鄱阳湖中，以形状似鞋故名。一峰孤立，雄踞中流，秀丽无比。

遨游云汉有姑山，遗履人间不计年。
浪涌踢开湖上雪，月明踏破水中天。
巉岩耸立风霜劲，沧海横流砥柱坚。
庐阜崔嵬彭蠡阔，与之终古竞娇妍。

电缆横空

电缆高跨鄱阳湖口，西来强大电流，由此源源输入湖口城乡，供工农业生产及照明之用。

鄱阳湖口架长虹，南北东西电路通。
黑暗驱随流水去，光明照耀普天同。
厂房飞瀑千轮响，大地繁星万点红。
广大城乡真不夜，虹桥仙子①叹无穷。

【注】

① 虹桥：湖口旧八景之三，在上钟山麓，相传有仙飞升于此。

柘矶砂矿

　　柘矶沿江砂矿，储量丰富，质地优良，可供制造玻璃、模型及基建之用，自一九五七年开采以来，运销上海、南京、武汉、重庆等各大城市及山东、河北等十余个省市。

金砂万顷亘江隈，沉睡千年宝藏开。

铁臂摇空挥复落，巨轮破浪去还来。

玻璃掩映神仙阙，基础撑承霄汉台。

大好河山民作主，一砂一砾尽良材。

汪秉笔

汪秉笔（1917-1998年），彭泽县人。好文学，工吟咏，青壮年时即盛负才。1980年受聘为《彭泽县志》副主编，1984年推选为彭泽政协常务委员。曾任彭泽诗词学会副主编、九江市诗词学会编委，有《晚晴吟草》问世。

茶山居

东风一夜唤春回。高峡平湖玉镜开。
雨润青松留黛色，花迷野径沐朝晖。
小溪烟水堪图画，大块文章任剪裁。
我为青山添妩媚，青山应喜我重来。

月

万古多情月，相交七十年。
天涯随素影，花里对婵娟。
沧海沉珠老，空山照鬓斑。
浮云何害事，依旧向人圆。

迎春曲

白发黄髫笑语融，蓬门一夕满春风。
相逢尽是青春侣，我亦颓颜欲返童。

秋　趣

秋色苍然浑太清，谁言摇落气萧森。
澄江如练寒波净，素月流辉玉宇新。
篱菊恰同人骨傲，远峰长想黛眉青。
红霜枫叶红如火，片片丹心照晚晴。

编县志抒怀

白发萧疏不自惭，嘶风老马战犹酣。
文追太史原非易，步学邯郸亦自难。
论事每思君实笔，评人常法紫阳篇。
愿将点点心头血，涌向毫端字字妍。

遥奠况钟

平冤古剧动神州，几度观摩热泪流。
不带江南绵一寸，永同河岳重千秋。
冰心到底肝肠热，铁面无私鬼魅愁。
公为乾坤留正气，云天遥奠拜松楸。

九江长江大桥竣工志庆

不霁何虹波上桥，天连吴楚正秋高。
气吞云梦千湖浪①，势压浔阳九派涛。
填海移山心愈壮，投鞭断水语非骄。
中华儿女英雄手，又缚苍龙第九条？

【注】
① 古云梦泽湖泊甚多，其地在湖南湖北一带。

临江仙·敬谒九江渊明祠

彭泽人尊彭泽宰，先生亮节高风。乌纱掼却白双瞳。浩然归去也，宁让酒杯空！　　自有大名垂宇宙，田园诗派开宗。柴桑故里拜遗容。凌霜偏爱菊，千载此心同。

满庭芳·祝彭泽诗社成立

晓角催春，岭梅映日，神州万里晴空。河清海晏，禹甸看飞龙。纵览千秋历史，泱泱看大国雄风。苍穹下，鲲鹏击水，溟渤永相通。　　今冬逢盛会，文光射斗，豪气穿虹。爱青山彭泽，翠拥双峰。擎起凌云健笔，继渊明、五柳遗踪。欢歌起，铜琶铁板，高唱大江东。

满庭芳·贺江西诗词学会成立

篱菊犹芳，江枫仍艳，又添庾岭梅妍。洪都新府，风雅集群贤。今夕文光射斗，重摩娑古剑龙泉。逢盛世，西江火种，端赖此薪传。　　骚坛、千古杰，渊明静穆，悠对南山。更长歌正气，血泪啼鹃。三拜欧黄姜晏，仰双峰、妙笔临川①。笑老拙，家居马当，助我快帆悬。

【注】
① 王安石、汤显祖。

满庭芳·和友人咏大姑山

盘古开天，女娲炼石，几番沧海桑田。灵霄一会，风雨结良缘。嫁与彭郎无悔，喜长河月照人圆。堆雪处，矶头磐石，恰似妾心坚。　　忽传、云外信，大姑未老，绿鬓依然。更弓鞋未改，环佩犹妍。羡占明湖万顷，伴婵娟、五老酡颜。君与我、平分秋色，各领好江山。

刘文约

　　刘文约（1918—1999年），又作文乐，字立修，号任庵，晚号喑庵，湖口县人。少年受到杨赓笙、吴蛰圃、黄工善等诗家熏陶。新中国成立后在上海粮食局工作。退休后回九江，曾任江州诗词学社理事。自选三百余首集为《任庵诗存》。

家猫走失复归

　　惯汝已三岁，一朝轻别离。
　　举家都系念，竟夕不知归。
　　常愧无鱼食，深怜有虎威。
　　行行须警惕，前路在谋皮。

江州吊鄂王

　　旌旗当日次江城，午夜乌啼旅梦惊。
　　报国早膺慈母训，论兵难撼岳家军。
　　青衣五国悲行酒，墨绖三年痛压情。
　　我读满江红一阕，鄂王千载尚如生。

某君游庐山意在念旧，诗以广之

驱云叱石上崔嵬，人海人天结愿来。
丘壑能专归巨笔，斧斤所赦有沉哀。
一生行止多流坎，百战河山几霸才。
悟彻沧桑原正道，极天五老笑颜开。

庐山龙首崖

横空一石果然奇，矫首苍龙势欲飞。
云雨未兴长困惑，股肱何在感支离。
铁船久舣愁无渡。金阙前开许暂窥。
莫谓舍身殊可惜，舍身殉道古来稀。

抗 洪

连朝洒洒复飕飕，苦雨酸风未肯休。
人与鱼龙成杂处，天教江汉作横流。
分洪常恐邻为壑，抢种还思岁有秋。
三次洪峰应可撼，军民如堵立湖头。

宗远崖

宗远崖（1918年—2010年），笔名羽岩，南昌人。中华诗词学会、江西诗词学会、修水山谷诗社、庐山区诗词联学会顾问。早岁师从胡蕙园先生攻古文辞八年。抗战前，入无锡国专就读。曾任教于庐山中学、浔阳中学、江西教育学院。著有《编磬集》（诗集）、《屈原赋疏证》、《高适诗详注》、《庄子、韩非子寓言故事选注》、《列子补注》，主编《庐山东西林寺志》等。

晚　步

饭后宜散步，晚来天复晴。出门见落日，黄淡如新橙。怡然向前山，缘径吟且行。提挈众花影，不知明月生。我怜烟景佳，村远风弥清。径绝却归返，园中啼夜莺。

杂　感

视觉难穷远，听根难极微。天籁不暂歇，人间闻者稀。外星隔银汉，余焰穿铁围。有翼或敛戢，无翼何能飞？神弱惊蚁语，色盲昧虹辉。梦中信为实，醒来笑为非。祸福易交变，哲人知契机。庄周殁已久，谁得叩其扉？

冬至夜雷

冬至始至雷填填，阴阳回薄春争先。
一发杀机势无前，其疾破山光裂天。
照夜不须炬火燃，羲和去后遗其鞭。
纵横狂掣复灼煎，潜龙不安地下眠。
或方起陆或跃渊，暴雨翻云四迸泉。
飘风吹梦左右旋，予室摇摇若在船。
妻儿直目惊欲颠，青灯焰惨数乞怜。
骇兽追呼孰自全，鬼胡遁形魂合烟？
无乃赤道忽北迁，不尔中原战鼓鼙，
警急烽到长江边！

鸱鸺曲

鸱鸺鸱鸺，鹰体猫头。兄鸱枭，弟鸺鹠。喜昏出，恶昼游。鹍雏无所用，吓人不与俦。田鼠害人稼，疾之更若仇。夜猎何必待清秋，目光如炬能冥搜。不惜毛羽落风露，但除群鼠无他求。黄鼬食鸡功何有？家猫食鱼饱即休。嗟尔护弄实鸟圣，寸茎颗粒不私收。食母事虚俗莫辩，除害声历人空忧。任劳任怨终不悔，夜夜飞巡南北畴。

花　径

白傅留花径，宁无过客寻？
我来秋欲老，桃叶满荒林。
山寺芳菲尽，人间战迹深。
乾坤悬一缕，徒剩觅春心。

徐　饮

归鸟栖才定，流泉远渐闻。
川摇初上月，峰护欲眠云。
徐饮全忘醉，微吟忽念群。
野风无意至，花片自纷纷。

书　怀

烟尘欲退复相侵，世路悠悠未易寻。
镜里毫厘千里影，梦中歌哭百年心。
馀生岂惮旌旗变，古木谁怜蠹蚀深。
贾谊有书犹可上，怀藏字灭益沾襟。

江楼晚坐

江上风平浪渐微，楼头坐看远帆归。
虹迎晚照横空出，雷逐残云带雨飞。
岚翠乍浮能映酒，野凉暗入辄吹衣。
十年河谷东西变，不必苍茫向四周。

枕上作

微云摇月梦痕浮，虚壑谁从夜放舟？
一枕疏光初睡醒，飞凉松气满山楼。

顾群黎

顾群黎（1918年—），永修县人。高中文化，中小学教育工作者，1986年离休。永修建昌诗社顾问，江西诗词学会、中华诗词学会会员，诗作散见于省内外诗集诗刊逾百首。个人著作有《黎醒阳诗选》《喜晴园集》《晴园诗词》。

咏牡丹

十月阳春二度开，东君吐哺遣香来。
不娇不媚王侯种，宜淡宜庄老圃栽。
一片冰心情永驻，念年风雨妒相摧。
严冬雪尽新葩绽，华萼生辉永不衰。

咏案头水仙

托根从未染红尘，来自漳州玉洁身。
唯有素心能本色，何曾高格不超伦。
一瓯淡水怀君子，几缕温馨梦洛神。
磊落襟怀甘淡泊，美人香草总宜春。

登小孤山望澎浪矶

小孤屹立大江边，雾鬓霜鬟带笑颜。
皓魄千秋同领略，风情万种总留连。
花开绝顶招君赏，浪拍矶头伴汝眠。
历尽劫波终不倒，天生一对永相怜。

临江仙·偕小孙乘竹筏游柘林湖

潋艳湖光万丈，四围山色空蒙。斜阳荡漾水晶宫，白云三两片，芦苇一丛丛。　缥缈浮槎一叶，清波稳载衰翁。孙孙要我记游踪，快门轻一拨，尽入锦囊中。

刘禹宪

刘禹宪(1922—1999年)，又名叔度，山东省东明县人。毕业于中央大学外文系，历任九江大学、九江师专外语系教授。

邀友人湖畔闲步

入春风日好，杨柳翠拂堤。陌上野花发，林间山鸟啼。湖平微有浪，沙白净无泥。邀子观鸥去，吟诗共杖藜。

滕王阁重建落成，江西诗词学会阁中雅集赋此志庆

少读王郎序，及壮客豫章。滕阁无觅处，怅望楚天长。山河少灵气，洲渚色凄凉。英雄南昌市，如龙失晴光。忽闻阁重建，雄奇逾宋唐。奕奕饶神采，亭亭玉琳琅。翼然临江渚，御风欲高翔。快哉一登临，终生永难忘。

水龙吟·游大小孤山

凌波大小双姝，轻盈绰约谁能比？烟鬟雾鬓，红巾翠袖，通身灵气。不屑蛾眉，争承恩宠，为妃为婢。把风流神韵，花容月貌，都付与、山和水。　　极目沧波无际。喜江天，云轻风细。汀洲绿遍，两三游女，戏搴芳芷。佳丽湖山，吴天楚地，多娇如此。须扁舟夜泛，飞觞邀月，共朦胧醉。

念奴娇·庐山五老峰

逍遥五老，酌彭蠡、还醑滔滔扬子。相貌清癯神奕奕，情寄浔阳烟水。穆穆风清，悠悠云白，淡泊蕴真味。流连不去，浑忘岁月流逝。　　遥想浑沌初分，巨灵盘古，赋予峥嵘势。雨横风狂历千劫，依旧顶天立地。满眼风光，辉煌夕照，无限晚晴意。喜看云表，雄鹰重展双翅。

鹊桥仙·鼋头渚远眺怀西子

浓妆淡抹，宜颦宜笑，绝代人夸西子。扁舟一叶去无踪，极目处，茫茫烟水。　　波光潋潋，予怀渺渺，寻访溯游无计。风姿绰约想伊人，早化作、山娇水媚。

采桑子·庐山芦林湖游女

天光云影遥空碧，满目芳菲，满目清漪。人似惊鸿映夕晖。　　风姿绰约谁家子？不住瑶池，却似瑶姬，独步姗姗在水湄。

点绛唇·汽球

肚里空虚，轻浮偏会随风向。子将何往？魂绕青云上。　　荡荡悠悠，得意更膨胀。把形忘，梦破身命丧。

叶纯一

叶纯一（1922年—　），安徽省宿松县人。曾任小学教师，并在人民银行及保险公司供职，都昌县良种场退休干部，系中华诗词学会会员，曾任九江市诗词联学会理事、《匡庐诗词》编委、都昌县诗词学会副会长。有《余晖集》两卷行世。

野　草

是谁首植一株苗？千载人间绿未消。
雨露无偏能普降，江山从此始多娇。
知春更比群芳早，入画何妨隔岁烧。
纵使墙头传谬种，薰莸异气示容淆。

甘将沃土让农桑，不厌荒原古道旁。
随地成春皆烂漫，多情留客任徜徉。
谁言有毒除须尽，自信于人索未昂。
名重杏林先哲赏，纵然苦口利膏肓。

小白兔

童孙欲买兔爰爰，室内欣看两口添。
进食那须株守待，出门犹恐狗垂怜。
栏边兀坐双峰雪，身上奇装四季绵。
伎俩虽多无懈击，才营一窟被人填。

牛棚杂咏

声声爆竹过年时，劳动归来受斗批。

万里和风非旧岁，一群俯首尚寒龟。

夜班泪代屠苏酒，草稿腹藏除夕诗。

思谁睡眼才片刻，岂容有梦到妻儿。

落实政策感赋

三十年来一散材，人嗤已死复燃灰。

馀生终见飞乌白，盛世欣看塞马回。

贫获千金宁小补？福能双至未应猜。

原非骏骨能招士，也沐殊恩类郭隗。

某官因吃空饷受到查处

有幸为官人上人，俸钱优厚已非贫。

自应报国功常建，岂可乘机手便伸！

无德从来难涉世，有钱未必定通神！

洗心涤虑从今始，珍惜回头再造身。

丁亥除夕抗冻

不尽寒流促岁终，无温炉火伴衰翁。

阳春欲把衡门叩，冰雪仍将大地封。

骨肉一家人远隔，康王咫尺路难通。

傲然挺立南山外，只有迎风几劲松。

胡长青

　　胡长青(1922—2005年)，都昌县人。1943年国立十三中学毕业后，先后在湖口师范、星子中学教书。1950年在星子县参加工作，先后在县政府、县法院、县委会、县航运站工作。1959年在星子共大教书，后调县供销社任主办会计。"文革"中遣回原籍劳动，1975年恢复工作，1978年8月调任星子县中教师，1983年退休，聘为星子县志办公室编辑。江西诗词学会会员，有诗作入选《中华诗词总汇》等。

别　乡

元辰土目拂东风，妻室怀婴满笑容。
此去何期还故里，苍苍白发听晨钟。

1950年

往事无题

十年百事一惊雷，青史长书是与非。
皓月有如明镜智，携儿课毕荷锄归。

1960年

路过湖口石钟山访内兄徐奠磐

华函屡见叹嗟多，路过石钟叩若何。
酒醉诗酣知体健，无端琐事付流波。

1977年

和奠磐兄诗七十三岁偶成

飘零脸垢识音稀，老骥何求千里为。
苦辣咸酸崩五内，冰霜风雪傲千枝。

登都昌南山感怀

苏诗约我上南山，儿辈争登老叟难。
放眼鄱湖无巨浪，遁身幽谷有狂澜。
人寰离乱十馀载，天际风云一瞬间。
正本清源今日好，神州黎庶尽开颜。

1978年

步建儿《陶先生今雁约同观菊未遂》原韵

韶光流水梦魂过，满目萧疏泪迹多。
寒夜雁声添凛冽，朔风飞絮弄婆娑。
凄凄慈母断缝线，泛泛游人放浩歌。
青帝幸能先作主，和煦丽日照山河。

1985年

初冬薄暮出南门

薄暮南门河水流，渔舟唱晚网勤收。
湖洲倦雁争栖息，车马城池响未休。

1990年

偶　成

妻子可怜耳更聋，我瘫不动若龙钟。
相看默默各流泪，言语多情不易通。

1998年

无　题

性厌阿谀憎奉承，生平惹得路难行。
多年鸿志受谁掣，四载牛栏辩不清。
斗转瀛寰重就业，时来儿女各长征。
眉须斑白阳光暖，恶疾罹身莫恐惊。

2000年

哭振祖

噩音传入我房中，书卷含哀泪满胸。
磨墨同窗追往昔，生涯荣辱一均同。

2003年

刘鸣和

刘鸣和（1923—），武宁县人。1949年5月参加工作，1981年离休后，参加编辑《武宁县志》《武宁粮食志》。1986年参与发起成立武宁诗词联学会，历任副会长。《武宁诗词》副主编。先后参加市、省、中华诗词学会。现任县诗词学会与《武宁县志》顾问。著有《碧山吟草》。

枯　葵

枯葵看罢泪沾巾，脉脉徒存捧日心。
试问人生何所似？红颜转眼失青春！

颂香港回归

生年喜见凤还巢，国耻家仇百恨抛。
鸦片烟凝林督泪，香江浪涌伍胥涛。
燎原赤火焚黄草，革命红旗漫碧霄。
两制又招儿女福，九龙破壁动台礁。

望海潮·鲁溪洞

神仙之地,芳名久仰,今朝得遂初衷。深入石门,环观玉宇,宽宏剔透玲珑。佳境往前通。又悬挂珠璧,瓜圃花丛。美丽田园,一丘丘巧夺天工。　　乾坤影缩宫中。有明灯伴月,宝剑呼风。狮子戏珠,神龟饮玉,清泉活水淙淙。奇洞气豪雄。看寿星洗脑,情绪轻松。消尽尘氛,依依惜别水晶宫!

望海潮·观音岛

层层楼磴,扶摇直上,壮哉此次来游。南海客人,观音大士,慈祥细豁明眸。双手润如油。指弹洒甘露,为度蜉蝣。救世胸怀,不分人我不仇仇。　　山间处处清幽。看菩萨座座,雅兴悠悠。嗟我老刘,生来性拙,求知不计芳猷。从此谢风流。欲锁心猿躁,诚学孙猴,长伴岩前,观湖听月看闲鸥!

曹其苏

曹其苏（1923年—），修水县人。大专文化，高中语文教师，教研组长，已退休。现为江西诗词学会、中华诗词学会会员，山谷诗社顾问兼《山谷诗苑》副主编，黄庭坚书画院院务委员。出版发行《其苏诗词》上下集、续集等书。

老骥嘶风

老骥离栏半耸腰，轻蹄蹀躞志犹骄。
仰天一啸风雷动，千里星驰去路遥。

秋山晓霁

秋山晓霁露初晞，梧叶飘黄怨旭晖。
放眼崇林生意满，丹枫点黛唤春回。

清明节怀诗友龚良辅

又是清明节令时，老龚此日已何之？
风摧竹叶鸣声簌，雨浥梅芽洒泪迟。
情到危巅偏有韵，感临极境却无诗。
杜鹃盈野花飞血，晓雾迷茫缅故知。

雨夜 (游仙)

彻夜潇潇雨，摄魄上重霄。寥廓音尘绝，缥
缈紫气缭。中有古松蔽日月，岩岩磐石压琼瑶。
忽见老仙石上坐，悄然吹洞箫。瓠壶似贮酒，欲
饮又三摇。寡斟何寂寞，独奏何清萧。我说人间
好，老仙歌一阕："无我无欲，如冰如雪。融于
宇宙，游于金阙。一支箫，半壶酒，邀明月。没
有阴晴圆缺。"老仙颔首一欠身，翛然相与别。
沉沉夜未央，潇潇雨未歇。

登黄龙山观晨雾

跨越黄龙八百巅[①]，玉皇殿上览人间[②]。
天连北海千堆雪，地极南溟万里烟。
锦鲤浮云遨玉宇[③]，蓬瀛吐雾灿金莲[④]。
身临逸境无尘俗，不是神仙胜似仙。

【注】

① 五代宋道士陈抟《游黄龙山》诗首联云："黄龙山高
八百丈，太玄二十五洞天。"

② 黄龙山顶建有"玉皇殿"。

③ 黄龙山腰胜景，"鲤鱼朝天"，如鲜鲤游于雾海。

④ 晨雾中突兀的山中仙岛。彩霞萦绕如金莲怒放。

李华白

李华白（1923年—），湖北省黄梅县人。幼读私塾经馆八年，师范毕业，曾任黄梅县文教局长。退休后定居九江市，任九江市诗词联学会副会长兼《匡庐诗词》主编达二十年。

香港回归颂

百年痛史斑斑泪，雪耻图强未等闲。

谈判一言刚似铁，主权九鼎重于山。

人为刀俎终难久，我是金瓯岂许残！

祭告炎黄陵笑慰，香江此日已归还。

1997年

喜看"神舟"五号载人飞船上天

十亿睽睽望酒泉，神州启动载人船。

九霄揽月原非梦，一步登天不算玄。

千载凌云难耐蛰，今朝破壁始腾渊。

中华本是龙乡梓，喜看扶摇遍大千。

醉花阴·和在台老友帅定国寄照

四十年光曾一瞬，水阔沉鱼讯。竹马忆儿时，燕子天涯，别梦馀霜鬓。　　庭前小照瞻风韵，久久依稀认。莫道渺归期，斗转星移，万里巴山近。

匡一点

匡一点（1924—1998年），晚号听涛楼主，修水县人。毕业于中央大学，历任九江文联副主席、修水山谷诗社社长、江西诗词学会首届理事。编有《当世百家律诗选》《中华田园诗选》等。著有《瓮牖轩诗抄》及《听涛楼吟草》。

桥上散步

漫步踏长虹，飘然思逸空。

惊涛踩脚底，爽气扑眉峰。

雨霁山明净，阳残水半红。

年中花甲过，难得是从容。

乙亥迎春抒怀

雪陪春梦入诗棚，忙爇心香倒屣迎。

魂与梅梨争共白，意随巢许住三清。

安贫人自知温暖，守黑翁能掂重轻。

可令笔花无禁锢，砚田虽浅乐躬耕。

原韵奉和周缉熙词丈《己亥八四初度杂感寄友》

刀风剑雨闯江关，闯过危艰闯过鳏。
周鼎康瓠时混混，豫章樗栎等闲闲。
浮沉天地情多谲，俯仰人间路太难。
一梦觉来宁了叻？独携凉月看苍山。

楼居杂兴

白云封处我为家，松柏森森小径斜。
为听泉声常敞牖，贪留月影屡移花。
邻僚不入尘无俗，骚客频临韵有加。
西蜀子云亭逊此，修江一曲傲三巴。

徐子瑜

　　徐子瑜（1924—2008年），女，湖口县人。1939年赴景德镇考入浮梁中学。后往高桥乡慕陶轩私学教书四年。1951年入九江专区医院学习，分配到星子县卫生院作护士。1960年调往秀峰星子共大为校医，后调回县医院。"文革"中历经磨难，1977年恢复原职。1979年退休。著有回忆录《风雨人生，桑榆晚景》。夫逝，泣血吟诗三十馀首，未及三年，亦溘然长逝。有诗作收入《当代女子诗词选》及《华夏吟友》中。

归　乡

五十年前路，今朝次第行。
湖山仍秀媚，人事已纷更。
白叟惊疑梦，黄童笑问名。
故乡风物美，处处沐光明。

1978年

青山湖边散步

柳丝垂蘸浪粼粼，接踵游人绕水滨。
高厦霓虹悬倒影，草坪歌袅更迷人。

2002年

燕鸣岛散步

茫茫湖水浪粼粼，杨柳垂腰笑态迎。
长椅岸边随你坐，游人恰似画中行。

游绳金塔

巍峨高耸插云端，崛起南州历海桑。
地下埋金惊后辈，玲珑八角响清凉。

炎夏四十度高温中暑

天旋地转履冰行，欲呕却难身愈沉。
站立维艰难定向，惟思一睡梦昏昏。

赤日高悬似火烧，树木低头已弯腰。
道路炽得行人少，室内高温如坑燎。

2003年7月

哭 夫

雁行折翼泪难禁，形影孤单我一人。
痛哭伤心肠欲断，来生相会杳无春。

2005年

年前怀青兄

孤单寂寞乱如麻，下放都昌也返家。
大雪茫茫冰冻地，肩挑土产盼望娃。

梦　忆

乍见青兄匆返乡，无言相对两茫茫。
满腔心意未开口，醒悟荒唐梦一场。

怀青兄

鹤返瑶池太惨匆，遗言无字未曾通。
愁肠百结空悲切，独卧九泉凄冷中。

悼　亡

相依为命六三春，两个人身实一人。
舍我而归何渺渺，凄凉孤苦卧昏昏。

哀青兄

春漾花香百鸟鸣，微风吹拂倍伤情。
适逢盛世汝先去，未品樽前汤一羹。

2006年

春　晴

嫩蕊枝头花正开，空中鸟语远飘来。
天高日丽人舒畅，枝叶扶疏孰剪裁？

聂云从

聂云从（1924年—），字方以，湖北省黄梅县人。中等师范专科毕业，1986年于九江市民政局退休。诗词创作有《方以吟稿》《论诗与学诗》《齐贤斋诗词》。江西省诗词学会理事，九江市江州诗词学社和九江诗词联学会创始人之一。现为九江诗词学会副会长兼秘书长。

颂廉政

自古廉为尚，清明万口碑。
一钱诛库吏，两袖觐天仪。
晏子不重肉，杨君警四知。
中枢三五令，覆载不容私。

【注】

颔颈两联中，典出宋代张咏、明代况钟、春秋齐晏婴、汉代杨震。

鹧鸪天·记梦

诗翁刘文约仙逝当天午夜，余梦中会见。天明即来噩耗，凄怆之馀，词以记之。

夜梦飞来亦自奇，相逢狭路步迟迟。面黄肌瘦形如槁，点首呼翁竟任之。　　情脉脉，影离离。枫林青处月斜时。天明忽报文星落，何处招魂慰所思。

黄慎卿

黄慎卿（1925年—），九江县人。小学教师。渊明诗社社员，著有诗词联赋集《晚兴集》。

童　村

受累荆妻泪暗垂，菜根焦面饷东菑。
寒流刺骨风如剑，冷水浇头雨带丝。
独善其身原有素，欲加之罪岂无辞。
晴阴冷暖相交替，沐浴春光会有时。

早　行

怕误工夫趁早行，鸡催残漏纵情鸣。
迷茫晓雾笼山色，寥落晨星伴月明。
怪石阴森松径暗，幽篁淅沥露珠清。
曦微欲曙东方白，始听禅钟第一声。

农　人

陇上烟蓑入画图，身边良伴是犁锄。
秋田春水身无倦，月夕风晨兴有馀。
不吝不奢常自足，耻贪耻懒未含糊。
悠悠岁月田家乐，八十行年步坦途。

陪老伴砍柴

拄杖叮叮打石桥，相陪老伴砍柴烧。
心胸开朗忘年老，脚步轻盈任路遥。
耀尔林边看石兽，珠坡顶上听松涛。
探奇何用名山去，这里风光一样娇。
放怀天地总徜徉，缓步归途逸兴长。
天际落霞烧野草，树头红叶染秋霜。
连山石罅飞清籁，夹道黄花送暗香。
人在画中浑不觉，得非习见以为常。

吕崇钧

　　吕崇钧（1926年一），九江县人。初中文化，1949年8月参加工作，历任九江县副区长、区委书记、县委农村工作部长、副县长。1965年10月调永修县，任常务副县长，县委纪委书记，县人大第一副主任、党组副书记（正处级），1992年离休。

官车泛滥耗民膏

　　专车攀比热，邪气令人焦。不惜挥金库，相反却自豪。外名工作用，内实利私招。寰宇驰奔旅，忘形得意陶。距衙邻尺咫，接送派头高。节约节能事，无心脑后抛。优良传统弃，民怨贬官僚。耗费民膏脂，何时刹滥潮。

何竞新

何竞新（1927年—），永修县人。中师毕业，1948年参加革命，1949年到永修县委、县政府任职，后到县政协工作。现为永修县建昌诗社名誉社长，九江市诗词联学会、江西诗词学会、中华诗词学会会员。著有《三溪田人诗草》《写诗填词入门》。

晚霞吟

白发频添试写诗，夕阳谁笑晚来迟。

春风有意萌杨柳，老树朝阳发嫩枝。

学诗漫感

学步骚坛十数年，名师益友赐吟鞭。

更深敲韵惊妻梦，拂晓观霞觅锦篇。

目睹耳闻擒丽藻，身临手到撷新妍。

一丝不苟从零起，补失烽烟我少年①。

【注】

① 自1938年秋，日寇侵占永修县长达八年，当时少年的我失学多年。

论　诗

贵从意境展奇观，读后难忘始觉欢。

我爱心泉流活水，孰夸典故出崑山。

思维出壑情真切，命笔由衷韵稍宽。

白傅毫端声有色，妇儿听懂寝方安。

游湖南张家界纪实

湘西有处武陵源，举世闻名别样天。

索道登峰人不累，斜行下岭脚虚颠。

手扶拐杖休松劲，足踏台阶莫走边。

耄耋之年欣健步，青丝与我竞争先。

温浦廉

温浦廉（1927年—），瑞昌市人。从事教育工作，历任瑞昌中心小学、中学校长，已退休。曾系江西诗词学会会员、瑞昌诗词学会常务理事、瀼南诗词学会名誉会长。

暮春晚眺

闲步烟郊外，风寨白袷衣。
青山横淡霭，绿水映斜晖。
岭上茶方嫩，田间秧正肥。
预知年岁稔，笑对夕阳西。

归休乐

老至居南瀼，怡情水一湾。
浇园惊宿鹭，摘叶喂春蚕。
拈韵乘时月，临池把钓竿。
夕阳红胜火，返影遍层峦。

端　居

衡庐邻九渡，四境颇清幽。
门对三峰秀，窗含一涧流。
未输彭泽志，谁解少陵忧。
差幸梁间月，相期慰白头。

杨宗海

杨宗海（1927年—），湖口县人。省立九江中学高中毕业。新中国成立后从事经济工作40年，编撰以价格为主体的经济资料17辑。曾任德安县政协一、二届常委。现为中华诗词学会、江西诗词学会会员，江南老战士诗词委员会常务理事，德安县诗词学会顾问。著有《会川诗存》。

赠自诚仁弟

谈天说地如兄弟，问字求知足可师。
五十五年无芥蒂，真诚互待两心知。

赠秀全同志和丽梅女士

勤思善辩智才优，阅历沧桑重探求。
十载敷阳堪烂漫，廿年溢浦任沉浮。
同攀好汉坡前路，共泛南湖水上舟。
佳什何妨重鉴续，联翩北美与西欧。

何鉴如

何鉴如（1927年—），九江市人。历任小学校长、中学教导主任。现为中华诗词学会、江西诗词学会会员，九江县渊明诗社顾问。

重九抒怀

采菊慕陶节，登山羡谢屐。
已惭樗栎质，敢效雅骚姿。
莫怨桑榆晚，当珍夕照时。
岁寒松益劲，秋尽橘盈枝。

重九抒怀

一挥弹指又重阳，往事如烟总断肠。
忍看西风梧叶悴，应怜老圃菊花黄。
太平盛世当珍重，羸弱残躯岂惜伤。
莫误流光增马齿，宜将余热献明堂。

雪　趣

万里洒琼瑶，岗峦蒙素绡。
冰凌山道滑，风劲暗香飘。
犬逐梅花落，鸡随竹叶摇。
兴来携画本，策杖过溪桥。

游师子林

怪石群狮舞，迷宫一洞幽。
南山青嶂叠，北水锦鳞悠。
曲径披芳草，回廊绕玉沟。
剪裁千万景，尽入此园留。

老协书法比赛

欧苏颜柳体争遒，皓首青灯映案头。
笔走龙蛇天地动，锋藏雷电鬼神愁。
红莲映水无双致，碧海浮霞第一流。
莫道此时无圣手，今朝更上一层楼。

蔡文澜

蔡文澜（1928年—），永修县人。大学毕业，从事工程技术工作，高级工程师，副处级。1989年离休，旧业重操，热衷于诗词研究和创作。曾任《建昌诗词》主编。九江市诗词学会、中华诗词学会会员。著有《兰室集》。

《滕王高阁临江渚》辘轳体（选三）

（一）

与君共乐消炎暑，谈笑风生轻步举。
帝子长洲连碧汉，滕王高阁临江渚。
暮帆叠叠傍新城，古塔层层浮玉宇。
山色湖光同闪耀，落霞孤鹜齐飞舞。

（二）

秋风斜日我登楼，心底扉开无复忧。
封建帝王成泡幻，尖端科技主沉浮。
滕王高阁临江渚，墨客新诗唾冕旒。
细赏韵文因玩久，一弯初月挂银钩。

（三）

江右人才多济楚，群贤相继挥毫鼠。

文公椽笔可降龙，才子瑶章能伏虎。

广市层楼接彩云，滕王高阁临江渚。

唐时明月此时宫，细数流年今几许。

方造英

方造英（1928年—），安徽省枞阳县人。原九江县计委副主任，现为江西省及中华诗词学会会员、九江县渊明诗社顾问。著有《造英吟草集》。

渔舟归晚

雨收云淡雁惊秋，荷笠渔翁荡小舟。
一色水天钩月挂，清风侑饮乐忘忧。

听 月

独坐庭除月皎然，清波浩浩泄从天。
吴刚伐桂声何急，料是知非断俗缘。

桥上纳凉二首

（一）

清风送爽沁心凉，月映桥头夜色茫。
何处玉箫如泣诉，几多隐恨几多伤。

（二）

一天星斗河床落，几点流萤绕岸飞。
露重湿衣惊夜鸟，谁家犹自理琴徽。

隈隩夜泊

长风何不助，隈隩一帆收。
岸断葭根露，舟移月影流。
隔江渔火动，入耳犬声咻。
倚棹观云幻，狂涛拥宿鸥。

龙虎山

造物如斯神鬼工，丹岩毓秀不相同。
松乔竹翠风筛月，崖峭藤悬黛染空。
激浪飞舟惊伟岸，奇峰浴日耸苍穹。
踏云寻胜尘寰客，误入蓬莱仙阙中。

鹧鸪天·怨春

漫道清明断雪期，时寒乍暖怨天奇。才更夏服犹嫌缓，旋换冬衣似觉迟。　　衾枕畔，愿乖违，春风何意锁柴扉。桃红李白花容异，蝶恋花魂知者谁？

童安国

童安国（1928年—），字立里，九江市郊区人。中文本科，书法专业毕业，中教高级。曾任庐山小学和庐山中学校长、党支部书记。退居二线后，为九江老同志书画学会理事、庐山老体协书画学会会长。九江市诗词学会、江西诗词学会、中华诗词学会会员。

庐山牯牛歌

庐山一牯牛，潇洒日悠悠。
雪压身何动，风摧劲更遒。
静观乱云度，细察逆波流。
饱览人间事，千秋任尔讴。

黄相才

黄相才（1928年—），字雪松，瑞昌市人。中专文化，曾任小学、中学校长。为瑞昌市诗词学会、省诗词学会会员，瀼西诗社名誉社长，《瀼西诗词》副主编。

六十书怀

花甲重开有甚求？秋深未感入深秋。
不因老眼将书弃，贪伴新生去野游。
倚枕常怀清旧垢，临流还欲泛前舟。
春来倍觉东园好，捧土培根愿亦酬。

鹧鸪天·野望

闲步桥头四望赊，阴阴树色隐人家。微风拂掠生香思，小雨廉纤润物华。　　牵黄犊，弄清笳。三三两两少年娃。慢将书袋枝头挂，也学分秧战晚霞。

踏莎行·赞税务工作者

水水渡完，山山踏遍，宣传政策村村见。风霜雨雪不知情，纷纷扑向伊人面。　　语软如莺，身轻似燕，依章收取依章免。醉心公务竟忘归，归来月满新庭院。

袁　作

　　袁作（1928年—），笔名文园，都昌县人。曾任湖口县文化局副局长。石钟山诗词学社副社长兼总编。现为中华诗词学会会员、石钟山诗词学会顾问。编著有《石钟山诗选》《石钟山的传说》《石钟山旅游便览》等。

闲居漫兴

夏日初长暑气横，竹摇清韵夜凉生。
一杯新茗香浮动，坐对东山待月明。

打鱼人

雁阵横空远树迷，渔舟酣唱夕阳低。
归来若问鱼多少，堆满湖滩不见泥。

农村即景

村前谁种一棵樟？叶浴朝阳荫半塘。
水荡银波传笑语，浣纱声里话家常。

吴节章

吴节章（1929年—），九江县人。中学教师，曾为江西省教育史研究会理事、渊明诗社社员、《采菊诗刊》编委。著有诗文集《不名集》。

中　兴

多难兴邦信有之，前车失误后车知。
闭关自守落人后，躐等他求为我欺。
务实敢于除积弊，乘时应尔创新规。
小平挥手明方向，万马奔腾踔厉追。

1981年1月

晚　安

陋室长无风雨侵，窗前剪信得佳音。
双柑携出莺声脆，一卷吟完夜色深。
岂为缝衣愁布票，敢劳同事送薪金。
堂中老友时相访，共道身安事遂心。

六十自幸

瘦骨嶙峋病后身，老来又作太平人。
再看青色超蓝色，总把残春当嫩春。
乐在读书求至乐，贫而无谄便常贫。
一周甲子虽衰也，姜老皮龟味却辛。

不　寐

时钟响亮报寅时，正告先生入睡迟。
怕向梦中收脚迹，惯从枕上磨头皮。
或因酒债兼诗债，抑为情丝与鬓丝。
笑语卿卿皆不是，日无事事老无为。

柳存文

柳存文（1929年—），九江市人。江西师院文史专科毕业，中学高级教师、中华诗词学会、江西诗词学会、九江诗词学会、长白山诗社会员。

咏水仙花

惟依水石自生根，叶片青青不染尘。
熬过冬寒方绽蕊，迎来春色始飘馨。
素容未若芙蓉贵，玉体真如冰雪纯。
质本洁来还洁去，水中仙子幻花魂。

金缕曲·读《中国剪报》有感于《周恩来的十条家规》

无壮言豪语，尽身边、家常琐事，立成规矩。规约明文分十则，不享优先待遇。好总理，高风如许！"八不"平常谁在意①，见奸贪，麻木忘忧虑。由巧夺，任豪取。 而今党德如春煦，为民谋，安居乐业，遍施甘雨。构建和谐新社会，有赖人人参与。欲国治，先齐家誉。吐握周公垂典范②：效恩来，也立齐家谕。擎大纛③，更高举！

【注】
① 家规中"不许、不准、不要"共八个。
② 古贤相周公旦"一饭三吐哺，一沐三握发"。

欧阳一知

欧阳一知（1929年—），彭泽县人。大专文化。1949年5月参军，在部队曾任《国防战士报》驻团新闻通讯干事。转业后，供职于河南《开封日报》，任副刊编辑。1990年离休。彭泽县诗词学会、九江诗词学会、江西诗词学会、中华诗词学会会员。曾任彭泽诗词学会副会长，《彭泽诗词联》编辑，彭泽老同志大学诗词班讲师。著有诗词集《芸斋集》二卷。

军中吟

十万旌旗映夕晖，关山万里度如飞。

大军巧使牵牛术①，白匪纷争脱兔围。

晓夜长驱三百里，风寒重裹五更衣。

天涯海角追穷寇，不灭凶顽势不归。

【注】

① 牵牛，即牵牛鼻子之省略，乃我军围歼敌人的一种战术。1949年11月，"二野"曾用此战术在粤桂痛歼白崇禧部，随即解放广东与广西全省。"军中吟"系解放雷州半岛后行军途中作。

甲戌读《浩山诗集》，秉笔老与
赵璧老师有诗题其扉页，爰步其韵

劫灰飞尽尚遗尘，大雅光天鼎祚新。
翰苑由来多郢雪，馀年有幸探斯文。
颠危国步哀时语，带砺山河捧赤心。
物换星移惊昨梦，欣看龙虎咤风云。

【注】

《浩山诗集》乃我县欧阳述所著，欧阳述系光绪甲午举人，1888年出使日本，1900年回国任江西省优级师范学堂监督，工诗。

拜读《汪辟疆文集》

久慕汪夫子，憾无一面缘。
金陵宫外望，南国梦相牵。
千里贻黄卷，馀年获道传。
茫乎无畔岸，恍若步文渊。
大旱逢霖雨，饥肠饮玉泉。
丘陵犹可及，大海望无边。
欲睹方湖貌，须登泰岳巅。
焚膏以继晷，兀兀到穷年。

八声甘州·春游甘棠湖

说甘棠春色最迷人，此番尽销魂。望无边烟柳，繁花绕径，岸草如茵。处处芬涵艳吐，一派物华新。更有湖中水，波暖流春。　　欸乃画船轻泛，送银铃笑语，鸳侣温喑。观锦鳞游乐，逐食往来频。众闲翁、汀前垂竿，且不时、谈些好新闻。神怡极、倦游不觉，立尽斜曛。

贺新郎·国歌创作六十周年

1995年12月4日晚，中央电视台现场直播"纪念国歌创作60周年"晚会，气势如掀雷决电，令人激动，催人奋进。观后填此阕。

国弱遭人侮。望东陲、残山剩水，故园离黍。割地求和无足耻，蒿目苍生泪雨。雷池曲、天声震怒，笔底风生吹海立，作龙吟、浩气充寰宇，领呐喊，将旗鼓。　　战歌响遏行云住，壮军魂，催征号角，气吞狂虏。唤起"九歌"忠愤士，血铸长城千古。乾坤转，红旗映曙。烈烈音符长在耳，热血腾，豪气青云吐。强国梦，舍生许。

桂枝香·茶山行

鸣鸠拂羽。喜四望晴岚，昭昭天宇。春上茶山叠翠，簇英新吐。村姑结伴南山圃，采香芽，摘星披雾。俚歌山调，无腔信口，赏心如许。 制锦手，描山绣土。叹春纤飞拈，巧夺机杼。十指香流翡翠，冷沾珠露。香融玉树人难识，到此来，方知甘苦。俗肠宜换，污肠宜涤，赖兹茶女。

尹隆俊

尹隆俊（1930年—），都昌县人。1950年2月参加工作，退休前为九江日报社总编辑，中国地市报研究会第二届理事，九江市第一届记者协会、新闻学会主席，九江诗词联学会常务理事。

趟海感怀

归田趟海学陶朱，拐骗坑蒙愧不如。
纵有横财能致富，寸心未敢负当初。

过翠竹苑休闲城偶成

路柳墙花满院栽，游蜂浪蝶乱飞来。
伤心独有湘妃竹，日日啼痕挂满腮。

游石门涧

信步郊原寻野趣，小离闹市避尘氛。
千阶玉径通幽涧，九曲泉流出石门。
笼树轻云舒浩气，回音空谷助诗魂。
文长妙笔传千古，天阙风光四海闻①。

【注】
① 石门涧讲经台侧有崖刻"天阙"二字。

闻加籍华人叶嘉莹女士受聘南开大学讲授中国诗词有感

诗词华夏古奇葩，香透寰球欧亚拉。
故国衰翁耕老圃，可怜春色在邻家。

咏絮二首

（一）

无香无色自平庸，空负乾坤造化功。
搜遍全身唯一技，随风飘忽任西东。

（二）

质本轻浮性本狂，沾裙附鬓上明堂。
纵然邀得东君宠，混迹花丛也不香。

香　农

当年粒米似珍珠，此日粮关过也无？
寄语庙堂卿相辈，民生大事莫糊涂。

熊汉川

熊汉川（1931年—），德安县人。曾任中共江西省委党校讲师、瑞昌县政府县长。离休后，现任浔阳区老科协会长。中华诗词学会、江西省作家协会会员，江西省诗词学会、楹联学会理事，九江市诗词联学会副会长兼《匡庐诗词》编辑。著有《百花吟》《汉川闲吟》《往事随笔》。

木笔花

戏以苍天当玉笺，花生斑管写新篇。
锋芒巧把云为墨，直向长空画月圆。

登黄山天都峰

六旬初到此山中，一路攀援雅兴浓。
敢上云端添七尺，天都绝顶作奇峰。

忆昔日岷山村

云自轻飞日自斜，茅墙竹户两三家。
溪边小草随风舞，鸟道人稀任落花。

咏持廉者

闯北驰南重誓言，只思奉献不图钱。
顶风已见英雄概，劈地频开壮丽篇。
福造黎民筹国策，光添华夏布春妍。
倡廉反腐除尘染，蜡烛红心照后贤。

读《此亦投资也》感咏

美酒佳肴满桌端，为明敬意再添盘。
问津先以花言试，着力方将贵物搬。
漫道白银能致富，须知大款可升官。
空谈照顾全无用，得赏重金才两欢。

自身不正，何以正人

休云野老怒生愁，说到贪官几摆头。
办事公然明作弊，徇私无忌不担忧。
权钱交易权诚耻，酒色攻关酒亦羞。
目睹害虫猖獗甚，何时尽扫固金瓯。

临江仙·庐山石门涧瀑布

　　因有天池在上，悬空一跌成河。滚珠泻玉溅花多。烟痕晴带雨，落谷啸生涡。　　涧水澄清若镜，小鱼嬉戏融和。青龙潭映众山坡。芳名传万里，四海赞嵯峨。

巢理庭

巢理庭（1931年—），都昌县人。幼入私塾读书六年，新中国成立后从政四十三年。历任中共九江市纪委副书记、市工商局局长等职。退休后为中华诗词学会会员、江西省诗词学会常务理事、九江市诗词联学会会长、市老年人书画协会副会长。

北国春游八首 (选四)

谷雨期间，结伴游览北国，昌北起飞，途经太原，转抵大连、哈尔滨。

短停太原

银鸥纵瞰古龙城，锦绣风光入眼新。
欲看桃园来不及，饱含缱绻上机程。

哈尔滨

雪融冰解卸冬装，气暖风和嫩绿杨。
漫步松花江上路，人流挤挤乐徜徉。

太阳岛

寥廓江天一小洲，风情独具烙苏欧。
丁香水阁太阳瀑，典雅奇观不胜游。

耆年述怀

谁说青春唤不回，岂容生命自成灰。
丹枫绛映山川醉，夕照霞飞天地辉。
庭外常看浓翠柏，雪中偏爱俏红梅。
阳春乐曲声声奏，全仗人间鼓手吹。

李国玺

李国玺（1931年—），鄱阳县人。高中文化。1949年参军，从事文教、文艺工作。1958年转业到云山垦殖场，1964年调永修文化馆至今。系江西音协会员，九江文联委员，永修文联委员、音协理事长。九十年代参与《建昌诗词》编辑工作。系中华诗词学会、江西诗词学会会员，永修建昌诗社副社长兼主编。

"西海"①赋

庐山西海托千峰，接踵游人隐绿丛。

烟霭浮沉飞鸟疾，青山出没玉楼重。

满湖春水桃花映，一派笙歌瑞气融。

若问蓬莱何处是？柘林群岛甲江东。

【注】

① "庐山西海"乃庐山西侧之"柘林湖"新称，湖中有九百馀座大小山头，人称"千岛湖"。系江西省著名的国家级旅游景区。

吟　竹

遥望深山竹，翩翩入紫云。

新梢笼晓日，嫩叶布清阴。

正直冰霜节，虚心玉雪身。

傲冬犹耐夏，执着福乡民。

花月赋

花好月圆逢吉辰，观花赏月醉芳心。
一轮皓月光腾彩，满苑繁花蕊放馨。
月下只忧今夜雨，花前但约隔年春。
举杯邀月对花饮，月朗花香妙入神。

卜算子·建昌新府

青翠掩修江，建邑春来早。原是荒郊草木肥，十里寒风啸。　　旷野矗琼楼，似锦花城俏。街市华灯彻夜明，万户千家笑。

巫山一段云·锦绣匡庐

一带长江水，茫茫九派流。登高远眺乐悠悠，彩舫画中游。　　五老青峰秀，云崖曲径幽。龙盘虎踞几千秋，胜境壮神州。

董 晋

董晋（1931年—）都昌县人。教师出身。著有《历代名赋三百篇评注》《鄱湖遗韵》《云岩寻梦》《梦绕湖山》《东方闲情•嗜诗风尚》《雪凝轩文集》《鄱湖魂》。

苦 雪

飞扬跋扈任嚣张，不问青红黑白黄。
洒向平原犹易扫，铺陈陷阱最难防。
查封世上真和美，粉饰人间丑与脏。
但愿艳阳冲尔出，光芒直射惩疯狂。

1972年

瓜被刨，割尾巴

日授诗书夜种瓜，星期浇水盼开花。
丈夫有志空忧国，谪士无方难养家。
灶下新柴烹野草，床头旧絮贴篱笆。
忽然一夜暴风卷，带叶连根似乱麻。

1975年

浏览庐山疗养院

一花一草入心怀，前度诗人今又来。

旧路不须劳目辨，新词何用费功裁。

白云出岫心犹恋，红叶离枝志未摧。

故地重游还惜别，断无伤感倚楼台。

1981年

鄱阳湖

霞光云影水天浮，网撒波心岸耸楼。

吴楚乾坤千嶂隐，浔庐风月一川收。

帆樯上下争朝夕，鸥鹜高低竞自由。

失落年华应夺取，浪花溅雪逐诗流。

1986年

登飞来峰

飞峰清露滴曦晨，伫立云岩银汉津。

默察世间穷富理，静观天下是非人。

快衷且向忧衷取，顺境须从逆境寻。

佛性禅心皆自悟，文章行德贵纯真。

2003年

王冶帆

　　王冶帆（1932年—），曾用名冶凡，九江市人。大专文化。曾任九江市液化气公司副经理，经济师，1992年退休。九江市诗词联学会会员。

南湖长廊

水上连环九曲廊，南湖胜景赛苏杭。
一轮月色笼垂柳，万点波光映夕阳。
薄霭濛濛消暑气，微风习习透阴凉。
闲来信步三千许，未可烦君用履量。

浔城巨变

浔城处处建高楼，满眼风光不尽收。
大道宽舒增气派，园林秀丽显清幽。
荧红霓紫光迷目，草绿梧青色映眸。
妆点山川添锦绣，龙开故地水重流。

余福智

余福智（1936年—），出生于广州市。1958年毕业于中山大学中文系，分配到江西星子县中学教书。"文革"中罹难，回原籍劳动，后教书。1978年到佛山科技学院中文系执教。著有《美在生命》等，诗集有《余音集》。

辞星子召

风雨横侵久，阳光刷乱云。
天庭催缓急，地面转寒温。
勉强蒸干水，悻然扇起尘。
落星无脚走，吾乃异乡人。

1979年于开侨

晚眺落星湾

紫山如壁渐模糊，一水嫣然媚绿芜。
明月来寻冬雁影，遍湾惟见落星孤。

1978年于星子

重游星子

忆旧苍茫剩劫灰，当年奔走气如雷。

荆横大野花初绽，烟织平林日欲颓。

总惦湖湾伤白芷，忽思城廓访红梅。

难忘星子人情韵，又向庐山鄱水来。

1997年10月

摸鱼儿·梦

谁见我超光火箭，轻轻追到南宋。朱门月与蓬门雪，颠倒筝弹笛弄。万窍怒，空云坠，秋宵布被风寒重。惊疑断送。漫打叠心肠，登山临水，草势洪波涌。　　横绝漠，早是阑干封冻。孤村僵卧期用。连营吹角邀梁栋。树在东郊未拱。春哄哄。春只近人间世上痴情种。有惭无恐。遍枕席翻寻，算来都为，二十年前梦。

1978年于蛇子冈

浣溪沙·挑水

挑桶哼歌到外溪，水中悠漾白云飞。何时漫说这些时？　　一副赤肩连甲茧，几年光脚耐磨皮，谁将谢意致江西？

1978年2月

生查子

新月曲如镰，早在当空挂。一日火盆红，未肯西山下。　　止步试伸腰，抹汗临风话："何日割禾时，机器如奔马？"

浣溪沙

暗数流光近约期。东墙多谢袅游丝。一声长笛早飞驰。　　恨草埋尘尘历历，怜花经雨雨霏霏。深鬟浅笑两迷离。

1985年6月

蝶恋花·春柳

谁道东风无一事？万缕鹅黄，更着群芳侍。送罢天涯归雁字。回塘长满浮萍戏。　　总趁春光来照水。袅袅情丝，你我相维系。犹记寒蝉催月坠。枯枝顽抗西风里。

南乡子·江州旧事

春意暖江堤。听尽涛声彻夜嘶。笑闹村姑群站水，搓衣。不让浮鹅独早知。　　垂柳识蛾眉。水上琵琶捻尽时。别有客途秋恨曲，心扉。斜倚篷窗却远离。

1986年3月

绮罗香·纪念詹师安泰

云耸幽燕，风狂岭表，花国皤然深雪。噩梦惊魂，黏着残章断阕。茶泼了、纸墨糊涂，人去也、心弦灭裂。平章处、旧屋重梢，沉沉默默飘黄叶。　　彩笺应写新页。有湘灵鼓瑟，寒蝉凄切。萤火流星，枥马轻车油壁。旋长袖、风拂蓝天，歌慢调、珠弹斜月。君不见、弄影芳丛，栩然飞舞蝶。

汤建民

汤建民（1932年—），湖北省黄梅县人。曾任江西7105石油公司书记兼经理、九江市食品公司书记兼经理。九江市诗词学会常务理事，中华诗词学会会员。著有《建民诗草》《建民诗草续编》《丙戌丁亥诗草》。

鼠年话猫

曾看电视夸猫论，也听民间灭鼠歌。
何故猫多不抓鼠，只缘变种鼠同科。

新农村行

双休假日赴农家，有兴田园细品茶。
空气新鲜人意好，溪流秀丽客心佳。
风吹稻菽千重浪，雨润林枝万朵花。
今日乡村齐崛起，诸多名特走天涯。

抒　怀

磨火流光逐逝波，峥嵘岁月未蹉跎。
堂前数我珠玑少，背后由人算计多。
耐火真金何惧炼，深藏璞玉自经磨。
无穷往事诗篇记，怨怨恩恩一笑呵。

点绛唇·情女

　　绛点樱唇，美容钩画梳妆俏。手纤纤巧，薄露胸衣罩。　　发髻时髦，钻石金环吊，情人靠，青春年少，媚眼迷人笑。

刘 剑

刘剑（1932年—），字兴白，号临风，湖口县人。大学专科文化。历任九江地区粮食局副局长，江西铜岭钢铁厂党委书记、厂长，冶金煤炭局副局长。为中华诗词学会、江西诗词学会会员，岳麓诗社社员，九江市诗词联学会常务理事兼《匡庐诗词》编委。著有《剑心吟草》。

窍塘四月未忘情

窍塘四月未忘情，陶嫂温馨待我诚。
夜焖灶堂茶罐饭，细言人祸近三更。

1960年

落魄开封事已迟

常听谦恭夸少奇，明时却信未曾疑。
谁知炮逐中南海，落魄开封事已迟。

登狼山

雨后狼山视可穷，潮平两岸去朦胧。
鸡啼犬吠闻相近，屈指归来路几重。

1992年

和谐赋

自从废去公耕制，猫论歌谣动九州。
春雨催生豪兴涨，秋风作梗激情收。
年丰急报银根紧，谷赋惊呼口袋羞。
倘使当时无反悔，农家早盖小洋楼。

2007年

杨绍震

杨绍震（1932年—），九江庐山区人。建国初期参加工作，1993年从省建筑集团总公司党校副校长（县处级）岗位退休。庐山区文学协会、九江市诗词学会、江西省诗词学会会员，著有《风韵忆吟集—杨绍震诗词选注》。

水龙吟·石门涧

石门涧水潆回，山峦叠嶂苍松翠。春光献媚，微风送暖，芬芳百卉。瀑布奔流，碧潭波起，溅花飞淬。望双峰尽出，与天长接，显雄伟，名山峯。　　意境朦胧梦寐，跨横桥、令人心醉。依岩附壁，扶栏而上，双峰峙对。一线天开，壑深千丈，沸腾烟水。鸟窥峰后背，青莲寺隐，犹留韵味①。

【注】

① 此处及诗仙李白，号青莲，当年"巢云松"隐居之地。

查治平

查治平（1932年—），字成器，星子县人。曾任县人大副主任，现为中华诗词学会、江西诗词学会会员，星子五柳诗社顾问。著有《归来赋》《林皋行吟》诗词集。

读《名家经典山水游记选》感赋

神游华夏乐无边，风物依稀在眼前。
雾涌黄山忘俗虑，星驰赤水访英贤。
西湖雨急添诗意，南岳云浮入画笺。
最是匡庐情更好，排名榜上又占先。

婺源江湾纪行

竟日行程半未闲，婺源转瞬到江湾。
龙腾水榭无双景，凤舞山楼第一阛。
万里虹光朝北阙，千秋紫气拥南关。
勋名圣谕垂青史，德泽箴言播九寰。

航天英雄杨利伟

英雄壮举世人崇，驾驭神舟上太空。
黑罩夕阳星闪烁，白笼晓日雾朦胧。
巡天始觉蟾宫渺，绕地方知玉宇宏。
十亿炎黄齐振奋，寰球遥祝立勋功。

环保颂

英明决策八方崇，环保宏开百代功。
戈壁琼沙争引凤，昆仑瑞雪竞飞鸿。
风吹北漠牛羊壮，雨洒西陲草木丰。
水气清新尘不染，人间胜过广寒宫。

恭贺银星公司首艘一万六千五百吨货轮下水庆典

美轮欲嫁倍留连，此去环游不计年。
盛典忽然成往事，别情无那到尊前。
航经东海三秋雨，穿越西洋万里天。
倘得重来舒望眼，故园崛起大江边。

李中楷

李中楷（1932年—），九江县人。干部，已退休。私塾三年，爱好格律诗词。近年诗词曲刊发在《中华诗词》和地方刊物。

鄱湖渔歌

浩渺蓝天一色秋，湖开玉镜舸争流。
行行白鹭排云上，点点沙鸥逐浪浮。
浆荡水波张捕网，篙撑日影拢沉钩。
机声伴奏歌声亮，淡水鱼虾俏五洲。

燕　子

紫燕双双舞碧空，春来秋去两匆匆。
凌空觅食凭身技，落地衔泥赖嘴功。
屋旧屋新欢乐住，人贫人富喜相逢。
闲教子女多遵纪，只捕飞虫莫损农。

鹧鸪天·聋哑女擦皮鞋

十字街头坐道旁，常因生计苦思量。残家有幸依低保，病母无钱买药方。　　先刷底，后清帮，涂油着色再抛光。一元五角低收费，笑送先生与女郎。

杨淑青

杨淑清（1932年—），九江县人。曾任丰城国营泉田煤矿矿长、丰城钢铁厂秘书。1997年刊行《徐烬集》，2004年续集出版。

与台湾旧友商谈引资与联句

喜得东来月照园，婵娟相送路三千。
今朝故土迎归客，昨夜星辰忆少年。
世事纷争伤国体，金瓯合璧慰黄炎。
君今有幸回桑梓，两岸深情着意牵。

游石钟山

双钟留胜迹，我辈幸登临。
烟雨楼台合，江湖清浊分。
大桥横逝水，青霭逐流云。
山川无限意，揉尽古今情。

沁园春·甘棠赋

放眼甘棠，日丽风和，歌舞翩跹。看春鸟戏浪，舢板飞跃；亭衔烟水，楼接长天。燕剪花坞，莺梭柳巷，织出匡庐景倒悬。长堤上、忆思贤古迹，千载流传。　　湖中景色娇妍，引无数游人意缠绵。听馀音袅袅，琵琶风送，琼田玉鉴，过客吟笺。夏夜星沉，佳人泛棹，小乔公瑾话当年。红五月，正文坛开放，凤舞龙旋。

程鹏达

程鹏达（1932年—），彭泽县人。现为中华诗词学会、江西诗词学会、中国楹联、江西楹联学会会员，九江市诗词联学会理事，彭泽县诗联学会顾问，县老同志大学教务处副主任。曾主编《彭粮诗词》，著有《书岩吟草》。

水调歌头·游石门涧

才览泰山景，又到石门游。丽日和风惠我，极目喜心头。遍地名花带雨，满涧春光拥翠，画境意悠悠。远岫隐云海，叠嶂夹清流。　　青龙舞，慧泉喷，曲径幽。雄奇险秀，扶筇逸兴上层楼。更有松涛竹韵，欢奏迷人乐曲，壮丽冠神州。五岳寻佳处，当夸此最优。

清平乐·登庐山

山高千仞，激我精神振。登上峰巅凭自信，不尽豪情逸兴。　　云开境界无穷，似真似幻横空。侧视远眺莫辨，如诗若画丛中。

张建华

张建华（1932年—），笔名衡庐，湖北省黄梅县人。大学本科，中教高级，曾任江西桑海企业集团教委主任。中华诗词学会会员，江西诗词学会理事，九江诗词学会常务理事，《匡庐诗词》主编。著有《常用词牌图谱多体探微》《对联入门》《春草蹄痕》等。

遣 兴

是谁为我换双眼，七十双眸反转明。
月到更阑方皎白，山逢春老更阴深。
鼻端再不悬双镜，耳畔无须压二桁。
纵是百年身健在，鲁鱼亥豕仍能分。

临江仙

客里秋来添雅兴，偕孙堤上徐行。两湖依旧水粼粼。高楼垂倒影，画舫荡波心。　　弱柳嘶蝉犹唱晚，微风阵阵清新。凝眸远处暮云生，湖山烟水合，闪烁万家灯。

贺新郎

慷慨悲歌发。想当年、周旋敌穴，宣传马列。辗转卅年如梦幻，赢得鬓斑发白。最堪惜，流光虚掷。惆怅春归堤畔柳，绿阴浓，又苦莺声竭。多少事，凭谁说。　　夕阳向晚红如血，恰丹心，一如既往，冰清玉洁。往事迢迢尘封里，尽付青山啼鴂。莫再把，豪情消歇。且趁明时腰脚健，剔灯花、重发光和热。披衣起，看新月。

貂裘换酒

卧病经旬久，梦初醒，着衣坐起，通身凉透。斗字眼花看不准，撑下床来行走。似颠狂、风前杨柳。慢步堂前依桌案，照菱花、更觉人消瘦。心内涩，眉尖皱。　　老来应有皇天佑。想儿时，正逢国难，东奔西走，才值中年罹左祸，又与牛羊同厩。到今日、清闲堪度，斗米无亏情自乐，写生平、补足当年咎。身应健，百年寿。

满江红

戊子年前连续20多天大雪纷飞，交通受阻，四处报灾，故除夕有是吟。

漠漠黄云，竟酿就，漫天大雪，纷纷下，通宵达旦，兼旬累月。道路全封人迹罕，街衢俱冻车声歇，最难堪，缯纩竟无温，寒如铁。　　光缆断，房倾折，水管破，交通绝。黑夜凭红烛，屡遭风灭。南国黎民灾难重。中央首长情关切。子弟兵，踊跃到灾区，排民厄。

满江红·抒怀

戊辰年任教委主任，副县级，准七品，因此称"半袷青衫"。

半袷青衫，人道是，诗书中得。还亏我，萤萤灯火，卅年心血。铁砚磨穿消昼夜，青毡坐破忘寒热。看阶前，绿树渐成阴，心潮拍。　　肘成茧，鬓飞雪。羞牛后，怀鸡肋。望帝阍日远，扶摇难接。斗米无亏情自好，一钱不值诗成册。对黄花，日日傲清霜，存晚节。

满庭芳·杨花

　　柳老吹绵，晴空酿雪，轻柔起舞争夸。东风袅袅，春梦蚀年华。偶藉游丝小寄，又怎禁，风骤风斜。向天边，年年一例，点点化泥沙。　　堪嗟、春去也，萍踪错认，掠过低桠。借残阳一抹，醉眼流霞。怎比堤边小草，勿须护，绿遍天涯。休凭着、漫天飘泊，终究落谁家。

石道达

石道达（1933年—），笔名幸之，斋号"润身书斋"，武宁县人。大专文化。1949年9月参加工作，曾任九江市庐山区政府区长、政协主席等职。著有《润身诗草》《润身联选》两部专集。书法作品出版有《百年经典—中国书法全集》等十多部。主编《庐山当代诗词选》。中华诗词学会会员，九江市诗词联学会副会长，九江市作家协会、九江市书法家协会会员，武宁诗社顾问。

庐山云雾

匡庐面目果难分，左右高低暧嶘深。
时淡时浓时疾缓，忽前忽后忽深沉。
东山日出西山雨，南岭天开北岭阴。
欲识人间桑海事，且来峰顶看风云。

庐山含鄱口

两山环抱半圆弧，大口张吞水一湖。
幽壑云生晴忽雨，危峰雾障有疑无。
风来林海涛声壮，人立天门胆气粗。
最是凌晨奇绝处，朝霞万顷浴金珠。

清风颂

拒腐倡廉自古行，为民秉政重千钧。

革新岂废纲和法，开放宜分浊与浑。

前有悬鱼撤蟹鉴，今无罢织毁裘闻。

迎来送往朝连暮，还赖清风醒醉君。

吴先桢

吴先桢（1933年—），祖籍河南省新县。1961年江西农学院函授毕业，1950年9月参加工作，历任县公安局侦察股长、司法局长、县委组织部副部长、副县长、县政协副主席。中华诗词学会、江西诗词学会会员，德安敷阳诗词学会会长。著有《新田诗集》二集。

为 想

独自轻尘幻梦惊，南窗高卧夜魂清。
风飘四野浮花气，月上三更听鸟鸣。
倚马独吟山鬼笑，斩蛟谁仗海波平。
谁知骚客无他望，为想长河钓巨鲸。

鹧鸪天·漫游桃花源

头顶长天一线蓝，手扶木杖过重山。眼前叶润云穿树，足下花开泉跳滩。　　青山绿、鸟高旋，鱼嬉活水绿溪间。桃源漫步清宵乐，胜似天堂小醉仙。

易绍舜

易绍舜（1933年—），笔名乐山阳子、乐阳子，瑞昌县人。中专文化。曾任政协瑞昌市第一届委员会副主席，现任瑞昌市诗词学会会长、九江市诗词联学会理事。

南歌子·代寄去台友人

嫩柳烟笼绿，新桃日照红。小园花草正娇浓，队队飞蜂舞蝶醉东风。　　曾恨青春误，何伤白发逢。年来心事托飞鸿，飞向天河地海架长虹。

西江月·老马

塞北天生龙种，长城孕育情钟。沙场驰骋抖雄风，奋发铁蹄雷动。　　踏遍千山万水，赢来万紫千红。夕阳新梦草葱葱，伏枥常怀剩勇。

念奴娇·参观九江长江大桥

横空一虹①，九江梦，飞架大江南北。十里凌波欣有路，天堑飞车瞬息。九省通衢，五龙会集②，四海联珠璧。古城新貌，引凤平添吸力。　　伫立扬子江边，琵琶亭上，心逐波涛激。好个浔阳如画美，栋宇参差林立。远近青烟，高低绿树，红紫交相织。大千世界，风情如此甜蜜。

【注】
① 虹读仄声，音降。
② 五龙指昌九，景九、武九、合九、铜九五条铁路。

王 宪

王宪（1933年—），永修县人。1949年参加工作，曾任县委宣传部长兼文联主席、县人大常委会调研员等职，已离休。中华诗词学会会员。

初春晚眺

东风送我过前溪，碧水东流落日西。
几树红梅争烂漫，满山黄叶待芳菲。
波光明灭风帆远，暮色凄迷鸟雀稀。
犹有灞桥名利客，婉言相约莫相违。

戏说休闲

世说清闲可乐天，不知欢适驻忙间。
休闲本似情人吻，须是偷来便觉甜。

临江仙·棉乡即事

飒飒西风连夜紧，如丹落叶飞扬。江南赣北好风光，银花开不败，平野际山冈。　　始听荒鸡鸣远近，歌声笑语高张，你追我赶送棉忙。尽言花更好，但恐缺贮仓。

文丽石

文丽石（1933年—），字文娟，女，九江市人。1953年参加工作，1980年在九江市工商局因病退休。爱好诗词，现为九江市诗词联学会理事、中华诗词学会会员。

雨夜忆夫

长天一日静如年，独坐寒窗感万千。
似锦年华君驭鹤，如麻琐事我扛肩。
抄抄捡捡从无悔，磕磕叨叨总是甜。
雨打茅庐风撼竹，声声滴滴到心田。

秋日感怀

睡不成眠坐已疲，凭栏耳听雁声低。
疏星眨眨知人意，淡月濛濛似我痴。
高阁灯辉城舍晚，琼楼更尽路车稀。
一年好景行将尽，又是花飞叶落时。

咏　荷

委泥操节见生平，楼阁无缘亦自芬。

活血清心能入药，养神消暑可调飧。

不才执意空相契，有酒同君愿共樽。

绿树长堤遮望眼，一池碧水伴芳魂。

怀诗祖陶渊明

一丘之貉尽斑斑，世道昏庸不忍看。

种豆眠琴山水阔，吟诗饮酒地天宽。

胸无俗虑朝朝乐，腹不藏奸夜夜安。

今日桃园花似锦，每思元亮仰高山。

夏道尧

夏道尧（1933年—），号尧夫，都昌县人。曾任县粮食局长、党总支书记，县粮食经济学会会长。编有《尧夫诗选》。现为中华诗词学会会员、都昌县诗词学会副会长。

邓亚萍赞

击球星斗落，挥拍卷风雷。
决战无伦比，乒坛独占魁。

悟　诗

语出心声方见志，性生灵感笔生花。
常言诗品如人品，吟到无邪气自华。

人之初——咏关心下一代

人之初性善，重在教为先。
玉琢方成器，师传贵以专。
春风催骏马，时雨润书田。
少小多磨砺，英才出茂年。

石门涧览胜

庐岳名天下，石门天外天。双峰开宝阙，一序记山川。涧隐钟灵秀，形藏造化玄。巉岩雄虎啸，绝壁老鹰眠。瀑泻银河落，光涵紫气旋。寿星迎雅客，童子戏龟仙。风响回深谷，云横乱翠巅。伟人神奕奕，大士意绵绵。胜地生机旺，西林翰墨妍。金刀辉古刻，蝠洞诉当年。猿像何其妙，情园可了缘？竹筒烧饭巧，都写入吟笺。

反腐倡廉

党员宗旨为人民，革命须知主义真。

司职用权休枉法，为官以德务修身。

钱能纵欲难填壑，色可淫心必乱神。

试看成胡终授首①，千年遗臭骂贪臣。

【注】

① 成胡：成克杰、胡长清。

张公汉

张公汉（1933年—），字广川，武宁县人。大专文化，从事公安工作，已退休。武宁县诗词联学会会员。

月夜舟中过故乡

古观无存故宅荒，萤光草色映残庄。
浪开双棹沧波冷，雾笼孤舟月影凉。
两岸莺声牵旧梦，三山枫叶醉柔肠。
无情最是道场柳，依旧烟弥九仞冈。

【注】
古观和村庄被山洪冲毁尚留残址。

登太平山感赋

登高远眺白云深，半壁轻烟锁道门。
佛国钟声传赣鄂，梵宫香火笼禅林。
千秋古刹群峰隐，万壑清泉两邑分。
有幸蓬莱观胜迹，何须漫步问迷津。

重阳登九宫山感赋

曲径攀藤上，松风乱拂衣。
层峦千嶂绿，古刹五云弥。
险壑清泉涌，危岩瀑布披。
丹枫红似火，犹见闯王旗。

秋日垂钓

垂钓长桥下，舟横蓼苇间。
轻霜凝白髮，淡雾锁沙滩。
荷动惊鱼散，波摇倒影寒。
收杆风两袖，满载夕阳还。

南歌子·咏山水武宁

碧水溶山色，银鸥戏画桥，霞飞鹭起景添娇。云海峰浮，蝉噪柳花飘。　　落影连空翠，跨虹接远涛，风来峡谷动春潮。山水宁城，尽醉众诗豪。

余文赘

余文赘（1934年—），湖口县人。中华诗词学会、江西省诗词学会、九江诗词学会会员，庐山诗词学会会长兼《庐山诗词》主编。

牛渚怀古

楚江天一色，牛渚水流洄。
枫叶萧萧下，荻花瑟瑟飞。
将军空有忆，夫子亦何为。
醉饮长河酒，乘风戴月归。

石钟山

小巧玲珑一座山，绿鬟玉女彩云还。
江湖岁月长相吻，二水中分一线间。

登泰山日观峰观日出

一线白光上宇东，金球滚滚染天红。
茫茫大海无边际，极目苍山几万重。

秋 怀

良友难逢梦未阑，朔风吹雁夜光寒。

三人对影无酣味，独自吟诗觉意单。

画阁星沉天色晓，琼楼月落笔花残。

倩谁共剪西窗烛，写尽人间苦与甘。

李伟群

李伟群（1934年—），原籍安徽省望江县。江西中医函大毕业，中华诗词学会会员，中国楹联学会会员，江西省诗词学会、长白山诗词学会、九江诗词学会会员，彭泽诗词联学会编委。著有《濒湖幽草集》。

彭泽马当矶怀古

凭江一塞扼苍穹，炮垒层层锁碧空。
敢抗强横驰铁马，尽夸豪杰奋飞龙。
悬崖此日多芳草，峭壁当年啸大风。
折戟沉沙磨洗后，河山如画战旗红。

访　梅

蹇驴得得访知音，百丈悬崖觅故人。
不逐繁华应恋我，每逢寂寞倍思君。
冰心寸寸终如玉，傲骨年年不染尘。
风雪断桥怜独瘦，为君遥伴一樽倾。

蝶恋花（五首选四）

——步天台山《桃源遐思》

（一）

柳絮落花飞片片，偶入仙源，芳径随溪转。悦耳黄鹂鸣别涧，绿阴满地芳菲遍。　　云里仙娥红袖敛，出水芙蓉，无限娇羞面。带雨绿蕉春正卷，芳心寸寸娇难掩。

（二）

喜得仙源开一度，傍柳随花，渐入凄迷路。彩袖殷勤相伴舞，无声鸾凤双栖树。　　倚玉温香忘旦暮，天上人间，双结同心侣。海誓山盟当永住，何须别作寻芳去。

（三）

燕尔新婚欢不尽，软语温柔，互拥鸳衾枕。如醉如痴情不定，重帏岂识晨和瞑。　　饮共琼浆餐共鼎，采得仙芝，捣作胡麻饼。但乞双星长共永，红尘诸事全无省。

（四）

邂逅情缘经日后，尘世烟云，一概忘无有。总恨情根难再久，低徊暗惜郎颜瘦。　　强把金樽斟玉酒，带雨梨花，泪湿胭脂透。别恨缠绵人识否？回眸强笑低回首。

周定苏

　　周定苏（1934年—），女，浙江省绍兴市人。大学文化，副主任药师。中华诗词学会会员，江西省诗词学会会员，中国国画家协会会员。

石钟山

江湖交汇翠微巅，浩渺烟波势接天。
浪卷千堆飞雪溅，藤垂百丈峭崖悬。
奇山幽韵留残碣，蠡水欢歌挂远帆。
寥廓江天凭眺望，怀苏亭畔忆先贤。

陈齐明

陈齐明（1934年—），字镜升，号徽，艺名若愚，都昌县人。1981年自左里一中退休。中华诗词学会会员，都昌诗词学会理事，《都昌诗词》编委。著有《山南流水集》《山南余韵》《江风闲录》《若愚嵌联类编》。

铭于座右

愿儿孙怀才、怀德，进退有度，不失所望。作铭于座右。

造物无私见，人生怎做人？
心田宜种德，智海不蒙尘。
奉职应知责，当权更爱民！
口碑舌剑在，朝夕醒吾身！
吉祥如有兆，灾祸岂无缘？
风正严于法，家安贵在廉。
纵奢忘美德，克俭乐馀年。
梧叶迎霜落，松青晚节坚。

警　遇

乘风飞出小园春，冰雪征途每自珍。
一缕温馨初破冻，渐将践入淖泥深！

看电视"传奇"感吟

别似寻常见似亲，同衾异梦究无因。
心堪剖视都非假，爱到消魂亦是真。
不丑安蒙遮丑布，无情又演有情人。
东皇只道春花美，谁料秋香更胜春！

久靖硝烟万态妍，邪风暗逗柳丝牵。
谋私常有人逾轨，侍酒多凭色换钱。
雀美岂知鸦勿妒，蚌愚休乞鹬相怜。
试看黑战谁渔利，枉煞螳螂险煞蝉。

杨国凡

杨国凡（1935年—），号闲斋，星子县人。大学毕业，星子一中高级教师。中华诗词学会、江西诗词学会会员。曾应聘任湖南岳麓诗社常务编委，九江市诗词联学会理事、编委，星子五柳诗社名誉社长，《五柳风》总编。著有《闲斋诗话》《闲斋秋韵》《诗词曲联集》《闲斋文杂》等。

浴蝴蝶泉

一方玉镜饰新奁，蝶与姑娘巧斗妍。
我亦翩翩身化蝶，穿花戏水浴云泉。

清平乐·庐山云踪

淡烟抹岭，缥缈天边影。野鹤闲鸥长不定，爱把闲翁引领。　　翻飞万壑千峰，遍寻古柏苍松。欲问云藏何处？任他南北西东。

青玉案·春访桃花源

春风三月桃花路，骈车马，来和去。芳草萋萋寻古渡，谷帘泉水，康家寨坞，最是销魂处。　　千年梦想靡王税，今破天荒免田赋。陶令重来情几许？料应挥笔，再填新句，漉酒邀田父。

锦堂春慢·泰岳纵歌

红日瞳瞳，青山黯黯，松涛浪浪哗哗。海涌金球，磅磅气吐光华。四顾八方驰象，一览千岭盘蛇。问杜陵去后，有几诗人，椽笔生花？　　迤来朝山云客，也登峰造极，叱咤腾挐。招得千重云水，万朵晴霞。值此承平气象，且祝贺、齐鲁清嘉。把我心声一曲，如火豪情，洒向天涯。

李国威

李国威（1935年—），又名硕，星子县人。大专文化。曾任星子县委党校书记、校长，高级讲师。现为五柳诗社、九江诗词学会会员。

观音桥①

记得当年三峡桥，风吹云卷雨潇潇。
飞洪落谷惊雷电，胜似钱塘八月潮。

【注】
① 观音桥：即三峡桥，在庐山南麓。

龙　潭

青玉飞花下九重，千沟万壑锁神龙。
有朝能逐行云去，破壁长腾万里风。

犁头峰

尖尖铁角上犁天，日日勤耕夜不眠。
刺破银河浇玉露，山山岭岭献银棉。

鹧鸪天·登庐山

庐山有友多次邀我上山一游。因家事，每不能成行。今偶遂此愿，是为感赋。

急转车轮上碧峰，关山一日几千重。三千界目周天旷，四百旋身一路风。　　长夜梦，总难空，今朝圆梦此山中。琴湖又奏重逢曲，醉倒山南白发翁。

蝶恋花·小姑山

客迁江陵，风阻彭泽。登岸闲游，得谒小姑，如见故人，如闻其诉，总为关情。

客里访姑成幸晤。言及终身，怨语羞初露：五老七贤都不慕，彭郎有约无人渡。　　江水无情横利锯，界破青山，痛把佳期误！岁岁望郎朝复暮，江边厮守忘归路。

满江红·三叠泉抒怀

　　流水飞洪，穿千壑，自成三叠。行空处、迅雷光电，剑挥山缺。化液腾烟云与雨，兴涛卷浪霜和雪。势恢宏，日夜总朝东，歌不歇。　　真豪气，多壮烈；流清白，一身洁。冠风流潇洒，谁能超越？尽展涛江溢海志，长扬动地惊天泼！与江郎、输点滴强身，为人哲。

黄庆易

黄庆易（1935年—），彭泽县人。大专文化，曾任修水三中、彭泽二中校长、书记等职。中华诗词学会、江西诗词学会、九江诗词联学会会员，彭泽诗词楹联学会副会长，《彭泽诗联》副主编，《匡庐诗词》编委。著有《桑榆吟》《峨眉诗联选抄》。

小孤山

胜景谁能入画图，江心耸立一山孤。
海门天险传千古，锁得狂澜住也无？

游庐山花径

桃花烂漫若红霞，四月风光格外佳。
白傅当年吟兴起，只缘奥秘在温差。

老伴患胆结石，于乙酉年十一月在九江市第一医院手术医治有作

腹腔藏石头，君可不需愁。
妙技来穿洞，高科去隐忧。
病期能缩短，憾事不存留。
他日身康健，依然乐自由。

游顺德市清晖园

雄奇典雅此园林，远近游人接踵临。

水色山光天作画，溪声鸟语涧鸣琴。

迴廊石刻生奇意，接木盆栽具匠心。

书画诗联多杰作，归来犹向梦中寻。

满庭芳·彭泽二中建校廿五周年

回想当年，杏坛初建，围圈百亩团山。荒坡野岭，创业倍艰难。几任全心拼搏，赢来了，苗圃花园。凝眸处，层楼栉比，高耸入云天。　　年年、春烂漫，花红草绿，李笑桃妍。雪片飞金榜，赫赫高悬。赖有名师设帐，教无类，个个争先。廿五载、功勋卓著，乡里赞声传。

邱 魁

邱魁（1935年—），都昌县人。少读私塾。1951年参加土地改革，后参加志愿军，旋即选入空军，曾授空军大校军衔。退休前任空军某军政治部副主任。

行香子·庐山游

雾尽风残，翠绿笼烟。层峦叠，麓接湖天。鸟鸣崖树，蝶舞花间。赏芦林水，西林塔，东林泉。　　银霄瀑落，绝壁如镌。云飞处、仙洞惊悬。御碑亭内，谁识周颠！极天工巧，神工妙，士工玄。

念奴娇·盛世繁荣赞九江

倚山襟水，扼江流，形胜风光囊尽。地设天成，钟毓秀、曾许龙藏虎隐。院寺幽幽，亭楼璨璨，大道纵横紧。山川如画，折倾多少豪俊。　　承袭发展兼筹，古今融合，处处高楼峻。极目楚天帆影绝，跨海轮机声近。拓港兴工，车流如织，商贸双双进。虹霓耀眼，一座江城新郡。

江五科

江五科（1936年—），都昌县人。曾任县公安局主任科员，一级警督。2005年由作家出版社出版诗集《湖曲露痕集》一卷。中华诗词学会、江西诗词学会、九江诗词联学会会员。现任都昌县诗词学会副会长兼《都昌诗词》主编。

藜蒿吟

飘泊平生傍蠡涯，扎根洲渚友兼葭。
水淹百尺犹存梗，日曝三朝尚发芽。
满目葱茏群手摘，嫩茎香脆众人夸。
风雷雨露滋灵性，悄向深秋小实华。

晨行雾中

六合茫茫万物空，陌途何向是西东？
偶逢人影三条黑，才辨车灯二点红。
乍听鸡鸣和雀噪，怎分村落与林丛。
眼前尚见光盈亩，远胜如磐风雨中。

咏史浅识

观史应唯物，毋凭好恶私。

盖棺虽定论，测海必深窥。

稗野难为据，稻粱焉可师①？

休违真善美，乱摇顺风旗。

【注】

① 清龚自珍《咏史》诗："避席畏闻文字狱，著书都为稻粱谋。"

咏蟹爪兰

来自巴西远系玄，长成蟹足霸王鞭。

枝枝续干还连叶，朵朵如兰亦似莲。

根植雨林层树里，花开圣诞小寒边。

任它酷暑严霜困，百卉凋时尔独妍。

西江月·晨登南山

遁入无尘世界，登临多梦湖山。饶河暗绕雪滩间，天外飞来素练。　　稍见蹄痕爪迹，惯看粉饰冰颜。寒梅数点报春还，细品清香忘倦。

沁园春·矶山

　　都邑城西，洪波泛起，十里秀峦。望水天空阔，匡庐横黛；风云激荡，彭蠡扬澜。鄱水东来，赣江北去，砥柱中流不系船。烟霞里，遍松坡樵采，荻港渔还。　　佳山名系陶桓。始垂钓、矶岩雪浪间。羡牛眠地墓，贤哉陶母；马蹄痕石，幸甚苏仙！御史怀忠，经归集礼，精舍长遗康乐磬①。灵峰寺，议人文荟萃，惹客留连。

【注】

① 下片提到的都昌著名人文景观有六，依次为：陶侯钓矶，陶母墓，望仙石，余应桂墓，经归寺，石壁精舍。

沁园春·庐山

　　北带长江，南涵彭蠡，势甲楚吴。望奔雷喷雪，百川飞瀑；披云笼雾，五老临湖。峰耸雄奇，洞凝神秀，幽壑巉岩翠樾殊。傍南斗，面天章地脊，疑莅仙都。　　名贤竞向攀趋。富题咏，遗踪遍岫隅。羡骚坛太白，狂歌绝世；禅林慧远，妙悟真如①。白鹿崇儒，丹元修道②，三教光华百代模。风云会，历龙争虎斗，漫话荣枯③。

【注】

① 晋释慧远于东林寺著《法性论》。法性即佛法，义同真

如。

② 南朝宋道士陆修静在庐山修道，宋徽宗追封其为丹元真人。

③ 指当代在庐山举行的重要会议及其政治斗争。

西江月·书展入刊遐想

檐下蜘蛛张网，山头虎豹称王。野鸡打架为争疆，领地谁都不让。　办展书家互奖，入刊坛主联邦。利名二竖障前方，太负莘莘厚望！

青玉案·某留守妇

夫佣异邑多辛苦。疲惫甚，声如缕："赚得钱财交尔处。督儿勤学，操持家务。事事凭卿主。"　竟忘夫嘱和娘数，只顾牌场度朝暮。下课腹饥儿自煮。赌迷群里，颇多斯妇。都被时风误！

黄志鹏

黄志鹏（1936—2008年），湖口县人。历任湖口县政府七至九届副县长、县第四届政协副主席、九江市第十届政协委员。1987年发起创建石钟山诗词学社，被选为一、二届社长。中华诗词学会会员，江西诗词学会、九江市诗词联学会理事，石钟山诗词学会名誉会长。著有《铁屏轩诗稿》《求实杂记》。

怀苏亭

眉山宋室三夫子，陡峭东坡路不平。
半世功名半是坎，一轮明月一番情。
纷争宦海羞为伍，锦绣河山愿作朋。
天赋一枝雄健笔，奇文千古仰斯亭。

庐山吟

巍峨千仞彩云飞，景物人文蕴翠微。
茂叔莲花彭泽柳，晦庵书院谪仙诗。
天池饮马观云海，净土谈经笑虎溪。
三叠飞流垂白练，六泉煮茗品甘滋。
含鄱放眼江湖渺，走笔挥鹅翰墨稀。
三宝婆娑千古树，诸峰灵秀数名碑。
汉阳夜睹龟蛇动，花径春回草木知。
倒影芦林姿绰约，置身牯岭意安怡。

洞天仿佛仙人在，金井狐疑鬼斧施。

石涧门开寻奥秘，飞来石引话冰期。

珍稀物种怀先哲，欧美别墅忆鲁师。

欲尽纵横山底事，须劳五老说惊奇。

苍　蝇

冷暖炎凉嗅觉强，钻营取巧不寻常。

嗡嗡争逐腥膻气，款款沉迷脂粉香。

得间孳蛆培恶势，乘虚播菌毒柔肠。

何当手挽天河水，洗尽人间龌龊场。

恶　竹

柔骨随风不自强，初生菜料长成篁。

避寒趋暖伸头角，抢雨偷光露杪芒。

自诩一年成大器，可悲数载尽夭殇。

腹空不耻称三友，争与松梅较短长。

乌　龟

水涯邃穴喜幽居，卜壳凭占岂决疑。

皮厚肉肥形相陋，爪尖脑笨腹心卑。

昼间掩体神奇隐，夜幕伸头诡计施。

饱食终朝无所事，延年尘世又何为？

石钟山半山亭

当初揽胜首登临，物换星移草木侵。
早觉置身高一等，自甘匹壁矮三寻。
隔朝人事新翻旧，过眼云烟起复沉。
且喜亭前松柏劲，经年不改岁寒心。

偶　成

爆竹声声震耳聋，模糊概率创奇功。
登台自说千般好，落地谁知一样穷。
主宰深谙多克少，腹心神会黑描红。
杨花柳絮心相印，共藉东风上九重。

无　题

席梦悄然传好音，前门无路后门行。
夸张饶舌王婆巧，审势低头贾桂精。
令写文章凭借笔，登台粉墨露原形。
镀金不值真金价，却以真金误世人。

饶振群

饶振群（1936年—），彭泽县人。曾任高中教师，已退休。现为江西省诗词学会、九江诗词学会会员，任彭泽诗词楹联学会副会长。诗作散见于《中华诗词》、《江西诗词》、九江《匡庐诗词》等刊物。

春恼·退休后偶成

春去匆匆恼却春，清明不见踏青人。
绿肥未许花经眼，红瘦何曾酒入唇。
老圃幸添三百竹，霜毛笑脱九千根。
华年难再春常再，未尽平生报国恩。

故人招饮

又到君家醉一回，分题赓韵酒相催。
春风杨柳来时路，暖雨江天昨夜雷。
莫道平生多坎壈，惟怜晚景沐晴晖。
楚舆别有真情味，不与时人斗画眉。

雪后苦寒

茫茫雪国冰封结，纵横街道人踪灭。
室内空调暖若春，有人破被寒如铁。

忆江南

漓江美，日映彩云低。两岸明山湘锦嶂，一篙春水碧流璃，竹筏荡涟漪。　　漓江美，岸石突奇峰。破土干霄抽玉笋，临江盘卧饮虬龙，造化自天工。　　漓江美，竹树掩长堤。倒影沉江生万象，移船换景展千奇，心旷更神怡。　　漓江美，清水出芙蓉。万国衣冠遨画境，千舟笑语荡仙宫，争道喜相逢。

游子修

游子修（1936—），都昌县人。师范毕业。1956年参加工作，曾任樟树中学校长。

九江速写

帆扬车织匡庐侧，天展雄姿赣北门。
山水相辉呈异彩，街湖掩映缀奇新。
琼楼灯火千家晓，闹市笙歌万户春。
访胜寻幽阗客旅，骚人翰墨动江浔。

登石钟山

钟灵吴楚地，锁钥扼江湖。
幽韵钟声远，雄姿气象殊。
名山凝俊杰，史迹灿玑珠。
鼎革翻新曲，飞腾壮画图。

乌石观音阁

纵览云翔画阁秋，危崖叠翠映禅幽。
慈航普渡迷津悟，佛法庄严信士游。
毓德洗尘增寿诞，修心养性仰风流。
净坛教化崇莲洁，国泰人和日月悠。

高塘林园行

谷雨春风拂土香，拓荒致富启新航。
悠扬鸟语芳菲处，锦绣田园若故乡。

周修林

周修林（1936年—），字征帆，星子县人。1950年参军，转业后历任县剧团团长，九江地委组织部干事，九江市委直工委科长、纪委书记、工委书记。市第十届政协委员。九江市诗社常务理事，著《南园诗钞》两卷。

小乔梳妆台

韵事风流遗古阁，相传原是小乔台。
娥眉昔日周郎顾，引得今朝远客来。

秀峰寺

一入开先寺，人间别有天。
危岩留鹤影，素练浣龙潭。
壁上诗文满，池中剑气寒。
读书台尚在，搔首忆前贤。

曹明政

曹明政（1936年—），九江市庐山区人。中专学历。1955年参加工作，曾在教育、党政部门工作，副处级干部，1996年退休。江西诗词学会会员，庐山区文学协会顾问，九江市老年书画协会和庐山区老年书画协会会员。

嫦娥奔月

新星歌啸直升腾，浩瀚长空绕月行。
玉帝招呼銮殿接，嫦娥起舞广寒迎。
近观蟾阙三千界，远渡银河亿万程。
他日乘人来久住，吴刚职业应重更。

过汉江平原

出游三峡过荆襄，一马平川放眼量。
广袤稻田摇碧浪，无边麦地耀金黄。
千村重稼粮为本，寸土争耕谷满仓。
科学兴农新楚域，惠民时政促康庄。

白居易草堂行

云淡天高值九秋，承朋邀约草堂游。
疏林曲径黄花灿，乱石危崖红叶稠。
蛩泣草丛清籁静，鸟鸣山谷碧泉幽。
登峰岂惧崎岖路，胜迹风光更醉眸。

踏莎行·游石门涧

涧水声喧，碧山奇崛，花香鸟语盈林壑。双峰对峙势嵯峨，洞天砥石如宫阙。　　缘景探幽，有朋相约，攀岩涉涧寻欢乐。风光满眼激诗情，万千愁事都忘却。

赵 璧

赵璧（1938年—），号剑芒楼主，彭泽县人，祖籍安徽桐城。1961年毕业于江西教育学院，从事中学教育工作。曾为第二至第五届县政协委员、江州诗词学会理事兼《匡庐诗词》编委、彭泽诗社副社长兼《彭泽诗词》主编。作品散见于各报刊，著有《东楼吟草》《澎浪回声》等。

南京梅园

梅园处处久盘桓，倍觉梅香出苦寒。
数瓣残痕仍带血，江山不作等闲看。

九江访浪井

驻足遥思汉灌婴，浔阳遗迹久知名。
心胸若不通江海，古井从何有浪声！

安 贫

安贫乐道守清风，敲韵涂鸦两未工。
食肉食鱼心已淡，读经读史兴犹浓。
栽培松菊师陶令，洒扫庭除效放翁。
鸡肋半生仍故我，长林伤鸟不惊弓。

平 居

菊花赏罢赏梅花，来去悠悠步作车。
入席餐能三勺饭，临窗笔伴一杯茶。
清宵倚枕诗常就，闹市昂头帽不遮。
物我相忘天地阔，心宁意远乐年华。

临江仙·山居

卜得剑芒山下住，四围林木葱茏。闲来吟咏
兴犹浓，小孤持作笔，笔架是双峰。　　云影天
光收眼底，大江日夜流东。春花秋月梦谁同？割
愁今有术，朝暮乐其中。

段德虞

段德虞（1938年—），都昌县人。大学毕业留校任教一年后从政，历任星子县县长，九江市委宣传部长、统战部长，九江市政协副主席、党组副书记。著有《恬斋吟草》诗集。现为九江市诗词联学会名誉会长、星子五柳诗社顾问。

故乡情

阔别家乡魂梦牵，儿时往事忽如烟。
陌头杨柳年年绿，垅上黄花处处妍。
常记牧樵登北岭，犹思稼穑下西田。
人生易老情难老，夜半中庭望月圆。

夏　钓

夏草青青绿曲池，荷花映日出污泥。
莲蓬叶下肥鳞舞，丝柳溪边布谷啼。
引线抛竿疑布阵，下钩投饵巧乘机。
历来苦果因馋食，试问贪徒哪得知？

白鹿洞书院

绿掩天然洞府幽，泉清石秀古林稠。
四山合抱藏书院，一水中通出枕流。
李渤研经娱白鹿，朱熹教化有鸿猷。
唐风宋韵今犹在，古国名黉耀九州。

十访桃花源

故情难了梦桃源，十度来寻续旧缘。
柳絮桃花车马路，楚风晋韵竹桑园。
康王谷里神仙界，陶令篇中世外天。
更有名泉飞雪洒，陆翁推许冠人寰。

夜访养鱼专业户

野渡茅棚小，孤灯伴尔身。
夜阑风露冷，月照满地鳞。

怀念彭德怀元帅

一代元戎一代雄，横刀跃马指征程。
万言浩气关天下，冷月寒光照汗青。

驼背松赋

瘦骨嶙峋一老松，餐风饮露屈弯躬。
几回窥看人间冷，数载祈求天下公。
乐道安贫神自若，经年累月态龙钟。
弯腰驼背君休笑，阅尽沧桑望大同。

查宗镕

查宗镕（1939年—），星子县人。1957年参加工作，1987年退休。星子五柳社社员，《五柳风》编委。2005年在"咏赞江西崛起"诗词大赛中获二等奖。

过鄱阳湖大桥

险水悬崖辟坦途，神工天半架中枢。

车流一路烟霞萃，物壮三吴气象殊。

素客初穿深隧道，东风早布小康图。

江山又改千秋谷，万派新潮涌蠡湖。

云居山

名出江南兰若界，买车谒胜古燕山。

雨飞一径葱茏上，寺矗群峰云雾间。

湖浸灯光恢佛钵，塔凌霄汉纪"糖丸"①。

山门敲价神心险，尼撞寒钟老未闲。

【注】

① "糖丸"原全国佛教协会副会长虚云大禅师临终遗言：将其遗骨碾成粉末，和伴面粉、白糖做成骨丸，抛入江湖以饲鱼。

游万杉寺

云销雾散万山葱，花草林楼翠绿中。

为报春风裁美景，峰前又荡午时钟。

唐厚纯

唐厚纯（1939年—），1957年考入江西师院中文系，毕业后任中学老师，再入九江供电局工作。业余从事古典文学研究及诗文创作。为中华诗词学会、江西省古典文学研究会会员。

石钟山听涛

矶头浓绿拥船厅，帘卷清风晓色晴。
水石交喧非异事，世间总有不平鸣。

清平乐·上池村兰塘王安石钓台

霜林霞落，遮尽兰塘陌。惟听山樵声远斫，
曲水深溪隐约。　　人生似梦烟飞，纶丝竹竿轻
垂，最爱波平草绿，荆公独钓清晖。

调寄浪淘沙·匡庐踏雪图

老去兴偏赊，几日闲遐。冬游端的立琼崖，
万树枝头何所似，满目梨花。　　风雅不奢华，
裹素披纱，冰棱如剑最堪夸，削垢斫污身自好，
景物清嘉。

李代良

李代良（1939年—），号愚斋，星子县人。退休干部，现为中华诗词学会、江西诗词学会、九江诗词联学会会员，星子县五柳诗社社委，《五柳风》7-11期主编，《星子县志（1986-2005）》编撰，著有《愚斋诗稿》。

春 寒

云霭沉沉雨雪飘，春寒犹比腊寒嚣。
娟花不信春无力，依旧时来朵朵娇。

参加新中国成立后第二轮修《星子县志》

闭门行静笔，出户访高人。
字寓褒和贬，义勘伪与真。
探源循古训，引脉览三坟。
实录当今事，后贤细品评。

入紫云寺

烟光佛乐日纷纷，银阙莲宫玉砌新。
竹影松声皆有性，泉淙雾绕亦传神。
绵延福地经千里，缥缈灵光耀四邻。
信女善男云集此，求安问福往来频。

新子夜农歌

小憩桑阴下，青荷扑鼻香。

喝杯酽茶水，暂解渴和凉。

轻摇十八转，徐徐入梦乡。

【注】

十八转：有的乡村称大草帽为"十八转"

易南生

易南生（1941年—），彭泽县人。终身从教。现为中华诗词学会、江西诗词学会会员，彭泽诗词联学会副会长兼副主编，彭泽县老年大学诗词班教师。曾在《中华诗词》《中州诗词》《江西诗词》《赣联》等多家诗词刊物发表过诗词作品。

退　休

育李培桃四十春，回归故里一身轻。
门无车马终年静，室有琴书百虑清。
作赋吟诗挥秃笔，谈今论古咏新声。
闲来垂线溪边上，钓得春晖缕缕情。

苏幕遮·悼母逝世五十周年

暮春时，瓢泼雨，慈母西归，割别小儿女。地黑天昏何处去？跪问苍天，怎奈天无语。　　忆当年，穷愁户，终日操劳，野菜和根煮。数载沉疴灾二竖。未报春晖，泪水倾如注。

余松生

余松生（1942年—），星子县人。1962年大学本科毕业，机械工程师。历任中共九江市委副书记、市纪委书记、市人大常务副主任（正厅级）。

敦煌莫高窟

榆柳如烟掩砾滩，九层楼阁耸高峦。
洞中卷帙惊人世，壁上丹青冠艺坛。
力凿坚岩弘佛法，心随朗月照灵山。
丝绸古道飞天舞，长引春风拂玉关。

大观楼

滇池水碧映清秋，彩菊纷纭伴古楼。
翼角高惊鸿雁过，轩窗好看画船游。
林中漫步怜红叶，槛外临风乐白鸥。
一览长联思绪远，珠帘断碣到心头。

三峡大坝

高坝巍峨锁大江，气吞巴蜀瞰荆湘。

云开莽莽千山涌，月映泱泱万壑光。

激湍旋机生电力，拦洪蓄水固河防。

百年遐想今非梦，神女当欣国运昌。

渊明诗兴

身处田园意未绥，倚窗寄傲逸思飞。

东皋吟啸随风远，南圃耕耘带月归。

石上清泉除俗韵，庭前翠柳拥春晖。

无弦琴上心声出，云自飘舒菊自菲。

卜算子·咏兰

淡淡叶丛花，郁郁岩前草。任尔风霜雨雪侵，寂寂深山老。　　何事入高堂，日日群芳闹。纵处温肥沃壤中，未觉清香少。

朱传松

朱传松（1942年—），九江人。中师文化，曾任小学教师、校长、工会主席。2006年加入中华诗词学会。九江诗词学会、山东莱芜诗词学会会员。现为九江市庐山区诗词联学会副主席兼秘书长。

郊　游

早出郊游日渐高，春风一路拂夭桃。
呢喃燕子双飞舞，牧鸭村姑手执篙。

庐山碧龙潭记游

庐山九寨碧龙潭，叠翠奇峰夹黛蓝。
四纪冰川遗胜迹，千寻瀑布起云岚。
卧龙窥景偷伸首，浣女垂绳递吊篮。
不尽东流纯洁水，清凉见底饮还甘。

杞人赋

农家弃地任蒿荒，上好粮田盖住房。
退垦归湖还植被，应征修路等招商。
谁为地减三分惜，我虑仓虚十亿惶。
造茧春蚕终自缚，忧天怨地两迷茫。

袁德赞

袁德赞（1942年—），都昌县人。曾任九江地委国防工办秘书、县政府办公室副主任、县粮食局党委副书记。中华诗词学会、九江市诗词学会、市作家协会会员，都昌县诗词学会副会长。著有《滴水集》。

九江九八抗洪堵口记事

长江水泛九江城，动魄惊心救险情。
五日合龙奇迹创，中南海里遣神兵。

虞美人·步李煜词《春花秋月》原韵

招商圈地何时了，荒废知多少？明天都去喝西风，自有一番滋味在心中。　　愚公思想春常在，恶水穷山改。丰衣足食解民愁，切记涓涓细水保长流！

颂小平同志·步岳飞词《满江红》原韵

鹤发童心，长征路奔劳不歇。瞻环宇，当今世界，竞争激烈。岂可缠腰充壮汉，陶然坐井观星月。莫迟疑，改革振雄风，人心切！　　坚冰破，冤案雪；春潮荡，阴翳灭。倡一邦两制，金瓯补缺。力挽狂澜凝智勇，弘扬大业倾心血。看三中全会树丰碑，传京阙！

程宗洛

程宗洛（1942年—），武宁县人。武宁一中退休教师，武宁诗词联学会会员。

退休生活咏

饮　酒

腊肉鲜鱼酒一盅，自斟自饮味无穷。
孙儿未识其中趣，笑指爷爷脸又红。

垂　钓

碧水清波嫩柳依，长竿细线鲤鱼肥。
闻鸡早起行程急，日暮迟迟不忍归。

读　书

日暖风清四月天，青藤躺椅小窗边。
偷闲信手翻周易，竟自依稀抱卷眠。

游庐山西海迷宫

一叶轻舟意兴浓，三回九转入迷宫。
青山处处如屏障，不辨东西南北中。

熊未喜

熊未喜（1942年—），武宁县人。大专学历，正处级退休干部。曾任武宁县团委书记、石渡乡党委书记、县检察长、县人大副主任，现任《武宁县志》主编。中华诗词学会会员，九江市诗词学会原理事，武宁县诗词联学会原会长，现为顾问。

弥陀寺

禅门胜地毗卢岗，盛世人和教运昌。
峰塔池湖参佛意，楼堂殿院着迦装。
高僧云集扬清气，檀越纷来效善良。
众圣开光逢吉日，弥陀香火万年长。

贺邹昌恩兄《田园集》付梓

仁兄益友亦良师，博学多才善赋诗。
立意谋篇扬正气，遣词炼句显真知。
德高未必膺官宦，望重仍然审势时。
大集喜成同庆贺，骚坛舒展一芳枝。

登武宁县城文峰塔

宝塔凌空面八方，龙腾九级兆祯祥。
喜看碧水藏金库，笑指青峦着画装。
胜景怡人群杰创，奇功旷世众心量。
宁湖作砚峰为笔，大写园林锦绣章。

匡金华

匡金华（1943年—），笔名旌阳山人，修水县人。建筑工程师。中华诗词学会会员，江西诗词学会理事，修水诗词学会副会长，山谷诗社副社长，著有《旌阳山人绝句三百首》。

送 别

骏马轻车代，清茶劲酒醇。
分宁思李白，溢浦忆汪伦。
更好张诗网，莫如展画屏。
浔阳楼上看，幕阜古城春。

路 遇

中途邂逅煞车忙，不见君颜已十霜。
渭北江东云树渺，吴头楚尾汐潮狂。
青蚨虽引人沉海，白首宁教鼠跳梁。
今日相逢三叉路，双双无语立斜阳。

闻退感赋

林泉退隐一专家，夜赋诗词日养花。

秀水潭边垂铁钓，旌阳岭下看金沙。

归来不惜青衫湿，出走何须紫木杈。

耳顺耆年仍葆健，谁还让我奏胡笳。

周吉潭

周吉潭（1944年—），江苏省淮安市人。曾任九江县政协副主席。中华诗词学会、江西诗词学会会员，岳麓诗社社员，渊明诗社副社长兼《采菊诗刊》主编。著有诗词集《清箫吟》。

中秋怀亲有寄

明月照画床，流云翳其光。
思亲在佳节，海路苦阻长。
壶醪难与品，庭桂独自芳。
空静雁声恼，露重诗意凉。
遥以残花寄，中或有清香。

游石门涧

庐山西麓有双阙，巨石如门千仞拔。
峥嵘壁削启天衢，古木虬藤泉幽咽。
甘泉玉露涌天池，瀑漱巉岩披练雪。
谷岚涧雾隐仙踪，竹径松峦走神獬。
访仙不遇意踌躇，但见云海驶舸铁。
仙人桥险绿渊临，童子崖危霄汉接。
雨霁霓虹照空晴，凤尾初拔新篁节。
文殊精舍开慧泉，胜迹焕彩添风物。
路转峰回客流连，林深山鸟歌不歇。

浣溪沙·劳动大学校友聚会

五十流光若逝川，青春暗渡夕阳边。校园情事化云烟。　　风雨曾经同作客，曦光又沐共为仙。人生如戏笑当年。

调寄青玉案·忆旧怀人

韶华毕竟匆匆去。剩僝僽，虚名误。记得当年心两慕。南湖明月，校园花影，与伴春风路。　　白头愁对秋光伫。卅载闲怀向谁诉？纵晤伊人人已暮。彼时如醉，此时如梦，醉梦皆缘数？

八声甘州·浔阳

记风华正茂亦曾游，甘棠羡渔舟。恋莲歌动水，芦花戏柳，岸渚迎鸥。江表龙河旧埠，人道古江州。绝唱琵琶后，几许遗愁。　　溢港荻花梦逝，辟华街十里，栉比危楼。幸湖亭依旧，烟水浩千秋。缀双珠、李堤争媚，望江干、一塔碧天浮。曦光里，绿红男女，竞放歌喉。

吴柏初

吴柏初（1944年—），都昌县人。都昌县政协原秘书长。现任都昌县诗词学会、鄱阳湖文学研究会副会长，中华诗词学会、九江市诗词联学会会员。

咏矶山

雨霁初晴四月天，诗朋相约上山巅。

雄鸡唱晓临江渚，石壁藏书隐圣贤。

彭蠡轻舟穿碧浪，陶公古寺袅青烟。

一添雅兴题佳句，写出人间锦绣篇。

【注】

雄鸡、石壁等均为景点名。

沁园春·咏都昌

今日都昌，四处招商，百业振兴。望芙蓉山下，厂房遍布；鄱阳湖上，舟楫长兢。街道纵横，社区栉比，捷报频传硕果盈。拼全力、靠勤劳双手，开创繁荣。　　宽松环境经营。欲致富、生财赖信诚。看店中货物，琳琅万种；丘陵垅坂，稻菽千层。扩大规模，筹谋发展，加快都昌崛起程。争朝夕、要同心协力，仰仗精英。

张玉清

张玉清（1945年—），修水县人。中学高级教师，从教四十二年，曾任修水县第四中学校长，现为九江市诗词联会会员、修水县文联委员、修水县诗词学会（山谷诗社）常务理事、渣津诗词分会会长。

花甲二首

（一）

谁言借老好偷闲，且把诗书伴昼眠。
明月清风聊自醉，高山流水可延年。

（二）

聊发痴狂学笔耕，不争山水不争春。
只缘风雨身经后，洗尽铅华尚率真。

杂咏二首

(一)

人生苦短路何长，行色匆匆拜孔方。
几度疯狂成底事，惊魂梦断泪阑干。

(二)

美色休言是祸根，世间谁不爱婵媛。
堪悲德毁人伦丧，邪恶常贪枕上痕。

高朝先

高朝先（1945年—），笔名白墨，湖口县人。中华诗词学会、江西省诗词学会、九江市诗词联学会会员，石钟山诗词学会副会长兼秘书长，《石钟山诗词》副主编。著有《白墨诗选》《诗论》《供销合作经济研究》等诗文专著16卷。

台湾水果销售大陆喜赋

有路天横水，无情鸟不飞。
春锄期漠漠，秋熟向依依。
破阅来连宋，通商起帐帏。
炎黄根脉在，先送荔枝肥。

野　菊

棘里榛丛处处家，团团簇簇艳如霞。
粗枝负累尘埃重，细叶摇芳月影斜。
落道荒芜成卑贱，装璜萧瑟独风华。
好观未毕真颜色，正气长留是此花。

野　梅

雪岭冰崖未怅惘，依晴依雨自风流。
寒香独放陪松柏，浩气横吹下斗牛。
路旷人稀随世俗，山高水远笑恩仇。
篱边别罢林和靖，卸去樊笼更自由。

西江月·鞋山

浪里谁堆一石，波间磨砺千年。雄姿挺拔向江天，万顷惊涛指点。　　骨硬凭它雨骤，情坚任尔雷鞭。中流砥柱乐颠连，总是顽心一片。

欧阳森林

欧阳森林（1945年—），字五木，号杰，家谱派名祖寿，星子县人。高中学历。曾任星子县政协主席，现为五柳诗社社长、江西诗词学会和九江诗词联学会理事。著有《森林诗集》。

筹建陶渊明塑像感赋

靖节诗魂何处寻？斜川古道柳森森。
欣逢盛世靡王税，好借东风表赤忱。
昔读桃源疑是梦，今观华夏果成真。
纷纷捐款尊先哲，缕缕乡情直透襟。

再游庐山仙人洞感怀

纵览云飞亦快哉，先生何必慕蓬莱。
试看石上千年树，不染人间万里埃。
五老开颜迎日出，七贤翘首驭风回。
前朝已破卢生法，莫在邯郸小道徘。

游昆明大观公园

滇池明镜几千秋，万里云山一水楼。
西去群峰藏卧佛，东来紫气绕神骝。
凭栏极目春城秀，览物追思寒士忧。
研墨迟迟难试笔，满腔心事付江流。

昔访双井村

曾经偕友觅诗踪，双井残存野莽中。
欲饮清泉情嫩绿，岂知商贾爱宁红。
千年佳品无人问，一代宗师几个崇？
天若有情应有眼，重教山谷茁芳丛。

瞻仰戚继光塑像

海角城池古木葱，一尊塑像映长虹。
如闻昔日腥风吼，犹记前朝倭寇凶。
佩剑睿眸寒敌胆，惊涛骇浪壮军容。
登临送目思无尽，一瓣心香奠戚公。

朱贵平

朱贵平（1946年—），修水县人。任教多年，从事警察工作三十余载，曾任修水县公安局局长。江西省诗词学会会员，九江市作家协会会员，修水县诗词学会副会长，山谷诗社副社长。著有散文集《故乡记事》。

山中偶成

雨洗青山日日新，风吹绿野净无尘。
伤心最是清泉水，未入江湖已变浑。

无　题

月影移山车夜驰，朦胧睡眼品唐诗。
一腔雅兴谁同赏，说与清泉明月知。

寻　诗

一生劳碌苦求闲，求得身闲心不闲。
梦里寻诗诗不见，依稀但见水和山。

怀　乡

九岁离家走四方，栉风沐雨独彷徨。
几多夜月思乡泪，化作归途陌上桑。

登庐山感赋

万绿丛中千点红，忽晴忽雨雾迷濛。
湖光山色分明暗，世态炎凉处处同。

谷雨游南山

谷雨南崖好踏青，绿阴深处冠云亭。
溪山自在公何在？宝塔无形道有形。
枯木逢春时运好，佛陀再世契机灵。
回廊九曲通幽处，碧水松风入画屏。

黄棒林

黄棒林（1946—），都昌县人。曾任中共都昌县纪律检查委员会常委兼县党风廉政办公室主任、县物价局副局长。中华诗词学会、江西省诗词学会、九江市诗词联学会会员。现任都昌县诗词学会副会长兼秘书长。

一副对联说"官德"

吃百姓之饭，穿百姓之衣，莫道百姓可欺，自己也是百姓；得一官不荣，失一官不辱，勿说一官无用，地方全靠一官。

纵观历史鉴兴亡，四海民安社稷康。
衣食住行思责任，喜哀怒乐记心房。
做官莫受千夫指，立德应争百姓扬。
细品此联常警问，手中权力为谁忙！

大孤山

一峰耸峙大湖中，峭壁悬崖太峻雄。
碧水烟波迷望眼，香云翠霭捧苍松。
殿堂宏伟经声朗，塑像辉煌福地隆。
仙境探幽情别样，浑身怡悦沐天风。

沁园春·青藏铁路开通赞

雪域高原，举世群英，勇写锦章。仰丰碑五载，含辛茹苦；难题三个①，啃骨寻方。一路高科，以人为本，圣洁情怀绿色镶。文明线，叹精神伟大，百代流芳。　　铁龙呼啸飞翔。令梦想成真喜若狂。看轻歌曼舞，敲锣打鼓；翻山穿隧，献吉呈祥。蕴育生机，东风送暖，青藏人民斗志昂。金光道、赖中流砥柱，西部辉煌。

【注】

① 三大难题指世界性工程技术难题，即多年冻土、高寒缺氧、生态脆弱。

罗贤成

罗贤成（1946年—），瑞昌市人。军转干部。曾任瑞昌市粮食局纪委书记。江西诗词学会、九江诗词联学会会员，瑞昌诗词学会常务理事、副秘书长，已出版《从戎吟稿》诗集。

边疆夜曲

波长海弄弦，雾重月生烟。
塔指船开道，风推浪破天。
星疏山色暗，夜静岛魂悬。
听得沙鸥叫，当知兵未眠。

老 兵

服役超期不恋乡，宝刀未老闪寒光。
峥嵘岁月无穷乐，褪色戎装透汗香。

新兵二首

(一)

笑容满面进军营，班长铺床暖五更。
谁说春风难度塞，红花四季艳长城。

(二)

昨夜初巡显虎威，身披晓雾带霞归。
靶场爱听枪声响，百炼千锤勇夺魁。

西江月·水乡夏夜

明月轻移柳影，清风曼舞流萤。荷塘树下听
蝉鸣，更喜鱼儿比兴。　　媪叟投情叙戏，孩童
捧月追星。抚琴引笛近三更，蜜语长萦梦境。

鹧鸪天·乡恋

好在人前翘指夸，匡庐毓秀翠峰斜。长江岸
柳摇空醉，浩渺鄱阳孕物华。　　思远域，梦牵
霞，边陲赤子意无遐。家园四季春常在，信是神
州不谢花。

赵政文

赵政文（1946年—），永修县人。大专文化。历任乡党委书记、县农工部长、永修县副县长（正处级）、县人大副主任，现已退休。中华诗词学会会员，江西省诗词学会会员，九江市诗词学会理事，2002年推选为永修县建昌诗社社长。著有《农苑诗吟》专集。

牛

炎炎夏季水中旋，刮地寒风倚草眠。
日伴犁耙耕万顷，夜观星斗计何年。
一生穿鼻随人转，半世奔蹄哪个怜。
老病残身难服役，筵前怎忍作佳餐。

石门涧

连连紧步陡梯攀，曲曲弯弯绕涧前。
玉带一条飘峡谷，青山两列耸云间。
奇花异草林中馥，古树珍禽画里妍。
墨客骚人多到此，石门绝景焕新天。

张钦先

张钦先（1946年—），瑞昌市人。大专文化。1966年参加工作，政工师，已退休（副处）。著有《涂鸦集》、《三馀集》《闲云集》，编有《十二生肖吟唱集》。瑞昌市诗词学会副会长兼秘书长，瀼西诗社名誉社长，瀼南诗会、仙桥诗社顾问。

海南三亚行

南国多佳境，欣然三亚游。
天涯云托月，海角客摇舟。
红日潮中出，青山水上浮。
流连几忘返，难怪鹿回头。

一剪梅·寄人

长忆相知肺腑间，人影翩翩，舞影翩翩。忘情岁月倍缠绵。甘亦同欢，苦亦同欢。　　劳燕分飞叹暮年，欲诉难言，欲梦难言。忍将思念托云笺，爱寄情天，憾寄情天。

好事近·秋色

　　碧水映芦花，花舞一湖秋色。荡桨残荷深处，扰鹭鸥千百。　　霜天雁唱日迟迟，听金风萧瑟。缆系玲珑湖岛，试作蓬莱客。

查筱英

查筱英（1946年—），女，星子县人。星子县人大常委会十一、十二届副主任，江西省九届人大代表。甲申《龙安家乘》特邀编辑，中华诗词学会、江西诗词学会会员，五柳诗社副社长兼秘书长。著有《庐蠡情思》诗词集。

观看电视剧《上将许世友》

少林弟子出山门，跃马横刀济世勋。
草地三穿忠沥血，延河百转义吞云。
双拳跪拜慈颜膝，斗酒燃烧战地魂。
侠骨柔肠昭日月，将军原本性情人。

今日桃花源

飞丹流翠满平畴，遣兴消闲世外游。
十里桃花香野谷，千寻素练豁明眸①。
楚王城侧鹃啼血，靖节亭前客弄舟。
芘未饮汤心已醉②，欲邀陆羽上茶楼。

【注】
① 桃花源中谷帘泉是茶圣陆羽品评的天下第一泉。
② 芘香：中草药，入茶特香，去暑消毒。

谒双井

浩浩修江翰墨馨，黄龙昂首出山门①。

骚坛雅事双鸿并，赣省吟旌一派分。

十万珠玑词警世，三千剑戟字吞云。

文星灿灿辉今古，双井诗魂孕我魂。

【注】

黄庭坚故乡修水县有黄龙山。

满江红·紫荆烂漫慰龙魂

喜趁春浓，风和煦、晴空碧彻。游港岛、激情澎湃，歌声飞越。烂漫荆花催劲鼓，巍峨碑碣朝天阙①。咒逝波、瞠目斥洋欧：凭谁说？割赔耻，终已雪；彰国力，如期接。赖擎天巨手、补南疆缺。百载金瓯圆好梦，五洲华裔邀明月。煮香江、再酹酒千卮，龙魂慰②。

【注】

① 香港回归纪念碑；

② 龙魂即邓小平。

周荣美

周荣美（1946—），署五知斋，湖口县人。高中文化。曾任湖口县副县长。中华诗词学会会员，湖口县石钟山诗词学会理事，《石钟山诗词》编委。

春　曝

人随春色作郊游，我坐山巅晒日头。
为避纷争离闹市，因图恬静到荒丘。
寻来竹籁添新趣，借得松涛洗旧愁。
俗虑全抛书掩目，倚岩野卧梦庄周。

盆　松

骨格生成栋柱材，何因移在瓦盆栽？
蓬头跣足随妆扮，曲干盘枝任剪裁。
篱下无争荣及辱，庭前不管盛和衰。
可怜屈煞凌云志，强作欢颜迓客来。

山 菊

严霜似雪覆山涯，落木萧萧独放花。

楚楚芳姿娇有节，铮铮傲骨圣无邪。

香遗野岭凭谁识？粉堕荒丘只自嗟。

不借春风增秀色，甘将淡彩缀秋华。

赋 闲

悠闲生懒惰，未老养天年。

把盏非贪酒，玩牌不赌钱。

晨行三百步，夜读五千年。

坐食官仓粟，羞惭复坦然。

顾影自怜

揽镜羞惭鬓满霜，双眸混浊鼻尖长。

难寻虎气填眉宇，但见鱼纹布脸庞。

钝耳虽能分毁誉，枯唇不敢说炎凉。

当年倜傥今何在？剩此苍颜叹夕阳。

九日随诸诗家登月光寺次黄英华原韵

攀援鹫岭晤朋僚，面水依山两听涛。
净土一方埋物欲，梵音六合激诗潮。
燃情共赋三秋菊，祈祷分尝五色糕。
忝列兰亭蒙不弃，精雕朽木兴犹饶。

诉衷情·亡友仲坡周年祭

去年今日奈何天，顿足咒黄泉。才逢花甲初度，一病竟长眠。思念泪，发心田，洒坟前。老牛驮轭，强自扬蹄，到死休肩。　　难忘瘦影立湖边，候接子猷船。今番故旧咸集，汝却已登仙。悬季剑，诵遗篇，祭周年。窃盟来世，共理书琴，续缔诗缘。

王品科

王品科(1947年—)，九江县人。大专文化。1969年12月参加工作，执教十二年。1981年11月至今，从事群众文化工作。现任庐山区文学协会和庐山区诗词联学会主席、《濂溪》主编。

咏 菊

正是清霜始降时，篱花默自发寒枝。
怜渠不逐群芳歇，开落何能两任之？

1991年9月

清明吊故人

泣别南山哭两湖，潸潸血泪落千珠。
波涛万顷化飞泪，未尽离愁两眼枯。

2006年4月

丁亥庐山石门涧谷雨诗会访谢公
灵运石门精舍①

长雨将晴已久违，云开雾散漫春晖。

山莺呖呖啼深树，幼麑沉沉卧翠帏。

万丈铁船依港泊②，一条银练带云飞。

三千子弟朝仙地，诗哲③何期御驾归？

2007年4月

【注】

①　石门涧：位于庐山北麓，誉为"匡庐绝胜""庐山第一景"。石门精舍：位于庐山石门涧，系南朝宋山水诗派创始人谢灵运在石门涧所营建的草堂。

②　铁船即铁船峰，位于石门涧青龙潭右侧，"紫锷凌厉，冲霄直上，其形似船，其色如铁。"

③　诗哲即指山水诗派创始人谢灵运。

神农溪

巴东北转入神溪，一路烟霞上翠微。

两岸猿声啼峭壁，千年悬柩系天机①。

土家妹子歌声脆②，豌豆轻舟号子飞③。

百转千回迷望眼，游人欲醉不思归。

2007年5月

【注】

① 悬柩即悬棺。

② 土家即指巴东少数民族土家族。

③ 豌豆轻舟：当地一种小船。形象豌豆角，当地人称豆角船。

山村夏夜即景

残阳犹带火，山月映波明。

风息蝉仍噪，宵深蛙竞鸣。

露萤潜自照，荷气远逾馨。

村外机声急，谁家趁夜耕？

2007年7月

乘车自九江之汉口偶占

欲醉沉沉过险川，刀风暴雪对愁眠。

何时冰化东风至，两岸江城柳似烟。

谷雨碧龙潭诗会兼怀乡贤陈公伯严诗翁

云卷云舒雨骤晴，弯弯石径入星城。

山鸠深树频呼侣，鹃蕊巉岩竞吐英。

缘涧溪堆千簇雪，绕林钟响几槌声。

亭中听瀑先贤去，半截碑前泪欲倾。

【注】

陈公即陈三立，字伯严，号散原。曾游碧龙潭，撰有《王家坡听瀑亭记》。

浪淘沙·鹤问湖

瑟瑟起千峰，雁叫长空，渔舟艘艘夕阳中。汀鹤渚凫嬉碧水，鲈跃莼红。　　溢水贯西东，陈后船踪①，血流山麓染萑枫。陈寇朱王沉瀚海②，依旧西风。

2005年11月

【注】

①　陈后即指陈友谅夫人。民间传说陈夫人在望夫山惊闻陈友谅战败，投水而亡。

②　朱元璋与陈友谅大战鄱阳，陈败朱胜。俗称成则为王，败则为寇。

浪淘沙·过鹤问湖^①

远岸草青青，野水延汀，鸥眠雁落藕初生。万尾渔苗轻放去，杏雨潮兴。　　塞口紫云凝^②，陶墓何存^③？延宾截发史留名。封鲊责儿垂万古，懿范犹馨。

2006年3月

【注】

① 鹤问湖：古代应包括现在的赛城湖、七里湖、八里湖。

② 塞：指鹤问湖，最早称鹤门塞，或称鹤塞，后称鹤问湖。

③ 陶墓：陶侃之母湛氏墓，葬于鹤问塞，今不存。陶母湛氏是历史上少有的几位贤母之一，与孟母仉氏、岳母姚氏齐名。有"封鲊责子""截发延宾"故事传为佳话。

梅俊道

　　梅俊道（1947年—），九江市人。毕业于江西师范大学中文系，文学硕士。九江学院文化传播学院教授，江西省作家协会会员，九江市诗词联学会常务理事，九江学院诗词学会副会长。

庐　山

有约登攀天外天，举头面壁五峰前。
青莲妙句传千国，白傅佳辞播万年。
奇诡苍黄浮雾海，奔腾澎湃泻流泉。
更欣鄱口观朝日，天地融融共艳妍。

秀　峰

奇秀匡庐数此峰，况兼绝壑下飞龙。
天开画卷如斯妙，纵使丹青未必工。

卖花声·立春日贺九江师专鹤鸣诗社成立

　　华夏正春妍，燕舞莺翻，吟坛盛事又新篇。雅集群贤诚乐事，兴会无前。　　昭世有华笺，耆艾和弦，风骚咏政且商研。煦煦东风拂晓日，鸣鹤云天。

周泽安

周泽安（1947年—），湖口县人。毕业于江苏水利学院，工程师。中华诗词学会会员，江西湖口《石钟山诗词》副主编，原《匡庐诗词》副主编。有作品入选《金榜集》。著有《半山楼吟稿》等。

秋　兴

一年容易又秋深，木落潭寒冷气侵。
永夜雁声来寝枕，数巡蛮唱到吟襟。
太平时序年如日，贫贱生涯铁似金。
老眼看花唯草草，菊开荷谢不关心。

负笈离乡志未休，潮平风爽下扬州。
四年学费严慈累，百座书城孺子游。
六代青山曾洗眼，二分明月昔当头。
少年意气逢"文革"，指点江山哪识愁。

云贵飘零伴苦吟，蛮山野水每登临。
白云遥望家何远，青鸟难来恨至深。
九死投荒空许国，十年磨铁未成针。
岂无远道思亲梦，不及高堂念子心。

羁旅常怀菽水羞，春晖恩重草难酬。
神牵弱子怜高望，心负双亲悔远游。
瘴疠边陲音信塞，劬劳生计稻粱谋。
不知慈母黄泉梦，又到天涯第几楼？

黄友富

黄友富（1947年—），笔名老石，星子县人。中华诗词学会、江西诗词学会会员，星子五柳诗社副社长，《五柳风》主编，渊明故里书画院理事。著有《老石诗词手迹选》《老石诗词》。

过鄱阳湖

鄱阳冬日气清新，万点波光泛锦鳞。
玉笛数声惊宿鹭，腾飞叫破一天云。

女农技员

田头地角是为家，育种培苗趁早霞。
授业传经穿紫陌，丰收赖有一枝花。

山村邮递员

快递千家万户书，翻山越岭赴征途。
口干不厌田沟水，何惧风霜染黑肤。

乡村医生

有约农家信有期，顶风冒雨入庭闱。

心牵病友情尤笃，长夜相依带月归。

喜得《中华诗词》

一卷精华集，相随共枕眠。

床前吟警句，地角诵佳篇。

爱唱田园曲，喜弹山水弦。

每逢初月露，翘首盼新笺。

诉衷情·春耕曲

春风袅袅拂横塘，雨洗柳丝长。一犁新浪
何处？蛙鼓闹田庄。　　歌婉转，韵悠扬，绕山
梁。机耕南亩，锦绣铺开，诗句千行。

欧阳继询

欧阳继询（1948年—），字燧夷、署容膝斋，湖口县人。中华诗词学会会员，江西诗词学会会员，湖南岳麓诗社社员，九江诗词学会会员，湖口县石钟山诗词学会副会长兼《石钟山诗词》主编。著有《泉声吟草》《容膝斋杂咏》。

游清源楼

楼临浿水得天真，独领江淮万里春。
兴汉英王留胜迹，突围徐帅建奇勋。
九峰雄峙祥云裛，十里横排淑气氲。
更有清源名号雅，涤除尘俗世风淳。

鄱阳湖大桥

穿云引涧跨鄱湖，彩练横空束大姑。
高矗钢桩擎日月，斜悬铁索挽匡庐。
千钧神力平天堑，万顷烟波化坦途。
雁列峰前车列队，连镳接轸下瓷都。

岭 梅

梅放云峰透九重，香飘天外韵藏胸。

冰肌早铸霜前骨，玉貌方娇雪后容。

笼月影怜君子竹，凌寒气傲大夫松。

红肥黄熟和羹美，一派辛酸世味浓。

行香子·咏梅

暗递春光，轻拽罗裳。鉴冰心，斜倚横塘。凄清瘦影，绰约孤芳。挺疾来风，骤来雪，袭来霜。　　半妆妩媚，三弄悲凉。引骚人，反复评章。行吟驿外，写照寒窗。拟杏花红，梨花白，菊花黄。

沁园春·江村访友

　　绿涨桃溪，春满江南，柳岸放舟。喜莺梭燕剪，翻风穿叶；鸢飞鱼跃，逐浪追流。纵目平湖，驰怀紫陌，一洗穷途客寓愁。芳菲里，偕诗朋旧雨，联袂登楼。　　年年故地重游，况卅载漫漫总未休。记樽前月下，传觞斗韵；潮头讯后，约鹤邀鸥。缕缕深情，拳拳厚谊，历尽沧桑老更稠。今番别，订槐阴奕暑，菊圃吟秋。

八声甘州·庚辰冬至

　　记年年今日客山村，围炉话寒冬。任霜凝雪冻，雨斜风紧，不改初衷。冉冉颜衰鬓白，情与旧时同。数盏新醅酒，浇散愁容。　　醉眼朦胧春色，幌阳回庾岭，斗转郊东。惜西塘梅痩，无处觅芳踪。续前盟、难期后约，剩依稀、残梦赋新红。空怜得、庭前翠竹，廓外苍松。

刘希波

刘希波（1948年—），字梦源、云鹤，星子县人。历任星子蛟塘完中副校长、星子县委党校副校长、县政府办主任、县科委主任、县文化广播电视局局长、陶渊明研究会副会长、五柳诗社副社长、中华诗词学会会员、江西诗词学会会员。著有《偷闲集》。

丙辰谷雨感赋

又饮深春谷雨茶，落英惊我惜年华。
江南连日丝丝雨，负了村头欲放花。

登长城

披襟快上古城头，壮丽关山一望收。
万里秋光辉汉阙，半天霞色醉秦楼。
平生怨气销云际，此刻豪情贯斗牛。
处世无忘存国魄，当倾热血荐神州。

祭黄陵

黄陵拜祖聚重阳，步锦思源共举觞。

月冷桥山歌不息，风寒沮水舞犹狂。

仙台羌笛胡笳乐，圣庙秦肴楚酒香。

更喜荆莲花色丽，何年国祭有鲲洋①？

【注】

① 鲲洋：台湾古称鲲洋。

邵天柱

邵天柱（1948年—），都昌县人。副研究员。曾任都昌县志办主任。中华诗词学会、江西作家协会会员，江西省方志学会、湖南岳麓诗社理事，九江市诗词联学会常务理事兼《匡庐诗词》副主编，都昌县诗词学会常务副会长兼《都昌诗词》执行主编，著有《一了斋吟草》（作家出版社出版）

彭蠡冬汛

冬汛闲人少，渔家闹夕曛。
网拦三面水，船赶一湖云。
日落风侵骨，霜飞雁恋群。
鱼头偏有火，吆喝月边闻。

矶　山

矶山横蠡水，拍浪对松门。
老树晴悬网，轻烟暮掩村。
歇犁闲紫陌，肩桨闹黄昏。
乘月争秋汛，清辉最断魂。

苦 旱

炎阳曝背路腾烟，满目枯焦热欲燃。
禾插十旬难足尺，堰馀杯水不回天。
接车过畈浑无用，开炮轰云也枉然。
倘是龙王涎液涸，我倾碧血汝为泉。

龙宫洞

此洞都称好住龙，精深博大果能容。
人间怪石三千组，梦里红楼十二重。
处处隙吹风飒飒，层层壁渗水淙淙。
淹留岂了缠绵意，回首武山葱郁峰。

登澎浪矶望小孤山

一峰痴立枕江流，一岳情浓傍市陬。
皓月千年同领略，长风万里两勾留。
小姑依旧彭郎少，古木凌虚翠霭浮。
此爱绵绵天地悯，无生无死伴行舟。

彭蠡野望

落木萧萧四境宽，鄱湖水退朔风寒。
无边渚上芦花白，几处洲头鹤顶丹。
唱晚渔舟灯点点，横烟钓石雾漫漫。
一年容易安然过，剩有吟魂到野滩。

汉宫春·望湖亭

时届三秋，仵湖亭上，一览平芜。芦花荡里，舞鹤啼雁眠凫。熔金暮霭，伴斜阳、滴血萦纡。真个是、渔舟唱晚，更加添些萧疏。　　道那周郎公瑾，建高台点将，为个东吴；朱陈死生一决，为个称孤。生灵草草，待功成，万骨怜枯。临末了、沙埋水覆，争他什么赢输。

临江仙·宿莲花塘宾馆

　　昨夜莲花塘畔住，旧楼着了新装。一潭碧水照霓光。山高星挂树，云破月窥窗。　　景德瓷工三十万，话来个个都昌。凌晨水榭听弹腔。而今窑户佬，祖上打渔郎。

张贱友

张贱友（1948年—），湖口县人。原任湖口人大常委会副主任。中华诗词学会、江西省诗词学会会员，石钟山诗词学会会长。

诗菊情缘

--欣闻部分基层诗词分会成立有感

独傲霜天满目栽，欣闻结社竞相开。
何须借酒寻佳句，陶醉黄花韵自来。

月季花

不妒群芳不露奇，阳台墙角自葳蕤。
红颜永伴春光在，绿叶常随日影移。
敢傲炎凉观世态，任交贫富识时宜。
生来茎梗多花刺，愁煞闲人畏折枝。

赏 菊

娇姿如玉景如春，始信秋风亦有情。
含露吐芳矜劲节，傲霜斗艳见精神。
挥毫西苑逢知己，把酒东篱结友邻。
莫道清香迷五柳，黄花依旧醉新人。

春日山村漫兴

翠满山川露满陔，逢人便道踏青回。
近闻众鸟鸣芳树，远望群牛伴牧孩。
酒醉农家情切切，棋飞院落兴恢恢。
一年好景随春至，尽是天公作美来。

田柳风

田柳风（1949—），又名余来渭，号南溪钓叟，瑞昌市人。大学文、史双学历，中学高级教师，中华诗词学会、江西诗词学会会员，瑞昌诗词学会理事，《仙峤诗词》主编，《中华百姓姓氏诗选（田氏卷）》编委。

石林即景

叠翠群岩态万千，淳香磅礴玉林悬。
松间明月长生鹤，竹外清风不老仙。
幽壑吞云连北极，奇峰拔地擎南天。
山川胜概应称最，疑是瑶台在眼前。

登梁公堤

江潮咆哮恨天低，幸仰梁公首筑堤。
铁壁凌空横北亘，雪涛扑岸折东飞。
为官原以民为本，所事应从国所宜。
且把一樽同酹月，忠魂可在楚江西？

怀　旧

似曾相识两相怜，语亦温柔笑亦甜。
夜月竹园移倩影，晓风柳岸赠香笺。
迷鸳欲醉初惊梦，抚曲生愁恐断弦。
暮雨暗萦桃叶渡，浥红空瘦杏花天。

雪夜咏竹

任凭崖缝与荒丘，昂首虚心竞自由。
沐雨涤尘身爽爽，迎风弄笛韵悠悠。
霜凝脂粉春盈面，雪插银钗艳满头。
顾影月怜清影瘦，半含傲气半含羞！

月夜赏梅

淡妆默默处丛林，香自幽幽影自清。
长夜惯于寒气扰，通身不受垢尘侵。
风搀玉骨星偷眼，雪抹冰肌月断魂。
忍看群芳逢腊尽，痴情唤醒万枝春。

徐授铭

徐授铭（1949年—），瑞昌市人。大学文化，中学高级教师。原供职于瑞昌市教育局，现为瑞昌市诗词学会《赤乌诗词》副主编、《瀼南诗词》主编。有《南园吟草》专集行世。

感 事

靖边浴血几玄黄，犹向瀼滨吊国殇。

马岁沉舟惊寇胆，蛇年折翼失归航。

屈人不可夸孤勇，震敌须知要自强。

遥望东南殷鉴永，青天碧海恨弥长！

满江红·几度清明

几度清明，神州地，鹃花染血！曾记否？八年悲慨，国魂英魄。拔剑昆仑频戮日，捐躯林莽忠殉节。遍山原，血肉筑长城，终传捷！　　驱倭寇，垂竹帛；凌辱史，莫言绝！望东瀛，恨海寒涛长阔！漫道烟销降瞄伏，谁言神社阴魂灭？论安危，痛忆旧星空，芦沟月！

戴和林

戴和林（1949年—），笔名乐耕，修水县人。中共党员。系修水诗词学会理事，山谷诗社社员。作品见多部典籍及有关报刊，著有《绿影黄踪》诗文集。

端　阳

端阳酒熟雨连宵，水漫田畴没野蒿。
云脚徘徊横半岭，日光隐晦镇重霄。
榴花不待红装艳，荷叶祈舒碧玉娇。
赛事欲观疑路滑，当窗听鼓把诗敲。

秋　兴

又是丰收禾黍天，花开木槿挂篱边。
层云不去遮晴日，微雨频来扫旧檐。
菊喜甘霖滋旱土，燕惊玉露布寒烟。
柜中待把秋衣捡，将欲浔阳觅故园。

徐增产

徐增产（1949年—），瑞昌市人。大学文化。江西诗词学会会员，长白山诗词学社社员，瑞昌市诗词学会副会长，《赤乌诗词》主编，作品辑有《石壁山堂吟稿》。

咏江堤石

一自深山出，挺身当要冲。

任凭风雨疾，何惧浪涛汹。

未炼原无憾，能安即是功。

秋来千里熟，乐在不言中。

忧　旱

旱魃乘长夏，兼旬火网张。

气蒸池水涸，焰灼垄苗黄。

海国龙犹睡，田家人倍忙。

天心应有察，何日播琼浆？

芦溪河飘流

九曲芦溪水恋山，丹峰倒影碧波间。

竹排迅疾河风爽，阵阵欢歌下浅滩。

纪念谭嗣同

囊琴匣剑聚风雷，太息昆仑砥柱摧。
血荐轩辕心作炬，为教春色九州回。

读《紫玉箫二集》致李汝伦吟长

一枝紫玉寄南天，吹老梅花与木棉。
高处自观沧海日，远来犹忆雨风年。
腔中奇气常生动，面左阴魂抵死缠。
世得斯材欲何用，不堪橡柱削吟鞭！

游澳门大三巴牌坊

牌坊原为教堂门面，祝融所馀也。左旁制高点筑大炮台，想见当年葡人殖民手段，亦不外攻城与攻心并举，今被中央政府辟为爱国主义教育基地。

非塔非碑踞半山，傍依炮垒镇南关。
小城日午人车簇，大海风微鸥鸟闲。
驻足阶前温痛史，纵眸岛宇赏新颜。
劫灰轻拭残垣下，认取炎黄血泪斑。

高阳台·沈园

古柳回黄，宫墙掩白，小园花木垂阴。风叶催秋，不堪怯露蝉吟。千年绝唱钗头凤，恍当初、泪墨淋淋。怅虹桥、照影惊鸿，宛在波心。　书生老去情犹炽，恁苍凉身世，儿女胸襟。家国都残，苦将夙梦追寻。真情万古犹生色，看稽山、绿到如今。问伊谁、异代来游，同味萧森？

贺新郎·读刘堂春先生情诗情词

真正奇男子。数风流、古今人物，问谁曾似？小杜十年扬州梦，柳七平生行事。料不过、纵情如此。域外神交丘比特，巧借来、一束穿心矢。馀人者，何堪齿。　丈夫说甚凌云志。擅豪吟、温柔乡里，亦堪雄视。坐酒拥花诗三百，谈笑通经驱史。漫积下、名山文字。百岁春光谁不老，便王侯、也逐东流逝。终只剩，情难死！

朱德群

朱德群（1950年—），生于南昌市，幼年随家迁至德安县农村。1968年毕业于九江一中，1969年参军，退伍后在江西水电工程局、长运德安分公司和德安水泥厂工作。2000年开始诗词创作，现为江西诗词学会会员，著有《碧窗闲吟集》。

过武汉

乘龙又挟楚天风，虹背思翻复动容。
车脉贲张三镇热，灯华映射两江红。
推窗早觉秋如酒，掠美能由句塞胸？
悲喜何妨轻一己，痴心总与古今同。

西山吟草

归襟未洗太华疲，转探散原山里奇。
荡谷溪声偏净耳，逢秋岭韵更催诗。
国昌谁效梅公隐？天阔心偕鸟翼驰。
未必风光高处赏，随机俯仰自神怡。

邵福道中见河水污染严重

喜看群山万木葱，一腔诗兴旅中雄。
挥毫不必愁无墨，溪水而今比墨浓。

东江夜渡

黝黝群山匝四沿，孤灯守渡照潺湲。
兼程试借秋江舸，语简人疲夜不喧。

登华山

重雾迟新曙，风清拂欲迷。
泉音林隙变，磴道壁中崎。
献画云知趣，冲霄鸟振姿。
天梯贾馀勇，再教一峰低。

满江红·贺湖口大桥暨九景高速公路通车

春去秋来，凭此地，风吹浪打。看多少，冰晨雪暮，雨墙烟栅。一水荡开天际路，茫然四顾苍穹下。忍饥寒、对岸远湖宽，声声骂。　　浪也罢，风也罢。从此后，闲中话。有铁门高耸，钢绳斜挂。万丈汹澜今斩落，天公威怒何须怕。帘启处、再指点河山，真如画！

水龙吟·青藏铁路全线开通运营

茫茫亘古高原，正蓝天雪峰相守。羚奔大漠，鹰旋旷宇，絮云无垢。万里雄疆，千寻伟脊，神州瑰膊。把马帮铃韵，藩唐姻帜，岁月里，尘封久。　　惯看风驰电骤，也应惊、龙腾昆岫。珠巅揽胜，中原市物，金桥架就。只待长歌，扬帆破浪，五洋试手。且今朝、为我群豪把盏，挂红披绶。

鹧鸪天·德安新广场

草圃喷泉曲径连，划船器傍扭腰盘。银球一拍挥星落，玉侣双歌引月圆。　　拳脚密，舞姿翩，国标太极任新诠。谁家老小倾巢出，半是从容半是颠。

欧阳毛荣

欧阳毛荣（1950年—），彭泽县人。现任九江学院党委副书记，教授。江西省作家协会会员、九江市作家协会副主席，江西省诗词学会理事、九江市诗词联学会常务理事、九江学院诗词学会（鹤鸣诗社）会（社）长。已出版诗词集《松风集》（作家出版社）。

读书乐

闲来博览趣绵绵，开卷如行沃野间。
深悟方知耕作苦，浅尝亦觉妙文甜。
人勤炳烛书香远，性达登高天地宽。
渴饮江河增睿智，思通气顺有新篇。

翰墨乐

临池习字似涂鸦，老至方知功力差。
紧握狼毫手轻抖，细摹法帖眼生花。
惟闻翰墨传香气，更惜光阴咏物华。
练就龙飞偕凤舞，怡然自慰乐无涯。

程功绪

程功绪（1950年—），都昌县人。高中毕业。1970年参加教育工作，现任周溪镇完小校长。九江诗词学会、江西诗词学会及中华诗词学会会员。

戒　烟

吐雾吞云悯尔颠，面容灰暗鬓先斑。
声吁气短喘何促，胸闷痰壅咳不眠。
彻夜风寒孤景颤，归途力竭六神烦。
休拈尼古丁成癖，苦海回头困转安。

矶山风力发电站远眺

驭电排云千臂旋，迎风八面耸高巅。
如闻隐隐春雷动，输送光明不夜天。

孟春游南山登高过烈士陵园

重来胜地兴犹浓，陟险穿云不用筇。
石罅听泉怀野老，梵宫诵呗撞晨钟。
遥观蠡左烟波渺，俯瞰城中瑞气融。
我料英魂应笑慰，万方气象兆大同。

满庭芳·鄱阳春色

柳绿桃红，花香鸟语，更喜陌上金黄。莺飞草长，归燕绕雕梁。郊野踏青共乐，长堤内，鱼跃鸥翔。凭眸处、一春潮暗涌，点点赣帆忙。　寻芳、何缱绻，骚人墨客，情寄鄱阳。看水村渔市，宝气珠光。吟赋周溪蚌客，犹堪听，马达声扬。沙沙响，珠链串串，销畅亚欧邦。

踏莎行·游龙虎山仙水岩

画舫轻摇，竹桴争渡。龙吟虎啸迷人处。一湾碧水泻潺潺，欢歌笑语惊鸥鹭。　赤壁流丹，奇峰突兀。灵崖域洞悬棺墓。仙人城里众仙游，洞天福地迷归路。

水龙吟·家乡见闻

曾经洪水滔滔，百年难遇江河溢。楚天泽国，良田尽毁，千村如洗。燕子归来，杜鹃声咽，旧踪难觅。叹楼空人去，颓垣断井，村边柳，空凝碧。　游子重归故里。醉吟眸，春晖大地。灾区喜建，旧颜新貌，高楼栉比。十里长堤，万池湖蚌，珠光浮烨。看莺歌燕舞，浓阴树下，唱皮黄戏。

周明忠

　　周明忠（1950年—），德安县人。大专学历，退伍军人，在县供销社工作。中华诗词学会诗教研修班结业。中华诗词学会、江西省诗词学会会员，德安县诗词学会副会长兼诗刊主编。

山　村

山静溪流悦，云澄四壁葱。
清波连叶绿，野气共花浓。
楼阔怡新巷，村幽杳旧踪。
久违难识处，欲辨问牛童。

咏　梅

未向三春闹，偏从岁暮开。
远观无色炫，近就有香来。
傲雪邻松柏，凌风远阁台。
不矜娇贵质，南北任移栽。

喜友人函访感酬

丹青妙绘识君时，分枕江流水共知。
热血融情联谊早，清霜染鬓惠音迟。
难酬廿载飞双棹，枉秃千毫怯一诗。
寂梦常怀云墨锦，但邀明月寄离思。

偶　感

浮生若梦叹流年，管竭弦喑曲已残。
几缕清香留菊趣，一杯浊酒忆春澜。
悯良疾恶心常碎，遣兴搜肠鬓早斑。
斗室天宽归一统，冰壶沏韵溢香寒。

廖平东

廖平东（1950年—），九江市人。历工农兵学商等职业。著有诗歌集《溢浦弱水》，小说散文集《苦旅驼铃》，游记散文集《吻遍神州》（第一卷），名人逸闻、小传《百代风骚》。

少林寺

菩提本是树西方，北魏孝昌拓大荒。
五乳峰前朝洞壁，少林寺顶聚佛光。
千年古塔高僧墓，万里中华武术乡。
更有美名扬百代，十三僧棍写文章。

步国治老师原玉贺刘老诗家七十华诞

漫漫沧桑付逝川，死生两界出深渊。
乾坤岂让佞臣乱，钟鼎须从巨擘安。
肝胆殷红凝竹帛，头胪坚硬顶穹天。
秋山白发斜阳照，四海五洲阅大千。

雨望甲秀楼

凄迷风雨后，旧迹胜千秋。

砥柱中流屹，明楼石上修。

清波涵碧渊，拱洞泛兰舟。

边隅钟毓秀，盛唐定矩州。

钗头凤·秋韵

青莲藕，河边柳，乱荷丛里鸳鸯宿。秋霜降，烟波浪，又鸣南雁，故人惆怅。望，望，望！　　君知否，人长久，几丝斜雨重阳九。寻吟巷，诗酬唱，煮梅斟酒。龙台虎榜。上，上，上！

刘堂春

刘堂春（1953年—），武宁县人。中华诗词学会、江西诗词学会会员，九江市诗词联学会常务理事，武宁诗词学会副会长。著有《情诗三百首》《情词三百首》，被全国各大图书馆收藏。

无　题

岁月蹉跎又一年，心神总觉不如前。
豪情半在愁中减，白发都在苦里添。
啼老春光莺语涩，漏残长昼梦魂偏。
伤怀最是堤边柳，雾障云欺不敢言。

自　剖

泪眼迷蒙睁不开，愁丝缕缕接天来。
疗情尚有偷香手，医国愧无济世才。
满目春风难化雨，一腔忧愤咋惊雷。
蹉跎且任人称怪，不爱琼花爱腊梅。

客地夜感

又是初春别故乡，离愁依旧系人肠。
心无得失心无欲，韵自飘零韵自荒。
客地情怀人不识，儿孙事业我空忙。
晚钟敲碎良宵梦，残月无声照半床。

西江月·初冬随笔

廊外雨声萧瑟，天涯雁影朦胧。无边寒气逼
初冬，冷榻韵凝霜重。　　客地心期明月，他乡
更盼春风。残红飘泊行西东，空费一帘幽梦。

吴云楠

　　吴云楠（1953年—），彭泽县人。大学本科毕业，中教高级技术职称，特级教师。中华诗词学会、中国楹联学会会员，中华诗词文化研究员，《彭泽诗联》编委。有学术著作《诗词修辞》行世。

落　叶

飘飘零零乍辞桠，未断香魂带晚霞。
传语西风休送远，长留根底护新芽。

望钓鱼

天光云影草平铺，隔水长竿有钓夫。
寄语鱼儿慎出没，莫贪香饵失江湖。

农家即事

爆竹声声催腊梅，邻家有子打工回。
携来南国如花女，婚礼堂前不用媒。

北固山

北固山中客，凭栏好望天。
江声通海气，鸟影失云烟。
绿树斜阳里，新亭旧迹边。
瓮城归去后，应是夜无眠。

读《李商隐诗选》

清词丽句却凝霜，世路崎岖心路长。
锦瑟难调伤旧雨，青袍不换怨檀郎？
贾生说鬼虚垂涕，阮氏回车更断肠。
未及白头人已殁，嵩阳松雪亦悲凉。

编诗有感

小苑经行底事忙，百花探得手馀香。
每扶乱叶怜新露，偶植疏根怯早霜。
云起山前疑路远，水来天外觉流长。
回眸独立斜晖里，玉笛风来欲举觞。

于鸿宾

于鸿宾（1955年—），字雁客，出生上海。高中毕业后，1973年下放到江西，后在九江市公路局工作。在纽约《星岛周报·环球诗坛》、《诗词月刊》和《江西诗词》多次发表诗词。

寄李白

斗酒舞翩翩，英魂在九天。壮诗鹏展翅，轻曲帝开颜。颂虎山风起，歌鲸海浪掀。一腔侠客血。化雨润桑田。

假日登庐山莲花洞百丈崖有感

百丈崖前忆大儒，狗头石上叹耶稣。
濂溪晚照莲花洞，茂叔名垂太极图。
之字瀑流迂峭壁，双峰雾漫踏苔除。
缺颅雕像依荒野，梦里师颜怎乐乎？

庐山云雾

望山云雾起，君去我跟随。
白发梳千嶂，碧螺藏一麾。
诸仙飘过海，几笔画如眉。
跌宕虚无际，欣然忘喜悲！

菊　颂

早知寒意不饶人，依旧绽开争若春。
羞月抹霜凝玉气，五风十雨品甘醇。
低垂百态千般美，傲比群芳别样新。
因著东篱名隐士，南山底下问乡邻。

惯看庐山

惯看庐山偶识真，千丝万朵簇峰群。
气吞众岭浑无色，雾读残碑似有音。
快绿蒸岚浮翡翠，怡红流铁渗氤氲。
奔蹄滚滚仙风起，驾御悠然漫九垠！

蝶恋花·江上咏蝶

不在群芳争玉露。寸影孤形，两扇斑斓虎。薄翅飘然离岸树，高低左右轻盈步。　　浪上招摇风里舞。抹过船舷，直向无人处。空对蓝天谁共语，银光闪烁横江渡。

小重山·题庐山白居易草堂遗址

背靠香炉拨漆琴，儒风兼佛道，聚嘉宾。青衫奉诏不由身，庐山去，竟做不归人！　既客洛阳坟，却闲山上屋，盼知音！飞泉茶翠品清纯，峰峦下、云漫乐天魂。

琴调相思引·庐山三宝树探月

古月飞云接海流，参天银杏柳杉柔。山岚涛涌，行路若乘舟。　几叩仙门问请求，嫦娥不语树摇头。乘风直上，何处有琼楼？

离亭燕·初冬

葱蒜绿芹萝卜，油菜嫩秧肥苗。枯杆白棉残几朵，豌豆麦苗柔弱。百草欲冬眠，闲步菜园田陌。　斜照野坡山落，疑是闪光金箔。高兴摘花吟采菊，归去共茶斟酌。故里忆先生，常读武陵人说。

陈修宁

陈修宁（1955年—），武宁县人。大学毕业，武宁县印刷厂工程师。县诗词联学会常务理事，《武宁诗词》副主编。

赋　闲

悠然举钓杆，偷得一时闲。
不为渔翁利，临河心自宽。

悼念柯彩萍

噫唏拜灵前，思君泪涌泉。
无语通心曲，有感叹公贤。
彩萍随浪泊，柯枝傲雪寒。
材堪当大任，只因出身偏。
修身图报国，不为利禄牵。
春蚕丝吐尽，拳拳赤心坚。
美德昭艾地，文章炫柳山。
君为我师表，我以君为先。
相交淡似水，情义永绵绵。

邓木林

邓木林（1956年—），德安县人。大专文化，1976年3月参军，历任电台报务主任、参谋、科长，乡党委书记、县人事劳动和社会保障局局长、县人大常委会副主任。九江诗词联学会理事，德安县敷阳诗词学会会长。著有《从大山中走来》诗集。

游广东南湾影视城

古色古香古帝城，乡村再现旧金陵。
前朝故事今朝演，都是今人假乱真。

游金厦海域看金门列岛

同宗同祖共炎黄，一海难通两岸航。
多少年前恩怨事，还留后辈暗悲伤。

西江月·九江

试问桃源何处？浔阳故郡堪夸。依山傍水好繁华，四处交通畅达。　　晨眺匡庐秀色，夜看闹市灯花。临窗细品雨前茶，如梦如诗如画。

周才凤

周才凤（1956年—），庐山人。毕业于中国刑事警察学院。庐山人民医院政工干部。九江市诗词学会、江西省诗词学会、中华诗词学会会员。

庐山建筑风趣

嵌入茂林中，存留万国风。
街身形似月，店体面如弓。
苑舍承欧艺，亭台袭亚工。
云游山石径，宛若在天宫。

如琴湖情韵

如琴犹似听弦声，倒影浮光妙趣生。
九折银桥鸥竞舞，三方空榭鹤争鸣。
风平虾戏中秋月，水皱鱼追盛夏星。
耳际总为馀韵绕，无琴唤出碧山情。

庐山别墅赞

伴水依山隐入林，随形附势柏松森。
风情万种缘欧美，品位千般逾古今。
散落丛中浓绿浅，聚成苑内淡灰深。
横生妙趣浑如体，百态奇姿总称心。

次韵奉和桑炳明《花甲初度》

若人于世去来空，壮岁童年并老翁。
物质当求焉有足，精神可索岂无充。
施仁总以恩开始，造孽常由怨告终。
淡泊平生酬素志，云烟过眼付流东。

钗头凤·读《国酒飘香》

茅台酒，汉朝有，巴拿博览包装丑。暇不
及，智揍击。醇香横溢，唾涎难抑。滴！滴！
滴！　　惟沾口，岂离手，寰球十四荣登首。天
然质，九蒸碧。生物衡益，酿成奇迹。觅！觅！
觅！

胡茂盛

胡茂盛（1957年—），瑞昌市人，供职于瑞昌市政府办公室。中华诗词学会、江西诗词学会、九江诗词联学会会员，瑞昌市诗词学会副会长。

西江月·铜草花开

春去孤芳秃岭，秋来独秀蓠花。三千岁月艳荒遐，装点青铜古画。　　曾惹商秦车马，又迷中外专家。丹心一片向朝霞，守护青铜文化。

沁园春·铜岭遐思

蓠草渲秋，黄叶摇池，粉蝶翩翩。想商周月下，炉危火艳；荆扬境内，号壮旌煊。井巷辉煌，场区鼎沸，烟起尘扬漫漫天。冶铜地、过兵车万辆，岁月三千。　　和谐孕育华篇。扬铜岭精神敢领先。看卫星城市，风情铜韵；边乡村寨，民俗歌弦。月影渔灯，日霞琼阁，流翠林泉共陌阡。胜游地、正文明彰显，诗画新传。

沁园春·瀼北龙灯会

瀼北乡村，春夜龙灯，景况空前。看千姿洒脱，群龙竞舞；一台风采，万姓联欢。号醉长空，歌香满院，彩爆飞花艳陌阡。群情奋、伴司弦锣鼓，彻夜无眠。　　龙孙龙子龙传。引十里方圆乐奇观。咏"八荣"颂唱，童娃比美；"三农"宣演，叟媪争先。莲妹划船，渔歌荡桨，风情演绎入时妍。人潮起、正文明彰显，诗画春天。

饶小鹏

饶小鹏（1959年—），修水县人。1975年高中毕业，返乡务农，后作民办教师。1983年后从事新闻宣传工作，现任修水县委宣传部副部长、修水县文联主席、山谷诗社社员。

戊子谷雨诗会即兴

一湾秀水一湾诗，两岸青山耸翠枝。
谷雨相邀吟雅韵，轻挥妙笔正当时。

恰是芳华三月春，谒贤双井逐波行。
时逢谷雨绵春雨，一舫诗声叠掌声。

农家诗人

一声布谷一声歌，拱背弯腰栽早禾。
竖是词牌横是律，农夫诗作几多箩。

听 琴

赤火裹乾坤，青烟对日熏。
纳凉荫树下，知了正弹琴。

胡佑荣

胡佑荣（1960年—），字秋园，号庐山石门涧人，九江县人。大学文化。原武警某部教官，1990年转业到地方国税部门工作。著有《秋园诗词手稿》和《百名人名题联手稿》。现为中华诗词学会会员、江西省诗词学会理事、省楹联学会会员、九江市《作家报》理事、九江市诗歌创作委员会副主任。

花木怨

原本山间畈野栽，奈何移植进城来。
路边落户音嘈杂，室内安家气滞呆。
浇水施肥虽尽意，修枝剪叶却遭摧。
几时人类开恩典，容我归真放我回。

国庆郊游与学童野外烤红薯

郊农戍月忙收获，童子园头置烤场。
两石成形围地灶，三人到处拾蒿穰。
烟熏呛眼唇边黑，火旺燎眉发杪黄。
薯熟吹灰香扑鼻，欢歌笑语味偏长。

古江州八景吟

甘棠烟水系艨艟，浪井涛声江上同。
塔影锁江降恶孽，琵琶送客怅秋风。
濂溪古树千人敬，栗里苍松百代恭。
庾阁霄晖吟唱处，匡庐叠翠眼前峰。

沁园春·访秋园居士

老宅三间，古木参天，石垒矮墙。见秋园居士，衣衫整洁；仙风道骨，神态安祥。心平气静，仪容伟丽，眉宇之间睿智藏。真名士、伴清风明月，翠竹荷塘。　　相亲梅菊兰樟，摒躁气、天年自雅康。遇友人探访，麻桑共话；诗书商榷，言论无缰。山矮人高，心清水浊，何必平生封相王。摇蒲扇、看龙蛇飞动，麟凤同舫！

沁园春·胡家围墙印象

先祖胡公，一脉九支，大族围墙。看千年村落，炊烟袅袅；十分景象，鸟语喃喃。树木葱茏，人丁兴旺，晓月明曦显吉祥。双飞燕，剪门前杏李，屋后桑樟。　　春耕秋撷冬藏，笑眯眯、家家粮满仓。袭前人习俗，勤劳致富；良田沃土，四序无荒。乐业安居，民风淳朴，遇事争先恐后帮。和谐地，祝千秋富饶，百姓安康。

鹧鸪天·庐山云雾茶吟

久住深闺不染尘，丰姿尔雅吐芳芬。冰肌玉骨天然体，蕙质兰心圣洁身。　　形婉约，性温醇，香甜苦涩气甘津。时逢谷雨真尤物，品茗如同品美人。

忆秦娥·别资溪

别资溪，一怀愁绪为谁题。为谁题，河边伫立，月色空弥。　　伤情常教心无期，水中月影光迷离。光迷离，青春足迹，花落如泥。

刘 枫

刘枫（1960年—），网名榴斋，祖籍湖北鄂城（今属大冶市），生于彭泽县。中学语文高级教师，中华诗词学会会员。出版《流风联韵》《枫韵集》等作品集4种。

题景德镇莲花塘

清气满塘绽碧莲，近依杨柳远环山。
凉亭似画风含笑，曲径通幽叶拂烟。
佛印绍文多韵事，古池沉玉有佳传。
地形独特呈双口，好把游踪漫串联。

学用电脑

内存软件蕴风云，程序摸清新入门。
五笔争夸王码快，鼠标轻点菜单频。
开机每有新收获，上网尤能广见闻。
系统把玩灵气足，精通电脑似通神。

成人高考监考有感

进来考场即凝神，持重犹如大战真。
奋笔疾书才气显，难题巧解眼光新。
沉思突破迷宫道，苦读敲开智慧门。
虽失东隅犹未晚，功夫不负有心人。

陈光文

陈光文(1960年—)，笔名九言，修水县人。省诗词学会会员。

过茅竹山

车旋路转破云烟，天近葱茏地探渊。
翠耸青崖闻响瀑，光筛绿叶落清泉。
寒婆坟首倡民孝，溪水源头缅古贤。
仙境因无名辈赏，韬光独寂数千年。

湖边枫杨

久历风霜满地枯，岸边新叶映波濡。
无心识得游鱼乐，欲与青山相对呼。

修水重建文峰塔有题

乱年迫隐盛年逢，再造台高塔耸雄。
夏雨无心浇浊世，秋波有意映长空。
且携崇岭招飞鸟，又带平湖引钓翁。
天地几多翻覆案，凭谁主宰转兴隆。

万华林

万华林（1961年—），修水县人。大学本科，副高职称。修水县委宣传部副部长，文明办主任，山谷诗社副社长。发表学术论著逾百万字。

三亚观海

地老天荒处，天涯海角间。
潮平心似镜，物我了无牵。

青岛行歌

崂山观沧海，沧海接晴空。
绿树排红瓦，虬松唱晚钟。

卢象贤

卢象贤（1963—），笔（网）名向闲，号黄龙山人，修水县人。1982年毕业于江西大学生物学系。中华诗词学会会员，九江市诗词联学会副会长。著有《黄龙山人夜话》、《黄龙山人韵语》、《黄龙山人小说》、《黄龙山人七律》和《黄龙山人自由诗》等。

童年趣事

清晨启柴扉，牵牛入翠微。忽听慈亲唤，拴牛把家归。理发匠人来，持刀待开垦。问我何所欲，我虑殊深远。贫儿杂事稠，愿削大光头。得免常梳理，无汗更省油。削罢出门去，灯泡亮堂堂。近牛欲解绳，彼牛竟发狂。扬起大畜蹄，挥其两犄角。听琴大半天，主人方认确。　　清晨启柴扉，挈羊入翠微。水草肥美处，拴畜把家归。展卷方之乎，羊声忽不小。惨叫兼哀鸣，信为大凶兆。持棍狂奔去，一物在对门。尖齿如钉利，大尾扫乾坤。彼羊奋四蹄，小角乱挥舞。掷棍射凶去，急为羊作主。我追狼暂跑，我停狼回头。直追四五里，方得两休休。　　清晨启柴扉，驱鸡入翠微。我尚未入屋，群鸡忽乱飞。天空无苍鹰，何物来抄底？细点眼前兵，大将遭劫洗。薯地转三块，羽毛忽已稀。稻田得贼迹，过山复急追。倏然见贼形，尖嘴竟含笑。口内示空

空，一副无辜调。余亦狐疑甚，忽见涸渠横。拨
开枯叶觅，赃物果现形。　　清晨启柴扉，提刀
入翠微。乱樵高过我，白云脚底飞。家无隔夜
粮，腹中方辘辘。年少本耽眠，枕刀聊梦肉。肉
香徐徐至，忽觉鼻尖凉。睁眼惺松望，一物伏近
旁。头似圆锥体，五趾石上抵。非鱼却有鳞，小
眼看吾亲。我惊彼亦惊，分离在一霎。归问老乡
邻，曰名穿山甲。

咏　冰

生牙高屋口，锁瀑乱山中。
南北球端踞，何时臭氧穷？

小儿参与完成嫦娥一号测控从洋面打回卫星电话

一冬心系太平洋，万里抟风鹏翼张。
追日毋须悲夸父，补天何必止娲皇。
爱闻捷报家同国，难断亲情月似霜。
此夜波涛来枕上，洗今刷古梦悠长。

菩萨蛮·夏日二首

（一）

池鱼跳水扬圆颚。天牛落地摇花角。闲坐小园中，招呼四面风。　　人生求适意。名利多为累。触景尽成诗。树蝉知不知？

（二）

浓云遮暗团圞月。狂风撕破芭蕉叶。满地落悬铃。蜂巢彻底倾。　　一番狼藉后。又听佳人笑。雨洗天更清。雕瓴带湿鸣。

李瑞河

李瑞河（1964年—），九江县人。现任九江学院副教授。1985年毕业于江西师范大学中文系。江西省诗词学会会员。

咏钢笔

一从出世任行藏，歌哭由人话短长。
莫道周身圆且滑，须知腹内有锋芒。

咏皮球

一身伤痛说无凭，十数人争打不停。
莫是圆溜也惹祸，有谁敢拍四方棱？

老家见燕子归来有作

土壁风帘草色侵，无边丝雨湿衣襟。
桃花一簇红如火，牵尽天涯社客心。

樱　花

何年渡海客中华，璀璨春风似故家。
为有貔貅曾作恶，向来不爱看樱花。

嫦　娥

太息当年窃药奔，宵宵空守广寒门。
琼楼颙望星云暗，玉宇消磨日月昏。
纵使情怀柔似水，何堪风露落无痕。
故乡惊响飞天箭，可借灵槎远帝阍？

除　夕

锦鲤雄鸡献社公，烟花次第耀寒空。
香樟枝上冰高结，土屋堂中火正红。
岁守零时依旧习，酒斟三盏祝新丰。
久居城市清寥慢，倍觉农家节味浓。

暮春漫兴

水色天光半晦明，南山高与暮云平。
春寒不似冬寒冽，院草犹如野草生。
满地落花风打劫，一帘碎影月多情。
抬头试问南来雁，未踏归途有几成。

傅筱萍

傅筱萍（1964年—），女，祖籍修水县，生于武汉水果湖。大学中文、英语专业毕业，梅山中学教师。修水县文协副主席，第十三届修水县政协委员。江西省作家协会会员，中华诗词学会和江西省诗词学会会员，山谷诗社副社长兼《山谷诗苑》责任编辑。1995年天津百花文艺出版社出版个人诗集《清纯的初春》。

点绛唇·庐山仙境

何上庐山？幽幽仙洞紫烟守。月来阳去，仙气依然有。　　云雾逍遥，教我心增寿。君知否？纳岚三口，人与山争秀。

浪淘沙令

蓬髻懒卷，帘边谁唤？子规屋外声声怨。问苍天，独我命浅？缘浅？慧浅？　　长河漫漫思潮乱，泪淹星半。残心待雪千千片，润伤痕。让梦远！情远！人远！！

锦堂春·全球汉诗学会第九届庐山研讨会得林恭祖大师赐教，感而记之

千古名山谁赐？鄱阳绿水偎然。香炉戏耍云霞绕，五老缔诗缘。　　扶杖相携筚路，拨荆引径追贤。甘霖一沐岩根草，万仞碧江天。

雪狮儿·乙酉岁暮祭别

今生已别，天南地北，寒偎襟角。几度风霜，惟剩褛衫眉萼，妆楼寂寞。忍对那、露凉松鹤。怕只怕、蕙香散尽，残红无着。　　宇宙茫茫邈邈。问苍穹：梦醒怎堪飘泊？鸿去魂孤，谁晓芳心何托！沉吟独酌。常醉眼、依稀幽约。梅燃烁，万象尘寰如昨。

醉翁操·庐山黄龙潭

追欢，鸣弦，清寒，撼匡山。今闲，携诗赏其神之颜：一倾愁涕如帘，天地间，缕缕漾银烟，有黄龙卧潭吐泉。　　浪飘雪韵，花沁缠绵。众人远去，仙女和谁缱绻？尘事皆难修圆，玉瀑空弹千年。香红眉上残，星灯何能眠。瀚海几时填？夜深雷向梦中喧。

沁园春·三十八初度有感

孤鹤牵缠，月去阳回，早晚思俦。奈飞梭今日，不知明昼；迷烟大道，莫晓来由。人对书灯，草依珠露，一见伤心泪自流。感怀久、便这般傻气，苦觅清幽。　　薰风洒洒飕飕。让往日飘萍一笔钩。愿粗衣淡饭，随缘度日；精天髓地，驾雾行舟。太白逸怀，易安叠韵。结伴春晖润九州。对君说：把凡尘弃了，携酒来游！

吴国富

　　吴国富（1966年—），武宁县人。浙江大学文学硕士，九江学院副教授，致力于陶渊明、元代文学研究，发表学术论文30多篇，出版专著《全真教与元曲》等3部。现为省诗词学会会员，九江学院鹤鸣诗社秘书长。

雨中之梦

　　自离故土，三次迁居，春秋廿六，廿三飘零。离家为赘，忽忽三年。一事无成，梦亦难圆。远出之妻，常怀谋食之叹；寄寓之女，深抱思亲之悲。妻在温州，相隔二千余里；女在石渡，路亦三舍更遥。我之熬心炼骨，孑然来去，原不足恨。

　　鸳鸯相遇日生辉，万叠红花尽坠衣。
　　扑面纷然蝴蝶去，开怀嫣尔女儿归。
　　山环梦后云遮眼，水去天边雨叩扉。
　　莫向南枝歌越鸟，他乡四月更芳菲。

归　家

　　西湖远望家无际，越水穿山若泛槎。
　　小径逢人风带笑，前窗唤女脸飞霞。
　　平时故旧开欢宴，醉后夫妻踏月华。
　　万里游云归碧岫，今宵梦寐最清嘉。

陪胡迎建、梅俊道二先生游修水陈家大屋

修水陈家大屋，陈宝箴、陈三立、陈寅恪三代名人皆出于此也。

万壑盘旋一径深，驱车访古喜同心。
久成暗绿墙真老，惯看来回犬不惊。
几代残荣无此比，深山大屋有人钦。
殷勤细问前朝事，夜落中庭雾满襟。

鹊桥仙·上坟

青苍碧落，青红阡陌，如雪灵幡掠过。荒郊送父入幽冥，一任尔、声音哭破。　　春坟又绿，春乡小住，莫道归来坎坷。伤心笑貌隔重泉，犹剩我、红尘摧挫。

西江月·樵归小憩

鸟叫三山小径，云飞万嶂青丛。蜻蜓伴我过桥东，不是樵归莫送。　　桥上枫阴盖路，桥边伙伴临风。牵衣赤足水流中，嬉笑开怀歌诵。

龚九森

　　龚九森（1969年—），修水县人。华中师范大学法学系毕业，在学校、企业、乡镇政府、县直机关工作多年，现任修水县政府外事侨务办公室副主任。九江市作家协会会员修水县山谷诗社常务理事和修水县面向海内外台侨界的《乡音》报主编。

修江履痕

夜宿黄龙

天岳雄关一字开，金戈铁马梦初来。
慈郎幕帐今安在？万里松涛任尔裁。

双井踏青

犹忆当年蚕豆花，清香送我到黄家。
小儿不解耕读苦，进士村头学种瓜。

黄英华

黄英华（1969年—），湖口县人。系中华诗词学会会员，岳麓诗社社员，江西省诗词学会、九江市诗词联学会会员，湖口《石钟山诗词》编委。曾获全国性诗词大赛一至三等奖及优秀奖多次。

咏白鹅

——为"中国·彰武"白鹅节而作

披雪穿红履，雍容自可亲。
名留临海句，影伴右军身。
羽扇能彰武，风仪好佐文。
方今逢盛节，昂首出凡禽。

游沈阳故宫

关外犹存旧帝家，红墙素瓦少繁华。
龙庭座窄堪持政，宝剑锋寒可斩蛇。
兴盛多因勤与俭，衰亡必自侈和奢。
遥思紫禁城中树，岁岁唯闻噪暮鸦。

获奖词蒙胡迎建会长手书相赠诗以志感

片石欣藏宝椟中，谢君着意运毫工。

天河倒挂喷珠玉，云气蒸腾舞凤龙。

乍喜今朝终夺冠，翻愁他日怎登峰。

归来窗下忙"充电"，一盏寒灯照眼红。

题江桥兰亭天后宫

兰亭彭蠡岸，神殿隐修篁。

鹤弄烟霞影，窗邀日月光。

缘何离海甸，或恐慕樵郎。

槛外风波靖，威灵圣佑长。

浣溪沙

绿满枝头水满溪，烟横屋脊草横陂。风吹云散晓星稀。　　入户柳绵颜色老，绕梁燕子语声低。轻寒漠漠透罗衣。

卜算子·千年曙光首照温岭

天眼本无私，独此蒙青睐。一缕阳光寄盛情，情溢千年外。 东海涌红涛，长屿缠金带。直挂云帆到日边，奋起新时代。

鹧鸪天·"建设新农村"有感

结构难调予与拿，长期困扰"剪刀差"。黄牛重负虽无怨，黑汗空流应有涯。 蠲赋税，助书娃。连年善政惠农家。新风吹进朝阳院，又绽文明万树花。

鹧鸪天·携女游龙宫洞

东海龙王此做窝？我来无意证差讹。泉如岁月奔流急，洞似人生曲折多。 扪笋柱，转盘陀，乘舟石隙泛清波。痴儿忽作惊人语："不是龙宫是海螺！"

宜春市

汤光瑢

汤光瑢（1909—1995年），宜春市人。曾任赣西《民国日报》总编辑。后为宜春中学教员。江西诗社社员。

宜春公园题壁①

公园形势巧安排，亭榭参差四面开。
秀水蓝波穿市去，袁山翠色扑人来。
名花得主枯犹发，宿鸟迎新去复回。
残碣已随风雨尽，人民到此乐春台。

1956年

【注】

① 新中国成立前，宜春台北麓古树丛中，围一道半圆形竹篱，悬木牌名曰"宜春公园"，设备简陋，花木残缺。1956年增其旧制。

谒八大山人故居

山人八大骨清奇，哭笑皆非只自知。
满纸淋漓亡国画，一腔悲愤断肠诗。
艺术简真求创造，禅心空净托皈依。
一语告公当莞尔，神州今日尽朝晖。

1984年

刘绪焱

刘绪焱（1915—1990），字天白，靖安县宝峰镇人。中学语文教师。中华诗词学会、江西诗词学会会员，靖安诗社创始人之一。曾任靖安诗社副社长兼《双溪诗词》主编。著有《天白诗稿》。

秋兴四首

（一）

满怀豪气且登楼，霜叶争红万木秋。
碧水不愁穿峡谷，青山最怕剃光头。
稻田滚滚腾金浪，林海茫茫起白鸥。
江北江南飞雁阵，好风千里送归舟。

（二）

一卷新诗助壮吟，天涯到处有知音。
嫦娥不爱中秋夜，志士常怀赤子心。
篱菊难忘陶令水，巴山犹有武侯林。
蝉声断续催刀尺，惟恐风高响易沉！

（三）

心随明月到瑶阶，俯瞰尘寰百虑乖。
世事岂由天作主，人生不是命安排。
苍梧有意招雏凤，稚子无知撼古槐。
遥望金陵形胜地，依然灯火照秦淮。

（四）

桂花香冷落轻尘，又见东篱菊蕊新。
读史常思亡国耻，吟诗尤喜寄情真。
山泉出谷归沧海，火种传薪起后人。
染鬓清霜催我老，秋光虽好不如春！

春日感赋

散步东郊未忍归，红情绿意两依依。
洞观世事忘恩怨，久历风波识是非。
不尽江山堆锦绣，无言花木竞芳菲。
心香但祝春常在，长看流莺乳燕飞。

赞武侯诸葛亮

运筹帷幄安天府，蜀水滔滔赞武侯。
先主连营悲野火，关公大意失荆州。
七擒孟获宁云贵，六出祁山指晋幽。
大业未成千古恨，空留赤壁枕江流！

宝峰寺

马祖藏真瑶塔在，唐人碑记已难寻。
双双翠柏凌云出，簇簇青峰扑面临。
夜半钟声鸣古寺，山深月色洒寒林。
千年佛地空陈迹，落木萧萧万壑阴。

虎年咏虎

身为百兽长，力胜万夫雄。
气慑南疆貐，威驱北极熊。
日光明若电，神气壮如虹。
一啸九州动，横生八面风。

大梓渡口

碧玉澄清大梓河，青山倒影影婆娑。
轻舟一叶横溪渡，击起深潭画里波。

任牧南

任牧南（1920年—），辽宁省盖州市人。1948年入伍，曾任共大上南分校、县中、农行、剧团、文化馆、文联（兼）等行政管理工作。编写过军区战史。离休后被聘为《上高县志》副主编。中华诗词学会、江西诗词学会会员，曾任宜春诗社理事。

野　菊

山隈水渚自葱葱，不住芳丛住草丛。
翠叶每随芜艾绿，新苞先让野花红。
霜天绽蕊迎寒月，荻岸分香送晚风。
到老不识冰雪恶，夕阳影里伴丹枫。

读《张学良访谈录》

九秩遐龄劫后身，那堪回首忆前尘。
毁家弃土非由己，同室操戈岂忍心。
兵谏西安急国难，幽居台岛系乡魂。
晚年倍见襟怀阔，抛却尘缘见朴真。

洛阳牡丹

一任人间论短长，何妨魏紫与姚黄。
斑衣只照俗人眼，骏骨应须国士量。
岂羡长安花似锦，独欣洛邑汗流香。
只今国色倾天下，不见当年一女皇。

赞雨花石

白下有奇石，晶莹号雨花。
丹心凝碧血，浩气蕴朝霞。
火炼成红玉，浪淘剩紫砂。
铺成五彩路，百代放光华。

炼钢炉

虚怀若谷能容物，质朴行坚品自高。
腹内熊熊燃烈火，胸中滚滚泛洪潮。
炼成硬骨支华夏，铸就长虹架彩桥。
沥血呕心无余物，金星紫气贯云霄。

喜看三峡截江胜利合龙

洪波横渡楚云舒，立壁截江启壮图。
敢令虬龙滋瀚海，欢迎神女泳平湖。
恢宏三代兴邦策，淬砺群工大冶炉。
新纪飚轮飞转处，江天万里绚明珠。

江城子·怀友

辽东风雨赣江潮，信寥寥，路迢迢，五十
春秋多故阻归桡。渡尽劫波人已老，朱颜改，发
萧萧。　　春回大地艳阳骄，看今朝，百花娆。
旧雨新知，把盏品香醪。竹马青梅人在否？重聚
首，忆寒宵。

卢位梾

　　卢位梾（1921年—），斋名近水楼，武宁县人。早年毕业于国立十三中学高中部文科班，正县级离休干部。中华诗词学会会员，江西诗词学会常务理事，靖安诗社主要创始人、名誉社长。著有《游踪浅印》《近水楼吟笺》《近水楼关门集》等，主编有《诗词之乡五十家》等8部。

莫愁湖

入夏金陵雨乍晴，莫愁湖上水初盈。
烟笼细柳贪风醉，荷盖清波碍月明。
古阁金檐留落日，草堤乱树杂啼莺。
我来不敢端详久，怕动卢家少妇情。

九华山

青莲开佛国，万壑白云蒸。
有屋皆为寺，凡男半是僧。
山高先得月，尘断不闻腥。
化外妖氛重，心沉一寸冰。

三爪仑国家示范森林公园放歌

九岭之尾三爪仑，吴风楚雨覆寒林。林木高出云霄外，上到绝顶触天门。当年此山驻红军，革命火种遍传薪。先烈碧血化银瀑，穿岩破壁向东奔。茫茫九派起潮汛，波涛澎湃力千钧。洗刷人间污秽，横扫天下瘟神。三爪仑，景色无比伦，幽奇险峻集一身。倒天岩下云海翻滚，通天崖上晚霞披金。狮子口外最销魂，一股巨流沿岩飞泻，瀑跌万千寻。雾气氤氲，水花缤纷。三爪仑，到处是走兽飞禽，虎豹狼猴出没幽林。金丝雀、杜鹃鸟、猴面鹰，竞试清音，疑是天上瑶琴。登上三爪仑，身如一叶轻，野鹤尘梦断，天籁细闻声。兴来扶杖醉花阴，抛却无穷俗虑，霍然返朴归真。

重修宝峰禅寺有作

宝峰古刹越千年，马祖禅风道脉传。
曾借鲸音追大觉，几经劫火绝香烟。
时清法雨重濡众，律转丛林正待贤。
新筑山门通梵海，袈裟又覆一方天。

鄱阳湖候鸟王国

鄱湖漠漠水潆洄，仙子翩翩万里来。
芦荻千丛成鹤国，汀洲一片是蓬莱。
只求世上多瑶境，不羡人间有霸才。
愿与天禽申后约，平抛名利远尘埃。

杂　兴

懒问江湖事，天晴好看山。
霜甘容菊瘦，风不让云闲。
富贵何须恋，豪情不可删。
官场名入籍，心在佛儒间。

游爱晚亭感赋

身经浩劫访长沙，爱晚亭前又着花。
林密不知淫雨恶，山高难见夕阳斜。
芬芳曲意迎衰客，明晦无常乱暮鸦。
我寄忧心云外鹤，怕将惆怅泄溪蛙。

大理古城

风花雪月拥城关，天籁声凝碧翠间。

举盏当心惊洱海，开轩唯恐碍苍山。

茶花笑靥红云妒，塔影眠波水鸟闲。

莫向斜阳提旧事，南征七万未生还。

雷公尖采风排律十五韵 (新韵)

北郊雷公尖，疑是武陵源。水抱山环地，云飞雾绕天。春染千峰绿，车行一路宽。鲤鱼长拜塔，绣谷夜流泉。红霞笼白雪，野鹤舞青峦。园中花似锦，门外柳如烟。琼楼开画卷，旧貌换新颜。气淑冬犹暖，风高夏亦寒。双林藏古寺，尼众了尘缘。柳公存墨宝，释氏有遗篇。宏规兴百业，奋力创丰年。小康先实现，富裕已超前。昔时惊虎豹，今夕听琴弦。寄迹神仙境，归真大自然。我来游半日，欲去尚留连。

敬挽龚嘉英先生

噩耗迟传到海西，双溪草木尽含悲。

正期宿彦延薪火，岂料诗星陨水湄。

杜甫深研存一卷，青潭隐逸号三宜。

故乡九岭千峰绿，翘首吟魂驾鹤归。

【注】

龚嘉英，字稼云，晚年隐居青潭银玲阁，自号三宜叟（宜诗、宜酒、宜茶），1920年出生，靖安县人，毕业于中正大学。去台后，历任中学教师、大学教授；晚年任台湾中华诗学研究所副所长，靖安诗社顾问，著有《诗圣杜甫》、《景胜楼诗稿》等，2005年10月病逝台湾。

李木子

李木子（1921年—），萍乡市人。离休干部，精书法，善属文。江西省作家协会会员。原宜春地区书法家协会主席，宜春诗社社长。著有《宜春古今谈》《新余风物录》《赣西北旅游览胜》《古今诗坛咏宜春》《宜春地区经济史话》。

五月丽日，徜徉秀江河畔

蓬莱称许得知音，图画天然四季春。
小步醉眠芳草地，不辞长作秀江人。

九月参观上高华侨农场橘园

列列青丛果缠身，仿佛荷弹队队兵。
橘园无际八千亩，人在青红万里行。

路经渥江道中

牛羊低首草河湄，嫩绿平铺染夕晖。
鼓噪机帆冲浪下，羊咩犊走白鹇飞。

甲子离休述怀

再谢"员外郎"，慵听"寄禄"言。解组非顶班，亦非为"求田"。服务惭少术，入时得参禅。倦鸟知还羽，归田赋有年。况今双鬓白，视听远非前。官应老病休，虚位揖后贤。后浪推前浪，尧舜皆从焉。休说再有待，向无此情牵。得多输出少，从来得稳眠。

行不得也哥哥

假药叫卖唱挽歌，假食品催人见阎罗，假支农产品坑农伤国脉，假建材人命财产奈若何？！谋财害命明火执仗偷盗抢，权钱交易向社会主义投戈。昧了良心钻钱眼，提着脑袋干邪恶！打假、打击、反腐非儿戏，"行不得也，哥哥！"

易其尊

易其尊（1923—2006年），宜春县人。中学教师，曾任语文教研组、英语教研组组长多年。江西诗社、宜春诗社社员，曾任宜春诗社《宜春诗词》主编。

退闲杂兴

风云过眼竞龙蛇，老去情怀比暮霞。
常伴图书消永昼，闲看燕雀逐飞花。
学诗差喜离酸馅，养气终难效苦茶。
事事关心筋骨懒，聊随巷议话桑麻。

游福州鼓山涌泉寺

云开雨雾见瞳胧，即趁晴光登鼓峰。
缭绕钟声涵海气，间关鸟语导游踪。
名山朝拜无时歇，宝殿香烟永日隆。
独喜摩崖三百丈，逡巡细读兴偏浓。

挽《宜春诗词》副主编汤光瑢兄

才高每与苦相连，造化戏人未可痊。
当庆余生登寿考，能抛俗累即神仙。
所难室陋芳馨播，自慰家和子嗣贤。
翰墨今成希世宝，峨峨风范薄云天。

壬申季秋重游云谷飞瀑

丘壑涵天趣，投闲即有缘。七十不算老，杖
策重登攀。迂回路千折，坎坷步难艰。谷风凋莽
薄，竹树拂衣冠。小憩苔蹬坐，掬饮涧水寒。行
行涧声咽，骤响起前山。披荆穷僻径，一瀑天际
悬。元气无终始，喧阗坠急湍。昼夜长奔涌，孔
丘叹逝川。玄思造化理，啸咏荡尘烦。

读《范德机诗集》

七卷芬馨范德机，恂恂襟抱发为诗。
"唐临晋帖"非公论，一代歌行并驾稀。
不乐逢迎慕遂初，弃官勇退守蜗庐。
啸咏百丈峰前路，"特立独行"誉岂虚！

一九七八年四月

重返教席感赋

敢期仄陋得明扬？自分箪瓢老故乡。
何意天公重抖擞，优容萧艾沐春光。

入山看秋叶

为看红叶入秋山，自是贪游老不闲。
照眼斜阳怜客去，平添醉色上衰颜。

浪淘沙·暮春独酌抒怀

絮尽柳枝长，陇麦初黄，蝶风鸠雨更番忙。
催得十分春意透，楼外花香。　　对景尽馀觞，
逸兴飞扬。多情自古爱宗邦。须使江河添艳色，
莫负年光。

熊痕戈

熊痕戈（1923—1996年），萍乡市人。历任《袁州农民报》《袁州报》《赣中报》《宜春日报》编辑。曾任宜春诗社副社长、顾问。诗文集有《夭折的玫瑰》《淡墨有痕》《人生贵相知》等。

彭德怀将军率红军首克袁州古城今适六十周年灯下重温其《自述》有感

庚午神州风雨日，红军饮马到袁江。
瓮中捉鳖歼群丑，黑夜宜城见太阳。
肝胆照人甘负谤，为民请命永留芳。
轮回六十仍多事，《自述》重温夜未央。

自题《夭折的玫瑰》

笔耕荏苒五十年，回首前尘梦与烟。
晚岁一编生百感，自珍敝帚实堪怜。

车过下埠村

车过下埠村，四顾雨濛濛，
芳塚何处是，柳丝正起青。

住院偶感

闭目静坐渐入梦，忽闻窗外爆竹声。
同室病友惊相告，又有一位赴幽冥。
俗云红白皆喜事，其实生死非炭冰。
迎灵何妨在院外，院内举哀欠文明。
医生苦笑作解释，院有规定难实行。
亲人上路惨为别，只顾死者未顾生。
我闻斯言睡意消，起身推窗月东升。
聚散悲欢谁能免，世上哪有千岁人。
虽生犹死不足取，虽死犹生后世名。
神驰天外似顿悟，生死仅隔纸一层。

傅　义

傅义（1923年—），号仰斋，丰城市人。宜春学院教授，已退休。江西诗词学会顾问，江右诗社顾问。著有《郑谷诗集编年校注》和《仰斋存稿》等。

参观石鼓书院

骚人聚衡阳，石鼓同游憩。主人甚好客，门首列乐队。小丫五六十，操琴迎吾辈。琴声既美听，憨态尤可爱。石鼓古书院，屡毁屡复置。入见大禹碑，传为禹题字。既异蹄远迹，更非篆与隶。博雅莫之识。昌黎徒诧异。故物千搜索，惟见松柏翠。却传嘉应中，何致手模致。遂令好古者，纷纷为传递。忆昔游会稽，禹陵亦复制。宨石偶相似，并为世所贵。或有慧黠徒，伪造为游戏。世人盖好奇，乃为其所蔽。吁嗟宇宙间，万事多如谜。焉能具天眼，洞察古今秘。舍之攀其巅，俯瞰江波丽。如乘大楼船，冲击向澎湃。凌厉势无前，蒸湘悉后退。徘徊合江亭，俯仰成一快。

古柏行

马祖庵中二株柏，祖师开山手亲植。

人间风雨越千年，琳宇废兴几经历！

今惟巨柱挺晴空，旧诚易破新难立。

古柏巍然俯残棋，默无一语长叹息。

菩提空羡悄无踪，中华良种永犹龙。

龙钟不改凌云势，神力难追造化功。

伟干凝重如隆阜，高枝摇碧傲东风。

三生因果思维外，八极风云指顾中。

香叶久无鸾凤宿，古遗犹令人肃穆。

一株中洞沃泥浆，不许风霜侵大腹。

一株磬折若朝参，钢架扶持添劲足。

吾儒自昔爱甘棠，心向往之目未瞩。

我向伟材三顶礼，庆幸崚嶒今犹矗。

雕

有待扶摇力，图南笑巨鹏。

素同鹰易趣，耻与犬为朋。

独立峰千仞，高冲雾百层。

自由天赋予，何畏大汗矰。

纳　凉

纳凉何处去，绿树有清阴。

白石供栖影，黄鹂献好音。

不妨三宿地，暂息五湖心。

静极恬然睡，泯泯忘古今。

夜游秦淮河

綵鹢徐游历画图，光生两岸万明珠。

桨声灯影依然是，选妓徵歌已若殊。

故事古今听演说，景观真幻视模糊。

红肜世界销金窟，不悉齐梁似也无。

自　遣

朝夕开帷纳彩霞，和风也请入吾家。

远师陶侃闲移甓，懒乞羲和暂驻车。

顾影未生鸿鹄翼，踏春且赏李桃花。

临窗试读相如赋，快意凌云一霎遐。

布衣步丁小玲韵

草茅尘少未缁衣，嘘壁还思气吐霓。

瘦误人称身似鹤，老真自诩发成丝。

飞觞醉月慵呼侣，安步徐行漫咏诗。

忽见幽兰空谷韵，清芬徒挹笔难题。

丁亥九日袁山登高用小杜九日齐山登高韵

登高引兴壮思飞，一笑浑忘力已微。

不向名山谋地隐，只如小杜插花归。

素耽景美搜佳句，红掩颜衰戴夕晖。

落帽风来无帽落，任他栉发与飘衣。

温汤冬浴

畅享真成入小康，解衣盘礴水晶床。

不知留恋于何处，只觉温柔是此乡。

击浪风云生羽翼，驰神烟雨濯沧浪。

迷蒙那省愁滋味，户外寒流任自狂。

水调歌头·立春后一日烈士祠前

何日冻方解，寒谷盼春回。霜枝萧索，棱棱瘦骨恐难支。也拟探寻芳讯，踏响长街近郭，忽入报忠祠。阶下独凝伫，不省是欢悲。　　蹈汤火，洒热血，究为谁？为猫为虎为狗？回首却凄迷。闲院乌鸢自乐，享殿门窗深闭，英魄竟何之！寂寞嗟身后，轰烈忆当时。

刘中天

刘中天（1926—1999年），原名九如，笔名师牛，铜鼓县人。毕业于江西师范学院物理系。历任铜鼓一中教师、铜鼓政协文史委主任。铜鼓诗社常务副社长，江西诗词学会首届理事。著有《格律诗写作基本知识》《荷塘集》。

冬　雪

匡庐昨夜寒光烛，晓起千山银一色。

叠嶂如开白玉屏，层峦似入梅花国。

忽闻树梢数声鸦，乍见云头几点墨。

正念青篁苦压腰，俄惊枝重折窗北。

夕　阳

山居情趣乐无穷，归厩牛羊唱牧童。

古道弯弯人影乱，苍峦霭霭落霞红。

鸦鸣树外留残暑，雀逐溪边趁晚风。

暗淡闲云遮远岫，斜晖明灭有无中。

憩灵石庵

古刹何年成艺苑，荆藤满壁舞飞烟。
输他有梦花生笔，看我无言月印川。
茗啜云腴诗思动，香薰柏子客情牵。
不堪薄暮钟声促，洞口归人唤渡船。

植　莲

乡间旷爽超尘域，闲凿清池勤艺植。
骤见芙蓉绝世姿，旋觉草莽落颜色。
竹栏杆外玉无瑕，水月楼前香不息。
能得一年几朵开，天然风韵去雕饰。

熊步成

熊步成（1927年—），宜丰县人。宜丰县史志办编辑，《宜丰县志》副主编。江西诗词学会理事，中华诗词学会会员，宜丰诗词学会副会长，《宜丰诗词》副主编。编著有《觉斋诗文选》《觉斋诗文拾遗》《宜丰诗词集成》《觉斋诗文续集》《宜丰诗余》等。

咏　竹

节亮怀虚君子风，坚贞不屈亦英雄。

风刀霜剑有何惧，我自亭亭刺太空。

古稀自寿

五旬爬格发先霜，不为年稀咒逝光。

甘作人梯心自乐，虽罹罾缯志仍强。

搜求故纸崇司马，混迹吟坛学楚狂。

幸我暮年身尚健，寒梅斗雪晚尤香。

咏　虎

山中称兽首，平地被犬欺。

狐兔见你走，武二当马骑。

纸虎无人怕，笼豹供孩嬉。

睡狮今日醒，吼啸吓唬谁。

况钟赞

"不带江南一寸绵"，铿锵壮语广流传。

无私洁介威名重，刚正不阿道义贤。

苏郡曾夸廉太守，神州犹领况青天。

园林有幸埋忠骨，亭畔清风漫大千。

西江月·山区养路人

出发星稀雾重，收工雨大风斜。铁锹一把加板车，不管严冬酷夏。　　月色房前轻洒，青蛙涧底拉呱。通途只为畅天涯，山沟安身有啥。

罗树人

罗树人（1927年—），萍乡市人。江西省作家协会会员。曾任江西诗词学会第一届理事，江西宜春地区诗社社长、顾问。在省内外多种诗词刊物发表作品，并被选入《中华诗词年鉴》《当代中华诗词集》《华夏吟友》等大型选集。

秋 雁

关山万里怅苍茫，列阵云天气亦昂。
苦旅朝朝风复雨，惊栖夜夜月和霜。
征途不倦求温饱，伴侣相依慰病伤。
清唳一声秋意重，家乡何处路方长。

吊曹雪芹

闺情家恨恨何如？忍读先生血泪书。
梦里悲欢原是醒，世间凉热怎成虚？
惊呼末世声将绝，痛悼群芳泪已枯。
惆怅谁人能解味，荒村寥落此心孤。

筒　车

旷野精灵昼夜歌，千年古调伴长河。
悠悠轮影乾坤转，熠熠筒环日月梭。
岂止甘泉滋瘠土，更将希望润心窝。
清流汩汩何嫌老，况有田园韵味多。

山　行

层峦叠嶂画屏开，不尽诗情入抱来。
细水潺潺沧海梦，万山郁郁栋梁材。
群花欲语含深意，一鸟惊鸣醒俗怀。
忽见远烟茅舍小，此中可得有仙台？

咏　燕

微风细雨悄然归，双影轻盈入故扉。
觅食衔泥家室累，清歌软语两情依。
几经王谢沧桑变，一样云天上下飞。
岂恋旧巢迷远志，不辞万里逐春晖。

观火星冲日有感

2003年8月27日前后，火星冲日，离地球最近，夜间可见。据报道，与此次相同情况，相隔数万年方见，因感赋。

天外名星近地来，金光诡秘费疑猜。

碧空有否神仙乐，凡土犹多战火哀。

宇宙无边谁作宰，人间有道自弘恢。

自君来去悠悠后，前度强权万劫灰。

鹊桥仙·星空遐想

迢迢河汉，澄澄碧宇，极目神游何处？可能天外有星球，俨然是，人间风度。　　外星人类，七情应有，可有烦愁无数？恩仇名利可曾休？更有否、富骄贫苦？

满江红·缅怀文天祥 (用先贤原韵)

举目山河，铁蹄下，惨无春色。纾国难，起兵州郡，驰骑金阙。强敌纵如狼虎阵，男儿岂混牛羊侧。小朝廷，腐朽受欺凌，终消歇。　　丹心照，长不灭。家国恨，谁堪说。恸萧萧燕市，朔风凝血。漫道魂归征战地，怕听啼血江南月。歌正气，万古浩然存，焉能缺！

高阳台·为徐稚诞辰一千九百年而作

乱世风云，心怀忧患，挥锄自种田园。冷眼官场，远之不屑沾边。只谈庄稼民生事，隐姓名、桃李无言。最难忘、寄语林宗："大树将颠"。　　滔滔赣水奔流急，说陈年往事，两个千年。立像洪城，清风习习翩翩。古今多少贪污吏，气焰高、转眼如烟。对繁华、绿酒红灯，遥想先贤。

临江仙·记梦

小院依稀如旧，梦魂犹怯庭空。徘徊廊下影憧憧。依然恁任性，不肯一相逢。　　记得少年离别，猛惊风卷飞蓬。感君无语恨重重。渐行人渐远，鸿雁渐无踪。

风入松·咏宜春状元洲①

市声渐去境偏幽，秀水绕芳洲。听涛漫步留连处，想卢郎、千载悠悠。夜半书声江上，秋风芦荻飕飕。　　故洲旧貌向谁求，但有美名留。江中仍旧千帆过，正乘风、破浪争游。且看今朝儿女，奋发更竞风流。

【注】
① 相传唐代状元卢肇读书于洲上，故名状元洲。

卢传裔

卢传裔（1928年—），笔名曼倩，赣州人。1949年9月参加工作。原任宜春师专中文系党总支书记，教授。江西省作家协会会员。曾兼任《赣中文教》月刊主编、宜春师专校报顾问、宜春诗社副社长、《宜春师专校史》主编。专著《浪花集》（杂文集），于2003年出版。先后获各级科研成果奖和优秀论文奖共35项。

参观南浦大桥喜赋

一桥飞架越浦东，几度盘旋走巨龙。
奋战三年成伟业，英豪一代建奇功①。
沿江大厦如林立，绕岸高楼入太空。
待到双桥同庆日②，环球瞩目九州红。

【注】
① 上海人民奋战三年建成世界上第二大斜拉索桥——南浦大桥，100名功臣模范代表8000名大桥建设者出席1991年11月19日建成典礼。
② 另一座杨浦大桥当时正加紧建设中。

喜赋杨浦大桥

曾歌南浦贯长虹，又颂杨桥新卧龙①。
广厦群楼起平地，崇台高塔映晴空。
车流浩荡千轮疾，舵浪欢腾百舸通。
更喜神工添伟绩，环球共仰九州红。

【注】

南浦大桥建成之后，横跨浦江、世界第一跨度的斜拉桥——杨浦大桥又建成通车。

拙著《浪花集》出版感怀

岁逾稀龄志未穷，著文为补腹中空。
寒来暑往求新意，摘句寻章改旧踪。
付梓有缘蒙多助，续貂无术愧五中。
才疏只恐多疏漏，敬向方家再鞠躬。

鹧鸪天·赞奥运女双跳水冠军吴敏霞、郭晶晶

台上亭亭两婵娟，波清荡漾影翩翩。双双舒展云中翼，跃跃冲开水底天。　如海燕，似飞仙，修长倩影态千千。神州盛爱英雄女，玉貌金牌共竞妍。

朱长发

朱长发（1931年—），高安市人。大学文化，原高安中学常务副校长，高级教师。江西诗词学会会员，在《江西诗词》等多家诗刊发表诗作数十首。

南昌青山湖记游

洪城掌上一明珠，晴雨宜人旦暮殊。
浩渺烟波舟隐约，娇娆花树叶扶疏。
登楼浮白诗情涌，入岛呼茶逸兴抒。
敢是蓬莱飞到此？愧无秀句咏仙都。

游尼亚加拉大瀑布

尼加磅礴早曾闻，今日亲临信是真。
银瀑横开千丈广，飞流直泻百寻深。
涛声呼啸摇青岳，水雾朦胧映彩云。
仿佛置身河汉里，仙槎载我摘星辰。

题儿、媳马里兰别墅

红映楼台翠掩墙，门迎旭日势辉煌。
庭前草绿生机旺，墅后松高骨力强。
吐气天鹅鹰畔宿，扬眉海燕浪峰翔。
敢期比翼凌霄上，共捧明星报故乡。

登芝加哥西尔斯楼眺密歇根湖

万顷汪洋果壮观，腾烟荡绿景何妍。
北通加国碧空渺，南极芝城气象斓。
泊内航船如织锦，岸边豪厦竞参天。
登临眺远勾乡思，滕阁鄱湖幻眼前。

华盛顿赏花

彤云一片映晴晖，三月樱花入视围。
俨是芳桃苞吐艳，宛然美女脸浮绯。
千株竞放蝶狂舞，群客纷来莺乱飞。
魄荡瀛洲迷梦幻，满沾仙气爽然回。

瞻南海观音

茫茫海面立观音，俊逸高挑赛女神。
西域取经降恶怪，南山弘法度平民。
祥云底下妖氛炽，莲座周边鼠窟深。
重塑金身呼大士，广施法力靖凡尘。

登鹿回头

仙女求郎心意纯，王孙不羡羡平民。
良缘缔结悬崖上，后代绵延傍海村。
塑像深深凝挚爱，传奇娓娓话同心。
妙龄丽质沉思否，甚是真情甚是浑？

谒儋州东坡书院

残年放逐入蛮荒，旷达高吟载酒堂。
鸿雪姻缘儋郡福①，金针际遇讲坛昌。
敷扬文教移风俗，体恤饥寒问稻粱。
碑刻琳琅存景仰，笠屐铜像动黎乡。

【注】
① 载酒堂内匾额。

爬山虎 (藤)

斗折蛇行缘壁伸，顺风一变步青云。
踌躇高处炫葱翠，忘却弯腰附凤身。

笼中虎

盘踞山林霸气狂，欺凌百兽惯称王。

今朝沦落笼中锢，滋味如何细品尝？

奉化千丈岩①

飞鸟难停峭壁寒，玉龙千丈挟云烟。

羡君磅礴多豪气，一搏下崖原野宽。

【注】

① 千丈岩瀑布落差186米，如玉龙翻滚，腾云驾雾。王安石，曾巩等历代文人均留有诗文。

万荣保

万荣保（1934年—），南昌县人。樟树市电影公司退休干部，经济师。中华诗词学会、江西诗词学会、宜春诗词学会会员，清江诗社理事。

点绛唇·咏春简

湖柳生烟，长亭十里香铺路。绿荫深处，期盼春常驻。　　竹笋林间，暗里将春慕，尖尖露，对风倾诉，悄把春拖住。

柳梢青·山里人家

树绕云遮，潺潺流水，几户人家。柳袅门前，残阳斜照，风送桃花。　　声声远似莺啼，挹眼处，忽传笑哗。几个村姑，烟霞山岭，正采春茶。

江南春·山乡放映员

山隐隐，树依依，星移天际远，人走鸟惊飞。登山涉水千家转，踏月追星半夜归。

捣练子·倩妹

枫叶落，菊花黄，倩妹云峰伴喜郎。忽见满山红柿子，手伸偷个给哥尝。

柳梢青·海外游子情

老树横鸦，秋山寒水，孤雁去遮。远别离人，醉中怀旧，望月兴嗟。　　行程万里回车，夕照里，忽听笑哗。问客何来？莫非海岛，久别思家？

山乡牧鸭女

西山日隐鸟投林，烟蔼遮村，小姑赶鸭乐盈盈，鞭梢近，数里鸭声闻。　　忽听嘎叫争相庆，鸭厨银蛋满塘横。水浅清，风儿静，筐中载满女儿情。

鹧鸪天·春耕

春雨绵绵绿满川，青山凝黛柳含烟。敲窗夜半惊甜梦，布谷催春莫贪眠。　　忙备种，急翻田，扶犁叱犊夺丰年。长鞭甩得晨星落，万首山歌上九天。

鹧鸪天·采茶

大地如茵野草花，春光如画日初斜，采茶妹子飞纤手，一曲新歌唱采茶。　　挑嫩叶，摘新芽，筐中装满笑和霞，清风拂面人欢乐，云里飞来数朵花。

柳梢青·吟菊

春色不争，东篱株守，素喜科凉。倩影轻摇，一弯新月，常伴花香。　　年年九月重阳，冷露里，凌风傲霜。铁骨铮铮，姿容冷艳，独占秋光。

【越调·小梁州】采莲

蓝天碧水清波，红花白藕青荷。村女采莲心乐。张张笑脸，声声喜唱莲歌。

何冠伍

何冠伍（1940年—），高安市人。大学学历。中华诗词学会会员，江西诗词学会理事，靖安诗词学会第二会长兼秘书长。著有《灯下絮语》。

田垅漫步二首

（一）

清流两岸柳含新，疏雨潇潇洗浊尘。
百鸟飞歌声不绝，烟茏入晓万家春。

（二）

山川风暖花枝俏，田垅蛙声十里狂。
黄雀穿梭金缕织，一坵泥水一犁香。

临江仙·黄果树大瀑布景区

气逼天门倾倒，势如万马腾骧。层峦烟雨润衣裳。九霄飞巨瀑，十里震心房。　　景壮难期佳笔，身轻疑是天堂。拍他彩照上千张。奇观惊玉宇，仙境醉人肠。

临江仙·橹崖景区寻梅

淡淡云轻花重,山庄新月朦胧。清香阵阵透帘栊。初春惊乍暖,林地满薰风。 胜景渐浓烟尽,农家气象融融。寻芳路过橹崖东。浅溪弯曲处,梅艳一丛丛。

临江仙·谭嗣同殉难百年感赋

大地寒凝几许,宫廷腐恶堪忧。谭公正气凛千秋。维新匡社稷,百日费谋筹。 任尔刀光剑影,岂湮爱国同俦?精神喜与世长留。光辉昭日月,壮志满神州。

醉花阴·井冈春色

莽莽井冈林妩媚,举目松杉翠。雨后喜天晴,雾锁峰峦,惹得游人醉。 深山植树浓浓意,燕啭莺飞至。春色满苍穹,叶茂花繁,绿洒英雄地。

眼儿媚·游大理三塔公园

三塔巍巍耸空庭，景醉寄诗情。苍山洱海，瑶池古寺，碧草青萍。　　神怡最是斜晖照，远岫暖风轻。山花艳艳，流霞道道，塔影亭亭。

踏莎行·题靖安县小新苗诗社

露泽双峰，霞铺碧汉，新苗茁壮花璀璨。秋光金菊吐风华，桂香笑拂骚人面。　　山水临篇，星辰改卷，云间太白拈须赞。今朝两卷写菱歌，春催桃李盈诗苑。

浣溪沙·再游桃源

春日桃花别样红，深栽细剪一丛丛。枝头自不负春风。　　世上桃源书上有，水中倩影笑声浓。桃林烂漫醉诗翁。

西江月·观仙女浴景点

一瀑悬崖泻练，濛濛如雾如烟。盘空绕壁意缠绵，潇洒度岩飞散。　　仙女浴中颜玉，身披七彩山前。亦真亦幻舞翩跹，时向游人扑面。

涂理征

涂理征（1941年—），靖安县人。中学物理高级教师。现为中华诗词学会、江西诗词学会会员，靖安诗词学会常务理事。

出席县教育诗社谷雨诗会书感

黉园无限美，文友慕名来。
莺凤随心唱，画图着意开。
传薪夸老手，协韵赖高才。
诗化人生路，吟风已壮哉。

溪　畔

九曲山溪碧，飞泉峭壁流。
堆花迷石径，小草饱黄牛。
吹叶声声倦，观涛阵阵悠。
村楼音响处，正放信天游。

游骆家坪

邀朋观胜景，直奔骆家坪。
岩瀑狂飞泻，天崖倒立惊。
翠杉成绿海，幽涧寄欢声。
满路山花艳，相忘夕照明。

塘畔晚眺

荷塘香径夕烟蒙，远处街灯闪烁中。
池里浮萍嬉跃鲤，堤边浅草隐鸣虫。
素心未减归田梦，老眼仍寻贯日虹。
隔树闲听村野语，分明已把自身融。

诗　魂

沧桑阅尽变书痴，韵事如棋费所思。
热性敢溶千岭雪，笑眸期盼万名师。
幸无媚骨锤新句，可有丹心唱丽词。
格律依遵扬国粹，吟哦到老趁尧时。

登五老峰

庐山奇岭怪峰连，面目真如五老仙。
曲径清幽常醉客，层林素净不知年。
红霞幅射穿浮霭，青鸟争鸣掩涌泉。
多少名流临此境，俗尘涤尽已悠然。

游三清山

悦目三清画境鲜，层峦列嶂翠微烟。
艺高吹奏双簧管，壁陡奔流四叠泉。
道观披霞腾紫气，云松揽月守蓝天。
神光冲破重重雾，留得游人去悟禅。

朝中措·南昌青山湖揽胜

青山湖畔画图殊，往昔积污除。远嶂近楼栉
比，粼粼水色如酥。　　春风绿浪，奇花曲径，
霞翠舟凫。美景神工造化，休闲留恋仙都。

聂志华

聂志华（1942年—），南昌市人。大学学历，农艺师。曾任靖安县委统战部长、县政协副主席。中华诗词学会理事，江西诗词学会常务理事，宜春诗社副社长，靖安诗词学会第一会长。著有《旅途吟草》《聂志华诗词选》等诗集。

咏　马

塞上腾空跃，长嘶悲失群。
驰蹄分绿草，昂首傲青云。
耿耿雄心在，恢恢壮气殷。
横刀当阵立，何必论功勋。

题双林禅寺

佛光辉绣谷，寒月照双林。
柳拂莲花座，松吟贝叶音。
晴峦缭紫气，飞瀑奏瑶琴。
疑是伊甸域，疏钟洗俗心。

登蔚云岭

仰望烟岚起，登临瑞霭飘。
平湖航白浪，壑谷蓄春潮。
水秀珍珠灿，山明碧玉雕。
星光浮足底，疑在九重霄。

寻迹华清池

缥缈长生殿，笙箫耳畔缭。
烽台烟火举，社稷战旗飘。
兵谏忘生死，心雄报舜尧。
华清池作证，不必问渔樵。

登大雁塔

古塔傲苍穹，身当四面风。
西京冠胜景，秦地压群雄。
眺望山河丽，笑谈寰宇中。
晴虹天外架，欲上广寒宫。

参加中华诗词学会第二次代表会抒感

枫染京都灿若霞，词章列壁走龙蛇。
雅坛荟萃扶轮手，辞藻芳菲二月花。
耆彦传承高格调，新英接力显风华。
忝陪末座充骚客，携得田园乞巧瓜。

春郊访友

阳春三月访吟俦，小巧园林衬画楼。
极目遥望南潦碧，推窗揽入秀峰幽。
书声朗朗开文运，鸟语啾啾拔俗流。
赏景池边添雅趣，茗炉三滚味更稠。

访泥埚新村

车上斜坡一拐弯，泥埚已改旧时颜。
层楼栉比农家院，笑语喧哗果树间。
雾绕青峰云暖暧，岚浮碧浪水潺湲。
联通网络观天下，月映东山不忍还。

白沙坪纪事

幽林一曲响清泉，溢彩流光百卉妍。

月洒窗台灯失亮，云缭院舍鸟贪眠。

无穷景物随人赏，不尽栋梁稠岭巅。

有幸盘桓三五日，心如淡水意如仙。

车过铁门堑

三十年前过此山，蜿蜒险道苦登攀。

粽香裹腹增身劲，泉冷穿肠敛汗颜。

万盏金灯燃岭下，千条银线架罗湾。

乘车好似云飞雾，忆昔思今换宇寰。

桃源访古

桃源春色富妖妍，艺苑芬芳缀锦篇。

一片浮云迷望眼，数枝斜柳映前川。

潭深鱼跃千重浪，峰险岚飘万缕烟。

借问书堂何处是，老翁遥指碧溪边。

访盛唐诗人刘慎虚墓

公恋青山我爱泉，神交梦断叹无缘。
云横鹤岭寒烟静，水泛青溪碧浪旋。
飘逸何须迷峡谷，兴豪正好悟真诠。
相知唯有河边柳，岁岁迎春自着鞭。

水口留别

五年场长任非轻，改革初逢坷坎程。
力竭怎堪肩负重，才微难报党恩盈。
为廉偏遇流言起，持正常遭谤语生。
自问无私天地阔，风风雨雨亦心清。

参观璪都镇港口电站

敢改山川看璪都，居然公仆是民奴。
拔牙虎口横围坝，扼舌龙喉喷溅珠。
马颈峰高穿隧洞，牛栏浪险蓄平湖。
心雄力锁潦河水，指点繁星缀彩图。

徐冰云

徐冰云（1943年—），南昌市人。曾任奉新县文联主席。历任奉新诗社社长、江西诗词学会理事、深圳花城诗社常务副社长。中华诗词学会会员。曾在海内外800余家书刊发表学术论文及诗词作品数千篇，并多次获奖。著有《心香楼诗抄》《徐冰云作品集》等百余部。

行香子·井冈山赋

予忝临全国第四届中青年诗词研讨会，其间尝与《历山诗刊》李善阶主编、《八桂诗词》岑路主编、《难老泉声》时新主编、《江西诗词》胡迎建主编、《江海诗词》舒贵生副主编等同游革命摇篮井冈山。

龙潭景区

直下云涯，坠落层崖。五龙腾、雷吼风咳。一盘翡翠，满鬃珠钗。过潜蛟洞，深闺阁，碧漓阶。　　鼓声骤起，幽境重开。彩虹绚、逸兴盈怀。芙蓉出水，天女飘来。恰临仙源，照冰鉴，会瑶台。

主峰景区

五指青峰，水口晴虹。绝佳处、双骏横冲。天军深邃，坪岭凌空。萃境之险，景之秀，气之雄。　　神奇世界，原始葱茏。到而今、杳眇人踪。观台惊叹，变幻无穷。俟细追寻，勇探索，识真容。

黄洋景区

天际苍苍，云海茫茫。凌千仞、并立黄洋。八山哨口，五井风光。试披红霞，撩晨雾，迓朝阳。　　犹闻鼓擂，恍见旗扬。想当年、缚虎驱狼。风摇劲草，血沃青冈。换杜鹃艳，竹枝茂，惠兰香。

夜半乐·揽九江三大名胜

喜逢爽朗天气，斜风细雨，消尽浔阳暑。且趁兴优游，绿荫移步。玉甍翠瓦，飞檐叠阁，竟将情魄牵萦，旅魂羁住。锦绣壁，当更醉题处。　　望中一碧万顷，浪激胸襟，秀盈眉宇。谁拔起、巍巍擎天宏柱？剑棱光闪，青霜凛凛，势将拍岸惊涛，嘎然锁住。笑赢得、清漪女须舞。　　醉睹斯景，愫系长虹，意驰溢浦。鬓霜间，江啸顿作琵琶语。铮铮韵，雅奏京都谱。浩歌声彻云天路！

望海潮·游宜春化成岩

春台惊视，银江扑食，鹭鸶奋翼中流。梯径静幽，烟霞莹澈，苍岩邀我优游。化尽素襟惆。铁崖刺层汉，云裛峰头。古木葱茏，竹荫松影秀双眸。　　娇娆景色真稠。赏天然壁画，疑入瀛州。眉寿展菁，青莲拔地，雄狮醉踞高丘。鸿志哪时酬？步翠冈古刹，斜倚轩楼。隐约金钟韵绕，催我再寻求。

水龙吟·登江南名塔——扬州文峰塔

七层梵殿风高，金铃唤我凭虚去。豪襟顿敞，隔江南眺，蜀岗北顾。京口三山，云峰诸胜，秀心明目。正流光玉槛，霁晖杰阁，镇淮水，吞吴楚。　　巨子昂然千古，历沧桑、兴衰无数。文风不堕，身巍如岳，心坚如故。铁刹青霜，锷芒直透，九重天幕。欲临风把酒，满怀情愫，化洪波曲！

赵怀青

赵怀青（1944年—），奉新县人。初中毕业，奉新五金厂退休工人。中华诗词学会会员，著有《砚青别裁集》。

湘春夜月·燕，和孔凡章词丈

幸归来，绕梁重认陈痕。苦苦又垒新居，知固筑基根。贴地乳翎低试，渐起飞檐下，欲待翔云。但碧高淡淡，轻寒漠漠，回掠篱门。　　蕉桐小院，呢喃窃语，同叙温存。任尔流莺，簧舌弄，虚唱和春。垂杨陌外，唳过鸿，惊又黄昏。冷月映，剩空巢寂寂，紫泥馥馥，疑见芳魂。

金菊对芙蓉茶，步孔凡章词丈词原玉

翠乳生馨，黛尖消腻，嫩黄沸煮情珍。乍嗅之醒目，饮后生津。壶中春色冰心意，爱碧华，助趣频频。广开思路，层深意境，倍爽清神。　　雅座伦理常论。见淡交君子，浓系诗魂。正长供画壁，总念斯文。持杯殷献彬彬礼，现愫怀，尤胜金尊。吴娃清唱，蜀楼高议，阵摆龙门。

绮罗香·瓶花，和孔凡章词丈

白玉堂前，黄金阙内，寂寞高楼深锁。未洗愁容，呈爱弄情争我。逢浊物，强捧厄前；遇清儒，幸标吟左。手拈来，点染精雕，谈风品格笑频和。　　芳心犹剩一颗。蝶远鹃离自守，樊囚难破。但绝嚣尘，灯下案头闲坐。欣倩影，此际魂消；透窗棂，也能馨播。卷帷帘，数只残莺，报知春已过。

翠楼吟·柳，和孔凡章词丈

眉黛春生，鹅黄嫩折，东风沐过多少？章台旋舞步，睇琼缀、纤腰青袅。垂丝轻窈。任燕剪裁烟，桃蹊争俏。柔情缭，絮飞遮面，一时欢笑。　　缥缈、仰眺苍穹，正月新云淡，细钩痕小。渐移梢杪处，似时向、尘中沽钓。长堤霜晓。叹又起秋声，伤心随老。清辉照，剩枝留怨，在鸣"知了"。

锁窗寒·晚菊，和孔凡章词丈

露冷平台，盂留瘦蕊，在迎春早。经冬未损，剩有一枝犹俏。远嚣尘，凭阑倚窗，自甘寂寞零星貌。任傲霜寒苦，留清高洁，与梅同召。　　残小、开颜笑。记晚唱枫丹，泉流树绕。斜阳趁美，竞比东篱秋好。幸今来，深透院庭，也能播馥心未老。更声传，预祷和祥，紫陌啼青鸟。

一萼红·月季花

似佳人，看青衫小旦，头上裹红巾。貌若蔷薇，根生瘠土，带刺能护全身。拒贪手，防强攀折；恨浊物，虚假负情珍。金菊同窗，山茶联席，梅竹为邻。　　修剪重萌新蕾，正层层华丽，月月长春。风韵翩翩，姿如处子，仍是不失天真。献殷殷，熊燃爱火；娇滴滴，晨露作脂匀。更有橙黄白紫，七彩缤纷。

谢梦日

谢梦日（1948年—），丰城市人。大学中文系毕业。种过田、做过工；在小学、乡村中学、重点中学当过老师，曾被聘为硕士生指导老师；先后在地方党委、人大、政府、政协任职。现为宜春诗社社长。

戒　欲

权为双刃剑，钱是两头枪。
色胆悲吞喜，清廉自不伤。

1991年7月

正　本

主仆分明不可颠，先忧后乐对青天。
船行江海全凭水，不为黎民莫作官。

2000年9月

圆明园遗址有感

在中央农业管理干部学院学习期间，余独自抽空至圆明园遗址凭吊，感慨不已。

> 枯荷败柳对秋风，断壁残墙蜇小虫。
> 画栋雕甍无处觅，奇珍异宝尽皆空。
> 犹闻枪炮揪心痛，似见火光裂眦红。
> 国耻如斯当警世，醒狮不再眼朦胧。

1999年11月

化成晚钟

化成岩在宜春城西，秀江北岸，有寺庙、山林和摩崖石刻。曾是唐代李德裕读书处，现辟为化成岩森林公园。

> 岩前秀水晚霞飞，寺后苍山鸟自回。
> 渔火一星灯两岸，晚钟声里老僧归。

1997年10月

云谷飞瀑

云谷飞瀑在明月山西北面，距温汤镇不远，此瀑上下五叠，十分壮观。

相约入云谷，奇峰扑面来。
穿林行石径，隔水看龟台。
竹影随风动，山花带湿开。
天飘五叠练，原是月宫裁。

2002年6月

夜宿太平山庄

在靖安三爪仑景区入口处不远的一小洲上，风景优美，环境幽静。

夜宿太平庄，山风送晚凉。
竹林环石径，溪水绕杉房。
月静蛙声远，心闲茶色香。
悠然尘世外，何必梦黄粱。

2003年6月

涧中石

石从山上下，跌宕若悠闲。
水激添光洁，风吹去垢颜。
炎凉皆本色，大小俱无言。
棱角虽磨损，依然硬且坚。

2005年12月

见母牛拉犁奶犊有感

力尽无人惜，犊饥频呼娘。
拉犁还哺乳，默默舐鞭伤。

1987年7月

看《田野风》演出有感

走穴一歌价万千，美人犹自不心欢。
谁知冷雨骄阳下，多少农民干一年！

2003年10月

矿工怨

2005年11月29日黑龙江七里河煤矿发生特大矿难，死亡矿工166人。全国产煤区类似事故时见媒体，令人痛楚、哀伤。

矿工下井最堪怜，终日辛劳不见天。
血汗换来光与热，死生付与利和权。
频生灾难千家哭，饱敛横财几户欢？
酒绿灯红歌舞夜，坟前飘荡妇烧钱！

袁赣湘

袁赣湘（1949年—），祖籍四川。长期从事地方志编撰工作，现任宜春市史志办副调研员、《宜春诗词》副主编。

西湖堤畔

漠漠湖烟带雨浑，轻红褪去绿阴成。
杨花不是无情物，独对东风舞一生。

惠州夜话

君本屠沽好出身，缘何落拓作文人？
吟残夜雨诗千首，饮破寒天酒一巡。
傲骨犹存强近俗，良心虽在不甘贫。
前途哪有梅花国？仕路风云客路尘。

读《谦庵文史杂著》

荒江野老寒沧叟，身带长随瘦骨宽。
茅屋风高标冷格，鹧鸪声咽纵雄谈。
文章不服他人改，世事全凭自己看。
望断天涯苍水路，梅花一树正横栏。

鹧鸪天·灵岩山

断壁残垣乱草蓬，老僧犹指馆娃宫。岚光影碎围庵竹，苔色寒凝引径松。　　秋水白，夕阳红，砚池花月野云封。采香泾里青山在，寂寂琴台淡淡风。

玉楼春·虎丘

阿谁凿筑横塘路？勾引骚人千百度。云泉风壑铁华岩，道是吴王埋剑处。　　画堂已不悬弓弩，当向花间观蝶舞。无庸桂子吐秋香，与尔说回唐伯虎。

鹧鸪天·芝罘岛怀古

汉武秦皇一脉通，无谁舍得御床空。为寻几味长生药，每响鸾铃大海东。　　天子慧，帝王聪，焉知术士即渔翁。金钩甩出三千丈，不钓凡鱼只钓龙。

鹧鸪天·宁明道中

　　未借琵琶马上弹，雁声何带玉门寒？烟浮远阜今犹古，日落长河去复还。　　红叶坠，野风团，馀霞不向谷中盘。男儿若赌英雄气，可见前头十万山！

画堂春·凭祥烈士陵园

　　南疆小草露初干，风吹眸子重酸。甘将白骨垒雄关，多少儿男！　　松下无愁鬼哭，月边犹恐星寒。明朝客路过高山，谁献花环？

点绛唇·漓江会饮

　　何不开怀？衔杯倾尽江湖爱。一舟同快，明日谁还再？　　醉里初逢，无有相思债。休慷慨！夕阳天外，云去青山在。

〖中华诗词存稿·地域专辑〗

中华诗词学会 编

江西诗词选

（三）

胡迎建 主编

中国书籍出版社

China Book Press

图书在版编目（CIP）数据

江西诗词选 . 三 / 胡迎建主编 . —— 北京 : 中国书
籍出版社 , 2020.10
　（中华诗词存稿）
　ISBN 978-7-5068-7994-1

Ⅰ . ①江… Ⅱ . ①胡… Ⅲ . ①诗词—作品集—中国—
当代 Ⅳ . ① I227

中国版本图书馆 CIP 数据核字 (2020) 第 179740 号

江西诗词选　三

胡迎建　主编

责任编辑	李国永	
责任印制	孙马飞　　马　芝	
封面设计	采薇阁	
出版发行	中国书籍出版社	
地　　址	北京市丰台区三路居路 97 号（邮编：100073）	
电　　话	（010）52257143（总编室）（010）52257140（发行部）	
电子邮箱	eo@chinabp.com.cn	
经　　销	全国新华书店	
印　　刷	北京虎彩文化传播有限公司	
开　　本	710 毫米 × 1000 毫米　1/16	
字　　数	259 千字	
印　　张	23.25	
版　　次	2020 年 11 月第 1 版　2020 年 11 月第 1 次印刷	
书　　号	ISBN 978-7-5068-7994-1	
定　　价	998.00 元（全 4 册）	

目　　录

黄炎清

林兰修

刘　密

刘道龙

上饶市

吕美南

谢名荣

俞汉寿

杨锦霖

徐一德

熊耘涛

方振川

李宗保

邱松林

周熙平

朱德馨

辜汉保

江芳兰

张志和

景德镇

黄其波

余静寰

吕林基

罗树芳

吴竹林

王寿霖

叶恒芳

刘忠信

鹰潭市

吴威亚

刘泉生

严振东

范怀真

易光荣

张 炜

徐辉华

抚州市

黄良栋

王啸秋

黎梅卿

李茂垠

王明占

黄良桢

陈光远

叶金书

杨雨生

邱模楷

熊墨驹

邱左贤

吉安市

萧希龄

王春霖

廖龙祥

舒传宁

舒传宁（1949年—），靖安县人。中华诗词学会会员，江西诗词学会理事，江西书法家协会会员，靖安诗词学会副会长。

咏松·有感"职务犯罪预防"

青松撑日欲干云，几只毛虫暗蚀君。
入木三分诚可虑，哪堪入木过三分！

莫道虫儿一点丁，脑尖皮厚嘴如钉。
不将此害三刀铰，怎葆青松十足青！

观音岩风景区题壁

观音岩畔觅观音，莫道观音无处寻。
佛在我心心即佛，参禅未必向禅林。

杂咏六首

落　梅

笑看群芳竞，凋零寂寞身。
辞柯怜瘦影，堕地委轻尘。
野旷遥闻笛，墙高不度春。
明朝风雨里，可有探花人？

忆　柳

萧疏若散丝，秋尽欲何之？
入夏深成巷，当春绿满枝。
粘泥皆可活，吻地只缘痴。
莫叹飘零甚，相期解冻时。

探　竹

探竹春山里，归来暝色深。
毋为赏花果，自爱蕴胸襟。
解箨抽千尺，虚心胜万金。
风枝如可语，容与共行吟。

野 菊

人道秋容瘦，郊原景物稀。
何须堆锦绣，不用竞芳菲。
匝地披金甲，粘天送夕晖。
西风晚来急，一任晓霜飞。

石罅兰

石罅一株兰，欣欣顾影欢。
扎根三寸浅，占土两分宽。
独处心尤劲，无争梦自安。
孤芳临绝壁，何必上云端。

车过三爪仑

险径入云峦，车盘道道弯。
凌高方砺胆，放眼更怡颜。
野色宽于市，斜阳半让山。
前途虽未卜，我自等闲观。

黄　河

浩浩汤汤水泛黄，漫从风雨吊河殇。

不因故道千般险，未必灵源万里长。

亘古涛声随岳色，满川樯影动天光。

摇蓝异代翻新曲，拥抱椎轮助远航。

夜登深圳国贸大厦感赋

旋厅载我作坏游，五十三层最上头。

天际星河朝北斗，人间灯海拥中流。

一朝锁国全开禁，万类生机竞自由。

更借南巡好风便，大江歌罢趁飞舟。

庐山抒怀

风雨匡庐几度秋，湖光岳色自悠悠。

当空利剑凌河汉，破壁苍龙撼斗牛。

直笔万言诚硬骨，冲冠一恸系深忧。

彭公去后谁评点，认取雄关岁月稠。

咏黄果树瀑布

镇日雷霆撼八荒，气冲牛斗慨而慷。

人惊飞瀑明眸子，我爱横波枕石梁。

愿乞星河春汛早，不教尘海逆流狂。

晴空虹影如弓弩，欲射潮头合挽强。

水龙吟·梅花

一轮冷月晶莹，冰心数点酬天地。孤山事杳，罗浮梦断，犹撩诗思。笑靥初匀，芳唇半吐，此时风味。恐幽香消歇，清光黯淡，待持烛、深宵里。　　弄影晨妆临水，问南枝、共谁先倚。觞飞酃绿，吟飘香屑，美人呼起。冻蝶销魂，苍苔赍恨，可堪斜坠。便凋零、别有吹寒玉管，幻江城泪。

程润生

程润生（1949年—），号桔叟、半桔农，靖安县人。会计师。中华诗词学会、江西诗词学会会员，靖安诗词学会副会长。与同仁合编诗词丛书九部，著有《橘园存稿》。有诗作数次获奖。

橘园遣兴

树郁花繁缀满洲，闲云缕缕半山浮。
惬心莫过园中卧，搬块石头作枕头。

农村杂咏

三五相呼石径归，青山一抹下斜晖。
村娃尽绕荧屏坐，剩得流萤自在飞。

见公宴有感

酒家楼上醉醺醺，行令猜拳户外闻。
满座嘉宾皆食客，不知谁是孟尝君！

戊寅端阳书怀

风情古朴倍妖娆，五月榴花似火烧。
蒲剑根根悬户绿，粽香处处透檐飘。
万头簇拥皆看渡，一镇喧哗半卖桃。
岁岁端阳人欲醉，未知几个解《离骚》！

春日邀友人游园

喜结吾庐已十年，青山之麓小河边。
水中卵石清堪数，岭际闲云懒欲眠。
休笑沾来蔬笋气，只知挥洒性情笺。
诗兄若赴游园约，趁此莺啼二月天。

鹧鸪天·过农家

过得溪桥石板斜，山隈青翠掩人家。轻风隐约传鸡犬，田垄依稀种豆瓜。　　寻路径，问村娃，小友殷勤唤饮茶："客来请往家中坐，一户门前有桂花。"

西江月·家居

野外风清露白，园中树碧花香。鸟儿飞舞蝶儿忙，总惹诗情酝酿。　　惯看四时雨雪，莫谈人世炎凉。时逢骚友乐倘伴，来个浅斟低唱。

清平乐·岁末村居

男婚女嫁，一幅风情画。村落禾场梨树下，人闹锣敲鼓打。　　东家儿去迎亲，西家女做新人。忙煞全村老小，家家喜气盈门。

行香子·春日橘园遣兴

轻云霭霭，时雨霏霏。满河洲，芳草萋萋。林中啸傲，笔下生辉。喜远山青，橘花白，鸟声啼。　　宜晴喷药，按季施肥。数年间，早出晚归。抽梢绽叶，魂系情迷。算半果农，半骚客，一布衣。

念奴娇·红棉

南天二月，正花开水暖，春潮奔涌。万树朱花遮望眼，一派红光浮动。喷赤含丹，擎天火炬，倍得东皇宠。群芳若许，不知能与谁共？　更有挺拔身躯，枝条束束，喜往长空耸。小巷长街言语里，多少时人称颂。可叹虚年，徒然外表，木质非良种。民房农舍，天生难作梁栋！

沁园春·登倒天崖

峡谷之中，石巍巍，倒立天涯。是苍天倦矣？已从此坠；娲皇炼石，混沌初开！猿啸丛林，雁鸣天际，纵揽风光上峻台。凭高处，但千峰碧染，万壑声哀。　攀援恍入天街，悟笑傲风云几壮哉。观鲤鱼巨龟，逡巡仙界；泥牛玉兔，早脱尘埃。雾绕云蒸，霞辉日照，万象沉浮去复来。徜徉久，更天风吹雨，洗我襟怀！

【注】
双鲤上村、巨龟巡山、泥牛入海、玉兔下凡等均景点。

刘晓南

刘晓南（1950年—），万安县人，生于南昌。初中文化。江西诗词学会会员。有启蒙专著《汉字速成歌》面世。

江西竹枝词

细雨濛濛罩水乡，插秧人插六行秧。
后生手快拈行去，看是无双却有双。

车行湘黔多隧道

昼夜光阴转瞬迁，阅穷陵谷意飘然。
东坡小麦西坡黍，我拜山民不拜仙。

表兄门外有山字形天然奇石，绝似骆驼双眼一开一合

仰首黄沙气度闲，太湖饮罢质何坚。
而今小卧门庭外，容与谁来架笔杆？

读 史

金阙微明奉典仪，翩翩太后麝风吹。
百官鹄立珠帘外，各想清流又劾谁？

咏汽车修理工

金铁交鸣振夜空，焊弧月色两溶溶。
行车隐患消除罢，多少人家睡梦中。

咏南风用于谦岳坟韵

乘势而来渡漠河，白山无恙减嵯峨。
阴寒初扫期箫绍，炎热难屠沮律和。
扬谷场坪狐鼠集，弄帆湖海鳌鼍多。
空调馆所朱帘动，吹送千金一曲歌。

蝶恋花·忆插队初

昨日相逢堤岸处。鄱水风轻、扬起帆千树。
十载芳情遮不住，桃花两朵犹含露。　　　无奈
东君横作主。一霎阳光、一霎倾盆雨。地上枝头
成陌路，此情未了凭谁诉？

唐多令·读长恨歌书后

春暮柳翩跹，移栽向日边。引温汤、护得羞颜。底事渔阳箛鼓动？应来谢、洗儿钱。 环玦自年年①，西宫忆悄然。纵有心、争补情天？别样英雄迟暮感，子规雨、酹山川。

【注】
① 纳兰悼亡词："辛苦最怜天上月，一昔如环，昔昔都成玦。"

水调歌头·香港太平山放歌

灿烂出其下，卓尔太平山。回头铁缆行处，襟袖每馀寒。挹取鲛人清泪，试遍五丁神勇，何以付金盘？孑立仰天久，射目海风酸。 迎初旭，望衡岱，庆团圆。紫荆如玉，飞上螺髻媲婵娟。俯视香风蜃气，别具人间凉暖，赛马逐悲欢。阿里亲兄弟，携手莫迟延。

涂信之

涂信之（1951年—）　丰城市人。小学毕业后务农，1968年参军，1971年负伤致特等伤残。自学文史，著有《闲轩吟草》，待梓。

己已杂咏（选一）

三分诗兴两分雄，锈却龙泉壁上锋。
仅得一分闲雅意，时萦笔底效春风。

漫　笔

门前惯种美人蕉，阔叶长花慰寂寥。
瑟瑟秋风凋未尽，闲听也似竹萧萧。

迎春杂咏（选一）

峭壁一劲松，抖索枝枝雪。
春光付流莺，笑卧自孤绝。

题妻所种盆景

荆妻山地长，看惯四时花。

不识绫罗贵，偏谙草木华。

水仙须垒石，金菊半掺沙。

莫笑蜗居陋，芬芳接远霞。

夜读《老子》

夜读寒窗下，虚心返自然。

蜇蛩声怯怯，狂鼠闹喧喧。

落叶敲僵地，尖风透绮帘。

妻怜孤坐久，唤出道家禅。

贺新郎·拟闺情写怀

心事从何说?记当时、斧镰旗下，盟山结发。德义如君当倾爱，况正雄姿英发。拼玉质、妙龄芳节。共过重关都觉险，感相知、无处不欢惬。曾举酒，歃斟血。　　君心一变春飞雪。笑长门、千金买赋，乞求余悦!物态人心原无别，天弃残红填辙。都只怪当时痴绝。悔断柔肠羞启齿，只而今、难改心如铁!将斛泪，洗尘瑟。

黄炎清

黄炎清（1952年—），高安市人。江西诗词学会、江南诗词学会、北京诗词学会会员，宜春诗社理事，高安市作家协会副会长。

感　遇

愧对花开又一轮，故乡烟雨罩寒筠。
十年蓬勃云霓近，万树参差曙色新。
是处荒山宜种木，何方净土不培人。
梅梢恐伴韶光晚，半面先窥寂寂春。

1991年3月

清明故乡行

漠漠轻寒廉纤雨，清明雨霁春光煦。
西山冷落墓田稠，古人寂寞今人舞。
我到坟前长伫立，眷然挥泪春衫湿。
先父辛勤几十秋，力尽持家唯四壁。
感党富民政策好，挥手甩去贫穷帽。
尚有馀钱盖瓦房，陈谷连年仓廪饱。
一樽泉下慰先人，我父有知应含笑。
桃李枝头春淡荡，池塘水面鱼吹浪。
临渊徒有羡鱼情，无罾无网空惆怅。
忽惊春去不多余，暮窗灯下读残书。

1991年4月

吊杜甫

诗不穷公曷自瘦？少陵孤棹褐衣寒。

关河草木干戈泪，霜鬓风尘秋夜蟾。

何必杜康浇块垒，应须清气塞山川。

当今但赏琼琚句，孰解啼鹃泣血篇。

1992年3月

偶　感

岂有阳春和者稀，村夫或解锦囊诗。

漫言润玉烧能涸，须信朝晖浣不缁。

万里罡风鹏拍斗，一枝榛梗鷃夸篱。

可怜南郭愁生计，无复当初滥奏时。

1992年4月

游猛洞河

久慕湘西水，寻诗猛洞游。

随船飘黑蝶，逐浪点银鸥。

锦嶂横归鸟，崖花落钓舟。

登临驰远目，吊脚土家楼。

1996年4月

游万载竹山洞

一派逶迤走山谷，溯源清冽出洞腹。

垂天危瀑洗尘襟，渡越津梁连水陆。

狭路幽幽卧牯牛，草坡急急奔麋鹿。

穹隆滴乳润芝田，海韵椰风悬画幅。

顿悟神仙窟宅游，徒劳梦寐浮名逐。

2000年8月

采桑子·早春

烟波湖面轻风拂，吹尽残冬。细雨濛濛，隐去南山几座峰。　　楼头遍觅春消息。柳线摇风，绿草茸茸，鸂鶒双双戏水中。

1987年

雨霖铃

弥旬犹落。对潇潇雨，几处楼阁。蜂愁蝶怨花泣，梁间燕、叹重重帘幕。点点声敲玉砌，绣帏滞针脚。绕枕畔、夤夜鸣廊，涩梦玎玲响金鈅。　　檐前淅沥还如昨。望野田、滉漾平沟壑。天边隐隐雷震，云黑处、又昏城郭。倩尔东风，携雨、西行润彼荒漠。更重现、一片蓝天，海日看腾跃。

1992年3月

满庭芳

甲申岁秋，旅居龙岩，夜深无寐。

傍路喧车，饮茶破睡，夜深慵下帘栊。疏星残月，花圃诉秋蛩。四望重峦迭嶂，伤情处、苍翠空濛。人无寐、寒轻露重，流水小桥东。　　劳生、如梦幻，三杯软饱，一枕酣浓。奈镜中颜改，华鬓蓬蓬。何以青山不老？山似我，应号衰翁。凭谁问、青山笑我，你自问西风。

林兰修

林兰修（1953年—），铜鼓县人。律师。中华诗词学会会员，先后发表过200余首诗词，并多次获得全国性奖项。

兰

纤纤秀叶草中君，杯土能留四季春。
莫道身无玫瑰色，幽香醉煞惜花人。

碣石观海

行将不惑初临海，顿觉心胸海样宽。
浩渺寻诗非学子，琳琅拾贝又童年。
礁头浪泼千堆雪，水面云翻万里烟。
三五轻舟追日去，心随帆影到天边。

西湖赏雪

一夜朔风劲，千山着素衣。
西湖寒与共，瘦影冷相随。
却步悲残柳，惊心仰傲梅。
生机锁不住，立雪看春归。

虞美人·乡间即景

村前一脉弯弯水，日照清许。红衣舞处白鹅群，这是谁家少女弄霓云？　　山歌唤得流莺叫，柳翠花儿俏。葱茏两岸播芬芳，一望田园处处好风光。

刘 密

刘密（1954年—），宜丰县人。1989年山东曲阜师大研究生毕业，文学硕士。现为宜春市委副秘书长、市委办公室主任，宜春职业技术学院党委书记、院长，宜春诗社顾问。

仰山寺

1998年春，与北京友人游宜春仰山寺旧址，除塔林外，仅见两棵千年银杏，当年气象难以想见矣。

千年古寺惊空旷，农舍俨然嗟杏伤。
碑草爬梳朝露浸，塔篁兀立暮昏凉。
幼安留唱集云下，郑谷遗风古庙旁。
冷眼仰峰唐宋月，残曛徒照址墟荒。

明月山歌

汉王封侯驭八方，云梦一瞥指宜阳。高士披发袁山下，乃知明月出西江。昌黎初牧袁州府，系马古庙有石桩。慧寂栖隐仰山寺，银杏苍然木鱼响。古来猿猱愁幽谷，长啼如飞惊强梁。嗟尔山形奔龙势，都官抚额鹧鸪伤。混沌初开多歧路，何处归程欲断肠。万古明月照，得名更妖妍。危石累累寂寞故，层峦森森皆无言。谷深莫测孕诡险，天高鸟浮说神仙。茫茫然兮，烟华雾海水流年。幽幽然兮，今古滔滔入无眠。北山悬飞瀑，东麓华木莲，问尔何方来，泻泻又绵绵。若晴必去骄倨气，一碧如洗心如湔；若雨则将明暗昧，昏昏蒙蒙练慧眼。兽王一吼百虫走，孤崖冷落对荒原。君不见地心极处热潮滚，喷薄一吐为温泉；君不见仰山绝顶雪谷潭，慷慨勒石辛稼轩；两龙常从水中起，阅尽千古名利园。眨眼百年过，荣枯草翩跹。夜静听风南山密，天籁握笔写玄机。涛乎岚乎相对过，静矣动矣启阳阴。遥将飞流做白练，一缕飘然逍遥行。劳劳不如弃喧嚷，寄结草庐纾幽情。如仙出浴风尘涤，灵府一洗凡胎轻。风吹天外兮世界殊，空谷足音变数新。李杜再生称无咏，云霓才剪骨相奇。毋如兴起舒长袖，舞之蹈之歌离离。尔身若飞兮，眺吼奔腾曙气微；尔心若狂兮，翻手转托触天危。浩然一笑眼若虹，手揽海内人纷纷；地利独得明月景，更兼入禅形与神。圣人太息兮，逝者逝者如斯夫；今我长啸兮，来者来者犹可追。川流浩浩兮，生命生生不息遍全球；万古不灭兮，神龙凌空矣中华腾飞。且作明月歌，且刻今古明月铭，歌我颂我美丽山，人间袁州喜见临！

水调歌头

2001年12月，与省委党校17期中青班同学40余人上井冈山参观学习。时在冬季，满目萧瑟，念之思之，遂得词二首，此其一也，时赠萍乡江涛。

又上黄洋界，手携赣与湘。世纪烽烟凋落，相约觅丛莽。星火文心缀处，号角一啼天亮，犹记五更凉。我怀罗霄久，故居逸思长。　　枯石醒，新酒酿，糙米香。风物能识、朱毛扁担万家粮。云海沧桑一瞬，竹叶两丛向晚，余兴下夕阳。放眼鸢飞过，寥廓欲何方。

刘道龙

刘道龙（1956年—），靖安县人。中华诗词学会会员，江西诗词学会理事，靖安诗词学会副会长，《当代诗人词家作品汇编》副主编，《水木清华》诗词丛书等诗词专辑主编。

踏青太平洲

洲边三月好春光，岸阔涛平鸥鹭翔。
天落潭中影零乱，风穿花簇气芬芳。
凌波绿叶沾珠玉，入水丝纶钓夕阳。
最是新篁情好客，翩翩曼舞逗诗狂。

故　乡

千年桂树老墙低，雀蛋掏窝爬木梯。
朗月一轮辉野岭，炊烟几缕绕明溪。
秋初稻熟翻金浪，春暮雨晴衔燕泥。
放牧南坡频举目，掷鞭时日把名题？

翠竹山庄风韵

踏进山庄慕碧坡，高悬铁索客如梭。

群峰夹道迎霞彩，一水中穿逐浪波。

薄雾拥篁随兴舞，春风拽树尽情歌。

飞舟更壮英雄色，翠竹休闲快意多。

家乡秋景

牛羊戏牧小溪边，彩蝶翩翩景色妍。

绿叶黄花双映地，银棉金稻共辉天。

旅游热线穿村过，致富新桥跨水连。

笑问诗人何所趣？神飞舞墨赋吟篇。

雪天宝峰寺

闲游宝刹雪纷霏，香客偷偷笑语讥。

干事众僧寒颤抖，监工菩萨不穿衣。

即心即佛芸生渡，非假非真天下依。

万象人间谁说是，木鱼敲响问玄机。

游明月山感赋

我疑此处是黄山，雾绕霓绡浣翠颜。
千仞崖悬无鸟戏，万棵松下有泉潺。
神仙问道羊肠曲，鸣鹤安巢古树弯。
采韵宜春明月谷，如融画里不知还。

读"八仙"好塑"海"难过

《团结报》2005年12月17日报道，某单位为树形象，举债数百万元，建"八仙"广场，施工队伍上门索债，无力偿还。

"八仙"好塑"海"难过，花样如今特别多。
修路一条钱去借，建楼几幢债来驮。
养头小豕说成象，孵个鹌鸡吹是鹅。
钓誉沽名官位显，弄虚掠美赛高科。

赞靖安罗湾白茶

三春有幸品新茶，仙茗无声醉客家。
霞脚云腴奔雪浪，青峰簇日吐雷芽。
香沁肺腑舒肠胃，味入肝脾理乱麻。
今借芳名扬咏苑，人增境界笔增华。

【注】
广东等地迁居到罗湾的外籍人，称为客家，现罗湾多为客籍人，故喻。

游宝峰寺感赋

宝珠峰下佛光明，圣地重兴令我惊。

壁立神雕如铁汉，蟠根古柏似干城。

禅林露洒滋佳木，深谷钟鸣听梵声。

风雨几番嗟变化，世人叩拜问前程。

雪梅香·黄山人字瀑

屹桥上，飘飘洒洒白茫茫。诱眸千寻处，蛟龙破雾山冈。声若惊雷鼓追号，势如仙鸟凤携凰。妙哉也、日洒花开，踏浪翱翔。　　夸张、入仙境，紫石朱砂，却把身藏。壁屹苍松，翠峰半挂云祥。雅态妍姿晓何处?碧天晴昊九霄堂。谁挥笔、点画江山，今有刘郎。

风入松·黄山百丈瀑

天边倒挂幕千寻，谁在弄瑶琴？寒光万丈春峰露，老龙问，世外来宾：窥视银河藏宝，为何乱拿龙琛。　　长垂白练付诗吟。空谷绕梁音。迷离扑朔娇颜笑，画中丽，怎忍相侵。薄雾浮沉轻舞，一虹荡漾琼林。

满庭芳·黄山九龙瀑

苦竹枝头，丞相源里，九龙相伴凌空。玉屏楼上，难得附吟风。只见群雄摆阵，好架势、扫遍苍穹。山山震，云遮雾绕，把个紫霄封。　　淙淙、珠玉洒，云天妙接，梦幻人懵。卷帘舞霞来，气势汹汹。扇面隐珠九昊，坡坡靓、可照娇容。鸣幽谷、烟横玉泻，雅韵豁心胸。

陈少白

陈少白（1957年—），初中文化，曾作过农民、工人、拖拉机驾驶员、电影放影员、中小学教师等工作。现为某机关公务员，宜春诗社副社长。

农　家

曲水斜经三两家，庭栽白芍院种瓜。
谁家更有窈窕女，隔篱犹护栀子花。

1957年6月

登丰顶山主峰

险上峰巅鸟迹无，高声唯恐近天都。
云生足下霓岚滚，日照山腰似碧湖。

1982年5月

乙亥十一月二十二日午夜偶成

夜雨风声急，更深入未眠。
孤灯偕瘦影，独坐对寒天。

严　岗

严岗（1963年—），宜丰县人。1984年毕业于江西师范大学中文系。先后在高安师范、宜丰中学、宜丰报社、宜丰县政府办、县文教局工作，现为县委统战部副部长兼县工商联党组书记。近年致力东方禅文化园建设。

读《中国佛教发展史略》呈南怀瑾老师座右

达摩东来传禅宗，嵩山面壁九年功。
六祖曹溪倡顿悟，一花五叶云从龙。
江山清奇文蕴厚，黄檗洞山两宗雄。
龙来象往数百载，法徒衍播满亚东。
学术光辉耀千古，禅林风规拟大同。
古寺倾颓生艾蒿，僧塔狼藉披绿绒。
还待南师一振臂，两山遍植金刚松。

鲍　焱

　　鲍焱（1964年—），字桂庵，号拜月斋主，万载县人。1985年毕业于江西师大物理系，曾任大学教师，现任宜春市史志办副主任。江西诗词学会常务理事，宜春诗社常务副社长，《宜春诗词》主编。《文人鲍焱与他的文化收藏》专题片在全国40多家电视台播放。

故园行

谁植池边柳，青青不记年。
故园今日近，随处见炊烟。

山　行

霜风临古道，撩我路人衣。
云际鸟飞绝，山中红叶稀。

饮菊花酒

窗外见残雪，把杯消暮寒。
何时五柳菊，和泪上青衫。

过故人宅

竹篱小砖屋，石径走青蛇。
百载连天木，三春接地花。
水涓寒若玉，苗盛簇如麻。
何日返桑梓，卜邻学种杉。

春江望月

皎皎初春月，团团江上生。
素娥尝药去，乌鹊绕枝惊。
照水光偏白，浮云色益明。
小楼无俗虑，杯酒抚弦琴。

翰峰惠画菊

颐老惠余菊，秋来色更佳。
翠积千片叶，金剪一枝花。
蕊逐蜂须乱，英随蝶翅斜。
芳菲五柳见，更称在谁家。

荷　花

蘋末风来候，招凉入藕花。
香宜栏共倚，人在水之涯。
冉冉丹渠映，翻翻翠盖斜。
伫看摇宿露，相映卷红纱。

和氏璧

片玉寄幽石，久湮百代名。
荆人献始遇，良匠琢初成。
水映寒光动，虹开晚色明。
知君别有用，含笑伫连城。

过菱湖

四月芳菲后，驱车又一途。
文章惭父老，憔悴胜当初。
花去香犹在，风停雨似无。
神游欲岭北，鹧鸪久相呼。

谒鲁迅墓

晚来何意苦相寻，文字生涯寄托深。
虹口夕阳残照里，清歌一曲慰公魂。

读 史

屈人之术不关兵，六国如何纷事秦。
应笑孟尝难养士，鸡鸣狗盗保全身？

中 秋

晚日馏红嫩柳丛，斜松只在玉溪东。
暂凭杯水赊凉月，为谱新诗候野风。

蔡长远

蔡长远（1969年—），靖安县人。工艺美术师。现为中华诗词学会、中国民间文艺家协会、江西省美术家协会、江西省书法家协会会员，省青联第七、第八届委员，宜春市政协第一、第二届委员。

读《天白诗稿》兼怀刘绪焱先生

北河水曲天然韵，九岭松涛发浩音。
我爱先生饶雅致，一花一草以诗吟。

纵横艺苑笔如神，出语天然思不群。
诗教弘扬为己任，清茶淡饭愿安贫。

常携椽笔九州游，写尽风情韵自由。
莫谓神州天地阔，茫茫诗海泛扁舟。

同游黄山感怀

奇松怪石隐仙踪，健履同游始信峰。
燕雀奋飞图作鹄，鳌鱼猛跃欲成龙。
眼根有悟尘霾外，心镜无求日月中。
不学俗人留爪迹，只将云海荡心胸。

游明月山即兴

我羡山中客，四时物色鲜。
推杯多野味，濯足有温泉。
月映心头镜，村疑世外园。
闲来参妙谛，情挂白云边。

剑 川

剑川(1974年—)，原名毛静，字震孟，丰城市人。自学无成，转益多师；雅好文史，而终无建树。谋食之暇，勉而为诗，十数年间得百余首，名之曰"东湖集"。东湖者，故里所居之地也。

南矶山观鸟

汝亦翩然来，吾亦翩然至。
踌躇不肯行，娉婷为何事。

蒋巷观桃花

莫言春水深，莫道东风薄。
不是汝多情，桃花自开落。

别意三首

咏鸟为罗罟所伤者

一自脱尘网，平生怕风波。
羽伤犹可舐，心伤其奈何。

咏桃花有峻拒不开者

非是拂君意，人生叹遭逢。
萼残冰雪后，不肯信东风。

咏藜蒿有苦不堪食者

苦终非我心，我心泪如雨。
青青堪采时，君其在何处？

登锁江楼塔

为遂平生愿，乘风到此州。
塔横三省棹，楼锁一江秋。
水自分荆楚，涯难辨马牛。
十里黄梅县，留当不系舟。

望五老峰

终古几人登上寿，劳心劳力到龙钟。
何时勘破红尘局，来作天边五老峰。

登琵琶亭

青衫白傅是前缘，一曲琵琶已万千。
便使人间商妇泪，生憎江上买茶船。

诸兄饮有怀陶靖节

水槛销收陌上尘，浔阳楼畔旧关津。
波光如酒皆成醉，山色无时不可人。
已觉功名成后事，浑忘明月是前身。
南来北往江湖客，谁念柴桑草土臣。

偕江右诸子夜宿玉华山分韵得"萝"字

抛却凡尘念，来登此崇阿。群山知迎迓，
一一耸青螺。竹渠接灵脉，石根聚云窠。深涧沸
蛙鼓，石罅恣绿萝。策杖振风袂，浩然发啸歌。
神闲控意马，气定降心魔。衔杯石上殿，星辰手
自摩。迢迢银河水，湛澹不扬波。汲来亲濯洗，
横剑斗边磨。

登宜丰官山

山势割吴楚，崚嶒一径通。
拨蛇寻古蹬，诛草枕吟虫。
月瘦猿迁树，雨肥溪幻虹。
整装登绝巘，快意几人同。

上饶市

程镜寰

程镜寰(1890—1976年)，字览宇，铅山县人。1914年毕业于江西省法政专科学校。抗战时曾任江西九江中学国文教员。新中国成立后任铅山中学教员、县人大代表、政协委员。有《程镜寰诗文遗稿》传世。

踏莎行·舟行鄱阳湖

隐隐轻雷，朦朦细雨，扁舟摇在鄱湖里。长堤芳草绿如茵，朝来约略生春水。　　脉脉离情，盈盈别泪，此行端的无情绪。不知何处是家乡，纵然有梦难行处。

永遇乐

读稼轩北固楼词并白石词，沉雄雅正，为之技痒，况旧游宛然在心中，勉而继作之。

眼底金焦，胸中兵甲，倾吐愁处。词侠豪情，词仙继作，长啸都归去。到于今有，笼纱妙句，我亦随军来住。蓦然见，江山如此，玄黄百战龙虎。　　欧风美雨，横空吹扫，故国不堪回顾。收拾民心，滋培民气，革命翻身路。新亭挥泪，沙场浴血，重见美人桴鼓。把前朝兴亡旧史，尚曾记否？

念奴娇·自题枕剑阁词集

寻声按谱，把泪珠和墨，抛残尘土。莫计银筝弹板叶，藉作消愁记语。满纸传情，几行书怨，约略空描补。瓣香谁奉，稼轩白石双主。　　生悔北辙南辕，东涂西抹，博辛劳如许。老去填词同调少，难觅知音伴侣。大地烽烟，中原禾黍，又甚关情绪。商量身世，惟有冷猿啼雨。

胡润芝

胡润芝（1928—2005年），字佑璋，号任之，又号莆堂，婺源县人。在上饶群艺馆工作。江西省书法家协会名誉理事，江西省诗词学会名誉理事，其艺术成就先后载入《中国当代书法家辞典》和《中国当代国画家辞典》等辞书。著有《胡润芝国画集》。

题瓶梅图

不卖人情不卖钱，嚼喷烂墨胆经天。
扬州八怪难容我，我是信江一画颠。

题墨兰

蒙卿爱我墨兰花，我画兰花学马家。
可惜秦淮人已去，空留名姓至无涯。

题水墨山水

近百年来骂四王，四王未必尽荒唐。
个中无我无非我，法古师今自成章。

题三清山姐妹松

姐妹双双下凡间，并立三清已千年。

料是人间留不住，如今冉冉又升天。

【注】

三清山有千年姐妹松，忽于八十年代后期枯死，惜哉！画此纪念并题俚句。丁丑深秋

题金鱼图

逐队随群乐融融，星光万点耀日红。

今朝池中供观赏，何时腾跃化蛟龙？

题蟹形兰（辛巳畅月）

看见螃蟹眼就馋，逢人便把美味谈。

市集寻觅谈何易？信手写出蟹形兰。

题猫鼠共处图（丙子初冬）

狸奴缘何睡昏昏，终朝酒肉醉醺醺。

鼠子横行无所忌，从此互称哥儿们。

李炳才

李炳才（1928年—），鄱阳县人。大专文化。曾任县人民政府办公室副主任、县志办公室主任、《鄱阳县志》副主编，现任重修《鄱阳县志》总纂，鄱阳县诗词学会副会长、主编。撰有《李炳才诗文集》。

过石痕村

五十年前此地居，求知日日得宽馀。
昌江深邃凭游泳，芝岭崔巍任竞趋。
幼稚不知经世苦，清寒岂悔许身愚。
诲吾"正气"犹能记，展卷风檐岁月徐。

1993年夏

过蔡义德墓

秋末凉风触体寒，蔡郎坟上纸香残。
云天谊重平生识，湖海情长几度看。
良骥难能追万里，哀麟空自绝三编。
今来蒿里寻遗迹，老眼模糊泪不干。

1998年秋

鄱阳香菜丰收得新安如约收购

饶州城外绣成堆，香菜如茵长已肥。

造化独怜春色好，乡民何怯创收微。

销售有约来新肆，诚信为商仰古规。

无数芳鲜揽将去，村村歌伴笑声飞。

久　违

无意寻春春又回，饶州城外百花开。

思边老马拳毛动，恋业工蜂鼓翼飞。

致远当从宁静起，成功应自苦辛来。

白头幸有能为事，潇洒生涯未久违。

2007年

忆游瓢里山

风景珠湖好，珠湖别有天。

一瓢浮水面，数鹤舞林前。

竹影遮孤寺，松声送客船。

谁将南海喻，仲淹笔如椽。

2002年秋

【注】

宋范仲淹知饶州，游瓢里山，曾书"小南海"三字以志。

春夜宿农村

农家二月竞开耕，阴雨烦人睡未成。
晨起看秧秧已出，却疑春暖在三更。

1996年3月

鹧鸪天·观渔

三月桃花细雨天，鄱湖几处打鱼船。东钩西网抛将去，无调歌儿信口传。　　桡忽歇，饭临舷。湖鱼现煮更香鲜。休言水上无多伴，鸥鸟知机往复旋。

吴宏谋

吴宏谋（1930年—），上犹县人。大学文化，历任农艺师、高级农艺师。中华诗词学会会员，江西省诗词学会理事，上饶市诗词学会常务理事，横峰县诗词学会首任会长。著有《寒梅诗词联选》。

井冈翠竹赞

井冈翠竹皆刚劲，郁郁葱葱林茂盛。
血雨腥风不折腰，火烧刀砍又生笋。
挑粮速制铁扁担，御敌巧施钉竹阵。
四季长青风格高，又为建设争先进。

疆场马背笑吟诗

疆场马背笑吟诗，横扫陈靡晦涩辞。
笔挟风雷推旧制，书腾龙凤铸新词。
倚天抽剑三山倒，咏雪迎春万物滋。
帷幄运筹操胜算，文韬武略圣明师。

董　策

董策（1930年—），万年县人。简易师范肄业，曾任小学校长，县中书记，万年县共大副校长，国营梨树垦殖场场长、乡长等职。著有《东林诗词集》和《辞林诗词集》。

夏日早晨村游

日出山河丽，荷花带露妍。

稻黄金色灿，楼阁乐歌喧。

鹅鸭闹棚圈，牧童扬畜鞭。

农夫相继出，嬉笑话丰年。

农　家

农家改制乐田园，绿映高楼景物妍。

庭院花香盈衫袖，荧屏音响奏钧天。

粮鱼藕杂连阡陌，茶果山林富自然。

科技兴农财路广，棚中瓜菜四时鲜。

含鄱口揽胜

危亭俯瞰兴悠然，滚滚江湖在眼前。
一镜平嵌吴楚画，万峰倒插水中天。
舰船竞发波涛涌，鸥鹤翱翔众鸟喧。
五老峰边看不厌，烟霞缭绕似成仙。

张静江

张静江（1931年—），安徽枞阳县人。经济师，上饶市商业局离休干部。中华诗词学会会员，北京澄霞诗社顾问，上饶诗词学会常务理事，《名品灵诗词》编辑。著有《市声斋诗联集》《市有斋文集》等书。

读《咏梅吟草》，奉赠史咏梅女士

桐城自昔文风著，翰墨名媛夙有闻。
梅竹风寒吟苦节，芙蕖日丽见清淳。
千帆过尽迎归棹，一面缘悭未识荆。
风雨沧桑情万种，好凭吟牍觅知音。

少小离乡未解愁，故乡风物驻心头。
募旗山下春常在，白鹤峰前水自流。
运甓有痕留胜景，射蛟无迹逝扁舟。
感君一卷随鸿至，慰我乡思胜百筹。

1999年11月

大坳水利工程揽胜

花木扶疏一圃中，寻芳揽胜此登临。

近淘五府甘溪水，远眺灵山睡美人。

千顷平畴翻谷浪，万家歌舞乐升平。

春光无限潇湘意，紫阳红尘满目春！

1999年11月

黄春根

黄春根（1932年—），余干县人。原余干瑞洪中学校长、书记。中华诗词学会会员，余干诗词学会首届常务副会长。主编《环湖诗词选》《东山诗词》《镜泊诗缘》《金山寺诗选》等多种诗词书刊。著有《楼外楼》《晚晴集》等诗词专集。

游武夷山九曲溪 （二首）

（一）

九曲天然景，清奇远俗尘。
筏回诸嶂合，云过半溪阴。
频落大王泪，长消玉女魂。
民间神话美，千载迓游人。

（二）

竹筏下深潭，景观分外妍。
奇松云际碧，怪石水中丹。
仙榜三杯酒，灵岩一线天。
万千游客醉，欲返总留连。

鄱湖金秋

气爽天高碧水流，缤纷璀灿不胜收。
浮金夕照翻波动，滴翠匡庐入梦游。
白絮香飘千顷雪，丹枫红破一湖秋。
何当剪下迷人处，赢得诗情万载留。

东山揽胜

涉足吟坛鬓已秋，探奇揽胜远红楼。
百寻羊角云间动，一抱琵琶水上浮。
峰托龙池翻夜月，山横冠冕豁明眸。
兴来携卷登山唱，声自风流韵自遒。

金山寺秋眺

枫红水碧净无烟，山色湖光秋更妍。
万顷银涛翻大地，几行斜字写云天。
三江浩淼腾微浪，一寺巍峨立大千。
但得景观常醉我，管他鼠目或鸢肩。

游镜泊湖

应邀万里镜湖游，绮丽风光眼底收。

地下森林奇宇宙，天宫宝鉴落神州。

苍山蘸水开诗境，飞艇犁涛荡俗愁。

最是桑榆吟夕照，晚霞红透一天秋。

姜少臣

姜少臣（1933年—），黑龙江省人。曾任"八一"革大指导员、土改工作队长、上饶地委党校主任、上饶地区文教处处长、上饶地区文联主席，现任上饶市诗词学会会长、江西省诗词学会常务理事。

踏莎行·忆往

北国挥戈，驰骋风雪，硝烟震荡冰河裂。壶浆箪食敬王师，秧歌转扭松江月。　　挺进江南，征鞍不卸，残山席卷妖嚣灭。悲瞻血染野花香，欣开故国千秋业。

水调歌头·除夕

瑞雪方飞尽，烛影祭坛红。双春同至年底，相约问青天。几百金龙竞舞，万朵落霞怒放，飞泼慢游空。醉眼望长河，沙渚似漂蓬。　　广宇外，日欲暝，浮眉峰。人间陈迹多少，常忆众贤翁。正是当年戈马，震荡长江南北，叱咤几英雄。素志酬吾辈，来日更相逢。

徐　浩

　　徐浩（1933年—），万年县人。江西省诗词学会会员。曾任万年县政协副秘书长、文史办主任、《万年县志》执行主编。

咏万年仙人洞遗址

城东十里小荷山，何处飞来驻此间？
壁立千寻疑鬼斧，洞开一面落尘寰。
倚天拔剑雄今古，绕石穿云费陟攀。
莫道初民人去远，且看遗物亦斑斓。

游吊桶环遗址

小荷山侧矗巉岩，巨桶如形上半环。
碎玉斜铺荒野径，闲云飞渡洞中天。
先民躬耜留痕迹，过客漫游有遗篇。
曾向深宫频叩问，张牙怪石欲言难。

参观香港回归纪念碑感赋

休将旧事重提起，一岛沉沦历几霜？

帝子衔羞肥劲草，港人忍辱泣残阳。

岂知天道时空易，应是珠还日月长。

肠断当年流逝水，千秋勒石照香江。

长城怀古

防胡何必倚城墙，泪洒千年女孟姜。

铁腕难降农奴戟，神鞭未挽暴秦亡。

王侯征战谁之罪，百姓遭殃国亦殇。

万里长城明月在，始皇功过自平章。

苏幕遮·参观浮梁旧县衙

　　日西斜，天欲暮。杨柳丝丝，好景留人住。柳絮晚风天外舞。兴致悠悠，又踏新平旅①。　　县衙前，相与语：旧日官场，谁识其中趣？今日都成芳草处。幸有婵娟②，一一真情诉。

【注】

① 新平，旧时浮梁别名。

② 婵娟，指导游小姐。

眼儿媚·锦湖公园桃花

　　碧桃带露上晴梢，红映水中桡。花间倩影，缠绵细语，过客魂销。　　蛾眉初展枝条染，脸颊为谁烧？东风吹起，一春心事，只待明朝。

袁世明

袁世明（1933年—），余干县人。曾任余干大溪、江埠区党委书记，享受副县级待遇。中华诗词学会、江西诗词学会会员，余干县诗词学会顾问，瑞洪诗书画协会常务理事，《瑞洪书画苑》副主编。

甲申重阳夜宿黄山

月照黄山夜，轻霜催绿兰。①
秋风敲树瘦，灯影抱花残。②
不道高峰冷，独忧旷世寒。
更深香梦远，最忆是乡关。

【注】

① 绿兰：本草植物，夏秋开花，淡黄绿色，俗称绿草。

② 抱花残：灯花菊花皆是，古诗云："宁愿抱花枝头死"。

庐山有感

翠黛匡庐挺劲松，"万言书案"见遗踪。①
登高峻岭汉阳上，径险方知世道同。②

【注】

① 一九五九年庐山会议，彭德怀元帅向毛主席党中央上万言书。反而受到批判而罢官。

夏云奇峰（康山八景之一）

翠盖奇峰险，层云叠嶂浓。

暮残生玉兔，夏夜景玲珑。

忆江南·康山乡

余干秀，最秀在康乡。四面远山云雾绕，一湖蠡水翠螺昂。南国好风光。　　康乡忆，最忆是湖池，千里碧波龙影舞，水晶宫底锦鳞随。湿地胜瑶池。

彭华川

彭华川（1935年—），字辰曦，余干县人。中华诗词学会会员，江西省诗词学会理事，余干县诗词学会顾问。著有《辰曦藩外吟草》《守拙庐联文选》《五情唱晚》诗联专集。

新　居

新楼拔地绮窗豪，双燕踟蹰觅旧巢。
绕屋呢喃叨絮语，遍寻无着似牢骚。

清　明

雨后郊原万物苏，百般红紫织新图。
墓门杯酒春秋祭，未识慈严飨也无？

夕照吟

衔山落日益鲜妍，如火如丹霞满天。
虽近黄昏犹矍烁，尚留余热哺桑田。

夕阳倦卧老黄牛，慢嚼粗刍憨不愁。
终岁辛劳输尽力，犹祈仓粟实瀛洲。

雪后赴锦江途中

冻土初苏后，春光无际涯。
穿垣新蹿笋，匝地渐开花。
灞岸黄溪水，王孙翠渚沙。
田夫相谊洽，一路话桑麻。

重九登东山览胜

拾级上山巅，凭虚我欲仙。
开襟囊白絮，举手抚青天。

远缀江如练，低缙间似钱。
戴萸吟醉谑，华发各陶然。

金婚赠内

合卺驹光五秩过，此生多难感蹉跎。
丁年用命参商隔，耳顺归休琴瑟和。
总未描眉因木讷，长经举案味情波。
欣逢盛世身心健，绕膝童孙共放歌。

嫁得黔娄运蹇乖，鹑衣薄饭少璜钗。
农田劬瘁争分值①，家计绸缪措米柴。
块垒难消胸郁结，眼眉常蹙脸阴霾。
今看拮据成陈迹，百事舒心慰汝怀。

【注】

① 当年拙荆在生产队劳动，靠挣工分吃饭，良多辛苦。

老骥吟

休闲老骥志难移，犹欲酬边去勒碑。
抖擞拳毛捐剩勇，撑持赢骨续馀驰。
尘心淡似窗前月，豪气浓如酒后诗。
衣带渐宽终不悔，清宵有梦到安西。

念奴娇·电视剧《水浒》观后

当年水泊，啸山林聚义，鼎盛时节。末路英豪麇此集，恶富贪官惶慑。除暴安良，锄强扶弱，声势惊京阙。狂飚迭起，廓清环宇妖孽。　　腐吏笃奉愚忠，招安求降，喋喋何嚣切？幻想荣华安可及，肱股灰飞烟灭。奸宄专权，枭雄自戕，遣鸩遭荼殁。千秋嗟恨，蓼洼空剩凉月！

张鑫昌

张鑫昌（1935年—），余干县人。中国农业银行余干县支行退休干部。江西诗词学会，中华诗词学会会员，余干诗词学会常务理事。

四时吟韵

乱花迷眼斗芳菲，座座新楼锁翠微。
燕子呢喃寻旧垒，飞来飞去貌全非。

古岸桥边日影斜，柳荫垂钓乐无涯。
水波荡漾浮标动，钓起尺鳞激浪花。

移民建镇

移民建镇感中央，挖土平洼斗志昂。
拔地高楼平地起，冲天春笋破天荒。
山沟攘攘成新市，僻野熙熙奔小康。
从此远离洪水患，安居乐业颂虞唐。

苏　洲

苏洲（1936年—）字孝悌，笔名文波、葆萌、子由，号象山居士，铅山县人。毕业于赣东北大学，先后执教铅山中学、港东中学。江西省诗词学会会员，铅山县诗词协会副主席。著有《象山集》《晴窗集》《宗缘集》。

河口九狮夕照

信步浮桥极眺西，霞红染透万家衣。
九狮傲首临江立，孤鹜矫身贴水飞。
夜幕重垂商客至，波光轻漾旅人痴。
风柔气爽残阳恋，留得神清月照归。

河口明清古街

街长五里古风留，青石街心店上楼。
画栋雕梁充货栈，油门漆屋涌人流。
高墙深巷迎杭客，薄暮轻烟泛沪舟。
八省豪商临古镇，千帆落日送归鸥。

重登上饶奎文塔

拾级浮图忆旧知，天涯阔别会无期。
临窗赏景盟宏愿，登塔抒怀觅小诗。
屈指人生如过隙，纵观宦海似通棋。
波光山色风情处，难抵龙潭落日晖。

自厦门飞抵武夷山市

寻宗觅祖闽南行，千里航程四十分。
探首兰天时隐现，俯身白絮逆奔腾。
高楼大厦成鸡舍，峻岭崇山筑脚盆。
碌碌平生弹指梦，凡尘超脱此身轻。

咏棕榈

顶风傲雪立山崖，瘠土贫沙不慕华。
累累斑痕无怨恨，丝丝衣片献千家。

佳节感怀

佳节儿时竹马骑，镜中黑发白髭须。
市场商品千千种，独惜青春买不回。

读史偶感

杨震当年倡四知①，而今交易更离奇。
乌纱一顶万元计，巷议街谈热话题。

【注】
① 四知为天知、地知、你知、我知。

吕美南

吕美南（1937年—），铅山县人。江西诗词学会会员，铅山《宏宇文艺》诗词栏目编辑，铅山诗词协会主席。

春日踏青

花卉争芳频送香，桃红柳绿喜狮江①。
声声布谷迷人叫，处处和谐国运昌。

【注】
① 信江流经铅山河口狮山下，故名狮江。

天上蝴蝶一线牵，祖孙游乐在堤边。
童观鹰隼高空里，我守树丛小鸟喧。

谢名荣

谢名荣（1937年—），笔名雪原，上饶县人。1963年毕业于江西大学中文系。先后任县委办副主任、卫生局长、统战部长上饶县政协副主席。中国诗歌学会、中华诗词学会、江西诗词学会、中国民俗摄影协会、上饶县诗词学会会长，《上饶县志》（80-87）、《月岩诗词》主编。平生爱好新闻、文学和摄影。著有《新光集》《灵山诗文集》。

携友同登灵山

灵鹫风光盖九州，好客山民挽我留。
蔽日参天林茂密，回峰曲径境清幽。
危崖云洞水流急，低谷花溪鸟语稠。
同上灵山观美景①，携来百侣乐优游。

【注】
① 景，即朱熹当年讲学处南岩八景。

摄影作品《灵山夕阳照图》自题

头枕灵山沐夕辉，晚霞斜抹踏歌归。
醉云不舍山巅去，愿留霜露入秋衣。

梦中吟

不闻老父唤儿音，痛泣梦中泪湿襟。
生死从来难顺意，不思难忘月西沉。

题灵山妆台峰

面对妆台动旧情，寒霜岂可误征程。
若知久别苦滋味，泪滴梦中应有声。

渔歌子·晚归

打石山前白石滩，夕阳斜照打鱼还。摇木
桨，水潺潺，渔舟唱晚过芦湾。

画堂春·思归

画堂作客不奉陪，应酬太侈何为？牡丹无奈
被牵累，愁锁双眉。　　　窗外春光无限，菜花
恋蝶双飞。牧童牛背笛横吹，谁不思归？

金人捧露盘·游灵山

　　眷山殷，怜岭峻。宿山深。晓策杖，慢步青林。人家石径，古木苍阴绿护房门，石溪明月，似离人，无语相寻。　　馀年梦，千樽酒，诗百首，万字文，欲付印，谁与同欣？山登绝顶，雾笼丛林可荡身。独游云际，向灵山，寻个知音。

俞汉寿

俞汉寿（1937年—），婺源县人。大学肄业。中华诗词学会会员。

宽　容

息事能容万事通，人生何处不相逢。
天涯路尽连沧海，一叶方舟系难中。

山村晨韵

昨夜和衣伴醉眠，黄鸡啼醒五更天。
林头雾尽晨风早，侧耳声闻石上泉。

扫　墓

岁岁清明扫墓天，焚香燃纸隔山烟。
坟头三日荒芒短，风雨青青又一年。

反腐倡廉感事

百尺高堤毁蚁虫，陈梁忌蛀一朝空。
官清国正家兴旺，稳固江山万代红。

为某君写照

锦袍赫赫布衣寒，一味贫求学做官。
原本生来身贱骨，乌纱不改黑心肝。

早　耕

时雨滋春早，山畴草蔓荣。
田家眠不住，夜半起催耕。

杨锦霖

杨锦霖（1939年—），余干县人。大学毕业后，从事教育事业。政协余干县第八、九届委员会委员，江西省诗词学会理事，上饶市诗词学会组联部部长，《信江潮》诗报副主编。

带湖山庄春雨

湖幽径曲雨斜穿，水榭楼阑影曳寒。
欲借辛翁神韵笔，彩描禹甸水和山。

苍 松

——题南墩雷动山古直松林

村外南山雷动冈，直松华盖樾清凉。
扎根脊土量深浅，立干苍天比短长。
急雨洗针针翠绿，狂风吹树树轩昂。
千年川岳经时世，万众淳民享吉祥。

踏莎行·谷雨吟

谷雨和风，子规啼晓。东方既白星辰渺。人欢车响闹春耕，乡风勤朴呈新貌。　　碧草茵茵，炊烟袅袅。溪潺蝶舞山花俏。菜黄茶绿尽芬芳，春华秋实迎人笑。

长相思·鄱阳湖金秋

赣水流，信水流，四色三江入梅洲①，朝霞满小舟。　　果丰收，稻丰收，泽惠三农笑语酬，渔歌唱晚秋。

【注】

① 四色三江：抚河水的浑黄、赣江水的淡白、信江水的清蓝，三条水带，泾渭分明。汇入鄱阳湖，形成三江四色水。这是鄱阳湖(在余干梅溪乡境内)一大亮点的风景线。

鹧鸪天·农村新景

春入山乡灿灿花，碧湖浪柳绿天涯。朱楼黛瓦树丛映，免赋桃源故里佳。　　耕好地，种桑麻，铁牛突突唤朝霞。红裙彩帽骑摩托，嫩菜鲜花送万家。

徐一德

徐一德（1940年—），万年县人。万年县退休老师，从事中小学语文教学40余年。自幼喜爱旧体诗词，有作品在刊物上发表。

摇篮新天

井冈百里碧无穷，一派生机春意浓。
深涧鸟音幽谷水，巅峰碑塔浩然风。
繁华闹市旗幡艳，肥沃良田稻粟丰。
前辈当年鏖战地，彩云飘舞伴长虹。

遇　雨

惊雷闪电演神奇，日掩云堆暴雨漓。
岁岁轮回天造化，尘埃因此启生机。

康郎山忠臣庙

鄱湖大战黑云昏，剑影刀光血浪翻。
帝业家传终有尽，景山绫索断明根。

熊耘涛

　　熊耘涛（1940年—），号田翁，余江县人。毕业于北京理工大学，原任横峰县科协主席，高级工程师。系中华诗词学会会员，横峰县文联常委，县作协副主席，县诗词学会会长。《汉诗图象格律学》创始人。

丁亥七月初一诸诗友进山来访，下山时卓青友不慎滑倒，幸而有惊无险

古窑碎瓦葛藤山，何幸引来高手攀？
果树舒枝消暑气，竹松稽首附倾谈。
山英无悔花开早，莺雀有知韵啭欢。
且喜卓青一跤跌，泥香蹭入好文章。

三伏天种豆角得句

酷热难熬下种忙，水浆不济和黄浆。
谁人解得田翁意，只为庭前起绿墙。

初登兴安塔

兴安宝塔座峰巅，鸟瞰城关不夜天。

两岸一河收眼底，四区三线揽身边。

七层八角云聚散，老县新城路接连。

笑傲此间添气色，晨钟夕照可招仙。

南岩寺

一弓到地射南天，几道莽龙汇碧湾。

红缦当空掀巨浪，金尊依壁坐宝禅。

有容乃大洞天阔，无欲则刚耸壁坚。

此境只合南国有，阿弥佗佛可成仙。

满庭芳·丙戌冬偕鄱阳诗友泛舟珠湖登瓢里山看候鸟

千古鄱阳，珠湖胜景，远近闻说无双。白沙洲外，天际水茫茫。马达轻舟破浪，登瓢里、世外风光。周边望、群山绰约，隔岸诉沧桑。　　泱泱、风渐起，波光涌动，候鸟成邦。有鸿鹭天鹅，戏水低翔。可惜范公匾额，小南海、无处寻闻阊。堪欣慰、景区项目，县府拟招商。

行香子·青藏铁路全线通车感赋

惊绝人尘，骇断昆仑，三千里、一路凭云。耸桥隧道，天地交分。更冰川冽，盐砂脆，冻土皲！　　蜿蜒屋脊，扪扁星宸，庆青海、西藏翻身。经年半纪，三代英勋：教千山服，万河驯，响龙奔！

水龙吟·赠张静江

市声不掩诗声，烬馀岂是燃馀物？枞阳壮士，当年投笔，如今可发？往事如烟，功名都付，一腔丹血。纵然贫如洗，无言无悔，平生事、由人说。　　两卷诗联七百，尽珠玑、声铿情切。长虹伏浪，涛声天外，武夷云壑；云落松泉，峰岚狮虎，罐掩婴骨。把人间写正，饶州巨子，静江一页。

方振川

方振川（1940年—），笔名方鸣，婺源县人。高小毕业，曾任乡文书，江湾供销社助理会计，茶站会计、站长。景德镇市诗词学会、婺源县诗词学会、上饶地区诗词学会、中华诗词学会会员。

花间独品

花间独品茗，邀月且相亲。红袖融香土，青衫作散人。花飞成一梦，月落剩孤身。雀舌奇生趣，沙壶妙贮春。清我肺腑患，苦解胸怀乱。思绪任飞驰，风云凭聚散。雄心化壮诗，浩气冲霄汉。

将进茶

步李白《将进酒》韵，反其意而用之。

君不见杜康酒浪动地来，一波未去一波回。
君不见陆羽泉清照白发，多少茶人鬓成雪。我今
偏爱饮清茶，沙壶长对唐时月。素怀不被俗尘
埋，豪情吟兴饮中来。花朝月夜何为乐，甘泉香
茗景瓷杯。愿田地，对苍生。将进茶，莫久停。
与君相对话，请君为我细细听：权钱交易一时
热，转眼花残梦亦醒。古来贪者皆遗臭，唯有廉
者播芳名。卢仝当日饮茶乐，心香七碗自欢谑。
何须屈膝拜权钱？清心寡欲茶堪酌。轻骏马，鄙
雕裘。迷花乱性多因酒，唯有清茶好解愁。

感步乐天原韵咏草

雪压根弥壮，冰融叶复荣。
薰风娱社会，翠色悦人生。
绿染山和地，青妆乡与城。
江湖凭净化，清澈注深情。

为曹秀成乡兄古稀赋

从心所欲已非稀，人海吾怀一士奇。

夕照乡关甘伏枥，烽烟故国见英姿。

九风十雨繁霜鬓，万水千山绕梦思。

莫道豪情随逝水，回眸犹睹旧征衣。

醉花阴·咏梅

雪地冰天偏吐秀，香透重宵九。蜂蝶末能来，她已先开，早把春光漏。　　花飞不使眉头皱，二度仍如旧。试问遍寰中，万紫千红，谁是群芳首？

李宗保

李宗保(1941-2008年)，鄱阳县人。中学教师。江西诗词学会、鄱阳诗词学会会员，著有《烛影摇红》《追逐心痕》等。

画 竹

一枝数叶不胜看，到此方知画竹难。
谁信十年勤苦练，日挥夜洒砚池干。

今日田家

稻花开后藕花香，饱穗禾苗卸绿装。
扫净晒场缝好袋，金珠就要进高仓。

农机科技进山庄，薄地翻成丰产乡。
世事不忧家事乐，华床一醉枕斜阳。

邱松林

邱松林（1941年—），铅山县人。大专文化，1959年参加工作，2001年副科级退休。现为中华诗词学会、江西诗词学会、上饶市诗词学会会员，铅山县诗协首届副主席兼秘书长，江西上饶市美术家协会会员。2001年5月与人合著出版《十家诗选》一书。

初　霜

长蔓青藤难耐寒，疏林淡竹见真颜。

幽兰野菊炼筋骨，千萼随风散冷香。

周熙平

周熙平（1943年—），鄱阳县人。18岁从事码头搬运工至退休。现为江西诗词学会会员、鄱阳县诗词学会常务理事、《鄱阳诗词》副主编。

莲山夕照①

为鄱阳中国湖城而赋

北鄱天柱渺群山，祖庙谁镶云彩间②。
老衲诵经求悟彻，木鱼频击叩禅关。
身融绝顶碧波绕，目扫重峦白鹤环。
纵启辋川图轴赏，何如夕照抹苍颜。

【注】

① 莲山：鄱北油墩街镇东北约5公里处，为群山之首。
② 祖庙：即千年古刹祖师庙。
③ 辋川图轴：据《唐朝名画录》载："王维画辋网川图，山谷郁盘、云水飞动。意出尘外，怪生笔端。"

白沙秋眺

谁为洲名冠白沙？远嚣疑是置云涯①。

湖穹上下辉宏鉴，鸿鹜翯翔庆物华。

天水尽头横一线，长堤过眼聚千车。

流霞帆点浮空烁，不觉斯时日已斜。

【注】

① 云涯：范仲淹在白沙洲曾题"小南海"三字。

姚渡晴虹①

乡邑堑连一脉通，蓦惊天壤两晴虹。

昔腾雪马楫舟阻，今履坦途惬意中。

西接玉城琼宇比，东临沃野稻香笼。

车梭循序人流沸，彻夜郊津悬彩弓。

【注】

① 云涯，旧称姚公渡，自古凡东乡入城者的必经渡津。

酒店屹雄

孤耸北城入半空，气凌芝岭两相雄。

赣鄱序首无伦比①，分聚琼楼叹鬼工。

笑面东湖飘倒影，卿云萦绕沐流风。

高端嘉客迷忘返，王粲再生词也穷。

【注】

①　赣鄱序首：饶州饭店之豪华，在江西星级宾馆中位居其首。

朱德馨

　　朱德馨（1943年—），号伴兰居士，婺源县人。高小毕业后，自修大学中文结业。退休前任财政所总预算会计，会计师。中华诗词学会，省、市诗词学会理事，县诗词学会会长。与妻江芳兰女士合著有《同编集》。

飞　蛾

新月斜升夜渐凉，诱蛾灯火遍田光。
远趋近逐纷飞舞，多少无知乱作狂。

1966年

过龙腾水轮泵旧址

欲涸荒渠水不波，唯馀蜗室转漩涡。
千钧顽铁沉沙底，回首当年血汗多。

1990年

农转非

等级分明鄙种田，绿皮一换两三千。
市场经济宽思路，户口于今也卖钱。

1993年

读辽宁王震宇《潇湘曲》

撼地罡风不复闻，潇湘一曲夜深沉。
摇旗呐喊当年事，此日谁聆江上音！

2000年

为《婺源楹联》组稿，同人言及"破四旧"集中在县城古籍、字画焚烧达三昼夜感而叹惜

群小欢呼三日焚，蚺城一角阵云深。
汉书唐轴同遭厄，多少珍藏化劫尘！

2004年

读迎建诗家《帆影集》

宝器灵光岂久潜，一朝珠剑出沉渊。
青云不坠终无价，黑道违时早有缘。
笔底波澜开气象，书中岁月绝韦编。
洪城遍地商潮涌，斗室之间别有天。

1992年

筑　庐

旧舍门前筑小楼，数椽端为退身谋。

久羁茧缚心中释，三绝韦编室内收。

日出墙头昂马首，雨来檐口吐龙湫。

花香绕案尘嚣远，八目三纲静探求。

2004年

编注《婺源古代文学作品选》

斗室西窗下，埋头故纸中。

先贤如识面，遗胜漫循踪。

开卷晨曦淡，掩篇暮色浓。

古人亲且近，日日坐春风。

2008年

辜汉保

辜汉保（1943年—），生于弋阳，祖籍南昌。弋阳县商业局主任科员。江西诗词学会、江西楹联学会、上饶市诗词学会会员，弋阳诗词楹联学会副会长。

读《龟峰诗集》致程欣荣先生

故土情怀洒信江，风骚雅颂谱华章。
仰君诗海龙蛇走，心系龟峰一瓣香。

青玉案·龟峰

峥嵘突兀花千树。景如画，春常驻，翠竹青松香引路。奇龟如锦，秀峰如簇，笑荡回声谷。　　湖光碧水轻舟渡。石刻摩崖翰文古。卷雪飞珠七彩雨。灵龟雄踞，丹霞披绿，美在天然处。

江芳兰

江芳兰（1946年—），女，婺源县人。初中毕业后任民师，后辞职务农，兼任生产队会计。江西省及上饶市诗词学会会员。与夫朱德馨合著有《同编集》。

收工砍竹

天边日落鸟归林，奋力争先山上奔。
各自挥刀使馀劲，挣钱胜过一天勤。

1967年

扶　禾

他爹课子我扶禾，同为扶禾费力多。
但愿长成都正直，良材嘉穗誉同播。

1990年

做 鞋

排排针眼细成行，灯下躬身乐意忙。
鸡报三更嫌夜短，心儿犹系线儿长。

1991年

八 哥

总觅高枝唱不休，逍遥自得乐悠悠。
人生无奈难相比，但喜声声为解愁。

叶文毓

叶文毓（1947年—），婺源县人。退休前从事财政工作。中华诗词学会、江西省诗词学会、上饶市诗词学会会员，婺源县诗词学会秘书长。

冬夜见星江渔灯口占

岸上疏疏影，河中熠熠光。
全城多入梦，谁钓满天霜？

"七七"事变纪念日感作

前车毋忘碎金瓯，砥砺图强正未休。
晓月蒙尘应不再，清辉长此照芦沟。

普陀山南海观音

紫竹林边似道场，善男信女竞烧香。
可怜大士难违俗，也把金装换素装。

汪口向山即景

一方山水未沾尘，多少游人慕古村。
千木为屏山拥翠，双流相汇水呈粼。
废兴禅院沧桑迹，风雨摩崖岁月痕。
石库门中多故事，留连深巷任钩沉。

献给抗日战争中的盟军飞行员

曾经劲矢搭强弓，直射天狼气概雄。
搏击长空张虎翼，穿梭死线越驼峰。
戎装绸片标身份，青冢丰碑证世功。
皓首应遨游故地，神州处处誉声隆。

神舟六号遨游太空感兴有作

广寒仙子正无聊，又见神舟探碧霄。
"前岁曾询桑梓事，今番请品月宫肴"。
"因衔使命难耽搁，且话家常遣寂寥。
来日可期登桂殿，乡人结伴赴琼瑶"。

赏荷即句

青茎张碧叶，托出满塘红。
嫩蕊沾朝露，娇枝沐晚风。
无情宜缩手，有兴可描容。
若道多高洁，污泥孕育功。

家居即兴

乡间初夏夜，草水溢清香。
廊外横山影，庭前洒月光。
催眠蛙咯咯，扰梦狗汪汪。
倏忽来诗兴，推敲一阵忙。

彭爱民

彭爱民（1947年—），笔名鄱云，鄱阳县人。大专学历，鄱阳县交通局党组书记兼局长。中华诗词学会会员，江西诗词学会理事，鄱阳诗词学会会长。著有《彭蠡吟集》。

观桃花

闲窗伫望外边天，他院桃开似火嫣。
啼鸟闹枝红雨堕，花开花落怅流年。

黄　昏

馀晖霞灿一边天，稻海丹林夕照妍。
村落苍峰溶墨色，寒烟暮霭挂山前。

观刺花

婆娑婀娜满垣墙，娇美花浓扑鼻香。
张目艳中皆利刃，劝君莫摘惹身伤。

念奴娇·鄱阳湖怀古

　　浩茫如海，万涛涌，卷起千堆狂雪。皓发渔人舟上饮，谈笑朱陈战决。虎啸龙吟，刀光剑影，樯橹灰飞灭。水天红遍，一时悲壮轰烈！　　弹指六百余年，望康郎漠漠，鞋山萧杀。得胜山空春草乱，风雨山衔秋月。柏树将军，檀溪蹄印，天子凭传说。江山如画，几经分合流血！

【注】

① 朱陈战决：指朱元璋与陈友谅大战鄱阳湖战役。

② 康郎、鞋山：为鄱阳湖中岛屿，史载为朱陈大战的主战场。得胜山、风雨山。是湖边两座小山，传说亦为朱陈作战之处。

③ 柏树将军、澶溪蹄印，是两则朱元璋在鄱阳湖时传说故事。

沁园春·凰岗

　　拂晓高寒，钩月西沉，几点亮星。望远山潜岳，晨烟浓墨；漫江飞雾，樯静舟停。岸舍疏枝，淡妆倒影，瑟瑟风惊残叶零。萧然处、只航河截坝，还有灯荧。　　东方霞蔚云蒸，看郭璞峰头红日升。染满川秀色，浮光泛玉；狮山百态，万象分明。霜渚孤操，刀风任尔，正气一身怡我神。重冈上、瞰纵横阡陌，沃野多情！

【注】
① 凰岗：鄱阳一个小山村。
② 郭璞峰、狮子山均为当地两座名山。
③ 航河截坝：指当时正在建设的枢纽坝航道工程。

永遇乐·游武夷山

　　秋雨萧萧，浓烟淡墨，如幻如织。突兀丹峰，千姿峭立，红叶芳林砌。悬崖虎啸，云纱玉女，松竹碧涛呼驰。洞风爽、开天一线，攀缓绝壁观止。　　清溪九曲，画中摇曳，轻筏潺潺览翠。别墅山庄，琼楼玉宇，仙境人间里。御茶夜饮，红颜妙艺，歌舞深更客醉。如春梦，神痴忘返，此情似水。

沁园春·秋雨游芝山

芝岭濛濛，风雨萧萧，彳亍独行。望红枫摇曳，明明灭灭；阴霾窜动，绕绕萦萦。草木披靡，鸟虫缄默，呼啸松涛动地鸣。纷纷落，尽腐枝败叶，惆怅伤情！　　时空变幻心惊。众林木，咿呀竞俯茎。看劲松多少？凤毛麟角；菊君几许？午露朝星。朗朗苍凉，凛然依旧，烈塔潜潜寒雨零。呼声紧、盼春风再起，柳暗花明！

临江仙·登莲山

寥廓霜天风瑟瑟，千山落叶萧萧。莲峰独翠紫烟飘。松间缘石径，捷足跃山高。　　梦里奇情今果是，一方净境仙霄。躬身众岭小如桃。人间棋布远，彭蠡玉盘遥。

孙卫度

孙卫度（1948年—），上饶县枫岭头镇丁家村委会副主任，2003年以后担任村支部书记。

咏　春

二月百花开，家家燕子来。
曛风吹碧宇，时雨洗尘埃。
路畔生青草，溪边长绿苔。
春耕农事紧，秧茂待人栽。

1972年

睡美人灵山

争赴瑶池群仙会，琼浆玉液酩酊醉。
未知谁饮贪太多，跌落凡尘犹自睡。

2007年

樱花节吟

花是海洋人是潮，载歌载舞彩旗飘。
和谐盛世樱花节，不在扶桑在上饶。

樱花怒放赛琼瑶，花自明媚叶自娇。
却似胭脂描丽质，胜如瑞雪洒枝梢。

冰作精神玉作魂，千枝万朵竞争春。
行人驻足车停道，处处樱花伴笑声。

2008年春

葛仙峰

冒雨攀登到顶峰，庙堂小憩问由踪。
可怜哑道浑无觉，笑引游人乱撞钟。

2008年春

忆秦娥·早春

君不见，严冬已逝春来渐。春来渐，乍寒乍暖，柳芽初现。　　雄鸡子夜啼初遍，月光如水霜满院。霜满院，晨霜晨月，莫能分辨。

1978年

葛彩锭

葛彩锭（1949年—），笔名蕴玉，女，浙江宁波人。中学教师。中华诗词学会会员，中华诗词学会澄霞诗词社理事，江西诗词学会会员，上饶诗词学会理事。著有《蕴玉诗词》《暗香盈袖》等诗词专集。

劝戒赌徒

恨铁千回可铸钢？搓麻夜夜到天光。
无心正业蹉跎混，有欲成空感慨长。
巧语花言欺父母，高台负债害儿郎。
韶华财富牌中逝，落得憔颜对镜霜。

浣溪沙·鄣山顶村

天子鄣山①毓秀灵，村姑巧手采茶馨，结庐生计葆康宁。　　日暮青杉摩月镜，晨曦紫雾画旗屏，风情万种若仙庭。

【注】
①　婺源大鄣山亦称"三天子鄣"，地处皖赣边界，属黄山余脉。

一剪梅·游雁荡山，观飞渡表演①

万丈青崖历几冬？雁荡悬峰，剑击长虹。迎风飞渡仰从容，醉卧祥云，卓立苍穹。　　不计浮生穷与通。事韫其然，志纳其中。笑看曙后展晴空，磨杵成针，持恒成功。

【注】

① 天柱峰与展旗峰峰顶上设有一根跨度为250余米的钢丝绳。一表演者从峰顺悬绳徒手向下飞荡，直至峰底。另一表演者手持长竿，或翻滚或倒立，飞渡两峰。观者喝彩叫好。

谢池春·万年仙人洞、神农宫①

盘岭风光，尽在洞奇池险。石花开、灵芝凸现。平安钟响，有谁能敲验?棹儿摇、彩灯明涧。　　西山绝景，惹我梦中相恋。慰先农、菽禾早荐。烟波春色，把明珠镶嵌。沐天风、万年如雁！

【注】

① 万年县仙人洞和吊桶环遗址，为世界水稻始祖，二十世纪中国考古百项发现之一。其神农宫全长近十公里，落差达三百多米。

苏幕遮·弋阳南岩寺

雨中荷，堤上柳。粉蝶飞旋，只为馨香诱。佛国湖山风景秀，画意诗情，如醉葡萄酒。　　洞岩奇，摩刻久。几处蒲团，遗窟堪居首。彼岸遥遥曾渡否？寡欲清心，大度能添寿。

浣溪沙·题上饶带湖花城小区

燕雀雍雍唱翠滨，带湖潋滟景怡人。虹桥芳草透清淳。　　物业称心诚有信，春风送暖处毗邻。稼轩颔首唤来宾。

吴长庚

吴长庚（1949年—），铅山县人。上饶师范学院副院长，教授，享受国务院特殊津贴专家。江西省诗词学会常务理事。著有《蒋士铨诗选》《朱熹文学思想论》《延陵堂文学论集》《常耕集》等。

耕　田

林哥教我去耕田，整好犁牛手自牵。
犁出红花沟草线，翻成绿浪纽丝辫。
低眉信手随深浅，重喝轻吆惜棍鞭。
日高三丈充牛草，回看泥浪黑甜甜。

双抢一日

北斗西斜夜未消，钟声催起梦中豪。
开镰割出黄金果，一担挑回日始高。

晨风吹拂汗初干，畚揣朝霞唱夏蝉。
最是拔秧多笑闹，葛衫泥水迹斑斑。

访南京栖霞寺

金陵走马是与非，更访栖霞路逶迤。
石马寒烟存秋色，翁仲野草笑黍离。
千佛崖凋多风雨，六朝破败见残基。
寺外群山飞木叶，亭中碑刻字依稀。
诸生起唱随钟磬，梵呗声闻韵高低。
大殿庄严神佛镇，慈悲笑貌灿若曦。
高僧九十须眉白，百八寒星蕴禅机。
烹茶献果邀同座，出语声高意态奇。
我欲开言论佛理，灿然一笑指拈须。
真善美中吾居一，追求有别各相宜。
科学求真艺求美，吾持善本苦皈依。
尘心竞世花争色，扰扰纷纷逐半厘。
淡泊山林涵万象，何劳起舞五更鸡。
言罢一声阿弥佛，双掌合什比胸齐。
我闻清论思颇远，儒墨庄禅尽牵拘。
儒者进取千秋业，老释虚无与世遗。
社会人生思进取，弘扬传统贯中西。
即今四化春潮涌，开放改革重心移。
禅堂纵有香火旺，何妨大地卷旌旗。
步出山门日色晚，南风袅袅吹单衣。
长江已远涛声静，霞光一抹半山披。

1985年

游庐山观音桥

早识栖贤久，今来三峡桥。

驱车庐山下，望中林深杳。

尔来一千零五岁，犬牙交隼叹坚牢。

百丈潮飞开崖路，一桥横驾两山坳。

潭深水碧不可测，恐有潜渊卧底蛟。

浅濑清流窥倩影，天光云逐尾鱼摇。

双峰夹峙潴水道，咆哮猛力出重霄。

盘旋作势随深浅，砰然摔落击江皋。

桥南临涧观音寺，梵贝声闻逐浪高。

犹忆东坡栖贤句，玉渊龙近昼晴雹。

我观栖贤桥，贤者栖如潮。

时如奔涧水，意若太白豪。

盛世何须观垂钓，释尽胸中万里涛。

【注】

　　庐山有观音桥，亦称三峡桥，在栖贤谷中。苏辙《庐山栖贤堂记》："（栖贤）谷中多大石，岌岌相倚，水行石间，其声如雷霆；又如千乘车，行者震悼，不能自持。虽三峡之险，不过也。故其桥曰三峡桥。" 明桑乔《庐山记事》五："玉渊潭在三峡中，诸水合流，奔注潭中，惊涌喷空，泻下三峡。潭上有白石如羊，横亘中流，故名玉渊。"苏轼《栖贤三峡桥》："玉渊神龙近，雨雹乱晴昼。"

旅顺 203 高地

峥嵘一弹傲斜阳，闻道日俄古战场。

要地纷争凭国力，列强角逐觊边疆。

狠何炮炸低三米，惜尔尸抛弃万枪。

应记屠城血飘杵，尔灵松柏郁苍苍。

【注】

山原无名，高206米，日俄战争时，日军倾泻了无数炮弹，山为之削平3米，故称203高地，今谐其音名尔灵山。山顶尚有日本人用弹壳铸造的高十米的巨大子弹型碑。

赴日本京都立命馆大学研修有感

馆称立命百年兴，孔孟遗风此传名。

正惜樱花初谢蕙，来辞丹桂始涵英。

京都唐制依稀见，学苑华章泾渭明。

愿借韶光收雨露，扶桑中国共清平。

2005年

【注】

2005年7月，赴日本京都立命馆大学，参加中国大学管理运营干部特别研修班。京都仿唐长安旧制，街道纵横有序。立命馆为私立大学，有百年历史，其名用孟子《尽心上》"殀寿不贰，修身以俟之，所以立命也"之意。我们所在处即称敬心馆。

廉泉感赋

婺源有泉，旁有朱子手书"廉泉"二字。传婺源士子赴京应试，行前必饮此泉，期为清廉之官也。

井冽寒泉出地深，无与射鲋此登临。
而今世上贪婪甚，谁识先贤苦用心。

【注】

《易·井》九二："井谷射鲋…象曰：井谷射鲋，无与也。"言不能为人所用也。婺源此井，泉犹清冽，然久已废弛不用矣。

游骊山

千年兵俑历沧桑，烽火骊山古战场。
看尽风烟迷骊马，听残鼙鼓乱夕阳。
笙歌夜永留长乐，大赋冬薰暖未央。
我慕关中多俊杰，长安犹作旧家乡。

观黄河壶口瀑布

我在黄河边，黄水滚滚翻。壶口成飞瀑，失势落深渊。峡口卷迷雾，咆哮声震天。冲出岩中錾，呼啸勇向前。遂成河中河，惊马谷中鞭。分秒无停歇，月月复年年。中流有砥柱，激水路三千。刚柔凭谁论，顾盼笑危岩。何惧怒奔腾，岿然立身坚？中华魂与魄，准此堪比肩。百折犹奋勇，追求箭在弦。

忆江南

下放石塘公社，接受再教育也。1968年12月作。

寒风劲，霜重露晴氛。笑语情长心尚记，苍山碧水好乡村。此处可安身？　　香茶浓，乍见感淳真。老屋疏篱迎落户，小桥流水客新宾。去学问耕耘。

念奴娇

大雪登女城山感赋，1969年1月作。

女城独踞，上山来、松下穿风灌雾。极目寒天千里素，玉树琼花曼舞。云淡峰峦，帆轻河带，试问家何处。广天阔地，犁锄陶冶筋骨。　　曾立壮志雄心，赤肝热胆，冷眼雕虫务。博学才高经纶手，辅相裁成甘苦。谷不辞深，岩岂知峻，黾勉听歌赋。暮寒雪暗，彷徨可觅归路？

【注】

梁沈约《雪赞》有云："委谷不辞深，因岩岂知峻。洁貌虽同赏，英心共谁振。"

临江仙

时已招工进城，夜值班惊闻风雨大作，犹记当夜起看秧田情景。1972年作。

适别清明两夕，忽惊风雨三更。炸雷电闪起江声。呼啸临窗过，瓢泼屋顶倾。　　徘徊行坐无绪，辗转飞越山村。秧田苗嫩水漫塍？渠壩何人管？莫教野洪崩。

八声甘州

时进修于陕西师大，新春后返校取道洛阳游龙门石窟。1983
年2月作。

对云峦千叠此登临，中原气氤氲。正春催三
月，风暖古穴，浪拍龙门。满目风雕雨蚀，斧凿
渐无痕。惟有奉先佛，穆尔中尊。　　更步文坛
旧事，有香山遗冢，不灭诗魂。仰龙门廿品，盛
誉走乾坤。想中华、宏图高展，待吾侪、再举笔
千钧。回眸处，万家灯火，又近黄昏。

水调歌头

梦过稼轩旧居。旧居在铅山八都之期思。有瓢泉、停云堂、
秋水观、斩马桥诸遗址。

神往稼轩久，秋夜慰寂寥。虎岩林壑飞
渡，来共饮于瓢。轩约"忘年交后，从此清风月
夜，诗酒莫相抛。检校万松树，春雨看奔涛。"
坐停云，观秋水，立横桥。青山意气，云为朝暮
竞妖娆。余谓"鹅湖笼翠，书院新修初竣，松竹
已相邀。同甫来何日？再谱卧龙豪。"

【注】
鹅湖寺为南宋朱熹、吕祖谦、陆九渊、陆九龄四贤论辩之所，
亦为辛弃疾陈亮会晤之所。后人即其地修书院，即鹅湖书院。

扬州慢

上饶集中营吊皖南事变诸烈士

千古奇冤，皖南英烈，是谁同室操刀？想囚笼溅血，更虎凳煎熬。有多少、英雄饮恨，铁窗遗愿，赍志魂消。捣重牢，堤决洪流，沧海奔涛。　　斗移物换，到今朝，春满上饶。慰烈士英灵，云蒸霞蔚，改革春潮。茅岭翠松成阵，东风过，夜语悄悄："幸当年心事，而今不再途遥？"

桂枝香·隆中武侯祠

天寒气肃。看故地隆中，卧龙初伏。垄亩躬耕，无复夏田秋粟。草庐三顾斜阳里，叹飘零、叶残风逐。侯祠依旧，山河已改，恨悲谁续？　　想春秋，中原逐鹿。念千古文明，后继前仆。几代英豪，洗尽百年荣辱。鞠躬尽瘁精神在，更弘扬、出师名曲。至今侪辈，时时犹记，耻生庸碌。

自度曲·游旅顺

旅顺炮台耸。看明碉暗堡，弹洞累累，峥嵘夕阳中。两山扼水，葫芦套海，地利有天工。遂成争夺处，俄日后先踵。　　中华地，礼义宗；忍生灵涂炭，理难容。细勘历史，国自有疆封。甚列强争斗，焚膏血，腥华土，魇黄龙？落后挨打，谨示后人衷。　　物换星移盛世逢，仰首看农工。神六号，潇洒掠长空。人民富，江山固，国力雄。故垒萧萧，能不忆刀丛。

2006年

程欣荣

程欣荣（1951年—），弋阳县人。弋阳县电视台总编。中华诗词学会会员，江西省诗词学会理事，弋阳县诗词楹联学会会长，《弋阳诗词》总编。有《龟峰诗集》《龟峰联集》等6部著作行世。

遐　想

思翼载我逛天河，星汉茫茫来往梭。

才向金星辞太白，又临玉月访嫦娥。

银河系里城真小，宇宙容中景愈多。

莫道倏而光速迅，怎追脑电意随波。

月食咏

天存正义亮堂堂，有影如魔妄逞强。

毕竟光明遮不住，一轮复出更辉煌。

雨中乘船游陆水湖得句

万里平湖坠雨花，四围翠岸着轻纱。

缘逢云水翻新作，恍入清纯脱俗家。

题弋阳腔

滥觞信水龟峰孕，惊世高腔举国崇。

南北兼收归土俗，元明兴起赖民功。

和声壮美山峰耸，创调轩昂海浪汹。

京赣薪传于此日，依然流韵卷雄风。

咏三叠龟峰

三龟临绝顶，犹觉此峰低。

立意增其度，决心壮尔姿。

拼将身体弃，宁作石头依。

志异天公感，叠灵胜景稀。

龟峰灵芝峰

仙菇一朵倚灵岩，汲露承霞九万年。

许是女娲亲种下，苍天补后济人间。

咏钱塘江潮

推波涌动浪溅溅，得势奔雷涌雪山。
千古文章同此理，腾云激荡壮奇观。

咏　鸡

候晓啼歌气宇昂，蛋刚产下唤声忙。
有人偶赞非凡鸟，即刻飘然若凤凰。

陈延根

陈延根（1961年—），笔名陈旗、陈哲，上饶县人。大专文化，1980年入伍，在8341警卫部队，现在上饶县农村信用合作联社工作。江西省诗词学会会员，上饶地区诗词学会会员，上饶县诗词学会理事，《灵山诗词》编委。

灵山九龙瀑布

青峰峡谷彩云间，一瀑推开大岳巅。
东海奔流朝日月，桃源滋润鹊翩跹。

2008年4月

【注】
九龙瀑布位于灵山北茗洋乡姜山村新建组陈家湾，因瀑布外环有九支小山脉，故称九龙瀑。

灵　山

大山横卧一条龙，万马西驰展姿雄。
信水长流怜赤子，灵山不老巾帼风。

程琳萍

程琳萍（1968年—），又名程凌，女，鄱阳县人。大学学历，文学学士学位。曾任鄱阳县印刷厂副厂长、江西鑫盛能源有限公司执行董事。现为《上饶晚报·鄱阳湖新闻》记者、编辑。系中华诗词学会、江西诗词学会会员，鄱阳湖诗词学会常务理事。

咏青花

冰肌素骨锁清尘，釉似青纱裹月魂。
粉蝶游蜂皆避过，千红万紫匿嫣痕。

临江仙·苏堤漫步

画舫斜阳堤畔路，湖边点点归鸦。垂杨临水渐飞花。梅馨萦处士，杏雨笼青纱。　　放眼苏堤烟漠漠，游人浪迹天涯。西泠桥畔旧人家。云山千里外，蠡水怅飞霞。

鹧鸪天·白沙洲观鸟

蠡水买舟效古人，茫茫飞雪了无痕。沧波浩渺怡人目，一片沙洲羁旅魂。　　凫戏水，雁穿云，长空孤鹜鉴奇文。愧无月貌惊鸿落，欣有箫声伴鹤吟。

鹧鸪天·衡水小站

辗转轮回事事非，小城与我共斜晖。沉沉暮霭低三界，瑟瑟冻云黯四围。　　江野阔，客身微。衣单不奈朔风吹。人生况味七八悟，衡水白干五六杯。

鹧鸪天·泸溪行

长发飘飘两袖风，竹筏载我画图中。流泉才涤尘嚣去，耳畔随闻道府钟。　　波淡淡，水溶溶。落花随水也从容。三生石上蒙尘久，被阻蓬山几万重。

蝶恋花·暮秋感怀

雁字迷茫云似幕，地暖天寒，又是秋将暮。过尽飞花江上路，垂杨终是多情树。　　无雪梅花空作赋，莫道吟魂，总在高楼处。自古轻舟横野渡，从来冷月悬深谷。

渔歌子·农家即景

竹锁溪边四五家，墙头爬满喇叭花。红辣子，绿丝瓜，黑娃赤脚捉蛤蟆。

忆江南·恨迟延

外子受命于危难之时，赴煤矿整顿，原允三年即返，今逾十载仍不归……

韶光逝，镜里渐衰颜。夫婿基层长锻炼，星霜十载月难圆，瓜代恨迟延。

张志和

张志和,铅山县人。中学语文高级教师,创作诗词有20年历史,在省地县报刊发表诗词散文500余篇（首）。江西省诗词学会会员,现任铅山县诗词协会荣誉主席。

胶济铁路撞车事故

惊闻胶济大伤亡,血洒车厢天地凉。
多少家庭凋至爱,无穷悲痛搅心房。
难辞其咎是昏吏,严办失察惩腐狼。
重视民情须戒懒,以人为本正风扬。

景德镇

.

黄其波

　　黄其波（1921—2002年），祖籍丰城市。师范毕业，1953年发明电针，离休于景德镇市第二医院。曾任中国蛇协顾问，历任《景德镇医药》主编、《景德镇市卫生志》主笔，其医科业绩收载于《中国当代中医名人志》及《名人传记》。

秋　感

更残人静夜难眠，彻耳幽声似管弦。

欲坠灯花应笑我，漫敲诗句出新篇。

容光清瘦随秋减，身世蹉跎等月圆。

漫把此心同落叶，随风高下思飘然。

篱边何日绽花黄，相约朋侪泛曲觞。

三径虽荒余菊在，一秋无事觅诗忙。

床头凌乱书当枕，柳影流稀月上墙。

瑞脑窗前镌篆字，氤氲似觉满身香。

和李曼文女士述怀原韵

锦笺读罢意拳拳，品到梅花岂乞怜。

自是门墙多化雨，素嫌江柳爱飞绵。

一泓秋水盈眸洗，半锁春山秉性坚。

福慧双修传咏絮，绿窗深外月团圆。

中秋咏月

欲约姮嫦泛玉卮，雾鬟云鬓出瑶墀。

三秋月色今宵好，一片冰心輙夜垂。

此夕清辉千里共，谁家碧宇隔帘窥。

何时觅得化桥杖，步向蟾宫摘桂枝。

余静寰

余静寰（1925年—），都昌县人。退休公务员。中华诗词学会会员，中国近代史史料学会会员。原市志办编辑，市民政志主笔，《景德镇文史资料》责编、特邀编辑、顾问。市诗词学会顾问。著有《彭蠡渔歌》《芗溪文存》。

为咏市树市花重会西园忆客岁雅集

又作西园会，均成隔岁人。
烟波迷远浦，杨柳动前津。
酒为山茶饮，诗因樟树论。
一经题品后，身价自堪珍。

【注】
樟树、山茶花为景德镇市树、市花。

登枇杷山观重庆夜景

山城夜色世无双，五彩玑珠锁二江。
万盏明灯天水接，千家弦管斗牛扬。
广寒宫里应相望，火焰山头宜敛光。
明灭之间见重庆，凝眸未觉晚风凉。

泛舟鄱阳湖见庐山、鞋山

当年鏖战记陈朱，王母瑶池坠一凫。
野老飞觞说蛮楚，舟人挂席过荆吴。
春风含绿披洲树，旭日凌波照翠蒲。
未识庐山真面目，只缘重雾锁鄱湖。

花港观鱼

吹醉游人柳浪风，锦鳞逐乐画桥东。
金浮浅底青萍乱，珠喷深潭碧落空。
泼刺水分惊鸭绿，吹嘘花坠觉猩红。
垂纶养性原风雅，遮莫渔翁下钓筒。

题六和塔

江边一塔欲凌天，铃语迎风百尺巅。
六面玲珑齐日月，八方屈曲匝云烟。
静观兴废千年史，倾倒风流一代贤。
可笑宋人忒愚昧，镇潮无策亦堪怜。

桂林印象

阳朔山奇水亦清，瀛寰甲秀桂林城。
将军书翰危崖见，帝女歌吟海内名。
九马奔腾饶塞意，一驼伫立动边情。
泛舟如履山阴道，未觉漓江昼浪生。

咏牡丹

三月春风亦剪刀，剪裁国色更妖娆。
传情每自芬芳得，不语何妨方寸交。
向晚初招巫峡梦，夜阑重忆武陵涛。
看花共说东都好，车马齐登第一桥。

月圆会友歌

王琦人物宗道子，兼习璎瓢名青史。
大凡仕女师七芗，艺集诸家更发扬。
野亭山水惊神鬼，云烟满纸势苍茫。
许人雪景世称绝，千山鸟尽人踪灭。
碧珊画鱼栩栩妍，翻波掉尾游大千。
意亭名甫擅挥毫，花卉翎毛品位高。
笔下雄鸡喔喔啼，雨岑绘禽世所稀。
"水点桃花"辟蹊径，改革工艺出新奇。
饱学之士毕伯涛，八哥画活语滔滔。

仲南松竹诗意浓，月圆会中年长翁。

鹤仙写梅崇山农，月下寒梅花影重。

一身兼擅书画家，画意诗情意境佳。

志汤画马鬃鬣张，八骏骁腾势欲狂。

黟县大沧山水奇，气韵浑成烟树迷。

云峰猫咪姿丽昳，猫戏彩蝶谐耄耋。

【注】

诗中人物为：王琦、王大凡、汪野亭、何许人、邓碧珊、程意亭、刘雨岑、毕伯涛、徐仲南、田鹤仙、张志汤、汪大沧、方云峰，皆20世纪瓷都景德镇陶瓷美术界享誉中外的一代宗师。

吕林基

吕林基（1928年—），出生于南昌。历任江西省陶瓷工业公司销售公司、景德镇市陶瓷局、工业局财务科长，会计师。景德镇诗词学会、江西省诗词学会会员。

"德宇"生态园感

水送山迎入吕蒙①，郊游一路晚晴新。
云低得雨桥飞渡②，潮落金鸡岸下频。
未必花间无谢屐，每亲菊畔有闲情。
瓷城今日风光好，锐意求新众一心。

【注】

① 老年大学文史、诗词学友，乘一路公交车，郊游吕蒙"德宇园"。

② 农业示范生态园，小桥流水，沙岸亭轩，得雨活茶，誉传中外。

罗树芳

罗树芳（1928年—），字嗣状，号长生，原籍都昌，现居景德镇市。江西诗词学会、江南诗词学会会员，市诗词学会理事。曾参与编辑《珠山吟友》，著有《芳林吟草》诗集。

早春抒怀

学浅才疏得句迟，一轮明月上灯时。
笑看绿竹迎风赋，喜读红梅斗雪诗。
乐事赏心寻旧约，良辰美景会新知。
春光妍媚游人惜，嫩蕊初开引蝶痴。

初夏田园即景

清和天气乐蔴桑，满地荫浓遮粉墙。
天为送寒翻酿雨，花因接暖更添香。
晒衣屋角蜻蜓舞，散步田头蛱蝶忙。
最爱园林听燕语，呢喃声里唱春光。

麯尘刚过又蚕桑，花放缤纷满院墙。
梅熟酸红牙齿软，蒲蕉透绿囿园香。
田蛙渐见通宵闹，晌饭同趋农务忙。
喜得今年风雨顺，伫迎秋获醉举觞。

野 菊

野菊花开满地金，咸披黄甲战秋深。
傲霜自有英雄志，斗雪犹储壮士心。
爱共陶潜标亮节，不和武后谄骄淫。
年年挺立寒郊外，淡泊何愁少蝶寻。

牡 丹

自古牡丹夸洛阳，久闻国色与天香。
丰姿赛过群芳态，锦绣常披盛世妆。
绿叶迎风招雨露，红颜映日点春光。
此花谁谓攀高贵，昔在长安抗女皇。

小饮送春

花开花谢四时新，益友重逢把酒频。
杨柳荫中穿夕照，鹧鸪声里送残春。
通衢有利经商客，陋巷无权失意人。
今夜不眠因觅句，何如贾岛苦吟身。

程履芬

程履芬（1928年—），笔名呈禾，景德镇市人。市艺术创作研究所离休干部。曾任市剧协副主任；现为中华诗词学会会员，省、市戏剧家协会会员，市诗词学会顾问。

摘新茶

袅袅东风四野熏，群峰碧透荡轻云。
村姑带露飞纤指，一缕新芽一缕春。

昌渠揽胜

春晴揽胜步桥东，寥廓飞花映日红。
昌水平漪归大海，鱼山瘦竹仰高峰。
村姑碧野撷新绿，稚子芳坪曳彩虹。
皓首斜晖浑不识，依稀童趣画图中。

重九登高

扶杖重阳上秀峰，登临尽在笑谈中。
茱萸遍插吟佳会，举酒频斟颂国风。
鸿鹄青云鸣碧汉，妪翁皓首沐苍穹。
晚霞一抹江天醉，沁透层峦万壑枫。

清平乐·瑶山春色

风吟雨唱，碧野青青长。俏女蹁跹梯垄上，
醉了瑶乡少壮。　　肩筐曲走云峰，和歌情意融
融。投石涟漪弄影，清流摇曳飞虹。

李西林

　　李西林（1930年—），女，辽宁本溪市人。相当初中文化。1946年4月参加民主联军，先后在医院、报社、县机关工作；又先后在南昌二中、湖南湘潭电机厂、北京一机部、上海交大、景德镇陶院、景德镇人防办工作。现已离休。

龙珠阁

　　珠山灵秀群龙舞，雄阁巍峨气势扬。
　　琉瓦金光鹰展翼，朱墙紫气凤呈祥。
　　青花雕塑古瓷展，粉彩玲珑精艺彰。
　　登阁凭栏山黛远，门前围圃异花香。

观音阁

　　背倚苍山远，前临碧水长。
　　竹松青欲滴，泉涧沁心凉。
　　樯旅织梭密，香炉腾雾扬。
　　目凝疑似画，却是古瓷乡。

旗 手

李妃回望君王死，云雨难忘日月新。
白缎马嵬旗手去，妲姬遗臭浸污尘。

望海潮·峥嵘岁月

白头山麓，临江街镇，滨临鸭绿江边，林海苍茫，水光潋滟，峥嵘怪石湍滩。山路绕肠弯，密林布迷网，固若金磬。鹿岛浮江，渔歌唱晚换新天。　　陈云旧屋俨然，昔年聆教诲，记忆犹鲜。运筹帷幄，狂澜力挽，雄兵百万胸间，往事不如烟。看今朝、景致分外娇妍。旧地重游凝想，饮水要思源。

余勋民

余勋民（1930年—），都昌县人。景德镇公交公司退休干部。景德镇诗词学会副会长，作品散见全国各地一些书刊，著有《试茗斋吟草》。

瓷乡水碓

轮依水力自悠悠，捣石成泥转不休。
一向陶阳春岁月，千秋高岭溯源头。
纵观昨日今明日，试看中游上下游。
逝者如斯供一览，敢劳夫子细推求。

过皖南某无名峰下

盘山路百转，海拔千余尺。
飞瀑穿层云，奇松蟠怪石，
卓然峰影殊，声名独岑寂。
停车特相望，俯仰为太息。
敢问无名峰，何尔倔且僻？
汝若附黄山，必列奇峰籍。
或走入平川，声名更倍出！
不寄高之下，不倨低而兀。
倚天挺神剑，万山丛中立。

语顷云雾开，悬崖灿然赤。
林涛翻树海，相映万顷碧。
众壑响回声，呼啸复吃吃。
似笑人世间，庸庸多俗物。

游景德镇电厂逸园感赋

化腐为奇景一隅，治污治出小西湖。
虹桥碧水亭台榭，曲径回廊竹柳榆。
盆景根雕供品藻，钓矶游艇可观鱼。
周边山水遥相衬，妙合天人逸韵图。

步刘大白回文诗《家山》原韵

行歌放棹片帆斜，淡淡波痕映浅沙。
晴弄晚溪桃夹柳，雨收天杪浪翻花。
明空月涌澄江练，冷露风侵散鬓华。
横渡野灯渔浦远，平烟暮断望山家。

景德镇市地名集锦

昌江西冲紫云岩，渭水东流白浒湾。
高岭涌山藏宝石，银坑金竹绕珠山。
仙槎港口麻姑渡，天宝桥头太白还。
万寿勒功铭石鼓，九龙伏港起蛟潭。

沁园春·咏三北防护林带

莽莽昆仑，百丈冰融，三岭雪消。望长城万里，绿铺屏障；大河九曲，翠锁狂蛟。山展蛾眉，原开笑靥，欲与江南试比娇。春来也、教风沙却步，还我芳郊！　　炎黄世代承祧，数不尽沧桑岁月遥。问丝绸古道，兴衰因果；蓟门烟树，文野根苗。万漉千淘，物生天择，谁识先机御大潮？狮醒矣、把乾坤重整，试看今朝。

吴健民

吴健民（1933—2002年），景德镇人，祖籍都昌。中医为业。中华诗词学会、景德镇市诗词学会会员，著有《歧轩吟笺》，编有《珠山吟友》三集。

鄱湖泛舟

斗风博浪泛鄱湖，镜里操舟众景殊。
水手橹摇人倒立，游俦身晃手空扶。
江流九派东南练，天坠双姝大小姑。
海燕翱翔随起落，丹青一幅畅游图。

暮秋咏菊

黄花笑傲小阳春，老圃烟霞脱俗尘。
摇落甘吟三径瘦，幽居微散晚秋馨。
每怀旧雨连彭泽，常仰高风望楚滨。
霜染层淋鸿雁远，鄱阳湖畔与谁邻。

抒　怀

风风雨雨几经年，滚滚江涛涌向前。
烟雾迷茫瞪倦眼，征途坷坎上吟鞭。
穷思武穆胸襟豁，困念文山胆气添。
尽荩忠肝兼义胆，只留馀热酒诗篇。

硝烟弥漫黯江乡，五十年光一瞬亡。
曾效班超家远别，归崇炎帝药亲尝。
卅年赢得虚名在，悦耳期闻病友康。
馀热奉人无保守，敢云晚节自芬芳。

莫道平生黯淡春，榴花似火烛生辰。
曾拈秃笔为诗困，常植杏林作顺民。
百乐难逢甘守枥，子期已故顾无人。
扶生救死馀生愿，道义千金不患贫。

虞公言

虞公言（1933年—），鄱阳县人。大学毕业，高级教师。曾任景德镇一中外语教研组长、市外语学会会长、市诗词学会理事。

浮瑶仙芝咏

仙子瑶池金玉体，遍游华夏恋浮梁。
甘泉瑞雾添营养，茂树繁花染异香。
袅袅山岚滋叶厚，绵绵沃土助根张。
神农品味名声广，皇帝加封身价扬。
古县仙芝成岁贡，民间官府饮茶汤。
琵琶一曲称绝唱，茶酒宏篇记茂昌。
骚客寻诗宵日继，商家逐利购销忙。
千般美誉播霄汉，万种雍容渡远洋。
博览万国登榜首，展巡数市获金章。
有机品质人缘好，绿色风情韵味长。
似女栽培勤护理，如姝窈窕着霓裳。
旗枪涵水象活叶，碗盏沾唇胜酒浆。
碧色盈杯惊四座，馨香满室压群芳。
千家踮脚争迎娶，万众青睐越盛唐。
行俏穷源明袖里，科学管理是头桩。
尤因政府免农税，既重工农且重商。
国运昌隆兴啜饮，茶人奋勉铸辉煌。
荣华尽享趋繁衍，从此不思回故乡。

赖怀寿

赖怀寿（1935年—），铜鼓县人。1951年在修水县参加工作，1995年退休于景德镇市委党校。大专文化。中华诗词学会、江西省诗词学会会员。诗词皆用新声韵。

登江西湖口大桥

钢龙湖口跨，信步眺长川。
悚悚惶天险，飘飘藐瀚渊。
桥连高速路，人进小康年。
诚慕神工巧，当欣主事贤。

乘专列旅游

舒适安全伴侣多，兼程日夜未奔波。
越桥钻隧山河畅，入梦怡神物我和。
缩地有鞭山野转，交叉股道自如拖。
纷华锦绣陪行止，欢笑盈车一路歌。

夜登纽约帝国大厦

大厦堂皇号帝国，仰登俯瞰叹神魔。
灯华灿灿红天烨，车韵隆隆动地歌。
傲世科文孚众望，凌人气势惹风波。
外星定羡寰球美，同类相残却为何？

吴荃芝

吴荃芝（1933年—），鄱阳县人。1950年至1992年任中小学教师。1995年至2003年自办荃芝化工厂。自2004年至今从事写作，著有小说、散文、诗词、影集等作品。

年谱（新韵）

一岁：我的出生

佛祖生辰我降临，三朝汤饼宴亲邻。

啼嚎尔尔非英物，呼吸悠悠是病身。

河里无鱼虾当鲤，祖宗有继铁充金。

生来体弱心肠软，已赋先天定内因。

三岁：最早记忆

我是家中掌上珍，重重厚望聚吾身。

婆婆拜佛天加佑，姥姥求神福降临。

父望成材增邺架，爷修嘉德助乡邻。

玲珑宝贝黄金裹，不管猪龙且当人。

二十二岁：1954年洪灾

百年难遇大洪灾，暴雨狂风滚滚来。

万顷田畴成泽国，千村父老陷悲哀。

猪鸡断食便宜卖，老幼遭瘟草率埋。

万众一心齐抢险，咆哮恶浪挺身排。

二十八岁：1960年挨饿

每月皇粮十二斤，肚中饥饿每钻心。

方知患病医能愈，唯有疗饥药不禁。

头重眼花身无力，面黄肌瘦脚抽筋。

苦珠栎子和渣煮，野果连皮带泪吞。

【注】

1960年下半年，每人每月仅供应10斤米加20斤红薯。

六十四岁：自办化工厂

自办茎芝化工厂，十年艰苦每亲躬。

清晨投料称轻重，半夜生成计淡浓。

氧化须当阳性减，还原必用氢气攻。

炎天日夜高温下，只为经营践全同。

周　禹

周禹（1936年—），名福泉，字典福，号临川晦人，又号景德老人、景东书蓬，临川县人。中华诗词学会、江西诗词学会会员，景德镇诗词学会副秘书长，景德镇苔花赘诗社社长兼主编，"陶人诗词选"主编。著有《临川晦人诗词钞》。

春　游

胜日寻芳跋涉游，风光明媚暖心头。
花香惹引人先醉，莺啭声回客自留。
布谷催耕春遍野，秧针出水绿盈眸。
偷闲领略乡关美，沿路田间闹铁牛。

月下垂钓

星夜持竿翠柳边，嫦娥乍坠水中天。
机轮嗒嗒飞驰过，片片碎银晃钓鞭。

咏电饭锅

周围双郭一金城，堡内能容百万兵？
白族腾腾翻滚舞，龙宫伴奏乐民生。

行香子·题大士宫

时值秋光，雁骞南方。又重阳，诗友吟狂。漫山遍野，金色飘香。木奴悬黄，层林赤，菊芬芳。　　大士宫堂，道观中央。奉观音，灯火辉煌。撞钟击鼓，声震瓷乡。羽客倾尘，寒吟笔，古今凉。

米清泉

米清泉（1937年—），号八十八翁，南城县人，久居景德镇市。市农业局高级农艺师，景德镇市诗词学会理事。

茶乡行

谷雨寻芳五股尖，诗人幸会赋诗篇。
新尝崖玉添豪兴，细品仙芝及妙联。
雾海浮槎吟浪涌，云峰柱杖哨声喧。
会当倾泻南山瀑，无尽珠玑落座前。

海南育种

寒冬育种赴崖城，经穗过琼南海行。
始出珠江新月朗，远观港澳彩灯明。
天涯旭日随涛涌，海角繁花伴鸟鸣。
岁岁无冬长夏日，年年三熟谷丰盈。

清平乐·陶人之家迎华诞

千年庆典，笑泛陶人脸。继往开来前景远，要献新葩参展。　　老翁乘兴挥毫，姑娘细刻精雕。更喜稚儿烂漫，团泥嬉琢熊猫。

吴竹林

吴竹林（1939年—），网名苍篁，都昌县人，居景德镇。退休前从事数学教学与工程技术工作。江西诗词学会会员。曾主编《景德镇诗词》，现为景德镇市诗词学会副会长。

备　课

灯卜疾书百页笺，演推微积式绵绵。

藤萝符号参天地，蚯蚓图形释奥玄。

牛食草蒿还乳汁，烛燃躯体作光源。

愧无长技匡清世，谨竭微才辅后贤。

哀　蝶

余工作室后有院。一日巨蝶入院，为同事孙某所擒，余劝释之，不允，竟以大头针贯其体，抛诸窗外。蝶负痛，艰难飞出院墙，隐入荒丛。余黯然而成此咏。

入园奇蝶大无伦，疑是英台旅俗尘。

正欲虔诚朝爱圣，不期骜桀执情神。

钢针残忍穿柔腹，彩翅艰难越乱榛。

微命未更潇洒态，翩翩何处息芳魂？

驳友人"花月皆妖"说

勿责花妍与雾香，人间多丽有何妨？

观花只允花前看，赏月谁教月下狂？

可摄芳华陶寸苑，休迷色相乱心房。

倘如捉月波中死，其罪焉能属月光！

竹自述

生平未抱栋梁心，只愿临陂展绿阴。

有节任凭风款摆，无华不惹蝶浮沉。

月中借影书禅偈，霜里含情作楚吟。

秉性淡平交结寡，扬州郑燮是知音。

一九八七年北京至法兰克福飞机中所见

登舱恰遇雨纷纷，蓦地穿云上九旻。

明月从无今夜白，晴空哪见这般纯？

素绵邈邈铺沧海，红袖娟娟慰旅人。

飞速每分超万米，杯茶难觅细波纹。

题自绘《竹魂图》

十六温馨六十思，沉迷追画战园枝。

图虽纸上无凭影，情是胸中不断丝。

常忆联箫秋月曲，难忘共卷玉溪诗。

千回未了同窗梦，直到天荒地老时。

王寿霖

王寿霖（1942年—），号墨庐，室称"墨庐堂""白梅老屋"等，祖籍都昌，后居景德镇。景德镇诗词学会顾问，曾任景德镇书法家协会主席。

题古柏图

凛然铁骨势如钟，宿叶长青积翠浓。
定是千年灵气在，森罗万象似苍龙。

题白梅图

独坐斋堂谁为伴，清香与我啸春风。
凌寒唯自傲霜雪，不入红尘世俗中。

题写意梅花图

淋漓墨渍气飞扬，洒出寒花满纸香。
自古挥毫斟酒助，我今无酒也癫狂。

题红牡丹图

四月花残始吐葩，群芳无以比朝霞。

佳名天下谁能共，因作人间第一花。

题秋荷图

残红将破露馀妆，一碧秋波荷半塘。

本是墨团一纸品，不知何处飘来香。

叶恒芳

叶恒芳（1942年—），女，上饶市人。退休干部。江西省诗词学会会员，景德镇市诗词学会理事。

黄 河

头枕巴山雪，身穿黄土坡。
脚蹬渤海浪，一路迪斯科。

离亭燕·黄龙

一派金沙铺地，何等豪华气势。绿树青山争咏叹，满路芳菲神醉。逶迤到层霄，钙华滩流空坠。 彩池重重叠翠，瑶台宝镜跌碎。霁影色光其间舞，变幻无穷奥秘。走进古森林，呼吸太空仙气。

江南好·玉田水库

玉镜中开，青峦挺秀，碧云红日同俦。远山遥望，林海接天畴。鸳鸟颉颃自乐，双戏水，引客凝眸。机帆艇，风驰电掣，破浪遏飞舟。　　登临桃花岛，心中阆苑，世外仙洲。看红蕾争艳，顾盼清流。曲径芳蹊处处，绿荫里，山鸟啾啾。兰轩馆，茶香人醉，诗意满琼楼。

望海潮·戈壁途次

黄河流远，阳关西侧，莽苍戈壁无边。风卷漠沙，气吞烈日，荒原寸草难妍。赤地渺人烟。望远山耸峙，万笏朝天。雪拥寒光，九霄云外映平川。　　雄关古道绵绵。昔汉宫朗月，依旧无眠。凉州古词，阳关旧曲，饱含边塞烽烟。多少别离篇。瞩寒来暑往，已换华年。写就英雄历史，热血溅云笺。

刘忠信

刘忠信（1942年—），景德镇人。1977年调入中共景德镇市委机关工作，先后任科长、市委办公室副主任、市委副秘书长、市外事侨务办公室主任、市委宣传部副部长。现为中华诗词学会会员，江西省诗词学会常务理事，景德镇市诗词学会会长。

莲塘春晓

晨曦一出雾烟消，水碧天蓝分外娇。
镜底青山如画美，塘边翠柳似旄飘。
群鱼隐约穿波浪，百鸟啁啾唪树梢。
锻炼休闲佳去处，相邀携酒荡兰桡。

观瑶里南山瀑布

一溪清水九霄来，万朵银花峭壁开。
咆哮奔腾流不尽，游人嬉笑上矶台。

游承德避暑山庄感赋

康乾二帝太铺张，水远山遥建殿堂。
不肖儿孙专享乐，无能将相尽为伥。
强征暴敛平民苦，割地赔银府库光。
治国齐家无二理，骄奢淫逸定衰亡。

游大观园

青砖黛瓦玉雕轩，碧水虹桥石垒山。
蘅芷潇湘争雅静，怡红快绿斗鲜妍。
稻香村里无耕地，花溆池边有渡船。
景点均依书打造，红楼一部满芳园。

端午吟

2005年韩国《端午祭》申报世界非物质文化遗产感赋。

《离骚》一卷越千年，屈子精神感上天。
万众划舟抒盛意，几人读史解情缘。
异邦有术申遗产，我辈无颜对圣贤。
文化传承非小事，谁能坐视且安眠。

于淑英

于淑英（1943年—），笔名文桥，女，都昌县人。曾从事司法与行政工作30年。"英华瓷庄"主人。中华诗词学会、江西省诗词学会会员，国际儒商协会、中国国学会研究员会员，景德镇诗词学会副秘书长。著有《草木深》《夜雨蕉窗孤儿泪》《文桥心声》《化作啼鹃带血归》。

咏柳絮

太息春深锁雾烟，絮花恋树苦缠绵。

风飘南北奚千里，情系东君又一年。

到底人间多秽浊，难容英物任狂颠。

天公若果真言理，岂忍琼瑶不值钱。

破阵子·金秋笔会、武当山观景

谁试横空一剑，青锋落地无招。八百朝霞云海阔，七二雄峰气象豪，登临上九霄。　　汉水环成玉带，楚人架起金桥。墨客同登欣指点，雅韵相敲兴最高，风流看我曹。

浣溪沙·游三峡白帝城庙抒怀

九曲林泉叠叠山，千秋白帝彩云间。峰回路转水湾湾。　　山国情缘人已远，几丛花色石边斑。长留八阵在江滩。

一剪梅·武当山笔会述怀

泼墨挥毫醉乐弦。心也波澜、情也波澜，佳人才子闹文坛。人也翩翩、诗也翩翩。　　词海添姿润绣帘。风自缠绵，雨自缠绵，桂香岁月盼鸿传。魂在留连，梦在留连。

沁园春·抒怀

鹰过云天，境界无边，城绕云烟。看小桥流水，溅溅东去。茂林碧绿，款款风前。读罢诗经，消残杯酒，独坐窗前得句妍。平台上，共燕莺絮语，胜似神仙。　　冰心唯有坤乾。拥言志抒怀沥血篇。昔应心得下，略输多彩；商场腾挈，普化时贤。苦守清闺，熬残梅萼，雨雨风风二十年。今何憾、文坛知己，相顾音弦。

浪淘沙·和友

雾雨透纱窗，冷了花墙，断肠诗稿叠成行。孤枕春寒空对月，苦了潇湘。　缕缕暗珍藏，却历沧桑，阳关漫道总彷徨。一片冰心谁解语？只有文章。

潇湘夜雨·伤春

雨猛风狂，残英零落，春光销尽千行。看仙姿瘦损凄伤，怜宋玉长旅远渡，愁几许、愧惭乔郎。多少事、当空月白，滞落惧凉。　瑶琴何处？灵犀一点，漫写评章。赐冰魂注目，对镜红装。红正好、飞霞远浦，吟不尽、夜雨潇湘。西溪水、东来涌浪，为我漾诗肠。

昭君怨·思友

难得小阳春色，红叶江南江北。望断万重山，彦声寒。　院桂更深风动，唤起痴人说梦，不是友人来，月光筛。

余昌湖

余昌湖（1944年—），生于景德镇市，祖籍都昌。毕业于江西中医学院，先后在铅山县和景德镇市工作，执业医师，市中医药学会会长。中华诗词学会、江西诗词学会会员，景德镇市诗词学会副会长，《景德镇诗词》主编，著有《学步初集》。

玉女峰

玉女亭亭立碧漪，镜台巧借慰相思。
行云有梦同尘世，情到真时尽是诗。

大红袍

九龙窠里起游龙，鼎鼎红袍只两丛。
欲饮仙茶愁峭壁，山僧何事学狙公？

【注】
大红袍系武夷名茶。

谒秋瑾故居

破碎山河日已曛，补天敢惜女儿身？
上苍不与龙泉剑，秋雨秋风愁杀人。

咏桃赠友

下已成蹊梦未残，绿肥红瘦任人看。
勉从雅俗非同调，但守平生一点酸。

为本多利太郎长跪谢罪事告日本政要

东洋一老兵，负疚中国行。
昔日刀沾血，今朝锥刺膺。
沉思浮梦魇，长跪悼亡灵。
史鉴千钧重，诸君莫看轻。

已酉除夕省亲途中羁河口镇 (排律)

节近舟车紧，神驰行旅羁。

彤云凝客泪，落叶洒乡思。

好友频相劝，情浓酒不支。

娇妻愁且怨，稚子闹还嬉。

小栈钟鸣乱，长街人语稀。

高堂当此夜，环顾掐归期。

漫漫人生路，诸多事愿违！

长相思·思亲

左叮咛，右叮咛。雏鸟离巢牵母情。凝眸热泪盈。　　前梦萦，后梦萦。锦被翻来总觉轻。唤儿多少声。

鹧鸪天·旧居访友

老巷沧桑貌未更，穿行每每旧情生。窑砖墙映稚童影，木栅门留慈母声。　　憨大个、小莹莹，野泡好吃莫相争。重逢谈笑少年事，犹记猜谜输与赢。

【仙吕·一半儿】关汉卿（二首）

（一）

半生攀折柳和花，瓦舍勾栏寻我家，玩遍笑哭真与假。且由他，一半儿俗来一半儿雅。

（二）

窦娥冤屈弃黄沙，赵盼儿风尘义侠，曲尽人情痴共傻。任凭咱，一半儿酸来一半儿辣！

喻作云

喻作云（1945年—），景德镇市人。中华诗词学会会员，江西诗词学会理事，市诗词学会副会长，市民间民俗文化协会秘书长。

石门行

匡庐绝胜石门涧，久隐深闺未露面。
旷世明珠岂自埋，东风掀起盖头来。
奇景拓开供博览，匠心独运巧安排。
浔阳吟友诚相约，结伴同游畅心怀。
好鸟啾啾迎远客，奇花灼灼笑山隈。
当年慧远攀登处，今已砌成青石路。
通幽曲径没深丛，扑面重峦笼晓雾。
天池铁船耸入云，恍若九霄南天门。
怪石嶙峋层层叠，参差错落势将倾。
千姿百态崖磊磊，鬼斧神工万象生。
岭上白云沉复起，涧中青霭合犹分。
奇石累累遍溪谷，小如鹅卵大如屋。
绝世奇观树拜堂，至诚情侣供香烛。
爱池留影寄相思，山高水远两心知。
摩崖合影"我是谁"，超然物外俱忘机。
聆听峭壁鼓声隆，始信睹泉汇此中。
山回路转眼前亮，倒挂银河泻白虹。
青龙潭里三泉汇，喷雪奔雷振耳聋。

天半石桥遥相望，导游笑问上不上。
非常之观在险远，荆公名句未曾忘。
欣有徐君偕我行，年逾花甲心犹壮。
山崖陡峭步维艰，气喘吁吁汗直淌。
导游王总古稀年，步履矫健精神爽。
主持开发建丰功，老有所为人敬仰。
山顶桥头一小屋，一年四季三百六。
售票应门唯一人，山上值班山下宿。
斯人昔患关节炎，不治而愈何其速。
踏上石桥敞襟怀，清风夕照涤尘俗。
游罢石门兴犹酣，归来心底起波澜。
枯肠搜尽难称意，聊与吟朋作画看。

题《瑶里风光》一景

银河飞泻碧潭中，喷雾奔雷烟雨濛。
矶上谁家罗曼女，凌波展翅一惊鸿。

题青花《鲤鱼跳龙门》

料分五色自明暸，信笔挥来逸兴豪。
甩尾扬鳍腾激浪，龙门一跃上云霄。

题粉彩《少女吹笛图》

谁家小妹戏清溪，短笛无腔信口吹。
许是天真饶魅力，山花齐绽竞芳菲。

观老年采茶舞

仙袂凌空展，飞天下九重。
翩惊鸿绿野，彩蝶舞芳丛。
燕剪桃花雨，莺梭柳叶风。
老梅开二度，笑傲夕阳红。

咏凌霄花

一树奇皑百尺高，披霞映月自逍遥。
红花灼灼连梢串，翠叶翩翩舞凤毛。
暴雨难摧根扎稳，狂风不倒蔓缠牢。
瑶台约请群英会，明日凌云上九霄！

游龙虎山泸溪河

泸溪仙境究如何？毓秀钟灵绝胜多。

两岸丹山醺雅客，一湾碧水漾欢歌。

千年悬椁难穷秘，十不奇观直入魔。

妙合天人人欲醉，更添妙语进珠荷①。

【注】

① 进珠荷，言导游小姐口吐莲花，妙语连珠。

六十感怀

休言花甲近黄昏，我觉人生第二春。

案牍纷繁终释手，诗坛清雅好修身。

采风览胜新奇乐，咏景抒怀美善真。

三立纵然无一得，沧桑片羽可留痕？

【注】

三立：指立德、立功、立言。

念奴娇·咏古樟兼怀岳帅

巨樟庞立，寿千龄，荫蔽瓷都西角。武穆当年曾过此，旸府寺中题壁。金字犹存，忠魂安在？悲愤情难抑。精心报国，竞罹三字冤厄！　弹指九百春秋，值英雄诞日，特来重谒。伟干参天枝叶茂，笑傲泰山松柏。雪侮霜侵，风吹雨打，更凛然英拔。无瑕心镜，且由身后评说。

【注】

无瑕心镜，南宋绍兴三年，岳飞率军过景德镇，曾下榻旸府寺，留下楹一副："机关不露云垂地；心镜无瑕月在天。"

杨　博

　　杨博（1946年—），祖籍湖南长沙。大专文化，景德镇市妇幼保健院退休，国内多家诗词组织成员，景德镇市诗词学会理事、副秘书长，苔花薹诗社秘书长。

晚溪芦苇

碧水山溪映落霞，两旁绿树静听蛙。
芦丛不识天将晚，摇曳风前舞雪花。

三闾庙街

招魂香草三闾舞，庙去街留尚古风。
门对瓷城来假玉，店迎昌水走浮红。
当年贾客财源茂，今日商家生意隆。
唯有明房清石路，依稀诉说旧情浓。

杜　鹃

石壁山花映面红，展枝怒放自强中。
曾经断魄清明雨，不畏冲寒谷雨风。
志灿高天舒丽色，安生低树艳芳丛。
纵然香尽何须怨，喜有新荑笑绿葱。

金竹吟风

金竹吟风溪水潺，观光避暑小庐山。

红杉银杏交辉映，黄麂赤猴相赏顽。

井石雄奇双瀑泻。寨林俊秀险峰攀。

身心融入天然界，满眼怡人景致环。

高定谐

高定谐（1947年—），鄱阳县人。亦农亦医。江西省诗词学会、景德镇诗词学会、鄱阳诗词学会会员。

记　梦

平生幸到天师府，枕上三更梦境游。
碧水盈盈花簇岸，丹山隐隐雾侵楼。
牧童散发横吹笛，浣女含情半带羞。
欲访仙人重问道，笑吾凡骨哪能修。

王、周、高、吴四友来访感赋

曳尾泥途志未灰，今朝且喜故人来。
家无主妇疏招待，腹有新诗共化裁。
破屋清风频入座，深情浊酒满斟杯。
余生幸结忘年友，更颂和谐笑口开。

咏　葱

受尽风寒熬尽霜，青青白白一身香。
虚心未必凌霄汉，奉献人间韵味长。

重到相思村

重来此地倍凄然，别凤离鸾十九年。
岁月贫中添鹤发，姻缘梦里入诗篇。
诚知理想如云散，岂耐人生似茧缠。
了却凡心无限事，相思何故总情牵。

与家兄论作诗

为诗妙诀本无多，品味名家细细哦。
流利清澄非俚俗，雄豪激越忌偏颇。
取材现实参机变，曲尽人情费琢磨。
后主东坡皆圣手，平生亦爱石湖歌。

瑶里咏茶

尘嚣远避似幽人，霜雪频侵自守真。
曾向天边扬美誉，幸依瑶里发清芬。
欲怀兰麝常醒世，为涤烦襟敢惜身。
抱住青山君莫笑，唯求奉献总欣欣。

何招英

何招英（1948年—），笔名可人，原籍进贤县。中华诗词学会、江西省诗词学会会员，景德镇市诗词学会副秘书长，结集《可人吟草》。

问"仙芝"①

本是瑶台术，何时瑶岭迁？
清芬非自赏，碧玉为谁看？
风范当无比，芳魂不妄言。
青莲携酒至，敲韵品芝兰。

【注】
① "仙芝"是景德镇浮梁县瑶里山上一种茶，多次获金奖。现被列为人民大会堂国宴茶。

咏瓷灯柱

陶瓷灯柱古今稀，玉骨冰肌造化奇。
昂首云天呈异彩，立身街市展风姿。
蜿蜒不尽如龙舞，娴静终朝似凤仪。
夜幕初垂通体亮，光华万丈比虹霓。

咏　蛙

独坐池塘如虎踞，无边芳草作家园。

舌如利剑擒虫害，身跃奇兵战野田。

不料同仇施暗箭，奈何逆友设罾筌。

忠奸莫辩真愚昧，自毁长城自作愆。

村前那条小河①

悠悠小河水，涓涓百里行。

为灾亦润土，功过难以评。

两岸沙土积，雨后岸容更。

船夫汗浃背，行客过河惊。

最恨春汛至，浊浪任横行。

咆哮卷蔬果，弥漫没田塍。

水退庄稼尽，田地费犁耕。

何日除斯患，居者得安宁？

一阵春雷响，政策自英明。

款银财政拨，四面助工程。

坚坝护河岸，渠水碧粼粼。

石桥跨两岸，大道宽又平。

引资建工厂，高楼掩绿阴。

车辆村民购，村校朗书声。

小河依旧在，惟福免灾情。

哪得清如许？源头活水盈。

【注】

① 景德镇市红源乡下铁炉村的一条河，1968年9月我下放此河畔。

赞瓷乐①

琴瓯磬笛尽瓷珍，玉作身躯诗作魂。

台上湘灵调锦瑟，座中司马肃青衿。

汉宫秋月思乡梓，流水高山慰故人。

三叠阳关留远客，二泉映月洗尘心。

音符清越江天霁，韵律悠扬鸾凤吟。

妙曲连珠花竞发，归来身染艺园春。

【注】

① 瓷乐是瓷器制作的乐器。

竹枝词·桃花

染尽层林红雨飞，妖颜逗客影相随。

少陵评说君休怨①，尔不风流春可回？

【注】

① 杜甫(少陵)《绝句漫兴》云："轻薄桃花逐水流。"

余闻天

余闻天（1952年—），景德镇市人。毕业于上海复旦大学新闻系。现为中华诗词学会会员、江西省诗词学会会员、景德镇市诗词学会会员。

诗词恋

老夫难道是糊涂？迷恋推敲痴岂愚？
半世迎宾非巨贾，一生迓客是鸿儒。
诗词歌赋心中有，将相帝王眼底无。
唯见谪仙千古诵，何曾天子万年呼？

登鹳雀楼

王子诗成鹳雀楼，骚人千载与楼留。
山西从此美名出，永济至今荣誉酬。
大漠沙尘成净土，荒原草木变芳洲。
中条山畔游仙乐，笑傲黄河万古流。

题赵慧文教授赠《寒山秋林图》

碧水蓝天日照林，寒山无处不诗吟。
山花有意妆春色，野鸟多情唱好音。
乐与儒生谈翰墨，羞同巨贾话黄金。
谁言我是孤骚客？伊托飞鸿捎柬临。

题赵慧文教授赠《傲霜仙菊图》

菊花仙子下凡来，一片辉煌锦绣开。
带笑骚人诗作礼，含羞才女画为媒。
南天此日雄风在，北国今朝紫气回。
盛世欣逢梅二度，吟坛佳话凤凰才。

万里春风喜复来

庸俗人生可谓哀，霸才百折不曾回。
一时秋气恨归去，万里春风喜复来。
早岁身经龙虎穴，中年名入凤凰台。
花天酒地无缘份，乐举茶杯代酒杯。

陈 平

陈平（1970年—），生于景德镇市，原籍丰城市。2005年拜津门王蛰堪先生为师习词。现为中华诗词学会会员、景德镇诗词学会副秘书长。

祝英台近·重游景德镇佛印湖寄远

野禽啼，残叶坠，霜冷旧时路。暗忆盟鸥，鱼浪散孤绪。自从湖畔人归，玉环香老，奈空剩、柳丝千缕。　　梦无据。遥望天际流云，征鸿向何许?雪意侵怀，弹指岁将暮。待他风送春回，绿迷芳草，盼移棹、共听松雨。

水龙吟·再别沱河

隔年幽梦重寻，风中依旧飘残絮。踏莎人杳，浴波云散，亭皋孤伫。鸭戏洲头，鸟啼林表，恨萦南浦。又夕阳西下，舟横野岸，思前事，心犹苦。　　明日春归何处？料东流、坠红无数。尘缘未了，韶光空逝，西窗长负。晓月多情，虹桥送客，满怀凄楚。盼梅传远信，结庐河畔，伴桐花住。

惜红衣

暗雨敲窗，昏灯照壁，乱愁如织。夜久无眠，谁家又吹笛？寒云渐晓，犹未见、青禽踪迹。幽寂、离绪满怀，阅年年春色。　　沉思往昔，晴岸寻芳，桐花映流碧。而今梦外路隔，杳难觅。甚日柳边长聚，结伴五湖摇楫？奈鬓丝偷换，依旧独听檐滴。

浣溪沙·雨中游庐山观音桥

独倚危栏赏碧流，冷烟迷径鸟声幽，雨丝空织远山愁。　　云影逐波浑是梦，松风过涧已如秋。长虹千载为谁留？

踏莎行

蝶梦烟消，雨窗愁醒，远山横隔征鸿影。柳营挥别又经年，离怀欲诉何人听？　　桂魄云空，枣花香径，痴魂长负当时景。楼前草色接天涯，酒泉犹比天涯迥。

齐天乐·友人同游上饶云碧峰遇雨

晓空云暗凉风起，羁怀更添秋绪。野径香残，深林碧乱，同坐危亭听雨。河梁记否？叹身似飘萍，欲留还去。漫检游踪，桂华独照梦中路。　　闲看信江逝水，绕城淘不尽，尘世寒暑。蚁穴苔生，梅根酒醒，唯有青山如故。愁丝万缕。怕霁日催归，又成孤旅。极目遥岑，薄烟迷雁羽。

鹧鸪天

空对昏檠自叹嗟，梦回依旧宿山家。遥看云路期归羽，暗忆桃溪送落花。　　丝未断，恨犹加，一怀幽绪绕天涯。披发坐听寒蛩语，不觉南窗月已斜。

鹧鸪天

雨后芳林蝶自忙，空亭独坐惜晴光。入溪云影留残絮，夹路桐花送夕阳。　　春渐老，意难忘，晚风相伴忆河梁。啼禽又唤凉蟾起，密洒银辉照野塘。

高阳台·丁亥清明

风拂池波，鸟鸣庭树，寻幽又到山家。向鹭低飞。秧田已露新芽。断红空逐清溪远，对桃枝、枉自长嗟。念前尘、翠陌留连，独赏桐花。　　胡杨林里游人散，叹云追逝水，日送归鸦。旧约无凭，谁教梦绕龙沙？芳春可待成秋色，怯窗阴、暗换年华。渐黄昏、乱絮蒙蒙，飘向天涯。

齐天乐

鹤归云外音书绝，愁萦暮烟衰草。坠叶惊心，啼禽寄恨，谁识琴中怀抱？潇湘路杳。料岳麓秋深，桂枝香老。客里黄昏，几番江上泛斜照。　　鸥盟暗期共守，奈何人已去，空剩孤棹。雨湿吟窗，山遮望眼，别绪经年难表。尘缘末了。待甚日重逢，漫游蓬岛？蝶梦无凭，玉龙声又渺。

淡黄柳

　　风侵水陌，吹得桐花落。远望春山烟漠漠。料想江城倦客，遥举清樽共谁酌？　　梦重约，鸥边寄忧乐。雨窗底，猛惊觉。叹河梁别后闲弦索。抱恨凭栏，暗期良夜，千里共吟桂魄。

黄　辉

黄辉，（1973年—），祖籍都昌。景德镇中学教师。酷爱散文、诗词创作。中华诗词学会、江西诗词学会、景德镇诗词学会、作家协会会员。现就读于昆明理工大学社会学院，马克思主义哲学专业研究生。

忆秦娥·古寺钟声

钟声起，石门月冷轻云蔽。轻云蔽，峰峦秀色，梦萦烟里。　　夜台归雁情难寄，故人楼上凭栏倚。凭栏倚，梵音飞绕，柳丝垂地。

浣溪沙·象山雨霁（新韵）

细雨氤氲敛黛蛾，舟横野渡涨南河。青山晚霁暮云酡。　　陶舍寒灯愁倦客，乡魂梦里酒当歌。西窗皓月伴吟哦。

蝶恋花·秋思

细雨霏霏飘入牖。花絮闲愁，梦里萦回久。落叶纷纷离岸柳，衔杯难咽分飞酒。　　满目苍凉霜露后，默念知交，旦暮君安否？犹恐西风来势骤，黄花萧瑟伊人瘦。

蝶恋花·春愁

　　昨夜疏芳穿户牖。柳絮沾泥，叶上萧萧雨。落绛纷纷愁何许，却如别后无情语。　　残瓣飘零香几缕。春水伊人，幽思萦难已。无奈花随旧梦去，空遗风竹翻前谱。

鹰潭市

吴威亚

吴威亚（1915—1992年），余江县人。生前曾任鹰潭市政协委员、《余江县志》副主编、鹰潭诗词首届副社长。

棕树赞（古风）

不蔓不枝不拔空，直杆直叶直生棕。
天共骄阳天雨露，自任旱涝自驱虫。
敢斗严寒抗酷暑，耻务虚名不夸功。
甘居荒野寂寞处，默然为民献孤忠。

刘泉生

刘泉生（1927年—），贵溪市人。贵溪市粮食局离休干部。江西诗词学会会员，著有《老骥新声》诗集。2005年10月，获"龙虎山·国际诗词联大赛"优秀奖。

乘动车组火车

车轮旋转快如风，绿野青山扑眼瞳。
宛若骑龙追日月，杭城来去半天工。

【注】
从鹰潭乘动车组到杭州只要三个小时，来回仅花半天。

春游西湖

晨霓璀灿映山洼，满目湖光散落花。
碧绿清波揉细浪，青葱杨柳绽新芽。
登桥览景心藏海，临水观鱼脸荡霞。
拂面东风人自醉，春游尽兴日西斜。

严振东

严振东（1928年—），广丰县人。大学文化，研究员。曾任江西省政协常委、鹰潭市政协副主席、市民盟主委。现为中华诗词学会会员、江西诗词学会名誉理事、鹰潭市诗词楹联学会名誉会长、鹰潭市炎黄文化研究会会长。

连战率团访问大陆

炎黄一脉血相连，两岸同胞谱喜篇。
历史重温萦脑际，今朝欢聚是何年？
云开雾散休嫌晚，国泰民安总在先。
盛世欣逢泯旧恨，且看华夏更添妍。

2005年

千秋岁·清明感怀

清明时节，山上鹃啼血。枝绽露，鱼飞跃。天南江北客，悼万千豪杰。碑墓峻，献花祭奠哀悲切。　　抗战八年决，倭寇蹄踪灭。流热血，深仇雪。江山多美景，六十春秋发。朝阳里，再扬鞭告慰英烈。

范怀真

范怀真（1929—1995年），曾用名丁一愚。毕业于南昌教育学院，任教于贵溪市一中。省、市诗词学会会员，曾任贵溪诗社副社长兼秘书长。

自画像

描形对镜自惭羞，惨淡穷才已白头。
莽汉安能充雅士，愚氓岂可冒风流。
书坛奥秘终难悟，陋室贫寒本自囚。
授业传经崇正气，沽名钓誉不同舟。

一剪梅·观景感吟

挂榜传奇挂脚帮，只恋家乡，不走他方。乐贫安分守田庄，徒有金仓，枉有银仓。　　改革融资开宝藏，引凤求凰，冲刷心房。摩天大厦代芜荒，人也勤忙，地也增光。

易光荣

易光荣（1932年—），湖南省湘潭市人。1950年入朝参战，任俱乐部主任、副政治委员。1978年转业后任鹰潭市石油公司、上饶市石油公司主任，鹰潭市市政工程处书记（副县级），1993年退休。鹰潭诗社秘书长、副社长兼《梅园诗草》主编。江西省诗词学会、中华诗词学会会员，著有《喜蓬诗集》《荣吟诗风》。

颂二十年诗翁

邀来多是老顽翁，作画吟诗样样通。
头白未除豪气壮，霜颜凝似后生童。
泸溪百里寻灵感，龙虎千山找主峰。
一气呵成新作出，年高长老与前同。

漂游泸溪河赋

列队仙岩竞翠青，粼粼碧水放筏行。
欢声笑语排如箭，远处微闻牧笛声。

鹧鸪天·游龙虎山有感

天造仙岩竞妙妍，桃峰秀谷绿连绵。凌空峭壁江边立，荷石云梳羞女牵。　　山起伏，水漪涟。千峰万壑绕溪川。竹排先后随流水，更喜悬棺入洞天。

张　炜

张炜（1934年—），余干县人。曾任鹰潭市文联主席、党组书记，市作家协会主席，《飞鹰》杂志主编。现为中华诗词学会会员、中国楹联学会会员、江西省诗词学会常务理事、鹰潭市诗词楹联学会会长。著有《梅园吟唱》《张炜短诗选》等。

七十闲吟

光阴荏苒，岁月不居。余生于甲戌仲冬，今乃七十之虚度。自思平生爱韵，广结诗缘，老大无成，甘守淡泊。今赋一律以自寿，品味人生，颐养天年。

不知不觉古稀年，往事萦回绪万千。
无悔无忧无大憾，笑神笑鬼笑强权。
林泉笑傲观鱼乐，艺苑推敲品弈玄。
莫问沧桑风雨路，人生何处不酸甜。

晨登龙虎山仙人城

闻鸡梦断上仙城，追日寻幽拾磴行。
霞映碧溪云锦秀，雾遮丹石似龙形。
身高始觉风光险，目远需临绝顶清。
野趣天然藏雅韵，酿诗入画岂沽名。

采药

戊寅正月，随师悟玄子采药武夷山，夜宿蓝天洞府，闲授炼丹术，吟诗以志。

随师采药武夷山，梦绕蓝天杳霭间。
朝饮扶桑甘露水，暮吞琥珀紫金丹。
悟玄破易明真谛，说法通灵入妙潭。
恬淡虚无心是道，翛然自得养朱颜。

游泰国玉佛寺

婆娑竹影插椰林，净境清凉远俗尘。
玉佛灵光腾紫气，我参禅学注诗心。

游潭柘寺

丙子冬月，应邀参加1996年《文艺报》笔会，偷闲偕友揽胜潭柘寺，抵达已日暮，禅关紧闭，未能入寺，口占一律，以纪此行。

暮色苍然锁道场，阶前漫步细端详。
萧条路口商摊散，寂静山门气势昂。
雾绕龙潭真亦幻，风摇古柘炎耶凉？
身离闹市红尘远，惆怅无缘入上房。

瞻白居易墓

伊水东山卧乐天，琵琶峰上诵遗篇。
为时为事留佳句，忧国忧民谏愤言。
紫阁山村呼少傅，秦中乐府有高贤。
抚碑凭吊情难已，自古骚诗值几钱？

开封府重建感赋

开封府上仰青天，旧址新堂明镜悬。
铁面公心垂典范，罡风正气抑强权。
虽云善恶终须报，叵耐奸邪总占先。
欲唤神威重抖擞，人间渴望涌清泉。

踏莎行·抗洪

淫雨狞风，惊雷闪电，三江泛滥洪魔窜。
倾盆连夜淹庄园。险情牵动中南岸。　　千里长
堤，军民百万，严防死守真情见。捕鲸驱孽胜苍
天，人墙铁臂丰碑建。

台城游·九华山漫吟

才饮鄱湖水，又品闵园茶。千里参禅揽胜，
透雾赏莲花。危磴直通宝地，词客含英嚼翠，驻
足倚天涯。回首苍茫外，极目九山华。　　中天
界，红尘远，兴更赊。古今多少豪杰，梦寐戏云
霞。妙在胸间有语，何用幻中苦觅，心净亦袈
裟。欲借甘泉露，洒向万千家。

水调歌头·重上白云峰

白云峰，余干李梅岭之主峰，1966年秋，"文革"初期，
予登山退思，时隔三十八年，今又约友重游，感慨万千，感而赋
之。

岁月如流水，逝者不回还。浮生有幸重到，
谈笑一挥间。历尽霜风雪雨，尝遍咸酸苦辣，每
忆涌波澜。误坠青云志，换得老童顽。　　无须
恼，豪气在，向前看。莫言体弱力衰，抖擞又登
攀。岭外浮云变幻，足下埃尘起落，放眼兴悠
闲。多少荒唐事，自解自心宽。

王吉祥

王吉祥（1935年—），鄱阳县人。大专文化，1950年1月参军，1952复员，曾任鹰潭市人大教科文委员会主任委员，系市人大一至四届人民代表，三、四届人大常委会委员。现为中华诗词学会、江西省诗词学会会员，炎黄文化研究会常务副会长。

绿色风

大地频吹绿色风，天然食品竞争红。
包装更有亲和力，碧水青山气韵通。

古窑址

湖田黄土柳枝盈，南市南安故址存。
白虎伸腰惊世界，千年窑火烛天明。

幽谷君子

少帅张学良一生与兰交友，两次从美国送来"绿云"在京沪展出，获悉有感。

幽兰地道产中华，气质清高曳彩霞。
君子出疆香色远，江山久仰蕙归家。

采　茶

远上高山采嫩芽，云南大叶晒毛茶。
商人多是风流客，狂占茗都一县花^①。

【注】
① "一县花"见《白孔六帖》卷七七"河阳一县花。"

鹰潭飞龙

参观鹰潭电气化铁路、高速公路有感。

千年潭碧美，今日见真龙。
头饮东江水，尾连西域峰。
全身银片闪，一线紫虹通。
两眼朝天看，腾云驾雾中。

踏莎行·抗击冰雪

腊月江南，冰天雪地，交通受阻人流滞。
山间电断暗乡村，生灵呐喊金鸡济。　　解冻春
潮，催梅放蕾，军民共战高寒位。悬空护塔架天
桥，东来紫气风光瑞。

黄运顺

黄运顺（1935—1994），南城县人。鹰潭市政协文史资料委员会办公室主任。鹰潭诗社首届秘书长。

马年端午望信江

六角亭前耀翠华，护河堤绿透轻纱。
波涛奔涌风帆急，白鹭翻飞日影斜。
铁臂龙舟凭合力，河山锦绣仰民家。
大夫身后平生事，肝胆千秋玉无瑕。

水岩春日

巍崖滴翠映长虹，云锦三江洗碧空。
岭上山花红似火，春风一夜醉河东。

廖志仲

廖志仲（1936—1998年），广西省桂林市人。毕业于江西师范学院，任教于贵溪市一中。省、市诗词学会会员，曾任贵溪诗社秘书长。著有《廖志仲诗词》等。

挂榜山

奇峭嶙峋挂榜山，巉岩如臂敢登攀。
岭头红杏吟乡赋，脚底江流一望宽。

游弋阳圭峰

教工暑假访圭峰，秀丽风光一览中。
蛤蟆爬墙蹬陡壁，雄鹰展翅击长空。
回声谷里藏神女，三叠崖前伫老翁。
纵有天梯难捉鳌，灵龟山顶笑平庸。

望江南·题铜城

铜城美，最美在清晨。铜锭朝晖相映照，红云白雾共浮沉。欢笑若雷鸣。　　铜城美，电厂景推新。翠柏香樟青草地，千家绿地四时春。信水灿繁星。

王剑秋

王剑秋（1938年—），女，南昌县人。大专文化，曾在中学任数学教师。著有《秋草吟》。1995年加入中华诗词学会，是余江县诗社常务副社长，并担任鹰潭诗词学会、炎黄文化研究会及女子文学社理事。

临江仙·贺全国第一个女子文学社在鹰潭成立

喜赞裙钗能结社，百花竞吐芳菲。忧时虑国比须眉。新妆临藻苑，香砚夺文魁。　　胸织五湖经纬巧，任它葩瘦枝肥。且将纤手指风雷。文坛添异彩，闺阃绽红梅。

水调歌头·月是故乡明

秋实囷仓满，虹彩绕松岗。辛劳喜换丰果，笑语泛西窗。酿酒爨烟袅袅，新谷炊香透壁，灯下剪裁忙。东岭桂轮起，霞皓映华堂。　　晒场上、秧歌劲，乐铿锵。瑶河莹魄相伴，农友庆兴昌。改革花开正茂，岁岁风宜雨适，国泰享安康。独我家山美，最美是银光。

破阵子·庆香港回归

为底香江水在，竟如割玉刀横？黢面低眉清帝库，炮舰麾旗鸦片兵，难消骨肉情。　　五十六重挂念，同胞十亿连心。今日明珠返故国，共话来宵万里程，金樽酌月明。

满庭芳·采茶

笑闹声喧，攀谈语细，似见簇簇鲜花。绿丛披彩，村女采新茶。背篓倚身如侣，齐收尽、嫩叶初芽。施纤手、群鸡啄米，春意洒枝桠。　　斯民歌政策，小康竞往，寿国兴家。看小姑大嫂，面若朝霞。色碧香醇味美，品质优，饮誉中华。抓时节，忘饥忍累，直到日西斜。

阮郎归·龙虎山观僧尼峰

祇园内外有春秋，僧尼觅好逑。天庭怒逐出青楼，双双化石丘。　　情缱绻，意绸缪，相依何所求？天荒地老结鸾俦，人间佳话留。

沁园春·上清古镇

石路绵延，溪水潺潺，岁月如梭。叹沧桑往事，更朝替代；争兴灭败，枉动干戈。宰相骅蹄，独轮车辙，刻嵌欢颜有几多？留史册，话春秋变故，任展蹉跎。　　古樟依旧婆娑，荫乡土，风调沃菽禾。看官亭庙观，声驰中外；游人如织，"的士"如河。缕缕香烟，道场肃穆，仙乐声中逐蜮魔。镇虽小，沐华光玉露，喜听渔歌。

一剪梅·织鞋赠友寄相思

慢奏低吟拨乱弦，静亦难安，乏亦难眠。云山望断忆当年，"十一"同欢，"五七"同艰。　　且把忧丝串指间，意聚心田，神聚针尖。灯旁灶下巧偷闲，鞋伴君前，情绕君边。

鹧鸪天·旧痕——下放

竹瓦泥墙岭作邻，前间蓄梦后存薪。书刊捆绑悬橼檩，杂物峰堆铺上尘。　　青梗火，黑烟熏，鹑衣肿眼对氤氲。烹成粗食呼儿女，腹内盘中尽苦辛。

长亭怨慢·菊叹

朔风肆，凋零遍地。草舍朽篱，权将身寄。孤凄坎壈，惟朝离雁诉愁绪。露袭霜侵，蜂蝶远，蝉蛙惧。赖些许疏枝，只撑得几根瘦蒂。　　叹矣！慕群葩竞艳，鸟语风清日丽。红颜绿衬，姿绰约、溢香飞絮。愿来日、逆尽源逢，偏又是、酷寒难御？弱株怎经熬？但见花魂悄去。

浪淘沙·某官

呼拥轿车行，酒苑歌厅。红唇二奶撒娇迎。别墅墙高洋犬吠，水榭桥亭。　　香客挤门庭，得意忘形。量财办事特分明。他日秦城窗底坐，方自清醒。

陈贵兴

陈贵兴（1939年—），贵溪市人。系中华诗词学会、江西诗词学会、鹰潭市诗词楹联学会会员，贵溪诗词楹联学会副会长兼秘书长。有诗词4000多首，印行诗词集有《山花似火》《河丰吟草》等。

春 盼

树上黄鹂莫作媒，春花早愿为谁开？
香脂不抹心难静，是怕离人夜赶回。

农 商

西装彩结黑皮鞋，办厂经商做总裁。
今日乡村能者众，泥巴窝里出人才。

水仙花

自展风华绿满盘，何劳沃土护根团。
素花潇洒凝香馥，翠叶昂然耐苦寒。
有意呼春春意懒，无心奉主主心欢。
身居暖室知廉洁，一股清新报世安。

偶　感

回头拭目看行踪，未敢偷闲故步封。
少结书缘情切切，老交文友意溶溶。
民谣俗语乡音足，旧赋新诗土气浓。
下里巴人无所忌，秋霜盖顶力攀峰。

春　景

春临散野气芬芳，田水粼粼闪锡光。
满岭桃梨红夹白，一坡麦菜绿镶黄。
排排翠柳笼堤岸，缕缕青烟绕晓庄。
又是清明谷雨日，扬蹄幼犊渐奔狂。

题白鹅湖宾馆

迷人恬静雾飞扬，万绿丛中品吉祥。
曲径平台通妙境，茂林修竹透清凉。
风推湖水浪声脆，雨戏芭蕉夜梦香。
醒览彤云闻鸟语，原来此地是仙乡。

【仙吕】一半儿·麻将迷

城乡无处不英豪，共筑长城同苦劳，两眼熬红心不焦。假逍遥，一半儿贪财一半儿好。

黄宏三

黄宏三（1940年一），号常乐居士，广东省揭阳县人，1943年到赣州定居。毕业于江西教育学院中文系，先后在鹰潭、贵溪任教。系贵溪诗社发起者之一、鹰潭诗社名誉理事、江西诗词学会会员。著有诗集《长河鸣奏》。

读《聊斋志异》赞蒲松龄

搜奇索异澅稍抒，除暴安良藉一书。
鬼妹狐仙情可赞，狼精树怪势堪锄。
强权作恶当严惩，百姓遭凌须力扶。
勤奋笔耕心志苦，于颠危处辟通途。

凤凰台上忆吹箫·赣州郁孤台

矗立山巅，高台如塔，巍峨彰显轩辕。昔老辛曾诵，江晚愁篇。岂止鹧鸪寄怨，行人泪泣下涟涟。郁孤否？忠心赤胆，报国无缘。　欣然、彩楼尚在，旧貌换新颜，招致群贤。看茂材能者，泼墨词联；游众详瞻细赏，抒感慨忘返留连。霞光照、粼粼浪花，盛放天边。

鹦鹉曲·谷雨时节

　　和风送暖人如醉，漫山嫩叶争滴翠。看村姑采撷初茶，点染留香新蕊。　　盼春光久驻长依，花朵朵嫣红不褪。望房檐紫燕衔泥，绿女红男对对。

两岸情

【天净沙】

　　是连理难分清这枝那丫，是昆仲怎计较得失多寡，是知音何妨遥遥隔海峡。根源都道是华夏，家门同设在中华。

【斗鹌鹑】

　　没来由堂屋筑篱笆，分什么你家我家。并蒂莲但怕霜打，合欢花哪堪淫雨下。乖角儿紧要处勒马，已近悬崖。祈晴日，岸柳绽绿，一霎时，瘴雾变彩霞。

【滚绣球】红豆红

　　手中的红豆红，眼里的春色浓，不由人相思念动，锦书函意笃情衷。　　勤理妆，细整容，恍惚入了巫山梦。几时归可问东风，解离愁管弦轻弄。只盼与君饮巨觥，那时节乐也融融。

【黄莺儿】秋游即兴

　　杨柳拂芙蓉，秋霜涂染枫叶红。牧童牛背芦笛弄。渔翁兴浓，鱼虾乱蹦。酒香勾起诗家诵。乐无穷，激情放纵，齐庆盛世逢。

【双叠翠】爱秋

　　盼金秋，就逢秋。野地秋来金满畴。硕果累累挂枝头，丹桂阵阵扑鼻口。景也幽幽，色也稠稠，恰逢国庆好郊游。枫叶脸红因害羞？怎知我暗追求？

黄道钦

　　黄道钦（1940年—），广西省桂林市人。1958年入伍，曾任89152部队政治委员、党委书记；1984年转入铁道部，任铁道部鹰潭材料总厂党委书记，已退休。现为鹰潭市炎黄文化研究会、鹰潭诗社社员。作品曾在全国诗词大赛中多次获奖。

夜听《二泉映月》曲感赋

深沉一曲夜三更，皓月当空格外明。
月下闻声悲戚戚，亭中遥望冷清清。
清风孤月皆无价，近水群山却有情。
弦外之音恸肺腑，泪珠如雨打山城。

朱孝祥

朱孝祥（1941年—），余干县人。中学高级教师。北京澄霞诗社社员，江西诗词学会会员，鹰潭诗词楹联学会会员。

下饶州

飞流十里下饶州，秋日江天斗鹭鸥。
只恐船低看不够，心潮拍上月宫楼。

访　农

日前寒食调，今与老夫聊。
把盏斟啤酒，端茶看雨潮。
千年农税免，万代隐忧消。
自古何朝有，唯今胜舜尧。

祝景德镇建镇千年二首

（一）

中华瓷器出何时，溯汉追唐举世知。
白玉晶莹堪媲美，青花秀丽更惊奇。
描金釉里红光涌，绘彩图中紫焰驰。
誉满千年天下赞，名都景德灿如曦。

（二）

景德陶瓷早著名，当今光泽更晶莹。
薄如蝉翼明如镜，声似磬音白似琼。
产品质优装饰美，造型轻巧琢磨精。
千姿百态玲珑器，巧夺天工举世惊。

鹊桥仙·咏菊

不堪污浊，来寻素洁，嫁得西风情愿。晶莹玉露润羞颜，作一代孤标无怨。　　潮寒霜冷，骨坚花瘦，何逊满园春绚？群芳纵及九秋香，又岂解心存高远。

一剪梅·咏菊

半露娇羞半露妍，开满岩边，飘满峰前。争奇斗艳更嫣然，霜却摧残，风却纠缠。　　一样魂牵梦也牵，花自便娟，影自翩跹。寒来怒放喜开颜。身傲山峦，心傲云天。

金缕曲·咏梅

劲挺千枝铁。任飞来，风刀霜剑，傲然芳叠。万缕金丝香自溢，一树铮铮硬骨。入梦境，清新摇曳。料到浑苔招暮雨，更何愁，又著冰和雪。斗恶冷，花开彻。　　长空映照风流节。遍天涯，雄姿不住，酷寒销绝。萼渍英痕凝碧水，溅起红珠碎沫。馥四射，犹堪浓烈。惊破东君酣睡梦，艳阳春，尽染游霞血。竞自舞，独高洁。

满江红·雪

峻岳横空，霜岚聚，寒风凛冽。幽谷吼，纷飞骤起，扶摇仙阙。玉海波腾鸥鹭白，锢山石涌松梅洁。独凌云，弥漫九霄天，呼明月。　　浊流溃，杂尘灭；脏秽尽，阴霾绝。盼风清气净，兰溪澄澈。洗涤千沟沉积水，清除万壑飘浮屑。化狂洪，勃发荡污潮，红霞叠。

金缕曲·七夕

　　独自飞天宇。别迟疑，半轮明月，借光寻路。巧遇牛郎同作伴，隔肇欣然畅叙。是眷属，何难相聚。可恨天公多作怪，但无须，总是怀愁绪。要善待，莫忧虑。　　鹊桥遥架飘花雨，跨银河，鸾舆备发，七仙歌舞。小妹情深迎夫驾，众姐跟儿逗趣。对此景，何曾倾慕？只想和谁提个问，这瑶台，一样都如许？笑未答，频回顾。

金缕曲·中秋

　　碧落冰轮露。遍寰中，蟾光满院，桂色盈户。一载只今逢佳夕，谁共翩翩起舞。架雾海，姮娥羞与。暑退风清人自爽，影团圆，更把衷情诉。歌已醉，话倾吐。　　琼楼把酒腾欢语。问人间、谁曾花下，以身相许？仙女岂知尘寰事，无数称心伴侣。不妒嫉，真情相处？皎洁精华相映照，久偎依，难舍终离去。欲再会，来年聚。

姜朝皋

姜朝皋（1944年—），鄱阳县人。中国戏剧文学学会理事。现任鹰潭市文联副主席、市剧协主席、市炎黄文化研究会副会长。国家一级编剧，享受国务院特殊津贴专家，全国"五个一"工程奖、国家文华大奖、中国曹禺戏剧奖得主。

东湖家园赞

瞻红赏翠倚江楼，秀美湖光一望收。
百顷烟波飞柳絮，千重花影映桥头。
寻芳侣燕争高树，戏水群鹅逐彩舟。
荷岸书斋风正暖，杜鹃声里读春秋。

读张炜先生《梅园吟唱》有感

华章读罢齿犹馨，引魄牵魂欲醉人。
抒发胸中山海啸，化为笔底虎龙吟。
鬓堆霜雪情犹切，身返泉林性愈真。
半智半愚童趣足，青山不老夕阳新。

赠清波老师

　　清波老师多才多艺，性直情真，1957年被打成右派，开除公职，遂在昌江河畔搭一茅庐，养鹅种菜，倒也自得其乐。余登门探望，题诗相赠。

好花不怕有风雷，松柏经霜与雪摧。
桃李盈门堪自慰，鸡鹅满院遣余悲。
朝锄野卉添薪火，暮诵新诗把酒杯。
莫道城头春意闹，清香何及一株梅。

别汉春老师

梦魂颠倒乱奔驰，总为鸡鸣断我思。
常忆挑灯评史迹，难忘踏露论明时。
台前教诲言犹在，幕后锤磨事已迟。
八度春风难再起，天涯何处觅斯师。

铁牢吟 (外一首)

"文革"浩劫，举国遭灾，余亦身陷囹圄，受尽苦难，纵有
千言，难表其怨。

> 望断高墙夜未消，惨闻讯室又悲嚎。
> 不教强项迎锋刃，却使残躯供钝刀。
> 但以丹心昭日月，犹将热血化风骚。
> 唯求地火冲天起，千万冤牢一炬烧。

清明之夜

> 牢房寒夜犬猖狺，吠乱乾坤嚎乱心。
> 雨雪敲窗天涕泣，风涛贯耳地呻吟。
> 阴森铁狱刑鞭惨，冷寂孤坟野草侵。
> 十月含冤枯血泪，生亲死祖共沾襟。

张四贵

张四贵（1946年—），余干县人。原任鹰潭市中级法院研究室主任，已退休。现为江西省诗词学会、鹰潭市诗词学会会员。

夏日观梅园大桥

蛟龙起舞信江边，夏埠梅园一线牵。
大道敞怀迎远客，轻车转瞬逝飞烟。
斜阳碧浪牛哞悦，掠鹜飞霞水影妍。
夜晚沿河灯灿烂，岂非星汉落重天！

次韵傅人熙吟长《吟茶》

水滚莲心玉液清，青山不负满盅情。
灵弦顿爽别尘俗，一脉诗魂邀月明。

汪桐林

汪桐林（1947年—），贵溪市人。大学毕业，从事教育、文秘工作多年，现从市水利局退休。江西诗词学会会员，鹰潭炎黄文化研究会会员，贵溪诗词楹联协会副会长。有专集《静斋索句》。

春　吟

晨烟泊水雾濛晴，暖气风吹岸柳青。
旧燕雏归深港绕，枯枝蜕去嫩芽萌。
桥头日落收渔网，苑浦铃摇戏鸟鸣。
闹市酒旗多笑客，豪情不羁踏歌行。

游葛仙山

东方日出映仙山，爽沐晨风拂露岚。
十里黄龙游碧宇，千峰翠岭涌沧澜。
神雕古柏吁灵气，锦帛香烟袅殿龛。
八卦玄机恒久在，潜心法道自然禅。

滕万良

　　滕万良（1947年—），笔名觅真，号文心楼主人，生于黑龙江省望奎县。现为江西省诗词学会会员、鹰潭诗词楹联学会理事、贵溪诗词楹联学会副会长。著有《文心楼存稿》。

秋　燕

不去金陵看谢家，幽深巷隔绿窗纱。
高飞云际同谁住？楼主门前半树花。

晚　秋

抬首望云柔，黄花一处幽。
山高难见寺，水静易横舟。
去燕寻家主，留莺卧画楼。
残荷谁问调？自有待鱼鸥。

随感绝句三章

（一）

半抹残阳倩影移，孤村幽静占枝鹂。
鸡豚也有童儿趣，刻意年华有几时？

（二）

一路人生不计年，山花开罢未知怜。
长街漫步商山老，剩得夕霞尚满天。

（三）

随心移步看花庄，玉蕊临风始溢香。
无语松林知友悌，先生从此爱斜阳。

次韵包德珍女士《春日情怀》诗有寄

世事纷繁忘北东，旗亭论辈不由衷。
钱塘柳绿侯门巷，边塞沙黄甲胄风。
秋尽潮声因古异，春迓莺语证今同。
纤毫漫点梨花意，落照霞光善始终。

兰陵王

秋知处，花落芙蓉独楚。长街上，熙攘人群，谈笑声里约无束。飘零和风舞。如故，年年寒暑。莺声切，是处暖枝，也似年初与春驻。　　何人有情愫，坐信水垂纶，真是渔父？熟谙经史无人悟。唤朝云伴我，孤身太守，黄州从此恨天数，感慨凄凉诉。　　寻路，岂停步。忆过去年华，荒唐虚度。秋风秋雨天将暮。那街头老者，备尝甘苦。夕阳无怨，度岁月，笑谈吐。

浣溪沙·和《秋日梧桐》

残落西风满处痕，流年哪得顾修身。应随时令占风尘。　　如许沧桑呼凤至，原来新梦和曦曛。来仪只可到阳春。　　秋尽风云始看休，官街互见笑回头。扬威车马不曾柔。　　抉眼飘零身似客，邻家庭院度春秋。来年却怕又生愁。

俞新华

俞新华（1957年—），贵溪市人。中学语文高级教师。鹰潭市诗词楹联学会理事。

泸溪游

武夷北麓暮秋天，轻点青篙下"水岩"。
古木丛林藏雅舍，泸溪浅浪荡轻烟。
闲牛野牧何安适，渔父村姑自晏然。
不为儿孙谋大计，何如遁此做神仙？

江城子·写在女子文学社成立之际

从来女子岂无才。眼低埋，口难开。相夫教子，俯首任人裁。纵有华章惊四座。呼与鼓，不须猜。　　而今看我众裙钗。入书斋，上诗台。浅吟低唱、喜怒与荣哀。评点人间多少事。湘妃去，易安来。

满庭芳·有感于"龙虎山女子文学社笔会"

锦阁藏春，闲窗掩映，山庄无限深幽。檀香盈室，鬓影似云柔。手握纤毫一管，强胜过、紫电吴钩。群英会，周瑜逊位，蒋干早开溜。　　从来知韵胜，轻描粉黛，暗写风流。更好风吹送，得意神州。莫道红巾翠袖，只堪揾、点点离愁。惊奇处、诗坛文苑，潇洒上层楼。

醉花阴·无题

寂寞敲诗诗不应，搜索枯肠尽。一夜不成眠，仄仄平平，总是欺心病。　　懒寻旧日秋江信，聚散天缘定。只管泛轻舟，骋目舒怀，再拟《如梦令》。

踏莎行·看黄山云雾

似幻如真，忽弥忽散，飘飘渺渺青烟漫。几回疑是入蓬莱，仙山隐隐千重现。　　水墨难摹，丹青遗憾，乐天恨不亲临看。"莲花"脉脉睇"天都"，风情绝胜长生殿。

西江月·写黔县民居

壁上天然图画,墙头平仄参差。几经风雨藓苔滋,底蕴悲欢故事。　　明月时来忆旧,青山兀自相依。庭阶寂寂草离离,不见雕栏玉砌。

苏幕遮·中秋

夜深深,云淡淡,冷月无声,脉脉身前伴。山色空濛烟水懒。点点渔光,寥落闲堤岸。　　问嫦娥,闻浩叹,一意孤求,渺渺迷途黯。永夜清寒寻梦远。数尽残钟,却道声声慢。

永遇乐·冬韵

雁阵销声,寒蛩匿迹,水瘦山冷。斗艳菊荐,争奇叶落,阵阵西风紧。红桃绿柳,白莲金桂,几度风情占尽。到而今、风流云散,不见旧时光景。　　案头惊羡,水清石碧,袅袅凌波仙影。轻舞冬阳,曼歌雪韵,更作呼朋引。暗香浮动,冰花闪烁,妆点自由心境。寻思处、灞桥攀柳,骑驴尽兴。

张一鹃

　　张一鹃（1959年—），鄱阳县人。大学中文专业毕业。江西省诗词学会会员，鹰潭市诗词楹联学会副会长，在省市级报刊发表论文、诗词等多篇。现任鹰潭市人大教科文卫委员会主任委员。

游仙水岩

结伴泸溪上小舟，浅妆淡影激清流。
丹崖泻露晶红绿，碧树摇云任卷舒。
玉女临风花带雨，僧尼入梦石贻羞。
回头碧宇无声处，尘念更怜此峭丘。

春游安义县罗田古村抒怀

烽烟数度寒山渺，古宅清幽馀韵深。
疏雨溅怀添野趣，罗田遗梦枕边春。

山村行

雨过空山静，峰峦笼紫烟。
清泉流碧翠，影树揽云天。
行意黄花远，舒心绿柳前。
桃源幽梦在，醉眼向丰年。

漫步沿江路见感

久雨江心阔，月出雾笼波。

云帆一点远，鹤唳数声欢。

隔岸犬相吠，沿街仔唤娘。

回瞻天水处，自觉胸襟宽。

徐辉华

徐辉华（1960年—），上饶市人。现在南昌铁路局鹰潭车站工作。江西省诗词学会、鹰潭诗词楹联学会会员。

题 flash《妆台秋思》

玉女临窗按笛哀，晚枫飘落月窥台。
思君常怨弄清影，庭户无声欹梦来。

渔舟唱晚

信水涟漪不向东，江衔落日蔚霞红。
凭栏伫望苍茫里，鹭泊汀洲一笛风。

题首届中国龙虎山·国际溪流钓

欲把泸溪作钓台，千年道府逗君来。
百竿抛饵鸥啼碧，壑映丹枫一望开。

层叠丹峰枕碧流，鲈鱼深浅逐云游。
金风玉露遥相约，隔岸钟声到钓舟。

回娘家

绕田山水绿人家，陇上春风识旧娃。
遥指荒祠曾入读，杜鹃声里说年华。

题灵山合影照

为觅仙踪跋此巅，庵门虚掩翠峰烟。
残垣春草埋幽径，深谷杜鹃啼远天。

登玄武门

扪堞凝眸玄武湖，烟波撼动古京都。
十朝风雨收心底，一树蝉鸣梦未苏。

接贺年卡寄怀

云外谁传尺素回？缄封未启笑容堆。
都夸帧墨娟娟秀，更带沭阳春色来。

谢燕俊萍赠字

见字思人望眼开，彩笺拟扇展君才。
抑扬行草羲之美，飞鸟骞腾脱颖来。

鞭牛村口任由缰，挽袖提兜田埂旁。
采朵南瓜花作引，杵天小艕钓斜阳。

抚州市

黄良栋

黄良栋（1920—1997年），安徽歙县人。在崇仁县农业局工作，后为崇仁县志办主笔。江西诗词学会首届名誉理事。

折 梅

梅关发早梅，欲折迟回久。踽来折空枝，馀香犹在手。空枝非世重，寄赠失谁某。相对两无言，惘惘嗟相负。玉龙早罢战，鳞甲已速朽。春冰亦消溶，春风渐如酒。胡为凋此际，敷荣让桃柳。松竹春不华，高标存二友。东君无私煦，开谢尽花寿。飘英返本根，化泥培子母。会看清和月，硕果枝枝有。

白燕寄远

曾傍瑶台顾影飞，更从沧海濯毛衣。
归欤故国春风暖，倦矣安巢晚月辉。
鹤发几番看绝似，鸥盟三复肯相违。
素心旧侣频珍重，莫向天涯恋落晖。

1983年

高阳台·清明游东湖

　　绿晕微涡，香融娇息，年年湖上春风。百柳吹绵，绕堤镇日濛濛。俊游人在长堤外，隔层波、衷曲难通。蓦回头、一段春云，一片春红。赏心偏是伤心日，痛天倾帝醉，谁补春工？泪渍繁枝，韶华过眼匆匆。骚情史笔今休问，总输她、妩媚才雄。不堪听、燕语丁宁，铃语丁东。

高阳台·戊辰岁上巳日游南昌东湖

　　柳荡春魂，花酣春魄，熙熙湖上春游。绿媚红憨，暖香载满轻舟。孤踪也拟随朋侣，奈青春、不为人留！渺难寻，醉里清狂，梦里温柔。　　当年魑魅终销迹，喜城乡改革，活跃南州。凤翥龙飞，十年初展嘉猷。弘扬大业期新秀，少年宫、高矗层楼。笑今吾、景眷桑榆，情眷芳洲。

王啸秋

王啸秋（1925年—），安徽省黟县人。曾任中学教师、教导主任。退休后曾任《东乡县志》编委、编辑，县老同志大学诗词教员。是中华诗词学会、江西诗词学会会员，东乡诗词学会名誉会长。著有《成语联珠》、《黟音声韵》、《古诗词韵》及诗集《洁予残稿》。

无 题

欲向行云问所之？回思往事每神驰。
直心獬豸何从觅，琐尾流离我自悲。
头顶覆盆犹可忍，天生傲骨总难移。
如今老病缠身苦，怕听伶官唱旧辞。

观电视剧袁崇焕有感

辽东已慑后金军，更有京华护国勋。
自古忠臣多屈死，都缘万岁是昏君。

忆游严子陵钓台

昔泛富春水，扁舟夜泊寒。
虽无光武帝，犹有子陵滩。
耻作麒麟楦，难充獬豸冠。
钓台仍历历，留与后人看。

军岭行

西去将军岭，人云古战场。
山丘如列冢，鹰隼可回翔。
自来用兵地，两军竞弱强。
当年征战日，旗戟若帆樯。
白骨粼粼数，已成尘土扬。
杀人曾几许？惟有山知详。
今者山河易，畲田出米粮。
逶迤垅上道，不复似羊肠。
车马驰驱走，路旁皆白杨。
遍山栽小树，三岁若高粱。
想见十年后，抬头苍翠张。
虽逢炎夏日，当午可乘凉。
更有参天木，龙文兼豹章。
直可为楹柱，横堪作栋梁。
大以成舟楫，小能制担框。
苍天生此物，其用必无疆。
祖辈多栽树，子孙蒙福长。
我今游是地，感慨细思量。
往者已难谏，后人应可匡。
寄语后来者，心齐事业昌。
长林接丰草，世代毋相忘。

【注】

军岭一名将军岭，在东乡县城西二十五里。山峦多而不甚高，累累相属，形势险要，县志载其地为古战场。近年开山造林，已大见成效。

黎梅卿

黎梅卿（1925年—），东乡县人。东乡县离休干部。中华诗词学会、江西省诗词学会会员。

访同里诗人拱候夫子故居

长钦父挚恤民情，失路来归访故町。
旷野遗尘培劲草，傍池古木翳漂萍。
霜毫万语人间苦，墨泪千行国耻铭。
正气华章贻后学，南湾如镜照天青。

逐晚风

十载寒窗磨剑锋，诗书画印一无功。
痴情不改当年志，再向崦嵫逐晚风。

唐多令·重登镇海楼怀古

镇海楼在广州越秀山上，传为明洪武年间为明军从海上攻入广州而建。共五层。距今已六百余年。最高层可俯览广州全貌。

山上起危楼，湖边系客舟。历古今多少春秋。我自去年登此阁，曾几日？又重游。　　洪武可知不，南征功绩休。数风流应难与今。世事盛衰差几许？酹杯酒，问因由。

刘 奇

刘奇（1928年—），上饶市人。东乡县实验中学退休教师，高级讲师。东乡诗词学会、江西诗词学会、中华诗词学会会员。有近百篇教学论文赏析文章在报刊书籍上发表。诗词作品多被选登《江西诗词》等书刊。1998年被评为全国先进教育工作者。

八十初度

人言七十古来稀，今我已臻耄耋期。
丹阙凌烟非我望，杏坛化雨自相思。
育人幸赏倾城貌，植树欢看蔽日枝。
闲卧蜗居何所事？晨昏习诵叶公诗。

饶雪贵

饶雪贵（1929年—），东乡县人。正县级退休。东乡诗词学会名誉会长，江西诗词学会理事，中华诗词学会会员。著有《古稀学诗录》诗词集。

读《东汝耆风》感

汝东岁月总悠悠，丹桂飘香尽啸秋。
诗国沉吟常夜梦，词坛酬唱苦心求。
蟾宫撷句堪倾酒，沧海遗珠亦解忧。
老圃新葩添壮色，耆风尚友且风流。

为和平而纪念

——诺曼底海登陆六十周年

登陆攻坚浪卷风，全球二战决雌雄。
九千军舰齐开火，一万飞机猛炸攻。
奥马哈滩生死战，盟军诺曼立奇功。
横冲敌阵防区破，宣告希魔奏丧钟。

沁园春·东乡幸福水库

北港横流，人祸天灾，夙患隐忧。纵雄岚右峙，黄鹂转舌；虎岗左倚，白鹭栖游。酷暑骄阳，天干地坼，骤雨汪洋人上楼。争田水，引诸村械斗，相互为仇。　　红旗插遍神州。看举国狂欢舞不休。望金盆山下，万人挥镐；洞泉谷口，众士筹谋。夜市明珠，晴空日照，筑坝功成渠水流。山川变、为人民造福，大民宏猷。

马世麟

马世麟（1929年—），内蒙古自治区通辽市人。1949年南下，长期在抚州地区工作。离休后学习诗、书、画，曾先后获省级老年书法三等奖，市级集邮楹联一等奖和地区老干部诗词一等奖等奖项。

江城子·枫

秋高气爽万山红。映云彤，态从容。风雍赋雅，点首笑无同。丽质天生妆燦艳，霜弥重，色弥浓。

南歌子·兰

素雅不争艳，高洁却溢香。洁白似雪自流芳。乐在静中潇洒透清刚。

张昌琪

张昌琪（1931年—），金溪县人。大专文化。历任金溪县志办公室主任、县委党校副校长、县社会科学联合会主席。编辑出刊《金溪县文史资料选编》八期，参与编写《金溪县志》，著有《秃笔斋文集》。

游厦门万石岩

百态千姿万石环，凌霄有路贵登攀。
峰高不碍雄鹰过，石密何妨急水潺。
滚雪翻波风际海，吞云吐雾雨中山。
游人若解其真味，风雨阴晴总霁颜。

读书乐

读书乐趣真，不在粟与金。
更非颜如玉，贵有求知心。
读史懂治道，读诗通性灵。
学文益智慧，学理规律明。
开卷便有益，疑难可冰释。
豁然一贯通，心中更舒适。
读书有一得，喜容形于色。
日日获新知，心花开不辍。
源头活水来，自学可成才。
莫谓读书苦，其乐正无涯。

浪淘沙·登岳阳楼

青草水茫茫，涤尽愁肠。万千俗虑付汪洋。"未到江南先一笑"，勿算夸张。　　千古阅兴亡，楼记岳阳。登临旅客漫嗟伤。不是范公忧乐意，休著文章。

宋友贤

宋友贤（1931年—），奉新县人。长期从事宣传、理论教育和新闻工作，曾任《抚州日报》总编辑等职。著有《曾巩传》等。江西省诗词学会常务理事，抚州诗社社长。

咏　柳

莫谓柔枝弱，汉家细柳军。
琼条随地活，翠叶逐年新。
蓄水关生态，防沙利万民。
高标如此格，未必计逢迎。

游山西太原晋祠

悬瓮山前古迹彰，晋祠三绝久留芳。
叔虞昔日封于唐，剪桐故事溯源长。
唐碑宋殿历风霜，隋槐周柏仍苍苍。
难老名泉势泱泱，汩汩长流润晋阳。
我来五月麦初黄，圣母祠中谒邑姜。
四十宫娥列两旁，芙蓉其面云锦裳。
眼波流动水汪汪，宋塑遗存此最良。
无如"跃进"促归航，欲止还行兴未央。

游厦门万石山植物园

五月山花红欲燃，策杖来游万石岩。
怪石嶙峋肖众兽，马牛狮象态千般。
玲珑石窍深三尺，终年不涸注甘泉。
景物并非雕琢就，真山真水得天然。
中有植物四千种，兰花玫瑰各成园。
松杉棕榈分区植，十大名花缀其间。
我昔长期主笔政，辛苦长年不得闲。
春花秋月等闲度，悄悄两鬓二毛斑。
今日得随赤松子，长啸一声傲林泉。

沁园春·纪念大戏剧家汤显祖四百五十周年诞辰

磊落汤翁，如山岳峙，矫若玉鲸。想雄文落纸，家吟户诵；弹章草就，石破天惊。绿柳楼台，红牙歌板，跨越时空响入云。齐争赏，喜临川四梦，谱出新声。　　先生最解言情，叹丽句清词血写成。念离魂倩女，悠悠渺渺；情天无碍，死死生生。似有还无，疑真仍幻，一曲还魂动古今。公往矣！愿天公抖擞，诞育新人。

赵 昭

赵昭（1932年—），南丰县人。长期从事机关、部门、基层管理工作。系江西省诗词学会理事、抚州诗社副社长。主编抚州历年谷雨诗会选集。

世界读书日谈读书①

书如明镜历时空，折射沧桑信息丰。
谁授人生金锁钥？韦编三绝慧心通。

书和读者两情深，胜似品茶醇沁心。
旧雨二三谈所获，卧游山水乐歌吟②。

【注】
① 每年4月23日为世界读书日。
② 古人谓欣赏山水画为"卧游"，俞平伯言"读书则是卧游"。

襄渝路上①

车过襄樊日近昏，穿梭隧洞吐犹吞。
月悬夜幕天衔岭，雨霁朝暾峪抱村。
蜀道入云飞鸟近，巴山绕雾巨龙奔。
莫者川旅多辛苦，亿万石方凝国魂。

【注】
① 省图书馆学会组织赴四川考察途中。

"神六"载人飞船巡天凯旋歌

凌晨披衣电视前，银屏早现巡天船。

预返草原月儿圆。千百地勤照无眠。

嘉宾演播语翩翩，京控中心人比肩。

聚精会神关注专，信息网波频相传。

返回指令地通天，一声"明白"启归键。

轨舱分离推舱溅，阵阵掌声示安然。

忽报飞船进"黑障"①，排排屏幕空荡荡。

中心大厅顿静谧，测控专家凝相望。

未几张伞随风扬，恰似天仙羽霓裳。

空陆两路急搜场，落点精距一里旁。

东方渐白现曙光，英雄步出返回舱②。

满面春风身心爽，屏里屏外喜若狂。

拥抱互贺泪盈眶，雷鸣欢呼夹道长。

"神六"后盾国力昌，世界舵天跻三强。

"神六"红花万绿托，"神六"凯旋党领航。

来年出舱飞对接，再访嫦娥与吴刚。

太空梦远路康庄，祝福再创新辉煌。

【注】

① 障区：离地面80至40公里，飞船进入此区，表面温度达2千摄氏度，通讯中断。

② 指神六宇航员费俊龙、聂海胜。

虞美人·灯下

灯下工读是人生乐事，因工作性质和个人爱好，它是我人生旅程中一个重要组成部分。

少时油盏光如豆，儿读娘织绣。长成耕读不知疲。灯月争辉，每每听鸡啼。　耄耋惯处台灯下，心惜桑榆夜。半为充电半休闲，细品人生，欢乐与艰难。

吴文丁

　　吴文丁（1933—2008年），原名吴文鼎，金溪县人。中华诗词学会会员，江西诗词学会会员，抚州市文联副编审，抚州诗社副会长。金溪象山诗社顾问。

武夷山仙女浴池

夜夜空山月影移，长杨深涧水吟诗。
谁知环佩临波日，十万天香散一池。

鹅湖道中

往事沉沉八百年，后人寻迹自流连。
章岩日暖分天镜，石井波回聚地泉。
虎岭象岑双影峙，鹅湖鹿洞一经传。
先贤已逝尘凡扰，古寺弦歌两杳然。

无　题

抱膝东南蝶梦多，流尘万象入盘陀。
啼花恨草天心语，迷鸟悲虫地籁歌。
挟雨琴声春寂寞，追风剑影树婆娑。
柘园澹荡闲吟客，写性抒情饯逝波。

读汤显祖《临川四梦》

醉侠评芳意亦奇，牡丹亭畔种相思。
南柯蚁国瑶台恨，北道邯郸宦梦悲。
世事酸辛难笔诉，春光漏泄付题词。
汤翁最是伤心处，掐断檀痕只自知。

秋登八达岭长城偶吟

胡沙万里一长城，兴断层云乱叶声。
日落山间留晚照，雁穷塞外接寒鸣。
始皇万世空存梦，雉堞千峰可御兵。
霸业从来无久日，秋风吹尽大王旌。

泸溪放筏歌

　　江西贵溪龙虎山，乃道教名山，风景绝胜。余参加中国龙虎山诗会，于泸溪河放筏漂流，兴寄仙岩，歌以志之。

二月清流好放筏，泸溪处处显春华。
夹岸竹林送爽气，桃花挑出两三桠。
水边花里传低语，飘渺仙踪处处家。
恍惚天槎通汗漫，千根毛竹飞灵蛇。
蛇影蜿蜒接十里，穿云击浪绕崔嵬。
天孙归去机杼杳，复有高人慕羽衣。

欲得壶瀛飞梦笔，水花激起万章诗。

诗心喜得江山助，一路长歌洒翠微。

危崖险峰削嵯峨，怪石奇岑蝶梦多。

卧虎飞龙风簌簌，仙台隐处起婆娑。

雾阁云窗浮树杪，山庄别墅入银河。

丹崖异景君莫笑，"天女献花"隐薜萝①。

我从秀谷买山归，又喜躬逢龙虎会。

中外才人临水兴，且吟郭璞扣舷诗。

醉江一曲广陵散，赓续风骚学探骊。

水色山光皆可证，高轩默对青衫泪。

银涛白浪赶山篙，三十六峰过眼瞧。

竹筏一箭下滩急，鹤影冲天唳九霄。

万贯三公皆短景，寻幽惬意景难描。

愁丝怨缕皆抛去，得失升沉顷刻消。

匡坐观湖兴满怀，开心即是自由花。

功名利禄捆仙索，何必营营岂匏瓜。

"长恨此身非我有"，行舟接力莫咨嗟。

泸溪今古无穷幻，彼岸横空现彩霞。

【注】

①　其地有羞女峰，天工造化，酷似裸女仰卧，中外游人叹为"自然奇观"。

王石鸣

　　王石鸣（1935年—），临川县人。大学毕业，1950年参军，先后在陆海空军学习、工作。退休前任抚州第三棉纺织厂党委书记，高级政工师。江西省诗词学会会员。

天仙赞神舟 （古风）

南天门外鼓乐奏，喜迎"神六"苍穹游。

玉帝设宴凌霄殿，费聂婉谢忙探求。

众仙把酒问大地，华夏今夕是何秋？

吾侪为仙仗神道，豪客登天驾神舟。

太白欲上揽明月，李贺梦天看齐州。

汉武凡马望空叹，如今无须搔白头。

欲搭神舟返故里，聊解万年乡思愁。

遥望青藏长龙展，滔滔江水向北流。

高峡平湖彩虹现，和谐社会情意稠。

情意稠，长居留，天地往返亦自由。

2005年10月

鹊桥仙·老年大学

安居闲乐，丹心不泯，花甲黉宫寻友。读书画影健身心，老而学、风流长寿。　　切磋功课，展喉起舞，更有新诗千首。挥毫重绘好山河，创新意、天长地久。

2001年4月

杨雨松

杨雨松（1936年—），玉山县人。高中文化，东乡县文化局退休干部。曾任东乡县委宣传部报道组长、县广播站长、县文化局纪检组长。东乡诗词学会常务理事，江西省诗词学会会员，中华诗词学会会员。

松

欲滴银珠翠望中，山前雨后立青松。
千般风韵斜晖里，万里征尘一洗空。

竹

翠帜高张橄色鲜，暗藏地府霸王鞭。
千梢难遏云涛涌，万曲悲箫徒怨天。

梅

冰铸三魂耐苦霜，雪飞六魄吐幽香。
一枝独秀谁孤胆？风雪山河漫品尝。

兰

一袭青衣玉貌端，清风两袖气清寒。
且将寂寞听寺馨，为吐幽馨苦守禅。

李昕思

李昕思（1937年—），临川县人。中学高级教师。中华诗词学会、中国毛泽东诗词研究会、江西诗词学会会员。

田园杂兴

二月乡村雨夹风，春寒料峭怯园公。
蔬畦绿秀深深草，牛背笛横小径中。

秋登长城

龙腾虎跃看长城，雁阵松涛俱噤声。
好汉勇登迎午照，英魂长忆听钟鸣。
灰浆糯汁孟姜泪，戟堞箭楼秦汉兵。
功过千秋当辩证，国歌声里耸星旌。

黄山"犀牛望月"

明月几时有？蟾宫近若何？
犀牛劳盼望，桂影自婆娑。
神六明年发，嫦娥喜泪沱。
"飞船迎我返，重睹汉山河"。

鹧鸪天·抒怀

鬓角飞霜岁月痕，额纹深刻记风尘。滋兰种蕙三千亩，育李栽桃一万屯。　　叨化雨，沐清芬，如饴蔗境正甘醇。人人共享安居福，春满神州夕照欣。

李茂垠

李茂垠（1938年—），泰和县人。大专文化，曾任抚州地区文化局党委副书记、副局长，市人生哲理研究会会长，抚州诗社副社长，市政协文史顾问。结集《梅山诗词选》，即将出版。

丁亥新年感赋

红日东升岁又新，和谐赤县乐兹辰。
静思世事新翻旧，笑看人间恨转亲。
万里梅香花有翅，一天月色皓无尘。
春开图画普天乐，不献诗词愧性真。

题新丰大桥

汽车千万响隆隆，天堑奔驰气势雄。
河岸古留穷水恨，银桥今尽富民功。
熙熙货物千村过，攘攘人流四海通。
今日新丰添异彩，工农百业赛花红。

【注】

南城县新丰镇与外界隔断，千百年来以一叶扁舟进出，上世纪以来，镇委书记周志勇发誓，苦战四年造大桥，打通新丰与外界联系。

石巩寺

踩麈过桥陡雾巅，峰回路转现奇观。

洞开万尺银河近，径入九重帝座边。

云里梵音传佛国，星间烟火露神仙。

梦中瑶苑原藏此，一步飞奔即在天。

王明占

王明占（1939年—），东乡县人。南昌航校毕业，东乡县文化馆退休干部。抚州王安石研究会会员，东乡王安石研究会理事，江西省诗词学会会员，东乡诗词学会副秘书长。

甜茶移栽谢塘源

2004年4月30日，老友胡初盛邀我往上池，挖取王安石当年从鄞县移植的甜茶苗。一时晴空突变，途遇大雨，兴趣不减，有感而发。

云翻风吼起惊雷，骤雨滂沱追奉陪。
身上衣衫沉浸湿，脚间鞋袜进沙泥。
不愁荆棘径难走，却喜茶苗玉露瑰。
事业有成何惧苦，苍穹为我写章回。

黄良桢

黄良桢（1941年—），南丰县人。大学文化，中学高级教师。南丰县文协副秘书长，子固诗社社长。

夏日咏荷

最爱窗前别样天，且留雅兴赏荷田。
红莲映日看霞艳，碧叶藏娇照露妍。
玉骨凌波迷倩影，清香化梦醉平川。
从来丽质称君子，千古冰心入锦篇。

陈光远

陈光远（1941年—），高级讲师，江西诗词学会会员，抚州诗社理事。编写《中共江西省抚州地区组织史资料》三卷,已由中共党史出版社出版二卷。

江南秋

烟雨润清秋，江天戏野鸥。
霜凝幽谷韵，露涤碧梧愁。
红叶飘春曲，松风漾碧流。
芦摇南浦暖，鸿雁下汀洲。

山行即景

窗启丹青美，门开启韵新。
彩云腾步履，芳径入仙林。
绝涧悬桥险，飞泉落壑惊。
疏钟斜照远，山月梦魂清。

野雨景

烟村烟雨迷烟树，碧水碧荷依碧山。
白鹭飞来添画幅，点睛绝妙一蓑竿。

车窗书所见

梅雨轻云下翠微，莲红荷碧嘉禾肥。
板桥蓑笠牯牛路，烟柳鱼溪白鹭飞。

雪野芳踪

迷茫风雪漫天涯，墟里寒烟冻不斜。
却有多情村野叟，琼崖相伴瘦梅花。

月下睡莲

嫦娥正出浴，轻掩碧罗裙。
斜倚青纱帐，风轻梦自芬。

叶金书

　　叶金书（1942—），又名叶梦，东乡县人。农民，读过四年小学，自学文化，致力于文艺创作。著有长篇小说《梦比星星多》、诗词集《竹园诗草》；戏曲八部，其中，《胡校长醉酒》《摆宴》获地区戏剧创作奖，《畜旺人欢》获省戏剧创作奖，《一对凤凰鸡》获全国戏剧创作奖。东乡县二至九届政协委员，中华诗词学会会员，抚州市作协理事，江西省戏剧协会会员，江西省诗词学会会员，东乡诗词学会副会长。

雪山哨兵

　　疑是枪尖刺破天，瑶池浮玉裹峰巅。
　　银盔铁甲轻骑处，十万琼山笑靥妍。

观黄山人字瀑

　　谁人舞剑缚双龙，飞下悬崖九万重。
　　滚滚惊雷相对出，高歌险境造英雄。

雪夜出诊

　　冰盔雪甲卷雄风，踏破琼瑶斗玉龙。
　　抖落梨花伸妙手，回春曙色照芙蓉。

江西高速公路

巧牵金线织春光，无数飞梭经纬忙。
巨网兜来龙世界，再朝广宇罩天香。

海上观日出

东君觉醒启天门，烈火熔流满海金。
旭照含春遮半面，朝暾出浴滚双轮。
光弥宇宙新元景，气盖乾坤盛世魂。
撩发诗情万顷浪，韵涛澎湃涌丹心。

晚　浴

星火流来琥珀汤，天人共浴满湖光。
先涮半世冤和苦，再洗平生俗与脏。
岁月黄尘濯入水，阳春白雪顿生香。
心头墨迹难除尽，留给来年写乐章。

登泰山

苦中拼搏人生乐，攀岳来温千古情。
孔子当年登大雅，吾生今日奋前程。
愧无紫燕腾云翼，喜有红灯照夜征。
十八盘中抬望眼，方知不是最高层。

杨雨生

杨雨生（1942年—），东乡县人。高中文化，垦殖场退休干部。江西省诗词学会会员。

三清山

三清山隐雾云封，峭壁穿空气势雄。
四处花繁仙境里，万条路汇道山中。
崛岩涧水潜真意，古木风声牵旧情。
满目春光人半醉，前缘未了后缘生。

窗前竹

修竹三伏献清凉，阵阵微风喜入窗。
提笔顿觉神志爽，频来灵感赋华章。
开颜映日逗鹦鹉，舒臂迎春引凤凰。
宝物生辉布新景，四时常绿吐芬芳。

鹧鸪天·荷塘月色

莫道晚风凉透秋，夕阳西下彩霞留。笔挥幻象语难就，光耀平川盛景幽。　　情切切，趣悠悠，荷塘月色映高楼。红花绿叶熏人醉，玉影清波无尽头。

鹧鸪天·赠内

貌美容娇转瞬无，月残人老意如初。风霜岁月纹多皱，雾里看花觉眼糊。　　牵紧手，互搀扶，艰难困苦共排除。黄莲甘草均尝遍，相悦悠悠爱不孤。

邱模楷

邱模楷（1942年—），南丰县人。抚州诗词学会、江西诗词学会会员。初为中学教师，后为曾巩纪念馆馆长。在《影剧新作》发表过拙作新编历史剧《曾巩落榜》《王安石纳妾》。

峨眉洪椿坪

枯树时经数百年，得天独厚岂讹传？
当初劫火烧难朽，尔后风雷摧不颠。
彭祖寿高何足贵？麻姑言大只谈玄。
此株斑驳异常木，兀立坪前已悟禅。

野菊花

徜徉溪畔赏芳葩，时过重阳仍焕华。
夜月危崖留倩影，霜风幽谷度生涯。
坚贞曾博高人咏，娇艳但凭樵子夸。
冷落林泉犹傲岸，何尝求市帝王家。

斯巴达克思赞 (古风)

将军英武空万古，不甘俯首为槛虎。

横眉怒目对屠夫，奋起神威破网罟。

气吞山河驱战神，叱咤风云挟干羽。

十万奴隶争揭竿，旌旗蔽天日色寒。

山呼海啸波涛涌，从此罗马不得安。

智编维苏威山柳，力歼职昆纳城丑。

卡梅陵前刮腥风，摩季那哉雄狮吼。

铁骑咆哮人成泥，短剑挥舞鬼神啼。

可笑纨绔轻性命，枉教红妆泣空闺。

羽檄传来惊贵族，元老夺气但瞠目。

若非叛将肘腋生，烽火必然遍欧陆。

君不见英雄沙场战死时，犹令敌营尽觳觫。

峨眉山猴

颖悟通人性，嚚顽出兽胎。

攀枝吊毛腿，拾籺掩尖腮。

抢客掌中食，攘人囊内财。

峨眉灵秀气，尽赋野猴哉！

沁园春·碧桃花

磊磊绒球，簇簇胭脂，片片彩霞。看微风拂处，纷纷若怯；艳阳照下，灼灼其华。蝶戏新枝，蜂粘嫩蕊，美色何须到处夸！风流事、向华章韵史，细细钩查。　　桃源难命舟车，令逸士高人漫叹嗟。有崔生怀旧，终谐伉俪；息妫落泪，别抱琵琶。李峤吟诗，唐寅换酒，贵贱穷通爱岂差！更遗恨、在香君扇底，破国亡家。

熊墨驹

熊墨驹（1944年—），安义县人。江西师大外文系毕业，东乡中学高级教师，校长。中华诗词学会会员，江西省诗词学会会员，东乡诗词学会常务会长，东乡县老年大学副校长，东乡县关工委副主任。著有《教苑杂谭》《粤华吟草》等。

参观舒同书法陈列室

山岚毓秀鼓春风，遮目青苍气韵雄。
华锦一帘满堂彩，倾情翰墨忆舒公。

老友不遇

相思日日秀生春，又恐相逢面失真。
何不影留心底里，燃情岁月品清纯。

咏蜜蜂

翩翩起舞绕山乡，嚼蕊不休司职忙。
谁解嗡嗡花下语，风流为酿蜜清香。

共青城谒耀邦陵园

头仰青山面笑容，碑铭湖畔映苍穹。
掀开冤狱重重幕，催出神州绿万丛。

佛岭水库踏青

跃上高堤更要攀，林岚飘抵彩云间。
烟轻雾白千山绿，树翠桃红一水蓝。
寻句佛园驴背得，觅诗天籁书卷翻。
卧听竹语忘时久，煦煦春风伴我闲。

小弟夫妇偕我和妻游宜春明月山

明月山间玉带飘，登攀意兴自逍遥。
云边一瀑晴如雨，青黛半山响似涛。
峭壁留容寒峡谷，流泉击鼓泻笙箫。
狮峰直上田庄美，涤净尘氛胆气豪。

舟行长江丰都鬼城记游

长安览遍飞渝蜀，曦雾离船逛鬼都。
不信神灵心自冷，枉言地狱影如图。
鬼门笑闯嗟山秀，阎祖高评判歹输。
身后皆来此世界，一生端得莫糊涂。

邱左贤

邱左贤(1944年—)，号丘庐，南城县人。副研究员，中国楹联学会会员，江西省书法家协会常务理事，江西诗社、山谷诗社会员，抚州诗社副社长兼秘书长。

游武夷山步文丁原韵

丹山碧水世频传，魂梦依稀注笔巅。
云涌佛光留小影，鸟鸣空谷破长川。
三姑石壁龙行雨，一览亭围虎啸天。
六六三三成绝赏，无须换骨即神仙。

乡　怀

卅二年前别故乡，陀山珠水总难忘。
蓬头跣足摸鱼蟹，斗笠油鞋上学堂。
竹埂林中闻鸟语，小桥坝畔效农桑。
于今长作天涯侣，明月依依照客窗。

孔庆泉

孔庆泉（1945年—），江苏省海安县人。大学文化，抚州老年大学校长。现为江西省诗词学会会员。

读山水画

云中林壑雾中巅，信笔勾来意入禅。
染点皴擦毫力健，湿枯浓淡墨氲妍。
清风明月皆灵秀，飞瀑奇峰尽浩然。
写至情深物我忘，诗魂梦韵知何年？

邓全恩

邓全恩（1945年—），抚州临川区人。1968年毕业于江西农大，曾留校任《学报》编辑，后调任中共宜黄县委常委、组织部部长、抚州地区机构编制委办公室主任。中华诗词学会会员，江西诗词学会会员，著有《临汝诗谭》。

青藏铁路

高越五千称屋脊，难临拉萨梦魂萦。
险峰冻土无人迹，天路于今任我行。

咏王安石

生为人杰到高层，弭患雄恢末俗纷。
千载悠悠谈变法，凡言变法总思君。

万斌生

万斌生（1946年—）临川区人。1968年毕业于江西大学（现南昌大学）中文系。毕业后从事过多种职业。现任抚州市社科联调研员、抚州社会科学院研究员、抚州市作家协会主席、中国作家协会会员、中华诗词学会会员。著有诗歌集《缪斯的啼笑》、长篇历史小说《王安石》等。

题王安石纪念馆

殿堂巍峨喜建成，游人如织仰丰神。
熙宁法古非泥古，元祐更新不是新。
谙武谙文能振国，乍沉乍起为安民。
幽明功过谁剖析？纷竞千年起自君。

瞻仰汤显祖墓奉和郭汉城先生

一曲檀歌一片情，临川四梦撼人魂。
卖钗啼血玉关远，绝笔描容石窟寻。
欺世功成终窀海，蚁缘色尽了无痕。
低吟墓地徘徊久，欲学先生作浩鸣。

送张笑天夫妇北返

来时清肃去时晴，风雨中途洗尽尘。

汝水波涛啼抢险，金山岚雾笑登临。

梦回若士宜黄曲，情动荆公改革声。

齐鲁高才关外客，踏歌何事忆汪伦？

水调歌头·雪天试笔

柳絮严冬舞，飞甲斗龙醅。琼枝玉树银府，一觉到瑶天。且学鸦头稚子，冷弹穿梭赌胜，堆像画颅团。顾影冰池畔，憨笑转髫年。　　临川笔，荆公墨，玉茗笺。寒江独钓，高士心系打鱼船。北海牧羊苏武，赊酒西山曹圣，并结死生缘。喜挽长天雪，留伴腊梅观。

沁园春·海上观日

　　海拂绫罗，天拥雕戈，鸥燕婆娑。看宽宽甲板，人墙久叠；滔滔洋面，帆舰如梭。指点金轮，影留瞬刻，灼灼银光伴醉歌。惊观止，有冥蒙琼阁，变幻仙魔。　　平生最爱山河，数不惑年华揽几何。喜泰皇眺日，晃岩鼓浪；吴淞识小，蓬岛吟多。蚍蚁咨嗟，鸡凫患恼，一笑凭栏掷浩波。人共我、愿中华古国，十亿羲和。

满庭芳·记梦

　　备酒鼋头，梅仙作使，太湖邀我酣游。西施停棹，范蠡系轻舟。正待传杯换盏，惊闻吼、剑击吴钩。波涛涌，夫差勾践，恶斗无休。　　仇雠！皆往也，春秋霸业，帝相权谋。只馀得佳人，万古风流。一样青山碧水、旧情物，红豆犹留。今朝乐、美城无锡，电视舞貔貅。

陈建福

陈建福（1957年—），祖籍山东，出生于上饶市。大学文化，先后从事过地方党委组织、宣传、纪检工作。现任东华理工大学长江学院经管系党支部书记。著有《嚼字斋诗词选集》。

丁亥暑月望日五时歌

黄　昏

枝头舒展沐斜晖，袖挽荷风踏月归。
陌路桑榆多暮色，江洲鹭鸟几偎依。
蝉鸣樟柳无人赏，鹤宿林梅与世违。
别院深深人早静，清茶慢饮出禅机。

人　定

迟暮江山玉树埋，遥遥银汉寄诗怀。
月圆二鼓清辉皎，人恨中年夙愿乖。
管笛无声心自咽，梧桐有泪叶先衰。
梦回孤客天涯远，满腹乡愁借酒排。

鸡 鸣

江山万籁静中参，满月悬空世象涵。
一夜情场谁在意，十年宦海我何堪。
清辉裸净无瓜葛，修禊神交有梓檀。
叵耐心怀禁不住，东篱诗酒老来贪。

漫 兴

诗酒行囊宿草深，晴川阁上赋登临。
楚天客路连山蹙，游子生涯累月沉。
岭表风高空照月，梅边泉浅足安心。
竹松汲结江湖气，劫后红尘哪得侵。

行 吟

杰阁大江东，惊涛泣鬼雄。
沙埋千古戟，夕照一帆风。
不会登楼意，何知秉烛衷。
莫将身试险，乘兴钓鱼虫。

俞正江

俞正江（1961年—），东乡县人。大专毕业，现任东乡县老干局副局长。江西省诗词学会会员。

上池流芳

祠前半月水悠悠，夜夜莲花轻泛舟。
独爱云峰金岭秀，吟哦书院雨山幽。
兰塘钓月思新法，紫阁拥暾举大猷。
旷世庙才心梦远，雄文卷卷历千秋。
去年春暖上池游，蝶满山川桑满丘。
金岭古寺钟晚唱，明珠书院鸟啁啾。
弯塘照月荆公梦，文阁吟风涧水流。
雄卷灯前夜半读，忠魂铁马踏神州。

徐飞贤

徐飞贤（1961年—），笔名晓帆、古原草，自号云林居士，金溪县人。大专文化，现任金溪县文联主席。省作家协会会员，江西省诗词学会会员。

春日郊游

城中少见有春光，郊外田园遍地芳。
丽日浮山生意满，熏风皱水润衣香。
黄花吐蕊招蜂舐，紫槿含苞引蝶狂。
但愿东君常驻足，尘寰不致染秋霜。

咏　怀

早岁未知世事艰，愚公自信可移山。
鹊巢徒作鸠巢占，霄汉难容痴汉攀。
胥梦醒来时已失，韶华老去节犹还。
黄昏幸有桑榆地，放浪五湖云水间。

秋访翠云山

濯缨寻胜迹，聊借一帆风。

信步青峦里，怡情画图中。

云屏列锦绣，放眼赏玲珑。

头顶白云起，絮飞卷碧空。

鹭鸟排云上，天际横征鸿。

雾霭锁翡翠，岚烟罩群峰。

旭日破云出，清新现峥嵘。

露润枝浮黛，岭树竞葱茏。

山腰曳修竹，峭崖挺苍松。

涧水腾马尾，瀑布响琤淙。

泉刷石苔净，枫壮叶愈红。

潭边双蝶舞，深林泣寒蛩。

轻盈携素手，绿茵驻芳踪。

坐看蓊郁映，卧听地籁隆。

安享恬然趣，归真意正浓。

倏忽灵台动，跃身逾花丛。

拾级觅陀佛，寺庵西复东。

虔诚三跪拜，谒罢慧根通。

不见题诗壁，辗转讯禅宗。

莫道秋阳老，爱意一重重。

行到青山外，疏传几声钟。

回首翠云远，余味品无穷。

希冀常造访，涤垢冶心胸。

人生能若此，浩气贯长虹。

秋谒象山墓

陆子坟茔秋暮寻，院山南麓色萧森。
半丘黄土笼衰草，一点苍鹰哕啸音。
知本六经皆注脚，溯源千圣有同心。
于今义利谁来辨，拜罢残碑泪湿襟。

绮罗香·谒曾巩读书岩

橘邑南郊，盱江北岸，山麓叠红堆翠。千百
年来，曾令里人陶醉。一岩洞、毓秀钟灵，且赢
得、鸿儒青睐。静读书、养性修身，胸怀兴国抚
民计。　　吾今遥想贤哲，犹把文风流韵，遗传
后辈。故址登临，信步探寻幽地。墨池畔、花树
芬芳，索桥下、玎淙春水。拜先生、俎豆心香，
满腮钦挹泪。

春风袅娜·金溪县象山公园开园庆典

6月3日上午，象山公园举行开园剪彩仪式，两万余市民观看。晚上8时，焰火晚会，用高科技制作的造型焰火，雷鸣电闪，火树银花，万紫千红，观看焰火的市民约有十万人。

赏惊天礼炮，耀眼银花。民激奋，夜喧哗。正霓虹闪闪，千车竞逐；明珠烁烁，万众争夸。焰火飞腾，星光变幻，美景横空无际涯。彩练缤纷势磅礴，喷泉飙雾织轻纱。更有先贤塑像，巍巍宝塔，象山阁、脊翘檐牙。　　垂杨柳，泊舟槎。枝凝霜雪，波映云霞。漫步林荫，双双情侣；畅游湖面，对对娇娃。人文生态，且两相兼顾，新城古邑，绣谷清佳。

杨小光

杨小光(1962年—)，别名晓光，自号小乐堂主，金溪县人。1978年7月考入江西师范学院物理系；1982年8月分配在抚州师专物理系任教；1992年调抚州师专教务处工作，任招生就业办副主任。1995年至1996年就读南昌大学中国哲学专业硕士学位研究生班。2003年调入东华理工大学研究生院工作。现为东华理工大学研究生院副教授。

游漓江

乱峰崩裂白云愁，波碧沙清鱼浅游。
不立船头舒目望，哪知山水甲神州。

登泰山

临山不敢问来人，索骥由图独自寻。
岱庙直通皇玉顶，崖摩尽刻帝王铭。
身边胜迹多雕饰，望外峰峦少俗尘。
只为攀登添过客，暂凭馀兴长精神。

望江南·东华理工校园六唱

东华好，晨色照楼群。半月桥边闻笛赋，牡丹亭内听歌吟。陪伴读来声。　　东华好，极目景翻新。翠柳千重黄鹂唱，红花万朵彩蝶噙。笑脸送采人。　　东华好，西席爱钟鸣。三尺讲台求事理，一支粉笔判伪真。学子启心扉。　　东华好，明净用餐厅。碗勺锅盆齐奏响，色香味器竞争赢。和谐大家庭。　　东华好，灯火透花林。绰约肌肤临梦境，高山流水谱心琴。明月寄风情。　　东华好，书馆席无虚。摘句寻章痴似醉，当帘晓月籁无声。不觉近天明。

吴中世

吴中世（1963年—），笔名吴庸之，抚州市临川区人。江西诗词学会会员，抚州诗社社员。

感事八章奉和文鼎公并赓前韵 (选三)

(一)

苕年踪迹梦魂稀，陌路蜿蜓寻故扉。
堆土为墙霪雨急，编茅作瓦朔风微。
充饥时把芋头嚼，取暖常持炭火围。
最忆慈亲再三语，劝儿加饭复添衣。

(二)

山林遁迹往来稀，暮闭朝开只竹扉。
三盏茶甘精气爽，一炉香好篆烟微。
窗前雨润舒远目，午后风凉宽带围。
俚俗如今已看惯，莲蓬结实谢红衣。

（三）

芳草罗裙梦已稀，锦笺乍睹暖心扉。

怜君绰约风华甚，怪我凄凉家境微。

欲发千言寄胸臆，更拼一醉破愁围。

天高地厚无踪迹，望月中宵露湿衣。

秋塘野趣

一竿抛洒一湖秋，一尾红鳞欲上钩。

一派空濛宜放眼，一蓑烟雨傲王侯。

故　园

小园花树四时青，燕子呢喃一两声。

常忆髫年荷月夜，高堂怀里数星星。

庆清朝慢·春柳

嫩颊临风，娇眸蓄泪，容华绰约依依。婀娜得体，东君赋就纤姿。情意缠绵莫笑。青春能有几多时。须珍惜、瞬间好景，一展蛾眉。　　家住陌头村尾，奈世情如此，送别贻离。逢迎客里，其中滋味谁知。怀抱冰心一片，且由冷眼漫猜疑。春来也、是她惹我，无限情思。

吴凯春

吴凯春（1966年—），笔名丁萤，网名了缘，金溪县人。江西作协会员，江西诗词学会会员，金溪象山诗社理事。

夏日即事

蝉噪虫鸣竹韵凉，雀穿树隙越泥墙。
一园绿草依然嫩，几朵红蕉别样芳。
有酒何须嘉客至，无眠自是绮思长。
案头笔砚薰风起，吹落诗笺散满床。

游麻姑山感怀

丹霞云岫出蓬壶，幽壑层林听鹧鸪。
绝壁珠帘腾玉羽，漫山岚雾润丹炉。
三姑驭鹤人归去，半勺神泉自觉殊。
不羡瀛洲游仙子，麻源山里种银珠。

咏 竹

绿筠滴露傲青娥，风入银梢荫半坡。
直茎凌云如篆瘦，横枝扫雨似蚕多。
湘江遗恨双妃泪，晋代留名七子歌。
闹市已无栽植地，深居幽谷笑藤萝。

咏 菊

隔篱疏雨遇秋迟，寒气忧心黯秀眉。
春柳含烟笼玳瑁，夏荷摇浪湿胭脂。
风霜伴我多忧怨，焦尾陪君少故知。
不等来年新叶发，花苞先绽展芳姿。

咏 兰

独守清幽月似弓，紫箫环佩蕊珠宫。
援琴必咏猗兰调，舞剑难逢落帽风。
百壑香魂生九畹，半溪芳草压千红。
分明记得阳春日，淡墨遗痕绘玉丛。

苏州印象

君说古城多古朴，小桥瓦屋水长濡。
钟声带月萦山寺，软语吴音唱姑苏。

轻　寒

轻寒二月柳绦裁，玉指推窗碧色开。

新绿满枝红杏小，一梢探出竹丛来。

鹊踏枝·三爪仑漂流

湍浪巉岩飞掠过。遭遇重围，水弹晴空破。湿透衣衫扶稳座，惊惶一路随颠簸。　　漠漠羁尘岚雾锁。迤逦崇山，峡谷笙歌和。入眼轻云留一朵，再寻晴日漂轻舸。

杨勇林

杨勇林（1967年—），临川区人。在中国人寿保险公司抚州分公司上顿渡支公司工作。江西诗词学会会员，抚州诗社常务理事，抚州诗社副秘书长。

次吴公答友人韵

名楼峻岳未登攀，惯立矶头看远山。
闲倚翠微临夕照，斜披细雨笑红颜。
少年多梦成愁易，世事无钱作嫁难。
谁向暝天吟断句，中霄明月照乡关。

咏　蝶

细眉粉翅舞如仙，寻觅丛中几人怜。
任是高楼无意去，斜阳芳草自翩翩。

春日感怀

昨夜东风又卷帘，春潮无限雨绵绵。
此情只待燕飞去，越过千山万壑间。

贺新郎·咏春

池畔临风柳。倚长栏、楼前双燕，浅酬低奏。横笛枝头莺燕语，仿佛殷勤劝酒。算几趟、君来邂逅！渐近清明寒食雨，更青山微醉斜阳后。春到也，问知否？　　邻家老叟深情厚。笑三春、田肥水润，菜黄青韭。话到芳菲茂草处，又是桑麻种豆。看此日、龙门跃蹴。寄取云帆千里路，料明年春色翻番秀。香簇地、满衣袖。

木兰花慢·读《珠玉词》有感

倚栏风渐急。是何处、背黄昏？对天外星云、无言草木，犹自销魂。况无奈花落去，并深深庭院送秋雯。归燕何曾归也，惊鸿去后斯人。　　可怜此夕向谁询，薄酒亦微醺。问台阁雍容，不知醉后、是否沉沦？登临总成过客，更如今、点检旧时痕。把那闲愁清泪，赋他红粉风尘。

洞仙歌·柳

　　江南春色，最先芳菲漾。池畔微风自清朗。浴朝晖、燕剪双影疏条；含烟雨、妩媚十分叠浪。　　洞箫声渐远，明月湖边，赋得长亭折枝惘。四月困飞花，落絮游丝，轻无力、珠帘依傍。更遥想章台辅芊毯，送一路荣光，金鞍游荡。

鄢　平

鄢平（1978年—），号嘤禅斋主，临川区人。工诗书。现为中国楹联学会会员、中华诗词学会会员、江西省诗词学会会员、抚州市楹联学会常务副会长兼秘书长等。

戊子杂诗

浪得虚名逐世尘，东阳嗜酒日昏昏。
生来两件琐心事，半为诗书半美人。
贫薪苦读复长年，不窃浮生半日闲。
一卷风流如自在，衣衫褴褛也翩翩。
经年笔墨纵翻飞，万丈豪情肯让谁。
卷起风云吹却梦，关山明月自相随。

老　柳

谁知老柳心，岁岁报春新。
明月垂清影，惠风送雅音。
不徒千载梦，惟得一时真。
长日发枝穗，为人著绿荫。

人生三十述怀

恍恍惚惚三十年，功名未就愧先贤。

天涯羁旅酬鸿志，斗室窝居续韦编。

笔底豪情能盖世，胸中逸气敢冲天。

今朝更奋读书事，不枉韶光过牖前。

邓德源

邓德源，金溪县人。退休前在金溪县人民医院工作。编印诗词集《蜗室吟草》。

秦淮河

六朝盛事付黄粱，流水潺潺为底忙？
曾是后庭花唱处，暮鸦绕树噪斜阳。

一曲莫愁艇子歌，英雄豪气尽销磨。
繁灯明月空相照，无复当年潋滟波。

四季闲居

薄裘犹未觉春温，细雨如麻懒出门。
独自商灯寻乐趣，任他淅沥到黄昏。

薰风送爽入窗纱，车马难来百姓家。
好教衰翁酬酢少，闲立庭阴数落花。

瓦上浓霜四九初，朝阳渐起暖蜗居。
搬来竹椅迎门坐，"黄袄"披身好读书。

西江月·咏辣椒花

色似玉兰偏白，状如茉莉无香。生来难惹蝶蜂狂，更少骚人欣赏。　　赖有风媒相助，枝头结实堪尝。也曾见宠在川湘，何用名登花榜。

邹湘溪

邹湘溪，宜黄县人。中华诗词学会、江西美术家协会会员。

山居图

萧萧黄叶落无声，秋水蓬门更少尘。
醉卧苍烟有谁识，闲云野鹤是乡亲。

古刹钟声

弯弯曲曲水溪流，袅袅炊烟树杪留。
古刹深藏人不见，钟声阵阵漫天游。

万 千

万千，临川区人。中国科技大学少年班物理学学士，美国耶鲁大学物理学博士、哲学与艺术学硕士。

逍遥津抒怀

桂树萦风香抱月，逍遥古渡忆逍遥。
银灯促闪情犹乱，暖酒频斟志未销。
百丈戟挥天下事，一腔血涌浙江潮。
书生难有张辽勇，亦付丹心逐浪涛。

治水随想

殛鲧羽山尸未腐，穷奇蛟孽会难羁。
扬鞭怒擘千寻岸，愤目横吹万里须。
湘水悲听尧女瑟，绿苔暗上禹王蹄。
刑天今压峡中浪，立斩江流锁烈驹。

吉安市

胡又来

胡又来（1919-2007年），祖籍奉新县。井冈山大学离休教师。中华诗词学会会员。曾任江西诗词学会理事、名誉理事，庐陵诗词学会首届会长、主编。著有《原上草》、《不逝的流星》（合著）等。

南乡子·归程

举目望归程，一路青山雨后晴。留得风沙盈两袖，休惊！髀肉何须叹复生。　　生命树常青，退伍依然是老兵。剩勇犹存休止步，豪情：化作骊歌又出征。

踏莎行·夜访秦淮二阕

往事封尘，旧游笼雾，难忘乱世苍生苦。国将不国忆当年，石头城里犹歌舞。　　岁月不居，烟波欲诉，天翻地覆今非故。自从燕子又南归，秦淮夜夜留春住。　　盛夏如春，良宵似昼，华灯照彻重霄九。垂杨两岸晚风徐，暗香偷袭行人袖。　　楚客吟诗，吴姬劝酒，重来顾曲君知否？湖山换了嫁时衣，花添锦上凭双手。

麻城谦

麻城谦（1921年—），字一如，笔名麻桑，吉安市青原区人。南昌师范毕业，长期从事教育工作，历任中小学教师、校长，吉安教育学院副教授。著有《沧桑集》。

蝶恋花

雪压冰封寒彻地。几树梅花，报告春消息。燕子衔泥风雨细，萋萋芳草青无际。　　柳绿桃红春色丽。蝶舞莺啼，都把情丝系。万里东风驱腐气，枝头花满香飘逸。

1988年2月

鹧鸪天·寄友人

好友时来畅笑谈，古今韵事费寻猜。老来方识寻芳趣，秋菊春兰任剪裁。　　情缱绻，意徘徊，轻吟缓唱诉胸怀。高山流水酬知己，明月清风结伴来！

1988年3月

谭仁勋

谭仁勋（1922年—），又名卓，九江人，现居永新。大学文化，任弼时中学教师。中华诗词学会、江西诗词学会、庐陵诗词学会会员，著有《吾庐诗词吟稿》。

流水音亭

谁家仙子弄瑶琴，流水淙淙不绝音。
吹响霓裳清雅曲，频催俗子洗贪心。

田家乐

昔居破土屋，今住高楼房。
改天促换地，旧貌变新装。
东畈插水稻，西隅辟鱼塘。
南坡种果树，北牖喂蚕娘。
忙时一身汗，归来酒一觞。
观荧屏歌舞，老少喜洋洋。

2000年11月

沁园春·龙兴东亚

混沌初开，驾雾腾云，辟地补天。喜华胥孕育，昆仑郁蓊；传人繁衍，河洛清涟。唤雨呼风，立新除旧，演绎文明岁五千。争歌唱，此龙兴东亚，飞舞蹁跹。　　金阶香透坤乾，且万里无尘生态鲜。趁遨游空际，应当探月；搜寻信息，不必求仙。俯视长城，纵观大海，见证春秋有巨篇。锺灵秀、正传承一脉，今日尤妍。

2002年2月

文 胤

文胤（1929年—），莲花县人。1949年9月参加工作，历任吉安地区检察分院副检察长、吉安地区人民医院党委书记。江西诗词学会会员，庐陵诗词学会副会长。

风入松·今日农家

神州处处庆丰年，黎庶笑开颜。耕田不用牛拉耙，凭机械、农事争先。秧机栽插轻快，抢收何用刀镰？ 晨炊沼气火苗蓝，浆洗有机旋。保鲜自有冰箱好，空调屋、冷热安眠。欣看新闻联播，手机远近通联。

鹧鸪天·以史为鉴

叵测居心举世知，山河半壁陆沉时。凶残狠毒三光策，荼毒黎民鬼计施。 民愤起，敌横尸，高歌战胜法西斯。幽灵神社今犹在，前事不忘后事师。

沁园春·吉安大桥建成感怀

气爽秋凉，沐浴朝阳，信步赣江。瞰惊涛拍岸，汹涌澎湃，推波涌浪，一泻长江。鱼跃鸥飞，扁舟竞放，两岸商城谱彩章。仁桥上，看人来人往，一派风光。　　当年浪急风狂，恨绕河堤一叶惊慌。遇北风凛冽，难操篙橹，摇船摆渡，浪费时光！异彩今添，长虹跨越，跃上苍穹头尾藏。人欢笑、望东西两岸，迈向康庄。

【注】

吉安大桥于2005年8月26日建成通车。

罗桂生

罗桂生（1929年—），字文开，笔名晋陶，永新县人。永新县林业公司退休干部。少时仅读四年蒙学。现为江西诗词学会、庐陵诗词学会会员。

过颜竿山家留酒

风徐晴谷翠，宽径入幽林。
犬吠群峰应，溪鸣众瑿琴。
主人交谊厚，过客感恩深。
盛世山村富，华堂画点金。

江村晚霞即景

西腾霞似火，落日淬炉中。
水漾江流紫，枫摇叶灼红。
田畴铺锦浪，籼稻拂金风。
暮逐野原笑，人归眉月弓。

别澄江旅次吉安暮登河堤即景

挥别澄江泊吉州，闲来漫步独凝眸。
堤围鸥鹭疏林澈，风送樯帆暮笛悠。
远岫烟冥归鸟急，云车鱼贯满街流。
紫霞落尽螺山影，万户灯开碧月秋。

应友人相邀漫步新建社区商城

吟朋漫步畅心情，旧日穷荒变闹城。
野径泥成瓷板地，凌霄楼映电光明。
街连货积车流涌，市拥营销店沸腾。
改革纷呈环锦绣，万方花馥小康庭。

瓷都一瞥

人潮车水纵横驰，瓷绘丹青幅幅奇。
虎踞莽林疑欲出，莺穿嫩柳似闻啼。

郭石山

郭石山（1921—1991年），吉安市吉州区人。大学学历，曾任中学校长等职。中华诗词学会、江西诗词学会会员，庐陵诗词学会首届常务理事，《庐陵诗词》编委。有《白鹭书院诗存注解》行世。

咏　怀

客来谓我转华年，窥镜果然减衰颜。
啖蔗幸留唇齿健，含饴端赖子孙贤。
微醺人共窗花醉。清淡心同远山闲。
何处幡招精爽起，相将伴作地行仙。

萧希龄

萧希龄（1929-2007年），泰和县人。离休前任吉安地区物价局副局长。中华诗词学会、江西诗词学会会员，庐陵诗词学会副会长。有《晚晴吟稿》问世。

水口观瀑

一溪深落断崖中，化作飞泉气势雄。
素绢高悬喷碧玉，紫烟缭绕映晴虹。
空山传响惊猿鸟，幽谷生寒逐虎熊。
仰首遥看天尽处，云烟缕缕锁青峰。

登快阁次山谷韵

西昌故地暮登临，远眺山川照晚晴。
鸥鹭齐飞空宇静，水天共色月钩明。
峰浮瑞霭双华远①，波映清辉一练横。
古阁雄姿今胜昔，诗坛骚客缔新盟。

【注】
① 双华，指金华、玉华两山。

龙虎山仙水崖浮想

仙水灵山山水秀，洞天福地足千秋。
蟠龙卧虎云中隐，怪石奇峰水底游。
峭壁楼台成绝境，危崖洞穴有棺丘。
欲寻仙道愁无路，仰卧轻舟任自流。

井冈山黄洋界放歌

黄洋界上望汪洋，万壑千峦郁郁苍。
眼底翠冈腾雨雾，山头红日吐霞光。
层层林海连天涌，叠叠花环拂面香。
哨口壕边春不老，丰碑耸立永流芳。

龙潭揽胜

龙潭胜景秀出奇，五叠飞流下翠微。
观瀑亭前观瀑落，览云台上览云飞。
霞飞浅谷青松暗，瀑落深潭雪雨霏。
山色水光看不尽，清姿倩影似仙姬。

五龙潭

小井五龙潭乃井冈山胜景。五神河咆哮奔腾跌崖而下，化作青龙、赤龙、黄龙、黑龙、白龙五瀑和碧玉、金锁、珍珠、飞凤、仙女五潭。每潭都有美丽传说，特赋歌志之。

五神河水巨浪翻，咆哮奔腾落玉渊。
霹雾一声天雷震，神龙一跃化五潭。
一潭峭壁瀑帘挂，潭中碧玉放光华。
波光闪闪非凡物，来自瑶池玉女娃。
二潭深藏涧谷中，只闻水声不见容。
千回百转难寻觅，金锁一把锁赤龙。
三潭水急涌浪花，飞珠溅玉吐烟霞，
观音渡洪湎灵水，化作珍珠落深崖。
四潭一石两分流，好似观凤滚绣球，
一凤遇难飞州去，留下一凤鸣啾啾。
五潭倩影仙女化，婀娜多姿披轻纱。
水流潺潺如泣诉，不知怨声落谁家。

浪淘沙·君山

　　白练锁岚烟，绿满君山。朗吟阁上醉神仙。帝女坟前湘竹翠，泪血斑斑。　　放眼水云间，浮想联翩。钟声唤起揭旗竿①。回首前朝兴废事，感慨千端。

【注】

① 山上有飞来钟，相传为农民起义号令钟。

王春霖

王春霖（1930年—），湖北省黄冈市人。1949年毕业于开封中原大学。曾任江西省吉安专员公署工交办公室副主任、吉安航务分局调研员，已离休。现为中华诗词学会会员，江西诗词学会常务理事，庐陵诗词学会名誉会长、《庐陵诗词》名誉主编。著有《井冈大地行吟》。

黄果树瀑布之歌

黔腹滇喉蕴奇观，银河倒泻犀牛潭。
织女投梭织云锦，　牛郎挥汗布朱帘。
朱帘卷起千峰雨，雷师砰訇挞天鼓。
裂石崩崖山谷摧，万古声摇黄果树。
叠嶂重峦岩壑幽，白水河自东北流。
蜿蜒九折来天际，云蒸波涌走玉虹。
昔日我曾来贵筑，人道镇宁山水绿，
黄果树瀑誉全球，平生倾慕心相逐。
惜乎行役太匆匆，黔川道上万岭重。
欲睹真容悭一面，十载相思梦魂中。
莫愁难遂当年愿，山色空濛云缦缦。
忽尔阴霾合四围，魂惊魄悸观龙战。
纷纷鳞甲漫谷飞，熠熠银光绽玉梅。
玉龙战罢争飞渡，银滩涌泻倾金罍。
雷奔气泄云排闼，万柄龙泉出剑匣。
寒光闪电照崖前，劈开高陵见深峡。
谷深若探万丈渊，四壁青苍锁翠烟。
飒飒山风清且凛，缤纷雨雾湿衣衫。

迷离身到水帘洞，帘外云山飞彩凤。

素丝万缕系斜晖，瀑声泉韵频入梦。

穿帘觅径登天梯，倚栏游目碧琉璃。

水光向日开天镜，云霞奔涌舞虹霓。

登山曾观井冈奇虹瀑，雄奇险秀琼林窟。

探壑又下庐山三叠泉，白龙夭矫饮深川。

黄河壶口之瀑名久擅，未若云垂烟接、

霞飞飚落，黄果阔大而壮观！

昔时霞客曾惊叹，愧无妙笔状奇幻。

时贤亦夸天下无，倩谁一写丹青卷？

世人媲美尼亚加拉，各有千秋谁为冠？

今我临之百感生，神摇心动目为眩！

益信天地造化工，飞瀑湍流惊奇雄。

奔腾跌荡饶生气，水丰源远流不穷。

人誉瀑泉在山清，又讥瀑泉出山浊。

岂是瀑泉甘自毁，只缘生态环境恶。

山兀林毁泥石流，江河污染鱼鳖愁。

垃圾如山阻电坝，浊浪排空打城头。

自然生态尚多劫，精神污染更堪忧。

怒对黄毒赌，忍看假恶丑。

贪贿饕餮蚀人魂，官仓之鼠大如斗。

愿乞天公抖擞作雷霆，烈风迅雷摧枯朽。

乘槎我欲浮苍冥，一挽银河水倒倾。

荡涤污秽乾坤净，终见中华大地水碧与山青。

鱼龙竞跃百鸟鸣，林茂粮丰百花馨。

心灵净化人争美，鼎新革弊政风清！

念此矍然惊，念此矍然觉。

一似身骑白犀牛，神游黄果飞万岳。

乘流直下九重天，心潮澎湃胸襟阔。

拏云揽胜

御风揽月上瑶台，拂尽烟尘万象开。
百里漓江舒画卷，十年诗国响春雷。
云天谁是拏云手，桂海偏多折桂才。
罗带玉簪无限意，倩将彩翰写琼瑰。

谒三元里人民抗英斗争纪念馆

誓扫英夷不惜身，国魂民气未沉沦。
求和媚敌庙堂宰，抗暴除凶闾里人。
旗展三星天地震，雾弥六合鬼神嗔。
回思百五年间事，粤海翻波万象新。

我国第一座高能加速器——北京
正负电子对撞机首次对撞成功①

高能物理绽奇葩，对撞成功焕彩霞。

才见卫星驰碧宇，又闻电子发光华②。

探骊岂惮潜沧海，摘斗何妨泛汉槎。

勇向微观穷奥秘，漫云求索路途赊③。

【注】

① 1988年10月16日晨5时56分对撞成功。

② 被加速的高能电子束放出同步辐射光，可用于能源、材料、生物、化学、生命科学、凝聚态、表面物理和超大规模集成电路光刻技术等应用研究。

③ 《离骚》："路漫漫其修远兮，吾将上下而求索。"

寻带湖旧址有怀辛稼轩

不图高卧集山楼，北望中原志待酬。

河洛腥膻犹未净，临安歌舞几曾休。

闲居风月谁堪赏，壮岁旌旗气尚遒。

常慨平戎言不用，岂甘植杖问田畴！

醉东风·井冈方竹

井冈方竹，乍见惊幽独。高节不因岩下束，
要伴山间旧屋①。　　漫云百卉芬芳，我钦方正
贤良。不怕霜欺雪压，依然翠绿千章。

【注】
① 井冈山茨坪，毛泽东故居后侧有方竹丛。

玉楼春·泰井高速公路通车①

挑粮小路成高速，桥隧连绵车辘辘。鹧鸪不
再耳边啼②，鸣笛一声山水绿。　　雄奇险秀清
幽独，峰壑林泉张画幅。长廊十里杜鹃红，万国
衣冠趋旧屋③。

【注】
① 泰井：泰和至井冈山。
② 俗谓鹧鸪鸣声为："行不得也哥哥！"
③ 旧屋：毛泽东、朱德等老一辈革命家在井冈山的旧居及
其他革命旧址。

望海潮·黄山日出

微茫星月，峰峦岑寂，东山一缕飞霞。云幕骤开，朱帘漫卷，遐思我欲浮槎。何处是天涯？正海涛幻逝，思绪纷挐，地动山呼，一轮璀璨发朱华。　　黄山日出堪夸，看霞披万壑，彩绘千崖，丞相看棋，金猴探海，山灵梦笔生花。挥翰走龙蛇。写群峰拱日，高缆驰车。黄海奇观在眼，莫任日西斜。

水调歌头·"嫦娥奔月"次东坡韵

寂寞蟾宫久，亘古望飞天。举头星月辉耀，一梦五千年。石窟墩煌壁画①，北海鲲鹏奋翼②，广宇破高寒。驭气扶摇上，纵览九霄间。　　临玉阙，舒胸臆，思难眠。嫦娥奔月，华夏之梦喜今圆。才向月中折桂，复令吴刚献酒，宴聚八星全③。欣作瑶池会，歌咏舞婵娟。

【注】
① 敦煌石窟有"飞天"仕女壁画。
② 见《庄子逍遥游》。
③ 八大行星：地球、金、木、水、火、土、天王、海王星。

廖龙祥

廖龙祥（1932年—），笔名石奇，吉水县人。曾任万安县委副书记、井冈山地区革委会宣传组副组长等职。庐陵诗词学会会员，著有《石奇楼诗词书法选》。

天下第一山

罗霄千峰秀，奇岳耸南天。茨坪居中正，五哨拱如环。楼台笼烟雨，高路入云端。龙潭落飞瀑，岫壑出流泉。松涛擂战鼓，竹影涌翠岚。黄洋卷巨浪，晨曦挂远帆。五指峰上月，群峦湖水寒。杜鹃红似火，子规催耜耕。高山田园美，牧歌雾里传。游人不思归，探胜复溯源。寻迹红军路，方知创业艰。继承英烈志，阔步永向前。

大东山

东南有名山，巍峨指蓝天。造化精雕琢，旖旎复壮观。双龙戏林海，飞瀑挂前川。狮岩云缥缈，苍松阅人间。寿星叹险峻，观音说奇玄。迷谷影绰约，仙桥水盈残。玉峰可演武，祖关好参禅。叠泉喷珠玉，天池照群岚。蝶梦楼头月，古刹钟声寒。天然风光好，畅游不欲还。

【注】

① 大东山座落在吉水县境内，素有"大江东南三灵山——庐山、东山、武功山"之美称。

② 双龙谷、双龙瀑布、卧狮岩、盘龙松、寿星岩、观音洞、迷魂谷、仙人桥、玉屏峰、祖师岩、二叠泉、天池、龙济寺等，均为大东山景点。

茅坪八角楼

潇潇风雨夜，寒柝正三更。
荒野云皆黑，小楼灯尚明。
胸中谋略远，笔底迅雷生。
剑气凌霄汉，征途马不停。

【注】

1928年10月至11月，茅坪八角楼的灯光彻夜通明，毛泽东在这里伏案奋笔，写下了《中国的红色政权为什么能够存在》、《井冈山的斗争》两篇著作，为中国革命继续前进指明了方向。

〖中华诗词存稿·地域专辑〗

中华诗词学会 编

江西诗词选

（四）

胡迎建 编

中国书籍出版社
China Book Press

图书在版编目（CIP）数据

　　江西诗词选 . 四 / 胡迎建主编 . 一北京 : 中国书
籍出版社 , 2020.10
　　（中华诗词存稿）
　　ISBN 978-7-5068-7994-1

　　Ⅰ . ①江… Ⅱ . ①胡… Ⅲ . ①诗词－作品集－中国－
当代 Ⅳ . ① I227

　　中国版本图书馆 CIP 数据核字 (2020) 第 179316 号

江西诗词选 四

胡迎建　主编

责任编辑	李国永	
责任印制	孙马飞　　马　芝	
封面设计	采薇阁	
出版发行	中国书籍出版社	
地　　址	北京市丰台区三路居路 97 号（邮编：100073）	
电　　话	（010）52257143（总编室）（010）52257140（发行部）	
电子邮箱	eo@chinabp.com.cn	
经　　销	全国新华书店	
印　　刷	北京虎彩文化传播有限公司	
开　　本	710 毫米 ×1000 毫米　1/16	
字　　数	242 千字	
印　　张	22	
版　　次	2020 年 11 月第 1 版　　2020 年 11 月第 1 次印刷	
书　　号	ISBN 978-7-5068-7994-1	
定　　价	998.00 元（全 4 册）	

目　　录

彭文扬

朱厚烘

陈益清

郭春阳

颜远怡

王义钫

邝 工

张贻洪

蒋石麟

刘远春

新余市

杨定远

黄健保

许续芳

沈立新

林　南

萍乡市

彭学松

刘松涛

罗金笙

杨开智

钟 亦

周锡高

姚茂初

孙 斌

易仲贤

贺银燕

刘政生

赣州市

萧昌璜

吕树樵

杨年登

刘庆芳

何侠宝

江西籍在外地工作者

刘太希

夏征农

涂公遂

易大德

黄席群

张志岳

杜　宣

熊德基

程应镠

陈文征

陈文征（1933年—），泰和县人。现为中华诗词学会会员，江西省书法家协会会员，庐陵诗词学会副秘书长、常务理事。有诗词《金风集》一卷问世。

午夜巡逻

边关无静夜，小草不知欢。
山峭清溪净，林深夏月寒。
荒蹊余独步，群鼠急奔遣。
战士忘辛苦，此心报国专。

挹翠湖感秋

翠湖摇月影，谁与共相思？
冷露催枫晚，微霜染菊迟。
秋来蝉早觉，暑去叶先知。
落木高天远，碧云自在驰。

刘咸忠

刘咸忠（1934年—），吉安市人。退休干部。江西诗词学会会员，庐陵诗词学会会员。时有诗作散见于江西、吉林、重庆、陕西等省市诗词学会会刊以及《诗词月刊》、《诗词》报、《吉安晚报》等报刊杂志。

井冈山观瀑

千仞奇峰连碧天，悬崖绝壁挂飞泉。

深渊万丈千珠溅，倒泻秋江卷巨澜。

霁　雨

喜雨洗清尘，平畴曙色新。

嘉禾翻碧浪，轻燕剪烟村。

瓜果满园画，榴花一树春。

物华谁作主？田父绣乾坤。

晚　情

归休居陋室，无客自徘徊。

齿落青丝改，天寒白菊开。

疏梅香石砚，明月照书台。

一夜高阳梦，青莲携酒来。

螺川行

晴川杨柳岸，丽日上螺峰。

水冽如明镜，桥新似彩虹。

碧桃邀玉蝶，紫燕剪春风。

欲谱螺川曲，可怜句未工。

登黄鹤楼

千里寻幽登此楼，无边风月醉双眸。

两江联袂萦三镇，九省通衢贯五洲。

雾漫江城花漫野，虹飞天堑浪飞舟。

凭栏携侣遥相望，依旧龟蛇锁莽流。

游天湖山

层峦叠嶂气豪雄，远近高低各不同。

山涌千峰藏古寺，云蒸万岭走苍龙。

丹崖织练悬飞瀑，绿野堆鬟小岱宗。

婉啭黄莺流远韵，又闻深谷几声钟。

西江月·小草

不怕风侵霜压，无须蝶爱蜂夸。墙头石缝可安家，装扮春光无价。　　倘得东风甘露，绿分海角天涯。敢教荒漠敛飞沙，秀水蓝天如画。

板陂江泛舟

柳杉篁竹万重山，古道陂江九曲湾。
秀水扬波惊浪涌，扁舟击楫过危滩。
晴川花影迷黄蝶，晓雾浮云弄紫烟。
快意人生何所似，蓬莱山水挽青莲。

水调歌头·登白云山②

梦绕小溪路，徒步白云山。沿途沟涧流碧，薄雾漫层岚。伫立观音崖上，俯仰群峰叠翠，如在水云间。遥望养军岭，列嶂现奇观。　　朝阳升，霞光灿，百花妍。苍松古柏，公略亭畔忆英贤。高咏燎原星火，吟唱红军歌曲，莺燕舞蓝天。新绘阳春景，光彩耀人寰。

一剪梅·龙湖之春

送暖春风晴朗天。雨霁山鲜，碧水波妍，湖光山色景生烟。燕舞莺旋，喜报新年。　　杜宇催耕播种前。春早人勤，秧嫩芊芊，铁牛犁雾不须鞭。村女争先，巧绣农田。

浪淘沙·龙冈古镇

绿柳吐黄芽,江畔人家,红楼小院灿朝霞。
少女憩亭栏倚处,人面桃花。 古镇夕阳斜,
先烈堪夸,红军沃血育新葩。老叟说书歼白匪,
围坐村娃。

鹧鸪天·农家小院

泉水叮咚小径斜,林阴湖畔有人家。清凉翠
拥香樟树,馥郁浓薰茉莉茶。 红榴朵,白兰
花,风摇竹影动窗纱。闲观湖水鱼翻浪,乐看门
前自种瓜。

【注】

① 方石岭位于吉安青原区东固镇西南与兴国县交界处,是
1931年9月红军第三次反围剿全歼国民党第9师和25师韩勤德、蒋
鼎文所部的主战场。

② 白云山位于吉安市青原区东固镇西南,绵延兴国、泰和
两县,1931年5月毛泽东、朱德粉碎蒋介石调动20万大军发动第
二次"围剿"的主战场。

陈淳清

陈淳清（1935年—），湖南耒阳市人。1959年西北师范大学中文系本科毕业。井冈山大学中国文学副教授，已退休教师，九三学社社员，中华诗词学会会员，庐陵诗词学会理事。

读杜少陵集有感

集腋未成裘，捉襟肘当风。
学诗鲜有得，采笔羡文通。
披卷寻佳句，最仰少陵翁。
翁昔怀兼济，不问达与穷。
视民如伤痛，仁爱发深衷。
乾坤疮痍平，忧虞乃可终。
旷怀悦幽事，琐细山果红。
花鸟吾友于，山河肺腑同。
惜物能两顾，倚阁看鸡虫。
诗史光焰在，烛照及微躬。
秉笔徇先哲，立言诚其中。
浩歌不忘国，心存匹夫忠。
微吟思幽窈，大千物象丰。
刺贪污腐败，美廉洁奉公。
摹天容时态，写人情民风。
谱时代曲调，赞当今英雄。
庶几诗如此，外腓真体充。

武夷行

窈窕寻丘壑，百侣闽中行。

崎岖入山腹，武夷展画屏。

大王体气壮，玉女姿娉婷。

群山尽黝紫，肃立向苍冥。

乘桴泛九曲，惴惴喜还惊。

奇峰迎即送，一曲一换形。

峭壁劈面至，势欲向我倾。

不闻哀猿啼，寒潭自凄清。

山阿有精舍，栋宇象峥嵘。

朱子创闽学，千载仰高明。

矍铄羡前辈，矫健让后生。

相将凌绝项，天游接玉京①。

天风来浩浩，荡胸俗虑澄。

引吭作长啸，谷应山和鸣。

悠然复陶然，遂忘身与名。

一瞥飞鸿过，短歌寄长情。

【注】

① "大王、玉女、天游"，为武夷山的三座山峰；"九曲"为武夷山中的一条溪流，可浮木排泛游，有九处曲折，景色颇为幽窈。

井冈龙潭观瀑

从云扈雪莫遮拦，奋鬣生风嘘气寒。
顿挫暂将潭浪伏，蟠旋休作媚姿看。
倏然峰壑阴难变，终古苔莓湿未干。
仙女降龙鸣玉佩，长裾轻曳素罗纨。

虞美人·吉安河东开发区即景

新秧浥露罗纨腻，楚甸风来细。汪洋绿海起桅樯，渐次高楼遮断小村庄。　　村娃三五联翩出，叱咤驱牛犊。一声汽笛破晴空，蓦地天边昂首现长龙。

虞美人·初夏

纱窗静掩人声悄，清梦惊知了。阶前蕉叶卷愁心，泼地炎光斑驳透重阴。　　桃儿甜杏歌吟倦，叫卖童音颤。篆烟销处尚馀香，漫卷吟笺向晚待新凉。

永遇乐·梅

　　金谷名园，驿桥候馆，随缘安住。修竹相依，乔松可仰，一任藤萝附。惠风薰沐，骄阳炙灼，冻雨繁霜湔污。淘洗出，苔枝锈干，偃蹇虬蠹如铸。　　阳生冬至，葭灰微动，酿雪彤云凝聚。野旷天低，星沉月匿，河汉迷津渡。冷潜虚阁、寒萦鹤梦，一夜琼英飞舞。冰蕾绽，心香供奉，上苍众庶。

彭文扬

彭文扬（1935年—），吉安市人。大专毕业，曾任吉安地委秘书、地区纪委委员、行署副局长等职。中华诗词学会、中国楹联学会、江西诗词学会、江西楹联学会会员，庐陵诗词学会副会长、副主编。

好事近·青原山春色

细雨润芳菲，花艳满山春色。香引四方游客，有万千蝴蝶。　　乘兴欢步上高楼，东风盈窗悦。放眼翠峰丛景，醉人间仙阙。

朱厚烘

朱厚烘（1936—），吉安市青原区人。大学中文系毕业。多年来，在省市报刊、电台等发表散文若干，在全国各诗刊（报）发表诗词作品逾百。现为江西省诗词学会理事、庐陵诗词学会副会长兼秘书长。著有《井冈礼赞》《庐陵览胜》诗集。

重游风月楼

登楼无语独徘徊，胜地重游忆盛衰。

赣渚落花人已去，江城吹笛鹭归来。

庐陵古院钟声动，白鹭州头晓色开。

千载风流多少事，不禁滚滚到襟怀。

谒文天祥纪念馆

浩气长存义薄天，登楼整肃吊先贤。

甘倾碧血残疆补，志系苍生国运牵。

壮士挥戈为宋室，杜鹃啼泣绕峰峦。

如今华夏归新统，但愿英灵笑九泉。

访韶山毛主席旧居

少年志远立鸿猷，走出乡关解国忧。
叱咤风云抟日月，广霖甘雨润荒丘。
湘江赤子酬宏愿，开国元勋建玉楼。
终见伟人桑梓地，山冲农舍誉全球。

韶山滴水洞

水秀山幽掩洞池，龙盘虎踞此遐思。
伟人一去情何在？笔底风雷壁上诗。

鹧鸪天·咏煤

地下缄封亿万年，无闻默默隐荒山。沉沉黑
体人寰现，耿耿丹心岁月捐。　　喷烈火，献能
源，炼钢发电去严寒。富民强国宏图展，重任千
钧大力肩。

鹧鸪天·赞"忘我"精神

据《京华时报》2007年10月25日报导，吴仪副总理在公开谢绝担任中国贸易促进会名誉会长的邀请时说："我在明年两会后完全退休，在我给中央的报告中明确表态，无论是官方的、半官方的，还是群众团体，都不再任任何职务，希望你们完全把我忘记。"

身处中枢重任肩，高风亮节让时贤。谢辞国贸金冠赐，婉拒群团厚遇兼。　全退位，不思权，一声"忘我"响云天。胸怀坦荡真君子，多少宦游该汗颜。

鹧鸪天·采茶女

绿满山原不见涯，沧浪百里荡红霞。开云拨雾茶园舞，带露飞霜素指掐。　盈笑靥，撷春芽，芬芳两袖飘迤逦。仙芝篓篓佳人醉，袅袅风姿气自华。

陈益清

陈益清（1936年—）笔名菁莽，广东揭西人。中华诗词学会会员。吉安地区文联秘书长，庐陵诗词学会副会长兼秘书长，《庐陵诗词》副主编。著有《楹联选集》《影怀沙集》《简居诗草》。

湖上即景

晨光烂漫彩霞铺，叠翠群山映碧湖。
醉恋东风帆片片，渔歌悦耳入新图。

江行所见

映日春江碧水悠，渔家儿女驾轻舟。
帆樯兴趁东风发，闪闪银鳞满网收。

秋日吟

丛菊清姿现，人生又一秋。
华巅知雪积，老眼对江流。
院赏馨弥漫，郊行意爽悠。
芳原舒性气，堪比少年游。

夜行船·井冈挹翠湖暮色

水底长天星灿烂，轻风撩拨波光闪。溶浸青峰，佳姿挹翠，圣地山河换。　　有兴悠游人不倦，湖心亭侧群芳艳。胜境新开，花摇月影，歌起垂杨岸。

郭春阳

郭春阳（1936—），吉安县人。中学退休教师。中华诗词学会会员，江西诗词学会理事，《文山艺苑》主编。著有《自珍集》《黄昏集》等。

西江月·记一位渔民的话

幼小江中生长，成年水上安家。驾舟撒网走天涯，何惧风狂浪大。　　明月清风无价，青山绿水尤佳。夕阳西下映红霞，欣赏江山如画。

忆秦娥·怀郭旭东学兄

难磨灭，同窗共砚多欢悦。多欢悦，花间月夜，笑谈亲切。　　山高水远长离别，惊闻噩耗哀声咽。哀声咽，黄泉阻隔，故人音绝。

颜远怡

颜远怡（1937年—），号北黎，永新县人。江西诗词学会会员、江西楹联学会会员、庐陵诗词学会理事，著有《北黎斋吟稿》《夕阳风韵》诗集。

弈棋感赋

得失输赢进退移，艰难挫折不心灰。
纵横交错迷宫路，走好人生每步棋。

吟　诗

连日雕虫白发添，宏扬国粹志弥坚。
妻嘲我傻忘餐寝，一字一词敲半天。

打稻歌

打稻机声交响曲，金黄谷粒谱新章。
欣谈政策扶农调，耕种增收免税粮。

一剪梅·庭院种菜

　　蔬种庭园少费工。浇水轻松，拔草轻松。南瓜爬架沐天风。茄子垂钟，豆角盈丰。　　蜂蝶翩翩无害虫。辣椒绯红，柿子霞红。丛丛蕨菜绿葱葱。春意融融，兴味浓浓。

王义钫

王义钫(1939—)，吉安县人。中学高级教师，原吉安地区教研室主任。中华诗词学会会员，江西诗词学会理事、庐陵诗词学会常务副会长兼编委，著有《东昌集》等。

莲池街

窑瓦铺街古色香，莲池未失旧风光。
春风识得平园柳，唤醒荷花红满塘。

谒红四军军部旧址

山风如割袭柴门，彻夜军情细细论。
朱毛杯酒邀王佐，捷报飞来酒尚温。

水乡吟

挂桨机船犁浪花，方塘碧水映丹霞。
农情上网春光满，科技下乡亩产加。
水电机耕一体化，营销生产两头抓。
乡村千万脱贫者，争说邓公特色佳。

答友人

未必归休万事休，砚田勤种亦丰收。

投林宿鸟恋残照，解甲征夫惜晚秋。

时事风云收眼底，黎民忧乐系心头。

扬清激浊披肝胆，本色依然孺子牛。

浪淘沙·春日返乡

又是好春光，鸟语花香，鸭知冷暖戏池塘。车到村前迷望眼，难认家乡。　　油路绕村庄，气派楼房，晴光熠熠透钢窗。一片乡情桌上涌，春酒飘香。

邝 工

邝工（1939年—），井冈山人。退休干部。江西诗词学会会员。

苏幕遮·思女友

忆同窗，思女友。三月春风，拂绿门前柳。红豆年年花锦绣。不见红颜，长夜梦依旧。　　展明眸，呼圣秀，六秩光阴，弹指霜侵首。愧我无能容貌丑。往事萦怀，折杀人消瘦。

2001年5月

满庭芳·自勉

冬去春来，花开蕊谢，日月光照星移。那时年少，如犊草原驰。噩噩浑浑度日，蓦然望、夕照山低。红霞下，悠悠漫步，搔首白丝丝。　　珍时，须自重，人生短暂，百事宜施。念眉下临冬，竭力多为。继昝焚膏垦拓，莫哀叹、秉笔勤挥。西阳艳，忙于敬业，力挽少年回。

1996年4月

张贻洪

张贻洪（1940—），吉安市人。中学高级教师，退休前任中学校长。江西诗词学会、庐陵诗词学会会员，吉安县诗词学会理事。著有《秋九集》。

老年艺术团演出

喜看银丝聚一堂，轻歌曼舞化新妆。
摆裙甩袖腰旋扭，扑粉描眉脸泛光。
杨柳翩跹红舞带，莺鹂婉转采茶腔。
掌声雷动高潮起，一曲"夕阳"声绕梁。

吾　庐

园圃绿篱何用寻，轩窗临水掩疏林。
蜗居虽小风光秀，来客不多情谊深。
修竹幽兰添雅趣，鸣蝉飞雀伴诗吟。
嚣尘远去心宁静，晨起舒拳露湿衿。

点绛唇·看江西省残疾人艺术团演出

天使无言，观音莲步舒千手。美肢如藕，旋舞风吹柳。　　情溢心头，苦海慈航走。高昂首，体残仁厚，赞叹声声久。

采桑子·锦源新村

琼楼错落天蓝蔚，棚育蔬瓜。池养鱼虾，细柳香樟托紫霞。　　雕梁庭院真如画，院内奇葩。门外新车，燕子归来不识家。

蝶恋花·花甲补拍婚纱照

补拍婚纱君莫笑，挽臂偎依，乐煞俩翁媪。笔挺西装花领俏，描眉插鬓裙轻袅。　　花甲夫妻抛郁恼，风雨人生，情笃青春葆。相守白头心不老，青山满目残阳照。

临江仙·庐陵文化广场

场阔天高云逐际，一湖碧水澄泓。花红柳绿草茸茸。幽亭连水榭，怪石傍青松。　　玉砌雕栏流古韵，字遒诗美词雄。闲游信步画廊中。夜来灯灿亮，歌舞乐融融。

蒋石麟

蒋石麟（1941—），新干县人。主任记者。江西省作家协会、戏剧家协会会员，吉安市作家协会副主席，庐陵诗词学会副会长。

井冈松

郁郁井冈松，四时不改色。

天风吹不断，霜寒无所怯。

特立云霄里，一生多壮烈。

松脂燃火把，光焰永不灭。

舍身作炮体，轰然敌胆裂。

枝叶当旗摇，破雾常报捷。

涛声如雷吼，浩歌壮日月。

我爱井冈松，品德最高洁。

千年物色在，精神昭世界。

贺新郎·登快阁怀念黄庭坚

　　快阁临江渚。这千年、遗存旧迹，令人怀古。遥想当年君唱晚，月色澄江楚楚。梦绕处、朱弦轻抚。美酒长歌歌一曲，问相逢何日期何苦？求共饮，吟诗赋。　　直言耿耿遭人忤。对沉浮、依然大度，仰摩天鹄。最忌文章随人后，斩棘披荆开路。为字字寻求来处。点铁成金成圣手，喜江西诗派旌旗树。扬国粹，继山谷。

【注】

　　快阁位于江西泰和县城。今修葺，可登临。黄庭坚贬任泰和县令时，留下千古名篇《登快阁》诗传世。《泰和县志》称："阁不以地传，而以人传；不以人传，而以诗传也。"

胡 刚

胡刚（1942—），吉州区人。吉州区天华小学高级教师。爱好诗词，多有诗作在省内外诗刊发表。现为庐陵诗词学会理事。

山村用上自来水

久旱井枯炊欲早，无暇昼夜挤山泉。
纵横水管穿村巷，高矮龙头竖院端。
热水器燃喷富裕，洗衣机转甩贫寒。
乡村不比城区差，路见农民驾"本田"。

多少馋鱼落我网

南北东西鱼仅见，秋冬春夏钓急匆。
才投钩饵沉湖底，又钓肥鱼落网中。
肚大体长奸耳目，嘴尖鳞厚诈心胸。
快刀旺火煎炸煮，再下姜盐辣醋葱。

清平乐·雪压南方

冰封雪锁，又见席花落。动脉滞留多少客，笑对银妆素裹。　　铲冰扫雪车前，端馒递药床边。雪海冰峰万里，日出暖送人间。

钗头凤·一枝梅笑冰千丈

天刚亮，平台望。一枝梅笑冰千丈。谁家画，齐天挂。洞天缺口，库银飞泻。诧！诧！诧！　　席花放，精神爽。雪池鸭报新年旺。出寒舍，邀童耍。雪人参赛，不分高下。罢，罢，罢。

叶云雁

叶云雁（1944年—），遂川县人。中专文化，原中国人民财产保险股份有限公司遂川支公司理赔部经理、技师。庐陵诗词学会理事，遂川龙泉诗词学会会长，《遂川诗刊》主编。

龙泉颂

青山绿树远连天，一片金黄万顷田。
栉比高楼平地起，辉煌灯火半天悬。
三桥并列泉江镇，二水合流汇遂川。
特产名茶誉海外，物华灵秀古龙泉。

登远仔坳即景

我来坳顶壮心胸，地阔天宽气势雄。
莽莽冈峦龙入海，森森峰顶剑穿空。
碧波万顷禾田盛，新屋千家百姓丰。
阵阵林涛不绝耳，悠悠落日晚霞红。

南乡子·井冈山

井冈入云霄，刺破苍天第一刀。星火燎原遍地炽，朱毛。际会风云卷巨涛。　　胜地看今朝。翠拥琼楼百尺高。闪烁华灯山谷夜，悄悄。夜梦军旗战地飘。

颜煜开

颜煜开（1945年—），永新县人。毕业于江西师大中文系，永新任弼时中学语文高级教师。庐陵诗词学会理事，江西诗词学会会员。

丙戌元宵

丙戌上元夜，怀抱昆儿，阳台倚栏，观赏漫天烟花。

灯红星灿放光华，古镇良宵乐万家。
童稚骑肩喧笑语，登楼欲采九天花。

丁亥春节前夕夜待儿女归

倚楼频折指，殷盼远归人。
寄意倾盆雨，莫侵游子身。
挑灯闻急唤，倒履启重门。
相拥语无尽，东厨冷酒樽。

禾城夜景

远山吞落日，月色洒禾城。

五彩星河动，千家笑语盈。

云鬟新舞醉，雪发旧歌青。

古镇人初定，钟楼已晓声。

2007年5月

观　竹

静观园内竹，相拥竞风流。

春日枝添翠，秋晨叶见愁。

休言甘露少，独怨主根浮。

君欲林中秀，当思固本猷。

行香子·颐和园

古典皇园，岸柳绵延。昆明湖，云水相连。游艇竞渡，碧荷田田。看鱼儿跃，蝶儿舞，花儿妍。　　颐和主政，少帝多艰。玉澜堂，太后专权。维新折剑，血洒霜天。任神州悲，英雄恨，六君冤。

贺中轩

贺中轩（1946—），莲花县人。中学高级教师。中华诗词学会、江西诗词学会会员，庐陵诗词学会理事，著有《自槛诗词》《倚松吟草》《故事教你趣学招》等。

异地种花农

翩翩蝴蝶往来飞，大地为侬织锦机。
织入乡思和富梦，人生何处不芳菲。

有　寄

击湖一石化涟漪，应有清魂付月追。
蝶影匆匆倏然别，当时忘却汝为谁。

春　感

何处梅花喜报春？骚人如杏出情真。
岭南流浪吟无兴，雁北盘旋鬻几巡？
事往艰难有先富，诗随平仄不言贫。
东风岂管穷通未，吹过山头又水津。

读　雪

醒来惊喜鹤飞翔，满地白银安有荒。

是假梨花妆瘠土，岂真棉絮暖贫乡。

杀虫若尽人称瑞，掩黑奈何谁许香。

日照原形还本质，诗人啸傲上高冈。

浣溪沙·月台夜望

异乡流浪，悬我心儿荡。纵是风光春盎盎，也似扁舟失桨。　　高楼拔起峥嵘，何窗亮出吾灯。孔雀东南谁见？往来车影车声。

浣溪沙·白日大棚谈种芹

白日大棚谈种芹，当时论及转基因，几多心意未明陈。　　树影风摇人约夏，波光莲动夜消魂。听蝉渐细月敲门。

破阵子·蔬菜专业园

扑鼻花香阵阵，不时车笛声声。走进菜棚颜色丽，走出瓜棚身子馨。人游蝶伴行。　　豆角明垂朝露，蕃茄暗挂龙灯。瓜菜车中轻抑重，小伙眉间阴转晴。蝶听花意明。

蝶恋花·打工小唱

　　带着泥香朝外走，扑进城区，汗煮心和手。风雨洗侬尘和垢，工装换上人何有？　　脚手架间行已久，莫问成功，挈了云霞否？明亮层楼人竞售，几间归我民工购？

水调歌头·寄意

　　莫问我何是？松挺夕阳天。吟诗臭句时有，得趣似狂癫。挥墨或成风雨，舞剑思歼硕鼠，自笑老天闲。把酒听官倒，几个蟹加餐。　　霞飞去，月升起，上弦悬。谁生感叹，欣然拿作素琴弹。漫把甜酸苦辣，奏出狼奔虎突，曲阕意绵绵。敢颂人心古，听鹤唳云间。

蒋新东

蒋新东（1946—），原名萧昌永，字烽，福建省长汀县人。历任乡镇党委副书记、乡长、乡人大主席，在吉安县敦厚镇退休。2003年学写诗词，现为文山艺社社长、吉安县诗词学会副会长、庐陵诗词学会理事、江西诗词学会会员。

鹧鸪天·神舟五号

打造苍穹扬我威，神舟五号载人飞。穿云破雾环球转，瞰地巡天旗帜挥。　　天荡荡，势巍巍，欢声雷动凯旋归。太空开辟中华路，跃上蟾宫揭月帏。

鹧鸪天·春游仙人嶂

向晚驱车上翠峰，山花烂漫白云中。善男信女频添火，墨客骚朋竞采风。　　狂蝶舞，野蜂嗡，观音石佛显灵通。蓦然寺院金光灿。掩映琉璃夕照红。

李初阳

　　李初阳（1948年—），峡江县人。江西师范学院中文系毕业。曾任吉安市人民政府教育督导室主任、市教育局副调研员，现为吉安市庐陵诗词学会副会长兼《庐陵诗词》主编。

夜　色

远影群山卧，中天皓月清。
偶闻村梦里，犬吠两三声。

思　念

梦里相逢梦亦残，且凭鱼雁且凭栏。
一云一水一明月，珍重平安到远山。

赏　花

不胜风雨半低身，未许芳心碾作尘。
昨夜几番清露滴，今朝挺起一枝春。

东林寺

鎏金菩萨一尊尊，难得聪明泉不浑。

三友笑声何处去？夕阳古刹对新村。

【注】

寺祖慧远与陶渊明、陆修静交游甚笃，常于寺内聚谈，世称"岁寒三友"。

烈士墓前吟怀

云深埋往事，鸟噪说新书。

山下酒旗乱，墓前人迹疏。

长眠而已矣，惊醒复何如？

今古糊涂月，轮回照旧庐。

思快阁

——纪念黄庭坚诞生960周年

随车灵雨后，闲步小城东。

清韵澄江水，流霞快阁风。

千家灯火亮，一地月华溶。

归去谈何易，他乡柳意浓。

过惶恐滩

舟临惶恐滩，停棹想惊澜。

歌哭来天外，风云到笔端。

丹心聆碧水，正气仰崇峦。

险处一吟过，山青湖水宽。①

【注】

① 原惶恐滩处已建万安水电站，险处已化为平湖。

晨　步

推窗散残梦，出户唱新晴。

春近三冬短，心宽一路平。

开怀吐云气，健步动江城。

来日东风至，先教白发青。

读今雁师《雪鸿集》

市声渐杳九韶弹，鸿写长天雪不寒。

喜得鱣庭流韵健，欲求尘世雅音难。

人生无悔三千树，国运常忧十八滩。

风雨案头情未了，万家灯火倚阑干。

山村夜校

一屋青眸与老花，不知霁月上窗纱。
读来字字灯花笑，写罢行行石径斜。
科技下田翻碧浪，文明落户吐丹霞。
书声蛙唱烟村里，又起新楼八九家。

寄山乡退休教师

拥有大山何所求，一支粉笔写春秋。
晨兴手植霞成片，夜倦灯邀月上楼。
诗礼传薪老夫子，草莱犁雨瘦黄牛。
韶华收拾豪情在，杯满斜阳好唱酬。

龚希健

龚希健（1948—），南昌人。本科学历。吉安市白鹭洲中学高级教师。中华诗词学会、江西诗词学会会员，庐陵诗词学会副会长。获景德镇市"世界华人咏瓷都诗词联大赛"金奖。

景瓷四赞

"白如玉、薄如纸、声如磬、明如镜"，乃景德镇瓷器独特风格，吟诗四首以赞之。

精雕白璧细磨珠，天上浮云作绣襦。
滴水观音冰雪塑，亭亭玉立面如敷。
人称如纸又如绫，更似秋蝉翼一层。
昨夜寒蛩声续断，晚风摇我薄瓷灯。
轻叩三声若磬钟，喜闻仙乐韵无穷。
邻家大款休夸富，万贯争如一酒盅？
照影瓷盘琥珀光，临窗少妇好梳妆。
慵施脂粉犹娇艳，青发如丝翠黛长。

2004年7月

暑日白鹭洲江居偶成

夜枕波涛昼看船，江风帆影两悠然。
洲空但见高低树，林噪时闻远近蝉。
碧绿纱窗光淡雅，清凉草露气新鲜，
蓬莱好做神仙梦，鹭岛原无六月天。

1987年7月

井冈山龙潭观瀑

百丈悬崖叹壮观，何来飞瀑展帘宽？
群峰肃穆泉声响，万木萧森日色寒。
潭面风多飘雨细，山前雾冷觉衣单。
吾思彼岸云游去，隔水仰天呼渡难。

1989年7月

泰和白口城遗址

泰和白口城，是一座见证了灿烂的江南文明的神秘城址，至少有两千年历史，正待开发利用。

几经沧海变桑田，寂寞荒城倚碧川。
弥望原畴存壁垒，莫非戈箭到楼船。
垅头犁得秦砖认，殿角何来野兔眠？
遥想繁华人不见，怆然涕下对风烟。

2002年6月

游玉笥山

武帝曾游玉笥来，灵山又见画图开。

仙童煮药添丹火，野鹤听琴踏绿苔。

瀑溅青藤寻石坐，松吟白鹿挟风回。

千峰静对堪诗酒，何处声声杜宇哀？

2005年3月

中秋赏月

今夜晴江一片明，众山绵远望犹横。

忽闻桂蕊香风举，乍误芦花腊雪平。

玉液金樽谁得醉？新诗古调我吹笙。

冰轮光满纤尘绝，火树银花不夜城。

2005年9月

桂河大桥

夕照长桥映碧流，死亡铁路扼咽喉。

遗留炸弹成双立，驱使俘囚几万修？

枕木根根横白骨，山花朵朵湿红眸。

莫惊野鬼孤魂睡，凭吊不言心碎揉。

2007年8月

【注】

桂河大桥：位于泰缅边境，系二战期间由数十万名欧美战俘和东南亚劳工被日军驱使修建的铁路桥。它和与之相连的"死亡铁路"的每一根枕木下都躺着一个无辜的灵魂。

渔家傲·龙虎山无蚊村民俗表演

彩轿临门鞭炮脆，无蚊村里人娇媚。堂上高烧红烛对，双双跪，郎才女貌鸳鸯配。　　远客何妨成一醉，襄王神女佳期会。红袖飘香如梦寐，啥滋味？兰舟催发空挥泪。

1999年11月

刘森昌

刘森昌（1949—），广东省兴宁县人。在吉安市青原区工作。少年失学，1988年自学考试获中文大专学历。庐陵诗词学会常务理事，江西省书法家协会会员。

题自刻像

雕虫小技慰平生，游刃恢恢任纵横。
自像自镌还自笑，梯云阁里自成春①。

【注】
① 业余劳作处乃一梯形阳台，因名之曰梯云阁。

咏　牛

陈军民同志嘱余为其牛形工艺品刻字，步蔡正雅同志诗韵刻诗一首。

朝对霞光暮对阴，力除荆莽苦耕耘。
终生种石不收玉，碧血化为四海春。

参加自学考试有感

头童齿豁半成翁，学圃悄然种晚菘。
神倦精疲谁管得，绝韦秉烛慰初衷。

醉后草书

驰毫洒墨抒衷曲，沥胆披肝倾热肠。
心海狂澜泻难尽，情凝笔底觅华章。

寿菁莽先生

益清先生寿诞，作藏头诗贺之。

益世小诗名，清吟入性灵。
长溪芳草合，寿岭白云停。
吉客劳携卷，祥人自有朋。
平生唯得所，安用太玄经。

赠熊自安画师

与自安道兄睽违三十六年，得以重逢，在彼之一松轩及余之夕照庐相晤数次，言谈甚洽，赋诗纪之。

三十六年逢旧雨，殊途再度喜同归。
一松轩外孤松直，夕照庐中晚照微。
泉石云山君擅写，雕虫篆刻我能为。
从今艺事共针砭，忘却盈头白雪飞。

咏墙头草

生来命蹇驻墙头，偃仰随风不自由。
朝露晶莹润微贱，夕晖暗淡暖孱柔。
粪除肯恤旮旯苦，霜虐难言忐忑愁。
唯愿年年冬夏短，轻寒小暑度春秋。

戏题补拍婚纱照

婚纱补拍君休笑，贫贱夫妻乐事多。
娭毑旗袍眉发少，老爹马褂背腰驼。
迷离双眼怜三角，坎坷一生憾几何。
豪气冲天销蚀尽，白头相守醉时歌。

观小女彩照

娇女双双初长成，缤纷七彩润青春。
探奇敢下龙宫洞，揽胜欲收衡岳云。
花月不偕岁月老，雄心长共稚心存。
我心一角留馀憾，少小天真何处寻。

郭世锻

郭世锻（1950—），遂川县人。当过农民、工人，现为中学教师。

三清山观"司春女神"

女辈却怀天下忧，云头端坐泪双流。
瑶台不赴蟠桃会，只念民间爱与仇。

天游峰上极目

六六奇峰列案台，风云万里荡胸来。
将他北斗挹琼乳，玉女休辞共一杯。

【注】

双乳、玉女均属武夷三十六峰。

过石牌村

一山才过一山拦，不意平川现眼前。
千顷良苗山护绕，依依一水两三旋。

山村电站

云雾盘盘岭拄天，蛟龙帝遣下平川。
高崖飞瀑三千丈，猛浪冲岩四百旋。
填壑何劳精卫鸟，降龙自有哪吒圈。
满天星斗谁摘取，遍挂青山绿水间。

胡牧华

胡牧华（1956—），吉安市吉州区人。大学毕业。曾为知青下乡务农，后历任高中语文教师、市文联秘书长、地（市）委宣传部科长、吉安地区（市）政工职称评定工作办公室主任。中华诗词学会会员，中国毛泽东诗词研究会会员，江西省诗词学会常务理事，江西省楹联学会理事，吉安市庐陵诗词学会会长。

车过汨罗吊屈原

云低翻墨色，雨斜风凄切。

天公犹解意，挥泪哭先哲。

我来一凭吊，崇仰壮怀烈。

屈子名千秋，楚王灰烟灭。

早岁赋《桔颂》，才气不可遏。

世事何混浊，贵能独清洌。

纵遭谗言累，心地永芳洁。

泽畔苦行吟，佳篇悬日月。

太息哀民生，掩涕皆是血。

休言路漫漫，求索志似铁。

国破不胜痛，沉江留忠节。

苍生闻之恸，捕捞舟竞发。

包粽投江中，莫使鱼龙嗒。

悲哉五月五，岁岁情未绝。

悼者继无穷，英风越疆界。

华裔诚可骄，旷世此诗杰。

我爱《离骚》甚，总角诵未歇。

今饮汨罗水，诗心火光烨。

1982年10月

江　晨

江晨伫望绕寒烟，雾里闻声不见船。

日出白帆惟远影，却牵诗意到天边。

1982年12月

晨起游览广州偶得

莫非花市上天涯？逛遍花城未见花①。

不信请看朝日处，五羊衔去化为霞。

【注】

① 广州市又名羊城，亦为著名"花城"，花市已有百年以上历史。"文革"中，"破旧已无花上市"（董必武诗句），此时花市尚未恢复。

谒杭州岳王庙

凛凛岳元戎，煌煌盖世功。

拯民脱水火，报国尽精忠。

误被一奸害，仇遗万众胸。

风波亭上血，千载尚殷红。

长啸仰天风，岂论尘土功？

黄龙犹未饮，昏帝不堪忠。

雪耻凭孤胆，临危仍惑胸。

苌弘洒碧血，化作杜鹃红。

1982年11月

傍晚从大连飞北京

昂首一飞上碧空，此身犹似访天宫。

星光诡秘仙人眼，云色斑斓彩玉容。

沧海无波铺锦缎，京都不夜闪霓虹。

今宵偶遂鲲鹏志，得御青霄万里风。

2001年8月

蝶恋花·秋夜书愤

"四害"横行，忧国无宁日，民不敢言；感个人身世，坎坷多艰，满腔义愤，唯寄托于纸笔耳。

独坐秋窗凝冷月，苦酒销愁，强饮愁尤烈。欲奏高山流水乐，奈何弦断知音绝。　　把盏酹江悲愤泻，衾薄风寒，怎尽沉沉夜？磨难缠身如炼铁，生当奋发成人杰！

1976年9月

满江红·贺中国女排再获世界冠军

鏖战沙场，猛拼搏、龙腾虎跃。挫强项、高超技艺，木兰倾折。爱国精神生伟力，英雄主义传奇捷。听国歌、雄壮扣心弦，和声切。　　载盛誉，凭汗血；开新业，怀韬略。励神州奋起，万千英杰！势胜长江洪浪涌，气吞泰岱雄关越。俟未来、笑入凯旋门，争相悦。

1982年10月

菩萨蛮·望庐山三叠泉瀑布

　　仙姑泼洒瑶池水，匡庐顿似天堂美。飞泻叠成三，白虹何壮观！　　催征战鼓急，漈射涤青壁。尘俗荡无存，身心一洗新。

1993年8月

蝶恋花·贺我国首次载人航天飞船发射成功

　　天上神仙思故土，喜迓同乡，热泪凭飞注。借驾飞船探眷属，牛郎焉待鹊桥渡？　　笑说吴刚休吃醋，载誉英雄，欲共嫦娥舞。寂寞寒宫安久处？行将接返人间住。

2003年10月

刘远春

刘远春（1957—），吉安县人。大学文化。现在吉安县教育局工作。江西诗词学会会员，庐陵诗词学会常务理事，吉安县诗词学会副会长兼秘书长，《文山艺苑》副主编。

秋色赋

日灿蓝天阔，山闲曲水清。
场坪常雀闹，旷野偶鸿惊。
风瑟金花艳，林疏红叶莹。
心平怡万物，秋色也柔情。

南京大屠杀

临戎志不齐，城溃复何依？
地灸生灵泣，江腥血肉飞。
冤魂铭耻辱，野兽绝慈悲。
御寇当拼死，长仇后世思。

滕王阁怀王勃

秋风迎远客，雄阁望天涯。
盛宴金觥满，清流孤鹜斜。
鲋鱼跳涸辙，云路散簪花。
但得骅骝道，何人唱落霞。

新春夜雨

风卷层云黯大荒，烟笼暮雨锁春江。
千山静卧听箫鼓，万壑腾喧奔海疆。
屏映馨庐环宇小，茶香雅座细言长。
鱼龙潜跃开新运，斗柄轮回纳瑞祥。

春　节

五彩缤纷腊酒香，春来喜气溢山庄。
车鸣阆院归亲远，鹊唱高枝让客忙。
瘦峪从容披碧翠，寒门着意焕新装。
龙灯劲舞不眠夜，社火喧天韵味扬。

题明崇祯帝自殉处

细读碑文叶欲黄，杀声阵阵透沧桑。

狼烟战火飓风冷，旰食宵衣冰雪凉。

万里长城唯自毁，一株朽木本该亡。

黎民疾苦无人问，惨剧唯知唱帝王。

钓源吟

层林叠翠蔚烟云，溪畔先哲钓古今。

盘岭幽居环太极，奇门曲巷对星辰。

骨魂浸透佛儒道，风物和谐天地人。

几代兴衰留奥秘，百思不解待详分。

长　城

当年屏障护苍生，留下雄关万客倾。

日耀蓝天风也暖，狼嗥黑夜土还腥。

街谈莫唱孟姜女，青史当思垢面黥。

自古中华多苦难，拼将血肉筑长城。

吉安市第三届学校艺术节

绒幕徐徐画景开，玉音缭绕九天来。

琼枝碧叶翩翩舞，鼙鼓金锣阵阵催。

笔走龙蛇萦剑气，琴谐管笛壮襟怀。

春风和煦群芳馥，叠翠青山竞俊才。

郑和下西洋六百周年

无垠瀚海浪滔天，湮隐西行万里船。

古国欣荣摇劲橹，邻邦友善著佳传。

冗门微启霞光彩，睡眼难开铁槛寒。

东去潮流弃愚昧，夜郎自大折云帆。

新余市

杨定远

杨定远（1918年—？）曾用笔名子班，萍乡市人。大专学历，先后在萍乡师范、分宜中学任教。1976年退休后，借用在分宜县教师进修学校、新余电视大学任教，1987年参加江西诗社、中华诗词学会，1988年新余诗社成立，被推为编委、副主编、副社长。

西安第四次全国普通话观摩会

西安车马驶颠颠，疑到阿房紫陌前。
典礼堂中亲宿老，观摩席上拥青年。
何奇墨客通蛮语，且喜群生共雅言。
百族骈阗欣得聚，同声同气乐陶然。

我国第一颗原子弹爆炸成功

科技精研民望酬，更生事业起神州。
一弹核热惊狐鼠，三面红旗射斗牛。
迭报椰林军事捷，待看碧眼霸权休。
人间万事从来急，激荡风雷震五洲。

焚　书

生涯曾付蠹鱼间，秋菊落英信可餐①。
自顾此身无长物，漫惊秦火泪阑干。

【注】
① 《离骚》"饮木兰之坠露兮，夕餐秋菊之落英"。

戊辰迎龙年二首

（一）

得意龙金喜早春，山村一望绿如茵。
承包新策推行后，山下黄金岭上银。

（二）

起舞金龙戏宝珠，天伦共叙话屠苏。
荆公革政千年后，今日新桃换旧符。

青青苎麻坡

青青苎麻坡，小妹唱山歌。风调又雨顺，岭上白云多。白云化作麻，为我织素罗。四月刮青麻，翠柳穿莺歌。六月收麻秸，新丝泛轻波。八月割秋麻，秋风舞婆娑。九月绩纤纤，织女抛玉梭。家家催机杼，素练卷银河。阿哥细评量，手巧竟如何？阿哥颔首笑，更言收麻陀。城里纺织厂，机织胜妹梭。细练销海外，换取外汇多。小妹嫣然笑，乡曲助张罗。麻球一担担，送哥过山坡。阿哥约喜期，彩电看嫦娥。行人窃窃语，小妹娇颜酡。

夜来香

不畏蒸腾暑，喜浸夜露迟。群芳争艳后，独放掺掺枝。白日藏黄蕊，晚风送芳菲。踏月客来喜，何处觅风诗？难求邀俊赏，蜂蝶自不嬉。窗前失倩影，明月照葳蕤。芳心空自许，伊人每得之。

修路谣

　　欲致富，先修路，穷乡僻野烟锁树。八十翁媪不出山，栖丘饮谷等闲度。今日桃源何足羡，人月自有通天路。　　新愚公，再移山，千军万马戴月还。神仙无术能缩地，古来常愁蜀道难。红旗指引披荆棘，松竹为我笑开颜。　　新农村，路纵横，平顶新楼出丘陵。辘辘阵阵传幽谷，城乡贩贸忙送迎。山野珍藏应无数，换取工农一片情。　　山妹子，喜时装，来个"江铃"新货郎。广州牛仔上海式，外带"霞飞"千里香。黄土娃娃笑开眼，"巧克力"糖我先尝。

听电视剧《阿炳》中的"二泉映月"

明月何朗朗，静夜转玉盘。二泉水粼粼，涟漪泛银光。忽闻弦声起，悠悠且扬扬。弦弦沉而重，谁人诉衷肠。布农一瞽者，街巷独踽踽。五指促二弦，逸然出仙谱。婉转如云绕，似伴嫦娥语。重云掩光辉，声沉何凄楚。忽而昂扬起，明月出广宇。云海殊茫茫，明月随吞吐。斯人心寄月，云汉飘一羽。世人不解乐，欢笑鼓逢场。卖艺人辛苦，调弦向月光。一曲随指揉，馀音绕屋梁。妻孥翻托帽，讨价色惭惶。归去粗备炊，明月照凄凉。生涯复尔尔，风尘日月长。今日阿炳曲，翻作乐团谱。中西弦合奏，磅礴振廊庑。春潮催浪涌，如飞千帆橹。襟怀顿豁然，击节手自拊。艺苑共称赏，时代新乐府。生不逢盛世，怀技安得所。阿炳如有知，雀跃其鼓舞。

杨生尧

杨生尧（1925年—），生于四川广元县。大学本科。江西地勘局地质三队高级工程师，1986年退休。现任《新余诗词》编辑。

校园三咏

—— 为江西财经大学成立而作

校园之晨

晓窗不闭读书灯，注目红旗映日升。
马帐春风沾化雨，沁园池水触龙腾。

校园之春

小亭倒映影轻盈，绿上柳堤湖水平。
含笑桃花闲不住，好听树下读书声。

校园之夜

蛟湖涨绿夜宁馨，楼印湖中水浸灯。
晴月欲窥人晚课，排开薄雾入窗棂。

赵元春

赵元春（1926—1993年），新余市水北人。大半生从事教育，从政后曾任《新余市志》副主编、《市志通讯》主编。中华诗词学会会员，江西诗词学会理事，新余诗社副社长，《新余诗词》主编，著有《赵元春文集》。

海峡寄怀

内兄邹立茂，抗日战争期间与余告别，此后杳无音讯。近闻寓居台湾，书此以寄怀。

故园一别杳无烟，海峡茫茫梦境牵。
水复山重疑错路，星移物换敢忘年。
连番夜雨杜鹃苦，不尽寒霜紫燕怜。
若得鱼书传一语，清风江上盼归船。

秋日登魁星阁

高阁雄姿壮宇寰，秋风引客共登攀。
一江秀水双桥锁，半壁缑山九道关。
耀日钢花多变幻，穿云车驾任回还。
新城古邑招人醉，画意诗情我正娴。

喜《新余市志》完稿

八载艰辛入志科，年华驹逝敢蹉跎。
采风岂惧关山远，访老欣逢故旧多。
一字推敲成百炼，几番虚实费千蹉。
是非曲直凭人识，汗润花开铁砚磨。

游仙女湖

三月鹃花映眼红，诗人逸兴泛湖中。
一山水漫成千岛，两岸烟飞绕九龙。
浪拍卢台怀赋藻，风吹楚带露腰容。
洪阳古洞依稀在，桥影渔歌伴彩虹。

青海察尔汗盐湖

似雪茫茫白是银，盐湖景色四时新。
长桥架处遥天望，满眼琉璃爱煞人。

卢建斌

卢建斌（1927年—），号乐愚，铜鼓县人。先后在新余县党政机关、新余市渝水区人大工作。中华诗词学会会员，江西诗词学会第三届理事，《蒙阳诗词》副主编，渝水诗社社长，著有《建斌诗词》。

看山老人

隐约微光透绿纱，密林深处有人家。
朝奔暮宿鞋儿破，只为青山不为爷。

回铜路

宜铜界上水分明，路窄蛇盘笛预鸣。
坡陡谷深岚雾漫，车繁尘杂白烟腾。
司机神注无闲语，乘客风生有笑声。
幸得眠狮今觉醒，莫愁险道露峥嵘。

赞江口水利建设

叠嶂绿千重，长堤翠柳笼。
气蒸南峡浦，雾绕北山峰。
惠水滋丰谷，明珠绝暗踪。
当年挥汗地，今日起蟠龙。

鹧鸪天·仙女湖

叠嶂层峦千万重，秦时洪水汉时钟①。钟山因命称南北，高峡平湖映彩虹。　　游百岛，趣无穷。船儿送我觅仙踪。名人岛上无须说，入睡常留美梦中。

【注】

① 据传说：东汉永嘉元年(公元145年)山洪瀑发，山谷中冲出秦代古钟(乐器)一口，南北钟山因此得名。据东晋干宝撰《搜神记》载：七仙女下凡于新余斯地，故称仙女湖。

沁园春·美哉新余

古邑新余，楚尾吴头，地处赣中。忆当初虎瞰①，小街陋巷；弹丸信步，举足西东。斗转星移，赢来旭日，百载严冰竟启封。齐心干，喜城池扩展，翠滴烟笼。　　又谁舞弄春风。正抖擞精神张大弓。看五湖棋布，钟灵嵌秀；两江流境②，四岸娇容。百里灯廊，长街玉砌，滚滚车流尽畅通。河污净、让水弥江岸，镜映长虹。

【注】

① 虎瞰，即虎瞰山，新余古县城。

② 两江流境：指袁河、孔目江，流经新余市区。

西江月·某民办厂所见

满眼乌龙狂舞，横空黑雾盘旋。家山四处布风烟，珠泪濛濛墨点。　　温饱层楼家电，白云绿水蓝天。脱贫环保顾双全，前路红飞翠染。

卜算子·袁河渔歌

碧水映蓝天，一抹寒山翠。逐浪轻舟载晚霞，更见袁河魅。　　网罟满锦鳞，鸥鹭展双翅。美景丰年逸兴飞，香溢仓仓醉。

孙奇珍

孙奇珍（1929年—），高安市人。简易师范毕业，1949年9月参加工作，历任中共奉新县、上高县、新余县县委书记，宜春地区中级法院院长，中共新余市委副书记，政协新余市政协主席。著有杂文集《心路回声》。

三清山神女峰

神女高千仞，婷婷玉彩风。
腰舒一体倩，发秀五官聪。
鸟咏思吟对，客来迎笑容。
闻歌思起舞，忘是石岩躬。

登黄山仰观群峰

峰踊竞霄跻，相攀不等齐。
参差何足怪，徒怨失天携。

1986年6月

住庐山温泉疗养院偶成

毓秀奇山南麓旁，地层岩库聚灵汤。
不烧炉灶自温煮，配有时珍济世方。

1992年5月

民主协商

寒喧入坐开轩议，手捧稿文寻句章。

砭弊由衷言刺耳，吐珠慷慨众争腔。

点求良策点题对，互度灵犀互启窗。

玫瑰花瓶非饰品，也堪瓷罐药汤装。

1992年2月

寒冬吟

跺脚还寒噤，相搓两掌红。

洞巢蛇鸟蛰，林草叶梢终。

霜野劳工友，寒流事亩农。

空调雅座客，村里陋房翁。

1992年12月

泥人张

绝技艺人张，精心捏幼仪。

得来灵气处，巧出柔泥时。

偶有轻心匠，不无畸怪儿。

品成如再饰，空念塑胚期。

1989年9月

报道我国秦山核电站建成发电

核丸几欲摧东岛，装在秦山一片明。

本草依纲方治病，处方相克必伤身。

成灾润物悉由水，败业兴邦均在人。

还是晶莹那一块，改邪归正福人民。

1991年12月1日

美国屡向朝、越征军骸有感

亡人本殓乡邦土，美骸何常异国征。

殡度原非商旅客，招幡乃是战尸兵。

尸亲哭诉炮灰苦，帝府欣扬霸主荣。

标榜人权恩赐者，机轰炮击送和平。

1996年

卜算子·煤工颂

黑手映诚心，奋力躬身掘。引出沉龙地下来，喷洒乌金出。　　昼夜本分明，到此何知日。放出能源万物明，我苦而民蜜。

1990年9月

廖兴邦

廖兴邦（1930年—），新余市人。毕业于新余县立中学，曾任中共分宜县委对台办主任（副县级）。省、市诗词学会理事，分宜县诗词学会会长。

从杭州至南京参观书画展

金风送我上杭京，一路欢歌一路情。
胜地六朝烟霭霭，西湖十里柳青青。
雨花台下雨花冷，翰墨场中翰墨清。
点染江山多雅趣，挥毫妙手写心声。

采桑子·喜看流星雨

偕妻喜看流星雨，天女扬花，仙妹飞霞，玉洁冰清耀眼斜。　　夜深寂静心不静，思绪无涯，情意奇佳，揽月追星添锦华。

采桑子·二〇〇二年秋夜观百余白鹭盘旋

百余白鹭梳秋雨，剪雾穿云，华羽纷纭，万里苍穹翅舞频。　　凭栏眺望霓裳舞，欣喜津津，陶醉薰薰，夜半人静忘返身。

尹彬模

尹彬模（1933年—），萍乡市湘东区人。高小文化，1950年参军。历任新余市社科联主席、党组书记，省社联副秘书长。退休后任新余市老年书画协会常务副会长、新余诗词学会副会长、江西诗词学会理事、中华诗词学会会员。

致好友、省社联副主席柯受淼

夕阳固是好，不宜老占天。
繁星与月亮，亦待见辉妍。
任谁都会老，吾汝退宜然。
凡人少一个，万物自滋芊。

2001年

仙女自白

东晋干宝《搜神记》中云：众仙女在新余某处嬉水，青年农夫藏其一件羽衣，众女化鸟飞去，一女因无衣，遂留下与农夫成亲。余晒曰：既为仙女，岂能被凡人捉弄，必另有隐情焉。

慕恋此间山水美，又见帅哥难自已。
借口羽衣找不着，快活三年再返里。

陈思聪

陈思聪（1935年—），峡江县人。毕业于江西师院中文系。曾任中学教师，后任新余市政协文史委副主任、新余诗社副社长；现为新余市诗词学会副会长。

游市体育馆及湿地公园

恢宏体馆沐春风，玉树华灯映衬红。
碧水蓝天清欲洗，濒湖栈道舞虬龙。

中秋夜游魁星阁、三叠园

高阁耸立彩虹间，一岸灯红万里天。
三叠人流如浪涌，金秋共赏月儿圆。

饶良僖

饶良僖(1945年—),字凯儒,南昌县人。大专学历。历任新余市政府市长助理、市政协副主席、九届省政协常委等职。现为新余市诗词学会会长、江西省诗词学会常务理事、民革江西省委委员。著有《俯仰集》《五味集》。

仙女湖凤凰湾记游

余与李绍清、候硕、谭小勇等友人游凤凰湾。

初入凤凰湾,惊羡凤凰美。
层峦披锦锈,奇峰云雾里。
仙水漾清波,仪静若处子。
恍如见洛神,谁人艳若此?
欲随美人去,何处有扁舟?

回介岗

1989年8月11日，二哥偕承宁侄经港返乡，15日游介岗、蔡家，因以记之①。

多事金秋正彷徨，忽报二哥将还乡。
手捧电文心潮涌，娇生幺弟喜欲狂。
即从新余过高安，便下南昌到机场。
四十一年还旧国，骨肉相逢泪盈眶。
当年英气今何在，乡音依旧鬓如霜。
梦绕魂牵养育地，饮水思源游介岗。
白虎岭下成桑海，龙头山上松涛狂②。
镜化母校换新装，雄桥一座跨三江③。
星移斗转苍桑变，往事如云已茫茫。
祭祖更觉归来迟，鞭炮一声慰爷娘。
喜看侄辈志高远，先辈精神须弘扬。
天下一统大庆日，设祭毋忘告炎黄。

【注】

①　二哥良侠于1948年赴台，于四十一年后回祖籍南昌县介岗村及外婆家三江镇蔡村。

②　白虎岭、龙头山均为故乡附近之山岗。镜化学校乃故乡附近三江镇学校，后改为三江中学。

仰天岗

神秀仰天冈，层峦莽苍苍。

松翠石磴急，花红涧泉凉。

千年崇庆寺，百里照佛光。

先烈豪气在，英名永留芳。

盛世奏和声，士民乐洋洋。

万籁寂无声，忽闻钟磬响。

2008年4月

变调雨霖铃·北戴河观海

浪翻涛叠，亿万斯年，永无衰歇！轻风卷起千堆雪、极目处、无边无涯，海天相接。秦时关山汉时月，英雄故事，伟人足迹，茫茫宇宙，何处寻觅？　俯仰人生何太急！惊回首、风火岁月，化作轻烟一缕；唯有心底波澜，偶觉酸甜苦辣，一丝淡味。

2002年7月

黄健保

黄健保（1946—），樟树市人。1968年毕业于江西师范学院中文系。新余高等专科学校教授，江西省语言学会常务理事，江西省诗词学会理事。前新余市诗词学会副会长，《蒙阳诗词》主编。

叹严嵩洞

奇伟洞天幽梦长，苍松修竹映波光。
严嵩若肯行廉政，此胜如何不炫煌？

荷　花

赞我出污而不染，羞颜怎敢向人夸。
倘无默默沃泥力，岂有亭亭玉箭花。

鹦　鹉

学舌缘何惹祸殃？求全责备实堪伤。
勤学苦练专心志，方创群禽一技长。

乌　鸦

谓余天下一般黑，冤屈加身信可悲。
反哺分明慈孝鸟，应知千古树良规。

西江月·某民办厂所见

满眼乌龙狂舞，横空黑雾盘旋。家山四处布风烟，珠泪濛濛黑点。　　温饱层楼家电，白云绿水蓝天。脱贫环保顾双全，前路红飞翠染。

西江月·教师赞

学海扬鞭导向，杏坛挥汗滋兰。青丝霜染化苍颜，无悔无忧无怨。　　志笃心清欲寡，名微势弱财悭。三千弟子遍湖山，足慰平生大愿。

卜算子·袁河渔歌

碧水映蓝天，一抹远山翠。逐浪轻舟载晚霞，更见袁河魅。　　网罟满锦鳞，鸥鹭展双翅。更喜丰年逸兴飞，香溢仓仓醉。

许续芳

许续芳（1949年—），高安市人。先后在《江南诗词》、《江西诗词》、《历山诗词》、《长白山诗词》、《诗词报》等发表过作品。中华诗词学会会员、省诗词学会理事、新余市诗词学会副会长。

登庐山

牯岭临南斗，遥遥数百旋。
虬柯悬峭壁，盘道傍深渊。
尽羡匡庐好，休教胆气孱。
我登何属意？泉壑与云烟。

客寓镇远度夏

地傍清溪处，山圈府卫城①。
阳偏阴早得，伏入暑迟萌。
随意啖时果，乘宵赏涧声。
西江千里客，何日动归情？

【注】
① 潕溪分镇远城为南北二城，北曰府城，南曰卫城。

谒刘公岛

十里片时航，青幽夏日妆。
谒遗凝肃穆，读史叹荒唐。
久见名邦辱，频来恶寇狂。
早能销积弱，孰敢犯吾疆！

西川拾景

雾恋名山未肯收，峨眉咫尺淡如浮。
循声一挂泻飞水，只见其腰不见头。

春日山行

春山如染意从容，阡陌连溪湿履筇。
野鸟殷勤啼到午，数峰形影尚惺松。

自汉至渝舟中有吟

昼辞黄鹤向山城，千里乘鲸劈浪行。
坝上灯交星混映，波中笛逗谷齐鸣。
峡深不见纤夫泪，涧急谁闻怨鬼声？
若得巫峰行俯仰，共相神女赞峥嵘。

沈立新

沈立新（1950年—），安徽省含山县人。现任新余市政
协副秘书长、文史委主任。现为江西省作家协会会员、新
余市诗词学会常务副会长、中华诗词学会会员。著有《沈
立新诗稿》。

读沈鹏《山居夜静》诗回韵奉之

疾风走马线如铁，豪气吐痕藤挂钩。
吟唱三馀应有续，畴山旷野入禅秋。

巢湖纪游

浩渺壮歌吴楚融，古都难觅六朝踪。
浮云漫卷霸王迹，碧浪推舟公瑾雄。

再咏黄鹤楼

归去来兮黄鹤空，斯楼穷目楚天雄。
龟蛇对峙二桥越，江汉穿流三镇中。
涛后风舒芳草绿，湖前雨骤落花红。
云游醉笔寻仙迹，剑胆琴心汇大洪。

林 南

林南（1957年—），宜丰县人。研究生学历。曾为国营机械厂工人、新闻编辑、行政机关干部，现为中共江西省新余市委宣传部副部长、新余市社会科学界联合会主席、新余市诗词学会副会长。著有专著《发展探微》等。

春 思

垂柳夭桃互竞先，初生嫩色最堪怜。
朦胧晓雾欣欣起，璀璨晨曦熠熠鲜。
才送残冬寒暖接，又迎新季燕莺翩。
风华应惜时光短，报国拳拳未敢闲。

1989年3月

登临五峰山

路转峰回众壑间，相扶老少共欣然。
深山古寺留陈迹，秀水田庄绣锦篇。
活活水激千簇雪，茫茫云掩万重山。
人生哪得征途坦，矢志攀登永向前。

1990年10月

【注】
五峰山在宜丰县境内，景色秀美。

萍乡市

周慕颐

周慕颐(1912—2006年)，安徽省桐城县人。年轻时从军，参加过抗日战争，1949年参加北平起义，是年5月定居萍乡，任会计。退休后致力于诗词创作，为萍乡市诗词学会顾问。有诗集《业余吟草》。

悼李实红先生

邂逅逢君骨已灰，始闻风发竟成灾。
今宵月落枫林黑，可有新魂入梦来。

他年作鬼觅为邻，谈笑风生地下春。
百事比君差一著，至今犹是未完人。

【注】
突然于萍乡街头见到众多文艺界人士为李实红先生送葬，余心戚然。

中秋云月

良宵玉镜为谁埋，不见清光照小斋。

容我披云挥宝剑，让花弄影上瑶阶。

人间早识盈虚数，身世休从命运排。

佳节三无思不寐①，清风送雨湿天街。

【注】

① 三无指花、月、酒。

述　怀

几曾谈笑度馀年，但得三餐便早眠。

路自从宽头已白，文如信实眼真穿。

无聊始把陈腔念，有梦都为旧恨牵。

聒耳鸡声人不起，分明陋巷隔重天。

风咏四季

（一）

封姨联袂下瑶台，无限温柔扑面来。

千里冰消鱼踊跃，一川水暖鸭徘徊。

轻摇杨柳撩莺舞，浓染桃花带雨开。

更立朱幡图日月，保将百卉不逢灾。

（二）

溽暑劳人奈尔何，豆棚瓜架看婆娑。

应怜夹道成阴树，莫掠方塘映日荷。

且送闲云飞暮雨，更将明月荡微波。

华灯舞会空调足，靓女三陪听点歌。

（三）

节交寒露近重阳，禾熟村头橘柚黄。

几树梧桐先落叶，谁家丹桂已飘香。

萧萧久杳随阳雁，唧唧犹闻待月章。

广厦如林山不动，危楼一角度炎凉。

（四）

北极幽龙烛照开，翻身趁势下轮台。
吹来瘦面如刀割，卷出奇花胜剪裁。
雪压溪桥征岁稔，灰飞葭管识阳回。
果然盛世无饥馁，滑雪溜冰逐鹜来。

无　题

交春十日遇寒潮，春意无如雪意饶。
四野梨花飞彻夜，万家灯火乐连朝。
长天未断鹅绒舞，新句犹凭腊酒浇。
但使羲和知季节，早驱红日浴芳郊。

彭德猷

　　彭德猷(1913—2002年)，萍乡市湘东区人。1932年中学毕业后在腊市、麻山等地小学任教。后入湖南蓝田国立师范学院，1948年毕业，在萍乡鳌洲中学任教。1950年被调入省立宜春中学任教。1958年成立大专班，兼管该班教导工作。1978年应聘萍乡师范。76岁高龄时接替李蓁非任萍乡诗社社长，主编《萍乡诗词》。著有《汶岗诗集》《汶岗文集》。

秋情歌

秋气萧瑟凋秋草，行人尽道秋光好。
一泓秋水漾蓝青，枫林红火照新城。
丛菊纷华拥画槛，旅雁双双碧空鸣。
秋风劲吹掠城廓，绕城满山尽秋声。
下临无地到九京，寒蛰幽咽感凄清。
初日东升光杲杲，登山士女伴山行。
步趋敧侧如舞鹤，歌喉宛转比黄莺。
黄莺百啭倾人听，五凤岗前奏凤笙。

蝉

鸣高意曷求？名利冀双收。
未遇承蜩手，当逢落叶秋。
隐忧随满假，佚乐如怨尤。
纵汝嘶声苦，时光岂倒流。

落花诗步芸阁先生原韵（十二首选二）

一片闲情付管弦，芸窗弥望柳如烟。
频闻喜讯迎青鸟，惯厌秋声远暮蝉。
叶茂犹思身可寄，海深亦信恨能填。
摇摇欲堕风偏紧，好梦难圆怨杜鹃。

落落风尘未易醒，尧时不再梦阶蓂。
红楼临眄酬知己，荒野栖迟伴夜萤。
几片云鳞遮月白，一天星斗罩山青。
怆怀犹念荣枯事，借酒浇愁屡罄瓶。

题　画

修竹临流青袅袅，粼粼江水抱红霞。
风帆航处无鲸浪，沙岸生烟有酒家。
身寄苍茫天宇静，鸿鸣嘹亮夕阳斜。
秋光一派臻佳胜，尺幅多情望眼奢。

定风波·春风

剪剪春风最有情，吹苏枯柳嫩芽生。遥望桃林花色灿，堪羡、娇喉百啭醉黄莺。　　满面春风曾几见，唯恨、胡卢罗汉冷如冰。带刺蔷薇情眷眷，防患、风尘悚听鹧鸪声。

满庭芳·柳

春色生辉，初阳回梦，靓妆欢拜东君。小蛮腰细，摇曳舞烟云。赢得春山似黛，柔怀里、莺侣来宾。骊歌起，依依惜别，不敢误芳春。　年华如逝水，红英满地，鶗鴂先闻。悔送阳关客，频献殷勤。空作嫁才女笔，风絮乱、愁漫江津。思来岁、江南气转，韵事待重温。

满庭芳·诗心

芍药笼烟，荷塘映月，翠锁烟雨楼台。赏心怡目，情乙乙思开。杼轴千头万绪，朦胧影、淲漾低回。离还合、返聆收视，云锦待鸿裁。　兴来、挥翰墨，含章隐曜，风骨仙胎。看内涵深邃，九垓天街。附物空灵宛转，珠玉蕴、旨意宏该。严声律、炼词造句，表里自和谐。

玉蝴蝶·春

已过霜飞雪重，凭高伫立，望断苍冥。万类徐徐舒展，大气蒸腾。柳眉新枝冬已远，晓日暖春地铺青。意难平、景光频易，尘路阴晴。 何堪、征途漫漫，敢轻鲸浪，尝履春冰。虎跃龙吟，渐知何处是归程。仿斥鷃翱翔数仞，让书声回荡中庭。乐其乐、一方天地，自可横行。

李白帆

李白帆（1915—），莲花县人。黄埔军校第十六期政训科毕业。参加过抗日战争。民国时期，曾任莲花县政府秘书、科长、琴亭镇镇长。后为莲花中学教员。萍乡市诗词学会名誉理事。

旧地重游

旧地重游暗觅春，风舒嫩柳翠芽新。
鸳鸯戏水犹同昔，不见当年绣枕人。

忆亡友李有立

雄心未展骨先寒，斑竹愁看添几竿。
云树江天徒寄意，夜台风雨每伤肝。
哦诗太息故人杳，续谱尤悲凤约残。
死别吞声长系梦，挂琴我欲罢重弹。

赋得"闲看儿童捉柳花"得童字

细羽银绒漫碧空，雪飞六月笑儿童。
芃芃丛草青青柳，淼淼平湖袅袅风。
吹得落花难自主，捉来舞絮竟称雄。
幼年此乐情皆一，逸兴天生大抵同。

李蓁非

　　李蓁非(1916—1991年)，原名李增辉，笔名杜光、云霞，萍乡市上栗县人。毕业于北京大学，执教于萍乡中学，曾任萍乡市文联副主席。中华诗词学会会员，江西诗词学会名誉理事，萍乡诗社创始人之一、第一任社长。著有《文言文自学顾问》、《文心雕龙释译》、《老子释译》、《啸歌集》(诗集)等。

春插之忆

新泥滑滑水弥弥，赤脚初探痒正滋。
一手分秧一手插，身前身后绿参差。

秀江桥

偶念绿云扰，来依白玉栏。
蒹葭在不在，鸥鹭闲其闲。
流水清而远，青山去欲还。
暮烟浮荡处，月子又弯弯。

落花诗用随园原韵

春来何事竞繁华？日下阑干影易斜。
去去无须迷旧雨，年年如此泣残花。
和泥香嘴衔新燕，带怨园林病小娃。
一片风声帘外起，好随芳草到天涯。

小溪春水流潺潺，僵卧时闻响佩环。
明月不来聊独语，馨香欲断倚空山。
忍抛骨肉酬知己，斜掩啼痕辞汉关。
太息东风无主意，飘扬不共上云间。

一痕凉月小庭中，九十春光付此公。
照影羞从菱镜里，邀人长在粉墙东。
几经丝雨敲残梦，要闻芳菲去汉宫。
好伴妆台消永昼，一开帘帏便东风。

心在云霄身在泥，飘扬难与白云齐。
翻飞陌上人怜小，越值风狂不肯低。
枝叶已繁炎夏至，晴明可保林鸠啼。
江南底事春啼早，万里苍茫夕照西。

赏菊，武功山下作

凋尽芙蓉谢尽莲，晴光淡洗菊花天。

风茎素染秋摇影，月朵黄滋暮淡烟。

细雨写成清骨格，繁霜团就冷诗篇。

白衣不送重阳酒，难遣闲愁晚径前。

贺新凉

1937年7月7日故都陷后，展转南逃，9月由汉来湘，车中逢北地旧识。痛话幽燕。

何事足凄楚？问南来、零鸿断雁，几经艰苦？一路云山连紫塞，处处黯风愁雨。浑不见，汉家旗鼓。万里寒空一片月，白茫茫，尽是谁家土？难道可，喂豺虎？！　　而今又到潇湘浦，照斜阳，洞庭波冷，芙蓉葩吐。四望野烟迷树木，黄叶飘零谁数？收拾起，乱离愁绪。梦里幽燕依旧好，待归来重把残山补。短帽立，西风舞。

高阳台·书怀寄友

不顾穷经，无才学剑，平生只爱溪山。累读诗书，也曾感慨长叹。埋头怎惯师愚蠢，乃拂衣远去乡关。拼半生零落，凭人冷笑痴顽。　　西风谁料传烽火，踏霜林枯叶，憔悴南还。古道斜阳，从今无限荒寒。芸窗梦醒茶烟绿，有几行小字书残。想韶华今后，与君一例同看。

玲珑四犯·秋宵闻雁

桂月淡衣，桐风摇影，黄花香溢庭宇。袭人凉意重，落叶声凄楚。莎阶夜深凝伫。忆春晴，夏蒸炎暑。压水荷喧，漫溪桃笑，都付断肠雨。　　关心事，芙蓉渚，有穿云旅雁，孤宿何处？露寒沙浪冷，无地余禾黍。江湖寂寞秋萧瑟，莫长恋、蓼汀芦屿。算万里南飞，剩征程几许？

临江仙·黄昏

庭院人归欢笑语，蓼河日落消停。羽球来往影伶俜。花阴宜小语，头上恰流萤。　　窗外半篱依渌水，遥空一点新星。同龄三四话纹枰。晴云穿燕尾，凉露湿筝声。

柳梢青·题刘兆兴云月杨岐图

　　露滴寒凉，云堆黯淡，风送凄清。叶翠颦眉，披骨放眼，人事曾经。　　夜深咽鼪蛩鸣。看冷月微阴乍晴。试问秋宵，如兹好景，能不关情？

金缕曲·段氏村居八景图

　　好景宜图画。数竹林，烟笼苍翠，寒泉湍射。山外朝阳初照升，巨石相传鹊化。找一树垂杨相压。荡漾清波纹似縠，涨半篙春水桃花谢。有万缕，游丝挂。　　山林有翠春无价。卧烟霞、裾连五老，并忘冬夏。更有高岗栖彩凤，谁向此中耕稼？更莫教，渔郎入舍。向晚慈云钟便动，旧浮屠、紧把双溪踏。传千古，留佳话。

彭学松

彭学松(1920—)，上栗县人。毕业于中央政治大学，萍乡中学高级教师。曾任萍乡诗社理事，江西诗词学会会员。

感旧（三首）

（一）

梦绕南泉别绪牵，书生意气竞先鞭。
一从风雨苍黄起，生死茫茫五十年。

（二）

隐隐花溪忆旧游，青春作伴不知愁。
桨声欸乃歌声起，更喜飞流仙女头。

（三）

怪石奔湍滟溆堆，声声虎啸似惊雷。
而今虎啸凭谁问，曾共故人听几回。

游庐山组诗 (五首)

雾里观山

天龙鳞爪几奇峰，雾里观山万不同。
烟霭岂妨真面目，匡庐丘壑在胸中。

白鹿洞书院怀古

洞中白鹿放青山，云外书声缥缈间。
阆苑残碑缘底事，枕流活水自潺湲。

秀峰龙潭

飞流三叠溪涧幽，巨石当头锁龙湫。
碧透重霄寒透骨，神思潭影共悠悠。

小天池观日落

凌虚直上小天池，缟袂迎风势若飞。
不尽长江浮落日，无边远浦跃金晖。
云霞熳熳红成紫，灯火家家灿复迷。
最是苍茫烟霭里，黄昏好诵《述怀诗》。

含鄱口

长江浩浩自天来，到此回环明镜排。

激滟晴光迷远棹，空濛云气冷苍崖。

九奇五老双屏峙，两楚三吴万象开。

一口含鄱餐秀色，清风送我入蓬莱。

刘松涛

　　刘松涛(1922—)，芦溪县人。中学教师。原萍乡诗社理事，江西省诗词学会会员。

古　梅

薜荔身披骨已仙，临流弄影伴婵娟。
莺迁岂费金丸逐，香冷难为玉蝶眠。
淡淡清辉宁借月，幽幽寒水自含烟。
虬身古拙芳心健，占得春先一粲然。

雨中山行

春山百态雨潆沦，到眼迷离辨未真。
忽怪天边生兽角，还疑云外见龙鳞。
沉沉峭壁浑成铁，隐隐悬泉似泼银。
步向危崖临虎壑，风来欲化白云身。

治　河

长川碧映宝珠明，水伯深宫梦魄惊。
一派欢歌开夜战，千年黄患看河清。
飞花任逐桃溪浪，细柳还遮汉将营。
换得金霞披万顷，薰风数曲起樵耕。

鹧鸪天

几日晴岚上翠微，田间水暖启春犁。霞红北舍桃匀脸，雨绿南郊柳染眉。 承夕露，拥朝晖，清明且喜绿秧齐。晨炊晓伴残星月，有事西畴昼掩扉。

木兰花令

桃林深浅胭脂抹，柳陌风轻飞絮雪。春光欲老本无情，杜宇三更啼尽血。 银窗一片梨花月，笛韵楼高三弄咽。流霞醉盏饯残红，冉冉天涯芳草郁。

蝶恋花·云弟沪归抒怀

村舍依山秋似画。指点乡园，多少衷肠话。恰又重阳春不亚，秋光一剪浑无价。 怅我萧疏人老也。别样情怀，都教难书写。出水芙蓉相许下，彩云明月长依藉。

桂枝香·迎春曲

涵芬吐玉，正一剪疏横，报春溪谷。到眼云山染秀，垅苗荣沃。黄鸡白发宜休唱，看人间、律回春淑。百般红紫，天涯芳草，共沾膏沐。　　喜改革、人争捷足。更盛世情怀，引杯豪曲。人物风流今古，弄潮相逐。连宵拍岸江声起，任滔滔、举鹏风速。等闲沧海，翼云何惧，浪如银屋！

夜半乐·读《杜甫》秋兴

暗云渡峡萧瑟，枫林玉露，秋晚情如许。更塞上风云，羽书金鼓。咽箾粉堞，孤城落日，暮砧声急生凉，旅怀凄楚。仰北斗、诗人寄夔府。　　百年世事忧目，辗转飘零，落花风絮。惊夕晚、传经心违难诉。五陵衣马，轻肥自若。可怜画省香炉，一名虚务。但犹记、长安昔时遇。　　故国何似，玉阙蓬莱，帝王歌舞。剩露冷莲房坠红雨。叹当年、花萼小苑边愁语。今已矣、郁郁诗情苦。壮怀留梦春光煦。

罗金笙

罗金笙（1923—1997），湖南省浏阳县人。幼随父来萍乡。萍乡矿务局退休干部，原萍乡诗社常务理事。

岁暮寄女

之子大余去，远离心欲摧。
目穷云雁字，梦绕庾关梅。
尚忆儿时态，翻怜劫后灰。
我思触耆语，无复念亲衰。

无　题

飘摇身似广陵潮，为写忧心过板桥。
江淹暮年原凤彩，子云终日作虫雕。
纵横幽壑艰难步，汗漫长河孟浪艄。
不是郢儿能刺水，行看舞断楚宫腰。

七十遣怀（二首）

（一）

故园无日不凝眸，暮霭沉沉独倚楼。
七十烟云成过客，几番风雨阻归舟。
端居含哺徒长齿，浪迹离根尚首丘。
莫问旧时枨触事，此身犹幸老山陬。

（二）

江干沙鹭时争起，山外残阳一抹收。
新月只随云掩映，晚风宜与竹绸缪。
逃禅不是参禅意，蔬食强于肉食谋。
珍重十年安定日，举杯北向祝添筹。

春　夜

阵阵轻寒寒食天，当炉煮茗且休眠。
小楼着意听春雨，僵手微温数鹤年。
如梦好吟如梦令，在山须饮在山泉。
阶前今夜添新绿，从此良宵更值钱。

秋日抒怀

欲上西楼看晚霞，萦萦秋思浑无涯。

荒庭不扫堆残叶，古树留枝宿暮鸦。

身近夕阳存一息，步临歧路慎三叉。

江湖况味曾经惯，能得安闲便是家。

浪淘沙·昆明纪游（二首）

（一）

冒雨上西山，天气微寒。滇池浩渺水空漫。拾级龙门惊绝壁，怕抚危栏。　　乘兴入箐间，禅寺悠闲。壁中也有劫痕斑。纵是菩提观自在，休戚相关。

（二）

春色满城关，翠绕朱环。大观楼上晓风闲。昔日长联犹在壁，巨笔如椽。　　渺渺水云间，无限江山。碧鸡金马雾中看。海埂柳丝长百尺，拂尽尘烦。

杨开智

杨开智(1924—2004)，上栗县人。1946年萍乡高中毕业，先后在崇德小学(上栗胜利学校)、上栗镇镇小、金山山口小学、上栗镇中学任教，1979年退休。萍乡市诗词学会会员。

感　事

失地南多北更多，每温近史泪滂沱。
黑龙江外无垠土，尽被熊罴占作窠。

杨岐行

才到杨岐又要离，好山好水只嘘唏。
何当登上东峰顶，笑傲云山比我低。

扫落叶

飘零满地实凄然，勃勃生机二月天。
清扫缘何人亦苦，白头黄叶两相怜。

秋山访故人

久疏访问入山中，处处秋光迓老聋。
野菊流黄哂古岸，修篁吐翠漫高峰。
古枫添秀生红叶，空谷增幽闻鸟虫。
老丈欣闻故人至，呼儿沽酒去村东。

自画像

财经不学学诗经，不似工农不似兵。
读过洋书和塾学，曾迷京戏弄琴声。
园丁岁月惊风雨，耄耋糊涂远圣明。
粉笔生涯三十载，终身遗憾一童生。

春行山村

久淹闹市尘嚣困，偶入山村耳目新。
梨白桃红迷远客，莺啼雀唤噪新晴。
棕榈舞扇和风动，溪水生春夹岸平。
漫道垅间天气冷，秧田随处见耕民。

有感被征特产税

壮岁舌耕潜学府，晚年退隐蜷农村。

别无长物增财富，幸有微薪活敝身。

已缺田园栽果菜，那来田亩种麻莼。

莫非昔日培桃李，却令今输特产征？

作煤球

炉膛薪尽火苗稀，老伴询余怎做炊。

检视炭巴无半个，喜看煤末有三堆。

童孙和水忙提桶，老汉压胚能忘疲。

奋战终朝功效显，满坪炭饼一盘棋。

鹧鸪天·山村行

冬日晴和暖气曛，青山如画列前村。疏篱频漏人欢笑，山谷时闻雉叫春。　　修水利，动冬耕，男丁妇女尽辛勤。媪翁兼得天伦乐，晒谷场中抱小孙。

钟　亦

钟亦(1934—2005年)，又名钟鹬，字斯人，芦溪县人。中学高级教师。曾任《萍乡报》记者、编辑，上栗中学、安源区教师进修学校语文教师；后任安源区政协二、三、四届副主席。1989年倡组萍乡诗社，任副社长。江西省诗词学会理事、常务理事，中华诗词学会会员。2003年出版诗词集《新柳吟》。

谒杨开慧烈士陵园

血染朝霞赤，魂回古木青。
词碑高岸立，埋骨岂埋名？

西海峰林

天际峰林立，嶙嶙入海青。
白云如浪涌，风吼露峥嵘。

感旧四章

（一）

雁断鱼沉四十春，几回梦里到荆村。
农家贺岁多年味，犹记高堂劝酒频。

（二）

每示秋波愧宋郎①，柔荑纤手叩心房。
忧时未敢题红叶，止步雷池暗自伤。

（三）

立玉身前试比高，自惭形秽对娇娆。
红羊劫后难窥影②，一任幽情化寂寥。

（四）

黄莺紫燕各投林，不使暌离旧谊沦。
垂老方聆天外讯，应怜俱是白头人。

【注】
① 宋郎指战国时楚国人宋玉。
② 红羊劫，借指"文革"。

高阳台

兰姐四十年来，客居台湾，近日归萍，赋此志之。

目断南云，舟归一叶，明妆未减当年。旧梦禅林，同窗几许情牵！西山莺燕儿时路，记同游，笑掬灵泉。最难忘、寇弹空投，护我身先。　　木樨香郁难辞醉，仰高风美玉，一任沧田。觅旧频频，嘘寒问暖拳拳。欢谈苦短寻分手，愿霞光，长耀天边。待来年、共上杨岐，共泛湖船。

台城路·中秋遥寄远方少时挚友

离乡万里舟如叶，都为壮行轻别？岁岁年年，风风雨雨，海阔浪高难越。雕虫技拙。问总角情怀，凭谁倾说！梦里人归，相看泪眼盈头雪。　　今宵人庆佳节。沁天香欲醉，倚栏期切。酒饮琼楼，踪寻蟾兔，最恐云遮玉洁。清光泄泄。念久客天涯，思绪千结。执手何时，举杯同酹月？

满庭芳·萍乡诗社成立一周年述怀

蝶舞蜂忙，花飞处处，香溪①水暖春先。番风几度，啸咏畏人前。记得榴花共赏，沉吟久，击节题笺②。算从此、心声和乐，酬唱兴无前。　　相期歌舜日，知新体变，彩绘家园。共奋摩云路，比翼鹣鹣。谁道江郎老去？襟期在，笔底如泉。最难得、青衿俊秀，诗苑竞翩跹。

【注】

① 香溪，指萍水河。

② 此指1984年5月余偶作榴花诗，友人传阅后咸与赐和。李蓁非先生作序赞赏事。

周锡高

　　周锡高(1936—)，萍乡市湘东区人。高中肄业，先后在萍乡市农业局、农工部、市外事办公室、市参事室工作。江西省诗词学会会员，市诗词学会副会长兼秘书长。有诗文集《晚华集》出版。

蛙

独有春来作鼓鸣，一呼百应自横行。
名声不是瞎吹出，烟雨江南始播耕。

观《国宝》抒怀

万里烽烟护国魂，愤惶迤逦出宫门。
故园寥落干戈日，离乱哀声不忍闻。

塘溪重游

塘溪两岸菜花黄，溪水东流荡日光。
今又"批资台"下过①，春风不减旧时香。

【注】
　　① 此处有旧戏台，"文革"中被命名为"批资台"，我作为"走资派"上台示众，何幸如之。

南岸垅中听鹃啼

涓涓交错纵横弥，南岸蓼青掩子规。
啼断愁肠三月后，谁人忍得送春归？

市府大院感怀

深居府院不由人，四十年来羁此身。
突兀层楼回首处，书生老却鬓霜新。

咏桃花

莫将轻薄拟佳人，偏向东风叩早春。
一自陶公花有记，更留红雨上丹青。

姚茂初

姚茂初(1937—)，字以霖，号抱瓶老人，湘东区人。大专学历，退休前任芦溪县政协文史办公室主任。现为中华诗词学会会员、江西省诗词学会名誉理事、萍乡市诗词学会顾问、萍乡市作家协会理事。著有诗集《蝉之韵》，主编民间文学集《武功山传说》《萍乡山水诗词选》《萍乡当代诗词选》。

过陈郁故居①

小巷悠悠暮色昏，粉墙拥处锁重门。

仅存泥塑馀孤胆，未见游人吊恨魂。

赚个王头侯万户，输他冤狱泪千痕②。

多情笑我头如雪，暗泼幽思对竹荪。

【注】

① 陈郁(1901—1974年)广东深圳南山人，曾任广东省省长，文革中被迫害致死，其故居有塑象与竹荪为伴。

② 《战国策·齐策四》："有能得齐王头者，封万户侯，赐千金镒。"

八声甘州·谒深圳文信国公祠

竟偷生、万里伏南行，九死十无归。念零丁洋里，国门衰草，潦水凄迷。忍见荒城颓壁，物是人非。叹惶恐滩头，泪洒旌旗。　　正气雄声仍在，算英雄无觅，潮打风吹。剩鸥盟醉眼，孤月几轮回。到而今、参差广厦，更迎来、锦绣锁长逵。千载后、应有词客，吊古思危。

百字令·过始皇陵凭吊

祖龙何在？揽秦塞，衰草连天秋色。遥望荆榛丘垄上，剩有危碑孤立。蔽日黄云，罗鼪冷径，飒瑟秋声发。欲徘徊处，蝉声寥落凄恻。　　追念按剑秦王，挥扬六合，铁马关山血。渭水凝脂椒雾暖，不见长城秋月。紫泽为池，华山为廓，魂断宫车黑。仰天长啸，谁是千古豪杰？

贺新凉·哀何式①

泽畔归来际。笑狂生，神风依旧，谅无芥蒂。楚服自珍长碍眼，谁识钟仪雅意？恰又是，罡飙固烈，盗跖颜渊相错位。念天涯、尽洒书生泪。倩谁挽，天河水。　　汨罗江上秋风起。问王孙，京华消息，是何滋味？佞诿当途孤臣老，总为浮云日蔽。纵书得，沉冤千纸，铁网铮铮何由达，似焚坑、争教秦王废？生死事，终儿戏！

【注】

① 何式，原名李开云，湖南沅江人，原《萍乡报》创办者之一。1957年错划为右派，"文革"中遭迫害入狱，绝食而死。予感其傲岸有余，锋芒毕露，韬晦不足，以卵击石，诚为不智，如贾谊吊屈子所谓"亦夫子之故也"，倚声哀之。

薄幸·深圳见月蚀

小楼西上。栏外倚、孤光自赏。寄遥宇、相思处，剩有玉钩斜荡。算今宵、本应团圆，为何一夕成虚仰？想伐桂吴刚，捣杵灵兔，泪湿愁娥袖广。　　暗凝伫，徘徊久，休负这一空碧朗。几回凭。冰雪肝胆相惜，阴晴自许皆清亮。引吭高唱。且相将把酒，纤尘涤尽无惆怅。月亏月满，天上人间无恙。

玉蝴蝶·遣愁

晓来轻寒乍涌，海城蜗滞，已近上元。落寞而今，每每顾后瞻前。念当初、飘零细雨，小楼下，梅占春先。算佳期，向来多误，孤枕年年。　　难堪、沈园花谢，陆郎人老，旧壁萧然。万缕愁思，缫成白发坠三千。到黄昏、灯前冷酒，忆几番、苫篌搜全。且将你、闲拈针线，赋入哀弦。

孙 斌

孙斌(1942—)，上栗县人。中专学历，曾上山下乡，做过电工，后改学医，悬壶济世。著有《求知斋诗词歌赋联选集》《二集》《三集》。

瓦自白

出生干净地，践踏总由佗。
首尾凭人割，身心任尔磨。
火烧偏骨硬，雪压不腰驼。
终日为华盖，群称受益多。

看《天下粮仓》有题

痛定思犹痛，惊停见复惊。
全民皆菜色，遍地尽鹃声。
能道鹿非马？偏云浊是清。
唯闻滩下水，竟作不平鸣。

漫　兴

陶情岂敢效诗仙，徐步看山复听泉。
世味深知同水淡，冰心独抱比金坚。
梦酣疑化庄生蝶，志壮争挥祖逖鞭。
铁砚磨穿忙底事，推陈只望出新篇。

夜雨吟

南来北往苦奔驰，安得巢林寄一枝。
避债无台难度日，生财有道不逢时。
沉浮累世由人说，忧患终身强自支。
最是敲窗连夜雨，频催我写断肠诗。

无　题

久锁眉峰强自开，他生切莫带愁来。
十年饱嗜越王胆，六月频含邹衍哀。
怕受风摧非劲草，不遭人妒是庸材。
从兹欲学谪仙术，诗酒陶情亦快哉。

沁园春·赴考科技学校

终日昏昏，醉梦之中，壮志莫酬。值天寒地冻，朔风飒飒；山遥水远，去路悠悠。背井离乡，寄人篱下，自愧难登百尺楼。难过日、似离群塞雁，望月吴牛。　　此生判却归休。况衣食住行少自由。忆南阳为客，偏遭嫉妒；东皋访友，勉作勾留。邂逅河边，踌躇辕下，那堪春残暮烟收。诚难拟、掷壶于地下，竟作诗囚。

易仲贤

易仲贤（1944—），湘东区人。大专学历，中学高级教师。历任萍乡市政协八至十届委员，湘东区政协二至四届副主席、调研员。原萍乡市文联会员，现任《湘东区志》副主编、《湘东诗苑》主编、湘东区诗词学会常务副会长、萍乡市诗词学会副秘书长、江西省诗词学会会员。

近闻萍乡湘东浏公庙浮桥将建新桥，遂忆昔时

已许江南尘皂衣，相看俱是世人违。
渡头小市牵牛过，落日浮桥沽酒归。
未信盘街卖蕨担，又经荫柳剁鱼矶。
吾来正是黄梅子，误了春风竹笋肥。

金秋诗会入五峰山不得路，问路于野老，依所指竟迷途

来听万壑水潺潺，道路盘纡未可攀。
山市桥边逢野叟，古樟溪畔指云间。
牵衣薜荔惊客到，掠地竹枝缘石还。
未许游人轻造次，故将座下布迷关。

学会诸子游五峰山

寺门终日掩疏晴，案散禅家数卷经。
僧扫一山松簌簌，蝉鸣万壑水婷婷。
古墙佛画依稀辨，鸟字空庭仔细听。
市外钟声无甲子，漫惊苔迹几回青。

婆婆岩夕照

七彩云霞托夕阳，翠峦如海荡晴光。
清风习习峰间拂，淡霭悠悠壑底飏。
栖竹噪蝉弹晚调，宿松归鹤唱昏凉。
幽然古寺金晖里，疑是蓬莱入画廊。

皇龙峡漂流

盛暑寻凉峡谷游，挥桡逐浪纵轻舟。
连峰蔽日山鹰迥，拔木参天石槿稠。
跃马三门穿峭壁，腾蛟九曲掠平洲。
有惊无险君何惧，笑语琼花满涧流。

康郎山吊忠臣

斜晖疏雨洒康郎，千古湖山泣国殇。

晓角乘风催锐戟，灵旗破浪振危樯。

事君不惜肝胆裂，从主何忧首身戕。

旧庙新修明砥柱①，车来船往吊忠良。

【注】

①　明砥柱：康郎山忠臣庙重修，有姚公骞为忠臣大殿撰、张国庆书联："康郎笑无恙，看今日淡月芦花、斜阳帆影，中流明砥柱，不妨息虑且盟鸥；祠宇喜重修，想当年濠洲旗帜、彭蠡戈船上，复汉衣冠，已卜归心非逐鹿。"

蝶恋花·赠孛耳只斤

是处烟花元夕至。柳月黄昏，灯火摇衣袂。罗袖轻香羞顾睎，画船未到人先醉。　　携我娉婷游夜市。买得花枝，斜插青螺髻。笑问花枝宜面未，但言面好非花比。

望海潮·街市

人潮如涌，残灯如豆，狭偏井肆长廊。饧卖板桥，花声冷巷，并檐烟柳微茫。围火焙茶汤。就石敲霜栗，问价村郎。攘攘熙熙，世间何事往来忙。　　山城草市云藏，叹阇门弹铗，屠狗长吭。歌乞瞽人，行吟楚客，一街烟雨痴狂。村酿莫辞黄。鲑鱼偏喜白，醉里昂臧。迎面无人识得，家住绿阴杨。

浣溪沙·丁亥甲寅日夜小雪有感

煨酒江南孤渡村，津亭吹雪冷松门，一生不受庾公尘。　　云卷云舒闲看遍，花开花落几经春，此身长作忘机人。

贺银燕

　　贺银燕（1946年—），莲花县人。1969年毕业于江西大学生物系，中高职称。中华诗词学会会员，江西诗词学会会员。

游海南

野谷深沟古粤风，民情不与世间同。
濛濛雾气连河岸，袅袅炊烟出洞中。
戴草披茅黎族女，踩刀吞火老山公。
恰逢盛世太平日，山里娃儿也打工。

玉壶山新景

闻说玉壶翠森森，两边山径碧泉吟。
当年栽种松苗子，今日满山绿映人。

游粤北南岗排

古寨逢秋又叶黄，青砖黛瓦布山岗。
枯藤老蔓攀苔石，腰鼓赤旗护相堂。
瑶舞号吹音韵在，岩棺泉绕涧流长。
移民已去人烟杳，此地空燎纸烛香。

海南咏

夹道椰林环岛路，惊涛裂岸海南洲。
花香鸟语万泉水，丹瓦白墙千栋楼。
博鳌水城观世界，琼崖五指望回头。
亚龙沙白阳光好，苗寨黎村古俗稠。

【注】

博"即世界博鳌"城，乃四面环水之洲岛，国际会议中心即建于其岛上。"望回头"，乃海南岛最南端一风景点。亚龙、沙白皆是地名。

游都江堰之斗犀台，赞李冰父子

游人列队览离堆，禹绩茫茫耸江楼。
绝代功名归父子，惊人鱼咀胜王侯。
秦碑汉阙全埋草，分水飞沙广润畴。
今日斗犀台上望，几行烟树漫江州。

【注】
离堆、鱼咀、分水、飞沙，均乃都江堰工程地名。

走进安源歌舞团

九州戏苑进安源，草长莺飞彩帜翻。

豫剧黄梅京韵曲，乡音傩舞赣西幡。

江河水泣煤工泪，赛马声传鹃鸟魂。[①]

票友一行风露苦，欲从体验觅根源。

【注】

① "江河水"、"赛马"两传世二胡音乐经典，皆为萍乡籍人黄海怀之作。

江南春·春游滕王阁江畔

冬远去，又花红。清江河水绿，杨柳叶葱茏。洪州滩上飞鸥鹭，归燕回时烟雾濛。　　莺燕语，正春浓。清明时雨细，谷雨日东风。滕王楼阁笙歌起，骚客高吟游艇中。

水调歌头·寄永年堂兄

君离故乡久，难忘故乡情。当年骇浪掀起，忆想可心惊。兄父忠肝义胆，曾举红旗摇影，共把自由争。妖雾压城邑，避难五陂亭。　　光阴转，时局定，地天明。不应有怨，自古成败化箫鸣。执手霜风离别，万水千山遥望，雁落夜郎林。岁岁重阳日，独上画楼屏。

折桂子·九寨沟之山村

且问寨沟怎生夸?天底明珠，阿霸精华。高矮峰峦，浓淡红叶，胜似鹃花。　　临山临水圆白塔，半村半郭几人家。泉伴歌声，屋结冰渣。山道游人，画影娇娃。

行香子·九寨村之黄昏

一路车奔，一路游人。满山岗红叶层层，碧溪汩汩，恰似三春。有鸽儿绕，鹊儿跳，莺儿鸣。　　时近黄昏，车进山村。见高楼宾馆鳞鳞，小桥处处，疑是杭城。看灯儿白，灯儿绿，灯儿橙。

刘政生

刘政生(1947—)，芦溪县人。华云中学高级教师。萍乡市作协会员，萍乡市诗词学会理事，江西省诗词学会会员。

无锡锡惠公园谒阿炳墓

破帽芒鞋居闹市，一生坎坷路难行。
音缘未了琴无价，竹杖曾敲泪有声。
痛楚凝成泉下月，辛酸化作指间情。
君今寂寂长眠处，曲径幽幽气自清。

题小园枇杷

绒叶纷披叠翠楼，晴光染得满枝油。
玉花开处蜂争舞，金果垂时鸟竞讴。
共占风情桃作侣，同分雨韵枣为俦。
甘心献出村童乐，伫立篱边不带愁。

江城子·山乡品秋

远山枫叶醉如霞，夕阳斜，暮啼鸦。灿灿金菊，傍着竹篱笆。几处新楼添秀色，摩托响，子归家。　　粗茶淡饭有鱼虾，不豪奢，乐无涯。满桌菜肴，常伴豆和瓜。谷酒三杯邀客饮，聊世事，话桑麻。

西江月·春日锄园

园柳又生新绿，菜花遍吐金黄。翩翩彩蝶舞霓裳，听取蜂儿细唱。　　洒汗挥锄少歇，种瓜点豆真忙。畦畦播下好春光，自得心中酣畅。

西江月·华云"白鹭天堂"

墙外溪流环地，园中古木参天。春来白鹭舞翩跹，爱这浓阴一片。　　绿草茵茵铺毯，清风习习吹涟。细听高处鸟谈天，下有孩童踢毽。

诉衷情·春雨

潇潇春雨绿枇杷，椿树绽红芽。轻纱网罩阡陌，柳辫拂，水流沙。　　蓑笠舞，燕翅斜，启犁铧。玉飞珠溅，润了心头，笑了山花。

黎敬芳

黎敬芳（1947年—），湘东区人。中华诗词学会会员，江西省诗词学会会员，萍乡市诗词学会理事，萍乡市书法协会会员。著有《坪洲诗草》。

忆　昔

红旗漫卷成海洋，万众山呼永健康。
但见黄沙埋反骨，空留名姓证沧桑。

举　措

景点资源破败空，残山剩水夕阳中。
近闻局长私商定，重罚农民采石工。

太屏山夜雪霁

四野银装就，千峰玉垒成。
空山蹊径断，午夜晓鸡鸣。
梅影池塘月，松风寺阁铃。
深宵人不寐，踯躅到天明。

秋夜怀远

时遣秋风衰草黄，疏林叶落野苍凉。

南归雁字怀君远，西去寒江怨水长。

辗转心随鸡唱晓，迢递梦断鬓披霜。

灯前尚忆相逢叙，酌酒吟诗静日香。

梅

一从大地裹银妆，便有朱颜觑晓窗。

高士诗成明玉质，寿阳妆罢耀天光。

扫尘独揖寒门客，辞岁唯闻庾岭香。

欲逐上春怜怨女，千秋由此识何郎。

兰

寸香足可压千红，且有烟霞伴尔生。

南岭幽沟抽挺拔，北川流水浣琼英。

灵根喜植冰崖上，仙气难留瓦釜中。

知否佳人高品性，不教高咏染尘风。

朱 吕

朱吕（1948年—），湘东区人。先后在湘东区政府、区政协、萍乡市委党史工作办公室、市委政策研究室和市政府办公室工作。现任萍乡市政府参事、萍乡市诗词学会副会长、江西省诗词学会会员。著有《蓬蒿集》《经济萍乡》《古今名人对联撷英》等。

题 蝉

开口言知了，究竟知多少？
攀得最高枝，凭空徒鼓噪。

见秋收广场高柱灯上有群鸟争宿感题

春枝嫩叶韵初韶，倚柳栖樟属旧潮。
且借高灯嬉戏舞，鸟儿也爱赶时髦。

游横龙寺

龙卧西郊岭，青山蔽洞天。
泉流千载外，烟绕寸心间。
欲问未来事，休言过去缘。
占香投卦者，谁悟手中签？

岁暮感怀

如流岁月又一年，鬓染白霜临赋闲。
老树有心萌嫩叶，朝霞无奈化苍烟。
廉颇老矣犹慷慨，靖节归兮任自然。
卸却平生烦琐事，桃花源里学耕田。

农　家

明媚阳光明媚花，春风伴我到农家。
老哥斟上陈冬酒，大嫂端来嫩艾粑。
看过新楼游果圃，叙完年景话康华。
家常拉到兴浓处，笑脸朗开皱化霞。

陈布仑

　　陈布仑（1948—），祖籍湖北省蕲春市，生于萍乡。毕业于浙江美术学院。任职《萍矿工人报》社，主任编辑。江西省美术家协会理事，萍乡市美术家协会副主席兼秘书长，萍乡市诗词学会副秘书长。主编《萍乡美术五十年》《余年杂稿》，参与主编《萍乡山水诗词选》《萍乡当代诗词选》《萍乡乱弹》等。

春　夜

嫩叶初发骤满城，风含和气伴人行。
连天思绪乘宵至，细雨轻雷入梦萦。

忙中闲

大忙犹好动，近晚亦分身。
剪报已成癖，编书几入神。
郊游喜作画，临渚羡垂纶。
兴至寻佳句，闲来思旧人。

"文革"往事

六年无讯敢生还，人鬼难分一息间。
魂魄未曾安枕席，妻儿何处觅乡关。
寒风凛冽摧门户，苦雨淋漓湿祍衫。
百炼身经终不改，千伤万死莫轻谈。

春　插

纤纤细手嫩秧排，经纬行行密密裁。
雨润青山深作黛，泥糊田埂浅为崖。
田郎叱咤驱牛走，村女娉婷送饭来。
三月乡村农事紧，鲜烹春韭腊醅开。

李远实

李远实（1949—），祖籍湖南省溆浦县，出生萍乡。毕业于江西中医学院，现为萍乡市中医院名誉院长、主任中医师，江西中医学院兼职针灸教授，省政协委员，市政协副主席，江西楹联学会理事，萍乡诗词学会顾问。

白鹤峰

山能名世半由仙，金顶千年隐葛玄。
不信但看云海浪，日丸九转鹤游天。

孽龙洞

峻岭崇山一洞开，真君到此祭龙台。
剑林十里天门阵，九叠飞泉吼若雷。

游京都清水寺

一山迢递白云深，石径纡徐苔藓侵。
拊掌高僧开口笑，八千里外有乡音。

青玉案·水仙花

含羞底事深岩住?信微步，凌波去。不染凡间尘与土。一盂清水，数方晶石，博得春如许。　　自家庭院幽幽处，翠袖黄冠逸情趣。且向笔端寻砚侣。青衫抒起，心随翰墨，呵出江南雨。

曾建开

曾建开（1953—），字广拓，芦溪县人。历任国企厂长、乡镇领导干部、县人大常委会委员。中华诗词学会会员、萍乡诗词学会副会长，江西省诗词学会理事。著有《波影行云集》《绿风紫雨》，主编《楚萍竹枝词》《濂溪文丛》等。

伊犁道中——过五台

一夜群山白，长坡映日斜。
轻车驰雪线，牝马系人家。
呵气空中雾，凝冰草上花。
五台秋色异，梦里醉胡笳。

和楚成《独饮》

万里楚天秋，江湖一叶舟。
风云连海啸，日月共时流。
独酌蓬莱岛，单骑老子牛。
浩然歌宇宙，酣舞剑难收。

再谒文廷式墓

万里山河暗，西风卷暮云。
园兴多隐士，国破岂存君。
西苑囚孤主，杨岐寂一坟。
石残荒草畔，拂拭辨碑文。

游崂山

海上群鸥逐浪踪，丛林掩映太清宫。
崂山道士今何在？蓬岛仙桥古未通。
公路弯依春水碧，琼楼遥对夕阳红。
渔民早已争先富，回首穷愁一笑中。

芦溪禅师台

秋林蓊郁掩僧家，红叶纷飞似落花。
松径凉风吹远客，竹篱疏雨润巢鸦。
巍巍宝殿开新境，寂寂禅台笼薄纱。
一注灵泉流汩汩，绿苔蝉韵总无涯。

山 行

燕剪春声翠舞纱，忽萌兴致访山家。
足敲乱石穿芳草，瓢舀清泉饮落花。
闲入云烟村舍小，静观风景夕阳斜。
柴扉未掩田园绿，正好聊天细品茶。

菩萨蛮·农家

登楼遥望云千叠，眉横青黛残阳血。一带故
河湾，鸳穿绿苇间。　　烟村花点树，阡陌人行
处。摩托载郎归，伢儿逐蝶飞。

凤凰台上忆吹箫·暮秋

秋水盈川，寒鸦点树，夕阳山外烟霞。念雁
行云逝，吹堕蒹葭。漫说平生意气，辜负了、锦
瑟年华。休空对，溶溶水月，寂寂黄花。　　琵
琶，可曾奏也？昔铁马金戈，岂付秋笳。好去阳
关外，领略风沙。西塞山前白鹭，荒原过、何处
人家？孤烟直，长河岸边，梦断天涯。

金道华

金道华（1958年—），莲花县人。大学文化。中华诗词学会会员，有诗词集《踏青吟》《沉醉集》等。

北京雍和宫

怀柔汉藏满蒙亲，碧瓦红墙佛气珍。
十地圆通传教永，四衢净辟布施频。
幽宫肃穆喇嘛济，宝刹庄严释道循。
永佑殿中存御影，古槐百载绿阴阴。

孔 庙

万世先师尼父扬，天之木铎胜天皇。
庄严古朴瞻玄庙，蔽日浓荫播异香。
道洽和谐千古誉，薪传仁德万民昌。
大成至圣存儒雅，玉振金声济世长。

颐和园

天风甘露润如酥，玉砌朱栏壮画图。
台榭参差金碧透，烟霞舒卷宝光濡。
琼滋苑囿真犹幻，鉴映湖山有却无。
九陌旭生皆入咏，清华水木赛姑苏。

颐和园佛香阁

胜景蓬莱梦泽蒸，浮屠七级拯生灵。

吉祥云里众香界，智慧海中重翠亭。

挹爽揽烟摇烂漫，涵丹萦碧醉芳馨。

坐拥高风身宛转，祥光五彩昊天腾。

一塔湖图

燕园魅力显神奇，湖光塔影曜东西。

致知穷理英才出，求学探微中外跻。

亿吨天池生巨砚，百年书库蕴层梯。

灵魂熏染刚柔济，智慧通天独辟蹊。

【注】

一塔湖图，是北京大学校园内三个著名地点的概括，指未名湖、博雅塔和北京大学图书馆。人称未名湖为来自天池的巨砚。

清华园

清华水木聚菁华，国士英才此当家。

桃李清芬涵底蕴，星光璀璨无际涯。

荷塘挹秀菱歌泛，古月流金春色奢。

不息自强天道健，西山光耀绽奇葩。

【注】

古月：古月堂。建于清道光年间，初建时为园主专用书房，现为清华大学总务机关。梁启超、朱自清曾居此。

何建洋

何建洋(1959—)，上栗县人。大学文化，曾任萍乡高等专科学校副校长，现任萍乡市副市长、民盟萍乡市主任委员、省政协七至九届委员、省作家协会会员、萍乡市作家协会理事、萍乡市诗词学会会长。2009年9月调任江西省监察厅厅长。独著、主编、合著出版《中国古典小说审美与探索》《现代文体写作学》《写作心理描述》等多部著作，发表文艺论文四十余篇。

观上栗、湘东、芦溪等特殊学校学生文艺表演有感

二月初春寒未衰，崎岖道路满青苔。
小花不畏杞梾盛，偏向人间烂漫开。

鹅湖山行 (二首)

(一)

信步出城为避喧，鹅湖山里赏流泉。
予姑劝尽一杯酒，雅兴秋来赛似仙。

（二）

城外山林细细凉，桂花香了又橙黄。
一心贪景忽迷路，转看鹅湖露半墙。

秋　景

久未凝眸看夕曛，秋阳不带半分云。
有风吹起荻花响，却是飞鸿掠水滨。

乡村小景

乡村七月火流旺，犬卧檐阴舌喘长。
树静能闻蝉噪远，农人犹在垒沙墙。

赠香港叶凤英女士

池生莲叶无穷碧，夏木阴阴凉意随。
海港飞来七彩凤，昭萍啭起众黄鹂。
惠心片片修庠序，慈意盈盈济弱黎。
催绽英华千万朵，飘来祥雨地生晖。

【注】
2003年香港维新集团总裁叶凤英女士支持萍乡教育，捐资100万元用于建造希望学校和资助贫困学生。

咏东君盛邀萍乡、长沙诸友

东君款款兴家宴，久未相逢不计年。

论道书生多意气，吟诗墨客几翩然。

酒中日月当笼鸟，茶里乾坤疑细船。

渌水罗霄湘楚地，山山水水总相连。

咏灵芝

无叶无枝淡淡香，形如帷盖蕴珠光。

餐云饮露深林里，送月迎风危石旁。

仗义英男添剑气，为情艳女转春阳。

千年清韵成稀世，无愧人间草上王。

李汝启

李汝启（1964年—），上栗县人。毕业于赣南医学院，外科医师。现为萍乡诗词学会副会长、江西省诗词学会理事。

芦溪荆柴王歌并记

芦溪古镇，有高台名筱山，上有古荆柴树一株，干粗两人合抱，不知其几千年。北宋大儒周敦颐监税芦溪时有诗咏及。原有雌雄两株，雌株毁于"文革"，雄树亦枯，后政治清明复绿。平素所见荆柴，为低矮灌木，高不盈丈，粗不过儿臂，似此高大奇古，实天下之奇，歌以纪之。

客自芦溪到，为说荆柴王。不知几千岁，兀傲立此邦。越日适其会，携友访端详。崖岸城中立，石梯市井旁。百折攀援上，奇观放眼量。婷婷张盖翠，郁郁盘龙苍。垂藤颌须舞，虬枝利爪张。裂痕证上古，鳞纹诉沧桑。叶深乌鹊喜，中空狐鼠藏。南峰对玉女，西棹走袁江。东吴荫衙内，北宋咏流芳。枯枝落丹井，秋叶满胡床。万户闻歌哭，千秋凛雪霜。寒暑不能贼，水火不能伤。惜无朱栏护，时有仙客忙。故事讯野老：此树本为双。雌雄交互叶，相偎驻流光。孰料破四旧，仙物攫池殃。荆后刑斧锯，荆王叶萎黄。一过三十载，夜夜泣凄怆。遥知圣人出，河清树渐康。闻之起太息，树亦盼国强。阴阳化万物，春风吹海梁。歌供聊斋补，草木兆兴亡。

雨中游抚州金山寺

微雨生禅寺，客游动旅情。

岫云浮海市，梵呗衍天声。

空羡三山好，还归四梦城。

不劳占后日，去处即前程。

雨中谒临川半山堂荆公石像，用折腰体

陌巷访遗踪，风中旧馆空。

碧梧栖野鸟，寒雨暗苍穹。

谁知清貌是，堂与蒋山同？

异代"三不足"，萧条两相公。

读《二百五集》赠碰壁斋主

力扫纤靡归道初，因君名气读君书。

看他皇马驱奴狗，借我喉咙作鼓呼！

宇内红尘迷万众，洞庭碧叶掩双蕖。

岳阳楼上风吹雨，为问忧乐竟何如？

西 风

纷纷落叶打窗频，叵耐今宵入梦真。

塞上寒沙吹白日，汉家陵阙动红尘。

遥思东海喧嚣地，难认当年去国身。

万里归休谁未可？江南老却好鲈莼。

丁亥重阳再上五峰山福寿庵，为黄庭坚《送密老住五峰》道场

再度重阳上五峰，四年蓬转又湘东。

诗成韵避山谷险，茶沸香随桂子浓。

西去渌江流大泽，南飞塞雁入晴空。

老僧不肯谈因果，只说莳花与种松。

金缕曲·情人节寄远

客地人安否？又佳节、依然两处、参商箕斗。眉月行天辉万里，要照他乡能够？想此刻、上班时候。碧眼金发常作侣，可会得、江南人瘦？屈指算、三年久！　　汪洋亿叠风涛吼，隔不断、思人情绪，如一心口。闻道美洲仍大雪，较之潇湘孰厚？休懊恼、春风吹透。若问今天啥最怕，看他人、暗拉双双手。你共我、唯心有！

梅 岗

梅岗（1971年—），上栗县人。萍乡市诗词学会副秘书长。

尽心桥

独坐寒潭久，凯风吹我衣。
时人多寂寞，山水自清晖。
字澧苍岩古，花残啼鸟稀。
不知今日里，谁袖白云归。

山 居

卜筑苍岩侧，往来花药香。
存生或小过，守拙幸安康。
风雨催人老，云山入梦长。
偶逢水穷处，负手看斜阳。

野草寄小石源

斯草生荒野，萋萋且自持。
莫如兰桂洁，不共美人知。
霜雪时相悴，泠霖春复滋。
荣枯有物理，天地岂馀私。

题空山睡起，先寄同社诸君

扰梦春风雨后轻，空山睡起值新晴。
一川草色侵衣碧，几树花光照眼明。
烟裛馀香蝶影乱，舟虚浅岸石桥横。
阶前欲问清泠水，何事鸥疑未肯盟。

登楚王台

恰逢胜日谒昭王，栗水初平草木芳。
石上青萝遮断壁，林间幽鸟泣残阳。
千年剑气今犹在，一带戍台时已荒。
惟有云深遗旧祀，轻烟袅袅入苍茫。

谒岐山文公墓

斯人无力挽倾天，有恨难消诚可怜。
铁骨百年遗素冢，山花一捧奠乡贤。
露侵宿草青犹腐，苔蚀残碑拭未全。
几处杜鹃惊日暮，岐山渺渺漫云烟。

无　题

沧海浮槎久绝踪，最高楼处惯听钟。

烟如往事痕初淡，叶满空山酒欲浓。

云镜时开悲窈窕，华池雨过谢芙蓉。

闲愁莫共西风起，吹皱秋波几万重。

赣州市

萧昌璜

萧昌璜(1917—1995年),崇义县人。民主促进会赣州地区主任委员。历任县农协主席,崇义中学校长,赣州师范学校校长、赣南师专校长、赣南师院教授。赣南诗社首届社长。省人大第一届代表,省政协二至四届常委。

朝 晖

高楼凝望远山开,万象生机映日来。
一角花丛自天地,无边风物叶裳裁。

雨 后

急雨跳珠落玉盘,烟尘洗尽远山寒。
清风阵阵吹双袖,绿树楼前鸟语欢。

无 题

曙光初现梦回时,芳草无边绿海痴。
九万重山云与月,八千里路鼓和旗。
小桥流水元明曲,疏影杏花唐宋诗。
绝壁杜鹃装点处,苍松翠竹漫晨曦。

赋呈丁卯重阳诗会

正是腾飞晓角催，长歌万阙九霄雷。

宏音缭绕重阳节，俏韵回环八境台。

赣水奔腾沧海去，峰山飞舞碧空来。

高天无际兴无尽，遍地缤纷菊蕊开。

周作亿

周作亿(1922年—),奉新县人。赣州市第三中学高中数学教师,数学教研组长。中华诗词学会会员,江西诗词学会顾问,赣南诗词楹联学会副会长,赣南诗词主编。出版《竹依诗词文集》。

暮春寄海外友人

春风已是遍天涯,一水非遥即故家。
塞北有疆皆碧树,江南无处不飞花。
桃林芳待天南燕,柳岸丝牵海峡槎。
夜雨西窗思剪烛,清明香溢九龙茶。

丙子迎春曲七律四章选一

繁艳毋忘雨露功,新开桃李笑春风。
棘枝蔓草多难剪,灵蕙香兰少未逢。
紫电奔雷频作势,城狐社鼠漫称雄。
如何挽得天河水,一洗尘污大地空。

中华诗词改革杂咏

荧荧炉火吐纯青，律细神完琢砺精。
剑气珠光腾斗汉，遥天烨烨烂秋星。

韵宽平仄乃皮毛，意境风神格调高。
倘若冰弦断思续，当谋凤髓与鸾胶。

菊花盛开

讯报东篱冷艳秋，堆琼缀玉满枝头。
月明金蕊三径静，风送冰香一院秋。
岂与春芳争绮丽，要留晚竹敌寒流。
素馨原不萦蝶梦，同首南山意自悠。

贺新郎·近年来中华诗坛不少耆宿谢世，怆然吟吊

绿地芳菲发，几年来、幽兰香远，老梅香
沏。古苑春光关不住，早又枝头清绝。看虬干仙
姿映月。忘却当年风与雪。处红尘不染心如铁。
吐清韵，留晚节。　　春秋百载多离别。最难
禁、寒霜脆梗，冷风残叶。九畹孤山都寂寂，屡
失吟坛宿杰。空留得珠篇玉箧。人物今朝谁俊
赏？怀故人、同我生银发。山阳笛，笛声烈。

陈逸荪

陈逸荪（1923—2004年），石城县人。石城县屏山镇中医生。曾任《琴江诗词》主编。著有《七厕楼诗抄》。

赠 友

乍见翻疑梦，通名却是真。
只缘须发白，不似旧时人。
岁月乡音改，襟怀宿昔春。
相违四十载，那禁泪沾巾。
宦海浮沉险，天涯信息稀。
惊涛侵耀日，瘴雾漫清辉。
帆远家何在？霜浓鬓已丝。
劝君一杯酒，流落不如归。

杂 诗

树老随人瘦，山高独自尊。
池清澄碧影，花发透馨温。
壁矮书连屋，墙低树入门。
客来休问讯，沿路认松根。

初　春

空山新雨雾溟濛，微露斜塘竹几丛。
户矮未妨飞燕入，阶闲不觉藓苔封。
一川烟水柳丝绿，千树桃花人面红。
村酒虽浑堪薄醉，莫教虚作太平翁。
叠叠青山几万重，难将消息问冥鸿。
三村桃嫩花应发，五老峰高雪可融？
春水初生波滟滟，檐流破晓雨淙淙。
诗成欲寄凭谁托，白发红颜想象中。

除　夕

围炉兀坐待晨钟，笑酹馀觞酢蘖龙。
欲宴新交愁酒贵，且随流俗说年丰。
性情自少粗豪气，言语惭无媚世工。
陋识那堪论世事，也将腐鼠等英雄。

口　号

悠然一笑岂无端，壶有馀醪且尽欢。
大病重生真福泽，危伤已欲致衰残。
轻风绿竹摇清影，细雨垂材拂玉栏。
市上儿童顽胜我，半瘸不拐也争看。

张声宏

张声宏（1925年—），上犹县人。中学教师退休，赣南诗词学会会员，犹江诗词副社长兼主编。合著有《清河帆影》，自著有《枫韵雨痕》等。

山居新唱

春风料峭抚新芽，水韵山光唤百花。
蝶袄蜂裙阡陌画，星辰绣出满天霞。

秋　枫

高山流水慕霜枫，含笑林泉俗虑空。
瘦影风梳秋月笑，丹心一瓣映天红。

山城春韵

烟桥六曲玉蟠龙，绿盖霓虹鸟唱红。
水逝山横千里外，楼台高起彩云中。

西部大开发

漭漭西川战鼓隆，腾空万马醉东风。

机鸣谷应醒春梦，驼吼江翻振月宫。

广漠寒流湮大海，冰山热气贯苍穹。

昆仑献瑞歌新曲，壮丽神州共日红。

采风南村农庄

结伴采风趣盎然，长驱直达瀚湖边。

风梳柳渚渔舟闹，霞染枫堤水鸟旋。

翠竹千竿涵曲径，画廊十里韵婵娟。

主人笑迓讳言客，西子流红淬此间。

严恩萱

严恩萱（1926年—），笔名严谨，南康市人。在大学从事文学教学和研究工作，著有《教馀杂谈》《严谨文存》《严谨诗联稿》，编有《实用对联5000副》等。

国贸大厦旋宫

四十九层国贸楼，鹏城景物入双眸。
酒家富丽奇何在？旋转餐厅第一流。

赣南客家

客家发脉起中原，辗转迁来赣水边。
斩棘披荆营宅第，繁衍生息辟田园。
天人合一山河美，族姓绵延胄裔贤。
业绩昭彰扬四海，本支百世忆黄炎。

鹧鸪天·赣州怀古

章贡环流八境台，地灵水秀集贤才。《爱莲说》里留佳句，郁孤词中有别裁。　　辞妙矣，理奇哉，峥嵘岁月畅咏怀。鼎新革故谁作主？人物风流看未来。

廖魁英

廖魁英（1927年—），字烜文，号南皋偓叟，笔名剑风，南康市人。1949年9月参军，二野军大四分校毕业。曾任上尉参谋、地方食品站长，已离休。中华诗词学会会员。

忆行军

晓月随师走，夕阳同下山。
行军鞋已破，赤脚过韶关。

村　姑

银镰挥沃野，割下一川秋。
甩辫骑摩托，扬长赴广州。

心　问

心问言何托，高天云漠漠。
君魂驾鹤飞，可向蓬莱落？

夕照图

枫醉天边岭，枝雕地上纹。
鱼吞投影鹤，雁断过江云。

山村夏夜

满天星斗作音符，八十阿婆练二胡。
一曲采茶飞韵出，沁心润肺胜醍醐。

玩电脑

耄耋年华乐晚晴，闲听电脑放歌声。
鼠标诱出千般景，图象蕴含万种情。

爱妻新故后

爱妻西去乱如麻，欲画泥鳅却类蛇。
一日三餐吞涕泪，千愁万苦付涂鸦。
心牵地狱黄泉路，犹记青梅竹马她。
入梦恍闻卿嘱咐，"出门加锁早回家。"

念奴娇·思远

　　熊家池里，出水荷一朵，仅是初识。自此魂牵千里外，念念不忘朝夕。淡淡蛾眉，浓浓秀发，倩影亭亭立。轻轻低语，几多年，耳犹记。　　滚滚似水流年，又闻秋雁，两鬓催成白。借酒浇愁人易醉，争奈茶烟难敌。思绪悠悠，幽情切切，灯暗芸窗寂。柔肠将断，更凄然，一声笛。

陈世汪

陈世汪（1927年—），字思光，上犹县人。中专文化。上犹县犹江诗社社长，中华诗词学会会员，江西诗词学会、赣南诗词学会理事。主持《犹江诗词》，著有《犹韵琴声》《紫金寨剪影》。

杂　咏

云以风多变，山因水更妍。
楼台平地起，泉石自天然。
祛病当须药，御寒总要棉。
人生随曲折，斗柄任回旋。

失　题

问君能有几多愁？花自凋零水自流。
万寿宫中云蔽日，春来六出似残秋。

雷雨经

雷雨经（1929—），赣州市人。曾任赣州市龙埠中学教导主任。江西诗词学会会员，赣南诗联学会顾问，中国楹联学会、省楹联学会会员。著有诗联、散文选集各一集。

下放劳动锻炼题吟

扛材峻岭雨滂沱，一步一停滑跌多。
忽念田园正缺水，耳旁吼啸尽欢歌。

1961年

章贡区龙埠新村故乡吟

一路奔驰大小车，泓长水库映飞霞。
橙黄橘绿香甜远，电灌机耕气韵华。
鹭鹤翩翩栖岸树，牛羊阵阵逐山涯。
童翁惬悦言谈健，笑指层楼是伊家。

登赣州八境台

古虔龟尾耸层楼，屹立高台八境悠。
襟带三江千里碧，嶂屏五岭万丛幽。
市容通览如花锦，商旅频增胜水流。
极目舒怀春色漫，飞霞翔鸽正当头。

刘仁模

刘仁模 (1929—2006)，赣州市人。历任副县长、县委副书记、供电局副局长。中华诗词学会、江西诗词学会会员，赣南诗社副社长，赣南诗词学会副会长。著有《小南楼诗词》。

游赤壁市陆水湖

百里平湖映翠葱，水环千岛若迷宫。
云山缥渺诗情里，碧浪浮空画意中。
几处渔歌飘峡谷，八方笑语出林丛。
新晴雨止岫如洗，九阙瑶池大地钟。

游礁山

一山雄峙大江中，夕照含烟浮碧空。
路转峰回花烂漫，楼悠亭雅景玲珑。
惊涛拍岸龙掀浪，破雾穿云虎啸风。
千载炮台仍屹立，无边春色尽融融。

三百山天印奇松

天生石印有奇松，意气轩昂耸碧空。
未必佳肥勤护理，但求甘露养青葱。
饱经宇宙冷和热，惯看人间雨及风。
不向牡丹争艳色，长留翠绿耀寰中。

大余油箩口电站

梅山侧北一油箩，湖闪清波龙唱歌。
百里平川章水岸，明灯密布比星多。

萧如九

　　萧如九（1931年—），号待漏轩主，湖南省桂东县人。大学本科毕业，曾任赣州教育学院中文系主任。中华诗词学会、江西诗词学会会员，章贡诗词学会、沤江诗社顾问。著有《春回诗稿》《待漏轩诗词选集》等。

朝鲜雪夜行军

野营飞雪覆征衣，忽令寒宵阵地移。
素帔迎风跨蜡岭，轻装踏玉越冰溪。
五更困倦神尤旺，百里星驰道不迷。
任敌夜航频掷弹，煌煌旭日映红旗。

感时杂吟 （录二）

（一）

绮楼雅座宴频开，饮罢"人头"换茅台。
庖灶名师调美味，包厢翠袖偎肥怀。
酡颜官自逍遥乐，菜色民多冻馁哀。
一席千金耗国帑，红头文件置蒿莱。

（二）

显官微恙住医楼，药用名优无厌求。
礼受洋参龟鹿酒，包收虎骨蛤蟆油。
华佗不治贪污症，扁鹊难除腐败瘤。
安得神奇消毒剂，蚋蚊一扫净神州。

鹧鸪天·夏游海南天涯海角

海韵椰风慕盛名，天涯万里暑炎行。闲鸥野鹜双翔戏，碧海南天一柱擎。　　蕉滴翠，榔娉婷。如飞快艇浪千层。沙滩拾贝欣留影，浅水嬉洄竟忘形。

鹧鸪天·冬游加拿大安大略湖

雪霁波清耀眼明，风微浪细小舟轻。飞机掠水碧空尽，孤影寒鸥绕苇汀。　　登曲岸，履薄冰。柔枝老柳坠淞凌。迎宾松鼠挥粗尾，野鸭如饕伴客行。

蝶恋花·营前访田友

初涨春湖湖岸陡。稳系轻舟，专访吾田友。新墅池边垂绿柳，轩高院敞明窗牖。　　相见情殷忙抱搂。家宴丰盈，嫩笋兼春韭。老鸭肥鸡鱼俱有，频斟久贮香醇酒。

卢盛斌

卢盛斌（1932年—），南康市人。高级经济师。曾任人民银行赣州地区分行总稽核。现为中华诗词学会会员、中国楹联学会会员、赣南诗词楹联学会理事。著有《秋明诗词》《秋明韵稿》。

白头吟

莫谓桑榆晚，清闲乐趣浓。
犹怜芳草绿，更爱夕阳红。

赞杜丽夺雅典奥运首枚金牌

风姿飒爽握钢枪，雅典争锋射击场。
镇定从容施绝技，嫣然一笑傲群芳。

夜　读

陋室凉如水，攻书意趣昂。
杯中茶助兴，案右砚生香。
要义深思久，名言笔记详。
衰年游学海，快乐度时光。

蜘　蛛

檐前屋角逞英雄，巧设机关捉小虫。

品味人间多少事，以强凌弱总相同。

喜　雨

久旱田龟裂，苗枯野草黄。

农家忧过活，墨吏乐行觞。

大圣挥金棒，天宫闪电光。

凌晨风雨骤，老叟解愁肠。

相约郊游感赋

小桥流水柳丝长，绿树红楼彩画廊。

畜壮禽肥鱼逐浪，瓜甜果硕豆生香。

机声阵阵书声激，草色青青稻色黄。

满目文明新景象，抚今追昔话沧桑。

秦楼月·送友人

情深切，言轻意重心头热。心头热，依依难舍，站台分别。　　春山如笑清江澈，花团锦簇真欢悦。真欢悦，千红万紫，秀枝新叶。

廖龙森

廖龙森（1932年—），寻乌县人。大专文化，退休干部。中国作家协会会员，中华诗词学会会员，江西诗词学会理事，赣南诗词楹联学会理事，寻乌诗词学会会长，著有《龙庐吟草》。

瓜　农

瓜熟难经久雨摧，远方瓜市费人猜。
可怜十五农家月，肯把行情送进来？

敝　庐

夜雨声停旭日初，青松如沐柳如梳。
下帘便是桃源境，不许尘嚣入敝庐。

官　服

时尚加肥莫束腰，新潮一族数官袍。
多缝几个乾坤袋，额外增收品独高。

闲居杂咏

退叟闲居意未闲，寸心缱绻系民间。

栖身古枥情犹激，顾影秋潭鬓已斑。

难熟黄粱香袅袅，将灰红烛泪潸潸。

科头跣足安林下，采棘编冠复陋颜。

赖连城

赖连城（1933年—），南康市人。大学文化。中学语文教师、市文联副主席、南康市政协副主席。中华诗词学会会员，赣南诗社顾问，赣州作家协会会员，南埜诗社顾问。

风雨小蜻蜓

何处轻轻鼓翼声，微如鼻息脆如冰。
蜻蜓尚幼愁风雨，场地难求舞室屏。
夏日将临荷欲出，雄心早立翅新成。
吾庐虽小凭飞举，权当江天十里坪。

太阳雨

下乡抗旱，片刻太阳雨，旱情未解，忧农心切。

南窗风雨满江沱，西入阳光一角愁。
长夏忧农土色白，初秋盼水叹声稠。
哀难举帚弥云洞，恨不肩河过坳头。
何日天公听调遣，甘霖如意沃神州。

同　乐

能仁寺池塘，鱼龟成群，与人同乐，无戒备之虑，有信任之感，物我相放，天人共喜。

五色鲤鱼四脚龟，漫游池面荡金辉。
岸边笑靥连绵展，水上波声细碎飞。
不负物心随布食，愿凭天道认同归。
人间多少鸡虫斗，怎及平和共一挥。

蝶恋花·海浪二首

（一）

大海连天观一片，起伏绵绵。峰谷勤操练，雁落鹰飞狼跳涧。浑成造化无从剪，绿缎生风光潋潋。　　赤脚行之，笑道真轻软。不信请看身似箭，万千小鱼凌波面。

（二）

摇荡轻波从不倦，一往无前。目断风中燕。海上仙山云里现，流丝不管桃花片。　　除是星星能得见，线线柔婉，纤指将针捻。夜夜无眠何所愿，绣成旭日生光燄。

吕树樵

　　吕树樵（1933年—），兴国县人。参加过湘西剿匪和入朝作战。中华诗词学会会员、江西省诗词学会理事、赣南诗词楹联学会副会长兼秘书长、《赣南诗词》主编。

阳岭新竹

轻烟袅袅醉春风，琼岛沉浮云海中。
十万嫩篁争解箨，竞将新绿染阳峰。

易　堂

世外桃源世内寻，秦人不改旧时襟。
传薪自是绸缪远，溪水犹芳自可斟。

寻乌谷雨诗会，幸会南桥诸贤赋俚句

此去南桥第几桥？山花明艳弄春潮。
轻车似解怀人意，结伴田畴梦不遥。

心吕轩杂吟

室小书侵榻，凭栏亦近郊。
山花燃沃野，城堞逗高桥。
肠癠诗思钝，喘残汤药熬。
隔墙闻子曰，随韵汇江潮。

【注】

隔墙为一实验学校，每日早课，广播读《论语》。

三峡水库下闸蓄水

巍峨高坝聚洪流，盛世开篇冠五洲。
千里平湖淹日月，两朝宏愿著春秋。
巨轮浪拍夔门矮，银塔弦鸣白帝浮。
神女晨妆风物异，龙腾九派起潮头。

访梅岭陈毅避险吟诗处

久仪梅国有华章，翰海银钩夙愿偿。
驿道攀登寻胜境，山花摇曳漫崇冈。
三军休咎程难卜，一将安危岭暗藏。
百战微暇忙底事？刀丛壕堑韵铿锵。

杨年登

杨年登(1934年—)，南康市人。大专文化，原赣州行署公安处处长。中华诗词学会会员。2004年出版《杨年登诗词书画集》，2007年出版续集。

虔州秋韵

岸曲榕阴密，桥横碧水流。
高天白云静，倒影一江秋。

【注】
赣州建春门外有一座200多米长的水质古浮桥，景观独特。

登庐山

一山飞落自苍穹，叠翠重峦地势雄。
龙首崖前云霭霭，含鄱口外雾濛濛。
疾风可撼千年树，暴雨难摧五老峰。
今古名流谋大略，机关算在此山中。

游张家界

浩渺宇寰天地间，神堂湾里有神仙。
千般奇壑千般秀，十里清溪十里泉。
古木虬枝依石壁，危崖叠嶂插云天。
缆车托我凌空起，无限风光在眼前。

刘庆芳

刘庆芳（1934年—），字仲芬，瑞金市人。中师毕业。副编审，瑞金革命纪念馆馆长，瑞金市地方志办公室主任。现为中华诗词学会会员、赣南诗词楹联学会理事、《赣南诗词》编辑。有《芬芳吟稿》行世。

"嫦娥一号"奔月吟

心花迸出旱天雷，翘首"嫦娥"乘势飞。
提速扬威频变轨，高科绝技探宏恢。
搜寻天体珍奇物，开发银盘翡翠堆。
莫道蟾宫攀不易，长居暂住任来回。

访客家古村——白鹭村

山环水抱赣江隈，缥缈晴岚耀翠微。
叠院层楼存古朴，深街窄巷见迂回。
神奇最是雕梁巧，俊秀难能砌玉辉。
一脉传承光禹甸，文明今古绽芳菲。

晨登建春门城楼

堞古弥新迤逦门，登临骋目畅胸怀。
多情最是东源水，碧浪金涛捧日来。

西江月·瞻仰中共苏区中央局旧址

浩浩绵江飞浪，悠悠贡水生香。武夷山下铸辉煌，营建人间天上。　　圣哲贤能荟萃，小楼斗室芬芳。运筹帷幄著文章，缔造共和绝唱。

鹧鸪天·春耕曲

带雨春风拂水塘，通宵蛙鼓闹田庄。一犁柳浪千层绿，满坂菜花一抹黄。　　歌婉转，韵悠扬，机耕辘辘颂时昌。泉琴燕语农林秀，织锦成诗赋万行。

何侠宝

何侠宝(1935—2005年)，浙江省镇海市人。曾任赣南医学院副院长、教授，市农工民主党主委，省政协常委。赣南诗社社长，省诗词学会常务理事。著有《江城吟》《同窗韵》《赣州市景点诗词楹联集》《何侠宝诗词楹联选集》等。

同窗马铁安同学择选为留苏预备生，赴京饯行

乘风舒劲翼，昂首唱雄鸡。

骋目河山阔，凭栏气象奇。

吟鞭当侃侃，把袂勿依依。

俱在乾坤内，缘何说别离。

读　史

史书万卷半干戈，王霸经营苦折磨。

自古知兵非好战，由来为政贵宽和。

是非种种关情少，兴废纷纷遗训多。

顺物自然天下治，自然万姓颂讴歌。

咏　菊

随他桃李占春光，还让牡丹竞作王。
身处清寒存气节，天成傲性耐风霜。
贫居南圃腰犹直，老死东篱土亦香。
相识莫嫌知己少，游人来去半逢场。

狗尾草

且看门前墙上草，摆来摆去但随风。
攀高有术常居显，软骨无依会鞠躬。
半寸虾须争翠郁，一条狗尾冒青葱。
安知转眼秋霜落，混在泥泞践踏中。

浣溪沙·牵牛花

压倒邻枝有绝招，争荣只顾独居高。岂怜足
下欲枯焦。　　花作喇叭能自唱，藤多攀曲会弯
腰。无材少骨只妖娆。

沁园春·秋日登赣州郁孤台

雨洗峰青，露结橘黄，万象化秋。望贺兰山下，江天莽莽；郁孤台外，云水悠悠。几点寒星，一轮明月，金桂吹香夜上楼。苍茫里，感关河起伏，天地沉浮。　　纷纷故事堪讴，想千古凭栏意未休，记坡公到此，临风生慨；稼轩当景，是处吟愁。气节文山，爱莲周子，更有阳明相继游。俱成昔，且登高吊远，再赋雄州。

沁园春·湖北荆州楚故都纪南城凭吊

云梦田畴，江汉轻风，峙立郢都。对王侯陵冢、荒烟蔓草；纪南城阙，夕照榛芜。人事迁移、河山更替，剩得兴衰几卷书。终不悟，竟逐贤亲佞，气势全输。　　昔时冠盖何如？叹白骨黄沙筑霸图。问渚宫音杳，汨罗沉恨；章华腰细，庸主难扶。合纵谋分，连横计逞，四百馀年基业无。凭指点，但明霞依旧，蝉唱高梧。

刘显族

刘显族(1938年—),兴国县人。历任中共赣州市委副书记,赣州地委秘书长,政协工委付主任、党组副书记。现为中华诗词学会会员,江西诗词学会常务理事,赣南诗词楹联学会会长。

夕望卢沟

落日新辉抚旧痕,桥横永定势巍然。
雄狮静伴卢沟月,好梦长留不夜天。

观赤壁古战场

摩崖拍浪记烽丹,横目犹窥隔岸帆。
一阵东风谁借得,乌林无奈中连环。

入村"三同"

行装随蜿路,趔步住农家。
日共三陇地,夜同一味茶。
倾心听肺腑,谋计事烟瓜。
汗雨滴朝雾,春风归晚霞。

游敦煌鸣沙山月牙泉

阳关隐隐鸟翩翩，摇步云梯梦古原。

风送金波群玉岭，水开银镜月牙泉。

驼铃未听沙中笛，落日频催管外弦。

黄漠无涯惟碧眼，夜光杯里话飞天。

新千年元旦三亚观日出

碧漱银花远，双千禧万畴。

一宵两世纪，三亚几环球。

海角观霞出，天涯惊日浮。

笙吹椰韵调，鼓点馨慈罗。

四海共霓色，五洲别艳湫。

铜壶滴古岁，犷舞演今由。

紫气招鹏鹤，红云护燕鸥。

洪钟声听远，遥看鹿回头。

伴友人登梅关

漫循古道越雄关，吐蕊寒香引峭峦。

驿站马前弁使急，望梅亭上客心闲。

俯吟百战藏烽火，仰颂三章动岫川。

翠涌台山云憩静，玉龙着意卧南安。

赣州世界客属恳亲大会

魁斗繁星济世光，恳亲聚首志华堂。

心花爰比烟花涌，北带何如岁带长。

话语情深人共祖，舞歌眷恋路同霜。

寻根赣水摇篮地，八境台前说故乡。

赖盛庭

赖盛庭（1939年—），石城县人。江西师范学院毕业，曾任县地方志办公室总编辑、县文学协会主席、琴江诗社社长。现为中华诗词学会、江西诗词学会理事，石城琴江诗社顾问。曾参与《石城县志》《全球当代著名诗人诗词精粹》等编纂。著有《南山稼穑》《南山牧歌》，编有大型词学专著《词纲》。

别 友

归别依依绿径深，溟濛细雨雾沉沉。
分明不见仍回首，一叠岚山一片心。

望梅关

谁泼丹青画大关，近山浓紫远山蓝。
轻匀暮色长林淡，描得人间一片闲。

还 乡

飘零半百靓翎凋，孤影归来觅旧巢。
深涧不知何日壅，青峰似减昔时高。
堂前妇幼藏生脸，屋后松风响巨涛。
母榻已无空室寂，更阑卧听雨潇潇。

满庭芳·石马寨怀古

高岳崚嶒，新林漫绿，江城眼底溟濛。人间仙界，风物自难同。闻道上方龙马，休闲久、逸落法中。谁领得、此间灵气，足列九州雄。　　当年吴处士，群贤鸷集，万众云从。帅千路田兵，旌锷排空。古寨依稀壁垒，今犹见、劲草迎风。羞来也、南山燕雀，枉作白头翁！

烛影摇红·再登南山

雨霁风和，青山无限留人意。嵯峨万丈半藏踪，隐约层岚里。一路浓阴芳卉，更枝头、凝珠滴翠。峰高目旷，日朗天蓝，林蒸霞蔚。　　如此山川，轻闲放逸龙驹耻。中原回望鼓声频，阵阵英雄气。欲借登临陶醉，梦中寻、当年鞍辔。祁山何在？复出何时？老兵归未？

念奴娇·深圳夜

夜阑深圳，望车流、似箭如蝗争急。玉厦银楼成簇起，直刺重霄星月。璀璨虹灯，辉煌闹市，举目皆春色。木兰花下，往来胸腕如雪。　　何事流浪南天，青裙猎猎，向晚萧萧发。闻道鹏城临大海，应有长风消息。缚虎人归，凌烟壁满，辗转为书卒。此生何憾，弄潮留我踪迹。

木兰花慢·记梦

故乡无恙否？向谁问，渺重重。忆夜梦方归，江流澄碧，岭树葱茏。秋深恰当稻熟，见橙黄陌上晓烟中。拍拍捣衣浣女，行行雁阵书童。　　鹏城四季紫荆红，花彩隐游踪。岂老合投缘，留连闹市，沉醉香风。闲中几回梦里，建陶公院落古江东。夜饮南窗皓月，朝迎北苑乔松。

宁永红

宁永红（1942年—），宁都县人。县级退休干部，中华诗词学会会员。赣州市诗词学会理事，宁都县诗联学会会长。

深圳行

喜看南疆试验田，满园春色百花妍。
兼收良种与良法，推向神州变富源。

学书法有感

学书学剑理相通，贵在坚持苦用功。
酷暑严冬何所惧，行云流水拂春风。

折桂令·故乡行

新春佳节还乡。绿染山岗，花缀田庄。大道宽平，人来车往，饱览风光。处处高楼林立，农房连片改装。惠政昭彰，事业兴昌，物阜民康。

黄运洋

　　黄运洋（1943年—），笔名韵扬，石城县人。小学高级教师，曾任石城县城镇小学副校长。中华诗词学会会员，江西省诗词学会、赣南诗词楹联学会理事，石城琴江诗社社长。

石板桥

　　苍苔青石板，横卧野溪间。
　　岁月经多少，炎凉意自闲。

登　山

　　择路循花踩野蒿，耳听山谷涌松涛。
　　岩峣石径云中走，只管登攀不计高。

顺德过春节纪事（二首）

大年初一早餐

　　时尚元晨进酒家，店无大小亦繁华。
　　诸方人士皆随俗，不吝青蚨饮早茶①。

【注】
① 饮早茶，其实是餐用糕点、菜肴，价昂贵。

逛陈村花卉城

居聚秋翁近百家，田庄皆育万般花。

嫣红姹紫凌三九，不尽芳华越海涯①。

【注】

① 广东顺德陈村曾举办过世界花卉博览会。

渔歌子·春日访友

庐外溪山绿映红，呢喃新燕乐巢中，清景日，逸儒翁，朋俦相聚话无穷。

满庭芳·石城通天寨

卅里奇峦，丹霞地貌，缀呈如许妖娆：百狮欢舞，看石笋冲霄；到处林泉鸟语，通天洞，风月云巢。登峰顶、画图千幅，椽笔亦难描。　思遥、时此寨，兵家踞占，阵列旗矛。据天险逞强，自作雄豪；奈与人天悖逆，昙花现、鼓息烟消。留残迹、平添几景，游客好评聊。

【注】

词中"百狮欢舞""石笋冲霄""通天洞"等皆系通天寨上的著名景点。

曾芳仁

曾芳仁（1945年—），南康市人。大专文化。曾任南康市邮政局局长兼书记。中华诗词学会会员，南埜诗社常务副社长，著有《砚边草》《闲吟草》《忘忧草》。

虎　丘

千融万合大中华，饮恨何须致塔斜！
顽石听经还点首，恩仇一笑看归鸦。

2004年6月

赣县契真古寺①

天丛山寺古，名望溯先秦。
弃假何由假？契真难得真。
民安荫白屋，经瑞佑红尘。
莫道田村远，桃源韵味醇。

2006年10月

【注】

① 契真寺有古联云："秦代天丛山，汉朝契假寺。"寺初名"弃假"，后名"契假"，今名"契真"。相传有十八儒生投宿，及晓不见，遗经十八卷。僧人宝之，藏之寺阁，有道是姚秦时物，里人供之，以御灾旱．非常灵验。

宁都莲花山青莲古寺

曲折盘旋路，葱茏险峻山。
林深甘露润，寺古慧云环。
禅性安清静，尘心畏阻艰。
低头遥望处，指顾认人寰。

2007年12月

儒　生

昭应儒生鬓已霜，少经书舍泣悲凉。
驽牛堪比顾家子，醉汉也当程府郎。
未有辇经颜驷发，亦无鞍踞马援缰。
必来毋畏双欺事①，莫叹黄粱枕畔香。

2001年1月

【注】
①　陈中园尝言："染须有二端，在家欺小妇，在朝欺朝廷耳。"小妇未之有，朝廷无缘欺也。

游三百山

正是天公情意饶，一帘细雨抑炎嚣。

青山映水瑶池美，绿树含烟香榭娆。

飞瀑千寻云汉泻，彩虹七色首阳娇①。

东江欲问源头事，帝遣丰隆翠嶂飘。

2002年7月

【注】

①《太平广记》卷三百九十六：首阳山中，有晚虹下饮于溪泉，良久，化为女子。蒲津戍将宇文显取之。后魏明帝召入宫，见其容貌姝美，问。答云："我天女也，暂住人间。"帝欲逼幸，化为虹而上天。

崇义云隐寺

一路盘旋欲上天，山深林暗雨如烟。

萧然古寺云中隐，铿尔梵钟岭外传。

慈佛无心香火事，小僧有意镜花缘。

松风竹韵泉声细，卧榻捧经好悟禅。

2004年9月

蝶恋花·南康甜柚

不是修蛇疏守护①，应是天公，特意殷勤顾。嘉果瑶池相托付，斋婆村叟无辜负。　　天下如今传美誉，满邑飘香，更使河阳慕。何故交梨遭冷遇?诱人软玉仙难御!

2006年3月

【注】

① 南朝刘敬叔《异苑》卷二曰："南康归美山石城内，有甘橘橙柚。就食其实，任意取足。脱持归者，便遇大蛇，或颠扑失径。家人啖之辄病。"

赖竹林

赖竹林（1946年—），寻乌县人。中学语文教师，诗教专职教师。中华诗词学会会员，赣南诗词学会理事。著有《碧云轩吟稿》（待梓）。

游粤北五指石

群峰争兀立，幽洞偏仄仄。
五指何崔巍，相距仅缝隙。
跻身往其间，惊讶摄魂魄。
造化叹神奇，天工谁可测？

敬次作亿师《与友人论作诗》原玉

诗笔何能造化工？千锤百炼显奇雄。
胸中久蓄苏辛志，眼底深涵李杜风。
忧乐频萦情正炽，蒹葭常系兴方浓。
春酣举国花如锦，倚马凌云气吐虹。

胸次风云万里行，山灵水秀气犹清。
纵横诗思如潮涌，潇洒人生胜月明。
抒我松梅千古意，由他桃杏一时荣。
沧桑历尽余肝胆，文字相交别有情。

垂柳微风拂嫩条，轻车频过玉栏桥。
兰香朝旭清神驻，竹影春波俗气消。
胜友总为云水隔，离情终觉海天遥。
瑶函忽喜佳音至，莫遣鸡窗怅寂寥。

寄怀王邦建兄于郴州、王传明兄于兰州

羊城何幸揖清芬，话雨联床酒半醺。
明月清泉摩诘画，落霞秋水子安文。
雄谈侃侃如情炽，俊采翩翩识轶群。
一别天涯魂梦杳，琅函玉照倍思君。

浣溪沙·早春有怀（两首）

（一）

垄亩劳生意黯然，启蒙诲读敢争先？落花如
雨梦如烟。　　白雪丹忱谁共赏，阮囊潘鬓孰相
怜？疲于奔命一年年。

（二）

历尽炎凉只自知，怕提往事惹哀思。蓦然回
首泪如丝。　　匝地烟霾悲夜永，连旬风雨怅春
迟。荒村冷落断肠诗。

临江仙·赠别

记否翩翩年少日，诸君已露锋芒，讲坛艺苑喜相将。弦歌催化雨，桃李沐清芳。　　转眼韶光如逝水，离情别绪牵肠，前途无限莫倘徉。明朝鹏翼展，万里任翱翔。

一剪梅·秋怀

忆别芳颜年复年，春去秋还，燕去莺迁。依稀往事渺如烟。一脉诗传，万缕情牵。　　踯躅庭前独悯然，纵隔云天，难静心弦。倚楼谁与话春妍？秋水娟娟，新月娟娟。

戴石金

戴石金（1947年—），会昌县人。中华诗词学会、江西诗词学会会员，赣南诗词楹联学会常务理事，会昌县诗词楹联学会会长，《岚山诗词》主编。诗词专著《三年苦吟草》由作家出版社出版。

黄山市投资两千万元兴建西门庆故里（新韵）

不齿人间万恶身，哪知青睐却还魂。
树碑自古褒忠孝，宣欲今朝乱雨云。
纵使游人奇景赏，但愁楼馆秽风薰。
借尸图利忘荣耻，泉下武松闻未闻？

南宁街头擦鞋女涂脂抹粉揽客（新韵）

谋生花样日翻新，别出心裁揽客人。
革履轻尘本无意，蛾眉笑靥巧摇唇。
浅襟惹目春光泄，溢艳撩情意马奔。
脂粉竞争非足取，可怜饱眼望梅心。

喜迁莺·咏蝉

蝉蛹寄生地下四年许方能出土飞行，然地面存活仅三十五天左右。悯其艰辛，叹其寿促，感而赋此。

蛰居深土。任霜冻冰封，凄风沉雾。鼠掘鸡扒，锄挖足践，险象丛生难数。冥暗寂寥孤独，历练坚贞襟腑。且养晦、待冲天振翼，与云同翥。　　一从栖碧树。饮露餐风，未惧千般苦。约鸟对歌，邀蜂戏逗，此乐此心谁悟？但慕彩霞明丽，何憾人间匆住。纵然去、赠蝉衣入药，高洁情愫！

沁园春·江西大余梅关揽胜

梦绕梅关，夙愿终酬，俊赏画屏。恰春风骀荡，秀枝绽蕾；芳馨浮动，倩影牵情。蛱蝶翻飞，黄莺醉唱，万壑缤纷舞彩旌。香盈鼻、令胸襟如洗，气爽神清。　　雄关自古闻名。看奇丽风姿百态呈。爱云飘驿馆①，梅横楼阁；诗碑玉藻，寺庙钟声。梅岭华章②，弹痕故垒，陈迹依稀百感生。君知否？者花红胜景，热血浇凝！

【注】

① 爱云飘驿馆：梅关多处景点，如驿馆、望梅阁、关楼、诗碑、云封寺、六祖庙等。

② 梅岭华章：第二次国内革命战争时期，陈毅曾住梅关古道领导三年游击战争，有《梅岭三章》。

满庭芳·赞普洱茶

　　根扎崚嵫，叶披云雾，广收天地精华。露滋风沐，枝健赏虹霞。何惧霜摧电击，依然是、花绽萌芽。君知否？武侯遗种，佳话遍天涯。　　堪夸、承丽质，繁衍百代，爱煞农家。历工序重重，色味尤佳。玉液芬芳扑鼻，长相忆，润腑香牙。终赢取、环球美誉，普洱产名茶！

望海潮·登赣州郁孤台

　　临江高耸，飞檐雕柱，楼台暗换华年。花圃绕阶，清风拂树，如茵嫩草柔绵。蜂逐蝶追欢。远山连天碧，谁放云鸢?隐隐渔歌，小舟帆涨过滩湾。　　浪淘古往悲酸。喜虔城换貌，胜状空前。人境协和，园林绮绣，民居绿化相间。芬芳扑桄帘。偶有鹧鸪叫①，尤觉声甜。倘使稼轩再世，喜泪定潸然！

【注】
　　① 偶有鹧鸪叫：辛弃疾《菩萨蛮·书江西造口壁》中有"江晚正愁余，山深闻鹧鸪"句。

沁园春·游王昭君故居湖北秭归香溪怀古

明丽风光，竹筏漂游，野趣醉神。望悬崖百仞，惊心骇目；香溪千转，映翠流芬。云雾迷离，山花娇艳，疑是蓬莱难辨分。相邀去、访昭君故里，千古重温。　　山川孕育佳人。任千载风霜话亦新。忆丰姿落雁，画师添痣；冷宫哀怨，朔漠和婚。青冢花香，芳名誉远，村寨缘君天下闻。听溪响、似琵琶弹奏，曲曲牵魂。

六丑·清明祭父

先父少年当家，饱尝艰辛，一生贫寒，中年病故，岁在丙辰。愧吾长男，未尽孝道，每思于此，疚痛不已。

又清明祭父，对墓冢、哀思难抑。弱冠掌门，平生多拂逆，困苦相迫。罢却农桑事，险峰扛木，越壑穿荆棘。长排放运波澜急。六畜家禽，偏遭病疫。囊空债来催逼。历寒霜苦雨，西赴仙国。　　乌云愁织，更霏霏雨袭。泪洒坟茔地，长叹息。焚香欲唤魂魄，但蛙声乱鼓，噪鸦如泣。冥钱化、酒淋碑侧。犹记得、父训饥肠不受，嗟来之食；岂能把、骨气轻掷？父若知、儿继遗风劲，当舒郁悒。

周逸树

周逸树（1948年—），赣州市人。赣南师范学院中文系副教授，中华诗词学会会员，省作家协会会员，赣南诗词楹联学会副会长。著有《对月吟》《古韵新声》《烛影摇红》《诗海遨游》《东坡词与东坡论》等11部。

登王莽岭

足登王莽岭，天地豁然开。
雄秀丛中显，灵奇雾里栽。
风轻摇细带，崖翠隐高台。
身在此仙境，焉能不爽哉！

如梦令·垂钓

丽日和风芳草。矮凳长竿凉帽。今日在何方？郊外水塘垂钓。垂钓，垂钓，白发青春年少。

采桑子·赣州春景

世人乐道家乡好，情理之中。细雨濛濛，八境楼台挹彩虹。　　贡章二水合流处，白鹭凌空。樯聚如峰，滚滚春江北向东。

巫山一段云·天然氧吧

步步阶梯路，蜿蜒向上爬。密林深处有人家，绿色大氧吧。　　坡长千棵树，丛林万种花。痴迷不觉日西斜，落暮罩轻纱。

饶运振

饶运振（1952年—），笔名林间，会昌县人。中华诗词学会、江西诗词学会、赣南诗词学会会员，会昌诗词学会常务副会长，著有《林间诗词集》。

杨　花

不竞芳菲不竞华，乘风潇洒走天涯。
何须腾达青云上，落地生根便是家。

【注】
杨柳花絮落地后，所包含之籽能发芽生根成植株。

耕　牛

年年负轭苦耕田，皮肉曾挨多少鞭？
套系于身难挣脱，只缘鼻子被人牵。

自嘲步鲁迅诗韵

人微力薄欲何求，脊骨难弯屡碰头。
秃笔勤摇多犯忌，歪诗闲弄不随流。
斜眸冷瞥看门犬，俯首甘为负轭牛。
与赌无缘常寂寞，破书相伴度春秋。

西江月·蝉 (今声韵)

　　出土皆生薄翅，逢时尽蜕初皮。长依大树爱高栖，目不朝天有几？　　各自抱枝频噪，谁曾饮露充饥？暗吸树液长肥躯，与那蛀虫何异！

【注】

　　古人以为蝉餐风饮露为生，常用它象征高洁情操，但其实并非如此。

思佳客·嫦娥一号卫星探月

　　乘箭穿云上碧天，长飞终脱地球牵。行踪近现荧屏里，展翼遥巡皓月边。　　携妙曲①，献神仙，嫦娥喜泪定潸然。相机②欲把芳姿摄，何故违心不露颜？

【注】

①　"妙曲"即经公众投票选出由卫星带上天的30首歌曲。

②　"相机"即卫星所携带的CCD立体相机。

江城子·逛超市

电梯载众共高升，入华厅，悦情生。琳琅繁列，芳溢五光呈。小姐娉婷含笑逛，颜似玉，景观增。　喜睁花眼阅繁荣，各楼层，自由行。腰包虽瘪，心态却平衡。饱览风光知足矣，空手返，一身轻。

水调歌头·游佛云山

赣闽毗连处，林壑接苍茫。登高别有天地，古刹逸云旁。宝殿轻烟袅袅，幽院清风习习，花木吐芬芳。静境禅钟响，脆韵四方扬。　整衣饰，拜菩萨，入厢房。阅经一卷，头脑开悟转清凉。何必尘寰逐利，务必心田种善，积德福无疆。信奉虔诚否，不只看烧香。

沁园春·汉仙岩①

僻处虔南，廿里桃源，气象万千。看众峦盘亘，蟒蛇滚滚；群峰峙立，玉笋尖尖。狭壑岚封，悬岩云绕，石隙中开一线天。崖刻记，昔钟离修炼，得道斯间。　　神奇故事连篇，但临境寻仙迹渺然。惊棋盘虽在，棋空无据；仙亭早圮，仙聚何边？幽洞堪游，危桥②勿过，撩目无非几缕烟。红尘里，若利缰解去，便是神仙。

【注】

① 汉仙岩：距江西会昌县城40公里，传说是因八仙之一的汉钟离在此得道成仙而得名。

② 危桥，即神仙桥，传说是神仙度人成仙之桥。在紫烟缥缈时，人过此桥，便可成仙。清嘉庆进士赖泽霖望而却步，诗云："竟道明园咒石开，梯云更上雨花台；石桥只许仙人过，俯瞰悬崖却步回。"

张文昭

张文昭，上犹县人。在赣州外贸局工作，现已离休。中华诗词学会会员，赣南诗词学会常务理事，著有《竹闻吟草》。

作　诗

合情七律已篇成，婉约雄豪意境生？
一字千钧毋忽视，数茎半日愿凋零。
几番斧削凭犀利，多次沉吟辨浊清。
能否花开引蜂蝶，投将诗海百家评。

思　念

风凉夜静桂花秋，客久思乡渐入愁。
宵梦舟车无困顿，归程星月倍清幽。
相亲握手情犹切，删字修辞艺尚求。
话到深时失声笑，忽闻惊问是何由？

木兰花·踏青

吴风越俗亲无近，落足江南游不尽。山光水色竞相迎，雾里看花常有恨。　　清明美食青团嫩，柳线依依花合叠。香凝齿颊亦心舒，轶事古文寻善本。

江西籍

在外地工作者

刘太希

刘太希(1899-1989年),号错翁、信丰县人。1915年北京大学文科毕业后,任时设赣州的省立第四中学校长。1926年后历任星子县、南康县、福建东山县长。抗战时为国防部秘书。1950年赴香港。1952年应新加坡南洋大学聘为教授,继而被聘为台北政治大学教授,其后被台湾国立师范大学、辅仁大学、文化大学、东吴大学及淡江大学亦聘为兼任教授,遂有国学大师之称。擅长诗词书画。于右任评刘太希诗云:"愈朴而愈见奇,愈奇而愈见其清。"著有《无象庵杂谈》《千梦堂集》《太希诗文丛稿》《竹木史》等。

自　嘲

从来六凿溷天游,大觉空明海一沤。
此老生平事事错,南溟双过一年秋。

读履川《九龙篇》却寄

众中巢许容吾傲,劫外虫沙患有身。
世以神州为弈局,天留我辈作诗人。
悬崖立足方知勇,恨海回头莫种因。
九死投荒容独往,空馀霜鬓照兵尘。

和今可

平生傲睨过千辈，今日长谣羡子贤。
同学少年俱老矣，暮云落月一凄然。
未应八表终沉陆，等是无家莫问天。
沭目休陈天下计，九州人正饮狂泉。

偶　成

举国高谈纸上兵，我惭闭户百无营。
能逃复壁天非厄，渐觉闲身世已轻。
退一步思皆称意，作千秋想太劳生。
嗟余不系之舟耳，一任中流自在行。

题渊明《归去图》

故家无复旧池台，九宇昏霾万事哀。
松菊虽存人换尽，渊明不忍赋归来。

香　港

云垂海立归无象，纸醉金迷亦可哀。
七百年看兴废尽，无情只有宋王台。

赠光灏

君光灏，琼山人，夙慕林、海两先生高风。

谭艺论兵气吐虹，矫然游侠酒人风。

荡胸奇泪红于火，脱手黄金贱似铜。

梅鹤清标林处士，松筠劲节海刚峰。

诗书文采浑闲事，肝胆方为一世雄。

读《明史》有慨于弘光朝事

不见春华但凛秋，天穿地朽此登楼。

坐忘邦族三千劫，何止燕云十六州。

戡定已无新建伯，谋谟谁似武乡侯。

公家事岂痴儿了，残霸兴亡一概休。

夏征农

　　夏征农（1904—2009年），原名夏正和，新建县人，其村后划归丰城。1927年参加革命，后进入复旦大学读书。1929年被捕，在狱中开始写作小说《牢狱祭》。1932年参加左联，正式从事文学活动，出版有短篇小说《结算》、文学读物《文学讲话》、长诗《别了，皖南》等。抗战爆发后，他投笔从戎，参加新四军。新中国成立后，历任山东省委宣传部长、中共中央华东局宣传部长、上海市委书记，曾被聘为江西诗词学会名誉会长。

庐山初识

庐山难有几天晴，雾散云开看得真。
万树横空堪蔽日，群峰竞秀任翻新。
含鄱带水雄姿在，幽谷清泉韵味深。
景丽物华人共赏，风雷莫再扰平林。

题重建滕王阁

巍峨高阁耀江渚，万众腾欢起歌舞。
帝子空馀身外名，人民有幸沐时雨。
西山南浦自悠悠，画栋雕梁站五秋。
今日洪都展新貌，三江活水竞奔流。

涂公遂

涂公遂(1904—1991年)，修水县人。毕业于北京大学，1926年任职北伐军总政治部；1929年任教河南省立师范，旋改任河南大学文史系教授。曾任三青团干事、国民政府立法委员。1949年后流寓香港，任珠海书院中文系主任，新亚书院、香港大学教授。晚年定居台湾。著有《文学概论》《艾庐文史论丛》。诗效其乡先辈陈散原，著有《丙寅吟稿》《鹤梦词稿》《浮海集》《反刍集》，并世诗人咸谓其诗足以振西江之声，入苏、黄之室。

戊戌四月三十日飞新加坡

凭虚暂喜尘嚣隔，放眼贪看宇宙宽。
皎皎浮云心自契，滔滔故国泪能干。
平生所贵时方贱，天意无常力已殚。
欲向羲和乞灵术，洁身长驻碧云端。

1958年

感　事

静对青山落照中，偶凭碧树得清风。
不留片影云帆逝，欲掇残英阆苑空。
世事都成新旧梦，乡思尽付去来鸿。
白头未了匡时愿，倦抚孤怀大海东。

癸丑重阳

凭栏极目每登临，九日樽前百感侵。

破碎山河怜草树，凋零故旧痛人琴。

江鱼塞雁无消息，篱菊阶枫结困忧。

料得夜凉蛩语乱，尽多苦梦入秋衿。

1973年

病　中

病中万虑顿清虚，感物观心绰有馀。

静夜虫声皆妙曲，深斋月色见真如。

从知冷暖难将息，且任云澜自卷舒。

沅澧生涯经已惯，十年再卜屈平居。

丙辰元日

摇窗花影沐朝曦，翠霭苍岚绚海湄。

投老流光惊露电，哀时乱绪变须眉。

千街箫鼓犹荆楚，百戏鱼龙杂汉夷。

羁客痴怀归结伴，东风为我约春知。

1976年

易大德

易大德（1909—1998年），别号太白，宜春县人。早年毕业于军校，后在"国民政府国防部"工作。曾任台北文化大学校长、中华诗学研究所长。

读《散原精舍诗感赋》

我读散原诗，恍入万山谷。远岫横寒云，危岩飞怒瀑。野鹤唳苍松，奇花生古木。冷如阴气森，倏若清风穆。使我坐其间，百感萦心曲。公怀济世才，以戆忤当轴。遂挟家国忧，归卧柴桑屋。峥庐孝子思，庙社愚儒哭。隔世换衣冠，人海益幽独。感此入诗篇，宜作骚经读。其哀似屈平，其悲似宋玉。

向第十届世界诗人大会谈诗

昌诗果何为？诗乃性灵光。人性本乎爱，爱则戒杀伤。人性本乎诚，诚则主善良；人性本乎恕，恕则定吉昌；人性本乎和，和则致安详。诗人重人性，诸德凭阐扬。期民胞物与，跻大同小康。本此发为诗，光焰万丈长。（末借韩吏部句）

黄席群

　　黄席群（1909年—），九江市人，名记者黄远生之子。1926年同文中学毕业后，入金陵大学历史系攻读，再入燕京大学攻读一年。曾任儒励女中教员、金陵大学农经系讲师、中央通讯社编译部主任。新中国成立后，历任国立兽医学院英语副教授、兰州大学副教授、西北师范大学外语系教授。译著有《美国的历程》、《英国现代史》、《全球大分裂—第三世界的历史进程》及《夹缝中的六国》等。

述怀二首

（一）

逍遥尘海任遨游，洗尽锋芒涤尽愁。
齐物论成忘得丧，问天赋罢许稽留。
繙书每讶东方晓，拾梦时吟北国秋。
老去幽斋何所喜，前朝掌故话从头。

【注】
第三句用黄季刚师句。

（二）

故国名山付梦游，输人腰脚我偏愁。

创新事业尤惊羡，淑世文章敢閟留。

花底雏莺争振翼，云间征雁怯牵头。

方春大地群芳秀，不比萧芜泣暮秋。

寄闽侯曾履川先生

劫后论诗文，闽侯曾子好。家学传百年，师承及诸老。桐城与同光，衰宗谁再造？兼祧得斯人，居夷作师保。海隅邮使来，遣我橘庐稿。乱世逢霸才，如何不倾倒！诗升范肯堂（范伯子），文耀吴公堡（吴北江）。精光逼散原，灏气凌惜抱。凝炼出沉思，雄奇摛翰藻。蹈杜而抗韩，皮陆为参考。（伯严先生评语）我学本蕲州，师门今颐颢。立雪乃非时，行间置身早。栖栖三十年，所获只梁稻。拥旄侯未封，覆瓿经难草。幸兹不厌心，学文无寒燠。倘以比南丰，河海愧行潦。将欲挟所疑，就正于有道。奈又隔关河，瓣香空拜祷。一遁天之南，一栖海之表。相望不相见，怒焉心如捣。绝学可无传？迷邦可失宝？几时浮海来，与子共探讨。

怀邹笃兄并序

予友笃钦讲授英国文学于赣南师院，屡译英诗，近又译《美利坚民族百衲图》，已付商务刊布。

邹子谈天客，飘零我故人。
新书题《百衲》，往事付微尘。
汀草随春绿，山岚堕梦青。
来年能晤对，老泪怕纵横。

齐天乐·八十初度，惕吾兄祝以新词，原韵奉和

韶年莫遣吟边了，添筹鹤来偏早。幻狗白云，越冬丹果，深愧虚存肤表。升沉迹杳。问栗里双峰，匡庐五老。何处归舟？贪看碧透南湖藻。　　福喧然稚娃载道，踏歌声阵阵，朱旗翠葆。一代强音，千秋韵事，晶莹冰样怀抱。霜天月晓，有西北高楼，茶香饼好。对此华灯，伴鱼虫细考。

张志岳

张志岳（1911—1995年），余干县人。国立清华大学中国文学系毕业，从师于闻一多、朱自清、吴宓等现代学者。1938年从清华大学毕业后，曾任云南省立昆华女子中学高中部国文专任教员，后任浙江大学讲师。新中国成立后，历任哈尔滨师范大学中文系讲师、副教授、教授。曾任中国唐代文学研究会理事、中华诗词学会顾问和黑龙江省文学学会副理事长。著有《诗词论析》《诗词论析续集》《中国文学史论集》和《先秦文学简史》。

湛云寄新茶，诗以报之

频年万里寄新茶，老病相怜感倍加。
莫负故人濡沫意，试调枯腕写新花。

1979年

治　学

治学如探海，其广无边岸。庄生笑井蛙，斯言非河汉。苟悟知无涯，自诩诚颜开。积劳出涓滴，只期注浩瀚。古今一大海，相连不容断。遥遥千载心，相知寄柔瀚。

1981年

杜 宣

杜宣（1914—2004年），原名桂苍凌，九江市人。1933年参加左翼戏剧家联盟。1937年毕业于日本东京日本大学法律系。1938年参加新四军。曾任中国作家协会上海分会书记处书记，上海人民艺术剧院编剧，《文学报》总编辑，上海大学教授，中国戏剧家协会上海分会主席，上海市第七、八届人大常委及第九、十届人民代表，上海对外友好协会副会长，上海市作家协会副主席，上海对外文化交流协会常务副会长，江西诗词学会名誉会长。著有话剧剧本《无名英雄》《难忘的岁月》《动荡的年代》，《彼岸》，散文集《西非日记》《五月鹃》，诗集《桂叶草堂诗钞》。

十里铺春游

绿杨袅袅正清明，我为杨枝作远行。
山映晨曦天接水，淡烟疏柳晓寒轻。

过小孤山

浔阳东下路漫漫，独倚艄栏放眼看。
风雪一江波万顷，谁怜江上小姑寒？

谒胡耀邦墓

赤土丹心红又红，青山何幸葬孤忠。
鄱湖如镜悬天外，无限空明入望中。

庐山含鄱口

含鄱口上看鄱湖，雾绕云飞有若无。
待欲归时云雾散，再回头又雾遮湖。

怀田汉

今看田公剧，心中颇不平。
十年悲浩劫，一代哭诗人。
绝笔成双唱，有才更有情。
江南如许夜，春月照窗明。

悼赵丹

秋云漠漠映空庭，噩耗传来我大惊。
剧影两坛称祭酒，画书双绝树奇旌。
南冠二度君多难，浩劫十年病此根。
正是河清海晏日，吾侪何忍失斯人。

题《红楼梦》

红楼一梦是非多，只为诗人受折磨。

我自不堪林妹妹，谁能无憾宝哥哥。

朱颜难驻伤迟暮，白发频添奈老何。

盛事已潜衰事影，忍声含泪写高歌。

山居杂咏

风撼松涛震山谷，暴雨如捶击石屋。

山间白练挂千条，汇到门前作飞瀑。

熊德基

熊德基（1913—1987年），名术容，字柔曼，晚号鉴堂，新建县人。毕业于北京中国大学。1937年为江西民众教育馆馆员，后为南昌《大众日报》编辑主任。旋考入西南联大历史系。1947年为福建师范学院副教授；1957年调中国社科院历史研究所任副所长，研究员。著有《洪升的生平及其作品》《武则天的真面目》等。有《鉴堂诗草》。

七十一初度

七十流光鬓似丝，是非功过任良知。
生憎硕彦诛心论，每寄孤怀咏史诗。
才薄何曾望济世，家贫偏自苦忧时。
入山蹈海均非计，矢志皈依马克思。

终古河山万象新，丈夫何必忆前尘。
卧薪尝胆原馀事，取义成仁愧故人。
著述无多差免祸，读书颇悔拙谋身。
割鸡沽酒聊为寿，甘老京华作小民。

重游京西虝拓寺

依然殿阁倚山隈，佛塔无由问劫灰。

紫柏涅槃龙性在，娑罗未老玉兰开。

出席厦门地下党座谈会喜晤诸旧友

三十三年别，重逢左海隅。

当时共患难，今日尽欢娱。

往事何须论，天涯德不孤。

鹭江春色好，相勉展宏图。

程应镠

程应镠(1916—1994年)，笔名流金，新建县人。曾就读于燕京大学历史系，抗战军兴，辗转至西南联大完成学业。任教于上海光华大学及政治学院历史系教授。上海师范学院建校后为历史系教授，后任历史系主任，1978年以后出任历史系第一副主任兼古籍整理研究所所长。主要研究魏晋南北朝史，晚年专攻宋史，系中国宋史研究会的创建人之一。

一九八四年四月上海历史学会理事会开会，即席呈周谷城先生

昔日人中龙，今为国之宝。
世始重经纶，认知尊大老。
通中外古今，识精粗丑好。
欣然聆高论，一座惊绝倒。

沈钧儒同志一百一十年诞辰纪念得长句

犹似当年叱咤声，中华长此记洪名。
一生灿烂争民主，千古津梁护后行。
尽有嘉言箴故国，略无私意问苍生。
高山仰止思闻李，旗帜而今世尚程。

杭州口占

杭州四月雨潇潇，漫步清波学士桥。
林木幽深思见鹿，湖波摇荡似闻韶。
依依柳浪莺初啭，隐隐青山梦尚遥。
独上高楼怀旧侣，南天北地俱迢迢。

吕贞白

吕贞白（1907-1984年），名传元，别字伯子，九江市人，寄籍上海。中年受聘南京中央大学，掌文学院中国古典文学教席。新中国成立后，先后任职于华东文化部文物处、上海图书馆。1957年，调入上海古典文学出版社，后又转入中华书局上海编辑所、上海古籍出版社，历任编审、教授等职。著有《吕氏春秋狱补》《道听录》《药烟录》。有《吕伯子诗集》《吕伯子词集》稿本。

金山寺

楼观峥嵘起，丹垣抱寺门。
依山能得势，无佛亦称尊。
云洞藏何密，澄江静不喧。
塔铃时送响，直欲震天阍。

栏槛层层见，阴云漠漠开。
江山供点缀，丘壑且徘徊。
嘉客藏深叶，奇花毓异胎。
自饶能济胜，独步妙高台。

山灵默无语，树石挺苍穹。
寥寂三时镜，雌雄二等风。
六鳌原在望，归鹤傥相逢。
铜狄摩挲久，楼台翠霭中。

浮云今古意，高塔许登攀。

鱼鸟能相狎，神仙亦等闲。

洞深嘘石气，松老发苍颜。

徙倚旃檀地，烟鬟点好山。

天　河

飘渺天河没浪痕，更从何处觅秋魂。

排空云雁能时至，绕树烟蚤不住喧。

经卷安持容我老，诗篇漫兴待谁论。

近耽守默言殊寡，此是毗邻妙法门。

牵牛花盛开

垂蔓柔丝绾绛纱，晓来风露湿明霞。

璇玑锦缎犹难拟，此是诸天称意花。

清露瀼瀼滴碎珠，晓风残月挂高梧。

紫霞初泛妆初就，叶叶花花色相殊。

保之闻溧阳地震，恐波及上海，书来垂问，赋此答谢

目盼停云伫夕晖，高空遥送雁南归。
星沉早恸天维弛，地裂休惊海水飞。
自惜病除珍药里，断无人叹减腰围。
素心千里劳相忆，一纸音书不我违。

送章培恒赴日本讲学

笔阵堂堂张我军，皋比坐拥策奇勋。
访书岛国搜奇逸，此事于今要属君。

山寺桃花盛开

绝胜溪山选佛场，晴云一片助华光。
抛残尘梦难为臆，袅绕香魂欲断肠。
劫后高台谁复辨，年时乔木已都慌。
垂垂一树当雕砌，漫步东廊转曲廊。

海棠盛开，低徊成咏

春深未道春寒减，风雨更番怨亦恩。
弱质与天争劫命，飘英何地托孤根。
绿丝犹自萦芳绪，点点空教渍泪痕。
金屋瑶台曾梦到，深情欲诉已难言。

临江仙

　　细数番风几度，杏花微雨阑珊。春心寸寸击连环。易迷三里雾，长忆六朝山。　　锦瑟频移玉柱，香囊密护瑶函。寻消问息仗青鸾。待温灯底话，休损镜中颜。

木兰花慢·清明日阴雨绵绵，怅望灵岩凄然有作

　　恨东风送雨，抛零泪，几时晴。渐蝶梦初阑，乌啼乍歇，长守孤檠。堪惊。倥匆十载，问人间何语对清明。病树漫嗟憔悴，柔条枉费伶俜。　　前程、望阻旧峰青。怊怅惜深情。纵片石因缘，三生重卜，愁叩苍冥。盈盈采香径曲，叹溪流花谢意难平。留得枯禅半榻，鬓丝寸缕交萦。

龚嘉英

龚嘉英（1920—2007年），字稼云，靖安县人。中正大学毕业，1949年往台湾，在电力公司工作，兼高考典试委员、《台湾省通志》特约编辑。曾任中华学术院诗学研究所副所长、台北春人诗社顾问、江西靖安诗社顾问。著有《诗圣杜甫》，荣获中山文艺奖。

山居杂咏

予于1982年在台北县青潭郊区购得五层公寓第五楼一户，1984年在楼顶加盖木屋一间。退休后，由市区移居于此，迄今十有七年矣。

卷帘秋雨随风至，山雾空濛谷口迷。
白鹭飞回毛羽湿，为窥鱼影立清溪。

苍苍树色暮云平，一抹红霞爱晚晴。
梦里江枫凋玉露，眼前丛菊正芳荣。

入冬寒雨织层阴，人在山楼鸟在林。
寄语懒云休出岫，春耕待汝作甘霖。

桐花落尽绿阴垂，蜷曲瓜须上短篱。
市远地偏心自静，倚楼贪看白云嬉。

林峦雨后暮烟横，屋角风蝉胜玉笙。
清景眼前吾已足，任他车马塞江城。

白鹭群飞似串铃，翩翩银翼傍山青。
斜阳红满溪边树，侧目鱼虾立浅汀。

藤床静卧数星辰，已堕西楼月半轮。
暑气渐消凉意动，竹窗书卷属闲身。

晓倚楼头待日升，千峰云卧白如冰。
霎时霞绮腾空满，分得秋光映紫藤。

江西诗词学会副会长迎建乡兄莅台访问，奉呈乞正

云低海阔神驰久，握手台瀛倍觉亲。
馆阁书香钦奕世，西江宗派得传人。
交流古典诗心热，照眼华灯酒味醇。
浪迹无期蒙宠聘，欲登庐阜问星辰。

【注】
予获聘为江西诗词学会顾问，既感且惭。

胡迎建乡兄惠赠《湖星诗集》读后抒感

落星古寺知名久，双井涪翁曾赋诗。

小雨藏山辞绝妙，蜂房开户景尤奇。

湖边碧树连天远，屋角银河接地垂。

灵秀所锺成此集，深宵雒诵酒添厄。

【注】

星子县城落星湖有落星寺，与庐山接壤，迎建乡兄诞生于县城，因以湖星名其集。黄山谷有《题落星寺》诗，风格遒上。

熊　琛

熊琛（1920年— ），字质传，号憬庵，奉新县人。毕业于国立政治大学外交系，历任驻日本、菲律宾、南非大使馆新闻参事，台湾师范大学、中国文化大学教授，中华诗学研究所研究员。后移居美国。著有《醉墨轩诗选》。

壬申移居美利坚作

平生鸥鹭久忘机，太息年来百事非。
楚老相逢徒有泪，秦民转徙竟安归。
但图避地真无奈，枉拟徇人却自违。
忆昔轮蹄半天下，出门一笑白云飞。

1992年

蛙　声

春池水满蛙声噪，似代人间诉不平。
本是官蛙皆食廪，岂知终日为私鸣。

南 明

地似弹丸傍海隈，南明旧事剧堪哀。
长城自坏缘倾挤，朋比由来结祸胎。

夜读《近代江西诗话》有感

楚客由来工苦吟，灯前展读动乡心。
螿啼四壁月初上，叶落满阶秋已深。
莽莽乾坤如逆旅，悠悠变雅付孤斟。
柴桑双井俱屯剥，诗卷长留烁古今。

王迪纲

　　王迪纲（1921—1997年），晚年自号缶庐、笛刚，南昌县人。1940年毕业于南昌二中，1944年毕业于国立中正大学文史系。1951年任武汉教师学院教师，1975年秋调入湖北大学古籍研究所，参与《汉语大词典》编辑工作。现存遗诗三百馀首。

戊辰迁居校园北楼，适近花朝率成

七日三迁楼北沿，真思捧日到窗前。
春来悄悄花朝近，病后依依四库边。
人老珠黄逃鹬蚌，秦孤宋陋待疏笺。
长明灯黯搜书院，冻壁回温不夜天。

读钱钟书先生巨著《管锥编》，感旧寄怀

早岁心香谈艺录，仰山尤羡管锥编。
邀游象译观濠上，寤寐灵光测太玄。
十载冻云闭木铎，万峰急雨啸龙泉。
蓝田日暖看搜玉，愧我高邮砚失传。

追忆童年随侍先伯父简翁趋谒散原老人于南京桃源村

秣陵童梦忆桃源，累世通家向礼门。

抚背为扶雌凤起，挥云若许渚鸿鶱。

半生风雨吹灵谷，九派江流激远原。

五十三年尘海隔，嘤鸣寄托屋乌恩。

无 题

春归花落石榴红，夏梦萤光蝉翼从。

慧眼何曾关奥略，乱云依旧锁奇峰。

阮家曝被随流俗，荀令烘香味晚菘。

聊隐三间平瓦屋，孤寒八百景馀风。

雨霁由锦绣谷磴道访仙人洞，循西南诸岭登圆佛殿过天心塔，遂抵龙首崖，作竟日游

绣谷初开栈道新，白云招手似迎宾。

昨宵冷雨今朝雾，放我高游自在身。

小花数朵疑雏菊，或是渊明去后栽。

傍涧拂崖同笑靥，东篱关不住童怀。

石阶突兀三四级，曲径低回五六弯。

寻到穹门人语响，烂柯谁忆吕仙闲。

石舌何年独纵云，悬岩留得乱馀春。

态浓意远依稀是，一瞥阴晴杂笑颦。

永遇乐

记庚申重阳偕五弟聚会范予兄之光华路庐寓，即席赋赠陶氏诸兄姊用漱玉韵

忆弟看云，停车念晚，风景何处。德合三星，天贶四美，五柳长想许。传经绛帐，班昭懿教，融笛春风化雨。闻晨叩，东篱梁燕，笑迎鹿车仙侣。　　故园岁久，芳洲旧巷，忆我屋乌三五。传览周游，图观山海，一水带衣聚。茱萸细认，秋阳可尚，肯为莼鲈归去？算还有兰亭集赏，桃源醉语。

水龙吟

校勘《汉语大字典》书证，寝为日课，顾蓄知易而酌理难，辄把卷忘眠，泯然若失。

老来孤陋愚蒙，灵台只觉诗书少。奴骚命笔，送穷誓墓，窗灯草草。左赋三都，苏文七集，一时横扫。笑群经诸子，千家信史，今古事，谁真道？　枉惜春秋怀抱，送莺啼鸿嗷又到。湖海缁衣，辽云白帽，黜迁怎料？暑曝冬烘，春华秋实，倾城玉貌。试思量死水，消融红烛，检儒林稿。

金镂曲·己未秋日偶作

皓首穷经籍，值岁晚行行点点，寻寻觅觅。鲁鼎汤盘甲骨瓦，搜遍京房石室。从叔重回看仓颉。子夜明灯温笔楮，为童冠省识红与黑。千里马，万人敌。　卜居剩作过江佛，但满目长天秋水，独惭高洁。老我一尊春自转，未必蚕眠烛跋。凭谁信、虬枝绿发。景德传灯三昧旨，诵金刚般若波罗密。更细味，如何说？

周天健

周天健(1922—1994年)，字子彊，湖口县人。1941年高等考试及第，历任中央研究院历史语言研究所研究员、台湾交通大学教授。作诗力求深婉、峭健。著《不足畏斋诗存》。成惕轩序其集云："上契涪翁，独标宋格。炉锤在手，万有供其雕锼；斧凿无痕，三复归于平淡。"

代题墨竹

百尺琅玕瘦不如，虚心劲节总关渠。
蓬莱亦有浮筠干，梦集飞鸾傍旧庐。

夜宿溪头林舍，十年之间，盖忆三度来此矣

一灯扶梦落遥岑，万树攒天夜气森。
陵谷稍怜今视昔，暗禽凄哢众山沉。

永　忆

永忆星期度女牛，人天万斛总量愁。
风鬟漫掠疑多露，霜鬓微侵合是秋。
至竟还珠馀泪浅，也应埋骨和肠柔。
昏窗独媚林灯影，未必蓬山道阻修。

重午星洲海滨吟集

泽畔行吟要有人，百年肝胆共轮囷。

壶能似海宁辞醉，道本犹龙未许驯。

南国炎荒齐向化，沉鳞羁羽独存身。

故家乔木馀周子，望尽辽天付莽榛。

海上观云纪奇

教授团金门、澎湖之行，归程海上，暮有奇云，为平生所未见。

海天云气无时无，我今一见噤不呼。

日殂在西翳将入，奇云万态纷诡殊。

右尊一老撑天立，哆口欲语掀虬须。

左蹲一物若伏狐，森然嘴爪拱且趋。

下视馀子皆溷沓，愤来欲斫珊瑚株①。

山石荦确名溜翠，间中亦有平畴铺。

渐行渐远还蓄势，世有捷手难追摹。

飞楼一角出林表，钧天谁起魂与扶。

羲和奔驭今不返，当风噫气清景徂。

白衣苍狗未足喻，咸池旸谷都斯须。

归舱实偪坐叹息，虮虱处裈陋者儒。

扣舷有众余自孤，一笑窥窗天覆盂。

【注】

① 老者与伏狐之间，叠云或为人物状，或作珊瑚状。

刘定远

刘定远（1923年—），都昌县人。早年随军赴台湾，在"国防部"新闻处主编多家杂志，后任"中统通讯社"主笔。著有《海曲遗民诗文集》。其诗风仪雄秀，工七律，举重若轻。

危　机

寒风连日雨萧萧，粉墨登场竞折腰。
黑道黄门挥黑马，青冥绿野摁青苗。
狂澜既倒终难挽，大厦将倾早动摇。
补漏江心空费力，洪涛汹涌更狂飚。

鸡年杂感

四时递禅运无穷，万姓长宵望曙中。
待到鸡鸣天下白，却遗酒泼地头红。
青空薄雾阳光暗，绿岛荒塘沼气濛。
庭院深深容鼠雀，风行草偃反凌风。

戊寅迎春曲

百感交加心更烦，思亲怀友泪遗痕。
草生常赖春前雨，树倒安存枝上猿。
避震峦林须固本，防灾水土应培源。
台风惯侮童山秃，沙石崩流陆浪翻。

鸡年除夕杂感

年关已到话纷纷，黑暗光明破晓分。
双眼已无浮海月，孤飞唯有渡江云。
桃符新旧行将换，草舍平安幸所闻。
四季辛劳今夜乐，开怀未许醉醺醺。

陈小从

陈小从（1923年—），修水县人，陈三立孙女，隆恪之女。武汉市武珞路中学美术教师。江西诗词学会顾问。著有《义宁陈氏图说》，有《吟雨轩诗词》一卷。

茶港新居数望

波影鳞鳞耀，群鸥故故飞，
一湾秋水碧，十亩晚菘肥。
蜗舍三迁喜，乡思久客微，
南轩日可炙，负曝启双扉。

磨山探梅

久蕴寻梅愿，驱车幽赏伸。
与松同气类，借雪助精神。
素蕊瑶池种，浓装汉苑春。
花间留片影，亦是纪吾曾。

壬辰重九侍父往虹口公园探菊

近无高处可登临，且探园幽媚此心。
一径小红侵节候，十分秋色净疏林。
池荷着意留残盖，小鸟忘机送好音。
为问篱边旧消息，尚留馀趣待重寻。

整理先君遗稿怆然有感

束阁藏箱廿载馀，墨痕斑灿泪痕枯。
传经徒慕伏生女，继业难绳曹大姑。
覆瓿文章珍敝帚，枣梨事业付前途。
椿萱有慰应含笑，痴女犹希读父书。

挽蒋天枢先生

　　蒋教授系先叔寅恪在清华研究院之高足，编有《陈寅恪编年事辑》。

史籍书林探秘珍，瓣香长系义宁陈。
立深寒柳堂前雪，坐揽清华苑里春。
白鹿伟薪成事辑，屋乌推爱启芜榛。
谆谆细雨无声润，遗札犹含绛帐温。

暑夜即事

小阁风凉暑气收，野塘人静景增幽。
波扶楼影昂藏立，月裹云层掩映羞。
楚语习闻泯主客，文章得失任沉浮。
年来划破书斋寂，千里诗筒互寄酬。

探 梅

探梅几度跨溪桥，乞得虬枝带雪娇。
香冷端宜和月嗅，影疏恰受映窗描。
水仙清逸堪同隐，松竹高洁伴后调。
肯与诗人慰幽独，一瓶寒艳饯良宵。

姚一苇

　　姚一苇（1923—1997年），南昌县人。台湾著名剧作家、文艺评论家。曾任台湾文化大学戏剧系教授，著有剧本《红鼻子》与文学理论等多种。

除夕酒后心

箫鼓老王郎，天涯共此觞。
座中皆短褐，岛上旧长杨。
忍看鱼龙戏，徒随蜂蝶忙。
春来如有意，为发昔年香。

台风夜作

屋敝惊风雨，秋深感岁华。
随缘寄踪迹，因梦到天涯。
卖药人依旧，屠龙愿已奢。
读书惟自适，空负几多车。

家有小园，植睡莲数株，属印度种，花开之时，每当夜半，感而赋此

不在人前展玉姿，含苞犹待夜阑时。

敢将秾丽惊尘世，惟把芳心委素知。

浅水池塘蛙作伴，小园风雨蛭相欺。

前身合是文殊座，问向西天未有期。

啼莺

啼尽南枝又北枝，催肝泣血莫能辞。

未随燕去危楼在，已共花飞落魄时。

出谷何曾为择木，含桃未必是疗饥。

凤城难觅伤春客，辜负芳心总不知。

蔡厚示

蔡厚示（1928年—），字佛生，笔名艾特，南昌县人。先后就读于江西心远中学、豫章中学、省立吉安中学等校。1949年厦门大学文学士，1954至1956年在北京大学进修。历任厦门大学中文系教职及福建社会科学院文学所研究员职务，著作多种。

梦 陶

岸帻渊明入闼来，笑云篱畔菊花开。
邀人秉烛添诗兴，挈我临流泛酒杯。
不畏凄其风雨夕，但歌慷慨霸王才。
回看东去柴桑水，宛觉澄怀动九陔。

故园行（选二首）

（一）

又向江西路上行，当年履迹记犹清。
故园乔木风烟里，欲倩谁人诉不平？

（二）

又向江西路上行，丘陵起伏树纵横。
乡民怨苦谁申述？贪黩成风梦不清。

回乡偶书

廿四年间梦母频，临行吩咐记犹新。
白狐岭下田园在，莫作亏心昧性人。

车过梁家渡作

丝雨牵愁过故园，鹃花似火照流年。
人生信是童时乐，愿住茅檐学种田。

井冈山作

一路秋声上井冈，丹枫金菊喜初霜。
五龙潭底波光碧，欲挽清泉洗浊肠。

梦藻林

　　五十八年前，余就读于藻林吉安中学，适《大众日报》社迁址遂川。庚辰季冬，获读原《大众日报》主笔魏向炎先生之《抱璞集》，集中咏及遂川、藻林之风物与抗战期间之情事。余深赏其文心韵味，有如暄瀑之娱耳与清风之爽心焉。是夜，复梦游旧处，醒后遂走笔成此以赠魏先生。

梦影依稀忆藻林，遂川风物久关心。

桥头彳亍沧波冷，寇难侵寻愤慨深。

曾是硝烟弥故里，焉能啁哳作虫吟？

观音崖下听暄瀑①，一快清风一解襟。

【注】

① 观音崖在遂川至藻林途中。

夜过赣江

章贡长流水，中宵何激昂？

久为贤士邑①，曾是杀人场②。

锐意求新变，争衡赖自强。

寄言能守牧，慎莫使民伤！

【注】

① 王勃《滕王阁序》云："人杰地灵，徐孺下陈蕃之榻。"

② 1935年方志敏烈士遇害于赣江畔下沙窝。

悼女友

小住蓬莱识夏娃，炎天热土绽奇葩。

爱河同浴莲丝白，香径偕行树影嘉。

叵奈初情成夙怨，翻疑前世即冤家。

今闻鹤驾西归去，愁对绮窗漫饮茶。

皖赣途中

列车飞驶入祁门，旭日初升见远村。

万岭千峰红间绿，家山越近越销魂。

四上井冈山

遍野杜鹃开，红乡我再来。

环湖挹葱翠，沿岭耸楼台。

五井呈新艳，千峰隐旧哀。

袁王今不见①，何处觅雄骸。

【注】

① 谓袁文才、王佐两烈士。

多丽·咏新修滕王阁

问风神：子安愿否重回？且同观珠帘画栋，暖暖五色云开。眺西山千秋爽气，瞰南浦万幕楼台。赣水东流，双虹北挂，几多船往与车来。举头见：落霞孤鹜，隐隐绕城隈。笙歌起，临江高阁，果出新裁！　　正沉吟，仙人旧馆，杜宇何事声哀？百花洲，元戎昔驻；八一馆，烈士遗骸。四化今兴。九州踊跃，改革开放赖吾侪。要仗此物华天宝，轩轾莫低徊！苍穹上，雕甍绣闼，净扫尘埃！

吴柏森

吴柏森（1929年—），金溪县人。北京崇文区第五十中学教师。与孔凡章等交游唱和。为中华诗词学会会员、江西诗词学会顾问和纽约四海诗社名誉顾问，著有《遂初集》。

北海春日杂兴

冻解轻寒嫩，春间日照融。
平湖开玉镜，碧水映晴空。
梅绽蕉初绿，桃繁杏正红。
无私怜造物，生意普天同。

雨霁松涛静，风微百鸟和，
长亭留晚照，古榭映澄波。
月出江天净，花阴雾霭多。
华灯开万户，璀灿夺银河。

马

虎脊龙文种，骅骝骨相奇。
青云凭奋跃，紫塞任驱驰。
百战方轻敌，孤城未解危。
沙场生死意，李广最相知。
乘黄真俊逸，意气自飞扬。
惯踏天山雪，频经大漠霜。
雄关思战伐，绝塞念腾骧。
报国奇勋著，长闻骏骨香。

北戴河

炎蒸方肆虐，避暑此盘桓。
辽海清堪浴，层峰秀可餐。
於菟幻奇石，白鸟戏狂澜。
肌骨凉无汗，疑生五月寒。

雁塞湖

雨过湖山净，烟鬟雾髻迷。
恍游蓬岛境，疑入武陵溪。
水涨苔侵岸，风多柳拂堤。
不须劳步履，陟险有飞梯。

疏影和白石道人赋梅原韵

琼枝佩玉，看雪凝老干，蜂蝶难宿。驿外桥边，月下风前，凌霜闲伴修竹。岩阿破腊传春讯，便放遍、大江南北。品节高、唤醒群芳，好伴幽栖羁独。　　应喜阳回律转，水陂自照影，犹近苔绿。索笑巡檐，冷艳清香，早已飘来深屋。孤山处士如在，也怕听、江城遗曲。慰客怀、合倩徐熙，写得逸姿盈幅。

黄崇艺

黄崇艺（1934年—），都昌县人。毕业于兰州大学化学系。先后在中国科学院和北京市所属研究所从事科技工作，专长化学传感器，研究员，曾任所长。北京楹联学会会员，江西诗词学会会员。合作编注《流香诗选》，编辑《都昌三黄诗文集》，正式出版。

屈原祠

高阁崇祠半倚坡，祠前便是屈原沱。
江流依旧潺潺咽，似为游人奏九歌。

多特蒙德中秋

异国中秋百感生，他乡明月故乡情。
中天皓魄知人意，似说家山月更明。

红岩村

雾暗渝州日色昏，楼中灯火破乌云。
纵横进退迂筹策，万古云霄一伟人。

五公祠拜胡铨像

万里风尘到海疆，五公祠内拜同乡。
只因两斩奸秦奏，一代名臣贬吉阳。

《陈毅诗词选集》读后

艰辛岁月廿秋冬，烽火关山一老戎。
五岭山峦留指迹，江淮风雨记行踪。
青松傲雪枝尤健，红叶经霜色更浓。
诗亦如人真坦荡，几回掩卷哭英雄。

癸酉七月周天健世兄以《不足畏斋诗存》见寄感赋

《诗存》遥寄到京城，海峡风传两世情。
少小童心倾故里，壮年乡思动东瀛。
匡庐秀色云天隔，彭蠡涛声梦寐萦。
他日重游燕赵地，共登琼岛醉春晴。

万里纪行

此行一万两千里，西揽岷江东入鄱。

三峡风涛怀杜老，匡庐云石忆东坡。

草堂已失凄凉景，渣洞犹昭正气歌。

介甫祠堂清远墓，才人文逐抚河波。

读《近代江西诗话》兼赠作者胡迎建先生

四载搜寻辛苦多，书成聊以慰胸阿。

山川奇丽锺词客，竹帛忧欢付逝波。

诗论自高情自切，辞锋惟简意惟赊。

而今宋派源流续，家学宗风百尺柯。

香港回归感赋

风卷狂澜撼帝京，中州多事在零丁。

文山转战难支宋，少穆陈兵未阻英。

虎豹横行缘国弱，鲲鹏搏击待时明。

香江一洗流离恨，璧合金瓯两岸情。

邬惕吾先生读《流香诗选》后，用余谢诸亲友韵赐和，现再用原韵奉和，即寄兰州

回眸往事已如烟，一别皋兰四十年。
水拍黄河偕梦渺，青披白塔为君妍。
书香历劫催人老，翰墨随缘励志坚。
放眼枫林嗟日暮，高吟相伴有群贤。

万清华

　　万清华，都昌县人。1949年赴台湾。被聘任江西省诗词学会第四届理事会顾问。

赞山西洪洞大槐树

　　欣闻洪洞大槐树，高耸云端欲顶天。
　　雨露均沾枝益壮，风霜久历干尤坚。
　　象征唐汉春秋盛，荫庇炎黄子女贤。
　　伫候河山归一统，寻根问祖我来先。

北京三号新航站

　　全球最大新航站，宛若巨龙在起飞。
　　口吐碧珠凝瑞气，身披金甲焕光辉。
　　热情奔放呈红色，富丽堂皇纳紫微。
　　举世称扬人向往，争先恐后到京畿。

黄　君

　　黄　君（1961年—），本名家富，号鉴斋，豫章山人，别署漕源蛰居，修水县人。1981年毕业于九江师专，曾为修水县督学；现为北京华夏翰林文化艺术研究院院长。中国书法家协会学术委员，中华诗词学会理事，首届"中国书法兰亭奖"得主。著有《鉴斋诗词墨迹》《鉴斋诗词选》等，主编《当代名家诗词集》、《中青年名家诗词集》、大型期刊《诗词丛刊》等。

乡贤十咏（选四）

黄庭坚

岂唯诗派系西江，孝友之行百代扬。
赣上食莲怀子弟，京中侍母转幽肠。
投荒万死犹亲士，斩破三关更护王。
书法千年谁与似？金针欲度海茫茫。

陈宝箴

明园燹起动君悲，夜檄勤王事已非。
世运沉浮疏宦海，机枢难握腐焦思。
经营数载心联璧，抚育三湘马裹尸。
浩叹功成亏半篑，西山青鸟至今啼。

陈三立

神州袖手不寻常，独立苍茫顾大荒。

肝胆已涂湘土热，悲怀难遣散原凉。

弥天忧愤怜龙虎，旷世孤衷寄羽觞。

殉死终留千古恨，托人诗句费评量。

陈寅恪

宗师一代信千秋，忍把区区付校雠。

证史笺诗情历历，悯生泣死泪悠悠。

因从乱世观独立，每负平生觅自由。

宏愿未如终是恨，漫将奇女话销愁。

2002年

宜州凭吊山谷公遗踪，步其与元明公唱酬觞字韵作

万里来寻宗祖迹，一声呼唤泪盈觞。

当年羁旅谁家傲？病榻南楼夜雨凉。

大句有传天外子，高名无复弟兄行。

宜州山水今如画，欲说封侯已断肠。

2004年

甘肃天水和杜甫《秦州杂诗》

初到秦州

聊避都门暑，秦州携侣游。
陇头追日落，鼎外问关愁。
山染荒原绿，雨生夏夜秋。
市声虽一概，心迹喜常留。

雨中游麦积山

神山如麦积，万丈出峰群。
佛想秦关月，天飞紫色云。
路悬心易湿，雨细渭难分。
西祖东来意，时人已不闻。

2007年6月

南普陀与陈秀卿居士同访弘一法师闭关处

路转峰回莫畏难，哲人清韵在南山。
琼花玉树犹怜径，海雨天风自闭关。
一片巉岩成贝叶，满池甘露省灵丹。
演音虽远洪波阔，忍对胡床理汗衫。

2007年10月

卜算子·咏桃

怜 桃

本色爱青春，落落千般妩。淡抹浓妆总似霞，不待清香吐。　　慢说太寻常，却被寻常误。不见嗡嗡采蜜时，每使群芳妒。

梦 桃

昨夜梦江南，夹岸春风煦。十里桃花染色新，携侣乘舟去。　　举棹击清波，碧水涟无数。摇落花香正满怀，醒后翻思苦。

观 桃

入眼影迷离，未识流莺闹。仿佛蟠园二月春，帝子临风眺。　　莫叹影迷离，处处流莺闹。快把新枝插满头，踏遍青山草。

白　桃

朵朵似衣裙，片片如腮雪。二月芳心比腊梅，也负奇高洁。　　玉魄几人知，朝露怜香骨。何处莺声绕绿枝，才把深情阅。

桃　妆

春水碧如天，照镜依然好。只是相怜景色奇，却又凋零早。　　此恨竟谁知，夜雨春风悄。洗净冰姿到晓明，何惧尘埃恼！

2002年8月

万伟成

万伟成（1964年－），号藕塘居士，进贤县人。先后师事胡守仁、陶今雁、朱安群、黄天骥等名师，获厦门大学历史学士、江西师范大学文学硕士、中山大学文学博士学位，从事古代文学与文化研究。现任佛山大学校长办公室副主任。著有《观人诗学》《中华酒经》《中华酒传》《中华酒道》《中华酒诗》《酒诗三百首》。

卜居篇呈修仁、今雁师

悠悠天地间，西风惨而烈。方起忽沉沦，欲东翻西突。嗟予听鼓来，有如蓬转疾。先生知我者，试听贱子说：自昔勤汲古，偏爱陶令节；却于机宜疏，甚知与今悖！性又慢而散，过于竹林七。尔来读老庄，益增其放逸。出言喜坦率，狭中不容物。愧无万石慎，徒使千钟艳。人道重庆吊，喧嚣等蝉聒；我独非礼俗，目动能青白。人情甘阿谀，言语比蜂蜜；我独倦趋走，腰直难曲折。自笑无锥地，生生亦云拙，谁复知毛公，捧檄生喜悦？自思乏时才，谅非轩冕匹，胡为走逡逡，作茧自羁绁？低回道途中，屡忧风骚屑。人生多疑难，先生试断决：我宁谋应官，局束事轻肥？抑将授生徒，苜蓿守寒饥？吾宁营商业，聊为稻粱资？抑将游林下，采彼南山薇？吾宁趋时尚，逐利以自隳？外难内交病，苦勉能几时？抑将耕南亩，锄禾还灌畦？惟话桑麻长，胡以帝力为？腐鼠鸱所食，梧桐凤之栖，吾宁与竞争？抑将慕高仪？凫随波上下，鹄凌云东西，宁绝尘高举？将与世推移？悠悠吾之思，翩翩风动旗，朝看树辞叶，簌簌泣为谁？暮看归巢鸟，遑遑欲何之？平生每多感，歧路将安归？

1990年秋

迎新加坡全球汉诗总会会长张济川先生

闻君欲向潇湘去，紫毂遥临帝子洲。
夙仰诗名惊海外，今亲尘教到江头。
霞光鹜影千年共，南浦西山一阁收。
若许叨陪访风景，隔芦呼取野人舟。

2001年秋于南昌

归去来兮诗次韵呈天骥师

平畴慷慨慕燕丹，许身知己气如山。
七年一去受尘网，归去来兮鸟与还。
回首宦途作书纪，茅柴不谙香醪美。
凄凉五斗拜乡儿，对月难眠中夜起。
乘风径欲叩帝门，苍龙岂意九渊蟠？
屈生不作贾生死，异代同招汨水魂。
眼看世人糟窟里，沉酣谁解浊醪理？
尘劳空负志峥嵘，醨薄不浇胸块垒。
块垒还凭勤买春，《酒经》歧哭几酸辛？
漫披黄卷青灯夜，聊寄虚空寂寞滨。
酣籍忽然天宇廓，临风把酒滕王阁，
圣贤从古饮知名，狂达真雅传脉络。
书罢流行在海湄，当时放荡付觞飞。
长江濯锦明霞彩，荠树摇情弄夕晖。
牵引诗思到九霄，可人最是酒帘飘。
漫言利禄千金重，何似忧愁一晌消？
酒醒愁来如瀚海，翻云覆雨世风改。
尔虞我诈乏时才，蝇营狗苟谢文采。
归去来兮何处家？二月不须嗟晚花。
独有中山立商海，岭南学子集菁华。
菁华忝列舒怀抱，千里南游贫亦好。
蛟鼍环顾海冥深，牛马始知崖涘小。
俯首尼师桃李红，道行天地任西东。
苏黄韩柳诗文伯，王谢曹刘魏晋风。

巍巍高山可仰止？焦桐不弃愿酬矣。

寒鸟脱羁返旧林，砚田理秽从新纪。

对书间或引遐思，命樽间或就青旗，

功名富贵非吾愿，古道典型岂我欺？

南床间或华胥梦，北窗间或清风颂，

庭柯翳翳以欢怡，野水沄沄而啸咏。

归去来兮世我殊，天我俦兮舞锦骝。

乐天命兮随缘运，从吾师兮采玉珠。

2007年秋

行香子·题中山大学蜗居

紫陌东头，青瓦南楼。九平米、著我清幽。西池折皱，北树鸣啾。闲管那风、管那月、管那丘。　　古道躬修，嘉客少留。看清话、四海千秋。于人何喜？于己何忧？但困来眠，饥来食，醉来讴。

1999年秋

贺新郎

古汉官宴为姜校长冲永师寿并序，姜校长性似汉高，且又在古汉官宴，故云。

细把刘邦说。占风流、金陵王气，沛宫音节。狎侮诸公颐气使，安事诗书佶屈？问何物、尔其雄决！剩有高阳狂酒鬼，揖龙颜、谈笑成珠屑。辍梳洗、遣皓雪。　　先生花甲功名烈。最怜公、江湖豪气，汉家风骨。东海挹波起介寿，劝持右杯右蟹。须拼却、玉山醉兀。顾我儒冠多误久，且从公、高阁醉飞月。犊鼻叫，风云逸。

水调歌头

乙酉初夏，新屋初成，邀佛山诗社同仁来会，兴之所致，不能自已。同仁各和短章，倾洒潘江陆海云尔。

东平吾所爱，幽兴著茅斋。何人移水搬石，一夜起崔嵬。山麓春波荡漾，堪养嘉鱼几尾，来往莫惊猜。山后绿阴少，翠竹更须裁。　　琴箫会，文字饮，举吾杯。群贤少长无论，七步洛阳才。野鹤闲云何处？还有同盟鸥鹭，尝试与俱来。莫嫌茅屋小，何碍散襟怀？

2005年

倾杯玉芙蓉·醉歌

尽舀起四海五湖一杯装，唯酒夫无量，都作了淼淼洞庭，漠漠鄱阳，浩浩黄河，滚滚长江。召酒客鲸吞牛饮兼鬼饮，伴红袖舞醉歌狂又酒狂。糟丘上，看长瓶堆放，恰似我胸中块垒带愁长。　　漫说道一日须倾三百杯，难了风流债。尽约那阮籍鸣琴，李白吟诗，卓女当垆，周史捧罍。人总说天生我才必有用，我则是醉后何妨死便埋。浑无悔，看罗襦襟解，谁识我一斗一石玉山颓？

万里民

万里民（1976年—），南昌县人。客居东莞经商。江西诗词学会会员。好诗词却久学未精，初以新声入韵，后习旧声，倡性情一脉。

秋夜题

草木凋零叶满霜，月明屋老漏寒光。
一身病骨闲无梦，坐看枯藤卧短墙。

杂　感

荻芦风雨渚沙秋，羁旅羸身欲白头。
霸业多因顽性误，豪情总向故人羞。
漫将绮梦留残句，忍顾韶华付浅流。
料得飞鸿知此恨，年年未肯宿江楼。

鹧鸪天

日落新桃香满枝，寻春徒见燕归时。不思身后千年久，只叹人间一步迟。　　心底事，案头诗，窗含圆月却无词。几杯薄酒难消恨，又立花前暗自痴。

鹧鸪天

　　墙脚牛蛙彻夜鸣，南窗伫立望群星。醉里不辞稼穑苦，风中唯愿字词真。　　思朗月，宿边城，男儿心事有谁聆。唯将愁苦凝为笑，好向人前说太平。

鹧鸪天

　　月下独酌望月愁，归心无处觅归舟。门前榕树逐年老，墙脚寒虫连夜啾。　　诗未语，梦难休。几多心泪背人流。更向江水行经处，孤影无言立小楼。

鹧鸪天·元宵

　　荆楚远兮莞邑娇，离人联袂乐逍遥。燕轻莺软湖天阔，香暖风微桃柳夭。　　明月夜，彩虹桥。暮云归处起春潮。梦魂也拟潮头立，携酒呼朋共此宵。

鹧鸪天·乡春

云淡天高风力微，清泉曲径绕柴扉。黄花萦袖香尘暖，乌雀穿林乳燕肥。　　莺对语，蝶交飞。轻萍弱柳竞春晖。新荷池畔鸳鸯侣，好梦徜徉无意归。

柳春蕊

柳春蕊（1976年—），又名柳磬如，都昌人。2006年获北京大学文学博士学位，后在南开大学文学院博士后流动站，现在北京大学中文系执教。曾经主编《北京大学研究生学志》，创办北京大学中文系诗文刊物《北社》。著有《晚清古文研究》、《中国文学教程》、诗文集《南轩诗文》。

送吾师卢永璘先生赴香港讲学二首

（一）

晴宜节物淡秋光，丛菊斜开两岸香。

称笔难消台庶事，为书更赏得莲房。

袖风道与心依静，江月随波影动长。

永夜清辉愁北斗，群山渐涌起寒芒。

（二）

独树花开照眼明，金风疏雨过高城。

流云小阁依山尽，浅草芙蓉对水清。

天外江烟谁与共，灯前桃李诵书声。

可怜真赏良无寐，惟有秋冥自老成。

无 题

筛廊晴影淡春光，几树梅花盦晚香。

无客南园游漫与，有情贤节梦飞扬。

风雨坐觉悲歌尽，皮骨独支夕霭苍。

惟苦年来衣食计，那堪归路又天长。

化作红颜也断肠，雾花飞尽自清凉。

才同碧海秋如水，命比千山月似霜。

梦远初寒相缭乱，烟消残夜独回翔。

幽兰不解来时恨，何处风香浣晚妆。

【注】

2000年春辗转岭南，唯谋衣食耳。

乡贤胡迎建先生寄《江西古籍研究》一册，言及西江近世文化之不竞，深忧之，并嘱予重任，于是感其意良久，赋诗见答，用黄山谷诗韵

壁立千仞语何之，淋漓更置摩崖碑。

空明吟咏舒怀抱，柳蕊初阳暮成丝。

韩杜陈黄高三祖，筋骨东山谢客儿。

落木澄江伤老大，支公问鹤道真栖。

嘉兴侯官强费辞，一语三关叹何为。

鱼跃鸢飞天地事，阴阳翕辟太老师。

沧浪历下信自欺，别材当是泪眼挥。

喜闻老树著丑枝，万象四时斗星危。

夜起揽衣西江水，滔海沧浪再拜诗。

黑影压风意万里，最好孤苦微云词。

袖手长恨南华雨，文道不振鸭相随。

先生寄语感已久，吾谢不能生重悲。

江西省诗词学会大事记

1985年7月13日，江西诗社在南昌市成立，到会者54人，推选石天行为社长，盛朴、姚公骞、吕小薇为副社长，魏向炎为总干事。诗社办公室挂靠江西省古籍整理编辑室，与江西省志编辑室同楼办公。

1986年2月，《江西诗词》创刊，魏向炎为责任编辑。

其时，九江、靖安、奉新、赣州、武宁、都昌先后成立诗社。

1987年9月，社长石天行委派黎宁、胡迎建前往萍乡、宜春、新余钢铁厂、抚州、崇仁、宜黄等地联络、发展江西诗社社员。

10月，江西诗社在省文联礼堂举行重阳诗会。

冬，学会办公室自八一礼堂旁的省志楼迁往二七北路11号。

是年，《江西诗词》第六期由石天行任主编，吕小薇为副主编。

1988年1月，石天行率诗社三人出访新余钢铁厂、江西钢厂，商谈成立厂矿诗社。

11月8日，江西省诗词学会在江西省委党校召开成立大会，到会代表105人，代表全省40多家诗词组织与省直单位。原省委书记白栋材、省顾委主任赵增益、老诗人石凌鹤、宣传部长王太华、副省长张逢雨等到会致词。省长吴官正亲笔信致贺。大会选举理事45名，常务理事13名。石天行为会长，盛朴、吕小薇、姚公骞、王培元为副会长。

魏向炎、胡迎建为正副秘书长。会议通过学会章程，其间举行学术讲座。

1989年1月，江西诗词学会领导宴请台湾归来探亲的剧作家、诗家姚一苇（姚公鸶兄）先生，与之座谈。

是月，德安敷阳诗社成立。

4月，新余诗社成立。

6月，省诗词学会在南昌北郊江西蚕桑场举行端阳诗会，到会60余人。

9月，省诗词学会在南昌城南江西汽车制造公司举行重阳诗会，到会40人。

10月，胡迎建代表省学会参加鹰潭诗社举行的重阳诗会。

11月，在省委党校举行江西省诗词学会常务理事扩大会议。

12月，铜鼓诗社、乐平诗社先后成立。

1990年1月，吕小薇副会长与胡迎建前往上饶市祝贺上饶地区诗词学会成立。归途中，游览弋阳龟峰。

《江西诗词》本年第一期开始，胡迎建增为副主编。

6月，胡迎建应邀参加广州诗社成立八周年纪念活动。

6月27至30日，中华诗词学会首届常务理事会第三次常务理事扩大会议在青岛举行。

7月，胡迎建受石天行会长委托与会。会议增补强晓初、汪普庆、孙轶青为副会长。

8月，庐山白鹿洞书院举办首届诗词讲习班，胡迎建前往代表省诗词学会致辞。

广州诗社赖春泉社长、黄镇林编辑自白鹿洞书院归广州，途经过访。省诗词学会盛朴、胡迎建接待并宴请。

11月，上饶地区诗词学会主办辛弃疾国际学术研讨会。胡迎建、熊盛元代表省学会前往。

11月13日，日本《吟咏新风》主编大井清与葛乘吟社社长中山荣造在江西旅游。至南昌，与省诗词学会胡迎建、宗九奇等人相会畅谈。

1991年1月，省诗词学会与省书协、省美协联合举办的江西省首届诗书画联展在省展览馆展出十天。

2月28日，学会常务副会长盛朴去世。

4月，省诗词学会在省农资公司二楼举行谷雨诗会。

1992年1月，抚州诗社成立，胡迎建、熊盛元代表省学会前往。

4月，景德镇诗词学会举行谷雨诗会，胡迎建应邀前往。

7月，武宁县举行柳山诗会，熊盛元、胡迎建前往。

该年相继有李汝伦、宋谋晹等名诗人、中国作协党组书记杨子敏（刘国藏陪同）来访省诗词学会。台湾著名诗人何南史先生来访。省诗词学会名誉会长夏征农来南昌下榻滨江宾馆，石天行、盛朴、熊盛元、胡迎建前往拜访。

1993年4月，省文联在文联礼堂举行谷雨诗会，邀约省诗词学会刘国藏、胡迎建参加。

9月，由省诗词学会等多家单位发起主办，上饶市诗词学会承办纪念毛泽东诞生百年海内外诗词大赛暨中华诗词学术研讨会在上饶宾馆召开。组委会副主任胡迎建与会并讲话。

10月，姚公骞副会长与胡迎建前往参加鹰潭龙虎山文化节，诗会是其中重要活动。

该年，《江西诗词》改由刘国藏为主编，熊盛元、胡迎建、李春林为副主编。

1994年4月，江西省文联在德兴市召开谷雨诗会，邀请胡迎建参加。

9月中旬，由江西省社联与省诗词学会主办的陈宝箴、陈三立学术研讨会在农业大厦召开。来自全国的专家、学者有刘梦溪、郭延礼等五十人。会后往游庐山，过陈三立故居松门别墅，游览植物园、含鄱口、仙人洞、大天池。

10月20日，在新余市新余钢铁公司召开江西省诗词学会第二届代表大会。与会者80名，选举理事68名，常务理事28名。我省著名学者、省社科院名誉院长姚公骞出任会长，胡亚贤为常务副会长，刘国藏、吕小薇为副会长。

11月初，熊盛元、胡迎建、段晓华、赖竹林、邝慧赴广东清远参加全国第二届中青年诗词研讨会，游览飞来峡等地。

11月23日，会长石天行在杭州去世。

1995年2月，学会办公室由二七北路11号迁往洪都北大道649号省社科院大楼。

5月，省诗词学会在市北郊金牛企业集团举行端阳雅集，补选熊盛元、胡迎建为副会长，熊盛元兼秘书长。

重阳节，省诗词学会与靖安诗社在靖安举行重阳诗会，其间游览宝峰寺。

1996年1月，江西诗词学会在南昌南郊民星集团举行元宵诗会。

4月，九岭诗会在樟树市召开。会长姚公骞率学会多人前往，会后游览阁皂山。

10月，在江西饭店举行《江西诗词》创刊十周年纪念暨京九铁路通车诗会。原省委书记白栋材出席，副省长黄懋衡到会讲话。

同月，在奉新县举办宜春地区丙子重阳诗会。副会长胡迎建应邀参加。